T台深处

简 嘉 蒋蜀陵 著

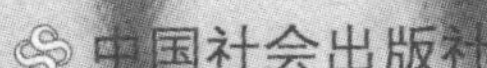

图书在版编目（CIP）数据

T台深处／简嘉，蒋蜀陵著．—北京：中国社会出版社，2011.10

ISBN 978－7－5087－3660－0

Ⅰ.①T…　Ⅱ.①简…②蒋…　Ⅲ.①长篇小说—中国—当代　Ⅳ.①I247.5

中国版本图书馆CIP数据核字（2011）第173882号

书　　名：T台深处
著　　者：简　嘉　蒋蜀陵
责任编辑：朱永玲　陈贵红

出版发行：中国社会出版社　　邮政编码：100032
通联方法：北京市西城区二龙路甲33号
电话：编辑部：（010）66076941　（010）66061704
邮购部：（010）66076941
销售部：（010）66080300　传真：（010）66051713
（010）66051698　电传：（010）66080880
网　　址：www.shcbs.com.cn
经　　销：各地新华书店

印刷装订：中国电影出版社印刷厂
开　　本：170mm×240mm　1/16
印　　张：28.25
字　　数：480千字
版　　次：2011年10月第1版
印　　次：2011年10月第1次印刷
定　　价：38.00元

第一章

1

这一天对苏雪丹来说是场噩梦。

上午10点多钟，苏雪丹和办公室金主任谈完话，回到资料室，屋内无人。她坐到椅子上，考虑了下，身体向后一仰，两条腿伸直放在桌子上，脚背绷直，鞋尖像两枚准备发射的导弹对准门口，她若有所思地审视着自己的脚，思考着下班后怎样和丈夫欧阳平谈离婚的事。

两个月前，她从军队歌舞团转业，安排到南熙市歌舞团，由于各个部门都人满为患，就让她暂时到资料室待着。这是个清闲地方，加上她一共四个人，其中两个长期在家泡病号，一个肺癌，一个糖尿病，只有报销药费才来团里(多半也报不了，没钱)。另外一个能上班的叫汪琴，算是熟人，不知到哪串门去了。

门外有人叫："雪丹，在吗?"

会计陆小雯走进来。

"没事吧? 金主任让你陪我去一趟银行。"

苏雪丹坐着没动，她挺烦"没事"这两个字的，好像自己是个废人一样。可又一想，自己确实没事，她来了的这两个多月，整天就是傻坐着，无所事事，刚才金主任谈话，征求自己对今后工作的意见，看来要有安排了。无所谓，干什么都行，她当时表态说，总比这样闷着好。

"取钱呀?"她站起来，伸了个懒腰，"要发奖金了?"

"什么取钱，是存钱!"陆小雯很自豪地拍拍身上挎着的黑色旅行包。"银雀公司的钱。"

苏雪丹愣了下，指下她的包："是那个……真成了?"

“昨天下午陈团长签的协议。人家给的是现金。十万!”陆小雯眉开眼笑,好像这钱有她一份似的。

歌舞团和银雀广告公司合作的事大家都知道,这也是团长陈功德上任后的一个强力举措,大体内容是由银雀广告公司出资,双方共同组建一个时装模特艺术团。陈功德在大会上说如果合作成功,歌舞团将会探索一条新的运作模式,很多问题会迎刃而解。

“十万就能办一个团?”苏雪丹觉得不大可能,在她的印象中,办一个艺术团,没个几百万拿不下来。

“哎呀,你不知道,陈团长说这是个投资少见效快的项目,模特团就置办点服装,再弄一套音响,招一些模特就演上了,不像我们这个国营的,乱七八糟的什么都有,就是效益没有。”

“哦。也是。”苏雪丹想了下,模特表演似乎就是穿几套衣服走步,没那么复杂。

“陈团长就是有魄力有眼光。是吧?”陆小雯带着钦佩的口吻问,不等回答又说:“签完协议都快下班了,不然昨天就存银行了。害得我一晚上住在办公室,生怕钱被偷了。”陆小雯嘴里抱怨道,但看出来,她蛮开心。作为会计,她太清楚歌舞团的家底,这十万元真是雪中送炭。

“走吧。”苏雪丹站起来。

几分钟后,她们穿过东风路,来到马道街路口,再往前走二百多米,转个弯就是建设银行。

一切看来很正常。

马道街是条老街,清朝末年修建,是走马车的,五米宽,在过去应该算是大道,现在则显得窄了。路两旁栽种着梧桐树,后面是一人多高灰色的围墙,墙上插了些玻璃渣子。墙后面是小学操场,隐隐传来孩童的嬉戏声音。路上没有行人。

苏雪丹从兜里摸出条口香糖,塞到嘴里,双手插在裤兜里走在前面,她这个动作让陆小雯觉得有点乍眼,跳过舞的人走路爱甩八字脚,这可以理解是职业毛病,可女人手插在裤兜里走路并不多见,还嚼着口香糖,眼睛直不愣愣盯着地上,肩膀一晃一晃的,好像电影里的女大佬一样。

“雪丹,听说你……”话没说完,苏雪丹的一个举动让陆小雯吓了一跳——前方地上的一个空乳酸奶塑料瓶被苏雪丹踢起半人高,塑料瓶碰到树上反弹回来,落到路边的果皮垃圾箱上,滚了几下,掉下来,又回到她脚前不远的地方。苏雪丹惊奇地“嘿”了一声,再一脚踢过去,这回塑料瓶如导弹般精准地钻进果皮垃圾箱的入口,苏雪丹立即撅着嘴模仿爆炸的声音:“轰!”然后跷着脚尖满意地看看自己的皮鞋,再看看陆小雯:“你说什么?”

“我听说……”陆小雯顿了下,苏雪丹这一脚真是十足的大兵本色啊,她一时不知道说什么好了。“听说你要……那个……”她斟酌着用词，“我刚才路过办公室，听金主任说，你表态服从工作调整……”

“是啊，无所谓。干什么都行。”

“这么说，你愿意去模特团工作……”

“模特团？”苏雪丹一怔，“什么意思？”

“咦？金主任没有告诉你？我们团要改制，成立模特团就是为了人员分流……”

“金主任没说啊。”苏雪丹吃惊地看着她，“他就是问我的想法。我说干什么都行，就是别闲着。”

“哦，是我多嘴了。”陆小雯有些懊悔。

“我去模特团？干什么？当模特？或者当团长？都不合适。”苏雪丹觉得有些可笑，“打杂跑腿？”

“哎，听金主任说，就是需要打杂跑腿的呢，新成立一个团，事特多……”

苏雪丹不高兴了，跑腿打杂是自己谦虚的说法，她倒挺认可！不过陆小雯的话提醒了她，现在分析起来，金主任的谈话确实有这目的，他是在摸底。自己如果真去了这个什么模特团，干部身份就变了，说白了，就是下岗了，以后就成了社会闲杂人员，这可是大事。回去后要好好和金主任谈谈，不行就找团长。凭什么？

“金主任还说什么了？”她问。

“金主任……”陆小雯犹豫了一下，“没了。”

“不对。肯定有。”苏雪丹觉得这个陆小雯挺可爱的，说谎都不会。脸上的神情把什么都告诉别人了。

陆小雯支吾一阵：“金主任说的是私事……”

“谁的私事？我的？”

“那个……有一点……说你……”陆小雯斟酌着用词，“那个……不会吧？”

“离婚？对，我要离婚。”苏雪丹笑笑，替她把话说出来。她觉得陆小雯的表情有些可笑，好像被谁用匕首顶在腰上一样。“金主任的老婆是律师，我咨询了一些事。哎，离婚没这么可怕吧，再说你不是也离了吗。”

“我？我不一样。”陆小雯咕哝了声，一看对方拿自己说事，她有些后悔说这个。

“有什么不一样的，都是那么回事！”苏雪丹呵呵笑起来，好像碰上件挺开心的事。

她的这种态度让陆小雯觉得有些奇怪，一般来讲，离婚总是件挺闹心的事，这里面恐怕有些特殊的原因。于是又试探地问了一句：“你丈夫他……真同意了？”

“他敢不同意！”苏雪丹笑了下，又若有所思地说：“没准他巴不得呢……怎么？听说你又找了一个？怎么样？比起前夫如何？”

“没有啊……”陆小雯含混地说，苏雪丹又对准她了，你想知道别人的隐私，就得交换自己的隐私，她决定终止这个话题，她和苏雪丹的交情还没有到那个份儿上。

苏雪丹看看她，她和陆小雯并不熟，平常见面点点头而已，感觉这个会计虽然长得眉清目秀，但比较忧郁，整日蹙着个眉，好像牙疼或者账目算不清似的。不过既然提起了男人这个话题，她的兴致被撩拨起来，决定和对方聊聊，可还没等她开口，只见陆小雯突然皱起了眉头，手捂着肚子，接着干呕了几声，那声音怪怪的，像是老鸦叫。

苏雪丹吓了一跳，抓住她胳膊：“你怎么啦？”

陆小雯大口喘下气，勉强笑下：“有些不舒服……可能是昨天吃了剩菜……”她看看周围，前面不远的路边有个公共厕所，“我去一下，你在这等我……”

苏雪丹点点头，把她身上的黑皮包拿过来（事后才知道，这个举动是多么愚蠢），看看她的脸色，关切地问：“需要我帮忙吗？我跟你一起去……”

陆小雯摇摇头，捂着嘴，快步跑进厕所。

苏雪丹走了两步，站在路边。她把鼓鼓的黑皮包随意抱在肚子前，包里装了10万块钞票，没什么大不了啊，不就是钱吗。她的心思确实不在钱上，而是在身上的一张纸上——离婚协议，有了这个，就可以办理离婚手续了。她是昨天晚上和丈夫欧阳平达成离婚财产分割协议的：房子归自己，三万元的存折给欧阳平，这个大头解决了，其他的小零碎分割就很容易了：你要电视机，我要电冰箱，你要大衣柜，我要长沙发……应该说两个人分手还算是友好，财产分割苏雪丹应该算占了便宜了，那套六十六平方米的房子是欧阳平单位分的，虽然现在还没有办产权证，但那是迟早的事情，以后如果出售肯定不止三万元。欧阳平在这点上还像个男人。不过她对欧阳平也算可以，现金你全拿去，欧阳平看重的是现金，那东西捏在手里实在。她知道他一直想买一辆轿车，省吃俭用点，他很快会如愿的，现在奥拓、夏利什么的也就是三万多块，只是，那个副驾驶座位上坐的女人是谁呢？或许就是老同学李淑敏？早知如此，又何必当初……

苏雪丹站在那里对自己的婚姻进行反思，全然没有注意危险临近——一个骑摩托车的男人从她背后驰来……

苏雪丹只觉得一阵凉风袭来，她下意识地缩了下脖子，眼前一道亮光闪过，接着胳膊一抖，挂在肩膀上的包不见了，那个摩托车手将包拎在手上，车继续往前跑。苏雪丹呆了，吃惊地看着那个摩托车手，以为谁跟她开玩笑，骂了句：“嘿，谁呀？别开玩笑，包里有钱！”话说完了，那个男人屁股撅在空中，挺风骚地晃了晃，摩托车排气管冒出一股黑烟，车速更快了。

苏雪丹回过神，这……这是抢劫啊！她的头嗡地一声鸣叫，血液上涌，后脑针刺般地发麻，立即追过去，扯着嗓子喊："抢钱啦！抓坏蛋啊！"

街道无人，没人听见她的喊声。

摩托车眼看拐过街角，苏雪丹绝望了。突然一阵刺耳的尖叫声，摩托车陡然刹车，来了个180度掉头，转过来对着她。

苏雪丹愣了，不由停下脚瞪着对方。这家伙头上顶着一个红色的头盔，戴着墨镜，看不清模样，他怎么停了？要干什么？

摩托车马达一阵爆响，竟然对准她冲了过来！

苏雪丹紧张地盯着摩托车，是不是这个人玩笑开够了把包送回来？可马上她知道自己的想法太天真——摩托车车速越来越快，转眼就到眼前，根本就没有停的意思……这是要她的命啊！苏雪丹本能地转身往回跑，接着一跳，也不知怎么就蹿上了旁边那个半人高的果皮垃圾箱，摩托车擦着垃圾箱疾驰而过，转眼就拐过街角，没影了。

苏雪丹蹲在垃圾箱上面发怔，刚才摩托车掉头的街口突然跑出一个女孩，嚷嚷着："哪里有坏蛋?！啊，坏蛋在哪里?！"

苏雪丹指着空荡的胡同口，却说不出话来，她使劲捶了下膝头，终于喊出声："坏蛋！抓坏蛋！坏蛋抢了我的钱！……"她的腿发软，一屁股坐在垃圾箱上，脑子里转着两个字："完了！"

女孩过来问："谁抢了你的钱？……哎，我……问、问你呢！"

苏雪丹呆呆地看着她，这女孩说话有些结巴。再一看，发现她手上还抓着……一个啤酒瓶！里面有半瓶酒晃荡着。这女孩喝了酒呢！怪不得口齿不清！这种时候她居然喝酒！苏雪丹惊魂未定地说："那个骑摩托车的坏蛋……抢了我钱……"

女孩问："那个骑摩托车的？……戴、戴……着墨镜，是他？"

苏雪丹眼睛一闭，差点哭出来。

女孩说："你等着，我追、追他去！"说完掂掂手中的啤酒瓶，转身追去，刚跑了两步，又停下来，脱下高跟鞋，随手扔过来："帮我拿着！"苏雪丹下意识地伸手一抓，接到一只，另一只掉到地上，她赶紧从垃圾箱上下来，蹲下来拣起鞋，抬头看看，女孩已经跑出十几米了，马尾巴独辫一甩一甩地，身体忽然偏了几下，差点跌倒，她用手撑了下树，单腿跳了两下，又接着往前跑，女孩没穿袜子，两只白生生的脚丫一翻一翻的，像是兔子跳跃中的尾巴，转眼就拐过十字路口，看不见了。

苏雪丹心里想：这女孩不怕硌脚啊。她茫然地看看手中女孩的两只高跟鞋，这女孩从哪来的？干什么的？她和我素不相识，为什么……心里突然一激灵：怎么这么巧啊？她会不会是……那个劫匪的同伙？他们合演的这出戏？这么一想，她吓了一跳，仔细打量手中的高跟鞋，这是一双绛红色的羊皮鞋，哈森牌，24码，这脚和自己的一样大，她下意识地动动脚趾头，对这女孩有了一种亲近感，但很快这种亲近感马上又转化为负疚感——人家见义勇为，竟然还怀疑人家！

“怎么了？”背后突然有人问。

苏雪丹转头，是陆小雯，一脸惊慌地看着她。

“钱被抢了！”苏雪丹扔掉鞋，一把抓住她的胳膊，像是遇见了救星。“刚才……刚才刚才一个骑摩托车的，把钱钱……”

话没说完，陆小雯软软地要坐下去。“什么摩托车……”她面色越发苍白，两眼发直，“你说什么……”

苏雪丹一看她这个样子，赶紧抱住她：“没事，有人追去了……”一个过路女孩去追摩托车会有什么作用她完全清楚，但是心存侥幸：万一那劫匪失手将钱袋掉下，或者摩托车翻了，对面来了警察……不管怎么说，这时候自己要坚强！她轻轻拍着陆小雯的背脊，陆小雯微微颤抖着，像是一只瑟瑟发抖的猫。苏雪丹又改成抚摸——从上到下沿着脊椎捋着，感觉陆小雯的脊椎慢慢硬了，一会，站直了，喃喃地问：“钱……被抢了？”

“是啊，我没想到……”

“全被抢了？”

“连包一起抢的……就刚才……真的……”苏雪丹感觉到陆小雯的身体又开始绵软下沉，赶紧使劲扶住她：“真对不起，没保管好你的钱……”

陆小雯异样地瞪她一眼，尖声叫道：“不是我的！怎么是我的？！”

苏雪丹赶紧改口：“对对，不是你的，也不是我的，是韦明义的，是歌舞团的，公款……”

陆小雯不吭声了，四周看看，寻找那个装钱的包，刚才还在呢，现在怎么就没有了？“你、你开玩笑……”她忽然弯下身，一头扎向果皮箱，手在果皮箱里刨了几下。再抬起头时，右脸颊上粘了块粉红色的糖纸，苏雪丹想把糖纸取下来，手却被陆小雯一把抓住了。陆小雯瞪着她，眼神恐怖而又迷茫，像不认识她似的。苏雪丹心里发毛，担心地问：“小雯，你……”不等她说完，陆小雯突然尖叫一声，一掌推开她，狂奔而去！

苏雪丹大惊：“你到哪去？……”陆小雯不理不睬，已经蹿出去二三十米，盘在头上的头发披散开来，如飘舞的马鬃。苏雪丹正考虑自己是不是追上去时，陆小雯已经拐了弯，空中飘来凄厉一声：“我回单位报告！……”

苏雪丹站在那里愣了一阵，她没想到平常看着秀气斯文的陆小雯居然跑得那么快，简直像一头猎豹，也好，出了那么大的事，是应该及时向团里汇报。

“哎！……”背后有人喊了声，她回头一看，刚才那个女孩气喘吁吁过来，“没有哇。”她弯身拣起地上的高跟鞋，不满地说：“我让你拿着，你看脏了……”

苏雪丹抱歉地说：“对不起对不起……真的没抓住？”她不甘心地看着女孩来

的方向,希望会有奇迹发生。

女孩穿上鞋,一下子比她高出半个头,骂了句粗话:“妈的,跑得跟狗臭屁一样!……”

苏雪丹沮丧地站在那里,完了,全完了,虽说对这个女孩并没有抱多大指望,但还是抱着一丝侥幸心理,现在……她感觉胸口一阵发紧,鼻腔一阵阵发酸,眼睛也朦朦胧胧的了,在朦胧的视线中她发现鼻子成了金黄色,犹如一座渴望滋润的黄土高坡,她想这是什么意思?是不是该掉眼泪了?他妈的真想哭啊!

女孩同情地看看她:“报、报警吧。”她打了个酒嗝,摸出手机,“打……打110。”她眯着眼睛,用食指按键,没按准,又用小手指戳着,在耳边听了阵,没有动静,她不解地看看手机,使劲拍了拍,又仔细看看,咕哝声:“没电了……”她看看发呆的苏雪丹,拍拍她肩膀:“要……挺住,生活中有很多意外和……磨难,它让你……坚强……”说完偏偏倒倒地走了。走了几步,觉得错了方向,又往相反的方向走,渐渐转过街口,消失了。

苏雪丹呆了一阵,脑子逐渐清醒了,为什么不报警啊!你这笨蛋!她赶紧摸出手机打110。

派出所的值班民警叫周坚,衣领上的一杠两枚星花表明这是位二级警司。他长了一张娃娃脸,单眼皮,白白净净的皮肤,嘴角微微下弯,好像和谁赌气似的。苏雪丹对这位警察的模样感到失望,这警察太年轻了,胡子都没长出来,让人缺乏信任感,可他人模狗样地坐在那儿,你还不得不对他表示尊重。苏雪丹按照要求干巴巴地叙述被抢的经过。周坚例行公事地做着笔录,面无表情,一副见惯不惊的样子。只有当苏雪丹说被抢走的是十万元时,他才扬下眉毛:“十万?得,恭喜你,成大案了!……你一个人带那么多钱干什么?……”

苏雪丹纠正说:“是两个人。还有一个会计陆小雯。她回单位报告去了。”

周坚问:“报告?发了案首先应该报告警察,回单位干什么?”

苏雪丹说:“是单位的钱!怎么不报告?再说我不是来了吗?我被抢的时候陆小雯上厕所了,她什么也不知道,来了也没用,说不出什么……”

“你看,还是了,你一个人,拿着那么多钱干什么……”周坚重复他刚才说的话。这些警察总是认为自己先知先觉,从来没有错误。

我一个人拿那么多钱又怎么了?我拿这么多钱自然有我的用处,我拿去存,我拿去花!我拿去糊墙纸,我拿着当砖头砸人!问题的关键不在我带多少钱,哪怕带一毛钱呢,就该被抢?拿着钱有什么错!你的职责是帮我把钱找回来!可这话苏雪丹不好说出来,她不想得罪这个毛头小子,还指望他破案呢!

“还有谁看见了?”周坚又问。

“当时路上没有行人,后来有一个女孩帮我去追……”

“那个陆小雯?”

“不是陆小雯。陆小雯三十好几了,是另外一个女孩,年轻的。”

“年轻的?多少岁?”周坚的眼睛倏地射出一束光,有那么点敏锐的意思。

“十八九吧。”

“模样?什么模样?”

“……脸圆圆的,大眼睛,皮肤挺白,扎了个马尾巴小辫……”

“就这些?”周坚嘴角一撇,显然,这等于没说。

苏雪丹想了想,又说:“穿着件……藕荷色的短风衣,个子高高的……”

“有多高?一米六八?一米七零?你最好说详细一些,越细越好。”

“一米七六。”

“多少?”周坚一惊。

“一米七六……或者加零点二。”苏雪丹精确地说出了数字后面的小数点。

“你怎么知道?”周坚眯着眼睛看着她,有些讥讽的意思。“为什么是零点二?怎么不是零点三啊?”

“就是零点二。我对别人的身高有特殊的敏感。比如你吧,过不了一米七一,最多再加上个零点二——别看你坐着。”

周坚打量她一阵,又看看自己——他身高确实不到一米七二,但这并不妨碍他的内心强大。他哼了声:“继续说吧。那个女孩,身高一米七六,其他的还有什么特征?”

苏雪丹想了想:“……她的脚是38码的。”

“嗯?又是特殊的敏感?”周坚嘴角露出一丝讥笑。

“她脱了鞋。鞋就在我手上,38码的。”

“她脱鞋干什么?”周坚觉得奇怪。

“脱鞋去追摩托车!”

“追上了吗?”

“追上了我还到这来干什么!”

“那不一定,追上了就更得来了……”周坚飞快地记录着:“鞋什么颜色?什么牌子?”

“酱红色。哈森牌。无扣,样式和我脚上的差不多。”

周坚看看苏雪丹的鞋,又问:“还有什么?”

苏雪丹想了想:“哦,她喝了酒……”

“喝酒?”周坚瞪大眼睛,这案子真有戏啊,一个年轻女孩大白天的喝酒。“你怎么知道她喝了酒?”

“她提着酒瓶,一嘴的酒气……”

“什么酒瓶?”周坚注意了。

“啤酒瓶。”

“我问是什么牌子!”

苏雪丹想了下:“没注意。”

周坚看看她,又问:“你不是闻到她一嘴酒气吗?不知道什么酒?”

“她喝在肚子里,我怎么知道?”苏雪丹奇怪地看看他。

周坚笑了下:“靠特殊的敏感呗,有些人的鼻子可以从酒味中判断出酒的类型甚至品牌,五粮液和二锅头是不一样的,燕京和珠江也有区别……啊,接着说。”

“没了。”

“没了?”周坚抬起头瞪着她。

“是没了。她帮我报警,电话没打通,后来就走了……”

“走了?!你为什么让她走?”

“为什么不让她走?人家是路过的,光着脚帮我追了一大阵……”

“你不是说没有行人吗?怎么还有路过的?”

“当时被抢的时候是没有行人,她是后面钻出来的……”

“从哪钻出来的?”

“从……我不知道!天上掉下来的!”苏雪丹有些火了,这是干什么?审问?

周坚看看她,用笔敲敲桌子:“哎哎哎,你别烦,要说烦,我还烦呢。告诉你,我这辖区快一年没有大案了,你一来就是个十万!”

“你说这话没水平。”

“什么?”周坚愣了。还没有报案者这么和他说话。

“有水平的警察不会这么说话。”苏雪丹不动声色地看看他,重复了一遍。

周坚把笔扔到桌子上,靠着椅子背:“我倒想听听,有水平的警察是怎么说话的!?”

“有水平的警察会想,这回终于让老子碰上一个大案,立功的时候到了!晋级的时候到了!出名的时候到了!老天助我!怎么才十万啊,要是个百万千万的那才够劲!”

周坚愣了,看着她,一时没说话。这女人倒是真说准了,他心想,我他妈的不正是这么想的吗!我不是个“有水平”的警察又是什么!

苏雪丹两手撑住桌面,俯身盯着他问:“你们什么时候能破案?”

“破案?哦,当然会破案……”周坚回过神,哼了声:“每个人来报案都忘不了问这句话……”

苏雪丹没好气地说:“我不问这个问什么?问天气凉快不凉快?问您老人家身

体好不好？这是十万块！同志哥！”

“嘿，你倒是不见外啊！”周坚笑了下，很快收敛笑容：“我们会调查的，尽快。你先做个笔录，把事情经过详细写出来。”他递过一张纸，“越详细越好。”

接到陆小雯十万元被劫的报告后，歌舞团团长陈功德眼睛瞪得老大，一时没说出话来。

几分钟前，韦明义兴冲冲地拿着今天刚出版的《都市早报》来到他办公室，报纸头版刊登市歌舞团和银雀公司合作的消息，并配发了签字仪式上的照片，照片上陈功德和韦明义满面含笑紧紧握手，在他们下方的桌子上醒目地摆着十万元现金。这张照片使两个人感受到此时此刻事业才算正式开始了，陈功德决定下午就到文化局申请办理模特团执照，尽快招聘模特演员，当然，这要等陆小雯回来，办执照需要银行提供的资金证明。

陈功德和韦明义以前并不认识，双方的合作有些偶然。一个星期前，韦明义来到歌舞团要求合作成立一个时装礼仪模特艺术团，说市里半年后——也就是 11 月份要开一个国际经济贸易洽谈会，参加的中外企业七百多家，需要大量礼仪广告模特，这是个难得的商机，漂亮女孩的轰动效应非普通广告能比，只要操作好了，绝对能赚钱。接着他提出了合作的具体方案：银雀广告公司出资十万作流动资金，歌舞团则提供办公室和训练场地，时装模特团的组织结构由双方各派一个人担任领导，利润则五五分成。时装团固定的模特人数暂定在三十人左右，另外再招五十人以上的兼职模特，有了这些基本队伍，就可以做经贸会模特礼仪的总代理，垄断这次经贸会的模特市场。关键是，有了这个露脸机会，就有了知名度，以后市场就认你，业务绝对做不完。韦明义还说，这是个投资小见效快的项目，总公司的老板说了，如果合作得好，总公司以后还可以注入资金，和歌舞团多方合作，几百万是没问题的，当然，前提是“合作得好”。陈功德听明白了，真是天无绝人之路，他现在缺的就是钱啊。上面今年下拨的经费又减了百分之二十，据说以后还要停拨，让他们走自负盈亏的路，团里的账上只有区区可怜的四千多块钱，连信笺纸都舍不得印。更要命的是，上个星期，银行来人说，如果那三百万贷款再不还，就到法院起诉他。其实这三百万贷款和他无关，是上任团长留下的债务，当时为了盖宿舍楼筹集了五百万，其中有三百万是银行贷款，另外是借款。银行的贷款去年 2 月份就该还清，后来通融了下缓半年，谁想没多久老团长因受贿罪被捕入狱了，这债务就落在他的头上，谁让你是法人代表？他看了银行当初贷款的协议，不禁抽冷气，歌舞团的抵押竟是办公综合大楼，也就是说，他不还钱的话，歌舞团的老窝都没有了。他现在当务之急是筹集钱。韦明义的提议无疑是条生财之路，现在模特表演在沿海一带如火如荼，但在西部这个城市，模特还算是个新兴事物，处于小打小闹散兵游勇阶段，搞起来肯定吸引人们眼球。不过他还是坦率地告诉对方：歌舞团的现状不容乐观，甚至可以说是苟延残喘，名存实亡——人员老化，市场不景气，一年演出不了几次（还都是节日期间奉命应景的小节目），全团人员只拿百分之五十的基本工资，好演员都走了，因此他这里没有漂亮女孩，半老徐娘倒有不少，可用不上啊。韦明义说，正因为这样，才需要成立一个新的团——时装模特艺术团，重新从社会上招人，模特现在可是很吸引人眼球喔！道理很简单：舞蹈演员多如牛毛，街上随便一走就可以看到脑袋朝地旋转“哈韩哈日哈老美”，而时装模特由于身材的限制，不是人人都可以“哈”的，所以是大热门，这是市场的选择，我们一定要抓住机遇，顺势而为。

陈功德承认，韦明义这一招确实不错，市场嗅觉敏锐。但他毕竟是块老姜，在涉及经济问题时他叮嘱自己一定要多问几个为什么：如此好事，韦明义为什么不自己干？有钱什么事办不成啊。韦明义解释说，第一，他是看上了陈团长这种思想开放勇于开拓的人，和什么人合作很重要，陈团长在市艺术馆当馆长时搞得风风火火，是文化事业单位改革的高手；第二，市歌舞团的牌子不错，虽然不景气，但毕竟是国家正式文艺团体，有某种官方的性质，可以让人放心，你想想，模特都是女孩子，她们要找个可靠的单位，怕色狼啊；第三，歌舞团不仅有排练厅，还有不少虽然年纪偏大但表演经验丰富的演员，上台不行，授业却正当年，让这些人训练模特，省得四处花大价钱请人了。陈功德觉得韦明义讲得挺实在，几乎可以说是推心置腹了。其中第一条把他称之开拓性官员虽然有拍马屁之嫌，但很对心思，并且也符合实际——自己应该算是一个有胆有识的干部，否则上面也不会把自己从艺术馆调过来收拾这个烂摊子——虽然他并不想来，穷单位谁想沾啊。但是一来艺术馆的潜力已经挖到尽头，再干已无多大长进；二来也想赌一把，改制若是成功，他的这一笔资本就是争夺市文化局副局长职位的强力筹码，进而领导全市文艺团体的改革；三来……私人感情方面的原因也在里面……总之他权衡利弊后上任了。他脑子飞快地盘算了一下韦明义的合作方案：对方出的是真金实银，我们无非是出点硬件，划得来，反正场地空着也是空着，人闲着也是闲着，既然他不怕钱亏了，我这些谁也搬不走的房子和那些赶也赶不走的闲人还有什么怕的？再说，如果有了这个模特时装团，不仅可以招收学员，办训练班收费，还可以附带把茶坊、旱冰场搞起来——模特确实比一般舞蹈演员引人注目，她们在茶坊站着，冰场溜着，漂亮脸蛋加魔鬼身材，肯定会吸引那些追逐时髦的少男少女前来消费，现在社会上就这些青毛头子敢花钱！如果团里那个被停业的歌舞厅一旦恢复营业，就让时装艺术团在那里住场演出，名气打出来后，三弄两弄就把歌舞团的产业带活了……陈功德越想越兴奋，立即拍板同意，合同签好盖章后，韦明义果然把十万拿来了。谁想这个钱在手里还没捂热乎，竟然被打劫了！

韦明义脸色变了，冲到陆小雯面前嚷道："你说什么?! 开什么玩笑！那是十万块啊！"

陆小雯缩了下肩膀，眼泪又掉下来了，什么话也说不出来。

陈功德吼了声："你怎么搞的？就知道哭哭哭！"

韦明义缓口气，反身问陈功德："那个银行离这里有多远？为什么不派车去？"

陈功德说："就两三百米，马道街口，平常我们的会计出纳都在那里存钱取钱，从来没出过什么事……"他看看韦明义，又说："如果要出事，就算是派车去也没用，歹徒现在什么装备没有？前不久沈阳的那次抢劫案，炸药干上了，听说还有用火箭筒的，从越南进的货。"又问陆小雯："报警了吗？"

"好像报了。"

"好像?!"陈功德声音陡然提高八度。

陆小雯赶紧说："苏雪丹应该去派出所了。"又补充一句："她肯定去了。"

韦明义愣一下："苏雪丹是谁？"

陈功德说："是我们团里的职工，刚从部队转业来的，没安排具体工作，就让她和小陆去了，谁想到……"

"男的？那个苏什么……"韦明义问。

"女的。"

"开玩笑啊！"韦明义大叫一声，"这么一大笔钱让两个女的去？"

"谁知道哇！"陈功德也悲愤地叫了声，"以往都是小陆一个人去，从没出过事……"

"以往？以往有过这么多钱吗？有吗?!"韦明义眼珠子差点瞪出来。

你也太小瞧人了！陈功德本想说"比这再多的钱我也见过"，又一想，你把人家的钱弄没了，就不让人家吼两嗓子？他就是掐自己脖子也是应该的，人家算客气的了。他腮帮子鼓了两下，没吭声。

陆小雯小心翼翼看看他们，低声说："已经报案了，要不苏雪丹早就回来了……"韦明义瞥了她一眼，摸出一支烟，叼在嘴上，又取下来，哼了声："我看这钱……那帮警察，我还不知道，要多懒有多懒……"

陈功德愣了一阵，颓然坐到椅子上，一时不知说什么好，太突然了！十万块钱刚才还在手上，怎么说没就没了呢！关键是，这以后的事情就泡了汤，人家的几百万的投资还敢进来啊。他瞪着眼睛看看天花板，叹息了声："真想不到……十万块啊……"说着翻翻手掌，仔细看着手指头，好像钱是从那上面漏出去的。

"完了，前功尽弃！这怎么去文化局办模特时装团的执照？还要这钱验资呢！"韦明义在屋里走来走去："这算是什么事？陈团长，反正我把钱交到你们手上了，我怎么向我们董事长交代……白纸黑字红章，钱我是拿来的，你也收下了……"

陈功德看看他："韦经理，你别急，这个钱我认，我认……"他摸出一支烟，哆哆嗦嗦叼在嘴上。心想我他妈拿什么认！怎么这么倒霉啊，银行的贷款还没还呢，差旅费还没报呢，职工的医药费票据还有一大叠子呢，又多了一笔冤枉债！这十万块要算在我账上，把裤子卖了也还不了啊……"怎么就这么巧，这么近的路，居然被劫……"他自言自语道，竭力让自己平静下来，忽然心里一动，问陆小雯："你说钱被劫时，你不在场，只有苏雪丹一个人？"

"我……我上厕所去了……"

"也就是说你什么都没看见，只是听苏雪丹一个人说钱没了？"

"我上厕所去了，出来……"

"我只问你看见什么了？"陈功德不耐烦地打断她的话，"谁抢的钱？"

陆小雯摇摇头，嘴角抽搐一下，又要哭了。"我什么也没看到！……"她哽咽着。

陈功德看看韦明义，如果真如刚才陆小雯所说，钱被劫时，只有苏雪丹在场，并没有旁人看见，那么……那么这个钱会不会……会不会是苏雪丹自己……他心里咯噔了一下，为自己的想法吓了一跳，猛然对陆小雯说："苏雪丹现在在哪里？派出所？"

"应该吧。"

"应该？你到底什么意思？"

"我……我跑回来报告……我没看见……"

陈功德不再问她这个问题了："你去把罗副团长、石保卫叫来，我觉得这里面不对头！很不对头！"

苏雪丹有重大嫌疑，他想。

2

作完笔录后，周坚让苏雪丹带他去看案发现场。由于十万元被抢劫属于刑事大案，他已经向所长汇报，一旦核实，恐怕分局刑警队就要接手了，不过他觉得最好自己来处理。派出所职责范围里有一条：侦破力所能及的案件，他有这个能力。所长也是这个意思，真把这案子破了，大家面子上都有光。

他们上了一辆桑塔纳警车。

周坚开车，一个女警员坐在副驾驶员座位上，苏雪丹坐在后排。女警员一头短发，稚气未消，但精神头很足，眼睛像猫头鹰瞪得溜圆，警惕地扫视着周围。周坚对苏雪丹介绍说这是刚从警校分来的，叫林丽英。苏雪丹礼貌性地和对方点点头，后者翻下眼皮,脸上没有一点表情。周坚戴着白布手套,握着方向盘,腰板挺直,很绅士很优雅的样子。像福尔摩斯呢,苏雪丹不由撇下嘴,这毛头小子派头是拿够了。

警车一路响着警笛,他们很快来到出事地点。

周坚停下车,看看周围,哼了声:“马道街……”一只手捏住另一只手的指尖,一根手指一根手指地扯下手套,然后用手套在方向盘上抽了两下,长出一口气:“马道街啊……”那语气像是征战多年的将军回到当年鏖战过的战场,无限感慨的样子。“知道为什么叫马道街吗?”他没回头,也不知问谁。

林丽英好奇地问:“有什么讲究?”

苏雪丹冷冷地说:“因为这里常出‘响马’!”

周坚愣了下,回头看看她:“响马? 唔,有道理。”停了一会又说:“过去我不明白为什么把劫匪叫‘响马’,现在知道了,摩托车可不是‘响’的‘马’!? 突突突突!嗒嗒嗒嗒! ……”他呵呵笑了两声,见大家没什么反应,觉得无趣,打开车门下车:“溜达溜达吧,看有什么线索。”

苏雪丹也下车,一边对周坚讲事情经过,一边仔细在地上瞧着,不指望能得到什么,但是总有一点心理作用,万一有什么发现呢? 一切依旧,墙还是那个墙,厕所也还是那个厕所,那个果皮垃圾箱依然傻乎乎地呆在那。苏雪丹不由用脚轻轻踢下垃圾箱,自己怎么就蹦到这上面来了? 莫名其妙,她觉得上午遇到的事迷迷糊糊的,像做了一个梦。路上行人多了,有几个人聚在一起议论着什么,见鬼了,出事的时候为什么没有人呢?

林丽英走过来,问:“你说的就是这个垃圾箱?”

“啊。”

林丽英打量着垃圾箱,觉得不可思议:“这么高,你怎么会跳上去?”

“狗急跳墙呗。”周坚过来说,看看苏雪丹:“对不起,只是比喻。”又对林丽英说:“苏雪丹女士是舞蹈演员出身,有功底,再说人在急了的时候肾上腺能分泌出一种物质,促使人做出一些超常的事情。是吧?”他转头问苏雪丹。

苏雪丹哼了声:“你甭扯什么肾子腰子,有什么就快问,我还要回单位!”

周坚弯下身子仔细看垃圾箱,发现有一道擦痕,他用指头轻轻触摸了下,掏出一支小毛刷,将上面的屑灰扫到一个小塑料袋里,然后示意林丽英:“拍下来。”

林丽英立即举起相机拍照。

周坚直起身,背着手走了几步,又看看天,问:“摩托车是黑色的?”

“对。”

“那人戴着头盔?”

“对。”

“红色的? ……我指的是头盔。”

“对。”

“那个人……穿的什么衣服？”

“刚才在派出所不是说过了吗？”

“再说一遍。”

“……好像是茄克。”

“好像？”

“好像。”

“什么颜色？”

“咖啡色……好像。”

“还是好像？”

“好像。”

“你就不能肯定？这非常重要。”周坚皱着眉头。“好好想想。还有车牌号，哪怕一个数字。”

林丽英说：“一般来讲，到现场来应该回忆起什么来。大脑皮质层有个刺激作用，生物医学上叫映象重现。”

“我知道。”苏雪丹瞥她一眼，不知什么时候，这个女警官嘴里嚼上了口香糖，两手插在裤兜里，满不在乎地东张西望，一副挺帅的样子。苏雪丹看着她，手掌向上，手指抖了两下：“拿来。”

林丽英不解地看着她：“什么？”

“嚼巴的。”

林丽英愣了下，很快明白了，不情愿地摸出块“绿箭”扔过来。苏雪丹一把接住，剥下纸，将糖塞进嘴里，两腮很快活动起来。

“想起来没有？”周坚看看她，“喂，说你呢，苏女士。”

“什么？”苏雪丹问。“哦，衣服颜色和车牌号。”

“还记得，我以为你老人家健忘呢。”周坚讥刺地说。

“我就是有点健忘，衣服颜色说不准，车牌号没注意——好像没有车牌……”

“没车牌？”

“或者被泥巴糊住了？我没什么印象。”

周坚瞪她一眼，不再说什么，两个人又分头到附近的居民那问了一阵，没问出什么，周坚又走到街口拐角处，来回看了几遍，地上有几道黑色的车胎辙印。他蹲下来看了看，示意苏雪丹和林丽英过来，问苏雪丹：“摩托车就是在这里掉转头的，对不对？”

“对。”

“然后那个高个女孩跑出来了？”

“是。”

周坚摸着下巴考虑了一会，问林丽英：“你说摩托车既然已经跑了，为什么又折返回来？”

林丽英犹豫了下：“我想是因为……这个……”

周坚不等她说完，又说：“他是看见对面女孩过来，所以朝反方向跑……也就是说他可能认识女孩，怕对方认出他来……”

林丽英脸上露出佩服的神色：“周哥，你这个推理很棒……”

周坚故作不屑地摆下头：“只是推理而已。”说着手卡住下巴，盯着旁边的树梢，眼睛中射出几分锐利。

“就是说找到这个女孩很重要……”林丽英两眼眯成一条缝，随着周坚的眼光追寻过去，继续推理：“就是说她是条重要线索，就是说……”

周坚轻描淡写道：“是啊是啊，重要线索……”看看苏雪丹，说：“上车。”

“去哪儿？”

“你们单位。”

几个人走进歌舞团团长办公室的时候，里面正在激烈地争吵着什么，陈功德来回走动着，不停地对一旁的罗副团长和保卫干部石泰梁说“我的怀疑是有道理的”，韦明义则两手交叉抱在胸前，面色阴沉地瞪着他。

陈功德看见苏雪丹进来，微微愣了下，停下步，冷冷地说：“苏雪丹，你还回来?!”

苏雪丹莫名其妙：“我不回来干什么？警察带我去现场看了，哦，是我带警察去现场……这是派出所的周坚警官……”又对周坚说：“这是陈团长……”

周坚看看陈功德：“你是团长？”不等他说话，手一摆，“来来来，我们摆摆情况……”说着走到沙发前一屁股坐了下去。

周坚的语气和动作表示他是这里的老大，这让陈功德心里不大舒服，从年龄上和警阶上看，这警察最多是个副科级，却在这里指手画脚的。

林丽英对他们示意：“大家坐吧，不要紧张，摆摆情况。”

陈功德犹豫了下，还是坐下了。

情况摆了一阵，没有什么新东西。周坚沉思了一阵，说：“去年你们团就出过命案，没接受教训哪，十万块钱，派两个女人去，很不妥……”

陈功德有些急了：“谁想到会出事啊，这么近！以往还是小陆一个人去呢！”

“去年的命案和陈团长没关系，他是后调来的。”罗副团长说。这个命案是指去年4月歌舞团楼下新月歌舞厅发生的斗殴案，造成一死一伤，歌舞厅承包人向其顺和一个保安逃匿失踪，舞厅停业至今。

“今天就是怪了，钱一拿出去就被抢，警察同志，你说这个劫匪是碰巧了呢还是知道今天有十万块钱，专门等在那的？”陈功德问。

周坚莫测高深地笑笑：“这个……都有可能。”

陈功德又说：“我们团里也研究了一下，会不会有这种可能……”他看看苏雪丹，对周坚说：“我能不能单独和你谈谈？”

周坚看看他，说：“我的搭档也要听听。”

“当然。我所说的单独不排除这位女警官。”他们三个出去了。

苏雪丹看看陆小雯，眼睛红红的，一个劲地用手纸擦鼻子。她走过去，问：“你还好吧？”

陆小雯避开她眼睛，摇摇头。

一直看着她们的韦明义指了下苏雪丹：“怎么会是你拿着钱？钱不是陆会计拿着吗？”

苏雪丹解释说：“当时她不舒服……”

“你是刚调到歌舞团的？”韦明义打量她。

“来了快三个月了。我是从部队歌舞团下来的。”

“来了后没安排具体工作？听说在资料室？”

“打杂，让我先在资料室坐着。说是以后再调整。”

“陈团长所说的闲人就是你吧？”

“什么？”苏雪丹吃惊地看着他：“什么闲人？”

“歌舞团有不少闲人……哦，应该说叫人力资源过剩，这没有什么贬义，国营单位都是这样。陈团长的意思好像准备让你到我们模特时装团工作，所以让你去陪会计存钱。”

“早知道会有这种事，我就不来了。我再闲到街上擦皮鞋去。”苏雪丹气哼哼地说。陈功德有这种安排，她并不清楚，不过也不吃惊，反正她闲着，干什么都有可能。她看看韦明义，这位银雀公司的经理不过二十七八岁的年纪，戴副眼镜，说话细声细气的，好像很有涵养的意思，不过此时此刻让人听着有些做作，不大牢靠。

韦明义看看苏雪丹的脸色，两手放到胸前，手掌朝外，好像在推一堵墙：“别误会，我没其他意思啊……”

陈功德和周坚、林丽英进来了。三个人面色一个比一个严肃，显然达到了某种默契。

周坚说：“我们需要和当事人分别单独谈话。小林，你和陆会计谈。我跟这位……”他指了下苏雪丹，“我们到另外的屋子去。”

两个人到了走廊尽头歌舞团办公室的屋子。办公室金主任正和资料室的汪琴谈报销医疗费的事，见他们进来，两个人礼节性地笑笑，知趣地往外走。路过他们身边时，汪琴很体贴地拍拍苏雪丹的胳膊，什么也没说，出去了。

苏雪丹刚要坐下，周坚指了下她："你很不妙啊！"

苏雪丹又站直了，看着他。

周坚把帽子放到桌子上，手指轻轻敲敲桌面："坐坐。"

苏雪丹想，不管这小子破案能力如何，整得还挺老练的。她有些忐忑不安，坐下来。

周坚并不急于说话，从兜里摸出一包英国硬壳"三五"烟，放在桌子上，然后又从衣兜里摸出一把小巧的袖珍左轮手枪，也放在桌子上，他拿起烟盒，手指抵住底部一弹，抽出一支烟噙在嘴上，接着抓起手枪，扣动扳机，"咔嗒"一声，枪口射出一团火苗——原来这是一只仿真手枪打火机——点上了烟，慢条斯理地说："你好好想想，有没有应该说的但是还没有对我们说的？"

苏雪丹皱下眉头，对方这一通显摆显然是心理战，如果再用上大烟斗就更和福尔摩斯接近了，只不过问话没有新意——被抢过程已经说了很多遍，还有笔录。她摇摇头。

周坚问："真的没有？"

"没有。"

"不要急着回答。再想想。"

苏雪丹想了下："没有。"

周坚微微一笑，两只手放在桌子上轻轻弹着，像是在弹钢琴。"不要那么绝对。"

"什么意思？"苏雪丹觉得不对劲了，对方话里有骨头。

"我是说，有些事想一想就出来了。"周坚盯着她，"不是吗？"

苏雪丹怔了下，有些明白了："你要是知道什么，就告诉我，你这是干吗？我是犯人？！"

周坚愣了下："嘿，到底是当过兵的，火气冲啊……这么说吧，你要离婚？"

苏雪丹怔了，问："我离不离婚和这案子有什么关系？"

"你今天上午到办公室问金主任，准备和丈夫协议离婚，你对办公室金主任说房子你要了，现金存折全给了丈夫……"

"我说过这话。金主任的老婆学法律的，我咨询一些事。"苏雪丹停了下，觉得这个事情没说清楚，又说："需要更正一下，不是我找金主任，是金主任找我，问我对今后工作的打算。离婚的事是后面顺带说的。"

周坚沉吟一下："金主任说钱都被你丈夫拿走了，你怎么办，你说没有了就去抢……"显然，周坚有自己的思路，并不关心是金主任找她还是她找金主任。"你说了抢吗？"

"那是开玩笑的……哦，我明白了……"苏雪丹面色严峻起来，"所以我就把十万块抢了，我雇了个人，然后报假案。”她完全听明白了周坚的意思。

周坚赶紧否认：“我可没这么说啊……”停停又说：“我们要想到各种可能性，群众也会提供很多线索。其实，这个案子可大可小，钱一追回来，案子就销了……”

苏雪丹看着他没说话。

“你听懂我的意思了吗？”

苏雪丹盯着他：“不懂。”

“你应该懂的，再想一想……”

“我就是不懂！”苏雪丹心里一股火蹿了上来，打断他的话：“你到底什么意思？十万块钱被人抢走了，你不去调查追捕那个歹徒，跟我谈这些没盐没味的干什么？还怀疑我……”

“我当然怀疑你！”周坚站起来，放大声音说，“凡是正常思维的人都会怀疑你。”

“那你干脆把我拘了得了，还废什么话！”苏雪丹两手并拢往前一伸，等着手铐出来。

周坚瞥下她的手，嘴里嗤了一声，觉得对方小看他的智力。“我是想拘你，可是没证据。我干这行也有几年了，不懂法啊？”

“还是了。”

周坚盯了她一阵，坐下了，摆下手，声音又压下去：“我们都冷静一下好不好？你的麻烦在于出事的时候没有目击证人，对吧？只有你和你所说的那个歹徒。”

“有一个女孩追那个摩托车来着。”

“女孩在哪？你为什么不把她叫来作证？”

“我哪想到这些事！当时我蒙了……”

“你看，现在有没有那个摩托车还是个问号，没人看见……”

“那个女孩看见了！”

“女孩在哪？……不知道？等于没人看见！”

“我看见了！我不是人？！……”

周坚正要说什么，林丽英进来，对周坚摇摇头：“陆小雯还是那些话，什么都不知道。这人老哭，我就烦女人哭……”说着，她拿起一个杯子盖看看，抓了把茶叶进去，自己倒了杯开水，嘴巴呼呼吹着杯子上面的茶叶。看看苏雪丹，忽然笑了下，说：“有没有人说你和陆小雯长得有些像？”

苏雪丹愣了下：“怎么了？”她刚到市歌舞团时，汪琴确实说过她长得和陆小雯有些像，两个人都是圆脸大眼，只不过她个子要高些。苏雪丹自己并不认同这点，不过这和案子有什么关系？“你是觉得我也会哭？”她问。“还是我们串通了什么的？”

"我只是随便说说。"林丽英回避说,又换了话题:"陈团长说他并不怎么了解你,你到单位时间不长。"

"我来了快三个月了。"

"陈团长说他对你并不了解。"林丽英又重复了一遍。

"我对他也不了解。他是从市艺术馆调来的。比我早来三个月。"

"你没听懂我的意思……"

"嗬,好像我是傻蛋一样!"苏雪丹声音大了,"你这话三岁小孩都懂——不就是怀疑我吗?!你们可以到我的原单位调查,看我是什么人,看我有没有前科……"

"嘿嘿,你看,又来了!又、来、了!"周坚放慢声音,一字一顿说。"你这案子我们很重视,说实话,我这辖区好久没有大案发生了,我指的大案是一万元以上的案子……"

"这话你跟我说过一百遍了。"苏雪丹火不打一处来,尖刻地问:"我影响你的奖金了?影响你提升了?"

林丽英正端着杯子喝水,听见这话将水杯放到桌子上,水溅了出来。

苏雪丹立即问:"你拍什么桌子?"

林丽英愣了下:"谁拍桌子?"

"你!"

"我没拍桌子。"

"你拍了。"

周坚说:"苏雪丹同志,请你冷静些,她确实没有拍桌子……"

"桌子上的水哪里来的?"苏雪丹指着桌子。"天上掉下来的?下雨了还是谁撒尿了?"

林丽英一时愣了。苏雪丹的攻击火力如此猛烈出乎她的预料。

周坚看看她,摸出手套将桌子上的水擦掉,看看手套,说:"对不起,如果你受了惊吓,我们向你道歉。我再说明一下,在破案之前,我们有各种猜想和推测,但是没有确凿的证据之前,我们不会有任何结论。"

"你们根本就不相信我的话!"苏雪丹气呼呼地说。

"不是不相信,是看你有没有什么补充的……"

苏雪丹正要说什么,陈功德进来了,问:"周警官,谈完了吗?"他后面跟着副团长罗金国和保卫干部石泰梁。

周坚看看苏雪丹:"差不多了。"

"怎么样?"陈功德急切地问。

周坚说:"还没什么线索。"

陈功德看看苏雪丹,说:"小苏,团里的群众对这事有些反映,认为这十万丢得奇怪,不大正常……”

苏雪丹说:“群众?他们有人在现场吗?”

“没有。不过……”

“这就等于放屁。”苏雪丹盯着陈功德,身体往椅子背上一靠,“该说的我都说了。没有什么想不起来的。”

苏雪丹的强硬态度使大家有些吃惊。沉默了一会,陈功德勉强笑笑:“你的情绪不对头,有抵触情绪。是不是当过兵的人都是这样?我们团从部队下来的不止你一个,石泰梁同志也是嘛,他们怎么不像你这样?”不等她回话,又对周坚说:“刚才我们团里几个领导碰了下头,有一些事要和苏雪丹同志谈一下。”

“哦,那你们谈吧。”周坚站起来。

陈功德赶紧说:“不不,周警官你一定要在,有些法律问题要向你请教。”

周坚又坐下。

陈功德低声对罗副团长说句什么,然后说:“本来该罗团长说的,他分管你们资料室……”

“我不是闲人吗?”苏雪丹生硬地说,“我在资料室只是有一张椅子。来了快三个月了,我也不知道谁分管我。”

陈功德顿了下,决定不计较对方的态度:“好吧,不提过去。这个银雀模特时装艺术团如果正式成立了,我是准备放你到模特团工作的,有人说到模特团是下岗,观点是不对的,模特团是很有前途的,而且是我直接负责。我现在代表组织和你谈话。不管怎么说,这个钱是不在了,从你讲的过程来看,这完全是你的责任,你要负全责。周警官,是不是这样?”

“这个嘛……”

“不对!”苏雪丹大声说,“怎么是我的责任?”

“不是你的又是谁的?陆小雯的?她把钱交到你手上……哦,是你把她的钱拿到手上……”

“我没说是陆小雯的责任!这是歹徒劫匪的责任!我在街道上正常行走,我谁也没招惹,我也没有违反交通规则,更没有违反宪法,结果钱被抢了,怎么是我的责任?”

林丽英说:“你要是这么说,就狡辩了!前不久广西一个煤矿透水塌方死了好几十人,矿长有没有责任?县长有没有责任?都判了刑……”

“我没说陈团长、罗团长、保卫科长有责任。”苏雪丹很快回应她的话,“我说了吗?”

林丽英怔了一下,眨下眼睛:“嘿,你反应很快啊!”她没有想到又被苏雪丹抓住了辫子。照这个逻辑推论下去,应该负责的是团长陈功德。

周坚笑笑,没说什么。这个苏雪丹越发引起他的兴趣了。

石泰梁说:“苏雪丹同志,请你冷静一下,我也是部队下来的,从大的方面讲,我们还是一个军区的,这种事谁也不愿意碰上。我们也不是怀疑你有什么问题。我们是要解决问题。十万元不是小数目,我们团现在的经济状况你也很清楚,一年的经费才多少钱?……出了这么大的事,团领导要向投资方银雀公司交代,向上级交代,也要向群众交代。这十万块到底到哪儿去了!”

苏雪丹转头问周坚:“听见没有?你们什么时候能破案?什么时候向纳税人交代?”

周坚看看她,忽然笑起来:“我真的是头一次碰见你这种人,你把单位的钱丢了,居然不认错,你难道就没有一点责任?现在谁的钱都来得不易,你就不内疚?”

苏雪丹不说话了,默了会,低声说:“我内疚。这是我好几年的工资。”

“何止是几年!”陈功德指头有力地点了她一下,“这十万块钱是成立时装艺术团的开办经费,模特时装艺术团的前景广阔得很!我们马上要参加市经贸会,那里需要大量的礼仪模特,啊,服装公司需要时装模特,广告公司需要影像模特,酒厂需要推销小姐,就是卖炉具灶台的也要模特站着撑门面……你知道价格多少?每个模特一小时两百块!如果是十个模特,每天工作六小时,那就是一万二!五天就是六万!五十个模特呢?一百个模特呢?你算算看!”

“你倒真会算!”苏雪丹冷笑一声,这不是鸡生蛋、蛋生鸡理论吗,如此算下去,下辈子也还不清账了。

陈功德说:“我是要让你重视这个问题,要深刻认识问题的严重性!再说,这个时装团如果运转顺利,可以分流团里一部分闲人,时装团自负盈亏,面向市场,这是方向,可以坦率告诉你,这为以后的体制改革探索一条路子,国家不会老养着不念经的和尚,我们这个歌舞团以后还存不存在都是个问题。所以说……”

“所以说我破坏改革了?真担当不起。”苏雪丹现在的确认识到问题的严重性。这十万块算下去无穷无尽啊,祸国殃民啊。

周坚看看她,说:“不扯远了,这样吧,我们争取尽快破案,不过根据我的经验,就算是破案了,钱很难全追回来,能捞回点小零碎就不错了。……我说的可是实话。”

这个结论对大家打击挺大,沉默了一会,罗副团长对苏雪丹说:“我们就是想和你协商一下这个事的处理办法,首先要把责任弄清,然后该怎么办就怎么办。”

苏雪丹问:“是不是要我赔偿?”

陈功德说:“你觉得不应该是这样吗?其他不说,十万块是实打实的。不说团里没有钱填这个窟窿,就是有钱,也不应该是团里掏……”

“我现在想知道怎么给我结论?认为我拿了那钱?”

“现在不是作结论的时候。在公安没有破案以前,谁知道结论结果?反正各种可能都有。是不是周警官?”

周坚没说话,他仔细观察着苏雪丹。虽然对方态度强硬,但是可以看出她内心还是很紧张。不过这个女人真不简单,和那个哭哭啼啼的陆小雯是两回事。

陈功德又说:“周警官还有什么要问的?”

周坚说:“没有了。”他站起来,拿起帽子戴到头上,“你们单位内部的事情,我们就不掺和了,小林,我们走。”他们两个往外走。

陈功德说:“吃饭吧。附近有个顺风苑酒楼,味道挺好的……”

周坚摆摆手:“有什么新情况及时打电话给我。”说着,两个人走了出去。

陈功德对苏雪丹说:“你在这等着。我送送他们。”跟着周坚出去了。

过了一会,陈功德回来,口气和缓地对苏雪丹说:“事情既然出了,就要正确面对。今天你到办公室值班吧,辛苦一下,再把事情经过详细写出来。”

3

苏雪丹坐在办公室的桌子前写事情经过,写了几行字,写不下去了,该说的都说了,还写什么!她把纸揉成一团,扔进纸篓里,拿起一张报纸看着,看了一阵,什么也看不进去。今天的事弄得她脑子里乱哄哄的。窗户外面能看见蜀都大楼顶端的霓虹灯一闪一闪的,蓝色,红色,光怪陆离。已经是傍晚了。

汪琴提了个饭盒进来,看看她,敲下门:“小苏,该吃饭啦!”

苏雪丹回头看看她手上的饭盒,有些吃惊:“汪姐,你来干什么?”

“干什么,陈团长让我来陪陪你……我给你带了些菜,”汪琴打开饭盒,“腊肉花菜,喜欢吗?”

苏雪丹摇摇头,一点食欲没有。

汪琴拿出筷子,“是我那口子炒的,味道还行。你尝尝……”她把筷子硬塞到苏雪丹手里,苏雪丹知道汪琴的丈夫炒得一手好菜,可是她现在实在没有食欲。

汪琴打开电视机,“怎么不看电视啊。”她用遥控器选好一个频道,退后几步坐下来,从身边一个大塑料袋里摸出一件打了一半的毛衣,两只手灵活地摆弄着环形针,开始织起来。

苏雪丹呆呆地看看她手中的毛衣,现在很少有人织毛衣了,但汪琴似乎对这个情有独钟,其理由是“闲着也是闲着,手指活动可以防止老年痴呆症”,实际上汪琴才三十六岁,老什么啊。团里那些好事的女人说她恐怕是为了节约钱,汪琴的丈夫是个残疾人,经济上比较紧张,能节约的尽量节约,后来汪琴不说“老了”,而是说

"我那口子喜欢穿我织的毛衣",这个理由正当而又温情,让人无话可说。汪琴原来也是军区歌舞团的演员,比她大六岁,当年曾经是团里的台柱子,在全军的舞蹈比赛中得过几个奖,那个得金奖的独舞《树》和《雪莲》就是她首跳的。后来苏雪丹顶了上来,汪琴闲了两年,转业到了市歌,先是在演员队,由于当时市歌本身有一些资历老的大腕,轮不到她当A角,跳群众演员又不愿意,就只好闲着,等那些大腕老的老,走的走,下的下,可以上戏了,但文化市场却严重萎缩,排一场节目至少十几万,歌舞团无法保证票房收入,干脆不排戏,这样汪琴下来后几乎没有演出过,去年她去了资料室,彻底告别舞台。不过她的身材保持很好,虽然生了孩子,却一点没有发胖,只是比当年略为丰盈一些。

苏雪丹心不在焉地夹了一筷子花菜,等着汪琴问话,她肯定要问今天上午抢钱的事,但汪琴却说起了孩子,孩子上学花了两万五,就是为了进那所狗日的重点小学。"少一分钱都不行!"汪琴咬着牙说:"我哪来的两万五!幸亏……"她突然停口,过了会余恨未消地又说:"狗日的两万五!"

苏雪丹附和点头,不知道她为什么提这个,是影射?她现在怕听见别人说钱。不得不承认,自己是太敏感了。不过,既然自己出了这么大的事,见了面她却一字不提,也有些反常。

"我以为你早就回家了……"汪琴说,"听说要调你去模特艺术团?"

苏雪丹喃喃说:"我不知道。今天上午让我陪着陆会计存钱,大概看着我闲吧……来了三个月不给我正式安排工作。"

"唉,咱们歌舞团超编太厉害,哪个部门都满满当当的,能进来就不错……哎,听说这个什么模特时装艺术团不错,很多人想去还去不了呢!现在模特能挣不少钱,社会时兴这个。"汪琴仍是不提十万元的事。

"模特挣钱,我们能有什么钱。"苏雪丹淡淡地说,她觉得汪琴没说实话,这个什么模特团是自负盈亏的,以后什么前景根本没谱,不可能"很多人想去还去不了",没听说谁想去,起码汪琴本人就没这个愿望。

"你们是管模特的,不挣更大的钱?……哎,你看过'野性非洲'没有?"汪琴盯着电视屏幕。

"什么?"

"十五频道,每天晚上八点二十播出,可刺激了……"

"啊,没注意。好像翻了两眼,全是动物……"

"嘿,特别刺激,也不知道是怎么拍出来的,狮子吃野牛,野狗围斑马,猎豹追瞪羚,你知不知道,世界上跑得最快的动物是谁?——猎豹!瞬间时速可以达到一百一十公里!……"

"哦,这么快!赶上汽车了……"苏雪丹随口附和着,她实在没有闲情谈什么动物。

“汽车算什么？我们团的那辆中巴，跑多快？吭吭哧哧的半天走不了两站路……”

“我们团……”苏雪丹觉得还是自己说出来为好，她觉得难受，这么大的新闻汪琴为什么不提呢？很不正常！“我……汪姐，那钱真的被抢了……”

“这有什么新鲜的，”汪琴哼了声，“我丈夫前天手机被一个家伙抢跑了，大白天的，他去买菜，就在街道口，嘿，跳起来一抓，跑了！影儿都找不到一个。别说我那口子一条腿坏了，就是两条好腿，也追不上。你说倒霉不倒霉？”

“是吗？”苏雪丹瞪大眼睛，终于有知音了。“太好了！”话一出口，觉得不对，哪有这么说话的。又解释：“现在街上治安挺乱的，一不小心就出事……人不伤着就好。”

“可我丈夫气不过啊，这两天早上瘸着腿练长跑，一撂腿就是一公里，可有什么用？一蹿一跳，像袋鼠似的！我说你实在要抓小偷就得改练短跑，这种突发事件，不在耐力，而在速度，速度很重要，你看看猎豹，耐力不行，就是能逮到猎物，靠什么？速度！是不是？……”

“就是就是！”苏雪丹现在觉得说到点子上了，要是她练就猎豹般的瞬间爆发速度，时速一百一十公里，6 秒钟就可以跑十一公里，劫匪骑着摩托车又怎么样，她几步就可以蹿到他面前，一脚就把他踹下来，不，一口就咬住他脖子……这么想着，她不由张下嘴，牙齿上下敲打了几下，嗒嗒地响，牙很结实。

“不过你也太大意了，十万块，该找个保镖去，团里那么多男人……”汪琴又说。

苏雪丹面色一沉，以为找着一个理解同情自己的人，结果还是……“是陆小雯拉着我去的，我不是没事吗……谁想到啊……”

“十万块啊……”汪琴感慨一声，看看她，又安慰道：“不过你也别太往心里去，钱这个东西有当然好，没有也就是这么会回事，还能饿死人？什么事都要想开一些，像郑馨芳，就太傻了，真划不来……”

“郑馨芳是谁？”

“你不知道？陈团长的爱人啊，跳楼自杀了……”

“跳楼？！”苏雪丹吃了一惊。“……到底为什么啊？”以前好像隐隐约约听谁说过陈功德在调来之前家里出过事，可没想到是这么大的事。

“说法多了，有说患了抑郁症，也有的说是逛超市被偷了两千元钱，还被诬蔑为小偷，一时想不开……还有的说……唉，说法多了。”汪琴叹息一声，问：“你值班要值几天？”

苏雪丹问：“值什么班？”

“咦？陈团长说你在这里值夜班，晚上回不去，所以我才带饭来……”

苏雪丹说:“陈团长让我写材料,没说值夜班……”说到这她心里咯噔了下:我值夜班?从来就没有过这种事!团里有个专门看门的大爷,哪要什么值夜班的?她问汪琴:“你是来值班的?到什么时间?”

“明天早上吧。金主任说有人换我。”汪琴看着电视。

苏雪丹想,这算是怎么回事?莫非名义上是让我值班写材料,实际上是把我软禁了?陈团长怀疑我和十万块钱有猫腻,借值班的名义,把我控制起来。汪琴是看守?这么一想,她感到震惊又气愤。她站起来,对汪琴说:“我走了。”

汪琴看看她,“啊”了声,又回过神,“去哪儿?上厕所?我陪你去。”

苏雪丹看看她:“你为什么要陪我去?想闻臭味?”

汪琴怔了下:“怎么了,小苏?”

苏雪丹说:“是不是陈团长让你监视我的?寸步不离?”

汪琴尴尬地笑笑:“怎么叫监视?陈团长怕你想不开,让我陪陪你……”

“想不开?我有什么想不开的!”苏雪丹冷笑一声,“我不是上厕所。我回家!”说着就往外走。她这回确定了,汪琴就是监视自己的。

汪琴说:“哎,不行啊,陈团长让你值班啊!”汪琴拉了下她胳膊,但很快放开了,不知所措地跟在她后面。“雪丹,你别误会,这是陈团长的意思。”

“我知道是陈团长的意思,我也有我的意思,那就是不愿意!”苏雪丹继续往前走,她明白汪琴说的是实话,她是奉旨行事,没有陈团长的指令,她敢这样?不过这其中恐怕多少也有个人恩怨部分,当年正是自己顶走了汪琴的主演,现在借机看她笑话。她走到门外,正要下楼梯,石泰梁忽然不知从什么地方钻了出来,像是早等着她似的。“苏雪丹!你等一下!”

苏雪丹看看他:“你也没走?”

石泰梁说:“我值班。”

苏雪丹夸张地张下嘴:“嚯,今天不少人值班啊!怎么了?一级战备了?”

石泰梁说:“不是一级战备,是加强保卫。”他指了下团长办公室的窗户,那里亮着灯。“陈团长也在。”石泰梁原先是云南驻军某边防团保卫股长,前年转业后被分配到歌舞团办公室,负责保卫工作,算是专业对口,由于保卫股长是营级职务,换算出来就是科级,也有人调侃或者尊称他为“石科长”,虽然办公室里并没有“科长”一职。

苏雪丹对这位保卫干部的印象就是喜欢到各办公室查看,检查门窗和门锁是否结实,发放防偷防盗防火的提示单,忙忙碌碌的,一副很敬业的样子。她没说什么,往下走。石泰梁拦住她,“你到哪去?”

“我回家。”

“陈团长让你值班。”

“到底是值班还是写材料?”

石泰梁顿一下:“……值班的时候写材料。”

“我不想值班。”苏雪丹说。“我也不写材料。没什么写的。”她要试一试自己的感觉对不对,自己似乎被软禁了。

“你说什么?”石泰梁有些吃惊。

“我不舒服。我要回家。”

“不舒服?”石泰梁转头看看陈功德的窗户,“我陪你去医院看看。”

“我心里不舒服!”苏雪丹提高声音,用指头戳了下他的肩膀,“你干吗?你挡在这干什么?!让开。”

石泰梁站着没动,说:“如果身体没有什么,你最好在这里值班,把材料写出来。”

“你的意思是不是我不值班不写材料你就不让我走?”

汪琴出来:“小苏,我不是在这吗,我陪你呀。”

苏雪丹没有理她,瞪着石泰梁:“你要是限制我人身自由,我就报警,说你非法拘禁!”

汪琴惊慌地说:“人家不是这个意思,人家是好意……”

苏雪丹再次用手指戳了下石泰梁的肩膀,大声说:“你让开!”

石泰梁犹豫了下:“陈团长让你值班……”

汪琴说:“是啊,这没什么啊,你是团里的人啊!……”

“团里的人又怎么了?”

“团里的人,就要服从领导。”石泰梁脸上的肌肉抖动了下,“服从!”

“什么?”苏雪丹一时没明白他的意思。

“团里的人要服从指挥。”石泰梁讲了个军事上的术语,“你是军队下来的,下级服从上级,你应该明白。”

苏雪丹瞪着他,这个保卫干部面无表情,说话音调呆板生硬,没有商量通融余地,这让她火冒三丈,你当兵当傻了,在这讲起三大纪律八项注意了!“滚开!”她陡然冒出一句。

石泰梁盯着她,站着没动:“你骂人了。”声音还是那么平静,但透露着一种毫不妥协的决心。

苏雪丹一时不知说什么好了,她打量着对方,这个身体健硕的男人比自己高大半个头,两手下垂,有意无意地半握着拳头,一副随时应付突发事件的模样,硬来肯定不行。她竭力让自己平静下来,想着主意摆脱这个人,反正自己今天一定要回家。“我辞职!”她忽然说,这是一个最有力量的说法,从根儿上解决了问题,没有上级和下级了,谁服从谁啊!

石泰梁果然露出了惊愕的神色："什么？"

"从现在起我不归团里管了！我辞职了！"看到对方吃惊的神色，苏雪丹有一种快感。对，辞职，坚决辞职！反正在这里是一个闲人，是一个被分流的对象，与其在这里被无端怀疑，还不如一走了之，天下那么大，还会被饿死不成？想到这，她又感到轻松了。她看看陈功德的窗户，里面亮着灯，他肯定听见外面的吵声了，可就是不出来。苏雪丹又大声道："不就是十万块钱吗？我砸锅卖铁还他！"说着，一掌推开石泰梁，几步冲下楼去。

走到歌舞团大门口，苏雪丹下意识地回头看看，石泰梁并没有跟出来。自由了！她奇怪怎么会有这种感觉，也许石泰梁的确是好意……不，不是这样的！她的感觉绝不会错，陈功德分明是怀疑自己，想把自己控制起来！看门的大爷看看她，笑笑，笑得很勉强，很暧昧。天知道今天群众是怎么议论自己的，不过从那几个人的态度看，她也猜出个八九不离十。这地方呆不下去了，非走不可。

她推出自行车走，骑上没蹬两下，感觉不对劲，下来一看，前胎瘪了。早上出门才打的气，怎么会这样？莫非是有人故意破坏？今天是真邪了门了！她正考虑该怎么办时，院子里一阵喧哗，陈功德的声音传出来："我刚接了个电话，你怎么让苏雪丹走了?！你负得起这个责吗?！……"接着一阵脚步声传来，陈功德和石泰梁出现在门口，陈功德看见苏雪丹站在那里，叫了声："苏雪丹，你不能走！"

苏雪丹问："为什么不能走？"

"你不把问题交代清楚就不能走！"说话间人已经挡在她面前。

苏雪丹盯着陈功德："你让开！"

陈功德对石泰梁摆下头："看住她！"

石泰梁看看苏雪丹，犹豫地说："陈团长，这恐怕……刚才她说她辞职……"

"你被她吓唬住？她敢吗？"陈功德觉得石泰梁太小儿科了。"她要是跑了，十万块找谁去?！啊，这是特殊时期的特殊情况！把她带回去。"看见石泰梁没有动手，陈功德一把抓住自行车的龙头，他个子和苏雪丹差不多高，双方眼睛几乎对上了。"苏雪丹，你要不是心虚，你干什么要跑？"

苏雪丹奇怪地睁大眼睛："我跑什么？我回家！"

"你骗得了别人，骗不了我！"陈功德决定干脆把事挑明了，反正现在已经这样了，用不着再藏着掖着。"苏雪丹，你先跟我回团里，把事情说清楚，公家的钱不是那么好拿的……"

"你、你胡说！"苏雪丹脸涨红了，这个一团之长居然认定自己拿了那十万块！她想骂一句够劲儿的话，"胡说"这两个字太稀松平常了，可一时又想不到合适的词，这让她很是恼火。她推一下自行车，车没有动，车把被陈功德牢牢攥住。"放手！"见对方没有让开的意思，苏雪丹决定让警察来解决，她摸出手机，准备打110

报警，她这一举动被陈功德理解为是要喊什么帮手，这还得了！陈功德一把攥住苏雪丹的手腕，苏雪丹挣了几下没挣脱，她没有想到陈功德的手如此有力，像是一条粗壮的蟒蛇一样绞缠在手上，这让她感到愤怒又十分腻歪，她抬起腿，一脚踢了过去，陈功德似乎早有防备，两腿一弯，成功地将直立的腿变为一个O形，苏雪丹的脚踢了个空，高跟鞋从对方两腿之间空当处飞了出去，落在五六米以外的地上。陈功德"耶"地叫了一声，他没有想到苏雪丹竟然会突然袭击，同时也为自己反应敏捷、成功躲避对方袭击感到得意。苏雪丹光着一只脚，单腿站着，这姿势有些狼狈。苏雪丹恼羞成怒，她干脆让那只光脚落地，又抬起了另一条腿，不过这回她没有踢出去，而是弯腰用左手取下了脚上的高跟皮鞋，威吓性地高高举起来，陈功德瞪着她又是一声"耶"，苏雪丹理解这一声是挑衅、不吝的意思，她眼睛一闭，照着陈功德的手臂砸下去……

一声惨叫。

苏雪丹睁开眼睛，发现麻烦大了——陈功德和石泰梁同时捂住自己的头。

两个男人都受了重创，石泰梁捂住额头的手指缝中流出了鲜血，陈功德则晃晃悠悠地要栽下去。一些过路的群众围过来。苏雪丹吓傻了，她不知道石泰梁怎么也搅了进来，明明打的是对方手臂，为什么两个男人的头却遭了殃？正好一辆110面包巡警车路过，见这里不少围观的群众，警察立即停车过来："怎么回事？啊？怎么回事？"

陈功德指着苏雪丹说："她……行凶！"

警察看看苏雪丹，又看看两个男人的伤，"先去医院！"二话不说将他们带上车。

他们来到附近的市第三医院急诊室，医生检查了石泰梁的伤口，伤口并不严重，一个大约两三厘米的口子，像一个开了皮的饺子，缝了几针，包扎好。又检查陈功德的脑袋，发现太阳穴部位有个小包，医生用手按了一下，陈功德山呼海啸般地叫。医生说，老同志，你这里没事，实在不放心，可以贴个狗皮膏药。陈功德说你还不如给我套个袜子呢，狗皮膏药？也真想得出！那个高个警察见医生忙完了，开始询问案情。陈功德说苏雪丹有经济问题，正在审查，结果她跑了，还打伤了保卫人员。

苏雪丹恨恨地说："胡扯八扯！"

高个警察问石泰梁："是这样吗？"

石泰梁闭着眼睛哼了两声，却不说话。高个警察又问苏雪丹，苏雪丹说："我不是有意的，他们要绑架我，我反抗，我自卫。"

陈功德大声道："谁绑架她，是她要跑！她是我们团的职工！让她交代经济问题她跑！警官，你看了昨天的新闻联播没有？现在经济犯罪外逃的资金有上千亿！国家的钱啊！我必须防患于未然！"陈功德一边说话一边抽着凉气，一说话太阳穴就跳疼。也许真该贴个狗皮膏药。

高个警察说："这样吧，经济上的事不归我们管，我们管治安。按规定我们要把你们送到就近的派出所解决。"

于是，苏雪丹又一次来到了马道街派出所。

110警察把他们带进一间办公室，然后出去了。很快，一个警察进来，说："我就估摸着我们要见面，就是没想到这么快。"大家一看，是周坚。陈功德像看见久别重逢的亲人，上去一把握住周坚的手使劲摇晃："周警官，周警官！太不像话了！这个苏雪丹竟然……"

周坚打断他的话："陈团长，不要急，慢慢说。"他给每个人倒了一杯茶，走到门边探头喊了声："小林，过来一下。"那个警校毕业生林丽英进来了，看见他们，愣下："哟，熟人。"周坚说："你作下笔录。"林丽英赶紧坐到桌子旁边，拿出纸，看着他们。

周坚又看看石泰梁包着绷带的头，问："怎么样，头？"

"缝了五针！"陈功德替石泰梁说，指下苏雪丹，"我真没想到啊，她竟然动手！"他心有余悸地摸着自己的太阳穴，觉得那个小包又胀大了点。

"陈团长，我没有问你的时候，你不要说话。"周坚说。

陈功德愣了："你说什么？"

"我们在作笔录。"周坚示意林丽英。

接下来，三个人各自把情况陈述了一遍，陈功德认定苏雪丹要攻击他，结果把见义勇为的石泰梁一起捎上了。

苏雪丹说她在回家的路上被陈功德拦截，抓住她手腕，想非法拘禁她，所以她才自卫。

石泰梁说他不知道怎么回事，正说着话，脑袋就破了，缝了几针，不是五针就是三针……也许是四针？他这种含混的态度让陈功德很恼火，斥责道："石泰梁石科长你要有立场！怎么搞的，被砸昏了？"

石泰梁低声哼哼着："真的记不清了……"说完，摸着伤口上的纱布，一副痛苦不堪的样子。

周坚看看他们，心里明白了大半，说："陈团长，不管以什么方式限制职工的人身自由，都不合法，不说你没有证据，就是有证据也要由公安机关来实施，你们歌舞团没有特别的权利。苏雪丹，你的错误是不该使用暴力，就算是陈团长要强制措施，你也可以报警解决……"

"我要报警，他不让我报啊！"苏雪丹瞪着陈功德。

"你是报警吗？你是拿凶器！"陈功德站起来，"周警官，她……"

"你们别说话，让我说完！"周坚抬下手，制止他们说话，转向石泰梁："石科长，你现在有什么要求？是否让苏雪丹赔偿医疗诊治费？"周坚看着石泰梁问。

“这还用说吗？起码的！”陈功德又说：“还有精神损失费！苏雪丹必须在全团职工大会作深刻检讨！打人！无法无天了！”

石泰梁看看苏雪丹，摇摇头：“我没什么要求。她应该不是故意的……”

“哦，如果是这样，那今天的调查调解就结束了，你们可以走了。”周坚不再说什么，开始收拾桌子上的纸和笔。

陈功德怔下，叫道：“什么意思？走了？她……她也可以走？我……头上这个包怎么处理？……”

“你……”周坚打量他，“也是苏雪丹打的？”

“不是她是谁？”陈功德弯下腰，指着自己头，“你看你看，看见了吧？这是故意伤害罪！是可以追究刑事责任的！”陈功德把问题升格了，他认为不这样不足以引起这些警察的重视。

周坚凑上去仔细看看，太阳穴位置确实有点青肿。

苏雪丹说：“我说过了，他这个包和我一点关系没有。我没碰他。”

“那是我自己长出来的？”陈功德吼道，“我妈生我的时候就有的？谁信？”

“你活该。”苏雪丹说。

“什么？!”陈功德愣了，在这种地方苏雪丹还这么个语气，未免太猖狂了吧。

“谁让你限制我人身自由？”苏雪丹毫不示弱，“我这手上还有伤呢！……”她举起自己的左手，手腕上果然有几道青紫痕迹。“这是怎么回事？狗爪子抓的！”

周坚一看他们又干上了，立即放大声音：“这是派出所！不要进行人身攻击！什么狗啊猫的！”他长出口气，看看苏雪丹手腕上的伤痕，心想本来挺简单的一件事还弄复杂了，不给你们露两手，你们还以为我是个呆头菜鸟呢。“你们不知道是怎么回事是不是？好，我告诉你们，这事其实很简单很清楚，”他举起手，食指和中指朝上，表达一种不容置疑的权威性。“事情是这样发生的：首先，苏雪丹推着自行车要走……”

“她想逃跑……”

“陈团长，如果你再打断我的话，就由你来解决。”周坚并没有看他，而是盯着苍天在上的手指，冷冷道，“我送客。”

“行，你说，你解决。”陈功德立即表态。

“首先，苏雪丹推着自行车要下班回家……”

“她不是回家，她……”陈功德看看周坚的脸色，赶紧道：“你说你说。”

“苏雪丹的自行车被陈团长抓住了——准确地说，是苏雪丹的手腕被陈团长攥住了，苏雪丹为了脱身，脱下一只高跟鞋——鞋跟长度三厘米——抓在手里，这只鞋她捏住的是中段，也就是脚弓的位置，鞋跟向外，这样握法目的是因为鞋跟有精确的打击力同时也好掌握力道，在她想将鞋打下时，石泰梁突然冲了上去，欲在保护团长同时阻止苏雪丹，但是由于时机问题，苏雪丹的鞋已经抡下，此时石泰梁下意识举臂护头，胳膊肘无意击打在陈团长的额角，苏雪丹的鞋跟划伤石泰梁额头，同时由于惯性作用也将自己的右手弄伤，这就是为什么苏雪丹手腕上除了挤压的环形淤痕外，还有一块三平方厘米的钝器伤。刚才陈团长说要追究刑事责任，故意伤害只有轻伤才能追究刑事责任，而你们，我认为是轻微伤。小林，你把轻微伤的鉴定标准给他们说一下。"

"轻微伤是指造成人体局部组织器官结构的轻微损伤或短暂的功能障碍，面部表浅擦伤面积在二平方厘米以上；划伤长度在四厘米以上。"林丽英解释说。"造成轻伤的要追究刑事责任，轻微伤的属于民事侵权，可以要求赔偿范围包括：医疗费、护理费、误工费、住院伙食补助费、交通费、残疾者生活补助费及精神损失费等费用。"

"这意思够明白了吧？"周坚问。

石泰梁点点头。他的伤不超过四厘米，缝了四针。轻微伤。

苏雪丹也明白了，原来自己手上有一块青紫是自己打的，怪不得当时手腕一阵生疼。

陈功德不大明白。他看看石泰梁，怎么回事？闹了半天，自己头上的包居然是你老兄的肘子奉送的。可能吗？不过说实话，当时什么情况，他还真没搞清楚，苏雪丹的动作很快，出人意料，谁会想到这个面容清秀的女人会拿着高跟鞋攻击人啊。

"周警官的意思是，你们可以相互提出赔偿要求，石泰梁被苏雪丹所伤，陈功德被石泰梁所伤，苏雪丹被陈功德和……自己所伤……大致就是这样。"林丽英说。她也有些犯糊涂了。"应该算一个连环伤害案。"

陈功德愣了会，他好像明白些了，就是说，如果要求赔偿和追究责任，他够不着苏雪丹，得找石泰梁去。"就算是石科长误伤了我，那也是因为苏雪丹引起的，她要不是想袭击我，石泰梁也不会……"

"是你想先拘禁我！"苏雪丹打断他的话，"我自卫！"

周坚摆下手说："不用吵了。事情经过基本清楚了，再吵没多大意思。实话告诉你们，这种事情我处理多了。要赔偿就按我刚才说的办，自己协调。要不你们直接去法院起诉。现在你们可以走了。"

"可是，可是万一……万一她跑了，我们的损失……十万啊！"陈功德不甘心。

"陈团长，说了半天，你还是没有听懂我的意思，怀疑和证据是两回事，如果你再这么搞，恐怕你就触犯法律了。"周坚神色严肃地说。

陈功德不吭声了，过了会，他正要说什么，手机响了，他接电话："啊……金主任，我没事，派个车来接我……什么？车就在外面？……好，我马上出来，没什么大不了的,我好好的,不要相信谣传!”他挂了电话,对周坚说:“团里传言多得很呐,说我追款被打成重伤,群众很气愤……”他瞥了眼苏雪丹,“我头疼,我有高血压。我要赶紧去医院做个 CT,周警官,如果我这个轻微伤变成了轻伤或者重伤了,我保留追究对方法律责任的权利。我相信这个事情是会说清楚的,法律是公正的。”

周坚点点头,又对苏雪丹说:“你先不要走。”

陈功德说:“对,不能轻易让她走!”他和石泰梁往外走。石泰梁路过苏雪丹身边,想说什么,嘴唇动了几下,终是什么也没说。两个人出去了。

周坚看看苏雪丹,说:“还是那句话,有没有向我们隐瞒的?”

“隐瞒什么?”

“你自己知道。”

“没有。”

“给你一句忠告:不要意气用事,君子动嘴……啊,应该是淑女动嘴不动手。还有,高跟皮鞋如果作为女性防身工具,也不是不可,但要慎重使用。同时——”他停顿了下,继续说:“使用前要口头提出警告,就像我们警察使用武器,必须要先说‘不许动’……”

“我说了‘放手’,他不放……”

“还要对天鸣枪示警……”

“我也示警了,先踢飞一只鞋……”

“哦,那好,你可以走了。”周坚觉得这就没什么问题了,他指下外面。“你的自行车在门口。”

苏雪丹点下头,往外走去。

出了派出所大门,看见自己的那辆自行车立在那,她走过去,抚摸了下自行车的龙头,又看看车胎,还是瘪的。她只好推着自行车走,上了主要街道,一辆辆汽车从马路驰过,要不要喊辆出租呢,正犹豫间,一辆长安面包车过来停下了,一个男人探出头:“苏雪丹,出来了?……怎么,车坏了?”

苏雪丹一看,是韦明义,冷冷地说:“车胎瘪了。”

韦明义下车看看:“我送你回去。”说完,打开车后厢门,把她的自行车一拎,放到车后面。“住在师范学院是吧?在修路,要绕一下。”

苏雪丹站在那里看着他,韦明义做了个手势:“请吧。”苏雪丹也不说什么,上了韦明义的车。这个男人为什么会不早不晚在此时出现,有些巧了,不过她现在不愿多想,反正现在也不在乎什么了。

韦明义似乎猜出了她的心思,一边开车一边说:“你们发生冲突时我就在陈团长的办公室谈事,我接了一个电话,等我下来的时候,你们都被警察带走了。”

苏雪丹没吭声。

“他这么做是不对的，你有什么权利限制人家人身自由？你们这个陈团长胆魄有，人也耿直，但法制观念太薄弱……”

从韦明义嘴里说出这样的话，让苏雪丹有些意外，她闭上眼睛，真想哭。但是她很快忍住了，她不想让韦明义看见她像个小姑娘似的哭泣，毕竟，三十出头的人，见过点世面。

事情到了这一步是她怎么也想象不到的，十万元……无论如何要把这十万元还了，原先想如果赔偿损失，团里会和自己三七开分担什么的，真是太天真了，今天的事情明白无误地说明领导的结论已经下了：自己要负完全责任。还钱是小事，关键还有一个“骗钱自盗”的问题，看来不少人认定是自己拿了这笔钱，十万块是足以让人铤而走险的数目。问题是现在就是还了这钱，能洗刷对自己的怀疑吗？人家会说：“啊，看，挺不住了，还是交出来了……”那么不还钱呢？一是对不起韦明义，二是也无法证明自己没有私自拿钱。人家还是会说：“看啊，总有一天她会进班房……”她明白自己是犯了众怒，在大家都拿一点微薄工资，寄希望模特时装团带来可观的效益时候，她捅了个大娄子，她把别人的希望全打破了，不但打破了，还终饱私囊，能不招人恨吗，没把她撕碎了就不错。

“我一定把钱还了！”她心想，哪怕别人怀疑她是迫于压力吐出的钱，也会因为钱的失而复得而对她产生原谅之情。起码，我就不欠你们的了。然后……然后咱们各走各的道！一个死气沉沉的小歌舞团，一个即将倒闭的破单位，有什么值得留恋的！

“我一直都相信你，这肯定是个意外事件。你们团里有些人想象力太丰富了！……”韦明义同情地看看她，接着话锋一转，“不过我还是有自己的一些看法，我觉得……”他停顿了下，“你们那个陆小雯不简单……”

苏雪丹看了他一眼，不大明白他的意思。

“你看，陈团长让你值班，实际上是想控制你，他认为你有嫌疑，怕你卷了那十万跑了……既然他怀疑抢钱的事，为什么不让陆小雯值班写交代？当时她也在场……”

“劫匪是从我手里抢走的钱……”

“这就更奇怪了。本来是陆小雯拿着钱，是吧？”

“对。”

“突然她不舒服了，然后你拿了钱，然后劫匪就出现了，这么巧？我一直在想这件事，陆小雯或许有文章，她平常也这样吗？经常闹个什么毛病？”

苏雪丹想了想：“好像没有。”

“你看，身体好好的……我告诉你，这是疑点。你一定要抓住这点不放，向警方反映这个情况。”

“你这些怀疑和陈团长说了没有?”苏雪丹问,隐隐觉得对方话里有话,是什么,一时又理不清。

“说了。可陈团长说他了解陆小雯,他用脑袋担保陆小雯没事。而你,他说不了解。你看,同样出事,陈团长为什么这么照顾陆小雯?全让你背了黑锅,不正常。”

苏雪丹脑子里乱极了,现在出现的事比劫匪更让她心烦。

“你知道陆小雯是怎么说你的?她说你主动把装钱的包拿走的,她不让,你坚持替她拿包。她让你一起去厕所,你不去,说是怕臭……”

“她真这么说的?”苏雪丹吃了一惊。

“又不是我一个听见。”

陆小雯怎么能这样说呢?苏雪丹脑海里浮出陆小雯那张纤秀苍白的脸,她觉得这个女人真可怜,完全被这十万块钱吓坏了,拼命洗刷自己。

“你说要辞职是气话吧?”韦明义又问。

“不是。”

“真的?”韦明义吃惊地看着她。“何必呢?……我请示了我们总公司董事长,董事长说这个钱让你一个人赔是不公平的,你是职务行为。我要跟陈团长说,一部分由团里出,另一部分……再想办法。”

“这钱我全还。”苏雪丹说。她知道说出这话就没有退路了。可她还是说出来,不管怎么说,这钱被劫自己还是有责任的。“钱在我手上丢的,我负责还。”

“你没这个必要……”

“有这个必要。”苏雪丹说,她看看外面,“到了,我在这下。”

韦明义把车停下,又帮她把自行车取下来。看看她,说:“不管怎么样,我们模特艺术团肯定要办下去。这个行业在本市刚起步,很有前途,我跟陈团长说说,你还是到我们团来。”

“我不来。你也别和陈团长说,他管不了我。我辞职了。”苏雪丹看看对方,又补充句:“放心,辞职是在还钱之后,一分都不会少。”说完推着自行车走了。

韦明义怔了一下,发动车,又说了句:“哎,你再考虑考虑,这可开不得玩笑啊……”

苏雪丹没听见他的话,她看看学校的大门,心想,还有一关:这事怎么和正在家等着离婚的丈夫欧阳平说?她现在非常需要他……他的钱。

4

欧阳平正在家里收拾书,他用塑料绳把书打成一捆一捆的,整整齐齐摆在地上。按照离婚协议，明天双方到街道办事处办理离婚手续，然后他带着三万元钱搬离这个房子。他已经和同事郑老师谈好了，暂时住到他家里。郑老师的妻子在英国留学，房子宽敞，住两个男人绰绰有余。欧阳平拿起桌子上的结婚照片看了看，苏雪丹微笑着，很漂亮，新郎虽然其貌不扬，但穿上西装也算得上人模狗样，不过很快这对男女要劳燕分飞了。欧阳平承认自己的婚姻是失败的，究其原因……一下子还说不清，总的说来，还是觉得苏雪丹太强势，两个人不对等。在两个人的关系中，欧阳平处于绝对的被动从属地位，从第一次约会地点的选择到办结婚证，全是苏雪丹说了算——不是商量询问，而是命令式的，就如同将军命令手下的士兵。譬如结婚，那天下午他在家看书，突然接到苏雪丹电话——她刚从云南边防慰问演出回来："带上身份证和户口本，去街道扯证。""扯什么证？"他莫名其妙。"结婚证。"就是这么突然。这时欧阳平还在学校读研究生，学业紧张，但还是屁颠颠执行了，这么个大美人要和自己结婚，自己若不积极响应，那就是天下最大的傻蛋！当然他作出这个决定时也想到过女同学李淑敏，但也仅仅一闪而过，我们仅仅是同学，谈得来而已，不存在背叛——当时他这样安慰自己。欧阳平和苏雪丹扯了证后，苏雪丹马上带着他去铁路医院探望了病危的熊外婆——苏雪丹的外婆姓熊，身患胰腺癌的熊外婆已经昏迷了好多天了，苏雪丹将红色的结婚证在外婆脸前晃动，就像是打了强心针，外婆突然神奇地睁开双眼，苏雪丹俯下身说："外婆，我结婚了。"接着又扯下欧阳平的手，让他弯腰向熊外婆致意。"就是这个男人。"熊外婆的眼神空洞迷茫，显然并没有意识到这个傻小子是谁。为了便于外婆观瞻，苏雪丹揪住欧阳平的耳朵在外婆眼前晃动，外婆的眼睛逐渐放大，倏然射出一道虹光，和欧阳平的惶恐的眼神碰了几个火星，随后安详闭上眼，驾鹤西去。事后得知，苏雪丹是外婆带大的，她承诺让外婆在有生之年看到自己结婚。这事虽然让欧阳平有某种成就感——让逝者瞑目功德无量啊，但也纠扯了一个心结：苏雪丹是为了外婆才和自己结婚的，实际上她并不真爱自己。婚后的生活证明，两个人确实不是一路。苏雪丹这种职业，长年在外演出，就是在家，也是早出晚归，经常满口酒气地回来，解释是：演出完后总要吃饭，又经常被选中坐到领导桌上，酒自然是免不了的。不过苏雪丹倒是没喝醉过。应该说，仅仅是喝酒吃饭什么的不是问题，苏雪丹和那个云南边防团中校团长王兵传出的绯闻才是离婚的导火线，虽然苏雪丹坚决否认这一点，她解释这只不过是下面部队对演员热情而已，有些人就爱制造八卦。欧阳平愿意相信妻子的话，漂亮女人到哪里都会引人注目，没点说法也难。那个年轻的王团长他从没见过，听说曾经因为抢险救灾立过二等功，长相英俊挺拔而且刚离婚，前妻是某省军区副司令的女儿，出国一去不回。这位三十六岁的英雄王老五团长经常派人送来的当地特产，什么普洱茶啊，猴头菇啊，雪梨啊，有一次甚至还弄来了一只棕白两色、活蹦乱跳的羊羔。苏雪丹见了这个宝贝激动不已，说当时下部队时，一个山区的连队为了欢迎他们，准备整一个烤乳羊羔招待，她看见后坚决反对，这么漂亮可爱的羊羔是宠物，怎么能吃掉？残忍！事情弄得有些尴尬，但小羊羔活下来了。不知道这个团长怎么知道这事，竟然把这只羊羔送上门来。苏雪丹受到这个特殊的礼物后，真把这羊羔当宠物养着，晚饭后还牵着去院子里散步遛弯，每次都招来不少人围观，学院里有养猫养狗养鸽子的，但没有人养羊。后来这羊羔被送到了郊区一个农家乐那里，很快长出了山羊胡子，成了这家农家乐的形象代表。欧阳平从不提团长的事，苏雪丹也不再解释，也许她认为你爱信不信，她就是那么个人。日子继续往下过，只是越过越没劲，气氛怪怪的，苏雪丹继续以往的强势，吆五喝六的，以表示坦荡，欧阳平则更加韬晦，以展示自己的涵养和宽宏大量，但两个人都在暗暗地窥视对方，琢磨对方的真实想法。双方在一起是折磨，两个人非常苦恼，不知道该如何解决这个问题，直到有天晚上——这是个月色撩人之夜，月光时而清亮时而稀里糊涂，在这种夜色下，男女一搬会做出某种唧唧歪歪的事，然而这两个人却不，在床上硬邦邦地躺着，心里躁动，却不知为什么，反正睡不着，很烦。半夜之后，他们四目相对，啪啦一下火花四射，他们决定坦诚地谈一谈，从根儿上找一找原因。“你为什么和我结婚?”苏雪丹问。“漂亮。”欧阳平很快答道。苏雪丹显然不满足:“就这个?”“对。当时没考虑那么多。男人……”“我和你结婚是看上你的才气……还有外婆。”苏雪丹打断他的话，主动回答。接着又说:“才气不能维持婚姻，况且你的才气也没了。”这句话让欧阳平十分沮丧，但不能不承认是事实，自从那篇成名作发表后，他再也没有发表过任何文章。两个人对双方的回答都不满意，但判断对方都说的是真话，显然，他们的婚姻一开始就有缺陷，而且现在也看不到有什么弥补的办法。问题找到后，这两个字就顺理成章出现了:离婚。这个方案一出炉，躁动没有了，两个人都轻松了，不仅轻松了，还有那么点激动，就像迷失在山洞看到了一点亮光，漂浮在大海看见了远处的桅杆，他们有救了。接下来就是定个日子办离婚手续了，但在要去办离婚手续前夕，苏雪丹到云南边防演出时出了事，还是和那个王兵团长，两个人私自外出打猎(一说打靶)，结果阴差阳错地卷入了当地一宗刑事大案，此事闹得个沸沸扬扬。结果是团长被降职，调到西藏去了。而苏雪丹被迫转业。欧阳平对这个事件具体细节并不清楚，苏雪丹也不愿意多说，反正是违犯军纪了。不管怎么样，在没有办离婚手续之前，两个人还是夫妻关系，而妻子落入困境，欧阳平觉得此时不能落井下石，很仗义地提出离婚暂缓，和平过渡三个月，双方好好反思一下，在苏雪丹安排新的工作之前，谁也不许提离婚的事。他当时还有一些侥幸心理，也许，苏雪丹脱下军装变了身份，事情会有某些转机，但现在看来不现实了，江山易改，本性难移——她的个性根本改不了，反而比在军队时变本加厉。以前她发起脾气来最多就是摔个碗啊杯的(倒不是什么贵重东西)，现在升格了，居然还会动手——瞅准他身上皮肉松弛柔软部位——譬如腰肌、臀尖、胸大肌——掐啊揪啊拧上几把,弄得他像斑点狗似的。怎么会这样呢?越发剽悍了。分析其原因,欧阳平认为苏雪丹除了遭受打击心情不好外,天性、教养以及漂亮的脸蛋起了重要作用,而这三项当中,漂亮的脸蛋又是基础性的,决定性的,苏雪丹从小就被宠坏了,她不接受失败挫折。女人漂亮的脸蛋是野蛮的通行证,漂亮女人板着脸叫粉面含威(而不是苦瓜),漂亮女人抡出的拳头叫粉拳(而不是夜叉掌),漂亮女人的怒骂叫莺声啼啭(而不是河东狮吼)。苏雪丹在剽悍当中展示了女人的万种风情——她陶醉在这里面啦。野蛮女人在文艺作品中是很有光彩,但在实际生活中就麻烦了,男人的自尊全被"野蛮"掉了,除非你不要自尊。欧阳平是很自尊的男人,因此当苏雪丹再一次提出离婚时,他很自尊地同意了。既然是两股道上的车,何必生拉活扯在一起。离婚了,对两个人都是解脱。

欧阳平看看手表,已经是夜里十一点四十五了,苏雪丹还没回来。按照以往的习惯,她不会往家打什么电话,但是也不会这么晚回来。

电话铃响了,欧阳平拿起电话,是老同学李淑敏来的:"收拾好了吗?"

"差不多了。"

"需要我帮忙吗?"

欧阳平笑了下:"不用。"

"美人还没回来?""是啊,都快12点了……"欧阳平看看门,说:"不会出什么事吧?""什么事?太平世界,朗朗乾坤……"李淑敏笑了声,又问:"打手机了吗?""打了,没通,好像是没电了……一般她11点以前肯定回来的……"

"现在不是一般,同志,现在是离婚的非常阶段,她为什么非11点以前回来?你以为你有那么大的魅力?……要不要去找找?"

欧阳平忧心忡忡地说:"是不是报警啊?……"正说着,传来敲门声音。欧阳平赶紧说:"回来了。"挂了电话。他走到门口,敲门声更急了。欧阳平问:"谁?"

"别装傻!"苏雪丹不耐烦的声音。

欧阳平赶紧打开门:"你不是有钥匙吗?"

"有钥匙你就不能开门了?"苏雪丹阴沉着脸进来,换拖鞋,又看看他的脚:"你怎么穿着皮鞋在屋里走来走去?"

"收拾东西方便些。"

"换了!"

欧阳平没动。

"换拖鞋。"苏雪丹加重语气。"要尊重别人的劳动!你拖过几次地?!"

欧阳平看看她,还是去把皮鞋换了。

苏雪丹看看屋子里摆的东西,皱着眉头:"乱七八糟的……"

"明天我就搬出去了。"欧阳平不紧不慢地说,"我已经和老郑说好了。你怎么样?”

苏雪丹脱下外套,挂在衣架上,随便哼了声。

欧阳平理解为已经办妥了,又问:“明天我们什么时候去街道办?”

苏雪丹看看他:“去街道办干什么?”

“离婚啊。”欧阳平奇怪地看看她,“你忘了?”

“哦。”苏雪丹用手指弹弹脑门,坐在沙发上,沙发上有一本《时尚》杂志,她从屁股下面抽出来扔到地上。

欧阳平想,这位心情不好,要小心。

“我跟你说个事。”苏雪丹没看他,盯着地板说。

欧阳平看看她,语气不对,眼神不对,脸色也……她反悔了?

“我出事了。”

欧阳平吓了一跳:“你说什么? 什么出事了?”

苏雪丹手撑住自己头,停了会说:“我出事了。”接着把十万块钱怎么被抢劫以及团里怎么处理说了一遍。她没说打伤人进派出所的事。

欧阳平静静地听着,忽然嘿嘿地笑起来。

苏雪丹恼怒地盯着他:“你笑?! 有什么好笑?!”

“我是……”欧阳平一边笑一边说:“我在想你怎么飞上那个垃圾箱的? 坐在垃圾箱上的样子太特别了,行人看见一定以为……”他看看苏雪丹的脸色,不说了。

苏雪丹瞪着他:“以为什么?”

“不说了不说了……”

“说!”

欧阳平浑身一抖一抖的,竭力忍住笑,看来他确实是觉得好笑:“以为是在搞什么美女垃圾行为艺术……”

“好像好久没有见到你这么开怀笑了,很开心,是吧?”苏雪丹盯着他问。能不跟这种男人离婚吗,整个一个冷血动物! 别人水深火热,他幸灾乐祸! 她愤愤地想。

欧阳平不笑了,解释说:“我是想让你轻松一下。……你打算怎么办?”

苏雪丹顿了下,说:“我要还这十万块钱。然后辞职。那个地方没法呆。他们把我当罪犯了!”

“这是你自己的感觉吧?”欧阳平不以为然。

“感觉? 你自己试试! 今天差点把我抓起来!”

“警察……””

“你别指望警察。你那次被偷了一千块钱,警察给你破了吗?”

“这次是十万啊!”欧阳平忽然觉得苏雪丹挺了不起的,竟然能揣着十万大洋!

十万是个什么概念？摞起来有一大堆吧。“你应该觉得庆幸，要是那个劫匪砍你一刀，还不是干受着？”

“砍我一刀倒好了！”苏雪丹忽然心里咯噔了下，当时摩托车飞过去那一道白光是什么？莫非是……她摇摇头，不像。“挨一刀起码有证据说明我不是报的假案……”

“他们怎么能这样说。假案不假案得有证据吧？现在……”

“哎呀，跟你说不清！”苏雪丹不耐烦地打断他的话，“反正我决定了。还钱，辞职。我不受这个窝囊气！当初转业我就不该去那破歌舞团！”

“不是说歌舞团工作轻松吗？也对口……进去还费了好大劲呢。”

“对什么口啦？三个月不安排我工作，我是闲人！是包袱！辞职！非辞不可！”

沉默了一会，欧阳平说：“你仔细想过没有？十万块你怎么还？哪来的钱？你辞职后干什么？你有什么生活来源？做生意？你有本钱吗？再说你是做生意的料吗？”欧阳平有些气恼地问，你平常跟我赌气倒也罢了，我让着你，可你跟钱赌气，跟单位组织赌气，谁怕你啊？

苏雪丹哼了声：“真谢谢你还这么关心我。好吧，我们来谈谈条件。”

“条件？什么条件？”欧阳平愣了。

“离婚条件。”

“不……不是谈好了？”欧阳平更糊涂了，离婚协议昨天晚上刚签了字，又反悔了？这个女人到底有没有谱啊。

“情况变化了。财产要重新分割。你要房子，我要现金。我现在急需要现金。”

“现金？那……也才三万啊。”

“总比没有好。房子你留下，以后有了产权证，你随时可以卖。当然，卖出来的钱你可以看着给我点。”

欧阳平不说话，真是节外生枝，本来一切顺利，从明天开始，两个人就开始新的生活，谁想竟然出了个这么严重的事，苏雪丹被劫了十万！还要辞职。他知道，以苏雪丹的脾气，她说到做到，再说当初转业到歌舞团她就不大愿意去。

“你留着房子好，以后新任太太来后，粉刷一下就可以了，到外面买要好几十万呢。我是为你留一笔财产。”苏雪丹说。

这种时候了嘴巴还不饶人。欧阳平考虑了一阵，说：“房子归我了你住哪儿？”

“我随便找一个狗窝……对了，我先暂时借住你的房子，给房租也成，只要你能黑着心收。”

欧阳平叹口气，这就是苏雪丹，求人的时候也是这种霸道的口气，碰上这种女人，你毫无办法。不过在这种非常时期我要像个男人。我要做到心怀坦荡，仁至义尽，在最后的时刻让你感动——不，是震撼，让你震撼！“这样吧，房子还是归你，钱……我也给你……”话说出后,欧阳平觉得自己挺了不起的,他等着对方反应。

“这么大方?”苏雪丹显然有些吃惊,但离“震撼”还差一些。她打量了丈夫一下,“……好吧好吧,我成全你,就这么定了。”苏雪丹生怕他反悔马上敲定。“不过钱是借,不是给。我凭什么要你施舍?”“好吧,借。”欧阳平有气无力地哼了声。苏雪丹的反应让他有些失望。

“这就对了。其他的……”苏雪丹沉吟了下,“离婚手续什么时候办?……”

“这个……我看可以缓一步。”欧阳平觉得自己如果这时候坚决要求离婚有落井下石之嫌,他要把仁至义尽继续发扬光大下去。“先把你这个麻烦事情解决了再说。离婚手续随时可以去办。当然,如果你同意。”

苏雪丹点点头:“也好。离婚性质不变,形式可以通融。”看看他:“这样一来你成了我的债主了,是吧?”

“应该叫债权人,这是规范的称呼。”

“你爱怎么称呼就怎么称呼吧。”苏雪丹看看他,头一偏,声音放慢:“你真这么决定了?”

欧阳平觉得她声音有点古怪,好像藏着什么阴谋似的,说:“你觉得这样不好?你可以提出另外的方案。”

“我觉得很好,我是怕你反悔。”

“我怎么会反悔?其实我觉得你如果冷静想一想,完全可以……”

“停。停!”苏雪丹右手食指戳在左手掌上,做了个“暂停”的手势。“我现在就给你打借条。”她四下看看,从茶几上拿起欧阳平备课的笔记本。欧阳平一惊,刚要制止她,她已经撕下了一张纸,拿起笔,刷刷写了起来,然后念道:“兹借到欧阳平先生现金(人民币)三万元整,尽快归还。”把纸交给他:“收好。”

欧阳平愤愤地看着她,笔记本是说撕就撕的?那上面记的是自己读书的一些摘要和感悟,是自己吃饭的家伙,好在已经看清撕下的是一页空白纸,他就不计较了。他刚要伸手拿纸,苏雪丹手又缩了回去,另一只手掌伸出抖了下:“你的?”

“什么?”

“钱。”

欧阳平愣下,明白了:“现在?”

“一手交钱一手交货,这是规矩。”

欧阳平想了想,没说什么,从抽屉里取出存折,递到她手上。

“密码?”

“还是以前的,没有换。”

苏雪丹把存折小心地放到手袋里:“我明天去取钱。”她两臂举起打个哈欠,转了几下脑袋,嘟囔了一声:“还差七万呢。”

欧阳平看看她。

“怎么不说话?”苏雪丹瞥他一眼。

“说什么?”

“差七万啊,不想想办法?”

“我?”欧阳平吃了一惊。

“当然是你。想想办法。”

欧阳平莫名其妙地看着苏雪丹,他可真弄不懂了:“哎,我说你是怎么回事,我不是给你……借你三万了吗?”

“不够啊。”

“不够你想别的办法啊,你找别人借呀……”

“这就对了。找别人借。你去借。”

“你说什么?”欧阳平惊诧地瞪着她,世界上还有这种事,她脑子出毛病了?“我找谁借?我凭什么去借?”

苏雪丹笑笑,上前一步,拍拍他脸颊。欧阳平下意识退后一步:“别动手动脚的。我们离婚了……”

苏雪丹说:“注意,是要离,但是还没有离,刚才你是怎么说的?这就引出了一个问题,夫妻双方有义务共同分担债务,所以你应该去借钱。”

欧阳平愣了,没想到苏雪丹会这么说。

“共同债务?”

“没办法,欧阳平先生,”苏雪丹双手一摊,一副很无奈的样子。“法律上的概念就是如此。”。

欧阳平瞪着苏雪丹,她可是得了鼻子就要脸给了梯子就上房啊,问题是,她说的好像还真在理上,谁让你没有离婚。欧阳平后悔刚才一时冲动,自己把自己套进去了。

“我没想到……”欧阳平嗫嚅道。“我跟谁借钱去?谁会借我钱?又不是小数目……”

“你去找李淑敏……”苏雪丹咳下嗓子,“哎哎,你眼睛别瞪那么大,独身女人肯定有些积蓄,她也会借你……”

“你怎么知道她会借我?”

“因为她希望我们尽快离婚。”

“她从没有说过这话……”欧阳平有些急了。

“没有说不等于不这么想,再说,她的这一想法是对的。我们是该离婚。难道不是?不过现在离婚就有条件喽——钱啊。”

欧阳平不吭声了。苏雪丹的意思再清楚不过,如果要顺利离婚,他就必须帮助她还钱。而理由除了"夫妻共同债务"之外,还有一个婚外情过错问题——苏雪丹认定他和李淑敏有一腿。欧阳平觉得钱可以帮助还,但问题必须澄清。说:"其实我和李淑敏不是你想象那样……"

"好好,我才懒得想象,最多是物归原主嘛……"苏雪丹根本不想听他的解释,打断他的话:"说正事,我们承包,你负责五万——包括今天的三万,所以你的负担不大,再找两万就行。其余的五万我自己解决。公平吧?"

"太公平了!"欧阳平几乎咬牙切齿地挤出几个字。

"我知道你会答应的。"苏雪丹满意地又想拍他的脸颊,但被欧阳平及时躲开了。

"你怎么知道我会答应?"欧阳平咕哝了声,我要是不答应呢,你还敢把我吃了?后面的话他没说出来。

"因为你想顺利和我离婚——别看你刚才装成个男人样。"苏雪丹看看他,微笑了一下,露出雪白的小糯米牙,"债还清了才能无牵挂。是吧?"

欧阳平不吭声了,这就是苏雪丹,把你的好心当作驴肝肺,明明是她想要离婚,结果却把这顶帽子扣在自己头上,还暗指自己另有所爱,和李淑敏有些不明不白。我还没说你和那个帅哥王团长呢!不过苏雪丹刚才的微笑很迷人,她那种似笑不笑阴谋诡计的样子极有杀伤性。欧阳平在委屈愤怒的同时心里忽然异样地怦怦了几下,这是情欲。他想这是怎么回事呢,竟然想马上和这个刺头女人亲热一下,但是他克制了自己,不能再犯错误了,这个颐指气使的漂亮女人不属于自己,自己消受不了这份美丽。四年的时间已经证明了这点。他坚定了自己想法,借钱去,一定要离婚。

5

金垆茶坊坐落在太升路上,面积不大,二百多平米,里面的墙柱上挂了些绿色的藤蔓,屋子当中摆了一些藤椅。现在是晚上 8 点时分,茶坊人不多,理查德的钢琴曲悠悠飘着。

李淑敏和欧阳平两个人坐在茶坊的圆桌前,一时无言。

李淑敏对欧阳平是有看法的,她认为这个男人对不起她。那一段感情虽然朦朦胧胧,但是刻骨铭心,起码对她是这样。当初在大学时,两个人都是中文系的学生。学校组织舞会,长相一般的李淑敏很少被邀请,孤独地坐在角落里,然后到半场时悄悄离开。有一次李淑敏正要走时,欧阳平来了,腼腆地邀请她跳舞。李淑敏记得欧阳平穿着一件浅灰色休闲服,领口系着一条深蓝色的领带,看得出还是打扮了一番的。欧阳平跳舞很一般，手忙脚乱的，但是态度认真诚恳，踩着脚就说“对不起”，踩多了，就说“你也踩我一脚”。李淑敏很感动，觉得这种男人值得信赖。欧阳平的家在阆中县，父母都是供销社普通职工，小地方来的人没有花哨，只有朴实。后来见面两个人就主动打招呼，在食堂吃饭时也坐在一起，晚饭后两个人不约而同地在操场碰上了，像是偶然碰上的，其实都知道是故意找人，但是双方也不说破，很意外的样子。然后自然而然地散步聊天，然后欧阳平把自己家乡带来的特产“张飞牛肉干”送给李淑敏品尝，这种外黑内红貌似黑脸张飞的熏牛肉味道独特，劲道绵长，两个人嘴里嚼着牛肉干优哉游哉四处转悠。牛肉干提供的能量让他们散步的时间和空间不断增长拓展，从操场走出校门，直至绕了大半个城。这种情况持续了半年，虽然双方并没有说清楚什么，但是男女这种朦胧的关系是什么性质应该心知肚明，这种朦胧的关系让人揣测和憧憬，很折磨人也很幸福。李淑敏等着欧阳平将这张纸捅破，她想男女之间的事，应该是男的先说话。可欧阳平不知是真傻还是装傻，就是不说破。这样过了一段时间，李淑敏感觉到欧阳平有了一些变化：和她在一起时说话心不在焉，眼睛盯着你，但内容空洞，虽然嘴巴哼哈着应答，但明显是在敷衍，有时散着步，突然说声：“我回去了。”也不说为什么，匆匆而去，弄得李淑敏目瞪口呆。李淑敏想，这小子少一根筋啊？她甚至想，他是不是还要赶赴另外一个约会？直到《光明日报》发表了欧阳平的一篇学术论文《月上红楼》，李淑敏才知道他在暗暗鼓捣文章，这篇分析红楼梦小说中女人婉约阴柔之美的文章在学校引起轰动，《光明日报》在知识分子心目中的地位是相当高的。欧阳平顿时成为女生瞩目的对象，这是才子啊。李淑敏为欧阳平高兴，但又觉得自己被骗了，这说明他并没有把自己当成知己，他压根儿就没有把写文章的事告诉过她，写东西是好事，有什么可隐瞒的？难道我会反对？欧阳平的解释是，怕别人笑话，他也没有想到《光明日报》会刊登。这之后欧阳平依然和李淑敏保持着那种朦胧关系，但李淑敏隐隐感觉自己和欧阳平之间可能不会有什么结果，他现在牛了！当苏雪丹来了之后，这种预感终于成了事实。苏雪丹是李淑敏引进的，多年以后，李淑敏还骂自己犯傻，引狼入室。苏雪丹是李淑敏的中学同学，从小成绩不是很好，但是长相漂亮，很活跃，能歌善舞，是学校文艺活动骨干，初中毕业被兰州部队文工团特招参军了。过了几年又调到军区歌舞团，回到了这个城市。李淑敏是在一次同学会上知道苏雪丹的电话的。那次同学会苏雪丹并没有来，说是到北京参加全军汇演了，男同学都说苏雪丹现在漂亮得不得了，傲得不得了。当时她并没有这话放在心上。大四这一年元旦前夕，文艺委员说为了参加学校的文艺演出，要请一个专业舞蹈演员来教大家跳交谊舞，李淑敏多了一句嘴，说她来请，相当专业并且不要钱。她打了一个电话给苏雪丹，苏雪丹很爽快地答应了。谁想这一来天翻地覆。那天苏雪丹来时轻施粉黛，面若桃花，穿着一身呢子军装，没戴帽子，长发披肩，军服外面套了件黑羊皮大衣,脚上是半腰麂皮靴子,她的皮大衣敞开着,两手插在大衣兜里,嘴里嚼着口香糖,咯噔咯噔走了过来，帅呆了。这身打扮和这份气质让班上的男生傻了,别看大学生见多识广,但很少在生活中见到这种漂亮女兵,觉得好像是某部浪漫的外国影片在上演。男生们疯了。班上的帅哥们群起而围攻,但是谁也想不到苏雪丹看上了欧阳平。欧阳平当时傻傻地站在外面看,苏雪丹不知怎么的就看上他了,要求他第一个来和她做示范,结果她带着欧阳平舞得团团转,欧阳平还没弄清是怎么回事,就昏头昏脑地被抛下来了,接着是另外的男生上阵。应该说欧阳平没有追求过苏雪丹,起码外表上看不出来,在一群殷勤地为苏雪丹端茶送水送鲜花请吃饭的小伙子里面,没有欧阳平。可是当苏雪丹第三次来校教完跳舞以后,有人在学校外的那个咖啡厅里发现欧阳平和苏雪丹在约会！同学们惊呼欧阳平是大内高手！不吭不哈就拔了头筹！李淑敏觉得伤心,欧阳平竟然是这样一个人。不过她凭着女性的敏感,知道这绝不是欧阳平的成功,而是苏雪丹的成功,她那样的女人,看上谁谁就跑不了,欧阳平犯了一个普通男人常犯的错误:见了漂亮女人就犯晕。至于苏雪丹为什么挑上了其貌不扬的欧阳平,只有天知道,或许是看上了对方的才气？那时崇拜才气男是时尚啊,不像现在拜金盛行。

李淑敏毕业后通过舅舅的关系进到市妇联工作,而欧阳平留校继续念研究生,很快和苏雪丹结婚了。李淑敏一直未婚,随着时间的推移,她越来越谅解欧阳平,如果换了自己,恐怕也抵挡不住苏雪丹的攻击。苏雪丹太招人眼了,正因为这样,她认为两个人的婚姻不会长久,他了解欧阳平,苏雪丹的个性不是他能对付的。事实正如她所预料的那样,两个人要离婚了。

现在,李淑敏等着欧阳平说话。可是欧阳平半天不吭声,一个劲地喝茶。

“是不是碰上什么麻烦了?”李淑敏只好先开口。

欧阳平轻轻咳了一声,说:“是苏雪丹遇到了麻烦。”接着就把苏雪丹的事说了出来,并特别强调苏雪丹已经决定辞职。他没说借钱的事。

李淑敏问:“那你的事怎么办？不离了?”

欧阳平说:“离。不过现在不大好……”

“苏雪丹反悔了?”

“不是她反悔,是我要求缓一缓……她也同意。”

“为什么?”李淑敏问,接着又说:“我知道了,你觉得苏雪丹现在这种境况,你不能离开她,毕竟夫妻一场,是不是?”

欧阳平顿下:“有这个因素。”

“多高尚。”

“你别这么说话。苏雪丹真的挺难的……谁想到会碰上这种事,还被人怀疑成罪犯……”

“经常替别人着想，这就是你的优点。”李淑敏有些醋意，当年他怎么不替自己着想呢？

欧阳平不说话了，手抵在下巴上想着什么，他额头上有几道皱纹，眼睛愁苦地望着前面，李淑敏突然心中涌出一丝怜悯，但很快，她批判自己：没意思！人家是来说自己不离婚了，你可怜他干什么！

“我想跟你商量个事……”欧阳平吞吞吐吐地说。

“说吧。”

“我这个要求可能过分了点……”

“你想说就说，要不就别说。”李淑敏期待地看着他。

“是这样……你能不能借我点钱？”

李淑敏愣了下，下意识地问：“多少？”

“两万。”

李淑敏吓了一跳：“多少？！”

欧阳平难为情地笑笑：“为还苏雪丹单位的钱，我承包了五万，还差两万……”

李淑敏瞪着他：“嘿，”她轻轻拍了下手掌，又拍了两下，“你竟然想到我。我真应该感到荣幸！”

欧阳平叹息一声：“……是啊，不该找你的。”

“不该找你偏找来了。”

欧阳平无奈地说：“你说怎么办？这钱非还不可。他们单位把她看成罪犯了……”

“没那么严重吧。”李淑敏冷笑一声，怎么借钱的人全是一个理由呢，好像天要塌下来。

“苏雪丹的脾气你知道，受不得半点委屈……”

“哦，你还记得她的脾气！你不是要和她离婚吗？是不是不想离了？”

“离。把这事解决了以后。”

李淑敏不说话了，看看周围，端起杯子，喝了一口茶，问：“你找我就为借钱？”

欧阳平看看她，嘟囔声：“算了，不借也好，我回她话。让她自己想办法。”

李淑敏盯着他：“她是该自己想办法，她不是挺能干的？她怕过什么呀。”

欧阳平苦笑道：“那是表面。”他站起来，“我回去告诉她，让她自己想办法。”

李淑敏不动声色地说：“坐下。”

欧阳平看看她，坐下了。李淑敏说：“除了借钱你就没有什么和我谈的？”

欧阳平说：“离婚以后，我和你结婚。”

李淑敏愣了下：“你说什么？”

“这话上大学时我就该说出来。”

李淑敏看了他一阵,这话在她心里早就想过多少遍了,但一旦真听见了,还是觉得有些突然,而且不大对味儿,时间、场合都不适宜。她勉强笑了下:“你说和我结婚就结婚?我成什么了?我凭什么要和你结婚?”

欧阳平说:“不结婚也可以,先同居。你全面考察考察我。”

李淑敏嘴巴张得老大,脸红了,他没有想到看上去老实巴交的欧阳平竟然会来荤段子。这让她吃惊也有种莫名的兴奋。她笑起来:“你现在可是在跟妇联的干部说话!你什么时候变得这么没脸没皮了?你还是一个大学教师!”

欧阳平叹息一声:“我只是说了实话。现在能找到说实话的人不容易……”

李淑敏点点头:“这算是你的一个优点……是啊,找说实话的人不容易,找一个能听得进实话的人也不容易。我真想不明白,这几年你是怎么过来的……”

欧阳平说:“一言难尽,婚姻是最好的课堂,一位哲人说的非常深刻……不过今天不要提这事,今天……”

“今天只说借钱的事。是吧?”

欧阳平看看她:“本来我不想说的,其实根本就没有想到你。可苏雪丹说找你试试……”

李淑敏偏着头看他:“哦?苏雪丹说的?”

“是啊。”

“为什么找我?”

欧阳平犹豫了下,说:“她说你希望我们离婚,所以会帮助她。”停停又说:“再说她是你的同学,有困难了,不会不管。”这一句话是自己加上去的。

李淑敏冷笑一声:“离婚,同学……听起来好像是笔交易。”

“你不用放在心上。让她自己找钱去吧。”欧阳平动下身体,想站起来。李淑敏一把按住他:“别动!现在性质不一样了,苏雪丹公开了条件,这倒痛快了。就当交易。”

欧阳平看看她:“你要借她?”

“我没说借她。不过我要知道她有多少家底。”

“你说什么?”欧阳平没听明白。

“如果借给她钱,她什么时候还?她有没有还钱的能力?……你说她要辞职,是吧?”

“对。”

“她辞职后干什么?”

欧阳平愣了一会:“这个……我还没问呢。”

“你看,你就是这么当丈夫的!你还替她借钱,她怎么还啊?扣你每个月的工资?”

欧阳平不说话了，真是的，竟然把这么大个事给忘了！苏雪丹辞职已成定局，可她以后干什么，他竟然没问！也许苏雪丹本人也没谱儿，就像大多数人一样满街乱撞找工作吧。

“你把苏雪丹的动向搞清楚再来找我。我要明白她的偿还能力。”李淑敏最后说，“至于要不要利息，多少利息，咱们再商量。”然后她付了茶钱。

6

陈功德在市三医院里住了五天，这五天他对头部做了 CT 检查，顺带着把全身器官也看了看，结果头部没什么问题，肚子却查出了毛病——肾结石，他有些紧张。以前他知道自己血压有些高，血脂也有些问题，但从来不知道肾里会有石头，这是新情况。咨询了下医生，会不会是这次冲突造成的，比如头部受到撞击，肾里面的组织零件就乱了套……医生说哪有这回事，这结石来的原因多啦，就是不会是打架来的(医生很不负责地把苏雪丹和他的冲突说成打架，好像他是街头的小混混一样)，多喝些水，没准哪天早上一泡尿就把石头撒出去了。陈功德想你说得轻巧！那么大的石头疙瘩说尿出去就尿出去？尿管子是下水道啊？他本想再多住几天，好好休养一下，但一来韦明义催得紧，二来文化局也打电话问他的身体状况，那口气好像是问题如果严重了就另换团长，歌舞团的改革步伐不能停。陈功德决定出院。

上午十点多钟，陈功德出现在办公室，他坐在椅子上，随意看来下桌子上的几份无关痛痒的文件，又冲了杯毛峰茶，然后给金主任打了一个电话，让对方喊苏雪丹到自己的办公室来，他要和这个女人再一次交锋，他就不相信治不住她。不想金主任回答让他大吃一惊：苏雪丹不在了！陈功德一时没有反应过来，不在是什么意思？死了？

金主任说：“苏雪丹两天没来上班，昨天没见人，今天……现在十点多了，还是没来，估计是不会来了。”

陈功德一听火了，这么重要的情况现在才告诉他。他提高声音质问：“你怎么早不说？”

金主任解释说：“您在住院，我以为她今天会来的……”顿下又说，“听石泰梁说她提出辞职……”

“辞职？！打了报告吗？批了吗？你赶快去查一下，看她到哪去了，如果找不到，就赶快报警。”金主任答应一声，放下电话。

跑了？携款潜逃？畏罪自杀？陈功德脑子里冒出这几个词，当初就该把她控制住，现在可好，找不到人了！这十万块钱没有着落，团里下一步的工作就无法运作下去，正当他心烦意乱时，陆小雯悄悄地进来了，进来什么也不说，坐到椅子上抹起了眼泪。陈功德赶紧把门关上，对这个脆弱的女人，他还不能做出不耐烦的样子，要尽可能安抚。

陈功德看着陆小雯的泪眼，咳下嗓子，说："你别哭好不好？你老哭，还怎么说话？"他觉得自己的声音有些沙哑，但是显得亲切体贴，一个近五十岁的男人能做到这一步已经很不容易了。他轻轻按住对方的肩头："你看我不是好好的？"

陆小雯看看他的头，哽咽地说："本来我想到医院看你，又怕别人说闲话……"

"哼，身正不怕影子歪，怕什么！对于歌舞团搬弄是非功夫我早有精神准备！"陈功德一激动，太阳穴一阵跳疼，他缓口气说："我住在医院里，可我信息很灵，知道不少人想看笑话，有人说我被苏雪丹打成脑瘫了，还有人说我和苏雪丹为十万分赃不平，所以才挨打……还有说我……"他看看陆小雯，"哼，干扰大方向，想把水搅混，他们以为这样我就手软了？改革一定要进行，苏雪丹的问题也一定要查下去。"说到苏雪丹，陈功德一阵鬼火冒，到处传说他被苏雪丹打了，这让他很没面子。这里面有三个东西让他受不了：第一，领导被群众打，又不是"文化大革命"期间，现在哪有领导怕群众的！就算某些群众对你领导不满，可当面还不是点头哈腰，后面嘀咕几句而已。为什么心怀不满还要点头哈腰，因为你掌握着他们的政治前程和经济命脉，陈功德对这点很清楚，这是领导的钢鞭。可苏雪丹竟然不怕领导，并且动手攻击他！然后以一个辞职扬长而去。这是对权威的一种蔑视，这种行为如果被效仿，那他这个团长怎么当得下去？因此脑袋上这个包就算是石泰梁碰的也要算在苏雪丹身上，要就此问题好好正一正风气；第二，男人被女人打，这让陈功德很伤自尊，如果改革要付出代价，那他宁肯让哪个猛男揍一顿（团里无所事事身体肥壮的男舞蹈演员有的是，当然最好不要发生这种情况），然而猛男们对他毕恭毕敬，这个美女倒出手凶猛，这让他深受侮辱，好像自己已经成为不堪一击的朽木；第三，男人和女人发生肢体冲突，给人以无限的想象力，尤其招惹的是漂亮的女人，人们追究里面的起因总是爱往龌龊的方面想，是不是你要潜规则，人家不买账啊？挨了家伙，还得不到同情。所以此次事件爆发看似偶然，实际上里面有某些必然的东西，有某些人性方面的深层次东西。"苏雪丹的问题一定要查清楚！我倒要看看这个老虎屁股摸得摸不得！"他再次说了一声。

陆小雯用手绢擦了擦眼睛："罗团长问了我好几次……那天我真的不舒服，我胃里难受，上厕所不是装的……"

陈功德把一杯茶水放到她面前的茶几上，再把声音放低一些，说："我知道我知道，有些人怀疑这个怀疑那个，没有根据的。我还不相信你？"

"罗团长还问我和你的关系……问我和你是怎么认识的……"

"他问这个?!"陈功德心中一紧,"你怎么说?"

"我说就是领导与下属的关系,他就没说什么。"

陈功德在屋子里踱了几步,这个罗金国罗副团长是歌舞团的元老,作词的出身,副团长当了有八年,岁数比自己小两岁,这次团长位置空缺,没有提他,而是从外面调进来别人,他肯定心怀不满,他觊觎团长位置很久了。别看歌舞团风雨飘摇,但想当团长的人大有人在,各人有各人的道法。这位罗团长平时乐呵呵的,张口一个一切听从陈团长的领导,闭口一个陈团长指示的我们要坚决执行,其实他心里骂着娘呢。陈功德多年官场的经验告诉他,这次十万元被劫事件,罗金国绝不会闲着,他肯定要借机兴风作浪。对此人不可掉以轻心啊。想到这,陈功德对陆小雯说:"小雯,你最好开个证明来。"

"什么证明?"

"不舒服的证明,到医院开一个病条,这很容易的……"

"其实,出事的前一天我去了医院,我真的看了病……"

"那就更好了,让医生开个证明来,堵住那些人的嘴。"

"不过我……"陆小雯一副为难的样子。

"怎么了?开个肠胃不舒服的证明有什么难的。"

陆小雯张了几下嘴巴,想说什么,犹豫了一阵,终是没说,点点头,又问:"听说……这钱让苏雪丹赔?"

"那你说该谁赔?你赔?苏雪丹两天没来上班了,说明什么?有鬼!这个女人……"外面忽然传来敲门声:"陈团长!"没等他回话,门开了。一个穿着黑西服、戴着墨镜的矮个男人进来。

陈功德惊了下:"你找谁?!"

男人笑笑,摘下墨镜:"就找你啊,陈团长。"

陈功德打量他:"你是谁?"

"我叫向其顺,别人都叫我橡皮绳。陈团长应该知道的,新月歌舞厅经理。"

陈功德愣了下,上下打量他:"哦,向经理,就是你啊!久闻其名。"他对陆小雯说:"你去吧,开个证明来。啊?"

陆小雯犹豫了下,看看他们,走了出去。

陈功德打量着这个自称橡皮绳的男人,面色阴沉地说:"你还敢来!?"

向其顺四下看看,顺手拿起刚才陆小雯的杯子喝了一口,无所谓地说:"为什么不来?我把这里当成我的家。"

向其顺原是锅炉厂的电工,后来辞职做起小家电生意,赚了点钱,用他的话说,有了物质基础以后,应该向上层领域发展了,做一点有品位的生意。通过别人介绍,他认识了歌舞团的原团长刘蜀江,说他现在有点闲钱,要搞点精神文明的东西,刘团长正想发展第三产业，就同意他出资改造了歌舞团办公楼的附属底楼，开了家“新月歌舞厅”，这个舞厅面积一千二百平米，月租两万八千。舞厅开张后，生意还算红火，但好景不长，某日几个喝醉酒的顾客为小姐的事和保安发生殴斗，结果一死一伤，公安局立即勒令歌舞厅停业整顿，向其顺也消失得无影无踪，半年的租金也没交。没多久区检察院收到一封匿名信和一盘录音磁带，说刘团长受贿七万块，检察院派人来调查，刘团长几乎没做抵抗，很快招了，马上被拘押。歌舞团长空缺了四个月后，在市艺术馆干得颇有成绩的陈功德被调来接任团长。陈功德上任就被那个受伤顾客亲属缠上了，这位自称是伤者二哥的人找不到舞厅经理，于是就整天逼着歌舞团赔偿，否则就把床安在歌舞团睡觉，陈功德只好先垫了七千多医药费，伤者亲属说，这是第一笔医疗费用，以后根据伤残情况再要另外的部分。陈功德一想到刚来就被人家平白无故地拿走了七千元，而且这事还没完没了，心里实在是窝囊。现在向其顺突然回来了，可算是自投罗网。他看看向其顺，没好气地问：“你是来交钱的？”

“交什么钱？”

“嘿，你装傻，半年的租金！还把人打死打伤了，让我给你擦屁股！我们被吃掉七千了！以后还不知道有多少呢！”

向其顺笑笑，不急不忙说：“那事不是我招惹的，是那个保安赵二平，他跑了，怎么怪我？”

“当初你承租舞厅时，可是说好了出了事自己负责。协议还在这！”陈功德用指头敲下桌子，“就算是刘团长出了事，这个协议还是有效的。”

向其顺看看他敲桌子的地方，依然不紧不慢：“我是负责。那个家伙不会再来闹什么赔偿了。我把他摆平了。”

陈功德将信将疑地看着他，想了下，这两天那个伤者的亲属确实没有来。

“你怎么摆……摆平的？”

“这不用你操心了。我们有自己的规矩。”

陈功德想，有人说这家伙是黑道上的，果然如此。

“还有半年的租金呢？你什么时候交？”

“我今天来就是说这个事的。你看啊，陈团长，那个舞厅不能老关着吧？开起来才有钱赚，赚了钱才能还你租金，加上七千块——外算利息。”

陈功德想你这是借我的骨头熬汤，你想得美！“你先把半年的租金交了。”他哼了声。

“有了钱我肯定交，现在我手头紧，底下一帮兄弟要吃饭。再说我和刘团长有协议，不可抗的原因可以缓交。”

“打架叫不可抗的原因？再说刘团长是刘团长，我姓什么？姓陈吧？你把人看清楚了再说。”

向其顺笑笑:“陈团长,有话好好说嘛,我当然认你了。”他把声音放慢,话中有话:“该怎么办,我也是懂的,我不会坏了规矩。”

“你不交钱,我无法和团里其他人交代。”陈功德也慢慢地说,向其顺的意思他当然明白,但现在一定要装傻。前车之鉴,刘团长的下场就是教训,你拿人家的钱,你就得服软。

“陈团长,谁不知道这歌舞团你说了算,你是老大,别人算个球!”向其顺撇下嘴,一副心知肚明的样子。

“话不能这么说。”陈功德听着这话有些受用,但嘴上仍说:“我虽然是一把手,但是很讲民主的,罗团长在这里的时间比我长,许多事我要和他商量的。再说就是我们都同意了,公安局那边还要审。”

“你先同意了,我去做公安局的工作。舞厅关一天就是一天的损失——我这也是替你们着想。”

陈功德考虑了下,这个家伙说的也有道理,和他硬来没什么结果,总不能把他抓起来,走法律程序打官司更是劳民伤财,还不如……“这样吧,你把公安局的态度摸清了,我们再谈好不好。”他留了个活口。

“好吧。那边我有熟人,很快就会搞定。”向其顺懒懒地说,看看四周,问:“听说你们的十万块钱被劫了?”

“你怎么知道?”陈功德一惊。

“谁不知道啊。”向其顺不屑地说。“又不是小数目。”

陈功德心里一动,这家伙没准知道点什么。问:“哎,你打听一下,谁干的?”

“操,你把我当什么人了?我怎么知道是谁干的!”

“你消息灵通,谁不知道你是这东门老大。”

向其顺笑了下:“陈团长抬举我了,我要是老大还要向你讨饭吃?不过我会替你打听一下,也许有点眉目,看是哪路兄弟干的,别说,干得还真他妈挺漂亮,几秒钟就完事,不会是新手。哎,陈团长,虽说我们是第一次打交道,但我看你是痛快人,你交办的事我不会含糊。不过话说在前头,我这一动可不是白动。”

陈功德看看他,心想和这些家伙打交道倒是明明白白的。他哼了声:“你要是真能把钱追回来,我一定重谢。”

“多少?”向其顺很快问。

“什么多少?”

“你的重谢是多少?”

陈功德看看他,这家伙来得真快,一板一眼的毫不含糊,沉吟下:“……一千吧。”

“操，就这还叫重谢？”向其顺不屑地撇下嘴。

“你要多少？”

“百分之十——一万。”

陈功德吓一跳：“你真敢开口！这钱来的不容易，是别人的……”

“我知道我知道。”向其顺打断他的话。“不就是要搞一个什么模特时装团。你想想，时装团一成立，美女帅哥，挣大钱了，你在乎这个？眼光放远点。”

陈功德不快地想，这小子还敢教训我，什么叫眼光放远点？不过他也许真知道点什么。先答应他，至于以后付多少再说，假如他和那个劫匪真有什么勾搭关联，就把他举报送进去一了百了。

“钱是怎么丢的？”向其顺问。

陈功德把那天的详细经过给他讲了一遍。

向其顺两手交叉抱在胸前，半闭着眼睛，半天没吭声。

“你看，”陈功德试探地问：“有没有这种可能，我们那个苏雪丹……自己报了个假案，她自己把钱吞了……”

“当然有这种可能！”向其顺很干脆地说，“我他妈就想这么干呢！十万块，现在做掉个人才五千，够做二十个了。”他看看陈功德的脸色，赶紧解释道：“我开个玩笑。违法的事我是不做的。警察对这案子怎么说？”

“警察……”陈功德迟疑了下：“没怎么说。我不抱希望。”

“咱们想到一块去了。”向其顺哈哈一笑，手掏进口袋，摸出一包“中华”香烟，抽出一支示意，陈功德摇摇头。向其顺将烟叼到嘴上，但并没有点火的意思，而是盯着烟卷审视起来，他的这副模样很是搞怪，眼珠子瞪成了斗鸡眼，好像那烟上面有什么虫子一样。陈功德正在奇怪，向其顺将烟放回烟盒，眼珠又恢复常态，看看他：“我想见见你们那个苏雪丹。”

“她？办公室说她两天没来上班了！哎，你说，她会不会畏罪逃跑了？”陈功德问。

向其顺挥下手：“怎么不会？要是我，早跑到国外去了，毛里求斯尼加拉瓜……鬼都找不到……这样吧，这案子我办一办。”他说着往外走，“记着啊，舞厅的事你要关照。哎，要不然我到你们模特团怎么样？当个副团长……要不保镖什么的……”

“一说归一说。”陈功德赶紧堵住他话，“你先帮我把这十万打听清楚了，咱们再说下一步好不好？”

“行，你听我的信儿。”向其顺走到门口，“咱们一言为定。”又仰头用广东话唱了句不知哪首歌的歌词：“天晴啦，雨停啦，你来啦，心——碎啦……”出去了。

陈功德沉吟了下：“心碎啦……”他捂下胸口，果然有种心碎的疼感，都是十万块钱闹的,都是苏雪丹闹的!他喝了口茶,沉思了一会,觉得事不宜迟,应该做点什么。走到门口吼道:“小王,叫石泰梁来一下。”

石泰梁很快来了。他戴着个浅咖啡色的太阳帽,把伤口纱布遮挡住了。陈功德开门见山说:“苏雪丹两天没来了,是不是?”

石泰梁点点头。

“你怎么看?”不等对方回答,又说:“我越想越觉得不对头,她肯定畏罪潜逃了!”

石泰梁想了想说:“怕不能这么说吧?没有什么证据啊。再说她不是说辞职了……”

陈功德说:“哦,就那么口头一说,她就辞了?她这是吓唬我们呢!她敢吗?不是小看她,辞职了她会饿死!她能干什么?一个跳舞的,辞职,我借她两个胆子也不敢。”

“可她就是没来了……”

“所以才可疑!这说明她有了十万垫底了!以辞职为借口逃避调查。”

“这只能是猜测,没有证据……”

“好,就算她没有逃跑的念头,为什么不敢上班!她怕什么?十万块!有什么讲不清的?陆小雯她就来了嘛!”

石泰梁说:“她和陆小雯不一样,钱在她手上被抢的,可能她觉得委屈……”

“她委屈什么?!弄丢了钱,有理了?说实话,我就是怀疑这里面有问题……今年要不是强行安置转业军人,当成一个什么政治任务,我才不要她呢,我们团的闲人还少啦?!啊,吞了钱,还打人……”他猛然想起对方也是转业军人,收了话头,说:“你打电话给她家里,告诉她必须来……就是辞职也要把十万块的问题弄清楚才行。”

“我打了,不是占线就是没人。”

“打她手机!”

“关机了。”

“通知她丈夫……”

“听说她离婚了……”

“那就管不着她啦?!”陈功德吼了声。“那天晚上我就让你看着她,你却让她走了!你当时就该控告她故意伤害罪!”

“可……我们确实是想限制她人身自由之后才使矛盾激化,周警官也说了,我们无权……”

“好,打电话给派出所,要求警方采取强制措施!”陈功德对这位下属的死心眼感到十分恼火,当兵当傻了,脑子少根弦儿。他强压火气,指点他:“就说嫌疑人可能逃跑，说不定已经跑了，这回看周坚还怎么说！他要负责任！……”

“苏雪丹临走说她要还这十万块钱……”

陈功德瞪着他：“可能吗？你怎么这么糊涂！信她的话！赶快给派出所打电话，找那个周警官！现在！”

石泰梁不再说什么，打电话，请求派出所通缉抓捕苏雪丹。周坚听了事情原委后，说：“你只是怀疑，要采取措施得慎重，要经过法律程序……”

陈功德抢过电话，大声说：“可罪犯跑了！”

周坚说：“现在不能说是罪犯，没证据。”

“十万块不是证据？”

“我说的是犯罪证据。你根据什么说苏雪丹拿走了十万块？没有确凿证据你怎么能让我们公安机关抓人？瞎扯嘛！”说完挂了电话。

陈功德放下电话，悻悻地说：“这毛头小子，教训起我来了！我当官的时候，他还不知道在哪要糖吃呢！”他考虑了下，又对石泰梁说：“你带两个人去她家里看看……”

“不知道周警官住在哪……”

“我说的是苏雪丹！”

石泰梁“哦”了声。

“找到她就把她叫到团里来。”陈功德又说。

“她要是不来呢？”

“不来也得来。我说的意思够明白了吧？”

“不大……明白。”其实石泰梁很明白，他就是想让对方再说直接一些，这事可非同小可。

但陈功德不说了，直直地盯着他：“不明白？”

话到这份儿上，石泰梁不好意思再说不明白，又不是弱智。他为难地说：“这个……不大好吧？”

“怎么了？她还是我们团的职工。辞职也要办手续。她办了吗？……让她来上班不对？讲清问题，不对？告诉你，这十万块不拿出来，人家银雀公司会起诉我们！谁上法庭？你？告诉你，现在还有人说这事是我策划的！说我把钱私分了。我背黑锅！现在我们歌舞团谣言满天飞！你也听说了一些吧？！”

石泰梁不吭声。

“就这么办了。现在情况很明显了，苏雪丹已经畏罪潜逃，必须采取措施，出了事我负责。”陈功德舒了口气，为自己果断决策和敢于承担责任满意。“……还有，你带上两个精干的人，司机小胖，还有办公室的王腾，注意，苏雪丹是从部队下来的，恐怕有枪……”

“不会吧。她是文工团跳舞的,哪来的枪?道具?”石泰梁觉得对方根本不了解军队。

“我看你脑子有问题,现在就是这些女人才厉害,她什么搞不到?她揣着个手榴弹都有可能!她第一天来团里报到我就看出来了,这女人不一般,穿着身皮大衣,涂着个红嘴唇,穿着双小靴子,整个一个希特勒党卫军!我就知道她准会出事!团里本来就超编,根本就不该进人,可是她是带了军队转业干部指标进来的,不然我怎么会要她!……这下出事了吧?啊?十万块谁负责?……被抢了,鬼才相信!拿着钱就跑,玩失踪,真好死她了!……”陈功德越说越激动,唾沫横飞,脸涨成个西红柿。他觉得自己脸上发烧,血压肯定上去了,头皮发麻,太阳穴一跳一跳地疼,高压绝对一百八以上!他想顾不了这么多了,该嚷嚷就嚷嚷,今天如果自己放倒了,那也算烈士!因公殉职!“告诉你石泰梁,我今天认真地跟你说这个话,我是开弓没有回头箭,我不怕得罪人,为了改革我赴汤蹈火在所不辞,如果有一天我死了,身上可用的器官一个不留,全部捐献出去,造福社会。听见没有?”

石泰梁觉得突然,怎么突然扯到死上了?这是遗嘱吗?“陈团长,你是——认真的?”他小心地问。

“当然。”

“可捐献器官问题,应该对组织或者亲属交代。”石泰梁提醒对方,“我无权把你捐献出去。”

陈功德看看他,“我的意思,”他伸出五指看了下,捏成拳头在耳边晃晃,好像宣誓的模样。“我的意思,是表明一种决心。决不能让这种人阴谋得逞!在我面前玩这种小把戏,苏雪丹看错了人!你现在就把她给我押回来!”

石泰梁看着陈功德,觉得这位壮怀激烈的上司有些偏执,不过他在部队时,那个王团长也有这个倾向,吹胡子瞪眼,敢说敢干,军队明令不准关战士和干部禁闭,可他就下令将违纪的人关进楼梯底下狭小的工具房反省,还威胁说如果脑袋再不开窍,就把你塞进152榴弹炮的炮膛里,发射出去当超人或者蝙蝠侠。大家对此也没什么异议,有些人还挺向往,不知在蓝天白云下飞翔是什么滋味。反正王团长整得还挺有威信的。强人大概都是这么个风格。他想了下,从上衣口袋里摸出个姜黄色封面的笔记本:“那你写个字条。”

“什么字条?”

“我带人得有个凭据。”

陈功德瞪了他一阵:“说你们当过兵的,就是死板!”他气呼呼地写了一行字:苏雪丹涉嫌经济犯罪,务必把她带回团里。陈功德

石泰梁看看纸条,放进衣袋,正要转身出去,办公室金主任慌慌张张地冲进来:“陈团长!苏雪丹失踪了!”

陈功德一惊:“怎么回事?”

“刚才苏雪丹的爱人打来电话,问苏雪丹是不是在团里,她一夜没回家!不知道去哪了……”

陈功德愣了下,看看石泰梁:“看看,看看!说着了吧?我就是知道她会跑!……”他考虑了下,决然地道:“报警!找周坚!”

石泰梁赶紧拿起电话拨打,很快就通了,没等石泰梁说话,陈功德抢过来:“周警官,我现在正式通知你,苏雪丹失踪了!逃跑了!刚才……”

“刚才苏雪丹的爱人打电话来了?”周坚的声音依然是不紧不慢的。

陈功德怔了下:“对,刚才她丈夫说苏雪丹一夜未归……”

“所以我才让他打电话问你们,看在不在团里,不要动不动一惊一乍的……”

“怎么是一惊一乍的?罪犯逃跑了!……”陈功德提高嗓门。“罪犯跑了!……”

“谁说是罪犯?你定的?再说苏雪丹失踪多久了?”

“一夜未归……”

“还是了,一夜不就是十多个小时,要报人口失踪,起码二十四小时以上。这是规定!”说完电话放了。

陈功德拿着电话愣了一阵,啪地放下:“这小子,简直是……”他忍了下,看看手表,对石泰梁:“现在是十一点,你带几个人去找苏雪丹……”

“去哪找?”

陈功德瞪着他:“你说去哪?你这个做保卫的不知道?机场、车站、旅馆,亲戚朋友的家……凡是可能跑的地方,都找!快!”

石泰梁领命而去。

7

陈功德和石泰梁压根儿没有想到,此时失踪一夜的苏雪丹就在他们的眼皮底下——长虹电影院。

长虹电影院和歌舞团一街之隔,坐落在马道街和金泰路丁字路口。苏雪丹坐在电影院门口外面的硬木椅上,沐浴着春天软软的阳光。她面色苍白,盯着对面墙上花哨的电影海报,竭力想着昨天晚上发生的事,然而脑子里却乱哄哄一片空白。

这两天,苏雪丹一直在找工作,辞职以后,她就是一个自由人,自由是很好的,但是没有工作是不行的。她先查到青少年宫的电话号码,问需不需要教舞蹈的老师,对方说人满为患,正在想办法精简人呢。苏雪丹没多说什么,本来她也不想教什么舞，早跳烦了。然后她买了份《都市快报》，对上面刊登的招聘广告研究起来，比较合适的工作就用笔圈下，再筛选一遍，然后开始打电话。阳阳食品公司（中美合资）要聘营销代表，她觉得自己应该能胜任这个工作，谁知还没说几句，对方说要大学本科以上文凭，否则免谈，她不明白一个做小点心的食品公司营销代表要那么高的文凭干什么，不就是卖饼干嘛，只好作罢。接着又给东光酒店人事部打电话，询问大堂经理的事，回复说要有相关经验，哪怕做服务员也要有两年的经验。她自然没有经验。接着又给红灯笼度假村和蓝天纯净水公司联系，两个地方都需要服务人员，初中文化程度就可以，但工资太低，度假村月薪四百，还在远郊区，卖水的只给三百八，包吃住。苏雪丹挺丧气，决定不信报纸上的广告了，跑到东夏街人才交流中心找机会，交了十元钱进去。里面摆了很多桌子，招聘单位不少，但应聘求职的人更多，可以用人山人海来形容。她被人潮挤来挤去，空气中散发着一股汗臭味，好不容易挤到桌子前，没说上两句，就被后面的人打断了。每个人都几乎是咆哮着说话，不少人带了相当精美的资料推销自己，而她什么也没有。不过由于她的外形靓丽，也有几个男人很耐心地问她问题，但很快她看出来对方并不是要聘用她，而是要和她建立私人联系，这使她觉得又好气又好笑，没多久，她就忍受不了喧闹和臭烘烘的气味，跑了出去。

她站在路边，发呆。看来宣布辞职太莽撞了些，工作不好找啊。她没有专业没有技术没有硬文凭（中专根本拿不出手），三十多岁的人了，居然没有生存技能！苏雪丹感到悲哀，在舞台上风光了那么多年，下来后什么都不是！怪不得国家把安置转业军人当成一个政治任务，国家真好啊，洞察转业军人的苦衷，你不接收我就是你的政治觉悟问题！你政治有问题！问题是，她辜负了国家的一片苦心，自己辞职了！

又一想，辞职就辞职，就是讨饭也比回歌舞团受白眼强。我受不了那个气，我……呸！呸呸！见你妈的鬼去！对着马路上的车流，苏雪丹骂出了一句脏话，觉得气顺了些。然后想，还是要从根儿上解决，找那十万块钱，一切都是这钱惹的祸。既然找工作也挣不了几个钱，那就可以缓一缓。她决定再去被劫现场看看。就是找不到那个劫匪，也希望能找到那个追摩托车的女孩，有这个女孩作证，起码会证明自己所述是真的，或许那女孩还能提供一些细节，对警方破案有利。钱是要赔偿的，要认倒霉，但是人的清白必须首先解决。

苏雪丹到了马道街，问了附近的一些居民，都说没有见过那个模样的女孩，奇怪了，也许是自己没有描述清楚，也许她是偶然路过这里的？那她干什么来了？她是什么职业？家里有什么人？……都是谜啊。附近有个鸿运商场，也许她是来转商场的？她走进商场，在商场里转了好久，没有什么发现。商场的旁边是长虹电影院，也许那女孩是来看通宵电影的？也许她还会在这看电影？于是她买票进场，没有发现和那个女孩体貌相符的人,只好看电影,片子是《无路可逃》,美国片,讲一个大盗横行天下的故事,那个大盗作案工具是一辆经过改装的大马力摩托车,疾驰如飞,数次从警察包围中逃脱,后来大盗竟然异想天开参加摩托车大赛,居然还拿了冠军,正当他得意扬扬上台领奖之时,被警察逮了个正着。苏雪丹想劫自己钱的家伙也是骑摩托车的,和这种人差不多?他到底什么模样?干什么的?那天他是早有准备还是凑巧?如果是有预谋的,那么,他是怎么知道我们有十万?他到底是什么来头?惯犯还是新手?是有组织的还是单干?他住在哪里?……服务员不时从过道走过,手上拎着一个筐,里面放着饮料啤酒花生豆腐干之类,悄言向客人兜售。前面一排的座位上不时有些情侣哼哼唧唧,苏雪丹冷眼看看他们,一个稚气未退的少年男孩拿着罐啤酒喝着,不时和旁边的女孩接吻,两个人发出吱吱吱吱的声音,像老鼠叫,苏雪丹奇怪接吻怎么会发出这种声音。那个男孩察觉到她的目光,转过头,喝了口啤酒,谴责地瞪着她,指责她太不知趣。苏雪丹微微一笑,手指一勾,那个胖胖的服务员立即过来,苏雪丹说:"酒。"服务员马上递给她一罐"青啤",苏雪丹摇摇头,指指大玻璃瓶的"燕京",服务员愣了下,很快反应过来,将啤酒给她,抓起吊在胸前的开瓶器轻声问:"现在开吗?"但苏雪丹已经用牙咬掉了瓶盖,仰头喝了一大口,挑衅地瞪着那个男孩。男孩扭过头去,和女孩说了句什么,然后两个人站起来,换到后面另外的座位上去了。

苏雪丹暗自笑了下:你还嫩呢,小公鸡。她盯着银幕,又开始琢磨自己的事……追逐摩托车的女孩或许就是来这里会男朋友的?她会不会看到了劫匪的模样,起码比自己清楚一点吧,她又是干什么的?那天还喝了酒,大上午的为什么喝酒?或许就在这影院里和男朋友一起喝的?那她的男友到哪儿去了?……这世界全是谜啊……苏雪丹眼睛看着银幕,脑子里琢磨着劫匪的事,终是理不出头绪。她干脆买了通宵电影票,一边喝着苦涩的啤酒一边看片子,不时四下张望巡睃,也许会碰上什么,结果当喝到第三瓶啤酒的时候,她昏昏沉沉睡过去了。醒过来时已是天亮。

现在苏雪丹呆呆坐着,完全不知道自己这一夜未归造成的混乱。她茫然地盯着马路上来往的人流车辆,竭力回忆这几天的经历,啤酒的后劲使她不能清晰还原整个过程,但大体上知道结果,——找工作碰壁,寻劫犯无果,一无所获。意识到这点她感到很悲哀很绝望,心脏一阵发紧,血液循环开始加速,啤酒的作用再次显现出来,眼前的物体开始腾云驾雾……她赶紧用右手拇指和食指捏住眉心,用力揉了一阵,再睁眼一看,四周景物清晰了,不仅清晰,还有了一点生动的意思,这时忽然几声亢奋悠长驴叫传来,她吓了一跳,这地方难道还有驴?循声望去,发现那是不远处路边停靠的一辆白色帕萨特轿车发出的鸣笛,这声音平时听着怪异,但现在显得生机勃勃,像是在给她打招呼。苏雪丹对这种新鲜感觉感到困惑,难道是自己的耳朵出了问题？或是神奇的手指的作用？她抬起自己的手，举到眼前观察着，手心粉红，纹路纤秀细长，指头螺旋清晰可见，轻轻一动，手指像菊花一样散开了，灵活地弹动，这绝对是只值得骄傲的手，从中可以看到人类从动物进化过程的不屈不挠——爪子已经一去不复返啦。意识到这一点，苏雪丹心情好了一点，事情还不是太糟：你现在依然健康地活着，并在思考，这就意味着还没有到山穷水尽的那一步。实际上第六感确实在提示她，还有一线生机，只要抓住了，出路还是有的，问题是，这条生路是什么，不清楚。这时候需要高人指点，她感觉会有高人指点，甚至已经朦朦胧胧看到了高人飘然而来的身影，好像是个穿着黄绿袍子的白胡子老头，但定睛一看，又没了，这个高人时隐时现，不露真容，似乎在故意戏弄耍她，要考察她的智力。这让她十分恼火，她狠狠地跺了两下脚，高人彻底没了。她懊丧地坐了一阵，觉得浑身酸痛，真想洗个热水澡。她站起来，想回家了。

苏雪丹昏昏沉沉向公共汽车站走去。脚下有些飘，胃里像有虫子蠕动，脑袋如炸裂了般一跳一跳的疼，她深吸了一口气，放慢脚步走着。两个过路的女青年迎面过来，看看她，脸色一变，小心翼翼地从她身边绕过去，她有些诧异：我怎么啦？又不会吃人？她看看自己，发现右手上还拎着那个没喝完的啤酒瓶……她苦笑了声，怪不得，一副酒鬼模样！她把酒瓶放到地上，想了想，又拿起来，要文明，不要随处扔垃圾。看看四周，不远处路旁边停了辆白色的帕萨特轿车，车后面有一个果皮箱，她慢慢走过去，抬头看看天，眼睛酸涩，有肿胀感，现在的脸色肯定难看。走近轿车时，她看见车的后视镜中出现了一个似曾相识的女人，她弯下腰，好奇地仔细看着，那个女人同样好奇地看着她，苏雪丹笑笑，对方也笑，苏雪丹撅下嘴，对方也同样如此，苏雪丹愣了，忽然发现这个女人就是自己！她吓了一跳，难道自己这副模样？——脸色铁青，眼睛红肿，不至于吧？这镜子有问题！苏雪丹恼怒起来，用酒瓶试着敲了两下后视镜。驾驶座车窗忽然静静地滑落下来，一个中年男人坐在车里诧异地看着她：“你干什么？”

苏雪丹没有想到车里还坐着人，就跟变魔术似的，她盯着这个男人看了一阵，忽然指着对方的鼻子咯咯笑起来，用乞求的口吻说：“我想砸了这个破镜子……”

男子大吃一惊，大声道：“喂，你是不是喝醉了?!”话没说完，苏雪丹已经举起酒瓶，眯着眼睛计算着距离：“我……我砸了它……”她身体一摇一晃，一边比划一边嘟囔，那车忽然一声轰鸣，蹿了出去，苏雪丹扑了个空，差点栽倒，她疑惑而又恼恨地看着那车——并没走远，又停在那了。苏雪丹看看手中的酒瓶，觉得可以当个家伙用用，她瞄了瞄，对准车扔了出去，却不想酒瓶脱手了，没砸着车，酒瓶不可思议地准确地落入一旁的果皮箱里，引起围观人一片笑声。

车上的男人下来，走过来小心地打量她，问：“没别的了吧?”

“什么?”

“酒瓶,或者其他什么家伙。”

“没啦。”苏雪丹拍拍手。又摊开看看,很遗憾的样子。

男人转身想走,又改变主意,走近两步。“我送你回家吧?”

“行啊。”

“去哪?”

苏雪丹看看他,打了个嗝:“师范学院。”

男人将苏雪丹扶上车。

轿车很快驶上主路。

“是教师?”男人一边开车一边问。

“不是。”

“学生?”

“老菜秧子了,还什么学生!”苏雪丹不屑地挥下手。

“没准啊,硕士博士的也就是你这岁数……那你是干什么的?”

“什么都不干。闲人。”

男人诧异地盯她一眼,笑了笑:“心情不好啊。”也不再说什么,车到了学院门口,苏雪丹下车。男人问:“能走吗?”

“笑话。”苏雪丹重重关上车门,挺直身体向里面走去。

男人顿了下,探出头问:“哎,你叫什么名字?”

“刘大妈。”苏雪丹随口说。

“刘……能告诉我你的手机号码?……”

“忘了。”

“那我的手机号码你记一下……”

苏雪丹挥了下手:“我才懒得记。”又回头笑了笑:“谢了!”走进校门。

头脑已经清醒了,步伐微微有些踉跄,但还走的稳,脚一直踩在砖线上,苏雪丹盯着自己的脚,对自己的状态还算满意。她不清楚自己喝了几瓶啤酒,但肯定不是一瓶,能保持这种清醒状态,很不错了,同时对那些动不动就发酒疯的男人充满了鄙视——你们太没出息了,其实不过如此嘛!

走了一阵,来到体育馆旁,苏雪丹觉得不大对劲——后面似乎有人跟踪她,回头看看,有几个拿着笔记本的女学生匆匆走过去,并没有什么可疑的人,又走,不对,第六感告诉她,确实有人跟踪。虽然仍没有发现可疑的人,但鉴于马道街的教训,她还是提高了警惕,边走边用眼睛的余光观察着周围。到了住宿楼前,她站下了,四下看看,进楼门,站下停了一会,猛地转身出来,一声惊叫——差点和一个穿黑色西装戴墨镜的男人碰上。两个人都吓了一跳。

苏雪丹认定这就是跟踪她的人。他要干什么?

“苏雪丹?”对方盯着她询问。

“你是谁?”苏雪丹警惕地打量他。“我不认识你。”

男人取下墨镜:“我也不认识你,不过我猜出来了。我叫向其顺,大家都叫我橡皮绳。你肯定听说过。”说着伸出手来。向其顺从陈功德那里领受了追查苏雪丹行踪的任务后,马上开始行动,以他的经验,认为苏雪丹最可能出没的地方还是家里,他不相信苏雪丹会跑。

苏雪丹没和他握手,重复了句:“我不认识你。我也没听说过什么橡皮绳牛皮绳。”

向其顺吃惊地看着她:“真的没听说过我?歌舞团的人基本上都认识我。”又笑笑说:“对了,你是刚来的。我们这不就认识了,我和陈团长是朋友,我想问问那天被劫的事……”

“你是干吗的?”

“我?算是经理吧……”

苏雪丹哼了声:“现在的经理比狗毛都多……”说完就往门里走。

向其顺拦住她:“哎,你什么意思?告诉你,我是你们团楼下那个新月舞厅的经理……”

“那个舞厅被查封了。”

“什么查封?是整顿一下,很快就会开的。……哎,我想问问你那天丢钱的事……”

“我凭什么要跟你说?!”苏雪丹从他身边走过去。她真烦这家伙,现在就是想尽快回家洗个热水澡,然后睡一觉。

向其顺再次拦住她:“总得让我把话说完啊!”他的算盘是,如果苏雪丹真拿了那十万元钱,他要从中分一杯羹,多少可以商量。作为报答,他会找一个替死鬼让苏雪丹摆脱嫌疑。

可苏雪丹根本不听他的话:“我不想听!没心情!”

“你干吗那么凶?我又不会吃了你。”

“是我要吃你!”

“你?”向其顺笑起来,打量她,“不会吧?怎么吃?撕巴了烤羊肉串?”

“让开!”苏雪丹没心情和这个陌生男人耍嘴皮子。

向其顺没有动,眯着眼睛上下打量她:“真没见过你这样的,请你给个面子。你打听打听,在东门这带,谁不知道我橡皮绳……”

“滚开!”苏雪丹加重语气。她大概估摸出对方的成色了,是个社会上的混混。

“啧啧啧啧……”向其顺嘴巴发出一阵声音,上下打量着她:“还没哪个女人和我这样说话,看着你身材不错,脸盘也长得挺靓的,怎么嘴巴没调教好……拿了十万块钱就六亲不认了？我告诉你，现在全城都在追捕你，我可以帮你，分五万我就给你摆平……”话没说完，他肚子一缩——苏雪丹突然一脚踢过来，而且是对准他要命的小腹去的，幸亏他躲闪得快，不然他可能已经倒在地上了。他惊诧地“嘿”了声，嚷道：“你敢动手？!”

“我是动脚！”苏雪丹两手叉腰怒视着他。此时她突然意识到自己没有做到位——周坚说，在攻击之前，应该有个警告，她没有，脚自己就出去了。

向其顺不可思议地瞪着对方，这女人怎么敢突然就对自己下脚呢？低头看看小腹，裤裆上面有一个鞋印，尖尖的，瘦瘦的，就像一个三角印戳，他想这算怎么回事？我向其顺好歹算是一个人物，局子里都几进几出了，怎么会被这个女人在小肚子上印个脚印？下面该如何应对？和这个女人打起来？似乎不够男人，那就忍声吞气？不不不……向其顺忽然身体一弯，双手捂住小腹，哎哟哎哟叫起来。

这一招让苏雪丹有些慌了，不知所措地看着他。

向其顺更加凄厉地惨叫，就像是被割了肉似的。

苏雪丹问：“怎么了？”

向其顺憋着声音：“被踢坏了……”

“什么？”

“卵子被踢坏了……”

苏雪丹听明白了，心里一下紧张起来，虽说从脚上的感觉来说，她认为并没有伤害对方，可是他一口咬定什么“卵子”坏了，成了太监，这就有些麻烦。心里一急，拍下他背，说：“我没踢着你啊。”

“怎么没踢着？都肿了！”

“狗屁！”

“肿了！”向其顺咬牙切齿地说，“苏雪丹！送我到医院去！告诉你，你这回破费大了……”

苏雪丹看看他，知道是碰上了泼皮。“让我看看。”她说。

向其顺愣下：“什么？”

“你不是说肿了吗？掏出来看看。”

向其顺瞪着眼睛，不相信这话是从这位漂亮的女人口里说出来的。

他心一横，手伸向自己裤子拉链。

“你知道我下一步干什么吗？”苏雪丹问。

向其顺盯着她。

“你只要掏出那个鸟来，我就给你拧成麻花，喊人来参观！有个性变态在这里骚扰……你看，那边来人了。”

向其顺回头看了眼，抬头盯着苏雪丹，不动了，过了会冷笑一声：“你脑子可真够花的，怪不得你们团长怀疑你吞了十万块钱……”

“去你妈的！我还怀疑你就是抢了我十万元的家伙呢……”

“啊？”向其顺一下子直起腰。

“啊什么啊？我看着你就像！你这种无赖什么事干不出来？”

“谁是无赖？！”向其顺跳了起来，他已经忍无可忍，先给这女人一巴掌再说，把那一脚还回来，正要动手，身后猛然一声：“你们在干什么？”

石泰梁从楼道口走过来。五分钟前，他刚从苏雪丹家出来，陈功德要求他把失踪的苏雪丹找回来，他觉得与其到什么车站机场去找，还不如找苏雪丹的丈夫欧阳平问问，他应该知道点什么，可是这位书生一问三不知，并毫不客气地下逐客令。他只好退出，正碰见两个人发生冲突。

苏雪丹看着他：“好啊，石科长，来得正好。这个家伙说他是陈团长的朋友，在这要动粗。”

石泰梁看看向其顺：“这不是向经理吗？”去年新月舞厅营业时，他没少和这位经理打交道，这个家伙路子野，弄来几十个坐台小姐，把歌舞厅搞得乌烟瘴气的。石泰梁很看不惯他。

向其顺皱着眉头说：“石科长，你可要管管。你们团什么时候来的这么个蛮婆娘？讲不讲理啊？”

“你嘴巴放干净点！”苏雪丹喝了声。

石泰梁问：“向经理，你在这干什么？”

“陈团长让我问问十万块钱的事。他说这个女人逃跑了。”

“十万块钱是我们团里的事，和你有什么关系？”石泰梁冷冷地问。

向其顺哼了声：“我就不能关心关心啦？……哎，你们这个婆……女人怎么搞的，她竟然二话不说就上脚踢我？！”

石泰梁说：“我倒看见你刚才扬起胳膊想打人！苏雪丹目前为止还是我们团的人。有什么问题，我们自己解决，没有你的事，更不允许打人。”

“是她踢我啊！”向其顺叫道，说着就让对方看自己裤裆上的脚印。“看看，印子还在！”

苏雪丹哼了声：“他变态。”

向其顺气急败坏地吼：“你要记住你说的话！”

石泰梁说：“橡皮绳，你还是先把舞厅打人的事解决好，”又加重语气：“派出所还在找你呢。”

向其顺看看他，又看看苏雪丹，说：“苏雪丹，你等着吧。”说完就走了。

苏雪丹正要转身走，石泰梁说：“苏雪丹，这两天你到哪去了？”

苏雪丹没理他，向楼门口走去。

“陈团长让你回团里上班。”石泰梁跟上来。

苏雪丹停下,回头问:“是上班还是审问?”

石泰梁顿了下:“上班。”话一出口,脸一阵热。他想说谎就说谎吧,只要能让苏雪丹回去,就尽量不用来硬的。

“是你说的还是陈团长说的?”

“是……我听陈团长说的。”

“好啊,”苏雪丹脸上浮现嘲弄神色,她看出来了,这个石泰梁不会撒谎,脸都红了。“你说说,让我回去上什么班?又当闲人?”

“让你……总之是会妥善安置的,你要相信组织……”石泰梁胡乱说道,再往下编恐怕就露馅了。赶紧含糊地解释:“也许回资料室,也许还是让你去筹建银雀模特艺术团……”

苏雪丹心中怦然一动,时装模特艺术团!怎么没想到呢?虽说石泰梁明显在胡编,但无意中给自己指明了一条路。这比她没头苍蝇似的到处乱碰找工作强多啦。苏雪丹顿时觉得前途豁然开朗,她早该想到这一点!她有去处啦!那个绿袍高人原来就是这老兄啊。他下身的绿军裤就是绿袍的现代版。“谢谢你,石科长,回去告诉陈团长,我会回来办手续的。”苏雪丹露出微笑:“我还要给他一个惊喜。”说完转身就走。

苏雪丹态度突然转变让石泰梁感到意外,不知道自己哪句话对上人家心思了。不过看见她仍然往楼里走,赶紧上前拦住她:“陈团长让你现在就回去!”

苏雪丹盯着他:“我要是不回去呢?莫非你还想把我绑走?”

石泰梁犹豫了,陈功德的指令就在自己的兜里,可这个指令……有什么用?他有什么权力将苏雪丹押回去?再说以苏雪丹的脾气,不是那么轻易就范的,真动硬的,场面恐怕很难看,关键是如果招来警察,最后说不清道不白的恐怕还是自己!他叹口气,说:“你这样和团里顶着不好。其实那十万块钱……”

“我说过了,十万一分不少还给团里!”苏雪丹用指头戳戳对方的肩膀,“你告诉姓陈的,我再去团里时,会带着十万块,放到他老人家的桌子上,请他把我的辞职手续准备好,我一分钟也不想在团里多呆。还有,告诉他,别瞎猜疑,他要是再胡说什么,老子就告他诽谤罪!”

说完她手在兜里摸了阵,掏出一百块钱和一把零散小票硬币,放到石泰梁的上衣兜里:“这是赔偿你的脑袋钱,医药费。多的我也没了。”转身走了两步,又回头说:“对不起。打了你的头,我道歉。咱们两清。”

石泰梁吃惊地看着她的背影,又摸摸上衣口袋里的钱,嘟囔了句:“老子?……”他有些不可思议,看着挺文静挺端庄的样子,怎么会说出这样的粗话,“老子”是你说的吗?难道很提神很过瘾吗?苏雪丹在部队时是文职军官,技术十一级，换算成职衔是副营——也就是副科级，好歹算是个官吧？居然像个孙二娘似的。他把钱拿出来数了数，共一百三十四块四毛五分，他把钱放回口袋里，待了一会，慢慢转身离开。

8

欧阳平盯着墙上的挂钟，准备十二点时再给派出所打电话，告诉他们苏雪丹确实失踪了，有可能出了车祸，也可能被人绑架，还有可能不堪重压自杀……正这么想着，门锁一阵响，苏雪丹走进来。

欧阳平一看，赶紧迎上去："你到哪儿去了？昨天夜里……"

苏雪丹说了声："我洗个澡。"径直进了卫生间，随即传来水淋的哗哗声。

欧阳平站着，有些茫然，苏雪丹玩失踪，似乎根本就没有歉意，她难道不知道外面已经翻了天了？歌舞团的保卫科长都找上门来了。他设想了各种可能，甚至都想到了如何办理后事：倾其所有，在磨盘山公墓向阳的地方买一块好地儿，悼词中称谓还是应该是"爱妻"——没离婚嘛……谢天谢地，她终于回来了！卫生间的水声没有了，苏雪丹穿着一件宽大的白色睡衣走出来，欧阳平赶紧站起来，正要说话，苏雪丹已经向卧室走去："我睡个觉，两个小时后喊我。"说完人已经进了卧室。

欧阳平又坐下来，这真是没趣，本来还想着上前来一番安慰的话，谁想人家根本不需要。

欧阳平呆呆地坐了一会，感到肚子饿了。由于担心苏雪丹的事，他还没有吃午饭。他向厨房走去，路过卧室，门开着一条缝，他随便向里面看了下，不由一惊——苏雪丹并没有躺在床上，而是坐在电脑前上网浏览什么。怎么回事？不是睡觉吗？她在看什么？欧阳平想了想，决定还是不问为好。他走进厨房，打开冰箱，看看，有大半袋速冻饺子，足够了，他决定吃点东西。

水烧开了，欧阳平把火调小了些，下了十个速冻饺子下到锅里，正用勺搅动，背后传来一声："再下几个！"

欧阳平吓了一跳，回头一看，苏雪丹站在背后，冷冷地看着他。

欧阳平问："睡醒了？好像没一个小时。"

苏雪丹没回答他，又说："多下几个。我饿了。"

欧阳平没再说什么，苏雪丹睡觉或者上网跟他没有关系，她爱干吗干吗。他又拿起塑料袋，往外倒饺子："几个？"

看没有回话，他回头看看她，苏雪丹正看着排气扇发呆。他又问："几个？"

苏雪丹回过神，不耐烦地说："啊，你看着办吧。"

欧阳平又下了十个饺子,说:“昨天夜里你没有回来……”

“我在电影院里睡着了……”

欧阳平想,你还有心思看电影?和谁看?新婚蜜月的时候也没有这种浪漫情调。不过他没有再追问下去,说:“刚才你们团里的保卫科长来了,说是要你去……”

“我知道了。在门口看见了他。摆平了。”

欧阳平不说话了,“摆平了”,这是什么词儿啊?江湖女大佬啊。这几天苏雪丹像变了一个人,当年那种高雅气质几乎消失殆尽,成了麻辣女郎了。看来今天的心情又不好。这时候少跟她说话。至于她是不是真去看电影,无关紧要,人回来就好。

“借钱的事怎么样了?”苏雪丹问。脚一勾,将一把椅子拖到面前,坐了下去。

“我和李淑敏谈了……”

“她不借?”

“也没说不借,她说……”

“说什么?”

“她说要看看你的偿还能力……”

苏雪丹一怔:“嚯,怕我不还她?”

“不是怕你不还,而是怕你到时没钱还。她想知道你辞职后干什么?会有多少收入,她心里好有个底。”

苏雪丹默了阵:“你大概也想知道吧?”

“我应该知道。”欧阳平看看她。“早该问你的。你是不是真要辞职?如果是真的,你下一步打算怎么办?说白了,你靠什么养活自己。”

“那好,你约李淑敏来,我们一起谈。”

“什么时候?”

“现在。”

“现在?”欧阳平吃了一惊,这人倒是来得爽快,你是人家的妈啊,随叫随到。“现在是什么时候?人家正在吃饭……”

“你怎么知道在吃饭?就算是吃饭,也可以一起吃饺子啊。李淑敏的家离我们这里不远,骑车十五分钟就到了。”她看看欧阳平,“哦,对了,李淑敏还没来过我们家,是吧?这更好了,让她认认门,以后她说不定就是这房子的主人,总得先熟悉一下……”

欧阳平把饺子捞出来,用一个盘子盛着,放到桌子上,又抓起醋瓶往饺子上倒出一些醋,看看她,没说什么。苏雪丹的话中有攻击的意味,不过他才懒得和对方较真呢,就当没听见。

“哎，我可是认真的。”苏雪丹说。“我是迫不及待想见到李淑敏女士——李淑敏同窗。”又补充了句：“我需要钱。”

欧阳平看看她脸色，终于说实话了，他想，看中的是人家的钱。他考虑了下，说：“约她到家里来，合不合适？人家愿不愿意？”

“我看没什么不合适的。除非她不想见我，或者不想借钱。”苏雪丹拿起一根筷子，瞄准盘中的饺子插了下去。

欧阳平心头一紧，明明有一对筷子，她却只用一只，把筷子当成长矛了，饺子就是她的猎物。不过也没什么大惊小怪的，她，苏雪丹，就是这么个德性，只要不把他当成饺子穿起来就行。

“如果你真想知道我今后干什么，打电话吧。”苏雪丹仔细地看着筷子上的饺子，咬了一口，又说：“她来了我告诉你。”

欧阳平没吭声，随后脖子一梗，耸下肩膀，表示自己并不是随便就听人使唤的，不过他知道自己会照苏雪丹说的办。他知道自己就这点出息。

9

李淑敏按响了苏雪丹家的门铃。

按理说，作为欧阳平的大学同学、苏雪丹的中学同学，她应该是这屋子的常客，但也正因为和两个人的微妙关系，她从来没有进过这个门，虽然欧阳平和苏雪丹结婚的时候邀请过她。

现在她来了，多少有点得意，从欧阳平的电话里她听出苏雪丹现在很着急，在求她，苏雪丹什么时候求过人啊。她特意换了身衣服：一件金黄色的时装上衣，腰上挂条腰带，横布扣儿，样式属于中西结合，这是她出差到广州买的，衣服上的商标是香港制造，也许不是香港，而是温州的某个作坊，但这有什么关系，关键是这身衣服她穿着很得体，这点她感觉得出来——在路上已经博得许多人赞许的目光。

苏雪丹开的门，看见她，一副惊喜的样子：“哎呀，淑敏！你终于来了！哟，这么漂亮！”她上下打量着对方，“我差点认不出来了，这是哪来的电影明星啊！”

李淑敏知道她说得夸张，但心里还是高兴，女人最大的满足就是听见别人对自己赞美，哪怕这里面虚假的成分居多。苏雪丹这种老朋友式的态度也让她满意，刚来的时候还想，会不会发生尴尬的情况，毕竟是情敌。现在看，这种顾虑是多余的，苏雪丹很会处事。演员就是演员。

“雪丹，你这是骂我。”李淑敏故意绷着脸，她也学着对方把名字的前一个字去掉，而直呼“雪丹”，这就显得亲切了。“要说是电影明星，你才是啊。中学的时候你就打过广告,矿泉水的——‘一口清甜水,滋润一份情’。”

“你还记得?这词现在想起来都觉得肉麻……”苏雪丹笑道,对旁边的欧阳平说:“那时我虚荣,就是想上电视……哎,欧阳平!你怎么也不打个招呼?还用我介绍?快把客人领到客厅,我去下饺子……”

“我吃过了。别客气。”李淑敏赶紧说。

“那就喝茶!欧阳平,家里有好茶叶吧?拿出来!”

欧阳平看看李淑敏:“喝什么茶?”

李淑敏说:“随便了。有茶就喝茶,没茶就喝白开水。”

苏雪丹说:“那怎么行,没茶也不能喝白开水,先吃苹果。”

他们在客厅的沙发上坐下。苏雪丹抄起一个苹果,用水果刀削起来,她削苹果的手法和一般人不同,刀口朝外,有点像木匠在砍一块木头,削出的皮子很厚,宽窄不匀,几下就断了,接着再削,苹果被砍得见棱见角,她把苹果递给李淑敏,李淑敏拿过来看看,摇摇头说:“还是没长进。再使点劲,我就吃核了。”

苏雪丹说:“这是艺术。”

李淑敏笑笑,啃了一大口。

苏雪丹又拿起一个苹果,欧阳平赶紧说:“我来吧。”

苏雪丹打下他伸过来的手,说:“你笨手笨脚的……”她很快又削出来一个,给欧阳平。欧阳平犹豫下:“你吃吧。”

苏雪丹看看他,欧阳平解释说:“牙酸。”

苏雪丹也不说什么,自己吭哧啃了一口,对李淑敏说:“不酸吧?”

李淑敏说:“挺好。”

苏雪丹说:“医生说每天至少要吃三个苹果,苹果是美容食品,保护皮肤的,不过淑敏恐怕不用苹果也可以,你看你的脸色,怎么保养的?脸蛋跟苹果似的。我记得你从小就皮肤好。”

李淑敏笑了一声,说:“你别夸我了,我知道我脸蛋像个什么……”她打量苏雪丹:“你还是那个样,看不出什么来……”

苏雪丹摆了下手:“一脸皱纹,我愁啊。”

李淑敏知道要进入正题了,看看欧阳平,又看看苏雪丹:“听说你……出了点事?”

苏雪丹将一口苹果咽下去:“你也知道了,就是那十万块钱的事,我真够倒霉的……马道街出响马……”接着就简要地把事情的前后经过说了一遍。她讲述过程时,口气很轻松,全然没有当初那种愤然劲,就像讲一条和自己毫不相关的马路新闻,说到自己蹿上了垃圾箱和那个神秘的女孩光脚追摩托车时,还哈哈大笑了几声。这让欧阳平不由心中感叹:看看人家的心理状态!天塌下来不弯腰,刀搁在脖子上不皱眉。

“我现在需要钱，听欧阳平说，你愿意借给我？”最后，苏雪丹问。

李淑敏沉吟了下：“我正在考虑。老同学的事，我当然应该帮忙，不过……大概欧阳平也跟你说了，我需要知道你的偿还能力，别见怪，我的意思是……”

“你要是不问这个我才觉得奇怪呢，谁愿意把钱当肉包子喂狗啊！换了我也一样。是不是，欧阳平？”

欧阳平没吭声，苏雪丹这个形容比喻似乎不大妥，这不是把借钱的人比作狗了？他含糊地笑笑，说：“李淑敏的这个要求是合理的，就是银行借贷也是要看偿付能力，还要抵押……”

“我的抵押就是欧阳平。”苏雪丹突然打断他的话。“我还不了就把他抵给你。”

李淑敏一时没听明白她的话，待明白过来后，又觉得挺难堪，苏雪丹这么露骨说出感情的事出乎她的预料，这真好像是在进行一宗交易了。她现在算什么？毕竟，苏雪丹和欧阳平目前还是夫妻。

苏雪丹看出李淑敏的尴尬，笑笑，说：“啊啊，我是开玩笑，其实我就是还了钱，也还是要和欧阳平离婚的，这一条不会变，而且还钱越早，离婚越快。欧阳平和我已经完了，是不是？”她问欧阳平。

欧阳平一时说不出话来，觉得自己像个蒸笼里的肉包子，任凭别人挑选。

“欧阳平是个好同志，看到我现在的处境有些艰难，同情我，要帮我一把，所以他主动提出暂不离婚。”苏雪丹继续说，“其实作为夫妻的缘分，我们已经尽了，可作为朋友的缘分，好像方兴未艾，况且欧阳平老师又是一个古道热肠的人，不会见死不救……”

“你们夫妻之间的事，我不管，我只想知道你的还款能力。”李淑敏忍不住了，打断她的话，“我希望我们之间的关系单纯一些。”

“哦对对，我们之间就是个债务关系，单纯得很。你看，扯远了！”苏雪丹用手拍拍沙发扶手，“我这就说说李淑敏女士最关心的还款能力问题。我啊……”她想了想，说：“辞职，然后干什么呢？我干……”她拉长了声音，看看欧阳平，又看看李淑敏：“我准备成立一个……不，组建一个时装模特艺术团。”

欧阳平和李淑敏同时一怔，这可是头一次听说。

“你看，11 月市里要开国际经贸洽谈会，需要大量的礼仪模特，服装公司需要时装模特，广告公司需要影像模特，就是卖锅炉的也要模特撑撑门面……知道价格吗？每个模特一小时两百块，哎，保守点，一百块，算算看，如果是十个模特，每天工作六小时，按最低一百收费，那就是六千！五天就是三万！五十个模特呢？一百个模特呢？啊，这仅仅是算开会期间的收入，以后还有各种活动演出，很快就收回成本……”苏雪丹将自己从陈功德那里听到话几乎原样复制出来，此时她忽然想到，那个忽隐忽现指点迷津的白胡子老头恐怕不是石泰梁，而是陈功德，虽然陈功德没有胡子，下巴光光的像个去了毛的鸭子屁股。为自己指点生路的人是自己的对头，这让人觉得不可思议。

“你的成本投入是多少?”李淑敏对苏雪丹的设想虽然感到吃惊，但觉得确实是一个好项目。况且苏雪丹舞蹈演员出身，领导模特应该是内行，起码是半内行，比经商做生意什么的保险。

“办执照，租房子训练场地，做服装，人员开支……我想三万应该够。”

“三万就够?”李淑敏有些不信。

“模特表演是个投资少见效快的项目，租一个训练场、招一些模特，置一些服装——很多是服装公司免费提供——你给它做广告宣传，再加上一套音响，这就够了。然后有了收入，资金滚动发展。”苏雪丹又将会计陆小雯的话稍许加工重复了一遍，然后身体前倾，神情严肃地盯着他们：“目前世界上最大的模特公司叫什么?”她问。

欧阳平和李淑敏互相看看，摇头。

“美国福特模特公司。上亿资产。”苏雪丹微眯下眼，尽力使自己目光显得深邃，“半个世纪前——也就是 1946 年，这家公司开始创立，起步时，就三个人，一间办公室，一桌子，还有两千美元——合人民币一万六七。”苏雪丹停了下，特别强调：“创始人爱莲福特是个女的。两千美元是退伍费，爱莲福特的丈夫当过兵，海军陆战队。”

苏雪丹的话让欧阳平吃惊，尤其是引经据典扯上了美国人，还半个世纪前，这种时空的穿越很有想象力，这不是苏雪丹的水平——起码以前她没有展示自己有全球的眼光，她什么时候会来这个了? 他忽然明白了，刚才苏雪丹上网查的就是这个。她现炒现卖。

不过李淑敏显然对这个回答很欣赏。“也就是说，加上还给歌舞团的十万，你必须筹划十三万才行。”她很快计算出来苏雪丹需要钱的数目。

“应该是这样吧。”

李淑敏看看欧阳平，又问：“据我所知，你们市歌舞团也要成立时装模特艺术团，叫什么银雀……”

“两回事!”苏雪丹挥了下手。“他干他的，我干我的，我的团名字都想好了，叫金鹰模特艺术团。他们那个银雀和我没法比。鹰专叼雀，况且他们的还算不上雀，是小鸡。”

“金鹰?”李淑敏看看欧阳平，“你是说你和他们之间……”

“我和他们竞争。”苏雪丹干脆地说，“最后打败他们，吃掉他们，消灭他们……

啊，应该叫收编他们。”

李淑敏吃了一惊：“你这是复仇啊。”

“不是复仇。是竞争。既然是竞争，就是你死我活，二者存其一……当然，你要非说我复仇也可以。我这个人心眼小，有冤必申，有仇必报。”

李淑敏看看对方，苏雪丹说这话的时候面色平静，嘴角还带着一丝笑意，但李淑敏感觉到话里面某种冷冰冰的东西，杀气，这是一股杀气。她不安地看看欧阳平，欧阳平慢慢地说：“话不能说绝对，竞争不一定非要你死我活，也有互相竞争，共同发展的……比如说咱们市那个四海集团和……”

“那是扯淡。什么共同发展？只有一个老大。”苏雪丹不客气地打断他的话。“四海是怎么回事？刚开始说是竞争，后来说是合作，还假惺惺搞点什么行业自律，最后怎么样？全是障眼法，长久不了，西海北海南海东海全都归顺四海，四海一统天下——我每天也在看报纸，同志！”

“我觉得你理解上有误区，其实竞争有很多种……”欧阳平想辩解一下，在读书看报方面，他认为自己比苏雪丹强，“竞争有良性的，当然也有恶性的……”

苏雪丹摆下手：“大鱼吃小鱼，小鱼吃虾米，虾米吃河泥……小时候就会唱这个吧？怎么大了反倒犯糊涂了？”苏雪丹根本不给欧阳平说话的机会，“竞争就是这个！活下去或者死翘翘，没什么误区！”

欧阳平不吭声了。这时候如果再坚持自己的看法，后面就是战争。老大，老大，一心要当老大，当武则天，当慈禧，当撒切尔，这就是我们离婚真正原因。他内心叹了口气。

李淑敏觉得苏雪丹虽然说话直率甚至粗鲁，但是从某种角度讲，她那种咄咄逼人的劲头倒让人欣赏，谁都愿意把自己的钱交给一个能人手里，而不是交给一个懦弱的草包。“你凭什么认为是你赢他们，而不是他们赢了你？”

“因为我是我，他们是他们。我比他们强。”苏雪丹不假思索地说，看看李淑敏，“你也别再问什么原因，我说不出来原因，不过我肯定会打败他们。不信走着瞧。”

李淑敏不说什么了，低头想了会，说：“好吧，我借你两万，多了我也没有啦。期限一年……”

“利息百分之八。”苏雪丹很快地说，看来早就筹划好了，“你觉得怎么样？”

欧阳平说：“利息这个问题我看应该好好谈谈，多少才合适，根据银行的规定……”

“百分之八可以。”李淑敏说，又补充句：“我看挺公道。”她对欧阳平笑笑，“私人借贷，国家的只能作为参考。”

这么一说，欧阳平不再说什么。

“那就握个手。成交。”苏雪丹伸出手。李淑敏看看她,也伸出手,握了握。苏雪丹抓着她手不放,使劲摇摇,又用另一只手攀住她肩膀,“这时候我们应该合个影,这是一个伟大的历史时刻。欧阳平,相机在哪里?来一张。”

“没充电。”欧阳平淡淡地摇摇头。他又不是变魔术的,你要什么我就有什么。

“以后要早做准备啊,我们这一行,经常要拍照。今后你是我们金鹰模特团的首席摄影师。”苏雪丹半真半假地说。“出了岔子要扣奖金的。”

欧阳平嘴角扯动了下,没理这个话茬。谁是你的什么摄影师啊!在你的手下干事还活得出来!?

“剩下的资金缺口你打算怎么解决?”李淑敏又问。

苏雪丹一惊,回过神:“哦,你说那五万?”

“八万。包括开办费三万。你现在的钱一共有五万,欧阳平给你三万,我两万,对吧?”

“哦对对,还差八万。你看,淑敏就是心细。不过纠正一点,欧阳平是借,不是给……剩下的八万嘛,我正在想办法。总会有办法的。再找人借呗。”

“不是小数目啊。有没有合适的人选?”

“一大把啦……”苏雪丹胸有成竹的样子。

李淑敏笑了下:“哦,那就好。”她端起杯子喝了口水,看看苏雪丹:“需不需要我再给你提供个线索?”

苏雪丹盯了她一阵,收敛笑容,过了会说:“实不相瞒,非常需要。”

李淑敏沉吟了下:“你去找郭华山。”

“谁?”苏雪丹吃了一惊。

“郭华山。”

“你是说……咱们班上那个那个……”

“那个班长。三好学生,优秀学生代表。想起来了?他现在是四海集团董事长。”

苏雪丹的眼睛瞪大了:“怎么?他是四海的头儿?报上没说啊。四海大酒店的总经理好像姓邓……”

“郭华山是集团的董事长,四海大酒店是他下属,你刚才说的收编四海的事,全是他的杰作,只不过他没让媒体曝光。他不大愿意和媒体打交道。”

苏雪丹不解:“为什么?当年在学校时不是挺张扬的吗?出头露面的全是他!”

“身份不一样了嘛。真正有钱的人没有几个爱张扬的。你以后和他有过联系吗?”

“没有。”苏雪丹下意识地说,有点回不过神。“四海董事长?资产十几个亿吧,嘿,居然是个大老板了!”

“他是从市经贸委出去的，原先是个处长。”

“处长？团级，也算修炼得可以。怎么，他现在还是个雷锋？乐意助人？”

“怎么说呢，董奇曾经找他借三万块钱开餐馆，被他一口拒绝，但请了一顿三千块钱的饭。”李淑敏停下又补充说：“在最豪华的银杏酒楼。”

苏雪丹想了下，记起来了：“董奇？那个流鼻涕的董奇？当年可是他最好的朋友，他的跟屁虫都不帮？”

“郭华山的原则是不和亲戚同学做生意。”

“那你让我找他干什么？”

“他不和亲戚同学作生意，但没说不和女人做生意。尤其是你。”

苏雪丹愣了下，意识到什么：“为什么？”

李淑敏微微一笑：“为什么？你和别人不一样，尤其对他而言。这你应该知道。”

苏雪丹不吭声了。她看看欧阳平，苦笑了声：“别听李淑敏瞎掰，好像我是人家的妈一样。”不过她从心里承认，李淑敏也许说的是对的。她和郭华山的关系应该和别的同学不一样，尤其是那个闹得沸沸扬扬的纸条事件发生以后。但……那是很多年前的事了。

这天晚上，苏雪丹早早洗了个澡，睡到床上，欧阳平严格地按照分居协议住到另一个屋。苏雪丹翻了一下《时装》杂志，感到眼皮酸涩困倦，关了灯，钻到被子里，闭上眼睛，却又不由自主地睁开了，睡意全无，怔怔地看着朦胧的黑夜……“黑夜给了我黑色的眼睛……”猛然，脑海里蹦出了这句诗，没错，当年纸条上就是写的这句诗，把她和郭华山连在一起了……

恐怕有十多年没有见郭华山了。要不是李淑敏，她根本就不知道郭华山已经成了大老板。李淑敏当年和郭华山是同桌，也是班干部，学习委员，看来她和班上的许多同学都有联系。

当年郭华山塞给她的那张纸条的内容是这样的：“苏雪丹同学，一位诗人说，黑夜给了我黑色的眼睛，我却用它看到光明——今天晚上七点，我们一起去大光明影院看《光明使者》，共同感受黑夜里的光明。”

这纸条是董奇交给她的，是在下午最后一节课前的休息时间，当时她刚从操场双杠跳下来往教室里走，董奇跑过来嚷：“苏雪丹！你的东西掉了！”说完把一张折成四方的纸条塞在她手里，挤挤眼，跑了。从字面上看，这纸条的内容一本正经，既有诗意还有那么点幽默，可对一个少女来讲，意义就不同寻常了，苏雪丹那年十五岁，由于模样俏丽，性格活泼，经常在学校舞台上演出，受到不少男孩子的关注，她每天都感受到异性欣赏的眼光，也收到不少要求约会的纸条，一般她都把纸条撕了。班上的男生唯有郭华山不对她注意，他几乎没有正眼看过她，他是班长，就是安排个什么事,也是眼睛看着她脑袋上方,面无表情把事情交代完。苏雪丹认为郭华山天生是个干部的料,而当干部的人就是这么个一本正经的模样,所以她收到纸条后感到很吃惊,她反复琢磨这张纸条的意思,一时还弄不大明白,黑夜的眼睛?看到光明?去看一部光明的电影……这一切到底是什么意思?男女之间的幽会?不,郭华山不是这种人,郭华山志向远大,学习还忙不过来呢,哪有这份闲情?苏雪丹觉得如果往男女关系上分析,是亵渎了人家。那是他安排的工作?什么"黑夜黑眼睛"?莫非郭华山的眼睛出了问题,夜盲了?弱视了?那他应该去找眼镜店啊,还看什么电影!苏雪丹对这张纸条很重视,同时也很惶惑,胡思乱想了一通,还是没有分析出所以然,以郭华山这种身份,她觉得不能随便处理,就将这张纸条交给了老师。郭华山被校务处叫去谈话了。谈的什么,不得而知,但郭华山一段时间里神情沮丧却是真的。郭华山成绩优异,是学校唯一的学生代表,被评为市三好学生,很被器重,以后要保送上重点高中重点大学的,谁知却犯了个少年维特之烦恼的错误,那年郭华山正好十六岁。

苏雪丹两年后才认识到郭华山的异动是青春期荷尔蒙的作用,那时她已经由部队文工团送到解放军艺术学院舞蹈系学习,同屋住了八个女生,全是如花似玉情窦初开的女孩子,晚上睡觉前的聊天内容,大都是各人说自己艳遇,和这些交际丰富的姐妹相比,苏雪丹几乎没什么实质内容可谈,偶尔想起了那张纸条,拿出来说了说,姐妹们一致谴责她是傻瓜,这是什么目的还看不出来吗!这是少男维特的爱情啊!是最珍贵的初恋啊!苏雪丹承认自己对男女之间的事有些晚熟,虽然她喜欢抛头露面,和男孩子嘻嘻哈哈挺随和,但对这些事没认真想过,起码不是那么敏感,放到现在,她不会将纸条交出去,要尊重别人的隐私啊。

那么,在当年伤害了郭华山之后,现在再去找郭华山,合不合适?郭华山还记不记得当年的事?按照李淑敏的分析,这种事一辈子都忘不了,问题是,爱不成会不会产生怨恨?如果是这样,见面他会怎么说?他会不会报一箭之仇?会不会给她难堪?不过,他又能把她怎么样呢?大不了不借你钱。再说,他现在确实是一个非常合适的借钱人选,大老板啊!

为什么不试试?脸皮这个东西,全是自找的,说有就有,说没有也没有。全看你怎么想。

明天就去找他。苏雪丹决定以后,困意来了,她闭上眼睛,四肢一阵酥软倦怠,这一回,黑夜真正来临了。

11

陈功德坐在办公椅上,仔细看着手中苏雪丹的档案。

石泰梁没有把苏雪丹带回来，这让陈功德很不满意，不过只要苏雪丹不跑，那就有办法解决，毕竟她还是歌舞团的人，作为一团之长，有的是办法整肃纪律。他并不相信苏雪丹真的会辞职，虚张声势罢了。

不过这个女人确实不大寻常。

丢钱，打人，辞职……苏雪丹制造了一系列轰动全团的事件，甚至连市文化局都惊动了，在昨天召开的全市文艺团体改革会议上，文化局长和几个处长专门询问十万元事件，认为这钱丢的确实蹊跷，但当事人苏雪丹承担什么责任要慎重分析，无论如何，钱是一定要找回的，但稳定也是很重要的，不要闹出过激事件，影响大局。陈功德听出领导的弦外之音，那就是不能出事。实际上在没有确凿证据的情况下，把苏雪丹定为罪犯是有些牵强，但她在无法自证清白的情况下，起码应有一丝歉意，但她没有，非但没有歉意，还强烈对抗，现在连人都看不到了。警察不管她是因为所谓的证据不足，而作为一团之长居然也处理不了她，是为什么？

关键还是证据！陈功德想从苏雪丹的档案中找出蛛丝马迹。

从履历表上看，苏雪丹的经历比较单纯，到部队后一直在文工团跳舞，还立过一个三等功，立功的原因是到西藏查果拉哨所慰问边防部队跳舞时昏倒后又爬起来坚持跳，查果拉海拔 5300 多米，严重缺氧。陈功德觉得这并没有什么了不起。舞蹈演员不跳舞干什么，职责所在。苏雪丹转业到市歌舞团后本来可以分到演员队的，但那里人严重超编，演员队长坚决不要人，陈功德也觉得头疼，明明团里超人，但这种指令性的分配他还得硬着头皮接收，苏雪丹是带着指标进来的，你没有理由不接收。体制啊，再不改革怎么得了哇？一方面说要精简整编，一方面无休止塞人进来。幸亏韦明义来说起成立模特时装艺术团的事，这个团一旦成立，起码可以解决十多个人岗位，苏雪丹的工作也可以一并解决，可是出师不利，好好的事让苏雪丹弄砸了。

电话铃突然响了，陈功德吓了一跳，拿起电话，是办公室金主任打来的："陈团长，苏雪丹今天还是没来上班，也没有请假……"

"她到哪去了？"

"不知道哇。怎么处理？"

"怎么处理？按旷工缺勤算！"陈功德没好气地放下电话。苏雪丹不来上班也是预料之中的事，她没有脸来，她怕来后让她还钱，可你躲得了初一，躲得过十五么？你总是会露面的，如果 15 天还不来，按照有关规定，他就可以将其除名了。陈功德把电话线拔了，手机也关掉，省得再有人干扰，他要好好研究一下这个苏雪丹。

陈功德又看档案：家庭状况：独生女，祖籍黑龙江牡丹江市……父母都是东北人（怪不得，出胡子的地方，遗传基因），西南第二铁路局的路桥工程师，长期在野外工作，苏雪丹住在本市铁路局办事处，从小由外婆照看抚养，在本市上的小学和中学。看来苏雪丹从小缺少良好的家教,是个野丫头。苏雪丹父母在一次泥石流塌方时双双罹难,第二年外婆去世……目前她在本市没有亲人,当然,除了丈夫欧阳平,但据办公室主任讲,苏雪丹已经准备离婚。

陈功德又看部队给苏雪丹的鉴定,文字前面是一大堆常见的客套话,什么“政治坚定,坚决拥护四项基本原则”之类,后面写“业务好,个性比较强……”这是客气的说法了,个性,什么个性?刺头!连丈夫都不能忍受了,都和她离婚了!

陈功德想到这里,突然对苏雪丹产生了一点恻隐之心,女人离婚是大事,丈夫没了,家也没了,父母又不在了,整个就是个孤儿。苏雪丹那天去取钱,心情肯定不好,可是心情不好不能成为失职的理由!你怎么能拿着公家的钱开玩笑呢?你为什么没有一点警惕性呢?这是从渎职的方面想的,是从好的方面想的,若按另外的思路分析,她苏雪丹是有自盗嫌疑的!虽然没有直接证据。他不是和苏雪丹过不去,弄丢了十万块钱,你起码要有点诚惶诚恐的意思吧?可这个苏雪丹!什么态度?!连个起码的检讨都没有,放到哪儿也过不去,而且居然对领导也凶巴巴的,那天要不是石泰梁挡了下,自己的脑袋恐怕就开瓢了……这么一想,陈功德又气愤起来,瞪着档案履历表上那张二寸的苏雪丹标准头像,你这个女人……苏雪丹眼睛毫不示弱地和他对视,陈功德也瞪大眼睛,这个女人,这个女人……应当承认,这个女人倒是蛮漂亮的,可人不可貌相,心狠着哪……他嘀咕了句,忽然一动,想起了一个问题:苏雪丹为什么转业?他知道部队干部转业有几种情况,一是正常转业,二是有某种处分性质,苏雪丹年纪并不大,又是业务尖子,应该还可以跳几年的,那么她为什么转业?部队又为什么放她走?是不是她平常就有些小偷小摸现象?这里面似乎有些名堂嘞。档案中有不同类型的履历表,计划生育的,入团的,评职称的,他翻出最近的转业干部履历表,仔细看“何时受过何种处分”一栏,发现上面有一行不甚清晰的小字,似乎是阿拉伯数字:……10.19,前面应该还有几个数字,但看不清了。这是什么意思?莫非是受过什么处分?这数字……或许就是处分的日期?那为什么没有具体内容呢?也许是苏雪丹做了手脚?也许是她买通了什么人,让其涂改?有这种情况的,他原先在艺术馆,就替一个调出去的干部抽了份被派出所拘留7日的材料出来,那个家伙和三陪小姐摸摸搞搞的,男人嘛。那么苏雪丹是什么呢?陈功德兴奋起来,这个模糊的数字证实了自己的想法:苏雪丹绝不是一个简单的人物,一定要调查清楚!

“砰砰!”一阵敲门声。他没理会,继续看着档案。门外的敲门声更加急促,好像不把门敲破不停止一样。他想这是谁啊?一般人找他会先打电话,现在电话线虽然拔了,但听筒中应该是无人接听的振铃声,这人应该知趣些,怎么还敲个没完?

陈功德走过去,大声问:“谁?”

外面的人没有回答,仍然是使劲敲门,声音越发响了,好像用上了脚。

陈功德勃然大怒，反了天了！他一把拉开门，正要发火，却又停住了——门口站的是比他高半个头的女儿郑云虹！

陈功德看着她："小虹？你……干什么？"

郑云虹阴着脸，也不说话，肩膀一顶，进了办公室。四处巡睃，在找什么。

陈功德莫名其妙地看着她："你找什么？"

郑云虹仍不说话，在桌子底下瞧瞧，又把文件柜打开看看，最后再到窗户跟前，打开窗户，看看楼下。

陈功德瞪着她："你到底在找什么？"

"找人！"郑云虹没好气地说。

"找……谁呀？"

"谁呀？你自己清楚。大白天的，你把门关那么紧干什么！"

陈功德想发火，又忍住了，对这个上大学三年级的女儿，他是一点办法没有，平常很少回来，回来就跟他干仗。

"是不是你听说什么了？"陈功德竭力使自己平静下来。

"我才不听别人说，我相信自己的眼睛。"郑云虹屁股一歪，坐到他的办公桌上，说，"我刚才回家了，乱七八糟的。让你找个保姆你也不找。"

"是为这事啊，"陈功德舒了口气，"这几天团里发生了一些事，又出去开了会，太忙了……我不是不找保姆，就怕找个不合适的，还要我照顾她。"

"怕是会见什么相好的不方便吧？"郑云虹冷笑一声。

"小虹！你怎么这么说话！"

"哼，我该怎么说！"郑云虹脖子一扭，不理他了。

陈功德忍了忍，自从两年前妻子跳楼自杀以后，郑云虹和他的关系就紧张了，她把妈妈出事的责任算到他头上，连姓都改成妈的姓了。其实陈功德到现在也不知道为什么妻子会自杀，那时他在艺术馆进行大刀阔斧的改革，事业如火如荼，妻子却突然离他而去了。医生说是抑郁症。问题是，为什么有抑郁症？找不出原因，可能是家族病史，也可能受了什么刺激。不管怎么说，对于妻子的死，陈功德很内疚，起码平时关心不够，现在一切都不可挽回了。陈功德叹了口气，和缓地说："哎，上周末你说要回来住两天的，怎么没来？"

"我在网吧聊天，泡了一夜。"郑云虹淡淡地说，看看父亲，"我没钱了。"

陈功德赶紧摸出自己的钱包："这里有五百块，够不够？"

郑云虹并没有接钱，问："不会是刚受贿的吧？"

陈功德脸色一沉："小虹！"

"你是官啊！现在的官都很难说。"郑云虹满不在乎地说，拿过钱。"反正俺用的是正地方。俺不怕。"说完往外走。

陈功德忙问:“哎小虹,不在家吃饭?让食堂炒两个菜……”

“和同学约好了去吃烧烤。”人已经到了门口。

“小虹!”陈功德又喊了声。

郑云虹站下了,回头看看他:“干吗?”

陈功德走到她面前:“上网可以,别泡一夜啊。”

“我是偶尔。”郑云虹并不看他,“你也保重啊,别老在办公室泡夜。”

“我……也是偶尔。”陈功德说完笑笑。

郑云虹看看他,也笑了下。

陈功德看见女儿露出笑容,有些高兴,打量她一阵:“好像又长高了……”

“这是我最不愿意听见的话!再长就成了电线杆子了!”郑云虹撇下嘴,走了出去。

陈功德愣了一阵,心想还不如不说这句话,女儿身高一米七六,是太高了点。听见女儿下楼梯的脚步声完全消失后,他关上门,转身回到办公桌前,一屁股坐在椅子上,闭上眼睛沉思,女儿对自己的敌视态度他完全猜得出原因:陆小雯,是为了陆小雯。女儿已经察觉他和陆小雯的关系了……他叹口气,女儿的心情可以理解,可谁又知道自己的苦衷呢!和陆小雯的相识完全是偶然,两年前他还在市艺术馆工作,一天坐车路过新南路,发现街旁围着一群人,一看,是一个女人躺在地上,旁边是一辆压瘪了轮子的自行车,目击者介绍,一辆奥迪轿车将这女人撞倒逃跑了,陈功德二话不说,将女人送到附近医院,并且垫付了检查救治的钱。这个女人就是陆小雯。以后他们并没有来往,陈功德很快把这事忘了,他甚至没有记清对方是什么模样。直到3个月后陆小雯提着礼物找上门来感谢救命恩人,陈功德才真正看清陆小雯的相貌,他得承认,这个女人让他怦然心动,她属于那种柔弱的美,让人爱怜,让一个男人不由自主想保护她。后来得知陆小雯刚和丈夫离婚,那次车祸就是被前夫殴打后出走神思恍惚造成的。当时陈功德的妻子还在世,陈功德恰当把握了两个人的关系,只作为朋友电话问候问候,很少见面。陆小雯后来又处了一个做生意的男人,曾经打电话征求他的意见,陈功德模棱两可回答她自己拿主意,他能说什么?妻子去世后,一天陆小雯忽然来到他的住所,告诉他已经和那个男人分手了。陆小雯惊恐不安的神态让陈功德感觉到她像一只被猎人追赶的慌不择路的小兔子,他有责任保护她。两个人的关系升格了……

陈功德长叹一口气,很多事情不是自己能把握的,尤其是感情方面的事。他想以后要好好找女儿谈谈。他喝了一口茶,又拿起苏雪丹的档案,当务之急是要解决这个女人啊。

12

女秘书用纸杯给苏雪丹倒了一杯水,很有礼貌地告诉她,郭董在和两个人谈话,请她稍微等一下。说完又坐到写字台前看着电脑显示屏打字。

苏雪丹坐在实木沙发上,打量着周围:这是一间套房,布置很简单,靠窗放着两张桌子,桌子上有两台电脑,两部电话,一台打印机,墙上挂着一幅玻璃框的风景照片,是一座外国古堡,色彩暗红,应该是黄昏的时候照的。墙角放着一盆绿萝植物,肥大的叶子有些嚣张地伸展,显出营养旺盛。女秘书穿着一身黑色职业装,腰板挺直,神情严肃地击打着键盘。这女孩很年轻,身材不错,苏雪丹职业性地打量着对方,包裙下面的小腿修长,可为什么她那么严肃?小嘴抿着,好像牙疼似的。都说从秘书身上可以看到老板的某些风格特点,郭华山也是这么严肃吗?秘书已经通报了自己来访,不知他是怎么想的,接见肯定是要接见的,这点面子他会给,关键是他知道自己来的目的后会怎么想。郭华山的经历,那天李淑敏讲了很多,她说郭华山是个不大让人捉摸的人,时常来点惊人之举:高中毕业时,拒绝学校保送他上北京大学,突然决定参军,到了西藏山南地区的边防部队,这让他上了报纸的头条。西藏严峻的自然环境和部队严格的生活并没有让他退掉棱角,反而过得游刃有余,还时常给报纸投稿,发表点山川秀美热爱边防的豆腐块文章(苏雪丹在军区歌舞团时,曾经去过西藏演出,但根本就不知道郭华山竟然和自己同属一个军区,否则探望探望也未可知)。郭华山退伍后没有急着找工作,而是闭门复习,第二年考上北京大学经济管理系,毕业后不留北京,回到本市考上公务员,没多久调到经贸委当干部,很快提为副处长。然后和一个厅级干部的女儿结婚,据说感情很好。再后来摇身一变,成了东海大酒店总经理,没多久又成了四海集团公司董事长。李淑敏最后总结道:"你记住这一点,社会时兴什么,郭华山就是什么。人活到这份儿上,也算是不枉过一生了。"

李淑敏对郭华山事情几乎了如指掌,也不知道她从哪里得到如此详细的情报。

内屋的门开了,两个西装革履的中年人走出来,随便瞟了她一眼,快步走了出去。苏雪丹赶紧站起来,一个穿浅蓝色牛仔衬衣的高大男人出现在门口,对她微笑道:"苏雪丹,请!"

苏雪丹一时有些恍惚,这是郭华山?这身打扮有些出乎苏雪丹预料,董事长应该西服革履的样子,他不,领口敞开,袖子挽到小臂,显得很随便,也许这就是大人物的个性吧。苏雪丹很快镇定下来,回报他的微笑,走进里屋。

屋内正对着门有张宽大的柚木写字台,郭华山并没有走向那里,而是指着门旁边的沙发区，说："坐吧。"

苏雪丹坐下后，郭华山在她对面的沙发上坐下来。这个细节让苏雪丹印象深刻：第一他并没有坐在那个他应该坐的董事长的椅子上，那样他和她说话隔着一张宽大的桌子，公事公办的样子，坐在这里随和多了；第二在坐下时，他等苏雪丹坐下后自己才坐，很有点绅士风度。而且这一切他做得很自然，这让苏雪丹感到有点惶恐——她自己本是个不大拘小节的人，现在是不是和这些成功人士拉开距离了？

她正考虑着该说什么，郭华山对外面说："小夏，把苏女士的水端进来。"

秘书很快进来，将刚才她用过的杯子端进来，然后出去了。

郭华山问："换杯咖啡怎么样？"

苏雪丹赶紧摇头："不不不……"

郭华山笑笑："无事不登门，我能为你做点什么？老同学，啊，我们还是老战友呢！"郭华山开门见山地说。他的眼睛是诚恳的，并且首先把"老同学老战友"说出来，表明他很念旧，同时强调了两个人曾经是军人的身份。这倒好了，苏雪丹想，把话说破了，省得绕圈子寒暄。他首先提起旧情但并没有叙旧的意思，他知道你是干什么来的，也许他早就把当年的事忘了，他只是把她当成一般的熟人，礼貌而有分寸。

苏雪丹把那些说了无数遍的事情经过再说了一遍，适当的在某些地方加重了语气，愤怒少一些，无奈和委屈多一点，这时候要把自己当成弱者，现在她确实也是弱者。本来还考虑在眼睛中噙点泪水，或者红那么几秒钟，演员这点功力还是有的，但是她没这么做，弱者也是有骨气的，要让郭华山明白，在这次突发事件中，她最终选择了坚强。她觉得从自己的表现来看，应该是不错。

该说出关键性的话了，苏雪丹想。她观察郭华山的脸色，看不出有什么变化。十几年不见，他比当年略胖了些，圆脸变成长方形，腮帮也有了棱角。皮肤白净，眼睛本来就小，又戴了副眼镜，更看不出他的心思。其实他才三十出头，只比她大两岁，可看上去城府很深，像是久经沙场的老将，掌握上亿财产的人就是和普通人不一样啊。

"……我需要钱。"苏雪丹说到这儿停下了，点到为止。其实她一进来，就感觉到郭华山已经猜透她的来意。郭华山对她的到来做出惊喜和感慨的样子，但程度有限，他一直在警惕地揣摩她来访的真实目的。

郭华山抓起茶几上的一盒中华香烟，抽出一支，想起什么，问她："可以吗？"

苏雪丹做了个随意的手势。停下又说："最好不。"

郭华山拿起打火机，又放下了："啊，你不喜欢烟味儿……"他看看她，"董奇有一次在厕所里偷着抽烟，出来时碰上你，你闻到他身上的烟味，马上就嚷嚷要告老师……"

苏雪丹愣了下，难为情地笑笑，有这事。郭华山真是好记性啊，问题是他为什么老提她那些让对方难堪的事？记仇啊。

郭华山把烟放回烟盒，起身走到写字台后面，抓起桌上的一支签字笔，在另一只手心敲打了两下，思考着什么，然后他拉开抽屉，在一张纸上写了几个字，抬头看着苏雪丹，问："就是说，你要办一个模特团，需要资金？"

"对。"苏雪丹点点头。

"多少？"

苏雪丹犹豫了下："八万。"

"假借还是真借？"郭华山看到苏雪丹不解的样子，解释道："假借就是通过审计局给你们出一张验资证明，你拿着证明去办执照，钱在你账上转一圈又回来，不过你可以经营了，无债经营。我算是帮你把路子蹚开，不少公司都这么干，先运转起来。真借，"他沉吟了一下，"你就是债务人了，你和原单位关系怎么处？留职停薪还是……"

"我辞职。"

郭华山看看她："破釜沉舟啊。"

"我只能这样。"

"你的合伙人呢？"

苏雪丹顿了下，考虑该怎么回答，合伙人已经有了一些人选，但没有最后定。你有了钱才能跟人家说啊。

"和我差不多。大多是文艺团体的人，或是待岗辞职或是原单位不管。"她说。

郭华山点点头，并没有深问，他看看手表，取下来放在桌上，这是块个头很大的数字式电子表。"我以前路过几次歌舞团，在马道街附近，虽然不算主要街道，但在城中心，也算是个黄金地带呢。"

"有什么用？还不是要垮台的样子。"苏雪丹苦笑声。

"多大面积？好像有三十多亩吧？"郭华山问。

"我不大清楚，反正是一栋办公楼，两栋宿舍……"

"还有一个三百座位的小排练场，以前还卖票公演……我还看过几场歌舞呢……"

苏雪丹不知郭华山为什么老问这个，但是她还是耐着性子顺着说："那个排练场破旧不堪，早就不能用了……"

"是啊，是啊，好像是六十年代的建筑，雕栏玉砌应犹在，只是朱颜改……"郭华山沉思地点点头，不知道想起了什么，又回过神："哦，谈正事……看来你是真借？"

"我这个团不是皮包公司，没有钱我办不起来。"苏雪丹立即把思路调整过来，看来跟这种老板谈话脑袋转弯要快。

“你大概听说我很抠?”郭华山突然又转了话题。

苏雪丹怔了下,谨慎地说:“是有这么个说法。”

“可电视台搞知识竞赛,我赞助了十万。”

“我不指望你赞助。”苏雪丹很快说。

“一开始我有这个念头来着,不过我想这对你并不好,你会觉得钱来得太容易,弄不好会对你的精神意志产生副作用。没有紧迫感。人啊,没有压力就没有动力。你说是不是?”

好话都让你说完了,苏雪丹想。不过他还没有像打发董奇那样请她吃饭。一吃饭意味着送客,就像临刑前的犯人,先让你饱吃一顿,然后让你永远没了想头。

“董奇你最近见过没有?”郭华山突然问。

“没有。”苏雪丹有些猝不及防,她正等着郭华山说钱的事,可他突然扯上了董奇。董奇和她有什么关系!

“董奇以前曾经来找过我,和他老婆闹别扭,要离婚。”

“哦,是吗,什么时候的事?”苏雪丹虽然对董奇没有兴趣,但还是装成很关心的样子。

“有几年了吧。……也不知道最后离了没有。”

“为什么离呢?”

“好像是他老婆有了外遇,董奇自己说的,不过也没有真凭实据。”

“董奇太多疑了吧?他从小就有这个毛病,一惊一乍的。”

郭华山注意地看看她,“哦”了一声。苏雪丹觉得他的这声“哦”有些意味深长。

“董奇这个人哪……”郭华山摇摇头,无限感慨的意思。“人是个聪明人,就是没用到正地方,交了不少不三不四的朋友,打麻将是高手,好赌……”

苏雪丹不明白郭华山为什么对董奇如此耿耿于怀,他们男人之间的事又不好多问,不过为了找话题,她顺着对方的思路说下去:“我参军以后再也没有见过他,也不知道什么样了。”

“胖了一些,那年董奇想要点钱外出做生意。我没给。……这家伙记仇,以后再不理我了,打了两次电话,连手机号都变了,有人说他跑到云南做生意去了,还有人说他到深圳炒股发了财……其实我是为他好。生意场人心险恶,不是每个人都能对付的,老婆再不好,还称不上险恶吧?能凑合就凑合,哪有十全十美的……”

苏雪丹看着他保养得很好的脸,想,他这是什么意思?暗示什么?

郭华山大概看出苏雪丹心不在焉,又回到刚才话题:“啊,我觉得你办这个……什么模特艺术团有点意思,你当团长,团长……”他品味着这个词,“团长团长,一团之长，恕我直言，在我印象中你并不是很具备领导才能的。”

“领导不是天生的。”苏雪丹觉得这话挺刺耳，太小瞧自己了，他的真正目的恐怕还是为拒绝借钱找借口。不过她也能理解对方的话，认定自己没有领导才能的人绝不是他一个，包括欧阳平都是这样，只有王兵——那个中校团长半真半假地说过她像个领导，那是在他领着苏雪丹在军分区枪械所打靶的时候，苏雪丹长枪打不准，而短枪却不知怎么的，一出手就八九不离十，一般来讲，手枪比长枪难打，长枪讲究的是稳定和技术，短枪讲究的是时机和感觉。王兵惊叹，要是在红军时期，这种善打手枪的主儿就是娘子军连长的干活，挎盒子炮的。当然，彼连长和此团长还是有一些差别。她婉转地反驳，“可能你是个例外，小学时就是大队长。幼儿园时大概也是个小头目。”

郭华山开心地笑起来，董事长的矜持一下子荡然无存：“苏雪丹，你还是那个样，嘴巴厉害。我欠你一笔债，小学时我拿走你五毛钱，记得吗？四年级的时候……”

郭华山开始叙旧了，追忆当年种种往事，但是不提纸条事件，仿佛没有发生过那件事，这让苏雪丹轻松了不少，苏雪丹敷衍着，她必须有这个耐性。郭华山在绕圈子，她摸不透他的真实想法，也许他不想借钱，又不便明说，就这么乱扯，让她知趣退下。不不，我苏雪丹不是那么好打发的，你要不借，就挑明，或者请我吃饭，就像打发董奇那样，总归还混饱个肚子。你这算什么意思？东拉西扯的，是考验我的耐性吗？好吧，我就慢慢和你绕！苏雪丹这么想着，强作欢颜，和郭华山东拉西扯地叙旧。

这天上午，忙乎的人还有陈功德。他在外面开了两天会，回到办公室做的第一件事就是找石泰梁——要彻底解决苏雪丹的问题。

石泰梁正在市三医院门诊复查额头上的伤口，突然接到陈功德的电话，赶紧骑着自行车满头大汗地赶回歌舞团，刚走进陈功德办公室，韦明义后脚跟进来了，嚷嚷着：“陈团长！原来你在啊！电话不通，手机又不开机，我以为你出什么事了……”

陈功德正要跟石泰梁说话，一看韦明义来了，只好停下来，他往椅子上一靠，用手指掐下眉心部位，疲惫地摆摆手：“没事没事……”

韦明义观察他的脸色：“真没事？昨天找了你一天……我以为你又去住院了……”

“昨天我到局里开会去了。在郊区。今天早上才回来……”陈功德看看石泰梁，对韦明义说：“我要和老石交代个事，你等一下。”

韦明义坐到沙发上，拿起一份报纸看着：“你们先说吧。”

陈功德问石泰梁:“你那天是在苏雪丹家门口见到她的?”

石泰梁点点头。又说:“我不能强行带她回来,这是违法的,又没证据……”

“我知道了。”陈功德打断他的话,沉吟了下:“是啊,证据。……你去办个事,打听一下苏雪丹在部队时的情况,尤其是转业的原因。我觉得这里面有些问题。”

“什么问题?”

“这正是我让你去调查的。”

石泰梁明白了,原来陈功德叫他回来还是为苏雪丹的事,正面突破不了,迂回,抄老底子,也算是一招。不过……他为难地说:“这恐怕不好办,部队的人怕不会对我说。”

“想办法嘛。你是从部队下来的,里面的门道你清楚。要单位开证明也可以。既然我们接收了一个干部,就要了解这个干部,包括她的现在和过去,这是对她负责,懂吗?”

石泰梁当然懂,因为他当年在部队也是有故事的,他所在的那个316团,正是苏雪丹去过的部队,团长王兵。这个王兵团长有点野,敢说敢做,不然也不会只用了两年时间就把一个军纪涣散的团整治得服服帖帖。说起来,他本人就是王团长铁腕治军的牺牲品,王团长上任时要求属下各级军官签订岗位责任制,出了问题一律问责,决不姑息,当时大多数人并没有把这当回事,上一任团长就是雷声大雨点小。不过这位王团长邪性,这天夜里凌晨4点拉上参谋长换了便衣装扮成盗贼模样拜访了办公大楼,他们的运气实在是好:大楼门口的哨兵睡着了,这位老兄咂吧着嘴说着“欧耶欧卖嘎”,不知梦见了谁,而在楼内办公室值班的石泰梁没有按规定时去查岗,两脚搁在办公桌上打着瞌睡。结果哨兵的枪和石泰梁军帽以及脚上的鞋都成了王团长的战利品。后果可想而知:那位士兵被关了两天禁闭,喂猪去了。而军官给你出路两条:一是降职处分,另一个是年底转业,给你个囫囵身体,不留案底。这个处分是过重的,但王团长明说了,就是杀鸡给猴看,借你的人头整顿军纪,谁让你碰到枪口上了。王团长本人,自扣一个月薪水,并在大楼前站岗两小时,持续一周,以示带兵无方,予以惩戒。一看动真格的,官兵们屁股都夹紧了,风气有所转变。半年后军区歌舞团的演员来部队体验生活(据说本来是去另一个先进团的,王团长不知怎么鼓捣就把这事弄了过来,他的理由之一就是现在316团正在上升的关键时期,需要添一把火,让娘们儿来鼓舞士气非常必要。女兵来时,王团长并不在家,率领侦察连外出训练去了。后来回来立即搞了一次阅兵,也就是分列式,为的是让这些“军区首长”看看本团官兵确实是吊着卵的真爷们儿。石泰梁作为团机关方队成员雄赳赳从那些漂亮的女兵(应该说是女文职军官,这些女军人由于参军早,军龄长,别看年纪不大,但级别不低,带队的副团长是个女大校,资格比师长还老)面前走过,口号喊得咣咣的,带着炮弹枪子儿的尖锐炸音,惊天动地,肺全活动开了。苏雪丹当时就在主席台上,不过她不可能注意到石泰梁。这次演员带来的好处还有,316团成为全军第一个无烟团,以前王团长发布过限期禁烟令,准备三个月时间全团禁烟,但效果并不理想,现在他强调这些漂亮女兵最讨厌的就是烟味,得,一夜之间,全团不见一个烟头——都成了文明人。石泰梁转业以后,和老部队有些联系,去年隐隐约约听到王团长一些事,说是和军区歌舞团一个姓苏的演员好上了,具体情况他虽然不清楚,但并不感到吃惊。现在陈功德要他去调查苏雪丹的过去,他基本确定苏雪丹就是和王团长传出绯闻的那个女演员,但是他并不想把这个说出来,这没意思。再说挖人家过去的老底子,也不大地道。不过既然陈功德布置了,作为下属,他还是服从。至于有什么效果那是另外一回事。"我试试吧。"他对陈功德点点头,走出去了。

陈功德又看看韦明义:"韦经理,有什么事?"

韦明义放下报纸,神情很古怪地盯着对方。

陈功德觉得奇怪:"怎么了?"

"陈团长,恕我直言,你这两天手机不开机,电话没人接,你是不是在躲我?"韦明义说。

陈功德急了,说:"我躲你干什么?我是这样的人吗?!躲?我真的去开会了!刚才我在看文件!"他拍了下苏雪丹的档案。"你知道是什么会?非常重要,非常——严重!"他把后一个词换成"严重",同时脸上的表情也配合上来:眉头皱起,鼻孔张开,牙关紧咬,腮帮子鼓出了两条棱。

韦明义果然被他的表情语气唬住了,紧张地问:"陈团长你别吓我啊?到底什么会?"

"来了,终于真的来了!"他看看韦明义,"重大改革!要把我们推向市场!下半年的事业经费削减百分之五十,以后逐步取消,你明白这是什么意思吗?饭碗!我要给大家找饭碗去。"说着站起来,来回踱着。"你看,说来就来了!"

韦明义也站起来:"那,我们合作的事……"

陈功德摆下手,打断他的话:"明白了吧?这是要命的事!全团一百六十九个人要靠我养活!说了几年的体制改革,现在动真的了!"

韦明义出了口气,拿起桌子上订书机看看,面无表情地说:"这是你们的事,钱还是要还的吧?这意思是你们改革了,钱就不认账了?"

"谁说不认账?我只是把这个特殊情况给你说清楚。"

"我很清楚。我们公司的钱到了你们手里,现在没有了,你们必须给个说法。我是跟你们团签订的合同,合同上有你们的章。你要负责。"

"我?我负责?"陈立德有些装傻地问。其实心里明白,不是自己负责又会是谁呢?

“对，你。你陈团长负责。”

“这话要斟酌吧?!”陈功德勉强笑了下。“钱又不是我弄丢的。”

“可你是法人代表，我不找你找谁？董事长训了我几次了，难道让我自己补这个窟窿？我也没这个钱。陈团长，董事长已经给了我指示，实在不行，我们就上法院。让法院判决。”

“你看你看，何必呢?”陈功德一惊，银行的事还没了结，这儿又来了一个！“韦经理，你可不能说翻脸就翻脸啊，再说就是法院判决我还是没钱。你也看到了，我们是穷单位。”

“陈团长，这可是你说的啊，现在新的法规已经出台了，欠债不还是要坐牢的，还有，我要是申请强制执行，没准就把你们的办公桌椅，电脑音响、大提琴小黑管什么的全拿了去，这些破烂对我来说没什么用，可你们也不好办了……”

陈功德惊怔地看着他：“韦经理，韦明义！你可真够狠的……”

韦明义笑笑：“我只是奉命行事。不过我不希望发生这种情况，陈团长，其实我们是可以合作的，你看，刚才你说你们要改革，国家逐步停发工资，你怕什么，你这地皮就值不少钱，卖了每人分几万不成问题……”

“卖地？你是让我杀鸡取卵，我没那么傻。”陈功德心里一紧，隐隐觉得这个韦明义另有目的。但是他不愿意往深里想，毕竟你把人家的钱弄没了。

“当然你不会卖房子卖地，有这些地皮你怕什么？我们搞模特时装团，有训练场地，这就省了一大笔租金，再把一些附属的娱乐场所开起来，起码可以挣些费用。陈团长，问题是你首先把钱还给我——我现在不说抽回资金，这钱还算在时装模特团的账上，我们签订的协议依然有效——可钱呢？就这么不明不白没了？我是为我们模特时装团追钱！你没有责任，那个会计总有责任吧？让她还。”

“会计把钱交给了苏雪丹，钱是在苏雪丹手里被抢的……”陈功德想怎么又扯上会计了？事情的经过你又不是不知道。

“会计为什么把钱交给别人？她这就不符合制度！”

“是……苏雪丹主动拿的。会计不舒服，上厕所……这个事情你是知道的。”

“我就觉得这个会计有问题！”韦明义加重语气。“我觉得她有问题！上厕所也不该把钱交给别人。再说，早不上，晚不上，偏偏那个时候上什么厕所？很可疑！”

陈功德觉得这个韦明义不可理喻，钱明明是在苏雪丹手上被劫的，他怎么跟王八似的，咬住陆小雯不松口。“人家陆小雯……人家有医生证明！”陈功德从抽屉里拿出一张医院的诊断证明，“看看，细菌性腹泻。这个会计我很了解的……”

“是啊，你太了解了！”韦明义冷笑一声。

“你，你什么意思?”陈功德心里一惊，瞪着他，这家伙怎么阴阳怪气的！

韦明义走到他面前,声音放低:“知人知面不知心,她进了厕所就发生抢劫,你不觉得太巧吗!”

“这个……钱确实是从苏雪丹手里抢走的。要说巧,苏雪丹更巧,刚把钱拿到手,就被人抢走了,好像是接力棒早等在那一样。”

韦明义沉默了阵:“那就找苏雪丹。”

“几天没见她上班了。我们也在到处找她呢。”陈功德又激愤起来。“她不露面,你让我怎么办?”

韦明义愣了下:“高明!金蝉脱壳!这一套见的多了。”他摸出一支烟,叼在嘴里,用打火机点燃,慢慢吐出一个烟圈,瞟着陈功德:“你陈团长不会哪一天也不在了吧?”

“你把我看成什么人了!?我是要和我们歌舞团共存亡的。”陈功德悲壮地说,“歌舞团在,我就在。”接着又补充了句:“我在,歌舞团就在,决不让它垮掉。”

“那你还护着会计干什么?你把钱交给她了,就找她要钱!就跟我把钱交给你一样,我就只能追头儿。下面的爪爪牙牙我没兴趣。我犯不着费这个神,你让我找苏雪丹,苏雪丹说去找警察,警察说找那个什么抢劫犯……哪有个完啊。”

陈功德攥起拳头,然后把拳头轻轻往放在桌子上,说:“我们正在调查这个问题,问题不是你想象的那么简单,必要的时候,”他试着将拳头往下压,整个肩膀斜着靠上去,身体的重量集中到拳头上,嘴巴憋了口气,瓮声道:“我会采取非常措施……”

“什么非常措施?”韦明义感兴趣地问。

“反正……到时候你就知道了。这个钱一定要追回来,不管采取什么办法。”

“什么时候?”韦明义盯住不放。

陈功德看看他:“尽快吧。”

“嘿,我不能无限期等啊……”

“可你也得给我时间!你现在不能不讲情理,落井下石!”陈功德有些火了。

“嘿嘿嘿!你搞清楚,我是要回我自己的钱!”韦明义毫不示弱。“两条路,一个是你把会计双规了,吐出钱,一个是我们上法院……”

“你怎么老跟我们会计过不去?刚才不是说了,苏雪丹的嫌疑最大,她跑了,畏罪……”

“喂,谁畏罪了?说话要讲政策!”门口突然传来一声,苏雪丹走进来,她看看对方,“咚”的一声,将手中的一个报纸包着的东西放到桌上。

陈功德看那东西,四四方方,外面胡乱捆了几道麻绳,像炸药包似的。他想,怎么,你还想搞恐怖活动啊,搞人体炸弹,那咱们就一道走,我陈功德不怕这个,我早就做好为改革献身的准备,我正好找我那个苦命的妻子做伴。唯一的遗憾是这种死法会对捐献器官造成影响。他看看她，脸上浮现大义凛然的神色："苏雪丹，不管你要干什么，我还是要问，这两天你到哪去了？考勤说你一直没来，这是旷工，要扣工资的……"

苏雪丹不说话，打开报纸。

陈功德瞪大了眼睛——一大捆钱出现在他眼前。

"十万。"苏雪丹两手抱在胸前。"数数！"

"怎么？破案了？"韦明义吃惊地问。

陈功德见苏雪丹没有吭声，问："钱找回来了？派出所没跟我说啊。"

"和派出所没关系！"苏雪丹说："你让会计来吧。数完给我打个收条。然后给我办手续。"

"什么手续？"陈功德一时没明白。

"辞职手续。"

陈功德看看钱，又看看她，不解地问："辞职？你这钱……不是还回来了？"

"还钱是还钱，辞职是辞职。"

"钱还了还辞职？"陈功德觉得不可思议，这个女人受刺激太大，脑子不大清醒。

"我不干了。"苏雪丹说，"我给你精简机构作点贡献。这话够明白了吧。"

陈功德愣了一会，有些明白了，这个苏雪丹是较上劲了，她的这个举动是表示不满，甚至可以说是挑衅，这就不是单纯还钱的问题了，当然，钱还回来总是好的。他慢慢地说："话是明白了，可你走的动机还是不大明白，你还了钱，还要辞职，这里面讲不大通，这里面……"

苏雪丹不耐烦地说："钱在这里，如果你不要，我拿回去。"

"哎哎！谁说不要了！?"陈功德两手按在桌子上，上身弯下去，就像老母鸡护小鸡护着那钱。对着门外喊："小陆！陆会计！"见没有人应声，对韦明义说："你到财务室叫陆会计和出纳！"

韦明义看看苏雪丹，出去了。

陈功德看看苏雪丹，问："这钱从哪来的？"

"借的。"

这个钱来的挺突然，甚至有些莫名其妙，当时苏雪丹已经绝望了，和郭华山闲扯了半天，对方还是不谈借款的事，那些陈糠烂谷子的话题有什么意思啊。苏雪丹明白现在摆在面前的就是两条路，一是直言问你到底借不借？得到一个明确的结果，二是知趣告辞。如果想让双方都不尴尬的话，恐怕选择后者比较合适。苏雪丹正要打算站起来，郭华山突然打住话头，站起来走到窗边，默默地盯着窗外，叹息一声："叶子绿了。"

苏雪丹顺着他的眼睛望过去，庭院里有棵银杏树，树叶茂密，也不知他看到了哪一片树叶。

“知道吗？我在西藏山南当兵的时候，驻地附近没有一棵树，团里规定，谁种活了一棵树，给谁记三等功，可是没人能拿到这个功，环境太恶劣了，海拔四千多米……”

“你说的是措那县吧？我去过那里边防团演出，你就是那个团的？”苏雪丹用最后一点耐性顺着他的话题问。

“我在下面连队，中印边界交界的大山里。军区歌舞团来的时候，我正好到团里拉给养，看了演出，对两个舞蹈印象特别深：《一棵树》和《雪莲花》，真好呵……”

“哦，那时汪琴还在，肯定是她演的。我是以后去的，也跳了这两个舞。”

“可惜我没看见，一年后我退伍了，阴差阳错……”郭华山微笑了下，摇摇头，回头看看苏雪丹：“我借你十万。”郭华山突然说，“算是无息贷款吧，一年还清，怎么样？”

苏雪丹一时没反应过来，过了会慌乱地说：“好。”钱就这样到手了？她有些不相信自己的耳朵，十万！比自己预想的多两万，而且没有利息！

“本来借款应该是有抵押的，就免了。”郭华山似笑非笑地看着她：“不过如果一年还不了，你怎么办？来给我打工抵债？”

“来就来！”苏雪丹赶紧表态，生怕对方反悔。“不过我会还的！你要相信我。”

郭华山摆下手：“开个玩笑。如果你同意，我们签个字据，同学归同学，生意归生意，手续要齐全。”

接下来，郭华山亲自领着她到财务部领取了十万元现金。临别时送了她一本书《模特王国》，“一个外国记者写的，有时间看看，可能会有帮助。”

苏雪丹收下书，她对书没兴趣，钱到手才是最重要的。至于郭华山为什么忽然同意借钱，显然和说起了树有关，但其中有什么原因，她还真没弄明白。总不会是摇钱树吧？

陈功德看看钱，想起了一个问题：“……你就用这张报纸包着十万块过来的？”

“对。”

“路上……就这么拿着？”他发现苏雪丹并没有带着包。

“对，拿着。”

“不大安全吧。”陈功德觉得不可思议。

“怎么不安全？这钱当砖头用挺合适。见谁砸谁。”苏雪丹盯着陈功德，心中有一种快意。实际上她真的想用这钞票做点什么。从四海公司出来后，苏雪丹骑车直奔歌舞团，钱就放在自行车的前筐里。来到马道街的时候，她放慢车速，四下看看，也许还会有摩托车跟上来？或者汽车？没有。她骑到交叉口，想了想，又示威似的转回去，慢慢蹬着，盼望着再发生一次劫遇，那她就和对方来个了断。结果她在马道街骑了两个来回，什么情况也没有发生。

陈功德被苏雪丹的话噎着了，你太放肆了，有钱就拽啊？况且你这钱本来就是我们的！不过她既然拿回来钱，他可以不计较她的态度。他正要说什么，会计和出纳急冲冲地进来。陆小雯看见桌子上的钱，两手猛地捂着胸口，喘不上气来的样子。韦明义跟在后面嚷："看看，看看，信了吧？"

苏雪丹不耐烦地说："快数钱，我还有事！"

陆小雯振作起来，看看她，拿起一摞钱看看，又看另一摞，说："不对……"

苏雪丹问："什么不对？你数都没数！"

"这个钱是哪来的？……"

"人家是借的！"韦明义不耐烦地说，"和丢的钱没关系！"

陆小雯惊诧地看看苏雪丹，嘴唇嚅动了下，想说什么，陈功德说："快数吧快数吧。"陆小雯不再说什么，和出纳飞快地数钱，很快就把钱点出来了。"十万。"她轻声对陈功德说。

苏雪丹说："给我打个收条，要盖章签字。"

陆小雯看看陈功德，陈功德挥下手说："按规矩办。"

韦明义又补充句："赶紧把钱锁到保险柜里。"陆小雯和出纳把钱拿走了，过了一会，陆小雯又进来，拿过一张收据。

苏雪丹看看，把收据折叠好，放进裤兜里。韦明义打量着她，问："你从哪弄来这笔钱？"

苏雪丹没理他，对陈功德说："我现在要办辞职手续。"

陈功德没说话，走到椅子前面，坐下来，然后说："这要研究研究……"

"研究什么？不是体制改革要精简人员吗？我走了正好。"

"那也要经过正常的手续，再说，你身为国家干部，这个事情也要先做个结论才行，这也是对你负责……"

"那现在就给我做结论。我马上还要去办事。"

"现在？"陈功德笑了声，心情很好，笑得很爽朗，很久没有这么笑了，有了钱就是好。虽然这个钱来路不明，也许是借的，也许……本来就是原来的钱，她慑于法律的威严，主动退出来了，根本就没有抢劫的事情发生。不管怎么说，钱的失而复得说明前一段对苏雪丹的高压态势是正确的。"办什么事？"陈功德慢悠悠地说，"什么事有我们现在的事重要？总要调查一下吧？我们对你主动弥补错误表示欢迎，态度是对头的，但这个钱是怎么来的？这个事情的来龙去脉总要向群众交代一下吧？还有，你打人的事该怎么说？我就算了，可石泰梁同志头上缝了五针……"

"三针。"韦明义说。

"四针。好像。"陆小雯怯声说。

“不管三针四针还是五针,这个事件是很严重的。你写一个检讨,再写一个钱的问题的说明材料,我们要调查一下,组织上对一个同志的结论是很慎重的,你就是辞职,我们也要对你负责任的。另外,你在部队犯过什么错误,受过什么处分……”

“陈功德!你够了没有?!”苏雪丹“砰”地拍了下桌子,把在场的人吓了一跳。没等别人反应过来,苏雪丹转身往外走:“我懒得给你说这些!我不会再来了!”

“苏雪丹!”陈功德回过神,也吼了一声,见苏雪丹没有停步,又大声说:“如果你不来,就是旷工,是要被除名的!”陈功德觉得自己的尊严又一次受到了挑战,竟然当着那么多人的面被一个女人拍了桌子,他还没遇到过这样的事。

苏雪丹在门口停下了,回头看他一眼,嘴唇挤出三个字:“随你便。”头也不回走出了门。

陈功德想说什么,又没有说,这事没完,他想,没完。

13

上午十点,苏雪丹走进文化局社会文化管理处的办公室。

她来的时机正好,屋里有两个女人刚办完手续,从办事员手中拿过演出执照,欢天喜地地走出去了。她立即过去,将自己的申请办团材料递上去。

办事员看看材料,抬头注意地盯她一眼:“哦,你就是苏雪丹?”上下打量她一阵,好像她是外星人一样。

苏雪丹想,自己还成名人了,大概是那十万块钱的事吧。她微笑地问:“请问您怎么称呼?”

“我姓楚,楚亮。”

“哦,楚科长……”

“不是科长,是主办科员。”

“哦,楚主办。”苏雪丹觉得这称呼挺别扭,但是又不知用什么称呼才能表达自己的尊敬之意,只好将就了。

楚亮看完她的申请材料后说:“你这个材料不行。”

苏雪丹一惊:“怎么?有资金证明啊。”

“你的单位证明呢?”

“什么单位证明?”

“如果你是无职业的个体户,我们办,可你是歌舞团的人,所以办团必须要单位同意。”

“我辞职了。”

“辞职手续呢?”楚亮问。

苏雪丹愣了,费了那么多事,眼看就成了,没有想到到这一关卡住了。是啊,说自己是个体户吧,她没有相关证件,说自己是在职办团吧,单位又没有证明。去团里开辞职证明吧,陈功德那个样子,不定怎么甩摆她呢。

她摸出那张收据:“你看,我把歌舞团的十万块钱还了……”

楚亮看看收据:“这不能证明你现在的身份啊。你要是在职的,单位同意不同意你办团?你要是真辞职了,也应该有个辞职手续。”

“就……就不能通融一下?”她赔着笑脸问。“我以后给你拿证明来行不行?”

“不行啊,”楚亮也笑脸相迎,“我们对民办艺术团持扶持态度,这两天批了几家,手续都是齐全的。刚才走的那两个是原市杂技团的演员,辞职出来自己干了,人家有手续啊,程序上不能含糊,手续不齐,我无法向头儿交代。再怎么着,你总得给我押个什么纸条吧,证明你现在什么个身份状态。”

看来是无法通融了,苏雪丹不再说什么,转身走出去。

她感到沮丧,以前想的事太简单了,从楚亮的语气里她听出了弦外之音:你现在是什么状态?是不是陈功德走在她前面了,和社文处的人打了招呼?她和陈功德纠纷的事闹得沸沸扬扬,整个文艺系统都轰动了,自己已经是个知名人物,楚亮肯定清楚这点,所以不会轻易让她过关。她垂头丧气走出文化局大门,站在街边,呆呆看着过往的车辆,完了,这道坎还真迈不过去,也许可以托人找文化局的哪个头头脑脑,看能不能通融一下,问题是找谁呢?就算找到能说话的人怕又拖到猴年马月去了……

“喂,你是苏雪丹?”突然,背后有个人问。

苏雪丹吓了一跳,回头一看,是个十三四岁擦皮鞋少年,手上拿个毛刷子,脸上有几道黑印。

她奇怪地看着他,街头擦鞋的怎么会知道她的名字?她的名号不会这么响吧?“你是谁?”

“我问你是不是苏雪丹?”少年坚持问。

“是啊,怎么?”

“给你。”少年变戏法似的从背后拿出一封信,“那个人给你的。”

苏雪丹顺着他手指的方向看去,街对面不远,一辆富康出租车砰地关上车门,缓缓离去。

苏雪丹又看看手中的信,是个普通的白色信封,她好奇取出信纸,眼睛猛地瞪大了:这竟然是一张盖了章的市歌舞团空白信笺!她正想问那个少年是怎么回事,抬头一看,那个擦鞋的已经不见踪影了。奇怪了,她收回目光,反复看着这个空白信笺，什么意思？谁送我这个？干吗？……猛然，她明白了，这是帮助自己啊，有这个东西，她就拿到了单位证明！空白的地方不是让自己随便写吗！问题是，谁送来的？陈功德？不会不会！办公室主任？好像也不会，他是陈团长的铁杆，犯不着帮她。石泰梁？也不像，他弄不到这种盖章的空白笺，是办公室的哪个员工？……咳，不想了，也许是老天助我，既然有了这个东西，为什么不试试？

楚亮对她这么快回来很吃惊，更吃惊的是她拿出的证明，上面写着："苏雪丹已经申请辞职，我团已经同意，特此证明，请予提供方便。"这是苏雪丹在路旁一个文印店打印的。这样既显得正规，也不暴露自己的字体。

楚亮问："你这么快就办到了？"苏雪丹走了不到半个小时，这么快的时间从歌舞团打来回是不可能的。

"我……其实早就开好了。"苏雪丹笑笑，她完全可以晚一会再来或者明天来办，这样从时间上就没有问题了，但她实在等不及了。

"刚才怎么不拿出来？"

"我忘了，紧张。"这个理由显然站不住脚，但是她只能这么说。

楚亮皱着眉头研究着证明，一边说："除了证明以外，你办团还要有四个条件：第一要有固定的场地，第二要有五万资金，第三要有专职固定的演职人员，第四要有固定的资产，包括音响设备和服装。资金你有了，其他条件呢？比如场地租赁合同？"

苏雪丹一听急了："我得先办执照啊，没有执照我用什么名义去租场地？人家怎么相信我？没有执照我怎么敢放心投资买设备？没有执照我怎么招兵买马？"

楚亮说："话不能这么说，规章制度又不是针对你一个人的。再说……你这个证明……我要向你们团里核查一下……"楚亮手伸向桌子上的电话，苏雪丹盯着他，恨不得砍下他的手，如果他打给陈功德，那一切全完了，虽然她不知道这个证明是谁送来的，但是肯定是瞒着陈功德的。楚亮的手刚摸到电话，电话铃突然响了，楚亮愣了下，拿起话筒："喂，是我！……"苏雪丹紧张地看着他，这电话不知道是谁来的，从他的表情和语气上看出这应该是他的上司或者是值得尊敬的人物，楚亮毕恭毕敬哼哈了一阵，放下电话，对她说："这样吧，你这个情况特殊，先给你办一个筹备证，等验收合格再换正式执照。给你说清楚啊，这个证只能筹备，不能经营演出。有效期两个月，过期作废。"

苏雪丹高兴得差点跳起来，筹备也行啊！有了这个她就可以打着艺术团的旗子冠冕堂皇活动了。两个月的时间，应该可以拉起队伍了。嘿，事情居然就这样成了！至于是谁打的这个电话，她没工夫想。

第二章

14

屋内很安静，窗外传来小鸟的啁啾，偶尔有一两声狗吠，远远的，有一点乡村的意境。

欧阳平对着电脑沉思。为了评上副教授，他正在写一篇论文《狮吼红楼》，这篇分析《红楼梦》中女强人的文章已经断断续续写了好几个月，但还是开头的几句话："这是一个阳光明媚的白天，北京西山脚下的一间茅舍，曹雪芹沏了壶铁观音浓茶，盘腿上了老榆木床，他的脑海里浮现出各类型号的女人，这些女人看上去粉面桃花，风情万种，实际上相互斗法，利指尖牙，深宅大院里的莺声鸟语已经变成旷野雌狮的怒吼，贾宝玉像一头孤独的雄狮在附近观望彷徨，她们PK的结果决定了这部伟大小说的走向……"

欧阳平抓起桌子上刚泡好的铁观音茶呷了一口，往下如何写呢？

欧阳平教的是古典文学，每周只上五节课。工作轻松，因此工资也不高，两千出头。欧阳平对钱的多少并不十分在意，否则他早就像那些拼命挣课时的教师一样了，上一堂课是三十元，如果一个月拼命下来，拿个三四千块钱应无问题。但是欧阳平不看重钱，看重的是"名"，毕竟身处学府，毕竟是做学问的，不弄出点名堂来如何立足？不出点文章又如何评上副教授？问题是，自从他在大学时发表了那个《月上红楼》以后，就再也没有写出像样的文章，他不明白这是为什么。有人分析说是沉湎女色——老婆太漂亮了，他不承认，但是事实的确又是这样：认识了苏雪丹以后，他再也没有建树，日子过得本分而又平庸。莫非真如一位哲人所说：婚姻是事业的坟墓？坟墓有些危言耸听，但对一个人来说肯定是有影响的，婆婆妈妈鸡毛蒜皮的事太多了，让人浮躁烦躁焦躁，很容易耗尽人的心智和灵感。

不过现在好了，现在和离婚只有一步之遥了，甚至可以说，已经离婚了，不是么，手续齐全，只等盖章领证了。这段特殊的过渡时期是分居状态，很好，互不干扰，你干你的，我做我的，一无牵挂，从现在起，欧阳平要好好地奋斗一场，活个山清水秀出来！欧阳平要进行第二次创业！欧阳平要……

门砰地开了，欧阳平一哆嗦，刚才的构思遐想顿时灰飞烟灭。他知道苏雪丹回来了，苏雪丹很少替他着想——你就不能手脚轻一点吗？多少灵感被这些突如其来的响声打跑了，为什么很多大文豪要在夜间写作，人家又不是天生的夜猫子，人家求的是一个“静”！这些道理，苏雪丹不以为然，她曾经也放轻过两天手脚，像猫一样四处溜达，见他并没有拿出什么成果来，又大大咧咧我行我素了，她以为文章就是用两天写出来的？好文章要耗费人毕生的精力啊。

欧阳平并没有回头，听脚步，苏雪丹已经走到他背后。欧阳平感觉到苏雪丹的呼吸，他手指抬起来，准备敲两个字，表示自己在工作，更表示对她叮叮当当的不满，然而手还未落到键盘就在空中停下了——耳朵被对方揪住了！

“别装了，你根本就没在写！”苏雪丹哼了声。

欧阳平一阵恼怒，但并没有发作，为了照顾耳朵，他顺着对方的手指方向转过头，看见苏雪丹笑盈盈地看着他，这位心情不错，欧阳平的第一个感觉是今天天气好，阳光明媚，自从丢了钱之后，苏雪丹好长一段时间没这么笑过了。

“回来了？”他淡淡地说，脑袋顺势一摆，耳朵巧妙地摆脱了对方手指的钳击。

“你看我拿回来什么？”苏雪丹将一个酱红色的塑料本在他眼前晃晃。

“什么？”他瞟了一眼。

“证儿——！”

欧阳平以为是离婚证，心里一哆嗦：来得快啊！虽然早有准备，但当这一天真的到来时，还是有所震惊。这证个头蛮大，不但大，可以算是威风，比结婚证大两倍，有A4纸的规模，难道离婚比结婚更重要吗？他接过证照，仔细一看，封面是“演出经营许可证”，翻开，里面是盖着章的白页。

原来是艺术团的执照。他仔细看执照内容，单位是“金鹰模特艺术团（筹备）”，在负责人栏目中写着苏雪丹的大名，职务是“团长”。这个“团长”使他吃了一惊，苏雪丹一夜之间就成了团长，简直就像是变戏法似的。学校里任命一个系主任，评上一个副教授，要经过多少次搏杀，最后才决出一位伤痕累累的好汉，而苏雪丹，似乎不费吹灰之力就成了团长，这不是对自己多年奋斗却一无所获的一种挑战么？他真有点嫉妒了。

“这个筹备是什么意思？”欧阳平觉得这两个字很扎眼。

“就是筹备呗。允许你拉杆子起事。然后考察合格后换发正式执照。有了正式执照，才能开展业务。”苏雪丹轻描淡写地说，好像不当成个事，其实在社文处申请艺术团执照时她紧张得要命。

“为什么……”欧阳平端详着执照,“为什么非要叫‘金鹰’?”

“鹰抓小鸡啊。”苏雪丹半真半假地说,手指张开,作成个鹰爪样。

“哦,还有鹰击长空,翱翔千里的意思吧?”欧阳平觉得苏雪丹的境界低了些,既然是鹰,应该志向远大,光抓小鸡有什么意思,成酒囊饭袋了。

“哎对,鹰击长空,翱翔千里,做老师的理解力就是不一样。”苏雪丹对他的解释表示同意。

欧阳平把执照放到桌子上,想了下,“好啊,祝贺你……正式执照什么时候拿下来?”

“这要看你什么时候达到条件。”接着苏雪丹把社文处的几点要求说出来:固定场地啦,流动资金啦,演职人员啦,音响服装啦,等等。

欧阳平一听这并不容易啊,就算你现在口袋里有了几个钱,人呢,场地呢,设备呢?

“专职固定人员你有吗?”他问。

“当然有了。”

“谁?”欧阳平有些疑惑,他从没听苏雪丹提起过什么专职人员。

“首先我算一个。”

欧阳平打量她:“你? 当然……团长嘛。”他有些酸溜溜地嘀咕一声,忽然想到一个问题:“你和歌舞团怎么处? 办留职停薪手续了?”

“不是留职停薪,是辞职。”

“真辞职了?”欧阳平有些不大相信,说是一回事,真做出来了那又是一回事,毕竟此事非同小可。

“辞了。”苏雪丹手掌有力地往下一砍,像是切开了一个西瓜。

“单位……同意了?”

“同不同意我都辞了。再也不去了!”苏雪丹两手叉腰,两眼放光,深深吸了口气,好像是刚从地窖里钻出来,“妈的自由了!”

欧阳平愣了阵:“其实……真要走,留职停薪好一些,我们学校就有这样的人,进退自如。”辞职,十几年的修行就算破了金身,成了无业游民了。我们男人好说啊,你以后要靠自己拼打,行吗? 此时他真担心这位愣太太了,“应该留条退路。这样好些。”他委婉地说。

“我不要退路。”苏雪丹很快回了他一句。拿起他的杯子,“呼呼”吹了两下浮在上面的沫,欧阳平觉得这声音要比自己响亮,气也比自己足。看来团长就是团长。

苏雪丹喝了一口水,皱下眉头:“苦死了!”手掌在嘴前扇了扇。

“莽撞了。莽撞了啊你……”欧阳平叹息一声,“难道你没想过,干一件事,有可能成功,也有可能失败?”

“我只想成功。”

“精神可嘉。不过这么大的事还是应该充分考虑各种后果才下决心。万一你这个团条件不成熟,批不下来怎么办?就算批下来,以后生存不下去呢?你怎么考虑的?”

“我不考虑。”苏雪丹哼了声,坐到沙发上,看看他,“你是担心我还不了你那三万块钱吧?”

欧阳平哽了下:“有这个因素,更多的是……”他一时不知怎么和她说好,“你真该好好考虑考虑……”

“考虑?有什么考虑的?考虑什么?……考虑,等你考虑完后,大事早就成小事了,或者无事,”苏雪丹用指头关节敲下茶几,“考虑来考虑去,什么事也办不成!我的教师先生!”

这已经有了团长的某类官腔语气,手指头敲的也像模像样,“哳哳哳哳”,欧阳平不由产生一丝敬畏。他仔细打量着苏雪丹:三十岁,少妇,面色白里透粉,保养得很好,身段比婚前丰满一些,从心灵的窗户——眼睛里可以看到某些细微陌生的神色,那是什么?一种狂热夹杂着憧憬,还有一些权威。你看她坐在沙发上,右腿搭在左腿上,漫不经心地啜着茶,动作优雅而高傲……哦,又换成左手握茶杯了,这回不是抓住杯柄,而是用手掌握住整个杯底,手指像章鱼般攫住猎物……这显出霸气了。辞职,木已成舟,没有退路了。看她这气势……难道我身边真要出一个武则天撒切尔吗?欧阳平想到这,既有些不安又有些激动。莫非日后会出现这样的场景:苏雪丹团长前呼后拥来到学校图书馆视察,她身边美女如云,女保镖威风凛凛,苏雪丹扫视图书馆里的人,发现角落里坐着一个昏昏欲睡流着哈拉子的驼背老学究——欧阳平——这位团长的前夫……Oh my god!果真是这样吗?老天果真垂青她吗?如果真让她成了气候,又凭什么?她只有中专文凭啊。难道这个世道只能出草莽英雄?

“你打算怎么干?”欧阳平竭力做出无所谓的样子。

“什么怎么干?”

“我是说……你的班子构成?你怎么选择你的固定专职人员?不会是你一个人唱独角戏吧?”

“我聘啊。一个办公室主任兼会计,男女不限,有经验者优先,因为这个人要管钱,所以必须是信得过的人。两个业务部长,主管训练,性别最好是一男一女,男女搭配,干活不累嘛。文凭当然重要,但更重要的是真才实学,还要有一定的知名度,这样有利于招生。我的编制大概就是这样,原则上是决不养一个多余的人。”

编制,很好。确实有成就感,可以定编制!编制这个东西可不是一般人定的。

现在苏雪丹一句话,定编制了！欧阳平心里一阵乱跳,他捂住胸口,搞不明白自己为什么激动,这关你什么事？他琢磨了一阵,又问:“你说的这些……人选,有了吗?”

“基本上有目标了。”

就是说,苏雪丹心里有数,也许她早就有安排,早就暗中操作起来了,你这个傻瓜,还为她担心呢。

欧阳平不知还该不该问下去,以他们两个人现在的关系看,他有责任也有权利问,毕竟还是夫妻,问题是……说多了又有什么意思？这个团和他没什么关系,只要苏雪丹把钱还了,他就和她一刀两断,至于她那个团怎么发展是她自己的事了。

苏雪丹换了个姿势,悬在空中的左脚上下一点一点地抖动,肉色袜子后跟从皮鞋中露出磨得粗糙的丝线团,皮鞋后跟外侧已经倾斜。她双手捧住茶杯,凝神注视着自己的脚,好像那上面有什么东西。欧阳平知道她在思考,这在文学上叫移情,就是借助某种物体来考虑另一种物体,这时候她把那种正在考虑的物体当成了鞋。

“我现在还缺少一个团长助理,”苏雪丹慢慢地说,“以后没准还配一个支部书记——不,党委书记——团一级应该叫党委书记。这个助理主要负责宣传工作,同时还要给模特上点文学课和道德修养课,提高她们的文化素质和审美水平,你看谁来干合适?”

苏雪丹这种征求意见的口气让欧阳平觉得有些受宠若惊,这说明自己在她心目中的地位。他想我无偿地给你贡献点智慧吧,毕竟我做了那么多年学问,在学校里见过些东西,一个新单位的组建是很费心思的,一个副手的任命是很关键的,唐玄宗用了杨国忠,国家乱了套,刘皇叔用了诸葛亮,事业有希望。“这人不仅能干,更应该充满智慧。”欧阳平庄重地说。

“不笨就行,首先要对团长忠贞不贰。”苏雪丹似乎对他的提议不认同。

“性别上似乎应该……”

“男女不限,兼职也可。”

“当然应该有文凭和职称喽。”

“重在吃苦和实干。还有,根据我们团的特点,这人若是女的要不翻小话不爱八卦,要是男的要不好色——就是好色也能把持住自己。”

欧阳平愣了一会:“在说谁呢?”

苏雪丹盯着他,并不说话。

过了会,欧阳平尴尬地笑笑,看着她:“我？你就是这么评价我的?”

“不对吗？如果不好色,你不会找我——当年我还是有几分姿色吧?”

“何止几分！”他看看她,又补了一句:“——现在更胜当年！”

“马屁！”苏雪丹笑了下,“怎么样？干吧。兼个职。”

“我考虑考虑。”欧阳平低垂着头，双目微闭，两手交叉抱在腹前，坐在沙发上。原来苏雪丹是这么安排的，让他当团长助理，而不是办公室主任。从目前我们国家的编制上来看，助理相当于副手，比如说市长助理，就是副市长的待遇，在市长不在的时候，行使市长的职责。团长助理就是副团长。是团级领导。办公室主任是部门的领导，应该听从团长助理的指挥，不过办公室主任是管章的，还要管钱，应该是实权派，而团长助理虽然听着有“团长”二字，但毕竟是“助理”……要好好琢磨琢磨了。欧阳平的两腿伸直，脚后跟着地，两脚分开，又合拢。今天的谈话有些意思了，虽说要分手，可苏雪丹还念记旧情，邀请他上船，只是并非舵手，一条船上只能有一个舵手，否则就乱了套。可是，无论从哪方面说，他都应该有举足轻重的作用。或许自己的才干不在著书学问里，而在实业上？或许不久的将来，他和苏雪丹的位置作个颠倒也未可知哩。人哪，一辈子都在追求，都在探索，都在琢磨自己到底最适合干什么……而要知道自己的优点长处，就要不断地变换人生方向，看一看，走一走，摸一摸，闻一闻……现在是个机遇，但一定要保持清醒头脑，不要忙着表态，不要露出迫不及待的样子，苏雪丹的邀请貌似看重但内含玄机：她是把你绑在一起还债，她是要你在离婚前站好最后一班岗，榨完最后一滴油……当然，当然，她抛出来的那个官帽子有那么点诱人，助理……以后或许还兼支部……不不，是党委书记！够劲儿啊。关键是这个官帽子不用你送礼，不用你跑腿，不用你托人就自己跑来了，现在当官哪有这种好事啊！不花一分钱……不对！钱是花了的，借她的三万不是钱吗？这么说来，若不接受这个职位，那自己岂不是亏了？也不符合官场规矩。不过办公室主任和团长助理到底哪个职位更有意思更有前途更能发挥自己的才干还要好好想一想。欧阳平微睁开一只眼瞟过去，苏雪丹正若有所思地盯着他，他立即闭上眼睛，两脚又开始一开一合。

“我考虑考虑。”他闭着眼睛说，作出一副深思的模样。

“你考虑什么？”

“我考虑……团长助理和办公室主任哪个更适合我……”

“办公室主任你不必考虑了，我已经看准了一个人选……”

“谁?!”欧阳平一惊。

“李淑敏。”

欧阳平猛地睁开眼睛。

苏雪丹不动声色地看着他。

“她愿意？”过了一会，欧阳平问。这太出乎意料了，她竟然想到李淑敏！

“还没有告诉她。”苏雪丹站起来，伸了个懒腰，“你去跟她说吧，尽快。”

“恐怕……她不会干吧。”欧阳平还在发愣，怎么扯上李淑敏了呢？

“哼，你还没说呢，怎么知道她不干？去说，尽快给我回话。”苏雪丹说完站起来,走进里屋。

欧阳平坐在那里,手指无意识地敲了下电脑,已经进入屏保状态的显示器立即露出本来面目:“在一个阳光明媚的白天,北京西山脚下的一间茅舍,曹雪芹……”他看着这行字,生出些感慨:今天果真是阳光明媚,冷不丁的,一个团长助理的职位在向他招手!

又一想,这是当谁的助理呢?苏雪丹!如果接受了,两个人不是生拉活扯又搅在一起了?那么离婚还有什么意义?苏雪丹的领导风格你还不了解?虽然仅仅是“筹备”,但苏雪丹完全是团长的口气了,一点商量的余地都没有,我并没有接受你的什么团长助理职位,凭什么听你指挥?听刚才那口气——“尽快给我回话”,她这就吆喝上了!她端着团长架子发号施令了!欧阳平愤愤地想,我没必要听你的,李淑敏更是和你不搭边,人家是妇联干部,是你的债主,来给你打工?受你的管制?你那个脾气有几个人受得了?欧阳平觉得苏雪丹有些膨胀了,都是权力的腐蚀作用。当上团长……不,暂时还没有当上团长但有可能当上团长的苏雪丹已经提前开始飘飘然。是的,她飘飘然!她不知天高地厚!路漫漫其修远兮啊,同志!

15

十万块钱失而复得,让陈功德和韦明义又重归于好,钱这个东西确实微妙。

陈功德原以为韦明义要收回投资,终止合作。一般来讲,劫后余生的人都非常珍惜生命,十万块失而复得,使人更加知道钱的宝贵,如果换成陈功德自己,他不会再轻易把钱放出去。但是韦明义说,请示了公司董事长,董事长说选好一个投资项目不容易,对陈团长一定要信任,合作继续。“董事长说我年轻,以后合作多听陈哥的。”韦明义把陈功德称为“陈哥”,这还是第一次,陈功德挺感动。他没有见过那个董事长,想来是一个爽快之人,是一个有远见之人。

下午三时,在歌舞团的会议室,双方开始探讨银雀时装艺术团领导班子的组建。开会前,陈功德让副团长罗金国参加会。罗金国说他就不来了吧,陈功德说那怎么成!这是歌舞团的大事,副团长怎么不来?不能搞一言堂啊。并要求办公室金主任、会计等工作人员也参加。

会上,陈功德首先发言,他说通过这次风波,他对模特团的组建有了更深的思考,以前的方案要作调整,具体讲就是要成立个董事会,双方各派二至三人成为董事,再选出一个董事长,一个副董事长,然后任命一个团长。这个团长可以是本单位的人,也可以聘用外单位的人,总之是个能人。银雀模特时装团一定要克服歌舞团的弊病,建立一个适应市场的崭新机制,不搞终身制,不养闲人。

接着韦明义发言，说他完全赞成陈团长的话，银雀模特团是绝对不能吃大锅饭的，谁不行就炒谁的鱿鱼。

陈功德看看手机上的时间，把手机放到桌子上，问罗金国："罗团长有什么想法，说一说嘛。"

罗金国沉吟下说："银雀模特时装团的机制肯定是和歌舞团有区别的，但在情况允许的条件下，还是要尽量用歌舞团的职工，模特演出，除了演员外，服装化妆音响什么的还是需要的，后勤保障人员也不能少，总之歌舞团要尽量多分流出去一些人，否则就失去了成立模特团意义。"

韦明义说："这个我没意见，我们能为机构改革作贡献，这是光荣。我的意思是人一定要精干，来了后如果不称职，那就没办法了。只有走人。"

见大家意见基本统一，陈功德决定进行下一个议程：确定董事会人选和选举董事长。

韦明义说："董事的人选歌舞团可以多一些，我们公司人手少，只能派出我一个人，无所谓。大家互相信任嘛。"

金主任说："那这样，陈团长和罗团长就是董事，多了也不好。"

罗金国说："既然韦经理一个人是董事，我就没有必要进董事会了，陈团长一个人就行了。这样对等一些。再说我的精力主要放在歌舞团的工作。"

陈功德考虑了下，问韦明义："两个人恐怕不合适吧，怎么着也要三个人，你看？"

韦明义正要说什么，金主任抢先说："要不然我来兼一下？罗团长确实很忙，不过我提议罗团长还是要当名义董事，每月发一些补贴，具体数额可以从模特团的演出收入中按比例提取……我就不领了。"

大家都听明白了金主任讲话的重点是要从模特团中领取补贴，包括他自己——那句"不领"的表白是反话正说。

陈功德有些反感，这模特团还没赚钱呢，他老兄倒想着分钱了，他说："金主任你的精力还是在歌舞团的精简转制上，模特团就不多过问了。"

"这样吧，罗团长可以当监事。"韦明义说。"有时间就来过问一下，反正有陈团长……"

"我其实更没时间，主要靠你……"陈功德觉得这个问题可以到此为止了。"就这样吧，下一个议题，我们选举董事长。"

这次罗金国首先发言，他认为，虽然歌舞团是以办公室训练场折价占了百分之五十的股份，但歌舞团还有名号的无形资产，所以歌舞团实际占的股份要大一些，因此这个董事长非陈团长莫属。

韦明义说，这个重大事情我要请示我们董事长后才能回答。他出去打手机去了。

罗金国对大家说："我们一定要把董事长拿下来，团长可以让一让。"

大家点头称是。

陆小雯犹豫了下，说："陈团长，有件事，我不知该说不该说……"

陈功德奇怪地看看她："怎么啦，有什么不该说的？"

陆小雯说："我觉得我们要慎重一些，我有些不踏实……"

陈功德笑道："大凡是会计，都是这样想三想四的，是他们给我们钱，我们怕什么。"

金主任附和："是啊，我们一堆砖头，能啃了去？啊？哈！"

陆小雯不说话了，觉得自己挺傻的。

一会，韦明义进来，环视了下大家，说："董事长由陈团长担任，没意见。我还建议啊，陈团长是模特团的法人代表。"

大家愣了下，马上拍手叫好，说这正是众望所归。无论从资历上还是能力上，陈团长都是最合适的人选。

韦明义注意到罗金国没有表态，问："罗团长的意见？"

罗金国想了想："董事长一般都是法人代表，韦经理的这个提议很好，我同意。"

陈功德看看他，说："我的事情太多，不过大家信任我，那我只好勉为其难了。"陈功德知道自己该说什么，话锋一转，"韦经理应该是副董事长，大家没什么意见吧？"大家又一次说好好好。没意见。

"我还有建议啊，"韦明义又说，"在没有合适的团长人选之前，由陈团长兼任银雀时装团的团长。"

这个提议出乎大家意料，一时没有吭声。

陈功德看看大家，说："不大好吧？这我不是大权独揽了？"

韦明义说："我认为我们团可以有两个团长，我自己也是团长，当然是配合法人团长工作，执行法人团长的命令安排，我们知道陈团长——陈董事长有很多事情，日理万机，还要负责歌舞团的机构改革，时装团只是歌舞团工作的一个小方面，他肯定没有很多的时间具体管理，这就需要我来跑腿了，所以我这个团长叫执行团长，就跟企业执行经理一样，具体干杂事，我在深圳带过模特队，比较熟悉业务，总之，大的方面，由陈团长掌握，杂事我来干。"

罗金国点点头："韦经理的计划是可行的。我赞成。"

韦明义的一番话让陈功德很受听，他没想到前几天变脸变色逼自己还钱的韦明义竟然有如此的胸襟，看来也不能怪别人，就是自己平白无故地丢了十万块钱，也会六亲不认的。他决定表个态："韦经理说的话让我感动，我们如果能这样精诚合作，肯定会把时装团干好。我虽然是法人代表，是董事长，但只管宏观工作，模特团的具体工作,就多由韦团长操心了,啊,还有我们罗团长……"

罗金国笑着摆下手:"我打边鼓。摇旗呐喊。"

陈功德继续说:"我们的人一定配合你的工作。不知韦团长下一步有什么打算?"

韦明义笑笑,说:"我已经有了工作计划,我们的第一个目标放在秋季的市国际贸易洽谈会。首先,我们马上开始招生,地点……"

"地点就在我们歌舞团。可以在报纸上打个广告。"陈功德说。

"第二,我有模特的教学录像带,但还要选几个得力的业务老师,最好有些舞蹈基础,有形体教学经验,有一定知名度……"

"这个我们歌舞团有的是,"罗金国说,"随便选几个就行,工资不用管,给一些补贴就行。你看,陈团长?"

"对,这是我们的优势。"

"第三,做一批时装。"韦明义说,"这个要抓紧,模特来了后,很快就要用。"

"这个由你韦团长来办,你找好的设计师,一定要一炮打响。"

韦明义说:"没问题。我们这个行业是很有前途的。"他看看陆小雯,"我马上拟一个招收时装模特的广告,放在报纸头版……"

"头版很贵的。"陆小雯细声说。

"贵也要花,表明我们团的实力和气魄。你看呢,董事长?"他问陈功德。

陈功德一时没有反应过来,哪里来个董事长,后来马上意识到这是说自己呢,自己就是董事长。这个新头衔时尚霸气,让人不由自主生起一股豪情,他立即点点头:"就按韦团长说的办。该花的钱一定要花……"他手掌不轻不重地拍了下桌面,表达了董事长的一种魄力。接着语气深沉地说:"我们不做则已,做,就做个样子。"他觉得自己心跳加快,已经有些激动了,他扫视周围的人,希望大家有同样感受。周围的人看出了他的期望,表情肃穆起来,开始酝酿情绪,这时放在桌子上的手机忽然响起来,是屠洪刚的《霸王别姬》的音乐,"我站在猎猎风中",旋律雄壮铿锵,和刚才的气氛非常吻合。大家愣了一下,一阵笑,夸董事长的手机有灵性,配合太到位了。陈功德微笑地看看手机,他今天刚换了振铃声,没想到有这种效果,好兆头啊。他嘟囔声:"谁呀。"懒懒拿起来接听,是向其顺打来的。

"我在开会……"陈功德不想接这个家伙电话,但向其顺下面的话让他神色骤然一变,问:"办团?你从哪得来的消息?"他站起来,向门外走去,在门口又停下了,皱着眉头听了一阵,然后挂掉电话,呆在那里闷声不吭。

陈功德的表情让其他人莫名其妙,罗金国小心翼翼地问:"什么事?"

陈功德冷笑一声,"我就知道她有名堂!……"他走回会议桌前,两手撑着桌面,默了一会,看看大家:"诸位可能没想到,苏雪丹也办了个团,叫金鹰模特艺术团。她当团长,现在在找场地。"向其顺在电话里并没有说出消息的来源,但他相信这是真的。苏雪丹干得出来。

这个消息让大家吃了一惊。刚才轻松的气氛骤然紧张起来。

韦明义睁大眼睛:"嚯,嚯,唱对台戏啊!"

陆小雯激动了,脸涨得绯红,惊愕地看看金主任:"苏雪丹当团长?她行吗?怎么可能?谁批准的?"

金主任手掌做了个噤声的动作,盯着面色沉峻的陈功德。

罗金国哼了声:"谁批准的?文化局呗,还有谁。"

陈功德想了下,猛地用指关节敲了下桌子,气哼哼地说:"文化局怎么搞的?苏雪丹和团里的事情还没扯清呢,竟然批她办团!……"

金主任说:"是啊,这不是公开向我们挑战吗?!这个苏雪丹……到底想干什么!"

韦明义说:"办模特团这个创意是我的,哎,她总得给点专利费吧?"他后面的话有玩笑的意思,但是没有人笑。

陈功德沉思了一会,说:"我问问文化局。"他拨打电话,很快通了:"文管处姚处长吗?我是陈功德,老陈!你好你好!我听说你们给我们团的演员苏雪丹批办了一个艺术团?有这回事吗?啊……对,有人看见她拿着执照去租场地,对……我们没有批准她辞职啊。……好,好,我等着。"他对大家说:"是姚处长,帮我查去了。"

一会,姚处长的声音传来:"苏雪丹的执照是我们批的,是筹备执照,她拿来你们团的证明,同意她办。"

"什么?!我们从来就没有给她开过什么证明!"陈功德目瞪口呆。

"证明在我们这里,有章,没错的。"

"不可能不可能!怎么可能呢?我根本就不知道!"陈功德急了。

"那是你们自己的问题,我们这里手续是齐全的。"姚处长说他正在开会,把电话挂了。

陈功德愣了一阵,看看大家:"怪了啊,苏雪丹办执照是拿了我们团盖章的证明介绍信!"他的目光从众人面前一一扫过,加重语气:"她拿了我们团的证明,说是我们同意的。谁同意的?谁给她的证明?"见没有人吱声,又问:"金主任,章是你管的,是你给她的?",

"我没有啊。"金主任叫起来,"我还是头一次听说。假的吧?现在街头搞萝卜章的不法分子多的是。"

韦明义眨巴下眼睛,笑了声:"萝卜章?新鲜啊。"

"是啊,拿个白萝卜,用刀雕刻,吭吭,几下就成了。我见过。"金主任认真地说。问陆小雯："小雯，你也听说过吧？"

陆小雯愣了下，赶紧道："哦，听说过。"顿下又迟疑地说："还听说有土豆章……"

"对对，土豆！这里面名堂多啦！"金主任有些兴奋，觉得顺着这个思路挖下去才是正确的方向。"这个章其实很容易伪造的，成本低，见效快，比的就是胆子大，萝卜土豆不说，肥皂瓶盖儿什么的都……"

"这个事情一定要查清楚！"陈功德敲了下桌子，打断他的话。"我要向文化局反映，苏雪丹是骗取执照的，她无场地无人员无设备，她办什么团？罗副团长，这个事情你亲自督办，让石泰梁把那个证明鉴定一下，看是不是什么萝卜章，必要时请公安人员介入，苏雪丹她胆子越来越大了！这是诈骗！还有，请求文化局收回苏雪丹的筹备执照。"

罗金国犹豫了下，点点头。

16

这几天，苏雪丹一直在为艺术团找场地，办模特艺术团和办公司不一样，训练场地必须要200平方米以上，最好是长方形的，不然模特训练走不开。她跑了几个地方，不是租金太贵，就是地方偏远，要不就是没有排练场地，总之不合适。为了节约钱，这些地方全是靠自行车跑，有的招租地方在远郊区，十几里路，吃了一鼻子灰不说，腰腿累得酸疼，跟散了架似的，这倒也罢了，关键是折腾了半天没有成效。她很着急，筹备执照是有期限的，超过两个月达不到规定条件，这个筹备执照就作废了。

这天晚上她回到家，一进门就瘫在沙发上了，屋里静悄悄的，欧阳平不在家，也许上课去了。她想洗个澡，又累得不想动弹，吃饭就免了，反正也没有胃口。她闭上眼睛，满脑子都是两个字：场地，场地！

她睁开眼，看着窗外朦朦胧胧的夜色，喃喃自问："场地，你在哪？"这个问题迫在眉睫了。她想起昨天下午楚亮打来的电话，就是这个电话让她预感到形势不妙。楚亮问她筹备情况，她说正在找场地。楚亮又问："你那个证明是谁给你的？""团里啊，陈功德同意的，让我到办公室开的。"她当然只有这么说，这是她早就想好了的。"你们陈团长怎么不承认呢？"苏雪丹说他大概后悔了吧，谁知道。楚亮不再问，说："你要抓紧，本来按理说，你应该先有那几项硬件标准，然后再办筹建执照的。你已经破例，也只有对你，明白吗？申请办团的不止你一个。银雀的几个硬件条件早就达到了。有些人对你已经有些说法，捅到上面去了。"苏雪丹不吭声了，歌舞团本来具备硬件资源,她是白手起家,不能比。大概楚亮觉得她有些沮丧,又说,国家对民办艺术团持扶持态度,你想想,国家不投一分钱,既能活跃文化市场,还可以收管理费,何乐而不为?但是那四个指标一定要达到,哪怕你简陋一点,没要求你像国家大剧院那样各种设施齐全豪华,懂吗?苏雪丹琢磨楚亮的话,觉得他虽然在追查证明的事,但并不下狠力,话当中似乎有某种提示:不求豪华,只要合适。话说得很明白了……看来他还是愿意帮助自己的,起码是同情自己……不管他出于什么考虑。反正要抓紧,就是把自行车骑散了架,也要在这两天找到一个符合标准的场地!她咬了下嘴唇,暗暗给自己鼓劲,身上好像也真来了点力气,她挣扎起来,想弄些水喝,电话突然响了,她吓了一跳,拿起电话,一个女声问:"苏雪丹?"

"是我,你是?"

"找到地方了吗?"

苏雪丹一怔:"你是谁呀?"

"鼓楼街金地大厦有个老干部活动中心可以看看。"说完电话挂了。

苏雪丹"喂"了半天,对方早没了声息。她盯着话筒发愣,这是谁呀?这么神秘!从口音看,对方是本地人,年龄……说不大清了,不管怎么说,这个人知道她在找场地,而且想帮助她(没必要逗着玩吧)。她分析了周围的人,觉得没有一个和这个口音对上号的,也许和送空白信笺的是同一个人?她为什么躲躲藏藏的?……算了,不想了,是猫是狗明天去看看,鼓楼街属于西城区,基本上在市中区,费不了多大事的。

第二天上午,苏雪丹来到金地大厦,这是栋三十一层的大楼,二楼是老干部活动中心。一打听,果然有场地出租。一个三十多岁的男工作人员带领她看了下场地,还真不错,场地大约有二百平米,原先是个会议室,地上铺的强化地板,空中还拉着纸彩链,大概开过什么联欢会。苏雪丹注意到排练场附带着两个十平方米的耳房,这太重要了,这两间房子都可以派上用场:一间可以当办公室,另一间可以当服装道具库房。工作人员指着排练场中间站着的一个男人说:"那是我们中心王主任。"苏雪丹打量他,这是个五十多岁的男人,侧面对着他们,一件米色西服披在身上,两手插在裤兜里,低着头静静地思索着什么。他的脚下放了个录音机,但是并没有放音乐。工作人员小声说:"王主任现在在想事,不让人打扰的。"

苏雪丹问:"他要想多久?"

"难说了,有时候一个上午就这么站着。"

苏雪丹想,这算个什么事?站着想事?仙鹤还是公鸡啊。她对工作人员说:"你忙吧,我等他。"工作人员一走,苏雪丹马上向王主任走过去,她才没空等他一上午。

她尽量把脚步放轻,以防吓着人家,走到对方后面两三米的地方时,对方突然问:"来租场地的?"

苏雪丹吓了一跳,王主任说这话时并没有抬头。

苏雪丹停下脚,说:"是王主任吗?我叫苏雪丹,金鹰模特艺术团团长。"

"团长?"王主任抬头打量她。苏雪丹迎视他的目光,也仔细打量对方:这个男人身材高瘦,脸庞红润,眼角有一些皱纹,西服里面是一件玫瑰红衬衣,领口扎着个银星蓝色领带,背带裤,头发虽然有些银丝,但梳得整整齐齐,油亮油亮的,总体来讲,在他这个年纪上,这位王主任也算是风度翩翩了。

王主任笑了下,苏雪丹觉得他笑容中有些别的东西,眼神中有些……什么呢?忧伤,是的,忧伤。他很有深意地上下打量苏雪丹,不住点头,好像很欣赏的样子。苏雪丹有些忐忑,把自己的来意说了。王主任回答得很爽快,说行,这里本来是老干部艺术团活动地盘,但老干部们由于各种原因,很长时间没有活动了,为了让场地发挥效益,同时也是对民办艺术团的扶持,他只收每月五百元的租金,附带条件是,如果今后老干部们心血来潮,想当老年时装模特走两步,苏雪丹有义务为其辅导。王主任的表态让苏雪丹惊喜过望,满口答应,这条件太简单了。正以为万事大吉,王主任突然又问:"能不能满足我一个要求?"

苏雪丹一惊,心想,我说也不会有这么便宜的事。小心翼翼地问:"你说。"

"能和你跳个舞吗?"

苏雪丹愣了。

"我有一个很好的舞伴,上个月脑溢血,去世了……"王主任解释道,"我知道你原来是军区歌舞团的舞蹈演员。我是半瓶子醋。"

"你想跳什么舞?"苏雪丹想为了场地让她翻两个跟头也行。

"探戈。"

没等苏雪丹回答,王主任就把录音机打开了,一阵节奏铿锵的音乐响起来。王主任昂首挺胸站着,摆出一副前赴后继的姿态。苏雪丹来不及考虑,就和王主任跳起来。王主任跳得不错,甩头甩得像打了个天大的尿禁哆嗦,很利索。苏雪丹感觉到他跳得很投入,表情肃穆甚至有些哀伤,也许想起了那位不幸去世了的舞伴。苏雪丹尽量合上他的节奏,虽然她很少跳探戈,但对于有专业舞蹈基础的她来讲,这不是难事。她一边跳一边想,碰上了这么个老舞迷,不知是幸事还是烦事。

一曲结束,王主任掏出一张香喷喷的手绢擦擦脑门上的汗,微微喘息着,眼睛里突然闪出泪花。

苏雪丹歉意地说:"我跳得不如你以前的舞伴好。"

王主任看看她:"她是我的妻子……我们签协议吧。"

他们来到王主任的办公室,王主任从抽屉里拿出一份打印好的协议,交给苏雪丹:"你看看,如果没什么意见,我们就签字。"

苏雪丹看看，协议的格式很正规，双方的责任义务租金交付方式等等很详细，看来早就准备好了，苏雪丹没多说什么，拿起笔很快就签了字，协议签好之后，苏雪丹问了一个早就想问的问题："王主任你知道我今天要来租房子？"

王主任微微一笑，说了句很深奥很玄乎的话："缘分。"

苏雪丹也不再多问了。

金鹰模特团的场地解决之后，苏雪丹松了口大气，下面的事就好办多了：艺术团需要的音响设备，苏雪丹决定把家里的那套山水组合音响搬去，这套音响是结婚时买的，功率八百W，音质还不错，在离婚协议中，是分给欧阳平的，但是现在情况变了，没有离婚，这就是夫妻共同财产，现在一切以艺术团为重。至于服装，苏雪丹几大箱的时装可以贡献出来，欧阳平的两套西装也可以凑数，创业初期嘛，服装朴素一些是可以理解的。

这天她拿着租赁场地协议的复印件和验资账单到文化局备案，刚进大门，看见罗金国和石泰梁从里面出来，苏雪丹想避开他们，但是石泰梁已经看见她，叫道："苏雪丹！"

苏雪丹只好停下，警惕地盯着他。

石泰梁开门见山问："你的证明是怎么来的？"

苏雪丹看看他："天上掉下来的，行了吧？"

石泰梁加重语气说："如果是假的，你要负法律责任！"

苏雪丹哼了声："如果是真的，你要负诽谤的责任！"

罗金国一看两个人要吵起来，说："不要说了，这是文化局，影响不好！"他看看苏雪丹："你是铁心不回歌舞团了？"

"我说过我辞职了！"

"辞职也要团里批准。"石泰梁说。"不批准你怎么说走就走了？"

"我看不惯陈功德！我炒他的鱿鱼！怎么啦？"

罗金国笑了下："你怎么想到要自己办模特团的？"

"人要吃饭呗。"苏雪丹也回报一笑，从横眉立目到面含微笑一瞬间就转换了，而且过渡自然，连她自己都觉得了不起。她和罗金国接触不多，这个副团长平常轻言细语，不像陈功德吼吼叫叫的。

"很多事情不是自己想怎么样就怎么样。你考虑好。"罗金国拉了下石泰梁，"我们走吧。"

苏雪丹看着他们走出大门，转身上楼到社文处，把材料交给楚亮备案。楚亮审查了一下，放进一个牛皮纸档案里，说："什么时候把你的人员名单交来？"

"很快。"

"是要快哟。"楚亮看看她，"刚才你们市歌副团长带人来了，把你的那个证明复印了一份拿走了。”

“我看见他们了。”苏雪丹有些担心地问:“他们要怎么样?”

“怎么样? 你猜也猜得出来。”楚亮四下看看,欲言又止。

“说我不合乎手续,收回我的执照?”

“事情也不是这么简单的。他们要复印证明,也是跑了几次才同意的。”楚亮说话含糊,显然有些顾虑,“你的事我现在也做不了主……”他食指指指上面,“听领导的。不过你赶快弄吧,孩子生下来,那就只有养着。”

从文化局出来,苏雪丹明白问题的紧迫性了,虽然已经达到办团的三个标准,但如果不尽快招聘到演职员,那她这个团很可能死于胎中。陈功德派人把证明拿出去复印了,就说明要调查这个东西的来历,抄她的后路,从根本上解决问题,你申请办团的人资质有问题,自然就不能办团。苏雪丹不知道以后会出现什么结果,这个神秘的证明她也不知道是谁弄出来的,要达到什么目的(不会单纯是支持她吧),还有那个提供场地的匿名电话,事情好像越来越复杂了……不管怎么说,现在离成功只有一步之遥,她要加快步伐,要和陈功德抢时间。

此时陈功德正在办公室焦躁地走来走去,等着罗金国和石泰梁回来。他没想到文化局办事这么麻烦,前几天让石泰梁去文化处复印苏雪丹的那个假证明,却碰了个软钉子,说要请示上面,这一请示就是一个星期。好容易说可以复印了,石泰梁又跑了一趟,但这次仍然没把事办成。文化处楚亮说领导交代了,为了慎重起见,必须要来一个团领导,陈功德真想不通苏雪丹的办团档案有什么需要慎重的,竟然这么神秘! 这更坚定了他要查下去的决心。

陈功德看看手表,正要打电话,罗金国气喘吁吁地进来了。

陈功德急切地问:“拿到了吗?”

“拿到了。”罗金国从公文包里取出苏雪丹的证明复印件交给他,陈功德仔细看了阵,又拿起来对着亮光审视着,说:“你把金主任找来,还有,把章拿来!”

金主任很快来了,手上握着那个宝贝章。他希望证明上的章是假的,那他就没有责任。陈功德拿过章,小心地和纸上的章印核对,发现严丝合缝,没有破绽。他问罗金国:“你说是怎么回事?”

“好像是真的。”罗金国看着证明,谨慎地说。“回来的路上就和石泰梁看了,看不出什么疑点。内容字体是打印的,三号楷体。任何一台电脑都可以打印,包括我们团的。”

“原件呢? 为什么不拿回来?”

“文化局说已经存档了,按规定不能拿。复印这个我们还跑了几趟。”

“这些官老爷! 经常干脱裤子放屁的事!”陈功德恨恨骂了句。

“我看还是要让公安局鉴定。”金主任说,“这太奇怪了! 萝卜章也有乱真的!”

他死咬着萝卜章不放，那天知道苏雪丹用了盖了章的证明以后，他立即查看了放章的抽屉，没有被撬的痕迹，而钥匙只有自己有，结论只能是“萝卜章”。他看看手上这个章，结结实实的，真恨不得咬两口让它说出真相。

陈功德考虑了下，“我认为我们的思路要宽一些，这事要和十万被劫案联系在一起。”他看看大家，“到派出所去。现在就去！”

陈功德和罗金国、金主任、石泰梁一起去了马道街派出所。找到周坚，说案情有了新情况，新证据，然后把那个证明复印件交给周坚。

周坚听完情况介绍后，不禁笑道：“你这算什么新证据？”他指头弹了下证明，“这是辞职证明，和十万块沾不上啊。”

陈功德说：“这证明是假的，是萝卜章。这就间接证明苏雪丹有某些嫌疑……胆大妄为！”

周坚收敛笑，仔细看证明，然后站起来，说：“你们等等，我去找个人鉴定一下。”他往外走，又想起什么：“你们的章带来没有？”

“带来了。”金主任赶紧把章给他。周坚拿过来看看，说：“稍等一下，很快。”出去了。

金主任对陈功德说：“陈团长思路敏锐啊，我们就没有联想到十万元的事。老朽啦！”

石泰梁反感地瞟了金主任一眼，这么明显讨好的话也说得出口！这老家伙就是怕退休，想缓退两年，就使劲拍马屁。“回来的路上我就和罗团长谈过这种可能，这事不好说呢。”他冷冷地说句。

罗金国不易察觉地笑了下，没说什么。

过了一会，周坚进来，说：“这证明上的章是真的。不过……”

“不过什么？”陈功德急问。

周坚犹豫了下：“也没什么，应该是真的。”他不想多说了。

“不会搞错吧？”

“大半不会错。”

“大半是什么意思？”陈功德觉得这个小警察在故弄玄虚。

“就是说不会是百分之百。”

“可我们需要肯定啊！”陈功德放大声音，“一定要百分之百！周警官，请你务必帮忙，如果需要鉴定费，我们……”

“这样吧，”周坚打断他的话，“先不要说什么鉴定费，我已经把章留下印鉴了，可以再找个专家用仪器鉴定，不过需要时间，我这两天要出差。”

“那就抓紧在这两天搞定！”陈功德赶紧说。

周坚考虑了下：“这样吧，你们把原件拿来。”

“原件在文化局文管处。派出所去调就方便多了,我们去的话手续上有些麻烦。”

“哦。”周坚有些诧异地说,“是吗。”

“这个事情就拜托周警官了。哪天我们吃个饭,有很多事情要请教……”

“哎呀,吃饭就算了,也说不上请教。”周坚摆下手,“你们那个案子虽然苏雪丹还了钱,罪犯并没有落网,还有很多疑点……哎,顺便问一下,苏雪丹真的辞职了?”

“她自己提出来,可我们没批呀!”陈功德说,“这个女人简直目无组织!”

周坚“哦”了声,若有所思地说:“她这是破釜沉舟啊。”和他们一一握手告别。

从派出所出来,几个人坐进车里,陈功德说:“石泰梁,周警官这边就由你办了,多督促他们,吃饭实报实销,再穷,这点饭钱还掏得起。”

石泰梁点点头:“知道了。”

“调查苏雪丹转业的事有什么进展?”

“我正在找熟人问。”

默了一会,陈功德又问罗金国:“苏雪丹这个什么模特团搞到什么程度了?”

罗金国看看石泰梁,说:“听楚亮说,场地资金和服装都有了,就是人还没有到位。”

“文化局真会批给她?”

“如果四个办团条件达到,没有理由不批,现在对民办团政策扶持。”罗金国说,“那个证明一时又扯不清。”

金主任说:“如果她办了正式执照,那就没办法了,受法律保护。”

罗金国慢慢说:“不过要找到合适的师资和好的模特也不是那么容易的。硬件好办,关键是人。”

“她那个样子能找到什么人才!谁愿意跟她?”陈功德骂了句:“简直荒唐!我就不信拿这个苏雪丹没办法了!明天我找局长去!”

“局长在德国考察呢。”罗金国说。

“他总要回来吧?再说还有副局长!”他瞪了罗金国一眼,“罗团长,歌舞团的人员摸底工作要尽快,不能让一个人浪费我们精力,干扰改革大局,另外,我们的银雀时装团也要加快步伐。叫韦明义马上招生!”

17

天渐渐黑了,屋里朦胧起来。苏雪丹盘腿坐沙发上,两手交叉抱在脑后,想事。

人,关键的问题是人了,尤其是业务训练老师,如果招生,人家是要看你的师资力量的，否则不会有人报名。苏雪丹首先想到了汪琴。汪琴虽然现在不跳舞了，但她当年经常在春节的市电视晚会上跳独舞，照片上过《舞蹈》杂志的封面，她的名气人们应该是记忆犹新，现在她在歌舞团资料室，基本上就是闲着。问题的关键是她愿不愿意出来，参加创业是有风险的，尤其是跟着她干，这就明摆着要得罪陈功德。还有一点，她愿不愿意屈尊在自己手下，当年，汪琴是舞蹈队长，而自己只是一个普通队员，现在要颠倒个儿，人家能否接受。可是如果真能把她挖出来，那有点快意喔，除了对模特团有利外，还有掏了对方老窝的感觉。苏雪丹一阵激动，对，只有以进攻对进攻，进攻是最好的防守，这是军队给她的财富——当初下部队锻炼时，曾经听王兵讲过战术课，对这两句话印象很深刻。

晚上八点钟，苏雪丹来到汪琴的家里。

汪琴住的是歌舞团的宿舍楼，房子不大，七十多平米，但是很干净整洁，客厅里有一架褐色的珠江钢琴，墙上还安装了扶杆，对面是一块大镜子，看来汪琴经常练功。

汪琴正在教刚上学的女儿写字，见苏雪丹来了，热情地招呼她坐下，接着沏茶。苏雪丹四下打量下："你那口子呢？"

"上班去了。"汪琴看见苏雪丹疑惑的神色，又解释说："新找了个工作，到一家大厦当保安，坐着看监视器的，抓贼他可不行。"说着端来一盘葡萄放到茶几上。

苏雪丹说："你别忙活了，我是来请你帮忙的。"

汪琴说："哎呀呀，你客气什么！我们谁跟谁啊，你说你说！"

苏雪丹掏出艺术团的筹备执照让汪琴看，汪琴看了一阵，惊讶地打量她："哦，团长！"

"对。就是我。我请你去帮帮我，当业务部长，主管模特的形体和基础训练。"

汪琴不吭声了。

苏雪丹又说："工资我们可以商议，你可以说个数。我认为这个团大有可为，能发挥你的才干。"

汪琴还是不吭声。

苏雪丹再说："歌舞团现在是风雨飘摇，陈功德动员大家自找门路呢。趁早走了好。"

汪琴沉默了一阵，为难地说："实话说吧，陈团长下午刚找我谈了话，让我去银雀模特时装团担任老师。他说他们时装团的执照马上办下来了，很快要招生。"

苏雪丹愣了："哦，这样……"她想这个陈功德也算是识人才。"你答应了？"

"根本就没有商量余地，我是团里的职工。"汪琴说。

"汪姐，我们不是外人，我问你自己愿不愿意？"苏雪丹问。

汪琴犹豫了阵，说："我觉得有些意外……"她没正面回答问题。

苏雪丹想了下，问："他给你多少钱？"

汪琴摆了下手："还不是以前一样。我是他的职工嘛。陈团长说是工作变动，又不是提级。"

"假如我在你现在的工资基础上加一倍，你干不干？"苏雪丹觉得现在没有其他办法，只能说钱。

汪琴看看她，不好意思地说："不是钱的问题……"她看看苏雪丹，又说："咱们以前是战友，你的事我能帮就帮，不过你说的这事太大了，如果真去你那，我和单位关系怎么处？……"

"可以办待岗啊……房子你有了，基本工资有了，医疗保险也有了，你怕什么？以后当歌舞团垮了的时候，你已经开出一片新天地，没准你就是富婆了……"

"唉，我这个样子哪像富婆……"汪琴笑着摆了下手，苏雪丹开出的条件确实让她有些心动。"除了我你还找了谁？"

"还有一个男的，是我的老熟人，邻居，编导很强，你可能听说过……叫仇志华，原来是市艺校的，人很随和，很容易合作的。"

"哦，他编的《山竹》在调演中得过奖……"

"哎，就是他！"苏雪丹从茶几的果盘中扯下一颗葡萄，塞进嘴里。实际上仇志华还没有找到，有人说他在广东沿海一带打工，不过她当然不能对汪琴说这些。

汪琴又说："就算我愿意帮你，但是陈团长知道我去你那儿，他会怎么想？……他对你可是很生气，多次在会上说你无组织无纪律……他不会同意我来的。"

苏雪丹不吭声了，汪琴说的有理，自己和陈功德闹翻了，可汪琴没有，她没有必要和领导过不去。苏雪丹理解汪琴的难处，不过她现在已经没有退路了。她决定还是争取一下："别那么老实啊，你办手续的时候当然不说是来我这了！你说你愿意待岗……现在你提出待岗要求，他肯定愿意，歌舞团闲着的人很多，都不愿走。我在文化局听说，歌舞团肯定以后要自负盈亏，大势所趋，这次改革要下岗一大批人，早走早好，先行一步。现在是个机会，至于他让你去时装团的事，我看也只是说说而已，你不去，他还可以找别人，歌舞团闲人多着呢。我正在组阁呢，你来了就是开国元勋，我保证你在我这里干舒心，我们互相了解啊。而且我给你权力，训练上你说了算。"

汪琴沉默了一会，"我考虑考虑吧。"

从汪琴家出来，苏雪丹有些后悔自己开的价，如果汪琴真的答应了，她必须付给人家三千元工资，她的那点家底能撑多久？不管他，走一步算一步吧。苏雪丹最担心的还是模特演员，既然是模特，就要有个模特的样子，身高、三围，气质都要像那么回事，你从哪里找这些符合条件的人呢？要费点心思。

第二天，苏雪丹到报社打听刊登招聘广告的事，要招聘模特，在报纸上打广告恐怕是一个最简单最有效的方法了,可一打听,一块稍微像样的版面要六千块,她犹豫了,开办费总共才三万块钱,其中给老年活动中心的场地预付了一年租金六千块,手头上只有两万多了,这两万多还要做一批演出服装,添置一些办公用品,发放工资。她真不敢用这个钱。

问题是,不打招生广告,人从何来?难道就跟很多餐馆一样,在金地大厦门口立一个牌子——本团招收模特,女性,熟手优先。行吗?模特不是普通服务员,身体条件有要求的,想想看,哪有那么多高身材的模特从你门前路过啊。还有,即便有个把符合条件的人进来,你这个团没有知名度,怎么让人信任?女孩的家长会放心把人交给你?苏雪丹犯愁了。她必须找一个特殊的方法招生。她相信应该有这样一个方法。

18

欧阳平的内心受着煎熬。

这个团长助理,接受还是不接受,他拿不定主意。

两天前,他和李淑敏联系,想征求对方意见,在这种关系到人生重大选择的问题上有个人帮助拿捏一下是非常有必要的,但是李淑敏联系不上,据妇联的人说,李淑敏跟着派出所的一个小组去河南解救被拐卖妇女了。

由于焦虑,欧阳平这几天嗓子干燥疼痛,下巴上生了一个米粒大的小红疮,同时还有点便秘。他的生活节奏完全被打乱了,心烦意乱。窗外是明媚的阳光,可他觉得世界末日就在眼前。

欧阳平站在窗前,抚摸着下巴上的小疮,望着天空发出了哈姆雷特式的叩问:干——还是不干,这是一个问题。

这个问题本来不应该是个问题,但为什么偏偏成了问题,想来想去还是苏雪丹那顶官帽子造成的。是的,就是那顶官帽子。他觉得这一段时间恍如梦境:在已经和妻子达成离婚协议的时候,苏雪丹突然被劫了钱,接着又突然借到了钱,接着就辞职成了社会盲流,再接着又突然变成了团长,变化让人眼花缭乱,他不知道苏雪丹以后的前景如何,但是她从事的这个行当确实招人眼球,关键是这个新成立的单位所有权是自己的——准确地说有一半是自己的,想想看,这个团的第一把手是自己的妻子(在没正式离婚之前),在一个单位,和领导的关系还有比这更直接更亲近的吗,难道还有比这更合适的内部条件吗?!这个关系这个条件的含义就是你若在这里工作就可以随心所欲地让自己的某些想法在这里得到实施,而不必层层请示向上级报告,也就是说他的某些神来之笔某些灵感可以在这里得到发挥——取得苏雪丹的信任和赏识比那些整天绷着个脸高深莫测的领导来说要容易得多吧?他现在对自己要开始重新评估,他到底有多大的能耐,在这个世界上除了研究《红楼梦》以外,他还有没有其他的生存技能?自己的一生难道真的就和那本说不完的古书为伴吗?那个已经被无数人咀嚼过的甘蔗还有多少甜水可出?如果把自己的后半生拴在一个虚无缥缈、看不到前景的事业上,又和与古佛青灯为伴有什么两样?欧阳平啊欧阳平,他叩问自己,你已过而立之年,可你还没有什么可"立"啊!塞翁失马,安知非福?苏雪丹出事了,模特团成立了,团长出现了,这个金鹰模特艺术团看似是苏雪丹的,但实际上会不会是冲着他来的呢?也许是上天在给他的一次机会,让他施展一次抱负。虽说是隔行如隔山,但艺术是相通的,《红楼梦》是艺术,模特也是艺术,两个艺术是可以沟通的,《红楼梦》中写的最精彩的是女人,而妻子的模特团,也是以女人为主打的,书本中的女人和现实中的女人相撞,是可以产生灿烂炫目的火花的,也许自己的辉煌就从这女人开始。退一步说,就算自己当这个团长助理不能胜任,但了解了当代女人,了解了金鹰团的十二个模特,也许会对《红楼梦》中的金陵十二钗产生新的认识,譬如:《从金鹰十二模特的38码高跟鞋与金陵十二钗的三寸金莲看近代妇女解放运动之曙光》……啊哈,一篇角度独特的文章就出来啦!所以说,当这个团长助理有百利而无一弊。

欧阳平在经过无数次的分析论证之后终于下了决心,干,只要苏雪丹再一次求贤,他肯定会有一个明确的答复,哈姆雷特心情就会消失。可苏雪丹早出晚归,竟对团长助理的事不再提及。难道已有人顶了这个缺?

欧阳平步出楼门,门口种了几株米兰,还有两片仙人掌。一楼大多数人家都要在门前栽些花。米兰长势不好,黄黄的,瘦小孱弱,而仙人掌却肥大粗壮,咄咄逼人。他看着可怜的米兰,心想何必呢?你何必要和仙人掌为伴呢?你哪里是它的对手!你还不如变成个黄瓜西红柿,以无华平实求得人的青睐。当然,这不是你一相情愿的事……你的悲剧就在于此,你做不了自己的主……

欧阳平叉着腰心事重重地缓步踱出院门。忽然听见一个声音:"欧阳老师!"抬头看,远处一个身材颀长的姑娘走过来。

他愣了下,站在那里,心想这是谁啊。待那个姑娘走近,姑娘又热情地问了声:"欧阳老师,您有时间吗?"

欧阳平打量她,这位姑娘个子挺高,几乎比他高半个头,脸上稚气未消,眼睛弯弯的,小巧的鼻子,有一股调皮的青春活力,哦……他想起来了,这是学校的学生,已经是第二次找他了。上次是在星期三,上完课后,他夹着讲稿出来,这个学生追上来说:"欧阳老师,您讲得真好,有些问题我想请教您,不知您有没有时间?"

欧阳平看着这个姑娘,心里有那么点感动。他的课在学校并不怎么受欢迎,现在喜爱古典文学的人有几个?之所以还有学生选修他的课,无非是凑学分而已,况且他考试打分比较宽松，只要你有那么点意思，都可以及格，如果还有那么点创意，哪怕胡说八道，那就有可能是高分了，文学吗，不需要死记硬背，没那么多条条框框。不过，像这个女学生如此认真来探讨问题，确实不多。他问："你什么问题？"

"王熙凤。我觉得您对王熙凤的评价不大公正……"

"哦……"欧阳平微微有些吃惊，仔细打量她一下，说："这个问题历来就有争论，以后有时间再讨论吧。"

"那……如果是这个考题，怎么写啊？不需要标准答案？"

还是为了考分问题。欧阳平有些失望，一边走一边说："到时会给你们说的。"

现在，这个女学生又来了。她的不同寻常的高个子，使他记住了她。

欧阳平看着她，问："你是哪个系的？"

"艺术设计系。"

"哦……大几？"

"大三。今年毕业。"

"哦，大专班的。叫什么名字？"

"郑云虹。"

欧阳平看看她："你真对《红楼梦》感兴趣？"

"我只对王熙凤感兴趣。"

欧阳平惊诧地瞥她一眼，这个女孩……有那么点怪异的气质。他想了想："哦，对了，你上次说过……我们到办公室去吧，这个事情是可以讨论的。"

郑云虹说："太闹了，你们那个办公室有八个人，能讨论个什么呀。"

欧阳平看看她："那你说去哪儿？"

"去你家吧，反正都到这了。"郑云虹笑笑说，又吐下舌头，"我是不是失礼了？"

欧阳平开始对她感兴趣了，虽说现在的女大学生什么样的人都有，但像她这样第二次谈话就直截了当提出去自己家中的，还是第一个。她倒是不见外啊！

"家里不方便吗？那就算了……"郑云虹有些不安地看着他。

欧阳平犹豫地看着她，过了会说："以后再约个时间吧，今天……今天我不大舒服……"

郑云虹仔细打量他："是不是嗓子发炎了？咽炎犯了？"

"唔？"欧阳平有些吃惊地看着她，她怎么知道自己有咽炎？

"欧阳老师，我看见你上课时经常吃西瓜霜，肯定嗓子不舒服，你喝的茶是苦丁茶，有清火作用。当老师的有咽炎是职业病……"

"哦对，我嗓子是有些不舒服，有些……低烧。"欧阳平顺着她的话说。又用手摸摸自己的额头，觉得是有些发热。"我要回去休息一下。"

"是吗，那……就不打扰您了。您多保重。"郑云虹说完，退后几步，转身走了。

欧阳平站在那里看着她走远,过了会,往家里走。

回到屋里,他有些心神不定,喝了一口茶之后,机械地走到电脑前,打开电脑。他看着屏幕,脑子里却在想着刚才这个叫郑云虹的高个漂亮女孩,现在居然真有对《红楼梦》感兴趣的年轻人。而且对王熙凤感兴趣……王熙凤何许人也?一个女强人,一个阴谋家,一朵带着毒刺的仙人掌……有点像……像谁?欧阳平忽然一凛:苏雪丹!欧阳平为这个结论目瞪口呆!怎么以前没有想到呢?王熙凤——苏雪丹……这可是一个颇有新意的大题目啊……

"叮"的一声,门铃响了,欧阳平吓了一跳,那个古老的定律又开始显灵:说曹操,曹操到,现在不是说了,就是想一下也不得了,脑子里刚有个苏雪丹的念头——嘿,她回来了!他赶紧走过去开门,却愣了——门外站的不是苏雪丹,而是郑云虹!郑云虹提着一袋鸭梨,歉意地看着他:"欧阳老师,我又要打扰你了……"她看看自己手中的鸭梨,"实在不好意思,我买了点水果,可以清火……"见欧阳平并没有接,探头看看屋里,"我可以把这个送进来吗?"

欧阳平看看她,让开身子:"请进来吧。"这时再不让人家进屋,就太不懂礼貌了。

郑云虹进来,将鸭梨放到茶几上,四下看看,目光注意到空荡的书柜,接着又注意到地上打好捆的书籍。这些书是当初欧阳平准备搬走收拾的,苏雪丹提出不离婚后,就这么一直放着。郑云虹走过去摸了下:"这么多书啊。"又问:"欧阳老师,你真的离婚了?"

欧阳平吃了一惊:"你说什么?"

"我也是听说的。"郑云虹抱歉地笑笑。

欧阳平呆了下,这消息倒快啊,学生都知道了,又一想,现在是什么社会?信息社会!有什么隐私好讲?现在谁没个好奇心?他一时不知该怎么回复,对方毕竟是一个女学生,他没必要把自己现在这种微妙的婚姻状况告诉她。

"我看墙上没有结婚照,屋子里挺乱……"郑云虹指着地板捆好的书。"不像有女主人的样子。我说实话啊,欧阳老师不要介意。"

她倒观察得挺细!不过她错了,这屋子里有女主人,只是这位女主人刚当上团长,一心创业,没空收拾屋子。欧阳平含糊地说:"书本来想重新理一遍的,没来得及……哦,你坐吧。"

郑云虹有些拘谨地坐下,欧阳平看看她,一时不知说什么好,问:"喝水吗?我给你泡茶……"

"不不不,我不喝茶!"郑云虹急忙摆手。两个人沉默了一会,觉得有些尴尬。郑云虹看看他,问:"欧阳老师抽烟吗?"

"一般不。"

"哦对,抽烟对嗓子不好……喝酒呢?"

"偶尔……你呢?"欧阳平随口问,觉得这么谈话很费劲。没话找话。

"我呀……喝啤酒！我参加过啤酒大赛。"

"是吗?"欧阳平吃了一惊,"喝啤酒还有比赛?"

"是啊。就在街上,蓝剑啤酒搞促销,街头摆擂,三分钟时间内看能喝多少瓶,我一口气吹了四瓶,二等奖,三百元。"

"真的?!"欧阳平确实有些吃惊了,这种方式？这个女大学生让人感到不可思议。她把喝说成"吹",不但形象,而且有一种傲视苍穹的气魄,想想看,一个大酒瓶子立在嘴上,腮帮子一鼓一鼓的,女巾帼左手叉腰,傲然挺立……边塞号角,滚滚狼烟,铁马金戈,酒水飞溅,啤酒飞落三千尺,疑是银河落九天……欧阳平脑海里闪过一幅幅惊心动魄的画面。"喝这么多……会伤身体的。"他摇摇头。

郑云虹不屑地摆下手:"没事！肚皮容积有限,不然再吹进去两三瓶没问题。"她拿起一个鸭梨,四下看看:"有刀吗?"

欧阳平从厨房里拿出一把水果刀给她。郑云虹飞快地削起来,看来她的手很巧,削出来的皮很薄,一条长线晃晃悠悠吊着,忽然她咯咯笑起来。

欧阳平惶惑问:"你笑什么?"

"我笑……这三百元还办了不少事,鸭梨就是用这钱买的。"说着把削好的鸭梨递给他。"以后有机会再冲击个一等奖,哈,五百块呢！可以下馆子吃顿大餐！到时我请欧阳老师吃饭。"

欧阳平看看手上的鸭梨,觉得这鸭梨散发着酒味……不过他还是拿过来,心想尽快进入主题吧:"你说的那个王熙凤问题……"

"欧阳老师,今天你不舒服,"郑云虹客气地打断他的话。"我以后再上门请教。"她站起来,往外走。

欧阳平有些过意不去,也站起来:"其实也没有什么大病……"

"不不不,发烧的事不能大意,不过要尽量少吃退烧药,医生说最好多喝开水,一天两大瓶,八磅的啊,几泡大尿一撒,没事了。"

欧阳平笑了下,这个女孩说话蛮有意思的。走到门口,欧阳平觉得还是应该表示一下,毕竟,手上拿的是人家的鸭梨,说:"你不用担心,考试以前,我会把复习重点和相对标准的答案告诉大家……"

"好啊。"郑云虹随便应了声,看来并没有放在心上。她在门口又停下来,问:"可以问一个私人问题吗?"

"你说。"

"有女人在这里住,是吧?"

欧阳平怔下:"啊?"

“我看到地上有女式拖鞋……”

“哦,是我爱人。她暂时还住这。”

“哦。”郑云虹若有所思地点点头,“离婚不离家,现在流行这种方式……”

欧阳平觉得这女孩的好奇心有点过分了,说:“我们还没有离婚……当然,也可以说是离了……”他看看对方的眼睛,心想到此为止。故意绷着脸道:“你一个小孩子关心这个干什么,好好关心自己的学业!”

郑云虹委屈地叫道:“什么小孩子,我都二十一了!再说,婚姻也是一门大学问呢,当老师的就不该教教?全面发展嘛!”

“郑云虹同学,”欧阳平严肃地盯着她:“如果你来探讨学习上的事,我欢迎,如果你关心的是我的私人问题,那么……”他打开房门,做了个“请”的手势。

“欧阳老师,您不高兴了?算我没说。”郑云虹观察他的脸色,有些紧张了。“您养好身体。祝您身体健康!”说完赶紧走了。

欧阳平站了一会,这女孩……她到底干吗来了?为了以后的考试分数和老师勾兑关系?……现在的女孩真是搞不懂。他返身进屋,刚要关门,后面传来苏雪丹一声:“你干吗?没看见我在后面吗?”

欧阳平吓一跳,赶紧把门打开,苏雪丹风尘仆仆进来,“脚都给我走断了……”她一边抱怨,一边换拖鞋,看看他,注意他手上的鸭梨:“哟,挺会保养的……”

欧阳平笑笑:“我嗓子有点疼,所以……”不知怎么,他没说是郑云虹送来的。“鸭梨可以清火……”他把梨送到嘴边,准备咬一口。

苏雪丹一把抓过他手中的梨,吭哧咬了一口:“……不错,挺甜的,水也多……”由于嘴中有东西,她语音含糊地评价着,把梨又还给他。

欧阳平赶紧摆手:“你吃你吃。我自己削。”

苏雪丹也不推让,吃着梨,倒在沙发上哼唧:“累死了累死了……”

欧阳平看看她,问:“办得怎么样了?”

苏雪丹说:“老师敲定了一个,仇志华的父母同意他来了,答应帮我找儿子。就是这个模特来源是个问题,不过我已经想到了办法……”

欧阳平“哦”了一声,看来人还是没到位。仇志华的父母同意不等于他本人同意,这事还吊着呢。他等着苏雪丹问“团长助理”的事,他准备和她谈谈条件,比如工作时间,工作待遇,职权范围……这些东西肯定要弄清楚,要签个协议,聘用手续要正规。

然而苏雪丹半天没吭声,他看看她,苏雪丹坐在那里,咔的一声咬了口梨,也看着他,神情有些异样,他不觉有些心虚起来,回避了她目光,这是怎么了?他又有什么心虚的?

“李淑敏还没回来?”苏雪丹吭哧吭哧啃着梨,声音含糊地问。

“说是……快了。”

苏雪丹几口把梨吃完,欧阳平注意到她竟然连核都吃下去了,手上只剩下一个干巴巴的细棍儿。欧阳平不禁有些悚然,什么时候把牙口练出来了?成狼了,这团长当得真够劲儿啊。

“我们还是办手续吧。”苏雪丹突然说。将棍儿扔到茶几上。

欧阳平就等着这句话:“我同意。不过还是应该先谈好条件……”

“不是已经谈好了吗?”苏雪丹奇怪地问。

“谈好了?”欧阳平诧异地看着她,“什么时候谈的?我的工资、待遇、职责、权限……”

“你说的什么?”苏雪丹不解地瞪着他。

欧阳平有点不高兴了,她怎么装傻啊!如果你改变主意,也要明说,这算是什么!“你忘了?”欧阳平生硬地说:“你说的团长助理,如果你有别的人选我就退出。”

苏雪丹怔下,“哦”了声,“我说的是离婚手续!”

这回欧阳平愣了,过了会嗫嚅道:“这……不是也谈好了吗?暂时先……”

“我改变主意了。最好还是办了,万一我这个团拖了一屁股债务,不是又有你的份儿?……”

“这个我倒是有精神准备……”

苏雪丹打断他的话:“再说,目前这个不死不活的样子也妨碍我们各自的新生活。是吧?”

欧阳平看看她,这是……什么意思?

“你解脱了,我也自由了,对双方都有好处,你找个好女人,我找个坏男人,各得其所。这事我想了好久了。我们明天去办手续。”

“明天?”欧阳平吃了一惊。

“对,明天。我很忙,挤出个时间不容易。……哦,离婚后你还可以住在这里。”她观察他的脸色,“你怎么了?”

“明天上午我有课……”

“和别人换一下。”苏雪丹不容置疑地说。“明天上午九点半。就这么定了。”她站起来,看看桌子上的梨,拿起一个,用刀子一切,削下一块,刀尖戳着递给他:“今天是老天安排的,分梨——分离,你从来没有买过梨,今天开了戒……”

欧阳平看着面前的梨,不知该不该接。苏雪丹话里有话啊。

“噢,还有,这并不妨碍我聘你为团长助理,声明一点,你不会有很高的薪水,我要你就是想省钱的。你不会对我要价吧?”

欧阳平看了她一阵,该说什么呢?离婚虽然折腾了这么久,但真正实施了,还是有那么点震惊。苏雪丹显然是主宰，离和不离都由她说了算，而他只是附庸。当初她提出结婚，他就结婚，现在这位女皇又发出指令：离婚！那就……也好，也好，离了就真正独立了，现在不是当初了，谁怕谁！“我还是搬出去住。”他说。

“你就住在这里。”苏雪丹很快说。

“不不，我跟朱老师谈好了，很方便的，我……”

“跟你说了，不搬就是不搬！”苏雪丹猛地放大声音，“你要是搬，就等于刚才的话没说！”

欧阳平惊诧地看着苏雪丹，她搞什么名堂？看她的神色，不是开玩笑，她是动了恻隐之心吗？还是……他茫然地张开嘴，怔怔地看着她。

苏雪丹用刀把梨送到他的嘴里，他下意识地用牙齿咬下梨，牙齿碰到金属刀尖，凉凉的。苏雪丹把刀往后一抽，梨块留在他口腔里。

“九点半啊，记住。”苏雪丹叮嘱了声，拍拍他的脸颊，走进里屋。

19

李淑敏是在半夜11点回到家的，这一次和警方配合，共解救了七个被拐妇女，最大的四十五岁，最小的才十三岁。这些被拐卖的人大都有亲人在火车站接，抱头痛哭一阵后，各自被接走了，只有一个叫陈小萍的十九岁姑娘没有人来接。陈小萍是在一个叫裕草坳的山村解救一个十三岁的女孩时，无意间在村边一个磨房里发现的，当时她被绑着，近乎昏厥。据她说她是四川米易县人，父亲5年前外出打工，再也没有回来，家中只有一个母亲，不久母亲病重，病逝前告诉她有人在南熙市看见过父亲，于是陈小萍安葬了母亲后，踏上了寻父的路程，没想到她刚上火车就被人贩子盯上了，给她喝了一听不知什么饮料，昏昏沉沉就跟人贩子走了。清醒过来后，已经是在千里以外的河南了，她记不清自己被卖了几次，只是知道几经辗转，最后被裕草坳一个四十岁的光棍放羊汉买下来，关锁了一年。这个陈小萍的麻烦在于，她在农村的家中无人，而由于受到惊吓刺激，她见了生人就害怕，死抓着李淑敏不松手。李淑敏见她实在可怜，就把她带回自己家中。

李淑敏让陈小萍洗澡，自己收拾床铺，换床单，一走半个月，家具上全是灰。这时，电话铃响了。李淑敏觉得奇怪，谁深更半夜来电话？况且她刚回来，这电话简直像长了眼睛了。她拿起电话一听，是欧阳平，“你终于回来了！”欧阳平说。

“你怎么知道我回来？”李淑敏有些奇怪。

“我试着打的。估计也该回来了。”

“我刚到。火车晚点了……”

“我们马上见个面!”

“什么事?”欧阳平焦灼的声音让李淑敏以为出了大事。

“见面就知道了。我马上过来。”

“能不能明天?我还有个客人……”

“什么客人?”欧阳平紧张了,李淑敏单身一个,这个时候还有什么客人!

“我从河南带回来一个被拐卖的姑娘,她不愿意回家……也没家可回……唉,说起来就复杂了,以后再说……”

“那……我们到金垆茶坊吧,你让那个女孩睡觉不就完了,这事要尽快决定……就这样定了,我等你。”欧阳平说完挂了电话。

李淑敏有些诧异,欧阳平很少有这种举动,命令式的。看来是真碰上了什么事。陈小萍从卫生间出来了,她穿着李淑敏的睡衣,用毛巾擦着湿漉漉的头发,这是个身材高挑的女孩,农村姑娘能长成这样的个头和身材还不多见。一头短发,圆脸,眼圈有些发青,气色很差,她冲李淑敏笑笑:“洗完了。”

李淑敏看看她:“吃点东西么?”

“俺……我什么也不吃。我想睡觉。”她有时无意中冒出句当地土话,但她很快改掉。

李淑敏点点头,“你睡吧。我出去一下,很快回来……”

“你要出去啊?”陈小萍紧张地说,又看看四周,“俺怕……”

“没什么怕的,这是你自己家……”她看看她,摆下手,“算了,我不走了。你快睡吧。”

“真的不走?”陈小萍疑惑地问。

李淑敏点点头:“快上床吧。小心感冒……”她把陈小萍送到床上。又拿出吹风机帮她吹干头发,她把吹风机调成中档,左手轻抚陈小萍的头发,这姑娘的头发很软,有些稀疏,营养太差了,肩膀和手腕上有绳子勒的血痕,李淑敏叹息一声,小小年纪,竟然受了这么多磨难。陈小萍没多久就睡着了。

李淑敏把吹风机收好,想了想,看看手表:十一点四十,她到镜子前看看,神情有些疲惫,她用唇膏仔细涂下嘴唇,把头发梳理整齐,然后轻轻走出门。

二十分钟后,李淑敏到了金庐茶坊。

欧阳平已经坐在靠里面的座位上,面前有一壶菊花茶,他用小勺慢慢搅动里面的沙糖,一边焦急地四处张望。李淑敏轻轻咳了一声。欧阳平看见李淑敏进来,立即起立,两臂后张成翅膀状,像是要拥抱的样子。

李淑敏诧异地看着他:“你怎么啦?”

欧阳平察觉自己有些失态,笑笑,说:“事关重大!”

“到底什么事?”

欧阳平四下看看，压低声音："和苏雪丹说好了，明天上午去办离婚手续。"

"什么？"李淑敏吃了一惊，"不是不离了吗？"

"不是不离，是暂时维持。"欧阳平纠正道，"从来就没有说过不离，不是遇到特殊情况嘛！"

"那为什么又……"李淑敏觉得不可思议。

"为什么？"欧阳平苦笑一声，"谁知道！苏雪丹这个人谁摸得清？她突然提出离婚，而且明天一定要办成，不解释原因，也没有商量余地……哼，官腔！这就是团长的作风。"

"什么团长？"

"嘿，你忘了？模特艺术团啊！苏雪丹真要办成了！"接着，欧阳平将事情的来龙去脉说了一遍，最后他把苏雪丹要自己当团长助理和李淑敏当办公室主任的想法说出来。

李淑敏半晌没吭声。

欧阳平小心翼翼地问："不可能吧？"

李淑敏看看他："什么不可能？"

"你来当这个办公室主任兼会计？"

李淑敏没有正面回答他的话，反问道："你怎么想的？"

"我？我正在考虑。这个团长助理……"

"我问的是离婚。"

"这个……"欧阳平斟酌着用词，"既然苏雪丹觉得离婚好，那我就没有什么说的了，我可以说是仁至义尽。"

"你是说离？"

"离。财产早就分割好了。没什么异议。"

李淑敏沉思一会："你真不知道苏雪丹突然提出离婚的原因？"

"她说不让我再负担以后万一产生的债务，双方也好开始新生活，她让我找个好女人，她找个坏……"欧阳平看看李淑敏，觉得还是不把原话复述出来。"不过，我觉得这不是真正的原因。唉……我也不多想了，反正离了比不离好。"

李淑敏思索了下，苏雪丹邀请欧阳平当团长助理，但又突然提出离婚，这不大合常理，肯定有某种原因，她到底想干什么？仅仅是为了履行当初借款诺言，将欧阳平"归还"自己？李淑敏一时没有理出头绪，看看欧阳平，"我对你离婚的事不发表评论意见。你自己看着办。"又想起什么，问："你们怎么住？你搬出去？"

"不，她不让。"

"哦，还是念夫妻之情啊。怕你流落街头。"李淑敏有一些醋意。

"我有房子住，早就说好的，学校朱老师的房子空着。可苏雪丹不让我走，说走了就不离了……”

“人家是关心你，离婚不离家，别人的房子哪有自己的舒服。”李淑敏酸酸地说。离婚还有条件，她更肯定苏雪丹要求离婚不是简单的事了。

欧阳平长出一口气：“先住着吧……实在不行，我搬到你那去？”

“你休想！”李淑敏举起手威胁地瞪着他。说实话，她并不反感对方这个提议，只不过她觉得欧阳平离婚的态度并不十分坚决，苏雪丹让他怎么样，他就怎么样。你要来“同住”，但并没说出要和自己“结婚”，这算是个什么呢？非法同居我李淑敏是不干的。“欧阳平先生，此时此刻，你还是一个有妇之夫，跟你说话的人是一个妇联干部，你说话要注意分寸。”李淑敏正色道。

“反正明天就离了，”欧阳平咕哝声，看看手表：“应该说是今天。离九点半不足八个钟头。”

“那就等你离了以后再说。……我要回去了，家里还有人。”李淑敏看看表，站起来。

欧阳平也站起来，问：“我怎么跟她回话，她聘你的事？回了？”

李淑敏说：“我自己会跟她说。你现在……只考虑自己的事。我觉得离婚还是要慎重，你们两个和其他人不一样……”

“这个你不要再说了，我们知道怎么办。”

两个人走出门，招了一辆出租车，李淑敏坐在前排副驾驶座位，欧阳平只好坐后面。李淑敏对司机说：“先把这位先生送到师范学院，然后到林荫街……”

欧阳平赶紧说：“先送你吧。”

李淑敏说：“你早点回去。苏雪丹没准正坐在客厅等你呢。半夜三更瞎跑什么！”

这么一说，欧阳平不吭声了。

出租车启动了，一路沿着行人稀少的大街行驶着，两个人都不说话，气氛有些压抑诡秘，好像刚才设计了什么阴谋似的。出租车来到师范学院，进了校门，一直开到欧阳平住处楼下。欧阳平下车，想和李淑敏道别，李淑敏却一挥手：“走吧。”车很快驰走了，红色的尾灯一闪一闪的。欧阳平站了一会，走到家门口，他小心翼翼地用钥匙打开房门，屋里很静，客厅墙角下端的那个1瓦的照明灯亮着，粉红色的光泽映射在墙上，有一种温馨的味道。他有些疑惑，记不起自己走时是不是把这个灯打开了……这个小灯是苏雪丹很早以前买回来的，为的是夜里上厕所方便，尤其是他，眼睛有些近视，夜里起来摸黑经常撞到墙。不过这个夜间的常明小灯使用率并不高，很多时候把它忘了，今天它亮起来了……看着这个小灯，他心中有一种怪怪的滋味。他站了一会，悄悄地走过客厅，屏息倾听苏雪丹的房间，没有一丝声响，恐怕早就睡着了。他在自己的房间门口停下，转过头，愣愣地盯着那盏射出微弱光亮的小灯，和黑暗相比，它太弱小了，好像风一吹就熄灭，不过它毕竟使房间有了点光亮，在朦朦胧胧中可以看见景物，他叹了口气，走进自己房间。

20

第二天早上，欧阳平被一阵声音吵醒了："起来！起来！"

他睁开眼，看见苏雪丹怒目瞪着他。他吓了一跳，一下子坐起来："干什么？"

"干什么干什么？你看几点了？几点了？！"

"几点了？"他懵懵懂懂地问。

"八点半！"

欧阳平一听时间才八点半，舒了口气："我又没有课……"

"谁管你上课啊！九点半要干什么？啊？"

欧阳平愣了下，对了，离婚！今天离婚！怎么睡糊涂了！他一骨碌翻身下床，向卫生间跑。后面是苏雪丹的抱怨声："我还当你心里有数呢，赖着不起……还有，以后睡觉把门关上……"

"我不怕风……"欧阳平一边撒尿一边瞅空子回击。

"谁管你怕不怕风……男女有别，开着门干什么？你以为你了不起？……"

这怎么和了不起扯到一起去了？欧阳平蹿出厕所，进了厨房，飞快地刷牙洗脸，嘟囔着："关就关呗，我还要上锁呢。"

"当然应该上锁，外面还要加一把，省得半夜梦游，找不到回家的路睡大街……"

欧阳平愣了，这是有所指的吧？是说昨天夜里出去的事？他看看镜子，把嘴边的牙膏沫抹掉，说："我昨天夜里出去了，我是去……"

"我不感兴趣。你爱上哪上哪！"苏雪丹打断他的话，指着桌子上的早餐："快吃饭，吃了以后出发！今天的事多呢。"

欧阳平看看桌子上的东西，汤圆和面包片，还有果子酱，都是他爱吃的。他坐下来，刚要动手，苏雪丹又说："中午就是各顾各了，白吃的事是没有的。"

欧阳平的食欲立即被打掉了一半，又一想，你也甭威胁我，现在这世道，饿不死谁。既然这是最后的早餐，那就吃个样子出来。他抓起面包，大口吃下去，接着又往嘴里塞汤圆。瞥眼一看，苏雪丹根本就没有在厨房，在客厅的梳妆镜前专心致志地试衣服，身体这样一扭，那样一扭，看来不大满意，又进屋换了件藕荷色的上衣出来，她适合穿这种颜色的服装，脸衬得春意盎然。然后又描眉涂口红喷香水……真是有心情啊，离婚也搞得如此隆重，你打扮吧，打扮吧……欧阳平一边看着一边想，我不用打扮，我好好吃！他示威地又往嘴里塞了个汤圆，太烫了，又不好吐出来，只好张着嘴哈气。

苏雪丹听见他的出气声，回头看了一眼，说："怎么了？跟大热天的狗似的？哈拉哈拉……"

欧阳平想回击她，可是汤圆阻住了言路，说不出来，他一狠心费力地将汤圆吞下去，喉咙管一阵滚烫，他闭上眼睛忍住，等待那个家伙慢慢滑入胃中，然后闷着声音说："你的语言如果和你本人一样漂亮！这就完美了！"

"是吗，我一定努力，谢谢你的指点！"苏雪丹哼了声，"快走吧，从来就没见你吃这么多过。不怕撑出胃病啊！就算医疗保险，也只报百分之八十。"

这后一句话打消了欧阳平再干掉两个汤圆的打算，他起身到龙头前漱了两下口，抹着嘴走出来，苏雪丹已经打扮得花枝招展在门口等着，手臂上很妖娆地挂了把太阳伞。他看看她，这又不是出席宴会，向谁臭美呢？忽然想起什么，说："再等一下！"他进去换了件西装，打上条艳丽的红色领带出来。苏雪丹说："我正想提醒你注意一下仪表形象……"

欧阳平精神抖擞地整理下领带："还用你说！走吧。"

两个人走到和平路街道办大门外时，欧阳平还在一个劲打嗝，虽然胃有些难受，但胸脯还是能挺起来，他对自己的精神状态很满意，不比苏雪丹差。路边一男一女向他们走来，男的手中提着个索尼摄像机，女的齐耳短发，长相挺甜，脸上有个酒窝，笑吟吟的露出一口小白牙。看来他们在这已经等了一阵了。苏雪丹对他们招了下手，问："电视台的？"

那两个人忙点头，女的说："哦，你就是苏雪丹吧？我以前录制过军区歌舞团的舞蹈节目，你是领舞……"

苏雪丹说："那是过去的事了。我转业了。"看看欧阳平，介绍说："这位是我的丈夫……哦，目前还是。这两位是电视台的。"

女的和欧阳平握手："谢谢您的支持，我们都市情感栏目之所以有这么大的影响，和你们的支持是分不开的。"

欧阳平想起来了，怪不得面熟，这个女的是电视台的一个主持人。挺活跃的，叫……

"我叫梁霞。"女主持人显然看出了欧阳平的疑惑，主动报出这个如雷贯耳的名字。

欧阳平记起来了，这个城市没有人不认识这个梁霞的，她主持的《都市情感》栏目，收视率挺高，自己也时常看上几眼。不过怎么这么巧和她碰到一起？她来干什么？

"有人跟我们打来报料电话，说是有一个女模特团团长要离婚，男方是一个知名教师、学者,我们觉得这里面有报道的价值,你看,模特团长,很有神秘感……”

“谁说我们会接受采访的?”欧阳平不客气地问。离婚是绝对隐私,你电视台掺和什么!

“我们是要征求你们的意见,”梁霞不急不躁,看来这种场面她见多了,“现在夫妻离婚的越来越多,有人说这是一种倒退,有人说这是一种进步,我们的看法是具体情况要做具体分析,托尔斯泰不是说过么,幸福的家庭都是相似的,不幸的家庭各有各的不幸……”

“你是说我们不幸?”欧阳平看看苏雪丹,苏雪丹盯着摄像机镜头,露出一丝恬淡的微笑,她倒真稳得住,在找镜头感,毕竟是演员出身。

“我没说你们不幸,有些不幸的婚姻解除之后,或许是一种幸福呢!我们就是想听听你们的看法……”

“我没有看法。”欧阳平说完就向里面走,他以为苏雪丹会跟他一起走,但是苏雪丹没有动,非但没动,而且对着镜头发出了第二次微笑,这个微笑简直是心花怒放,动人极了。

“苏女士,苏团长能谈一谈吗?”梁霞把话筒对准了苏雪丹。

苏雪丹咳了下嗓子:“我倒确实想谈一谈。”

这么一说,欧阳平不走了,就是走进去他一个人又能干什么?再说他确实想听苏雪丹要说什么。

“不管是作为普通女人,还时作为金鹰模特艺术团的团长,选择离婚,都是一件很大的事,可是我必须面对。”苏雪丹思路很清晰,对自己定位准确:她是女人,而且是个团长。“我要说,我的丈夫是个好人,一个好老师——以后可能还是一个大学问家,但是好人好老师不一定是好丈夫,同样,我是一个好的模特团长,可以说是一个优秀的模特团长,但是我不一定是好的妻子、优秀的妻子,所以说,两个好人不一定非要成为夫妻,但可以成为好朋友,甚至好的生意伙伴,因为我们模特团的前景非常好,需要很多人才……”

苏雪丹侃侃而谈,看来她是有一肚子话要说,滔滔不绝。欧阳平大为吃惊,他从没有见过苏雪丹有如此良好的演讲能力,在家里面唠叨是一回事,在镜头前说话那可是另外的感觉了,不是一件容易的事,可看来她得心应手。莫非她早有准备?

苏雪丹对离婚谈的不多,对欧阳平的评价也是泛泛而论,而且表扬居多,这让欧阳平多少有些安慰。苏雪丹主要谈今后的打算,作为离婚的女人,她将开始第二次创业,她的金鹰模特团前景辉煌……

梁霞很理解地对着苏雪丹微笑,当苏雪丹说完后,她把话筒送到欧阳平的嘴边,说:“欧阳平先生,请讲两句话吧。”

欧阳平一时不知该说什么好。苏雪丹的那些话让他有些发懵,那个什么模特团还没正式成立,竟然自称为优秀的模特团长,过分膨胀了吧?

梁霞鼓励地看着他:"我理解您此时的心情,作为夫妻,说几句祝福的话也好,好聚好散。"

欧阳平想了想,这时候是要说两句,不能让人家小瞧了自己。"人有悲欢离合,月有阴晴圆缺,一切在缘。"他说,"苏雪丹女士是个很能干的女人,是个很好强的女人,大家也看到了,她还是一个很漂亮的女人,我祝她今后心情愉快,事业有成。还……"他顿了顿,"还能找一个比我更强更合适的如意郎君。"欧阳平觉得自己讲得不错,诚恳,得体,大度,还有适度的幽默感和男子汉的刚强,不让苏雪丹。毕竟是大学讲师。

梁霞点点头,脸上露出感动的神色,对着镜头总结道:"……我们站在和平路街道办门前,在这个都市里,每天都有人结合在一起,又每天都有人分离,我们感受到,夫妻之间的离婚,应该是这种方式,在双方的祝福中友好地分手。毕竟,人生的道路还很长。我们祝愿他们在自己的道路上有所收获,也祝他们找到幸福的伴侣。"

主持人一一和他们握手告别,感谢他们的合作。苏雪丹问:"什么时候播出?"

"回去马上剪辑,今天晚上9点播。"

梁霞和摄像坐上出租走了。

苏雪丹和欧阳平互相望望,苏雪丹微微一笑,问:"怎么样?"

"什么怎么样?"

"我的演讲。"

她把这次被采访叫做演讲!不愧是演员。欧阳平气哼哼地说:"不错。精彩极了!"

"是吗?这么说我的语言和我的外貌一致了?"

欧阳平愣了,今天早上的话她还记得?真是有仇必报啊。

苏雪丹优雅地做了个手势:"请,现在我们可以清清净净地办手续了。"

欧阳平没说什么,大步走进门。

很快,他们顺利地拿到了离婚证书。

"九点,记住晚上九点看电视!"分别的时候,苏雪丹提醒欧阳平。

这天下午,离婚男人欧阳平振作精神上了一节课,这堂课本来是讲贾宝玉和凤姐到底谁更拽的问题,结果讲着讲着说起了薛宝钗和贾宝玉离婚的事,两个人分开是必然的,但贾宝玉出走的方式值得商榷,既然你结了婚,就应该像一个负责的男人一样,办了手续昂首离开,招呼都不打就跑了,像话吗?纵然宝钗有骗婚之嫌,可人家没逼着你上床啊?你可以分居啊。哦,你跟人家上了床,一跑了之?一个真正的男人,应该容忍你妻子的一切缺点——绿帽子除外。所以,男人不能学贾宝玉。

男人的楷模不在书里，不在过去，而在现在——在你身边。欧阳平发现这些学生们虽然听得不明就里，但兴趣盎然，这让他有一些安慰。当然还有一个人听懂了，起码看上去听懂了，这就是郑云虹，她那双幽怨同情的眼睛让他心里七上八下的很不是滋味。

这天下午，离婚女人苏雪丹一个人坐在府城河边的草地上发呆，浑浊的河水缓缓流淌，河面上有一条橡皮艇，艇上站着两个穿着红黄两色救生衣的中年工人，一男一女，他们手拿长柄网兜将水面上漂浮的饮料瓶、塑料袋以及一些生活垃圾打捞出来。苏雪丹觉得这两个工人很了不起，垃圾从上游不断地漂浮过来，浩浩荡荡，似乎没有尽头，但他们神情淡定轻松，互相说着什么话，不紧不慢地打捞着。他们也许是一对夫妻，苏雪丹看着两个工人，忽然产生一阵艳羡，夫妻一起干活应该是很有意思的，这种枯燥艰苦的打捞工作或许就成为一种享受。这么一想，她一阵惆怅，自己身边有谁？欧阳平离开了，父母……父母在她十五岁那年乘车路过213国道汶川段时，被突然塌方的巨石打入岷江，当时车上有四个人，只找到司机的尸体，父母永远消逝了。这府城河水，据说就是岷江之水东拐西拐分流而来，父母的魂魄会在其中吗？他们没有看到她结婚，当然更没有看到离婚，她不知道父母怎样评价今天自己如此高调的离婚方式，不过她想父母肯定愿意自己的女儿活得坚强快乐。父母会支持自己的。还有外婆，外婆是在她结婚的当天去世的。她承诺让外婆看到自己成家，外婆看到了。她没有承诺不离婚，这样就算外婆地下有知，也不会怪自己。还有……王兵，苏雪丹忽然想到了中校团长王兵，和她这个团长相比，王兵才是位真正的团长，手下拥有两千虎狼之兵。如果不认识王兵，今天的事也许就不会发生，但是她不后悔。第一次见到王兵是在边防团驻地后面的山坡上，时间是傍晚，当时她们军区歌舞团几个女兵刚到团部，晚饭后遛弯爬上一处山坡，坡上是云南松和半尺多深的杂草，苏雪丹累了，一屁股坐在小道旁的土包上，不想土包忽然动起来，接着变成一个人站起来！苏雪丹惊叫一声，下意识地抬脚踢过去，那人手一挡，嘿嘿笑道："看清楚了！"苏雪丹定睛看去，才发现对方是一个全副武装军人，穿着迷彩野战服，浑身泥土，脸上涂成一道道黑色，帽子上裹了一圈杂草，领子上隐隐看见中校军衔。这位中校扭头一声吆喝，附近忽啦啦冒出了几十个伪装的士兵，就像是从地里钻出来一样。这个中校就是团长王兵，他带领侦察连外出进行野外生存训练，这天正好返回营区，看见远处几个漂亮的女兵爬上来，这些整整十天仅靠蚂蚱青蛙和雨水维持体力、疲惫不堪的侦察兵顿时来了精神，叫嚣"抓活的"。王兵臭骂这些家伙没出息，命令大家火速就地隐蔽潜伏，如被发现，罚做一百个俯卧撑。结果别人没被发现，他自己却被苏雪丹一屁股砸出来了。王兵倒也不含糊，当着部下和女兵的面认罚。如果说这次碰面多少让人觉得有点匪气，那么第三天，这位团长让来体验生活的歌舞团女演员们见识了军人的另一面——分列式训练表演，王兵一身戎装，戴着白手套，英姿挺拔，指挥着千人方块队伍如国庆阅兵般从她们面前走过，龙吟虎啸，口号震天，那种场面让女兵们热血喷涌，差点哭出来，觉得和这等男子汉成为战友此生没有枉过。自从王兵调到西藏后，两个人再也没有联系，苏雪丹觉得这样也好，不能再影响别人的仕途了，王兵本是当将军的料，谁想却坏在一个女人手里，最冤的是两个人根本没有发生实质性的事情……苏雪丹忽然热泪盈眶，她忍了一阵，泪水还是顺着眼角流出来，挂在脸颊上凉凉的。她用手指刮了一下，泪水不停地落下，她不动了，就这么坐着，痛痛快快哭了一场。

晚上八点半的时候，欧阳平在客厅里看电视转播的足球比赛，苏雪丹急匆匆地冲进来，迫不及待地抓起遥控板，定在十五频道上，然后一屁股坐在沙发上看电视。屏幕上是洗发水广告。

欧阳平不满地瞪着她："我看球赛呢！"

"马上就开始了！"

"什么开始了？"

"电视！今天拍我们的电视！"

欧阳平想起来了，今天上午离婚的事被拍了录像，看苏雪丹这样子，真是想上镜想疯了，有什么看的！

苏雪丹盯着电视，神情有些紧张："……看，看，来了！来了！"

屏幕上出现一个房地产的广告，然后梁霞的图像出来了，简单地说了几句后，又出现苏雪丹和欧阳平的身影。

欧阳平没有想到自己在镜头中是这个样子，好像比平常胖一些，也老一点，脸上气色不佳，有点眼泡，头发也有点凌乱，胸部抽搐了下，居然还打了个嗝！他记得当时自己的精神头还不错，结果在屏幕上却是一副萎顿迷糊的样子，眼镜也不好，这个显示学问显示知识分子档次的家伙搁在鼻子上怎么看也觉得是个多余的东西，像床单上胡乱扔了个汤勺锅铲似的，早应该下决心配隐形眼镜啊！腰也不直，有点驼背，他从来就没有发现自己驼背。反观苏雪丹，神采奕奕，春光明媚，眼睛瞪得和汤圆一样大，身板笔直，两手互相勾扣胸前，臂上挂太阳伞，脚下踩丁字步，一副世界名模造型。看了这个画面，观众一定会想，怪不得离婚，原来丈夫是这么个鬼样子，两个人根本不配啊。他真后悔早上出门时也应该好好修饰一下，幸亏还穿了西服，稍稍把形象提高了一下。

苏雪丹认真地看着，不时进行评点："这个角度不好……有个反光板就好了……怎么把我那句话删掉了？……哎，欧阳平，我发现你上镜还是不错的，模样挺真诚，你最后那几句话都快把我说感动了……"

欧阳平不吭声，苏雪丹的话没谱儿。再说他也不需要苏雪丹感动。现在他明白苏雪丹的真正想法了。他被她利用了！——炒作！为她的金鹰模特团炒作！

采访完了,一共八分半钟。

苏雪丹身体往沙发上一靠,长出一口气:"基本上不错,就是太短了点……欧阳平,你觉得呢?"见对方没说话,她看看他,见欧阳平正冷冷地盯着自己。苏雪丹收敛笑,问:"你怎么了?"

欧阳平看看她:"多好的广告!都是你一手导演的吧?"

苏雪丹怔下,笑笑:"你看出来了?"

"倒真是一条新闻呢!"欧阳平气愤地说:"为什么?你为什么不事先告诉我?"

"告诉你会来吗?"

欧阳平大叫了一声:"你侵犯我的……"他想了下,侵犯什么呢?"知情权!你为什么?"

苏雪丹沉默了,为什么?就因为能顺利地拉起队伍,弄些八卦利用媒体炒作当今不是很流行吗?她为什么不可以掺和一下?况且她的八卦不是编造,而是事实,是真离婚。我的目的是高尚的,所以手段可以多样。"因为我没钱做广告。我要生存。我要让大家知道我这个模特团长,让大家信任我。"她解释说,多少有些歉意,"本来应该和你说的,又觉得……"

"又觉得什么?哦,为了提高什么知名度,廉耻也不要了?"

"离婚和廉耻无关。"

"无关?"欧阳平冷笑一声,又一想,离婚确实和廉耻无关,要是离婚不知廉耻的话,那世界上不要脸的人可太多了,这里面有举世公认的文豪鲁迅、郭沫若,还有他亲爱的生父生母以及尊敬的姨父姨妈。问题的要害不是离婚,而是她居然瞒着他找来媒体渲染鼓噪,利用他,让他当了回傻瓜。"居然采取这种……这种下……"他本想说"下三烂"的方法,又觉得"三烂"一词有损斯文且有歧义,"下策!"他说出了这句文绉绉的词,由于语气极为严厉,他觉得还是有力度。

但是苏雪丹显然没把这话当回事:"哎,你很有经济头脑。我倒想看看你有什么更好的上策?"

欧阳平停了一下:"我,我凭什么跟你说?"他站起来往屋里走。

苏雪丹跟上追了一句:"其实你没必要发那么大火,我的发言是表扬你,将你的优点告知天下,没准对你以后的婚姻有好处,除了李淑敏外,很多美眉都会找上门来,选择余地大啦……"

欧阳平停下回头怒视着他。

苏雪丹有些惊愕:"真生气了?"她走过去拍拍他肩膀,"不至于吧?"

欧阳平指着她的手,警告说:"别动手动脚啊,你我现在是什么关系?如果你再这么不尊重别人的话,我就……"

"你就什么?"苏雪丹好奇看着他。

"我就……告你性骚扰!"欧阳平说完进了自己房间,砰地关上门。

苏雪丹笑起来,性骚扰!亏他想得出,不过笑了一阵,她脸上的笑容渐渐没有了,欧阳平说得不错,性骚扰也许谈不上,但他们要适应现在的关系——离婚男女的关系。

21

第二天中午,欧阳平正要给锅里下冻饺子,接到李淑敏的电话,说看了昨天晚上他们的电视节目,挺吃惊的。

欧阳平无精打采地说:"你吃惊,我受惊。全是苏雪丹闹的。"

李淑敏问:"苏雪丹不在?"

欧阳平说:"早走了,人家忙着呢!现在可是名人了。今天上午起码有二十个电话找她!"

李淑敏笑了阵,问:"你在干什么?吃饭没有?"

"下饺子。"

"这样吧,我请你吃饭。在巴人酒楼。"

"干吗呀?"

"给你压惊。"李淑敏说完放了电话。

巴人酒楼离学校不远,欧阳平骑车赶去。

李淑敏比欧阳平先到,已经要好了菜:凉拌黄瓜,酱猪蹄,热菜是蒜茸苦瓜,回锅肉,西红柿炒鸡蛋。

欧阳平有些不安地说:"应该我请你的……"

李淑敏笑笑:"分那么清干什么,都是家常菜……喝啤酒吗?"

"喝!"欧阳平雄壮地说出一声,"吹它个一瓶!"

"你说什么?"李淑敏疑惑地看看他。

欧阳平摆下手:"没什么,有些人把喝说成吹……这词儿挺够劲儿,是吧?"他想起学生郑云虹。

两个人喝了口啤酒,很自然地说到昨天上镜的事。欧阳平把来龙去脉说了一遍,叹道:"变了,苏雪丹变了,我怎么也没有想到她会用出卖自己的隐私来炒作,把我也搭进去了……"

李淑敏笑笑:"不过她对你评价不错……"

"你也这么认为?"欧阳平吃惊地瞪着李淑敏。

"不管是什么动机,她那番讲话挺聪明的。……我要对苏雪丹另眼看待了。"

李淑敏夹了筷菜,想了想,问:"苏雪丹的办公室主任有人选了吗?"

欧阳平愣了下:"对了,今天早上她出门的时候还说要给你打电话呢,怎么,你……"

"我想去。"

"你说什么?"欧阳平端起酒杯正要喝,手在空中停下了。"她那个人可不好伺候,不知会出什么花样。你看看昨天那事,弄得我……"

"我正是看上她的花样。"李淑敏说,"你想想,她能为艺术团想出这招,既有胆子,也有头脑,这可不是一般的创意啊。"

欧阳平怔怔地瞪着李淑敏,"创意?"

"这说明什么?"李淑敏问。

"说明什么?"欧阳平机械地重复了句。

"说明我们借给她的资金有救了,苏雪丹是真干,而且处心积虑,无所不用其极。我欣赏这个。"

欧阳平看着李淑敏,好像不认识她一样,是她变了,还是自己有问题?自己正为被苏雪丹耍了一通恼怒时,李淑敏竟然欣赏她!转念一想,李淑敏是为自己的钱担心,她认为苏雪丹的这种手法是为还钱。可是我不这么认为。我首先考虑的是人格。

"定了,我当她的办公室主任。"李淑敏用筷子轻轻戳了下盘子,说。

欧阳平看看她,觉得她是在开玩笑:"不是真的吧?"

"怎么不是真的"

"不可能啊。"

"为什么不可能?"

"你不像我,每天要上班……"

"辞了不就得了。"

欧阳平大吃一惊:"辞了?!"

"我们单位正在搞精简,人员严重超编,我主动点好……"

"主动?没必要吧?你才多少岁?有老的呀……"欧阳平几乎叫起来。

"老的才要留下来,人家干了一二十年了,没有功劳也有苦劳,一把年纪了你让她到哪去?年轻点的到外面机会大一些。再说所谓老的也不老,四十出头……行了,就这么决定。我干。"

"哎,再考虑考虑。"欧阳平觉得这也太草率了。

"考虑什么?难得苏雪丹这么信任我,不是让我管钱吗?好啊,我可以监督她的收入,早点收回借款。说真的,我正考虑怎么监督她的财政收入支出呢,这下全解决了。"

还是因为钱，这么一说，欧阳平就没有什么说的了。

“你呢？”李淑敏问，“当她的团长助理吧？”

欧阳平哽了下：“不……”

“为什么？”李淑敏吃惊地看着他，“我当办公室主任，你当助理，这不挺好吗？”

欧阳平摇摇头。

“你可以兼职啊，又没有让你辞职。你时间多，又不坐班。”见欧阳平不说话，李淑敏又说：“虽然离了，还是夫妻一场，你就不帮个忙？”

“不是这个问题。”欧阳平慢慢地说，“我会帮她忙，她干好了，我也可以早点收回借款。但是我不当她这个什么助理，说实话，以前我想过干的，但是现在……我不喜欢。”

李淑敏不明白欧阳平为什么和这个助理过不去，既然你愿意帮忙，名正言顺不更好？不过，她没再问。也许这是两个人的私人问题。

“再说，”欧阳平端起啤酒杯，凝视着里面的金黄色液体，“有些事，不是可以用钱来衡量的。钱毕竟是身外之物，生不带来，死不带去……”

李淑敏有些担心地看着他：“欧阳平，我觉得你有些悲观，是不是离婚……”

“我乐观。”欧阳平打断她的话，“非常乐观！……来，祝贺你荣任办公室主任一职！”说完，将啤酒一饮而尽。

22

晚上七点半，市歌舞团召开了改制人员精简分流动员大会，陈功德把改制精简的意义说了下，又讲政策和决心，这回可是动真格的，大家不要有侥幸心理，现在要和国际惯例接轨，文艺工作者严格意义上来说应该是个体工作者，这样才好发挥个性和创造性。当然，国家并不是一棒子将大家打出去，这有个过程，并且有出路，除了可以提前退休、待岗、病退、辞职这些以外，歌舞团的舞厅重新开业了，可以吸收一些歌手和乐手，前提是你能胜任，人家是承包的，观众的认可是检查你业务能力的唯一标准，你是珍珠，自然会发光，你是一包草，那就吃糟糠。还有我们即将招生的银雀模特时装团，也会要一些人，服装啦，化妆啦，行政人员啦等等，总之，会给大家提供机会，让改革平稳过渡，最后形成一个适应市场的机制。总之，前途是光明的，道路是曲折的。陈功德讲完后，问大家有什么问题，半天没有人说话。陈功德看着一百多号人，心想这就是歌舞团，平常见不到几个人，走穴的走穴，休养的休养，学习找不到人，但一说有切身利益的时候，都钻出来了。他突然感到孤独，沉默很明显地表达着一个意思：不高兴！是啊，他是来砸大家饭碗来的。他说的再天花乱坠，也很难取得大家的信任。除非给大家带来实惠。这么一看，改革成功的关键，就看第三产业了，就看银雀模特时装艺术团能不能带来效益了。

散会以后，陈功德喊住石泰梁：“周警官那边怎么样了？鉴定还没出来？”

“催过几次，周警官说要看到证明的原件。”

“他去文化局调啊。”

“他说忙过这几天就去。”

“官不大，僚不小！抓紧催他！”陈功德恨恨地说，前不久他去局里开会，专门找马副局长说苏雪丹的事，马副局长说他不分管这一摊，还是让他等局长回来再说，稳定是大局。一个苏雪丹竟然动不了，这让陈功德隐隐觉得这里面似乎有些问题，莫非牵动了官场上的某根神经？那个姚处长对苏雪丹的事情态度暧昧，不仅是因为都曾经当过兵的缘故吧，据说此人是副局长的候选之一，莫非是想看自己的笑话……当然，也许事情也没有想象的那么复杂，马副局长年底就到退休年龄了，他多一事不如少一事。姚处长也是按规矩来，你没有拿出苏雪丹犯事的确凿证据，让他怎么处理？……不管怎么说，必须要阻止苏雪丹，这是个原则问题。“还有，”陈功德思索了下，“上次让你查苏雪丹部队的事有结果没有？”

“这个……有一些说法。”

“你怎么不早说！”

“我不知道准确不准确。”

“说出来听听！”陈功德瞪着他，这人就是死心眼。

石泰梁犹豫了下：“苏雪丹转业好像是和一支枪有关……”

“枪？！哈，还是了！还是了！我早就说过！她什么不敢啊！”陈功德得意地说，“到底怎么回事，快说！”

石泰梁说：“好像是她把一支枪弄丢了，所以挨了个处分。”

“谁的枪？她配的枪？”

“听说是别人的，好像是哪个军官的，在云南边防团……具体情况我也不大清楚。”

“赶快去查！我要知道真实原因……哦，还有，赶紧把这事向周警官通报一下。”

石泰梁一惊：“有这个必要吗？”

“怎么没有？你还是干保卫的，什么叫蛛丝马迹？这就是！很多案子就是这么破的！好家伙，她偷枪！”

“我没说她偷枪，我是说……”

“别说了，你查清楚。不管怎么着，反正是枪，对吧？去查！”

石泰梁答应着走了。

陈功德往家走，这个女人……哼，真不简单嘞。他边走边想，苏雪丹转业居然和枪有关！这可是他没有想到的。

在楼门口，碰见罗金国走来，他问："下面反映怎么样？"

"还可以吧。"罗金国含糊地说。"意见肯定有一些，这也是正常的，分流下岗肯定有一些顾虑，都像苏雪丹胆子那么大就好了。"

陈功德愣了下，他怎么这样说？"苏雪丹是两回事，她是无组织无纪律。"

"是啊，"罗金国赶紧改口，"我是说其实分流并不那么可怕，只要是有本事的人，恐怕会活得更好。"

陈功德觉得这话还是不对味，谁是有本事的人？莫非是苏雪丹？不过他也不打算深究下去，说："你在团里时间长，员工比我熟，多做做工作，只要有人带头走，就好办了……我说的可不是苏雪丹！"

罗金国笑笑："当然！"两个人继续上楼梯，罗金国又问："最近没看电视？"

"什么电视？"

"哦，算了。也没什么好看的。早点休息。"说完拿出钥匙开门，他住在三楼，比他低一层。

陈功德回到家里，灯也不开，疲惫地坐的沙发上。电视，电视有什么看的，都是扯淡！他长出了一口气，茫然四顾，屋里静悄悄的，墙上的电子钟咔咔走着。时光流逝，转眼就是五十了……孤独，妻子离他而去，女儿不回家，群众拿白眼看他，还有那个桀骜不驯的苏雪丹……他突然想哭，孤独，这就是改革者的命运！

门静静开了，一个女人的身影出现在门口。

他看看她，恍然一惊，妻子回来了？！

"陈团长？"女人轻声问。

陈功德愣了一会："……小雯？"

陆小雯静无声息地进来，问："为什么不开灯？"说着摸索开关。

"不要开灯！"陈功德闷声说。

陆小雯走近："吃饭了吗？"

"不想吃，胃疼。"

"我给你下点面条吧？"

"算了，你过来。"

陆小雯来到他身边。陈功德抬头看着她：朦朦胧胧的像一幅纤秀的剪纸，散发着一股女人特有的气息。这个女人已经离了一次婚，后来又跟了一个不珍惜她的男人同居，现在又是这么一种状况，很不幸，很柔弱，柔弱得让人心碎。他为什么不可以和她生活在一起呢？他为什么要这样偷偷摸摸呢？他抓起她的手，感觉就像一个小兔子，散发着温热，他用了下力，感受到里面的骨力，这个女人实际上是坚强的，不然不会把房子留给丈夫，自己去租住狭小的地下室。陈功德并不清楚陆小雯的丈夫情况，也不清楚那个同居男人是干什么的，陆小雯不想谈她的遭遇，陈功德只知道那个同居男人好像是一个生意人，常年不在家。她需要一个人保护……哦，应该是呵护。作为自己的下属，他当然有保护她的责任，但是呵护更能体现他对她的关照。真想亲一下这只小手啊，但是他没有这么做，那天晚上发生的事让他有些后悔。那天也是这么坐着。陆小雯来了，看见他没吃饭，就用冰箱里的熟食品做了一桌菜，应当承认，女人的手就是巧，那些不起眼的东西，居然在桌子上显得琳琅满目，桌子上还放着一瓶红葡萄酒，这酒是别人送的礼品，谁送的，他也记不清了，作为一团之长，总是要收一些礼品的，可是他无心消受。自然的，他邀请陆小雯一起吃。陆小雯推辞了下，留下来，但是并没有吃，而是坐在桌子旁静静地看着他。自从妻子死后，他很久没有和女人单独在家里吃饭了，那天晚上的感觉很特别，当陆小雯给他夹菜时，他推辞了下，陆小雯将菜送到他的嘴边，就像喂幼儿园的小孩一样。他张开嘴，吃下菜，看见陆小雯的眼睛，泪光盈盈，充满了幽怨和怜悯，这种眼神让他晕眩让他心悸，觉得自己的内心深处和这个女人相通，后来……不知怎么就拥抱在一起了。这种事不应该再发生了，他毕竟是一团之长，在歌舞团这种花花绿绿的地方，肯定是有很多诱惑的，有很多交易。不过陆小雯并没有提出什么要求，并没有让他解决住房，也没有急迫地要求结婚。这让他更加感到对方难得。陈功德忍了忍，问："有事吗？"

"下午我和韦明义去报社交了钱了，银雀模特时装团招生广告后天出，八千块，头版套红双色。"

"好啊，好啊。"他站起来，这时候他又觉得自己是高大的，是有力量的。

"还有……"

"什么？"

"看了电视了吗？"

又是电视！难道有什么重大新闻？陈功德疑惑地问："出什么事了？"

"一个专题节目，苏雪丹接受电视台采访，宣布离婚……"

"这个女人！"陈功德觉得好笑。"没有羞耻。"

"她还说……"

"什么？"

"她是一个出色的模特团长。"

陈功德看看她，慢慢地抓住那双小手，说："这恐怕不是她说了算的，走着瞧吧。"他看看她，觉得对方还有话要说，问："你还想说什么？"

"其实，"陆小雯犹豫地说，"苏雪丹也挺不容易的……"

"大家都不容易。"陈功德冷笑了声。"上电视，花样还真不少！我倒要看看她怎么出色！我敢说，她招的那些人全都上不了台面，谁愿意和这种女人合作啊。”

23

按照电话里的约定，李淑敏十点钟准时来到金鹰模特艺术团办公室。

办公室在老干部活动中心排练厅西面顶端耳房，要进办公室，必须先穿过排练厅。排练厅在二楼，临街，从窗前可以看到街上的行人和奔驰的汽车。

办公室的门开着，苏雪丹正在往墙上贴一张明星画片，扭头看看她，并没有吃惊的样子，说：“来了？帮个忙……”李淑敏看看画片，上前按住。苏雪丹说：“今天你把服装和办公用具登记一下，还有模特的档案，也要建立……”

李淑敏没说什么，心里有些不舒服，干部来报到，总该有点程序，起码正规一点，握握手，问问情况。这算是什么？好像真的是打工仔。在单位李淑敏主动提出待岗时，妇联主任对她的决定虽然吃惊，但是很理解，不但理解，还有些欢欣，这样一来，就可以多接收大学毕业生了，或研究生呢。李淑敏觉得自己是做出牺牲的，为了让机构改革顺利进行，为了干部年轻化，自己带了一个头。但苏雪丹对她的付出似乎不在意，就这么随便一说，让她整理什么服装办公用具，哦，这算就干上了？且慢，待遇还没说呢。

“苏雪丹……”

“叫我职务，工作期间。”苏雪丹低头翻着名片。

李淑敏忍了忍，“哦……苏团长。”这倒干脆了，工作期间就是上下级关系，真没想到当年的同学成了自己的上级，当年在班上苏雪丹连个班干部都不是，那时李淑敏是学习委员，经常对苏雪丹偷看别人作业提出批评，苏雪丹成绩不好并不是笨，她就是不上心，喜欢花花哨哨的跳舞唱歌。然而事过境迁，今非昔比喽，她现在是团长！李淑敏的语气变成了公事公办：“我的待遇是多少？……”

“底薪一千二百。根据业务能力提成，有奖金。”

“比我在妇联少……”李淑敏有些失望。

“多劳多得，不是还有奖金吗。”

“那么我具体的工作是……”

“其实工作不要分那么细，”苏雪丹打断她的话，“我们这个团不是国家机关，人人都应该是多面手。你是办公室的主任，又是财会部的，还是服装保管……”

“我当服装保管？”李淑敏几乎叫出来，保管和主任有天壤之别。

“叫服装总监也成。总之哪里需要哪里去，哪里艰苦哪安家……”

李淑敏正要说什么，电话铃响了，苏雪丹对李淑敏说：“你再挑两张画片贴到墙上。”就去接电话。

李淑敏看看桌子上的一摞图片，全是模特明星玉照，她随便选了一张出来，往墙上贴。她不知道这个明星是谁，仔细看下面的字：苏菲玛索。这个苏菲玛索样子看上去还纯正，可穿着件低胸的裙子，露出大半个乳房，就有点那个了。李淑敏不喜欢女人穿着如此张扬暴露，当然，人家的胸好，值得自豪，但是自豪有多种表现手段，何必公开叫板。李淑敏将画贴在墙上，退后看几眼，觉得不大对劲，但又搞不清什么地方出了岔子。女明星呆板地注视着她，毫无风采可言。

“……第几版？好，我知道了。”苏雪丹放下电话，又去翻报纸。

“贴好了。”李淑敏说。

“你把画片斜一点贴，四十五度角。”苏雪丹抬眼看了看，又继续翻着报纸，“对这些美女要俏皮些，头朝下都没关系。”

重新贴上的画片，果然效果大不相同。生动多了。

李淑敏坐下来，把桌上的办公用品归置好，桌子是老式的办公桌，两边带着一个小柜，桌面的漆水脱落，还有一些刀刻的痕迹。李淑敏皱着眉头小心地用指头划了下，“这桌子可有些年代了……”

苏雪丹说：“这是老干部活动中心的，将就着用……”

“其实买张新桌子要不了几个钱，三四百就有个像样的。”

“那也是钱。”

李淑敏还想问电脑打印机什么的，看苏雪丹的口气，不好再说什么了，肯定没有。停下又问：“办公室有几个人？”

“目前就你一个。”

李淑敏愣了下，怪不得让我多面手，原来是光杆司令。她很快把桌子上的各种办公用具收拾好，又用复写纸画表格。“应该有个电脑。”她终于忍不住说。“不然没效率。”

“电脑下一步赚了钱再说。知道我们当务之急干什么？”苏雪丹看着报纸，用笔在上面画着什么。自问自答：“培训模特。没有模特我们就无法通过考核注册。”

“模特在哪儿？”李淑敏才想起这个关键的问题，偌大的排练场，没有一个模特。

“准备招一些，十二个左右。”

“哦。”李淑敏又问：“现在一个没有？”

“没有。”

“老师呢？几个？”

“正在联系，还没落实。”

李淑敏愣了，闹腾了半天，这个金鹰模特艺术团就她们两个人！她有种上当的感觉。“哎，我向单位辞职前问你筹备情况，你说‘差不多了，就等你了！’”

“是啊，是就等你了。”苏雪丹随口应了声，觉得这没什么错误。“我需要你。”

李淑敏一时说不出话来，这不是骗人么！又一想，考究起来，她的话也没什么大错误，她可不是就等自己吗？——等自己入套儿！

“你现在是名人了。”她哼了声。“不是有不少人给你打电话吗？”

“哦，你也看电视了？”苏雪丹笑笑，“是有人来面试，条件太差，还有两个孩子妈，离了婚跑来……她们以为我要招离婚女人，我成什么了？”苏雪丹自嘲地说，“理解错误。”

“没起作用啊。”李淑敏有些失望。事已如此，她现在只好用办公室主任的角度来考虑问题了。“那怎么办？只有打广告了？”

“没钱。”苏雪丹抬头看看李淑敏，“钱还是有那么一点的，是舍不得钱。”

“那……总不能满大街拉人吧？”

“怎么不能拉？”苏雪丹把报纸推到她面前：“看看，这个！”她指着报纸上的广告：银雀模特时装艺术团招收模特　下面是报名时间和面试地址。

李淑敏仔细看了一阵后说：“银雀？那个市歌舞团……”

“对，我原来的单位。”

“这么巧？他们也在招？”

“我给了他们十万块啊！”苏雪丹心疼得直吸凉气，“不然他们招个屁！”

“是啊，没你的钱他们也许办不起来……”

“所以我有权利和他们共享这个资源！”苏雪丹用指头弹了下广告。“我早就在留意它了，现在才出来。”

李淑敏意识到什么：“你的意思是？”

“我们借花献佛，半路截杀。”苏雪丹恶狠狠地说出几个字。“抢在他们前面！路上等着。”

李淑敏明白了，愣了一阵：“这样好吗？”

“有什么不好？现在是双向选择，我们又不是绑人。”

李淑敏想了想，似乎也没什么不妥，竞争嘛。“可是，如果绑……招来了，我们连老师都没有……”

“来了再说，机会难得。我等这个广告好多天了。过了这段时间，我们自己招生就麻烦了。”

李淑敏点点头：“行，什么时候去？”

“现在就去。”苏雪丹看看手表，往外走。“能抓几个就抓几个，条件稍微差点也没关系，先把人头凑够。”

李淑敏心里一动，跟上她，问：“模特要什么条件？”

“有身高，体形匀称就行。当然，脑袋也不能太笨……”

李淑敏想了下:“要是这样,我手头上倒有一个现成的,农村姑娘,被拐卖到河南,刚解救回来,没有亲人了,现在还住在我家里……”

苏雪丹注意了:“有多高?”

“比我高这么多。”李淑敏比划着,“恐怕有一米七几吧。”

“可以让她来试试。”苏雪丹看看她,想起什么,从手袋里摸出化妆用的粉底眉笔口红,“来,我给你补两下。”

李淑敏回避着:“我不喜欢……”

“这是工作。”苏雪丹严肃地说,“你的身份是模特艺术团的主任,形象很重要!你这一看就不像搞艺术的。”

“那又怎么了,我是什么样就是什么样。”李淑敏口气很坚决。

这么一说,苏雪丹倒拿她没办法了,上下打量:齐耳短发,灰色西服,素面朝天,一脸正气,一看就是纪委妇联之类……苏雪丹忽然心里一动,这又有什么不好?应该说太好了,赶紧说:“我们走吧。”

两个人来到歌舞团附近,从马道街进去,苏雪丹经过被劫钱的地方,不由一阵感慨,她指着街口说:“那个抢钱的家伙就是从那个地方跑的,骑着摩托车,一阵响屁,没了……”

李淑敏看看:“你喊啊。”

“喊了,哪有人啊!那天真见鬼了……”苏雪丹突然停止说话,指着周围:“看看,来了。”

一些高个姑娘正向歌舞团走去,有些是男朋友陪伴,还有的是父母陪同,广告真起作用啊,一夜之间,高个姑娘都出现了。苏雪丹眼睛盯着前面走的一个穿红色短风衣的姑娘,跑步上去:“嗨,小姐!”

那个姑娘转过头。苏雪丹失望地说:“不是你……”

“什么?”

“我以为……那天追摩托车的不是你……”

“你说什么啊。”姑娘莫名其妙。

苏雪丹笑了笑,问:“你叫什么名字?”

姑娘看看她:“卢燕燕。”

“这名字很美。”苏雪丹立即恭维上了,其实她觉得这名字很普通,可是必须套近乎,她现在需要人,况且这姑娘条件不错,身材修长,模样清纯,上台表演绝对有亲和力。“是去考模特的?”

“你怎么知道?”

“从你的个头上看得出来……一米七四点五,对吧?”

“啊。”卢燕燕惊奇地看着她。连零点五都说准了,真有点神。

苏雪丹打量着她:“手脚比例都很好……可惜了。”

“什么可惜了?”

“你的自身条件很好,个头还要长……我估计你不到十八岁……”

“差两个月。”

“看看,你完全可能再长三厘米,也就是一米七七,这是一个非常好的模特身高,不过你要是选择了一般的老师,就把范儿走坏了,再找高明的老师也不好纠正过来,你的前程就算完了。”苏雪丹说完很痛心的叹息了一声,好像对方的末日就要到了,而且这个责任有自己一份。

卢燕燕看看她:“你是?”

“她是金鹰模特艺术团的团长,姓苏。”李淑敏明白了苏雪丹的意思,这就叫“半路截杀”。

“哦。”卢燕燕打量她,脸上露出惊喜的神色,“你就是那天上电视的团长吧?我说怎么好像在哪见过……”

苏雪丹笑笑:“这些电视台的,就喜欢找名人的新闻,等我们的模特招齐,他们还要作专访……”她向李淑敏眨了下眼睛,又看看歌舞团方向:门口立柱上贴着一个“报名处”的大红纸,下面有一张桌子,两个女人在为报名的模特登记。苏雪丹认出其中一个女人是陆小雯。几个应聘者过去询问了些什么,进去了。

“今天招模特的就是你们吧?”卢燕燕打量着她们,又看看歌舞团方向。

“那是银雀时装团,不是我们。两回事。”苏雪丹说,“我们不评价其他的团,大家心里有数。我们团和他们不一样,要求的模特条件要高一些……哦,这是我们团办公室的李主任,市妇联派来的。”

李淑敏觉得苏雪丹说话不对了,怎么是市妇联派来的?这根本和妇联无关。这完全是个人行为。“我以前在妇联,现在这个……”她正要解释,后面的话被苏雪丹打断了:“李主任是个很厚道、很有正义感的人,你一看就知道。”

卢燕燕看看李淑敏,觉得她的装束和气质确实和妇联的身份合拍,给人一种安全感。问:“你们团的业务老师好吗?有名吗?老师很重要的。”

“当然重要了,我们的老师是艺术家,名字先不告诉你,到时会给你一个惊喜!”苏雪丹想汪琴啊汪琴,看在这么可爱的姑娘面子上,你跟我出山吧。我已经把牛皮吹出去了。她摸出一张名片,“这样吧,我给你一张名片,你可以选择。上面有我们的地址、电话。”

卢燕燕接过名片,仔细看着。

“啊,卢小姐,希望能在我们团的办公室见到你,二十四小时都有人值班。再见。”苏雪丹觉得适可而止了,如果再绕下去,人家会怀疑你的真实目的,要做出我欣赏你,但不是非得要你的姿态,我的门槛高着呢。她拉了下李淑敏,两个人转身走了。

走了一阵，李淑敏忍不住回头看，卢燕燕正向市歌舞团门口走去。

李淑敏失望地说：“她还是去了银雀了……“

苏雪丹回头盯着卢燕燕的背影，叹道：“这姑娘身材真好……”

“可她不跟我们啊。”

“你怎么知道不跟？人家是要有个选择。”

“问题是她没有选择我们团。”

“选择没选择，以后才知道。”苏雪丹站下了，似乎信心很足。“我们等等看，肯定还有一些好的。”

两个人站在墙拐角处，探出大半个脑袋窥视着前面。李淑敏觉得这场面既可笑又可悲，好像是两个心怀叵测的响马准备劫道，她怎么也没想到自己上班第一天会干这么个不大光明的勾当，可除了此外，你有更好的办法吗？她看看苏雪丹，对方正神情专注地盯着市歌舞团的四周，眼睛中闪出……绿光，是的，绿光，就是非洲草原上母豹捕捉羚羊时那种眼光，这是一种渴望贪婪的光，只不过苏雪丹眼神中还有少许温情，毕竟，她不是吃了人家，而是想为自己所用……

“喂！”苏雪丹突然叫了声，吓了李淑敏一跳。

“看到那个没有？”苏雪丹兴奋地小声叫道。

“哪个？”

“就是那个啊，穿牛仔裤的……”

歌舞团门口走出一群高个姑娘，估计是刚面试完，其中有一个穿牛仔裤的短发姑娘，一脸愠色，正跟旁边一个人唧唧咕咕说着什么。苏雪丹低声问：“那个不错吧？”

李淑敏看看，这姑娘高鼻大眼，皮肤白皙，头发染成栗黄色，挺洋气，她后边是一个胖胖黑黑的男人，左手臂上搭着一条紫色的裙子，手上提着一个衣箱，估计都是那姑娘的东西，男人赶上几步，对那姑娘辩解着什么。

“上吧？”苏雪丹说。

李淑敏皱下眉头：“我们就这样干啊？”

“怎么了？”

“有点像劫道的。再说我也不是妇联派来的。”李淑敏对苏雪丹刚才的吹牛耿耿于怀，说谎难道不脸红吗？

“女孩子要找个安全的地方，你这身份让她们放心。你不是妇联的又是哪的？”苏雪丹振振有词。

“可我不是妇联派来的，我是自己……”

“那有什么区别？最主要就是让她们觉得你可靠……”说完苏雪丹已经迎上

前去。

李淑敏犹豫了下，站着没动。苏雪丹回头看看她："算了，你回办公室吧。"

李淑敏只好走上来："还是一起吧。"

苏雪丹说："我是说真的，你赶快回办公室，马上就会有模特来报名了。你接待好。"

李淑敏才知道苏雪丹是真让她回去，她有些不相信马上有模特报名，用这种原始的方式招兵买马，能有什么效果。

李淑敏往回走，苏雪丹回头又叮嘱说："李主任，不管来什么人，只要基本条件可以，统统收下。"

"统统收？歪瓜裂枣呢？"李淑敏故意问。

"那也要。先把队伍拉起来再说。"苏雪丹说完就向那几个模特迎过去。

李淑敏想，要是按这个标准招人，她屋里的陈小萍应该算不错的了。

她看看苏雪丹，远远的，苏雪丹正在和黄头发姑娘说着什么，忽然对方惊喜地大叫一声："我认识你！电视上见过……"

李淑敏走开了，看来苏雪丹的隐私没有白卖，起码混个脸熟呵。

李淑敏很快回到办公室，还没坐稳，有人敲门了，进来的是卢燕燕。卢燕燕笑眯眯地说："老师，这里是金鹰模特艺术团吗？我来看看……"

李淑敏没想到她会来的这么快，赶紧上前握住她的手，生怕她跑了："看吧，随便看。你来得好快啊……你没去银雀？"

"我在那边看了一下，很快就通过了，是一个姓韦的团长测试的……"她在屋里慢慢走着，打量四周，"不过现在是双向选择嘛……"

"对，对，一定要选择好。要好好看看。"

卢燕燕歪着头打量她一阵："老师，你真是妇联派来的？"

"我吗，对，以前是妇联的……"李淑敏含糊地说，本想表示不是"派"的，后一想，没必要说这么清楚吧，她把工作证拿出来："这是我的工作证。现在我专职在这个团工作。"

卢燕燕拿过来仔细看看，还给她："别见笑，我上过当，上个月去一家职介所，交了两百元钱，第二天一去，连人都不见了，我妈说，这算好的了，说不定把你卖了都不知道……"

李淑敏说："年轻女孩子，出来一定要小心，我前几天刚从河南解救出一个女孩……哦，对了，她现在是我们团的模特……"电话响了，李淑敏拿起电话，是一个叫"刘芳"的姑娘打来的，她说苏团长让她来参加面试。她先打电话问问这里有没有人接待。

居然又来了一个！看来苏雪丹的劫道大有成效。李淑敏按捺住激动，说："快来吧，我等你。”放下电话，她对卢燕燕说：“这一阵报名的人可多了，你赶快填表，不然名额很可能就没有了。我们挑选的标准很高，比银雀高得多……”李淑敏一边跟对方说话，一边责备自己：说谎！说谎！没想到我一个妇联干部也跟着苏雪丹说谎！胡吹海吹！可是我们的心是好的，我们要对每一个姑娘负责的，我们的目的是高尚的……

电话不时响起，不断有人来打听金鹰模特团的情况，有些是看了电视节目，从电视台要到了苏雪丹的电话，有些则是苏雪丹在大街上拉的。真不知道苏雪丹是怎么和那些姑娘说的，一想起苏雪丹满大街给模特散发名片，她心里说不出什么滋味。事业的开端似乎不该是这样，但不是这样，又会是什么样呢？

三天后，金鹰模特艺术团招了十二个模特。其中就有那个黄头发姑娘，叫宋薇，她是和男朋友牛维国（提衣箱的黑胖子）一起来的，这个黑胖子居然是宋薇的男友，这让李淑敏很吃惊，两个人外貌很不搭啊，年龄上好像也差很多。那天宋薇本来是要报考银雀模特团的，但牛维国看见韦明义以后，认为这个小白脸很不可靠，坚决反对宋薇当模特，两个人正在较劲，苏雪丹上前搭讪，三说两说，宋薇就投奔金鹰的门下，牛维国见金鹰模特团的领导是女的，自然十分放心，不过他私下要求苏雪丹和李淑敏把宋薇看紧点，若有什么不对头的地方，马上向他汇报。这让苏雪丹和李淑敏哭笑不得。这十二个模特中，还有两个身高不过一米七一的，一个叫张倩，一个叫葛小玲，她们也是报考银雀的，因为身高不够被淘汰下来，于是转考金鹰，由于招收人员已满，李淑敏婉言谢绝了。但苏雪丹看见这两个人后，果断退掉了已经招进来的两个只有身高没有模样的女孩，把张倩和葛小玲留下来，她看中的是这两个人模样甜美，能招人眼球，身高不是唯一的标准，金鹰模特艺术团的业务范围绝对不能局限于展示服装，要全面开花。她让李淑敏将模特的档案做好，草签个试用协议，但是先不签正式聘用合同，一个星期后来团报到。

草签协议是为了拴住这些模特，一个星期后来报到是因为她还没有教学老师，无法开训！

现在苏雪丹真急了，米都有了，锅碗瓢盆也齐了，却没有掌勺的大师傅！如果不尽快开训，那她前面做的一切都白费，模特肯定跑了。

当天她晚上又去汪琴家求贤，快到门口时，听见一阵脚步声，一看，是金主任走了出来，后面是汪琴的瘸腿丈夫，一个劲儿的点头哈腰，咕咕叨叨地说着感谢的话。她赶紧躲到一边，等金主任走了后，她立即尾随瘸腿丈夫进了汪琴家，汪琴斜靠在沙发上，正蛮有兴致地看着怀中一大包中老年补钙低脂奶粉，苏雪丹立即明白金主任来的目的。她长叹一声：“汪姐哟，古人三顾茅庐，我已经来了四次了啊！”汪琴吃了一惊，看看她，费力地站起来，也叹口气：“有心无力啊。”苏雪丹一听这话心里凉了半截，问：“是不是到银雀任教了？”汪琴摇头：“我哪也去不了，身体不好，腰椎间盘老毛病发作了,需要休养,好几天没上班了。不信你问他。”她下巴点点旁边的丈夫。瘸腿丈夫指着奶粉:“这是陈团长派金主任送来的慰问品。刚走。”

苏雪丹打量对方:“身体真的不行啊?”

汪琴没说什么,捶着腰走进里屋,拿出一大摞药方子和交费收据,让苏雪丹过目。

瘸腿丈夫不知又从哪提出一个硕大的黑砂药罐证明妻子所言非虚。

汪琴上身僵直着坐在沙发上,叹口气,说:“我这个病啊,医生说千万不能小看,腰椎里面有腿神经,弄不好就下身瘫痪,丈夫本来就是个瘸子,如果自己腿再出了毛病,瘸子对瘸子,这就很麻烦。”汪琴说这事的时候,神情沮丧,面色苍白,还轻微喘着气,时不时轻微咳嗽着,好像她那根不争气的腰椎神经毛病已经扩散到肺部,然后不紧不慢地织着那件永远也打不完的毛衣。这让苏雪丹彻底失望了。话到这个份上,再展示自己火热的求贤之心,就显得太不人道了。

从汪琴家出来,苏雪丹感到身心疲惫,看着事情都要成了,却卡在师资问题上,她原先的注意力全放在模特身上去了,并没把老师太当回事,汪琴不行,还有仇志华,双保险,现在汪琴明确表示不来,只有寄希望仇志华了,可这个家伙到底在哪呢?自从上次和他的父亲在青石桥菜市上见面以后(当时仇父拍着胸脯保证让儿子回来),仇志华并没有和她联系,也不知是他父亲忘了事呢,还是仇志华不愿意。

第二天一早,苏雪丹骑着自行车到白马巷仇志华家,却不想看门的大爷说,仇家三天前搬走了。苏雪丹大吃一惊,心想是不是在躲我?又一想,不至于,我又不会吃了他们的儿子,我是为他儿子好。几经辗转,苏雪丹终于在枣子巷杏林苑小区找到仇志华父母,这是一个新建的楼盘,小区内绿草成茵,绿化很好。仇父在新房子里擦拭着家具,说,志华原先在中山、珠海一带活动,最近又到深圳去了,手机也换了,如果他打电话回来,他会把苏雪丹的意思转告给儿子,至于儿子愿不愿意回来,那就不敢保证了。仇母说,儿子孝顺啊,挣了钱,给我们买了房子,一百四十五平米呢……

苏雪丹看着这套新房,心里不由羡慕,自己要是有这样的房子就好了。又一想,仇志华既然能在沿海挣下买房子钱,说明他收入不菲,他会回来跟你艰苦创业?这事悬了。

仇母又叨咕说,光有新房子有什么用?没有媳妇啊,儿子可怜啊,心眼实在,所以到现在还没找上媳妇,孤零零满世界跑。说完哀怨地看着她。

苏雪丹有些尴尬地告辞了。仇母话中有话,苏雪丹完全明白对方说的意思。她和仇志华是老相识了,当年他们是邻居,一个院子长大的,双方父母都是铁路局的职工。仇志华十三岁考入了市艺校舞蹈班,那时苏雪丹虽然爱好跳舞,但父母不让她小小年纪就搞舞蹈专业,就上了普通中学。仇志华个子不高,但很强壮,力气大，一向以苏雪丹的保护者自居，院内的孩子没人敢欺负苏雪丹，虽然苏雪丹并不需要谁的保护，她自己就是同龄女孩子的头儿，还有两个比她大三岁的女孩心甘情愿当她的跟班，她有些讨厌仇志华那种自以为是的保护，有一次听见仇志华洋洋得意地对一帮男孩说："苏雪丹是我的，谁也不许碰。"她想我又不是什么东西，什么你的我的，好几天对仇志华没好脸色看。中学一年级时，家里给苏雪丹买了辆女式自行车上学，有一天苏雪丹放学回来，把自行车搬上四楼，正巧碰上仇志华下楼，看见她费力的样子，二话不说，接过她的自行车搬了上去，说："以后你把自行车放在楼下，我帮你搬。"苏雪丹以为他说说而已，不想每天放学回来后，仇志华果然等在楼下，把苏雪丹的自行车扛上四楼。仇志华的父母曾经半开玩笑地说要让苏雪丹当自家的儿媳妇，苏雪丹不知道儿媳妇是什么意思，问仇志华，仇志华认真地说："就是我当新郎，你当新娘。"从此苏雪丹就不怎么理他了。不过，仇志华仍然很准时地守在楼下，等苏雪丹放学回来，帮她扛自行车。那时仇志华住在艺校，居然每天跑回来帮苏雪丹扛自行车，然后又骑车返回九公里外的住地。苏雪丹刚开始有些过意不去，后来就心安理得地享受帮助，自己父母常年不在家，外婆年纪大，自行车放在楼下过夜经常失踪，不靠浑身有用不完力气的仇志华又靠谁呢？有时仇志华有事来晚了，苏雪丹就把自行车放到楼下，自己先上楼回家，天黑以前，自行车肯定被仇志华呼哧呼哧搬上来。一直到中学毕业参军，仇志华整整给她扛了三年自行车，风雨无阻。初中三年级的时候，苏雪丹曾经写了一篇"雷锋就在我们身边"的作文，写的就是仇志华，语文老师看了作文后，专门来问她写的是不是真的，当得知是真的后，感动得不得了，摸着她的头感慨说："漂亮的女孩就是不一样啊……"仇志华毕业后分到凉山彝族自治州文工团，后来改行回到城市，去了亚光电缆厂工会。他为工厂宣传队编导了大量舞蹈，其中不少在全市系统调演中获奖。可惜的是工厂产品不像文艺节目那样风光，在残酷的市场经济竞争下，产品市场份额逐渐萎缩，最后几乎卖不出去了，工厂处于半倒闭状态，工人每月发二百元基本生活费，领导号召大家自谋出路。仇志华南下广东了。

仇志华在广东的经历，苏雪丹从他的父母口中零零碎碎知道一些，大体上是在歌舞厅当艺术总监，编排节目，收入还不错，他每个月给家里寄两三千块钱。关键是，由于沿海经济发达，全国各地有不少模特队到广东一带歌舞厅演出，而艺术总监负责审查节目，也就是说，仇志华有训练模特和指导模特表演的经验，这是苏雪丹看上仇志华的原因。

当然，看重仇志华还有另外一个原因，这就是两个人多年的关系，起码互相知根知底，两个人在一起应该很好合作，她需要既有才干又绝对忠心的人。

不过，就算找到仇志华，她也不可能开很高的工资，起码不会超过一千五，那么仇志华会不会来？毕竟很长时间没有联系了，谁知道人家现在什么想法，又凭什么放弃丰厚的收入来帮你呢？苏雪丹觉得不能傻等，现在已经是箭在弦上了，为防万一，必须另外找教师备用。当然，实在不行，就自己先顶上一阵，一般的形体训练，还是能胜任的。总之这个模特艺术团必须往前走。

苏雪丹通过各种关系找老师，但三天过去了，仍然没有合适的。市艺术馆有一个文老师据说本事不小，北京舞蹈学院毕业的，但要价太高，谈了两次，苏雪丹始终下不了决心。

这天上午，苏雪丹来到排练场，一看，十二个模特齐刷刷的站在场厅当中，李淑敏手中拿着一叠纸，挥着手臂慷慨激昂地给她们说着什么。

苏雪丹觉得奇怪，说好七天后来报到，今天才五天，怎么都来了？模特看见她，齐声说："苏团长好！"

苏雪丹有些猝不及防，赶紧点头："大家好！"看看李淑敏，说："你来一下。"

李淑敏来到办公室，苏雪丹看看外面的模特问："怎么今天就来了？"

李淑敏说："昨天晚上好几个人打电话，问什么时候上班，说如果这边有变故，银雀还等她们呢，我一听不能再拖了，就把她们叫来……"

"哦。"苏雪丹明白了，的确不能再拖了，否则模特很可能跑了。

"老师落实了吗？"李淑敏问。"仇志华和汪琴还没消息？"

"没有。我准备找其他人，有人给我介绍了几个……"苏雪丹看看外面站着的模特，担忧地说："你把她们弄来，训练大纲都没有。"

"我先给她们上团队纪律课，我拟了一个规章制度，"李淑敏把一叠纸递给她。"模特行业是个很敏感的行业，一定要有严格的组织纪律，要有良好的作风。要自尊自重。"

苏雪丹看着规章制度，六章二十三款，开篇总义就是热爱祖国，立场坚定，行为规范，五讲四美……后面是工作纪律，生活纪律，请销假制度，等等。"很好。"苏雪丹点点头，真不愧是妇联的，首先就抓住了大事，不过这么重大的规章制度应该先请示下团长后再公布。

"你要抓紧啊，老师再不来，模特心就散了，恐怕前功尽弃。"李淑敏告诫说。"其实师资问题一开始就该落实，作为一团之长不应该犯这种常识性的错误。"

"我不是忙嘛。"苏雪丹说，心里挺不舒服，李淑敏的意思是她这个模特团长不称职，这和借钱时郭华山对自己的评价一样，郭华山也认为自己不是领导的料，好在郭华山仍然把钱借给了自己。苏雪丹可以不计较李淑敏的直言，但她觉得对方起码得有一个端正的态度，即：我是上级（不管你认为称不称职），你是下级，下级对上级应该有那么一种恭敬的姿态，而李淑敏似乎没有。这其中的原因大概一来是老熟人，另外一个人家是债主，苏雪丹一想到李淑敏是自己的债主，在自己最困难的时候伸出了援助之手，立即挥去心头的不快，说："我马上就打电话，市艺术馆有个人不错,就是要价太高……”她看看外面窃窃私语的模特,说:“你赶快去组织她们学习,不要闲着,学完了讨论,这是个初稿,还有需要完善的地方,这两天就弄这个吧,我尽快落实老师。”

李淑敏并没有察觉苏雪丹心情不快,她答应着走到门口,又回来,从抽屉里取出两本小册子,“我这有《中华人民共和国宪法》和妇女儿童权益保护法,也应该组织模特学学……”

苏雪丹点点头,李淑敏兴冲冲地出去了。

苏雪丹看着李淑敏的背影,不管怎么说,李淑敏是尽职的,她让模特首先学习宪法也是颇有气魄的,中华大法,高屋建瓴,气势磅礴,莫非象征我们的事业如滔滔黄河之水汹涌澎湃,不可阻挡?莫非预示着我们金鹰如鹰击长空,万里翱翔?嗯,还真像那么回事!她怔了会,回过神,赶紧拨打艺术馆的电话,如果对方实在坚持月薪三千,她也只能接受,人家跟你不认识,人家跟你没感情,可不就是挣钱嘛!

电话通了,果然这个文老师不退让:三千!苏雪丹心里骂道:你是王八啊,咬住三千不松口!脸上却笑着:“不是你不值这个价,是我们刚起步,资金有困难,以后好了,给五千都可以。”

“那给五千的时候再来谈。”对方口气很牛,让苏雪丹听着很不舒服,但现在是用人之际,又不能得罪他,只好赔着笑脸:“哎,别放电话!我是很有诚意的,二千五行不行?你知道模特训练初期,都是一些简单的课……”

“低了三千不谈了,还有很多单位请我。苏团长,这样吧,看你确实诚心,我们算交个朋友,二千九,不会再少一分钱了。每月来四次。我还有其他很多事情。另外,预支一个月工资,也就是说从签订协议时开始付。”

“哪有这个道理!”苏雪丹叫起来。

“怎么没道理?你是从部队下来的,军队怎么领工资的?月底就发下个月的工资,要生活,是不是?要买菜,是不是?再说我有名有姓的,跑不了。你想想看。”

苏雪丹想了一阵,这家伙从哪知道自己是军队的?哦,恐怕看了那个电视采访……问题是,你拿军队说事说得通吗?你是几杠几花?算老几?心里这么想,嘴上还是客气:“那,我考虑考虑答复你。”放下电话,盘算起来。给他钱,不忍;不给,现在火烧眉毛了,其实钱只是其中一个原因,从对方油腔滑调的语气上,她担心这家伙工作态度有问题,而模特一旦开训,必须正规化,不能把范儿弄歪了……

门开了,李淑敏进来找水喝,看见苏雪丹,拿起杯子的手停在半空中:“我说,你怎么还在这?”

苏雪丹看看她,莫名其妙:“我不在这在哪?”

“我以为你去找师资去了。嘿,结果你在这发呆。”

苏雪丹没吭声,这个办公室主任的口气带有谴责的意思,好像她这个团长是个吃闲饭的。“发呆”？什么话？这是思考！以下犯上，还有规矩吗？

“这个政治学习要长时间？一个星期够不够？”李淑敏又问。

“怎么了？”

“第一是我要根据时间备课，第二是时间不能太长，如果老不进行业务训练，模特恐怕不干。觉得我们蒙事，不正规。”李淑敏的意思还是指责她办事无计划无效率。

苏雪丹心中虽然不快，但不得不承认她说的有道理，想了下：“这样，老师没来之前，进行基础训练。这一星期上午政治学习，下午军训。”

“军训？”李淑敏吃了一惊。“去哪军训？”

“就这。学校新生入学都要军训，我们也不例外。这就正规了。”

“可是……”李淑敏觉得苏雪丹脑子出问题了，“没听说模特要军训的。模特讲究的是身段，你训什么？立正稍息？谁来训？”

“我来训。站有站相，坐有坐姿，军人和模特是有共同之处的，我要的是她们的精、气、神！”苏雪丹在边防团体验生活时进行过严格的队列训练，她见过士兵训练站立姿势时头上顶着一块砖，为的就是让你背挺颈直，模特不能是罗锅驼子吧？练了总没坏处。“你把那些备课书本给我留着，厚的，咱不顶砖头，咱顶本书总没问题。”说着苏雪丹站起来，往外走，她得赶紧找专业老师去。

五天过去，苏雪丹还是没有直接联系上仇志华，和他妈妈李阿姨聊了几次，送上几十斤水果，还帮老人家洗了两次头，不过似乎成效不大。仇妈倒是心安理得地享受苏雪丹的服务。仇妈看了电视，知道苏雪丹离婚的事，她认为苏雪丹就是为了儿子而离婚的，早知如此，何必当初？当年嫁给我们小华不就得了？不过现在也不晚，我们小华至今未婚就是惦记着你这漂亮小丫头。苏雪丹赔着笑脸听着，不解释，不反驳，一切为了探知仇志华的消息。不过仇妈一激动脑子就不大好使，天南地北地说着仇志华的行踪，一会东莞，一会佛山，还有一次说是去澳门，好像他儿子是个神出鬼没的大侠。苏雪丹在这若有若无的蛛丝马迹中饱受折磨。

这天中午，苏雪丹来到办公室，下午她要给模特“军训”正步，正步和猫步当然是两回事，但还是有相同之处，正步是走步的升级版，猫步是走步的豪华版，正步走得好，猫步才有根基。——她决定跟模特这样讲。从前几天训练站姿效果看，模特对她的训练方法还是认同的，那个陈小萍还往脑袋上放了个玻璃烟灰缸，增加重量练脖梗子。不过苏雪丹非常清楚这是不能持久的，一旦模特们没新鲜感，这种训练就玩完，毕竟和模特主业不搭边啊。更重要的是，这个筹备执照是有期限的，如果不在期限内通过审查，这个执照就作废了。她考虑良久，决定还是接受那个家伙的报价，让他明天一早来上课。

苏雪丹拿起电话,猛然察觉门口站了个人,转头一看,一个穿着牛仔上衣、胡子巴叉的男人看着她。

“你找谁?”苏雪丹捂住话筒问。这个男人不仅有引人注目的胡子,头发也很长,玉米穗儿般耷拉在耳边,一副艺术家吊儿郎当的风范。

“你不认识我了?”男人说。

苏雪丹打量他,猛然一喜——仇志华!啊哈,居然是仇志华!来得太及时了!她立即放下电话冲了上去,一巴掌拍在对方肩膀上:“嘿,怎么留起了胡子?土匪似的!”

“刚下飞机。”仇志华笑笑说,同时潇洒地甩了下头发。

“你是……奔我来的吧?”苏雪丹打量他,要核实一下。“我办了个模特团……”

“我知道。我妈说了。刚才我进来时,在训练场看了那些模特,条件还不错。”

“是啊是啊,就差好老师了!”苏雪丹不知道仇妈是怎么对儿子说的,但是她要先把这个事情性质确定下来,否则以后扯上什么“媳妇”就麻烦了,又不是开夫妻店。——“这么说你愿意和我合作?”她特别强调“合作”,既道明了二人的关系,又表示对对方的尊重。

仇志华说:“我大老远的回来,你以为是干什么?”

仇志华的爽快态度让苏雪丹心花怒放,“太好了!太好了!没吃饭吧,我这有方便面……不不,中午请你吃饭……”

“恐怕要请两个。”仇志华身子让开,背后突然钻出一个女人,笑眯眯地看着她。竟是汪琴!

苏雪丹愣了。

“你们……”她看看仇志华,“商量好的?”今天怎么了,一来就来了两个!她有些发懵。

仇志华是在上楼梯时碰见汪琴的,当年全市的舞蹈汇演比赛,汪琴是绝对的明星。仇志华认识她。两人一搭讪,巧了,都是来找苏雪丹的。

“我来上班啊。”汪琴背着手看看墙壁上的画,“办公条件还不错嘛。”她回头看看苏雪丹,“不知还需不需要我?”

“你同意来了?”苏雪丹有些不相信,打量她:“腰行吗?和单位怎么处?”

“我办病退了,腰嘛,还能撑一阵。”汪琴微笑地看看她:“我要和你单独谈谈。”

仇志华说:“你们谈吧,我到排练场看看。”说完走了出去。

苏雪丹幸福得有些发晕,就这么一会功夫,老师的问题解决了,而且是最完美的结局——来了两个。老天助我啊!她不知道汪琴要谈什么,也许是工资问题。

“我来的话,工资你能给多少?”果然,汪琴开门见山。

“一千……六!”苏雪丹狠心加了四百,生怕把人家吓跑了。

“八百吧。”汪琴说。

“什么?!”苏雪丹不相信自己的耳朵,是加八百还是……

“我拿八百就行了。这是我入伙的条件。”

“八百?……”苏雪丹这回听清了,居然有这种人,自己往下降工资,砍了一半。汪琴的家境是很需要钱的。

“为什么?”她问,这不可思议。

“创业初期,钱不多。”汪琴说。“以后发展了,我多拿点也没什么。”

苏雪丹感动了,入情入理,太高尚了!这是同事啊,战友啊,就是不同!她恨不得抱住对方亲上几口。

“好,好,以后我一定让你发财!”苏雪丹有些慌不择词。高兴之余,又有些担心地问:“你到我这里来,怎么和歌舞团说的?……”

“当然没说是到你这里来。”

“可以后总会知道的。”

“反正已经办了病休,陈团长就是知道了也不会把我怎么样。又没违法。”

苏雪丹不知是什么道法让汪琴突然有了底气,或许她那个腰病根本就是装的,是为了瞒过陈功德,好顺利病退。这就太够义气了!她说:“这样吧,工资就按你说的办,但我要根据收益和效果给你发奖金,干得好与不好绝对不能一样。”

汪琴点点头:“仇志华的钱,你该发多少就多少,我不会攀比。也不要拿我的标准压他。”

“这个自然。”苏雪丹此时觉得汪琴不仅是高尚,而且是伟大了,一把抱住她:“谢谢汪姐!”眼睛竟有些湿润了。虽然她隐隐觉得汪琴来的有些蹊跷,但她没有细想,很久以后她才知道汪琴来帮助她是另有原因的。

当天晚上,苏雪丹请仇志华和汪琴吃饭,李淑敏作陪。本来苏雪丹想在银杏酒楼为两个人接风,这是个高档酒楼,以示隆重。但李淑敏说创业初期,勤俭为先,再说都是熟人,不要太见外了。这个饭钱要报账列入团业务费开支的。李淑敏已经在履行一个办公室主任的职责。于是吃饭的地点临时改在大众化的蜀风餐厅。苏雪丹虽然对李淑敏的干预稍有不快,但还是赞赏李淑敏为团着想,管家嘛,是要精打细算。这个饭局除了吃饱了肚子外,还作出重要决定:任命仇志华和汪琴为金鹰模特艺术团业务部长,尽快开始培训模特。

可以说,金鹰模特艺术团从今天起,零件终于备齐了。

第 三 章

24

第一堂训练课，仇志华满腔热情，干劲十足。他要露两手给苏雪丹看看，证明自己的价值。

仇志华本来在深圳干得好好的，那个夜总会老板很赏识他，说是再干两年奖励他一套三居房子，这时候接到父亲的电话，说苏雪丹办团创业需要人手，他犹豫半天，还是拿不定主意，后来母亲又打电话，说苏雪丹离婚了，三番两次上门找你，名义上是找老师，其实是惦记着儿子你呐。仇志华对母亲的话将信将疑，虽然他很愿意相信母亲的话，本想给苏雪丹打个电话聊聊，又觉得电话上说不清，考虑再三，还是回来了。一见面他就觉得自己回来对了，在外面闯荡多年，见过无数女人，但最让他心动的还是这个苏雪丹。他不知道苏雪丹找自己过来是否有“惦记”的成分，这话也问不出口，从目前看，似乎是公事公办的意思，不过既然苏雪丹离婚了，而自己还是单身，谁知道以后会发生什么事呢？

模特已经列队站在训练场中央。仇志华站在模特对面扫视着她们。他穿着一身蓝色运动服，脚上是半高跟皮鞋，这使他的身高增加了四厘米，但仍比面前的模特矮半头。这些女孩平均身高一米七四，最高的宋薇一米七九，最低的张倩一米七一。乍一看，外形都还过得去，规矩也不错，列队整齐，挺胸昂头，精神抖擞，这大概是苏雪丹军训的效果。但仔细看，有毛病了——没范儿，包括整体感觉还不错的卢燕燕。其中有几个是从体校来的，身上还带有运动员那股子横劲，代表人物就是宋薇。还有陈小萍，整个一个农村大妞，虽然有那么高的个头，但怎么看也像挑水抡锄头的，提不起气。要把这帮女孩子带成器，得要费点工夫。

“刘芳！”仇志华指着她：“你是上幼儿园来了？”

嚼口香糖的刘芳嘴停止嚅动，不解地看着他。她的头发染成金黄色，做成无数条细穗。眼皮涂成紫色,脸上一层白粉,嘴唇血红,一双眼睛斜斜地瞟瞟这里,又看看那里。

“你说什么呀,老师?”她甜甜地问。

仇志华心想完了,怎么选上了这么个要命的模特!不过她身材条件挺好,一米七七的个头,腿长腰细臀窄肩宽,就是那味道不对,化妆太浓艳,眼影跟熊猫似的,邪。从登记表上他知道刘芳以前在夜总会做过酒水促销小姐,这类女孩一般阅历比较丰富,是难调教的主儿。他指指自己的嘴,表示绝不可以在上课时这里私下活动。

刘芳心领神会,张开嘴让他看——什么也没有。“这小骚娘们儿跟我玩呢!”仇志华心里冷笑一声,本人见得多啦。他明智地认为不应该在这上面多费时间,刘芳显然给他设了一个圈套。他退后几步,声音沉稳地说:“小姐们,从今天起,我们正式开始训练了,我要在一个月内,让你们走上时装表演台,模特这行当是速成,身材条件好、协调性好和乐感好就成功了一大半,不像我们当年学跳舞,练了几年了,很少能上台,更别说演主角了。这方面,汪琴老师有更深的体会……”

“是的,”站在一旁的汪琴说,“因此大家要珍惜这个机会,争取立足本地,面向国内,冲出亚洲,走向世界。我一向认为当演员就要当主角,当模特就应该成为名模,成为领衔。现在你们基础很差,甚至没有基础,所以大家要格外努力,要从最基本的体态做起,挺腰提气,两肩稍向后张,收腹,颈直头正……对,对,卢燕燕做得很好,还有宋薇……”汪琴说着,上前矫正对方的姿态。

仇志华站在一旁,突然发觉自己被冷落了,插不上话,而肚子里有满满的设想、规划、宏图和感慨要发挥。他后悔刚才不该提汪琴,让她冷不防成了主角。汪琴是名演员,起码过去有过那么一段辉煌,自己和她相比,名气就差多喽……仇志华悻悻地踱在一边,靠着扶手栏杆,点燃一支烟。

苏雪丹和李淑敏从办公室里出来,在一旁观看着模特训练情况。仇志华看看她们,又看看汪琴,觉得为了今后的事业,有些话恐怕要早说出来为好。

苏雪丹和李淑敏并没有察觉仇志华的神情变化,李淑敏对训练场上的热火朝天很满意,感慨地说:“这人一多,就有生气了……汪琴教得不错。”

苏雪丹点点头:“这里交给他们二位了,我们走吧,今天争取多跑几个地方。”

苏雪丹的打算是这样的,在模特团没有正式批下来之前,她不能干等,要为以后的业务着想,否则就算明天把你的执照批下,但没有业务可做,那等于零。在这期间,可以先接一些小型的内部的演出,既可以练兵,又可以挣点小钱,解决日常开销费用。然后在秋季的国际经贸会上显身手。应该说,模特这个行业是有前景的,北京、上海、广州、深圳闹得红红火火,左一个大赛右一个选美,本市才起步。一般来讲,才开头的事业是最有生命力的,也相对容易些,一是没有多少人了解,不会对你的要求很高,二是竞争对手少,成活立足没那么惨烈,本市虽然有一些模特队,但数得上的就是刚成立的银雀时装模特团了,这是个难得的机遇。想想看,全市有多少家服装企业,只要有十分之一的企业用你的模特,那就不得了。当然,如果再拉到一些赞助,那就更美满了。所以说,被劫了十万块,也许变成了好事,成就了自己一番事业。

两个人正往外走,仇志华过来了:"苏团长,我能不能单独和你谈几分钟,很重要。"

苏雪丹看看李淑敏:"什么事?能不能等我回来谈?"

仇志华重复了句:"很重要。"

李淑敏瞪着仇志华,这明摆着让她这个办公室主任靠边,什么见不得人的事要瞒着她?李淑敏想戳他几句,但还是忍住了,领导班子刚刚组建,团结很重要。她鼻子里哼了声,先出去了。苏雪丹和仇志华走向一边。

"你看,业务部两个部长,工作不大方便。"仇志华斟酌着用词,慢慢地说。"应该明确部长和副部长,或者两个都是部长但要分出谁是第一部长,你看,篮球比赛有两个裁判,但是有一个是主裁,这就保证比赛顺利进行,国务院有不少副总理,但是确定了第一副总理,这便于主持工作……"

"你们两个不是已经分工了?一个抓身体素质训练,一个搞编排。"苏雪丹认为这不是一个问题。

"足球队有体能教练,有守门员教练,但是还有一个主教练来统管……"仇志华没回答苏雪丹的话,而是按照自己的思路说下去。"剧本编剧也一样,可以有好几个,但是最后还是得一个统稿的……还有军队,有司令有政委,关键时刻还是司令一锤定音。"

苏雪丹心中有些不快,这个仇志华似乎不像当年那么单纯了,第一天开训就要求这个那个的。这是干什么?抓权还是要挟?又一想,多少年过去了,她对他的印象还是中学时代,经过岁月历练,每个人的变化都很大,自己就没变化了?再说仇志华是内行,这个要求也有一定道理,他又没要求加工资,无非是想多做些事。她沉吟了下,"分工不等于分家,可以互相配合,互相补充。我的意见是先这么干着,以后逐步调整。其实我倾向于你当副团长兼业务部长。"

"这个办法好。"仇志华立即予以肯定,他的脸色开朗起来,毫不掩饰心中的欢喜,"我在这个团干觉得很有信心,有英雄有了用武之地的感觉。你把这一摊交给我尽管放心,不出一个月,这帮姑娘就能上台演出。"

"我只给你半个月时间,这场地是租的,每天都产生费用。"苏雪丹对刚才的封官有些后悔,仇志华上了,汪琴怎么办?但说出的话又不能收回,只好走着看了。谁能干我就让谁上,还不是我说了算。她想,"银雀那边也在培训,我们最好要赶在他们前面。”

“银雀那边的老师我知道，是歌舞团的老朽，观念不行。”仇志华不当回事。

“那也说不准啊。我们必须尽快把正式执照办下来。如果你认为可以了，我马上请文化局的领导来审查。”

“行啊，半个月就成。保证他们满意。”仇志华满不在乎地说。

“真的？”苏雪丹不大相信，这也太快了，刚才还说一个月，一下子就少了十五天。

“当然！当年皮尔·卡丹到中国举办时装发布会，在街上发现一个高个姑娘，让她跟着录音磁带走节拍，结果这姑娘马上成了领衔！只要模特悟性好，老师调教得当，三五天上台是有把握的。”

苏雪丹愣了下，又成了三五天了！这仇志华的话有谱没有？不过她不想打击他的积极性，人家在沿海闯荡多年，没准有那么一套速成培训的诀窍。“你看这十多个人里有没有悟性好的？”苏雪丹认真地问，这太重要了，模特的训练质量关系到整个团的生死存亡，如果文化局审查不过关，她这个团立即完蛋。

仇志华瞥眼模特，“有几个。”刘芳也许算其中一个，他想，就是这小娘们儿太骚，真若成了领衔不知道会骚成什么模样。

“陈小萍呢？”苏雪丹看看陈小萍，这个李淑敏推荐来的女孩很让她担心。

“那个农村大妞？反应有点慢……不过还刻苦。”

“宋薇和卢燕燕怎么样？”

“这是好苗子。”

“那就拜托你二位了，多辛苦一下，模特团能早批下来，我们大家日子都好过。”苏雪丹说。

“当然，”仇志华向模特走去，“我还要给她们好好讲讲斯坦尼，我要，”他转过头，“我有很多很多想法……”

苏雪丹鼓励道：“大胆干吧，充分发挥你的想象力。”她转身赶快向外走，时间不容许她听这位部长的满腹倾诉，以后有的是机会。

出了大门，李淑敏站在自行车旁，不耐烦地用手拍着车座，见苏雪丹走来，问：“仇志华和你说什么？”

“哦……一些私人问题。”

“我不喜欢这个人。”李淑敏直率地说。

苏雪丹笑笑：“你都不了解，怎么说这个话？人家可是放弃了高薪回来的。”

“谁知道是不是高薪，没准是走投无路呢！”

“哎，人家是深圳一个五星级酒店的夜总会的艺术总监，这没假的。”

“反正我就是不喜欢。男人可以有胡子，鲁迅、斯大林、高尔基都有胡子，人家是小胡子,可他那个,赶上马克思了!你一个中国人,有必要吗?”

原来是对仇志华胡子有意见。苏雪丹觉得好笑,说:“艺术界的人大都是这样……”

“那头发呢?为什么留这么长?一个男人,头发赶上女人了!精神颓废!”说完李淑敏一条腿穿过自行车斜杠,臀部向上一提,坐在车座上,踏住脚瞪,身体悬空了,车却稳定不动,龙头甩了几甩,前轮斜着冲了出去,“走吧!”她吆喝了一声。

苏雪丹赶紧用左脚踩住脚蹬,右脚蹬地,滑了几下,身体重心迅速移向左腿,右脚尖绷直,膝头抬起,动作优美地骑了上去。车链盘哗啦哗啦一阵响,她用脚后跟磕了下,响声没了。这辆依达牌坤车才骑了一年多,却经常发出暗哑的叫声,但它还算结实,没出过什么大毛病,风雨无阻,只要舍得下气力,车速还是令人满意的。

两辆自行车一前一后走了一阵,随即平行了,是苏雪丹紧蹬几脚赶上去的。看看旁边的李淑敏面无表情地骑着车,她有些不忍,说:“淑敏,有句话我早想说了,当初我和欧阳平认识的时候,不知道你们……”

“后来你知道了。”李淑敏毫不客气地打断她的话,“你照样和他结婚。你才不管别人的感受呢。”

“我……我要是知道你为了欧阳平终身不嫁,我早就放手了。”

“我没说终身不嫁,我也不是为欧阳平,我是为我自己。”

“可是……”

“不说这个了,没这闲工夫。挣钱要紧!”

苏雪丹笑笑,也不再说什么,加快了车速,链盒又咔啦咔啦伴唱起来,她用脚后跟轻轻叩击三下,把它安抚住。

两个人来到太平路市丝绸公司门前,对传达室的保安说,金鹰模特艺术团的团长和办公室主任前来会见总经理。

那个胖嘟嘟的保安打量了他们一下,说公司领导不在,也不知道什么时候回来。接着埋头玩起了手中的游戏机,不理会他们了。两个人见多说无益,只得转身怏怏离开。苏雪丹从对方的语气中感到一丝轻蔑,也许他觉得这两个骑着破烂自行车的女人不配见公司领导。世道炎凉啊。不过不要紧,苏雪丹从电话簿上抄下几十家大服装公司的地址,准备一一拜访,丝绸公司仅仅是第一站。

25

模特们三三两两坐在地板上。

连续两天训练上量,让模特们感到浑身酸疼,不少人的脚后跟磨破了,一片哀怨之声。汪琴买来创可贴，让大家自己贴上。

卢燕燕并不在意自己脚上的伤口，虽然很痛，但是和日后成为名模的辉煌相比，这点付出小意思啦。她那个在百货商店当售货员的妈妈从小教导她“吃尽苦中苦，方为人上人”，高考落榜之后，她终于找到了一条“人上人”之路。她希望训练量再大些。她从手袋里摸出一包鱼片，拿起来对着窗户瞧了瞧，光线稀稀拉拉透过干瘪的鱼，鱼的周围有一圈毛茸茸淡黄色光环，鱼体琥珀色，细长的骨头朦胧可见，像片化石。她很严肃地审视着这条鱼，并没有立即吃掉它的意思。

看了一阵，她察觉到旁边陈小萍的目光，于是把鱼片扯出一条，递给她，陈小萍摇摇头，卢燕燕也不坚持，问：“谁要？”刘芳一把抓了过来，塞进她那血红的大嘴里。

卢燕燕又示意宋薇，宋薇不屑地摇下头，打开自己的手袋，里面装了不少食品，花生米，姜糖橘子，蜜饯，鸡蛋酥卷……还有两小瓶乳酸营养奶液，标签上赫然印着“中国优生优育协会监制”字样。她并不吃东西，而是取出消毒纸巾擦下嘴，又取出一个精致的蓝色底粉盒，打开照了下镜子，然后又取出一支唇膏，对着镜子涂嘴唇。

在示威呢，这些化妆品一看就是名牌，相当昂贵。卢燕燕知道宋薇有些钱，宋薇的那个男朋友牛维国是一家橱柜厂的老板，每天来训练都是车接车送。卢燕燕冷眼看着她：脖子上挂条沉甸甸的金项链，右手腕上套着镂银手镯，左手无名指套着金戒指，戒指也许小了点，手指的皮肉被戒指箍出了一圈棱。

你有钱，但你档次不够，现在谁还戴金戒指，都是钻戒啦，还是一克拉以上的。你那个牛哥模样也没形没款，矮矮胖胖的像个冬瓜，换了我，根本看不上。卢燕燕心里说，觉得平衡些了。她看看旁边的陈小萍，这位农村姑娘肤色黧黑，但很光洁，非常健康的样子，她的额头上沁出细密的汗珠，两脚盘着压在自己的腿下，就像北方的老太太坐炕头一样。卢燕燕用肘捅捅她：“感觉怎么样？”

陈小萍笑笑，露出细小的牙齿。

卢燕燕看着她的牙，嫉妒地说：“你的牙真好，我都补了三个了，门牙还有一个外翘，戴了一年的矫正器也没弄好。哎，你是怎么保养的？”

“怎么保养？少吃零食！”宋薇冷不丁一边插话。

卢燕燕看看她，笑了下：“……我馋啊。”

“我也馋，馋是女人的天性！”刘芳娇滴滴说。

卢燕燕弯下腰看看宋薇那只墨绿色的手袋，你自己包里那么多东西，说我少吃零食！她有所指地说：“你这包鼓鼓囊囊的……真能装啊！”

“这包是名牌，法国的‘LV’。”刘芳也观察着手袋，很内行的样子。

“是吗？要六七百吧？”卢燕燕说。

“零头啦。赛特卖八千六。”刘芳又说，好像这包是她的。

宋薇也不说话,自顾自涂着唇膏。

“嗬,这么贵?!”卢燕燕嘴巴张得老大。

“贵?还有两万的呢。”刘芳撇下嘴,一副见多识广的样子。

卢燕燕伸出舌头,用巴掌扇了扇风,好像挺烫似的。“哪天我也找个老板替我出出血。”

宋薇反感地盯她一眼:“老板也不是傻瓜。”

卢燕燕说:“哦,对。”

宋薇哼了声,继续认真地化妆,好像在进行一场教学表演。宋薇以前是体校练跳高的,有一双令人羡慕的长腿,每次训练时旁边都有不少男人围观,大多数人对她能跳多高不感兴趣,只关心她那粉白的长腿为什么就晒不黑。直到有一次她忍无可忍,走到这帮人面前,说要把他们当横竿练练——从他们头上跃过,这帮人一哄而散,只剩下一个矮胖的男人戳在那,表示愿意为自己的偶像做任何事情。宋薇果真从他头上跳过去了——一米六八,这个身高一米六八叫牛维国的男人,就是她现在的男友,一个做橱柜生意的商人。

刘芳看着宋薇,用脚尖轻轻碰下陈小萍:“村姑,你说她那个粉底多少钱?”

陈小萍没听明白:“什么粉底?俺……我不明白。”

“咳,这都不懂?就是这个!”她用手在脸上抹了下。

“那个饼饼?”陈小萍明白了。

“对,就是那个饼饼。”刘芳模仿她的乡下口音,“多少钱?”

“一……百吧。”陈小萍乍着胆子往高里说。

“多少?!”刘芳差点晕过去,“那是蓝蔻啊,一千五!我的乡下妹妹!”

这回陈小萍差点晕过去了,一千五!据说那个二手人贩子就把自己卖了一千五!这个擦脸的什么饼饼和自己一个价。

卢燕燕说:“我喜欢用倩碧口红,就是太贵了。我们团有没有化妆品补贴啊?”见没有人回应,又自嘲道:“看来还是要找哪个傻瓜老板赞助一下……”

宋薇瞥了她一眼,卢燕燕的话中有刺,谁是傻瓜老板?她正想说什么,刘芳的手机响了,她看了看,是短信息,不禁哧哧直乐,卢燕燕奇怪地问:“笑什么?中彩票了?”

刘芳没说话,将手机递给她,卢燕燕没接,说:“你念一下。”刘芳说:“你拿着看呗。”卢燕燕拿过手机,念道:“不因换季而不想你,不因忙碌而忘记你,你在动物园还好吗?老虎欺负你吗?狮子吓唬你吧?猴子抢你吃的吧?两只猪蹄子抓着手机看短信习惯吗?”

模特一听都笑起来。卢燕燕红了脸啐道:“好你个刘芳!”说着举起手机,摆出要往地上扔的样子,正闹着,那边仇志华猛地吼将起来,“开始了!”

汪琴走过来，她的上衣拦腰系在身上，衣服吊在屁股后面，脚踝上套了个棕灰色毛线圈，腰板笔直，走路一弹一跳，就像大多数舞蹈家那样显得热爱生活而又愤世嫉俗。她拍了几下巴掌，大声说："集合了，练习步态！"模特站好后，她指着刘芳说："你出来走一下。"

刘芳说；"我不行。"

仇志华瞪她一眼："让你走你就走。"

刘芳出来，竭力装成无所谓的样子，扭呀扭地走了几步，脚尖落地之前倏地往上一抬，抽筋似的，引得大家一阵哄笑。

刘芳停下来，也讪讪地笑。

汪琴严厉地说，"时装模特步，又称猫步，两脚在一条直线上行进，同时适度提髋，两肩和臀部自然协调晃动，动作不能太大，也不能僵硬，这已经说过多少遍了，明白没有？"

模特们参差不齐地应："明白了。"

仇志华在一旁不满地大声说："明白没有？回答要整齐，要有精神！你们吃饭了没有？！"

模特们尖声嚷："吃了！"

仇志华板着脸说："嘿，这倒有劲了！我让你们大声说'明白'两个字，谁让你们说'吃了'！"

模特互相看看，又一起大声喊："明白！"

汪琴转头对他说："仇老师，放带子，让大家跟着音乐走一遍，快节奏的。"

仇志华站着没动，过了会嘟囔道："这是音响师的事……"不过他还是慢慢地走到录音机旁，从一堆音乐带中拿出一盘，看看名字，塞到音带舱里，猛地按下音健，一阵激烈的羊皮鼓敲打声使模特们振奋起来，这是一首《美国巡逻兵》的曲子，节奏鲜明并有那么点落拓不羁的味道。

"注意！开始！"

模特们成一排开始走动。刚开始有几个人由于紧张两臂竟一同向前抡，但很快适应了，高跟鞋踩着地面随着节奏弹出"咔咔"的响声。

汪琴两手击打着提示节拍，"很好，一条线，猫步！"

不知谁学了声猫叫，引起一阵笑。

"谁再笑扣她的训练补贴！"汪琴发狠道。

大家立时严肃起来。训练厅响彻"咔咔"的脚步声。

26

从棉麻纺织公司出来，已经是中午，李淑敏板着面孔问："还去哪家？"

苏雪丹没吱声。这是第几家了，记不清，反正毫无建树。现在倒是该去喂肚子了。

这几天，她们按照电话号码簿上的地址，选择大企业作为头批目标，却全碰了钉子。不是主管不在做不了主，就是效益不好，无法支付业务费，赞助的事更没门儿。还有的答应研究研究，一看就是敷衍了事。有几个经理和厂长甚至压根儿就不清楚搞服装生意需要用模特儿。那个红叶服装厂的厂长老把她们当成美院的人体模特，既紧张又有些兴奋，绕了半天圈子也没扯到正题上。而赫赫有名的市外贸服装公司的总经理则要她们先和办公室联系，提供来访意图提纲，以便安排好约见时间，好像他有一套严格的工作制度，实际上据那位牢骚满腹的办公室主任讲，总经理现在正在看《三十六计》，别以为他在琢磨企业经营之道，三十六计是对付新调来的党委书记。说这话的时候，办公室主任两个拳头碰了碰，脸憋红了，好像他在暗中使劲。

两个人在街上一个小面馆吃了碗面。苏雪丹没有胃口，而李淑敏却极有滋味地吃了两大碗。稍事休息，两个人又振作精神去了鞋帽服装公司。

鞋帽公司的夏副经理接待了她们，这是个烟鬼，说几句话要咳嗽三分钟。夏副经理根本不理会苏雪丹提出的合作建议，而是反复问她们是否和建设银行的王行长熟悉，如能美言几句，把一笔贷款拨下来，鞋帽纺织品公司全体职工将不胜感谢，这是有回扣的。李淑敏正色地说，我们和行长没什么关系。苏雪丹说我们有模特小姐，愿意为贵公司的鞋帽销路拓开路子。夏副经理嗯啊了一阵，不知怎么扯到烟草业上面去了：现在主要的问题在于如何识别假烟。他一边咳嗽一边诅咒黑心肝的假烟制造者，同时把真假难分的烟雾喷向空中。她们在烟雾中熏了个头昏脑胀，实在坚持不住，逃似的奔出来。夏副经理恋恋不舍地追着送行，到楼梯口时，苏雪丹不得不装成无意地使劲踩了下他的脚，夏副经理猛烈地咳了声，终于止步。两个人出了大门，才发现对方的头发里不时飘出一缕缕青烟。

太阳挺大，苏雪丹用手遮在额头上，后悔没戴草帽。她鼻梁上有几粒浅浅的雀斑，平时看不大出，太阳一晒，色素加深了。她的眼睛似乎能模模糊糊感觉到鼻梁上有了黑斑，整日在烈日下奔波，风吹雨淋，恐怕很快就变成老太婆了。想到这，她感到很沮丧，当初把事情想得太简单了，忙乎了这么久，一事无成，她还能走多远？就算以后有所建树，但是以一个皱巴巴老太婆的脸作为代价，值不值？问题到底在哪呢？她回顾着自己的一言一行，觉得还是得体的、真诚的。看看李淑敏，四四方方的脸，模样虽不清秀，但还周正，两颊透出健康的母鸡红，这张脸很干净，就是太生硬了，让人一看就得保持距离。女人，首先要讨人喜欢，这才好谈下一步。对，以往的失败起码有一半是由于这位副手的神态造成的，一坐下来就死死地盯着人家，眼神不能说是憎恶但绝对是充满警惕的，这模样谁还有兴趣跟你谈生意？还有，说话太实在，既然进入商界，当然要有一个自我包装，适度的吹嘘是必要的，表明你的能耐，你有上天入地的本事，你有极广的人脉，不然谁理你啊。李淑敏不，一是一，二是二，“我们刚刚成立，我们需要开张”，大实话，说好听是叫诚信，说难听是一根筋，当然，客观上讲，这帮子国有大企业的头头本身也有毛病，毫无开拓意识，思维太陈旧，怪不得亏损。活该！

她的目光停在街对面楼上的广告牌上，上面写着“黑豹牛仔时装，让您魅力永存”。左侧一只豹子正面直立，穿着牛仔短裤，杵着一根拐棍，豹子头上戴顶红色贝雷帽，嘴上叼着一支大雪茄，一双眼睛鼓鼓地瞪着，看上去十分滑稽。

她又看看广告牌下面写的公司地址：九眼桥，地处南郊，没准是个乡镇企业。她灵机一动，似乎值得一试！大企业走得差不多了，就是那个模样，或许希望就在这类小家伙身上。黑豹牛仔时装常在商店里见到，想必效益不错。她脑海里勾画出这位公司总经理的模样，大概就和这广告牌上的豹子差不多，一对大眼，一双利爪，身上还带着原始的臊味……豹子是动物界的强者，猫科，食肉类，充满了阳刚之气，敢作敢为，不仅奔跑速度快还会爬树，是多面手，它的捕食力极强，不在乎一鹿一羊一兔的得失……这么奇特地一联想，苏雪丹觉得应该立即动身，前去拜访这位黑豹。

李淑敏看出她的打算，说，“恐怕要骑四十多分钟。”

“我自己去吧。”苏雪丹骑上车，脚一蹬，链盒一阵咯咯作响，似在为她鼓劲。

“我也去。”李淑敏跟上她。

“你不用去了，我一个人好说话。”苏雪丹说的是实话，她觉得李淑敏有些碍事。“你回去休息吧。”

可李淑敏并不领情：“两个人才好说话。再说也安全些。”

“安全？怎么会不安全？”

“那难说。谁知道对方是什么货色？你这个大美人招眼。”

“我这把岁数……”

“四五十岁被拐卖的不少，我在妇联时见多啦。”李淑敏以教训的口吻说。“你正是能生娃的时候。”

苏雪丹哭笑不得，居然担心自己被拐卖！难道自己很弱智吗？不过她知道李淑敏也是一片好意，从某种角度说还是一种忠诚的表现，她不能拒绝这种关怀。

"你最好少说话,我来说。"

"你说就你说。"这回李淑敏倒很干脆。

四十五分钟后,她们来到九眼桥。黑豹牛仔时装公司就在路边的一座白色的三层楼里,一楼门口有两个石雕的黑豹,像两只大猫似的蹲在那儿。她们将车支好,正欲走进去,门内闪出一个高大的青年男子,他穿着吊着穗穗的牛仔服,长裤外侧一排银光闪闪的装饰扣,头戴一顶美国西部牛仔式的翘檐帽,问道:"找谁?"

苏雪丹以为这里在拍什么电影,怔了下,问,"总经理在不在?"

"在。三楼。"青年男子说完又闪身不见了。

李淑敏惊愕地问,"这人是干吗的?"

苏雪丹想想,"怕是门卫吧。"她觉得这里有戏,"也可能是形象代表。"

两个人走到经理办公室门口,苏雪丹悄声提醒李淑敏:"表情!"说着捅了捅她的胳肢窝,"微笑。"李淑敏却无动于衷。

"笑一笑。"苏雪丹用两个指头点点自己的嘴角,这人怎么就不会笑呢?

李淑敏嘴巴咧了下,表示了意思。

两个人走进去。

屋内墙上挂着几面锦旗,靠窗立着两个穿粉红色牛仔服的木头模特,光头很触目,宛如剥了壳的熟鸡蛋。桌上伏着一个男人,在画着什么,他显然意识到进来了人,但并不抬头,问道:"什么事?"

"是总经理吧?"苏雪丹咳嗽了声,觉得这声音有些像鞋帽公司的烟鬼副经理,有一种病入膏肓的味道,被传染了。

男人抬起头,他果然有一双豹子式的大眼睛,瞳仁棕黄中夹杂着暗绿,鼻子圆,嘴唇厚,脸上皮肤粗糙,两腮残留着暗红的痤疮疤痕。他打量着她们,李淑敏立即嘴角稍向上弯,似笑非笑地注视着他。他避开李淑敏的目光,又看苏雪丹,眼中突然闪出一丝惊喜,嘟囔了句:"黑了……"

"什么?"苏雪丹疑惑地看着他。

"我说你比以前黑了。"男人说。

苏雪丹惊讶地打量他,这是什么意思?熟人?仔细看似乎是有那么点面熟。"你是?"

"我是总经理,朱迎宝。"他站起来,伸出手。

苏雪丹握住他的手,仍是想不起来在哪里见过他。

"怎么不介绍自己?"朱迎宝问,"不会真是刘大妈吧?"

苏雪丹愣了下,刘大妈?这是什么意思?认错人了?她来不及多想,赶紧摸出名片,双手恭敬地递过去。

经理双手接过名片,看了一眼,"哦,原来是金鹰模特艺术团团长。"也拿出自己的名片双手递过。

苏雪丹看看名片："朱总经理，久仰，久仰。"

朱经理看看她道："久仰什么？还是没想起来啊！"

苏雪丹有些尴尬地说："我就是觉得面熟，实在抱歉……"

朱迎宝哈哈笑道："今天没喝酒吧？你可是差点砸了我轿车的后视镜！"

苏雪丹愣愣地看着他。

"忘了？长虹电影院旁边，我在一辆帕萨特车里，你过来把我的后视镜当化妆镜了……后来问你姓名，你说叫刘大妈。哈！"

苏雪丹想起来了，是那次喝啤酒后碰上的男人。人家后来还开着车把自己送回家。哦，对了，好像他问自己名字，自己随便说了个什么……

"是你啊！"苏雪丹歉意地笑着："那天真对不起……"

"说不上什么对不起。后视镜不是还在嘛。……嘿，山不转水转，这又碰上了。"

苏雪丹对李淑敏说："朱总是个爽快人，我们是老朋友了。"她立即将关系一步到位，拍拍对方肩膀。"是吧，朱总？"

"啊？当然当然，老朋友老熟人。"朱迎宝虽然觉得有些吃惊，但显然不反对这种定位。

"这位是我的办公室主任李淑敏，李主任。"苏雪丹介绍说。

李淑敏递给他名片，但朱迎宝显然没放在心上，随便地看了眼，将名片放到桌子上，又打量苏雪丹："有阵日子不见了，还是有变化。"

"丑了呗。"苏雪丹摸下自己脸，"一脸褶子。"

"不不不，苏女士在我印象中永远都是那么……啊，英姿飒爽的！哈哈……那天我一看见你，就觉得……穆桂英、花木兰重生在世，哈哈……"

"朱总经理！"李淑敏打断他的笑声。

朱迎宝回头看看，发现李淑敏正严厉地盯着他，于是收敛笑容，问："什么？"

"我们想和朱总联系业务。"李淑敏说。她真有点烦对方婆婆妈妈的，东拉西扯半天不入正道，干脆单刀直入。

"什么业务？"

"服装表演啊，你们是做牛仔服装的吧，不需要模特？"

"模特？"朱迎宝略吃一惊，不过他看看苏雪丹，很快点头："……哦，当然需要。"

"对了，我们就是做这个业务的。你看名片。"

朱迎宝只好拿起桌子上的名片，又翻过来看看上面写的业务范围："说实话啊，你这个金鹰模特艺术团，怎么没听说过？"

“我们正在筹备。”李淑敏说。

“哦,还在筹备啊。”朱经理有些惊讶。

“基本上算是成立了。”苏雪丹赶紧说,李淑敏还是太老实了,出来联系业务,筹备的话是随便说的吗?

“这个基本上是什么意思?你们的手续齐全吗?”朱迎宝认真地问,“对不起,苏团长,虽然我们算是熟人,但是要做业务的话,还是要公事公办。如果不介意的话,最好能给我看看你们的执照。”

“哪有带着执照到处跑的?”李淑敏撇下嘴说,“外行。”

“复印的总有吧?苏团长,你别多心,以前我被一个自称什么电视台的导演骗过,他说要给我拍广告片,拿了五千定金就没影了,找电视台一问,根本没这个人……”

“你也可以找电视台问问我,找那个主持人梁霞……”苏雪丹说。

“哎,我的意思不是说你们是骗子啊,其实我看着你们挺可信的……”

苏雪丹对李淑敏说:“把执照的复印件拿出来给朱经理看看。”

李淑敏照办了。

朱经理仔细看着执照:“果然是筹备……”

苏雪丹赶紧解释道:“其实这个筹备不筹备没有多大关系,早就让我们去办理正式执照,因为我们……这个业务特别忙,前一阵去外地演出了,所以一直没空去换……”

“没执照你们就演出?”朱经理怀疑地问。

“你不了解我们这一行,我们在筹备阶段就是要靠演出来证明自己的实力,文化局看你的演出水平达到一定标准,就发给执照。我们是早就达到了,现在请我们演出的单位很多,我们也不是谁都答应的。只不过朱经理和别的人不一样……”

“哦?我怎么不一样?”朱经理感兴趣地问。同时做了一个“请坐”的手势,苏雪丹和李淑敏坐到他对面的沙发上。

“我们觉得朱经理可靠。”李淑敏说。“我们的模特太漂亮了,有些很有钱的老板,但素质不高,请我们,我们也不去。我还怕他拐了我们的女孩子呢!”

苏雪丹赞赏地看看李淑敏,这话说的是时候,也有水平。男人肯定爱听这个。

朱迎宝果然笑了:“我不拐你们女孩子,我拐你们团长。”

苏雪丹和李淑敏都没有想到他会这么说,一时间愣了。

朱迎宝也不说话,很深情地盯着苏雪丹。

过了会,苏雪丹笑了笑说:“朱总真幽默,是说金鹰和黑豹有缘呢……”见朱迎宝仍然火辣辣地盯着自己,赶快换了话题。“朱总,听说最近贵公司要搞订货会?”

朱迎宝奇怪地问:“你怎么知道?”

“黑豹的大名，一举一动都有人关心，我是听市领导讲的。”其实苏雪丹是随便瞎蒙，服装企业总是要搞订货会的，不过既然蒙准了，干脆再把胆子放大些。“市领导经常看我们演出。”

“是王市长？”朱迎宝注意地问。

苏雪丹想了一下，“好像是他。市领导观看我团演出，顺便提起黑豹公司。”

“这次订货会，我们通过熟人给他秘书发了请帖，让王市长务必前来支持一下。”

“我们团就是在王市长亲自关照下成立的。据我所知，他最近要出访，可能参加不了订货会。不过他对我说，以后只要我们团演出，他就要来看。是这么说的吧，李主任？”

李淑敏愣了下，点点头，苏雪丹的牛皮越吹越大，什么王市长，压根儿就不认识，还亲自关照呢。可她又不能戳破，只好不吭声。

苏雪丹问：“不知订货会上的模特表演朱经理是怎么安排的？”

朱迎宝正想着什么事，怔了下，“什么模特表演？”

“模特小姐穿上你的牛仔时装走来走去呗！”李淑敏有些不耐烦，“这你应该知道。”

苏雪丹指着两个木头模特说：“活人穿上服装和这二位效果准不一样。我们到沿海地区表演，服装行业都要模特表演，国外更是这样了。我团模特漂亮，又有表演经验，准能把你的客户眼睛拉直，订货单保证比以前多几倍。”

朱迎宝考虑了一下，“我对国外和沿海地区的服装业比较清楚，当然活模特比死模特好了，既然……”他想起什么，“你们当然不是无偿服务了？”

李淑敏愤愤地说：“你的牛仔服能无偿送给顾客？”

苏雪丹赶紧说：“我们只收取一点点费用，演员总还是要有点劳务费吧？第一次合作，我们九折优惠，要不你看着办。朱经理经营有方，又这么年轻，办事的魄力是市上闻名的，我相信我们双方会合作得好。”

朱迎宝哈哈笑起来，他摸摸头顶，仰头看下天花板，说：“苏团长很会说话。”稍顷颇有感慨地问道：“你们看我有多少岁？”

李淑敏瞟他一眼：“最多五十出头。”

朱迎宝悲哀地叹口气，又摸摸头顶。

“我看三十出头。”苏雪丹狠压了二十年，“有些人不大容易看准年龄。”

“我差四个月三十九！”朱迎宝又是一声长叹，几个指头抓起头顶上稀疏的头发，拉直后又一撮一撮往下放，“这是我多年奋斗付出的代价……”他望着李淑敏，“领导一个企业不容易，当年我上大学时，学习也苦，可头发从不掉一根……”

苏雪丹有些意外，“朱总是大学生？”

“西南农业大学动物科学系。后来到市土特产公司当了几年办事员，又到一个屠宰场当供销科长，承包过一个砖瓦厂，还到内蒙办过奶牛场，最后才搞起黑豹时装公司……”他看看苏雪丹，“要说我这个人么，经历还算坎坷，小时候父母离异，长大后呢，婚姻又不顺，至今还是独身。”语气里带了几分悲凉，几分期待。

“是啊。”苏雪丹感动地附和着，这经历确实有特点，屠宰场砖瓦厂什么的，还是独身。“朱总不容易。”

李淑敏对朱迎宝的经历不感兴趣，独身又怎么样？独身的多了，我就是一个，你就是打征婚广告现在也不是时候，现在的问题是这个业务有门没有，她想。

朱迎宝并没注意李淑敏的神情，继续感慨：“我这个人啊……虽说经历坎坷，但从没有沉沦，我虽然学的是动物专业，但是我喜欢文学，那句李白的诗我特别欣赏：人面不知何处去，桃花依旧笑东风……”

“这是崔护《题都城南庄》诗。而且不是‘东风’，是‘春风’。”李淑敏冷冷地说。

“哦对，崔护的。”朱迎宝指了下她，很会心的样子。“现在老哥我虽说事业小有成就，但也有很多烦恼，老天不会让一个人十全十美，但是也不会让他毫无希望，这是我的人生体验，你们大概也有这种体会，在他认为幸福的时候，悲痛降临了，而在他处于绝望时——”他停顿了下，看着窗外放低声音慢慢吟道：“一线光明如日出朝霞，一棵小草如森林壮大，一股温情如东风拂面——春风，春风拂面，一瓣桃花笑掉了下巴，一个人面去而复来，一种………”

“哎，你究竟同意不同意？”李淑敏终于忍不住了，直通通地问。这老兄不知怎么触动了某根神经，生出无限感慨，做起诗来了，这还有个头啊。

“什么？”朱迎宝的兴致被突然打断，显得有些茫然，看看李淑敏脸色，回过神来，“哦，模特表演的事我可以考虑。演出费你们是怎么个报价？”

苏雪丹犹豫了下，“三千八。”本来她想说五千的，后来一想，别吓着他。

朱迎宝不置可否地“唔”了下。

李淑敏急切地问：“你觉得怎么样？”

朱迎宝看看她，不紧不慢地说：“我要核算一下。研究研究。”

李淑敏说：“你是总经理，还研究什么！”

苏雪丹赶紧用胳膊肘捅她一下，这种逼宫很容易把事搞砸了。

朱迎宝笑笑：“你们可能还不大了解我，我这个人喜欢痛快。对了劲，什么都好说。如果不对劲……”他停停又补充道：“我觉得你们挺对劲。这叫缘分。不过……你们必须要有正式的执照。我们只跟正规的企业做生意，不管什么来头都是这样。”

“难道你认为我们不正规？”李淑敏不悦地问。

“你们是筹备啊。我说的没错吧？”

苏雪丹想，别看这经理看着大大咧咧的，心里什么都明白，不过既然知道我们是筹备的，他还是愿意和我们谈了这么长时间，说明他还是有诚意的。

“你们什么时候能把正式执照办下来？”朱迎宝问。

苏雪丹顿了下：“很快。”

“能给个具体时间吗？”

苏雪丹看看李淑敏：“很快。”她没法给一个准确的日期，这是文化局的事。

朱迎宝说：“一个星期内我要得到准确答复，我的发布会时间是定了的，不会更改，到时你们不行，我就另想办法。据我所知，本市的模特不只有你们一家。还有一个新成立的银雀时装模特艺术团，听说实力不俗。是国家办的。”

苏雪丹和李淑敏愣了，没有想到对方知道银雀！那个老冤家！

李淑敏说：“朱总，你不要道听途说，弱不弱，好不好，不是凭嘴巴说的……再说银雀也不是国家办的，最多算是合资，我们是独资，而且他们现在也是筹备……”

苏雪丹拉了李淑敏一下，她不想在这里谈银雀，把事搞复杂了。“五天后我给你准确答复。如果我把正式执照拿下来，希望朱经理的承诺不会改变。”

“我承诺了什么？我承诺了研究，仅此而已。”朱迎宝站起来，“是吧？研究。”

“那好，研究，一言为定。”苏雪丹把话钉死。她明白，谈话到此为止了。

从黑豹出来，李淑敏气愤地说：“这家伙是个滑头！”

苏雪丹笑笑：“也不见得。他没封口。”

李淑敏又忧心忡忡地问：“五天能办下来？”

“五天必须办下来。”苏雪丹说。其实她心里没有底，可在这关口，没有退路。执照办下来，她就大干一场，执照没有，她什么都不是，恐怕还要去另找工作。她细想了下，文化局办团的几个条件，她基本上达到了，现在就看审查时模特的表现了，如果她们表现出色，应该没什么问题。倒是那个银雀，他们目前到底在干什么？实力是不是真的不俗？朱迎宝怎么知道他们的？莫非他们抢前一步已经和黑豹接触过？他们联系了多少业务？……这都是未知数，她隐隐觉得，陈功德虽然这一阶段没有动静，但是不会放过她。

27

教室里几乎坐满了人，这让欧阳平有些兴奋，以往上课能来一半学生就不错了。今天讲的是晴雯之死，他对曹雪芹笔下的这个精灵古怪、狐狸媚眼的“小蹄子”充满同情和怜悯，来听课的学生也是这种心态，否则不会来这么多人。他喝了口水，润润嗓子，开始讲了。他激情澎湃，全心投入，在说到晴雯临死前咬断自己的指甲送给宝玉时，他声嘶力竭，悲痛难捱，双手颤抖，指甲一阵阵针扎般的疼，不由自主把手指放到嘴里嘬了两下。他的神情引起了学生的不安，底下一阵骚动，他瞥了眼学生们，忽然看见郑云虹痛苦地看着他，这种哀怨的眼神宛如晴雯在世。她是听懂了的！她是知道他的内心情感的！他吃了一惊，这种感觉已经来了好几次了，他赶紧收回目光，抓过杯子，喝了几大口水，不行，心脏仍然咚咚乱跳，好像要挣脱肋骨的羁绊脱胸而出，他只好再次抓起缸子，一仰头，将水喝了个底朝天，苦涩的茶叶落进嘴里，他使劲咀嚼，就像嚼口香糖一样，终于使自己平静下来。

下课回到家后，他疲惫地坐在沙发上，依然沉浸一种莫名的悲怆之中，唉，自己竟然有些失态，谁知道是怎么了。他抓起电视遥控板，打开电视，心不在焉地翻了几个台，忽然愣了——十频道在重播那个节目！苏雪丹的形象又出现了，接着他也露脸了，傻乎乎在那里说话……岂有此理！这个东西有什么好看的，居然还重播！他抓起电话想给电视台抗议，又一想，那就跟苏雪丹公开翻脸了，苏雪丹肯定是喜欢这个节目的，没准就是苏雪丹要求重播的，她在文艺界有关系。苏雪丹啊，你真是无所不用其极啊，李淑敏说得不错，她什么事都可能干得出来。这几天他几乎没有和苏雪丹见过面，苏雪丹早上离开的时候他没有起床，回来的时候他已经睡觉了，想来也是忙得可以。他起身，打开冰箱，看有没有吃的，一看，有两截火腿肠，一个咸鸭蛋，另外还有三包方便面，这些东西好像是苏雪丹买的，他想我吃不吃掉它们呢？万一苏雪丹回来想吃，发现没有了，不闹翻天啊？两个人现在已经不是夫妻了，谁也不能白吃白喝……管他呢，吃一包方便面总没问题吧？还给你留两包呢！他拿出一个方便面和一根火腿肠，正要到厨房，门铃响了，他赶紧把东西放回冰箱，稳稳神，走到门口，打开门……郑云虹笑吟吟地站在门口，手上提着一个大塑料袋。

"欧阳老师，您吃饭了吗？"郑云虹微笑地问。

欧阳平隐隐闻到一股烤鸡的香味。他点点头，又不争气地摇摇头。

郑云虹进来，把塑料袋的东西拿出来，放到茶几上：半只烤鸡，还有几种配好料的半成品菜：宫爆鸡丁、红烧兔丁、素什锦……郑云虹解释说："都是在超市买的，配好了的，用锅一炒就好……"

"哦。"欧阳平有些发愣。

郑云虹看看他："欧阳老师，今天您不舒服吗？"

"没有。"欧阳平赶紧道，又上下打量自己，问："我……是不是给人弱不禁风的样子？"为什么她老是问自己的身体呢？他有些不安地想，莫非自己脸上有晦气？不久于人世的样子？

"不是这个意思。今天下午上课时，我觉得您有些……"

"我太投入了。"

“啊，明白了。”郑云虹点点头。“您讲得真好，有一种撼人心魄的力量……您没事，我就放心了。”

欧阳平不明白这个女学生为什么这么关心他，显然，她是有目的的。她到底想得到什么呢？

“欧阳老师，您吃饭吧，我走了。”

欧阳平赶紧一把拉住她：“我说郑云虹同学，你先别走，你……”他看看沙发：“你坐一下，我有话跟你说。”

郑云虹看看他，走过去坐在沙发上。

欧阳平也坐下来，考虑了下，问：“你是不是找我有什么事？如果是学习上事，我尽自己所能，我觉得你是一个聪明的学生，不应该觉得费力的。”

郑云虹笑笑，说：“欧阳老师，我特别佩服您的学问和人品，没其他意思。”她顿下，觉得这个说法缺乏说服力，又说：“要说有事，也算是有一件事……有一个单位托我给他们找一个文学老师，辅导他们的学习，提高文化素质，有报酬的……”

欧阳平松了口气：“原来是这事，你早说嘛。”

“我本来不想帮这个忙的，不过……既然我不帮，他们也可以通过其他人找，还不如我顺便作这个人情。我身边就有文学大师啊。”

“文学老师。”欧阳平纠正。他可不敢受用“大师”的称呼。

“嗯，老师。酬金是每堂课二百元，一周两节课。”

欧阳平想，这还不错，一个月下来就是一千六百元，相当可观。

“具体时间是星期三和星期五的下午三点，如果老师时间安排不过来，可以改在晚上，八点到九点。不知老师……”

“我想问题不是很大，我会安排好时间。”欧阳平想了想又问，“如果白天临时有事上不了，晚上的也可以？”

“对，最好九点以前结束，时间太晚回家不安全，女孩子多……”

“是什么单位？医院？”欧阳平有些好奇了。

“不是。”郑云虹摇摇头，“模特时装艺术团。”

“你说什么？“欧阳平吃了一惊，这个学生莫非是苏雪丹派来的？

“银雀模特时装艺术团，刚成立的，是市歌舞团的联办单位。模特文化素养需要提高，所以想请一个好的文学老师。”

欧阳平盯着郑云虹，这个女孩不简单了，市歌舞团是苏雪丹的原单位，银雀模特时装艺术团是苏雪丹的竞争对手，按苏雪丹的话是“死对头”，这个死对头通过这位学生来找苏雪丹的丈夫……不，前夫，这一招出乎意料。按李淑敏的说法：有创意啊！

“你为什么找我？”

“我觉得您合适。其他的老师我又不熟。”

“你觉得我合适?”欧阳平加重语气问。

“您合适。”郑云虹肯定地说,“您的课讲得最好!”

她是真不知道这层关系呢,还是装傻?欧阳平问:“你知不知道我爱人……前妻是干什么的?”

郑云虹摇摇头:“听说原来是跳舞的……”又醒悟地说:“前妻?欧阳老师离婚了?你上次不是说……”

“现在是现在啊。”欧阳平苦笑了声,看来她没看电视。既然是不知道,他也不想多说了。

郑云虹意味深长地“哦”了声。

“你为什么替银雀找老师?熟人?”欧阳平又问。

“怎么说呢,我家住在市歌舞团。我有时到银雀参加他们模特的形体训练,我喜欢这个。”

原来如此!这回欧阳平意味深长地“哦”了声。

“欧阳老师的意思是……”郑云虹有些不安地看着他:“上课时间可以再协商的,酬金也可以商量……”

“我考虑考虑。”欧阳平说。他站起来,表示今天到此为止。

郑云虹也站起来,刚要走,又停下看看那些半成品菜,又说:“需要我给您做吗?很快的……”

欧阳平赶紧摆手:“不用不用,这很简单,做得来的。谢谢你啊……你等等,我把钱给你。”他在身上摸钱。

郑云虹急道:“欧阳老师,你千万不要……这是一点心意!”

“不不不,这是第二次了!你不要钱,我就不要。”他摸出五十元递过去。

郑云虹红着脸说:“欧阳老师,如果你实在要给我钱,我就把这些东西拿回去!就算我没来。”

欧阳愣了,没想到这个女孩还挺倔。他决定让步。“那……”欧阳平竭力想把气氛弄轻松一些,“那……就算当老师的笑纳啦?以后我回敬一次?”

郑云虹笑了:“好啊!请我吃碗面就行了。”她转身往外走,又停下问:“欧阳老师……明天能有准信吗?他们挺着急,定下来后,我让他们来车接你。”

“噢,明天下午你打电话吧。”

郑云虹甜甜地一笑,走出门。

欧阳平目送她走远,回来坐在沙发上。他伸了个懒腰,两腿伸直,双手抱在脑后,望着天花板,这事有点意思了,他要好好想想。

郑云虹走后不久,苏雪丹骑车到了楼下,她的车架后面驮了一袋十公斤的精装东北珍珠大米,是在校门口的超市买的。她停下车,习惯性地仰头喊了声“欧阳平!”她想让欧阳平把大米搬上四楼。欧阳平没有应声。

苏雪丹正要再喊一声,身后突然响起一阵摩托车的引擎声,苏雪丹猛地紧张起来,自从那次被抢后,她对摩托车声非常敏感,她回头看,果然一辆摩托车驰来,竟然会有这种巧合?竟敢在她的家门口下手吗?摩托车手戴着头盔,在她面前刹住了。苏雪丹退后一步,警惕地盯着他,今天她身上可没有什么好抢的。

摩托车手摘下头盔:“苏雪丹……”

苏雪丹一看,是仇志华,她舒了口气,又奇怪地问:“你怎么到这里来了?”

“我有个朋友住在这里,来早了点,他不在,就转转。真巧。”仇志华没说是专门打听到苏雪丹家的。他想和苏雪丹谈谈两个人的事,不管苏雪丹怎么想的,他自己要把感情表达出来。

“哦,那,上去坐坐吧。”苏雪丹说,她并不知道仇志华来访的真正目的,热情地邀请对方进去。“我家就在上面四楼。你可从来没有来过。”

当初和欧阳平举行婚礼时,曾邀请过仇志华出席,但他没有来,说是到外地演出去了。苏雪丹明白他是在回避。

仇志华看看楼上:“哦,又是四楼。”他支好摩托车,抓起苏雪丹的自行车就往楼上走。

苏雪丹赶紧说:“是大米!车就不搬了!”

仇志华抓起米袋:“车不怕丢啊。”

“咳,破车,谁要?”苏雪丹有些不安地说:“米挺重的,以前都是欧阳平搬……”

“不是离了嘛。”仇志华粗声说,飞快地上了楼。

苏雪丹一想,可不是!现在提欧阳平是不大适宜。

苏雪丹跟着仇志华上楼,到了家门口,苏雪丹用钥匙打开门,发现欧阳平坐在沙发上发呆。苏雪丹叫了声:“原来你在啊!”

欧阳平看看她,没有吭声。

仇志华有些吃惊,问:“这不是那个……”

“欧阳平。我前夫。”苏雪丹回过神,又对欧阳平说:“哎,介绍一下,这是我们团的业务部长仇志华。”

欧阳平迟疑了下,站起来,仇志华对他点点头,放下米袋子。问苏雪丹:“你们不是离了?”

“啊?哦,”苏雪丹很快明白了仇志华的意思,“我们暂时还住在一起,因为那个……”

仇志华没有心思再听下去了,他有些慌乱地看看腕上的手表说:“我走了,朋友还在等我。”说完往楼下跑。苏雪丹说:“哎,喝点水再走!……”仇志华的脚步已经走远了。苏雪丹关上门,看看欧阳平,又坐到沙发上了。

苏雪丹没好气地对欧阳平说:“你就不会说两句感谢的话?人家帮我搬大米……”

“他帮你搬米,我感谢什么?”

“嘿,你……”苏雪丹一想,可也是,从理论上讲,这米和欧阳平一点关系没有。除非他想吃。

“他应该。”欧阳平说,“他是你的部下,帮领导搬米有什么,以后还要给领导做饭呢。”

苏雪丹惊诧地打量他:“咦,你今天怎么这么说话?”

欧阳平说:“苏雪丹女士,现在不是以前了,要转变观念,你面前的这位男士是一个独立自主的人,有发表言论的自由。”

“是吗,你不说,我差点忘了……”苏雪丹换上拖鞋,脱下外衣,在衣柜里翻着衣服。“我发现离婚以后,你的脾气见长…你的提醒非常必要。不过正常的关心还是需要的,这反映出一个人的教养素质,比如我吧……你没吃饭,冰箱里有我买的方便面,还有肉肠……你可以动用,这米也算你一口,以后算钱好了……”

“我有吃的。我吃红烧兔丁。”欧阳平慢慢地说,有些炫耀的意思。

苏雪丹这才发现茶几上的半成品菜,她惊奇地看着欧阳平,欧阳平已经把菜端到厨房里去了。很快,传来锅铲相碰的声音。

苏雪丹走进厨房,倚在门框好奇地看着欧阳平炒菜:“买的?”

“别人送的。”

“哟,好福气啊。……哎哎哎,你怎么搞的!”苏雪丹看见欧阳平笨拙地动着锅铲,一把将锅铲抢过来,“这么好的东西,会弄糊的!”她将兔丁放到砂锅里,用小火炖着,问:“还有什么?”

“青椒肉丝……”欧阳平嘟囔。

“把配料分开!”苏雪丹命令说,麻利地刷锅,又将菜油倒进去,“和点豆粉!再剥头蒜!……快点啊,油要烧着了!”

很自然的,欧阳平就成了她的下手。

几个菜炒完后,苏雪丹将菜端走,欧阳平正要跟出去,苏雪丹又说:“趁热把锅刷一下,凉了就不好刷了。”

欧阳平想,为什么我要刷锅?心里不愿意,可手上却在行动,一边刷一边骂自己没出息——你个臭小子为什么就不反抗啊!

他出来时,苏雪丹已经开始在吃了,看见他,筷子点了下:“……来,坐下来一起吃。别客气。”

嘿，本来是我的菜，倒像是她施舍给我一样。这世上还有天理吗！欧阳平不吭声，气鼓鼓地坐下来，拿起筷子，正要夹菜，苏雪丹突然说："哎，你考虑怎么样了？"

"什么怎么样？"欧阳平吃了一惊。

"团长助理的事。我现在需要人手。"

"李淑敏没跟你说？"

"说了个大概……好像是你有些顾虑？"

欧阳平没吭声。

"这还有什么考虑的？你的课反正没有多少人听，闲时间很多！"

"我的课反映很不错，正准备加课呢！"欧阳平觉得这话太刺耳。闲人就如同废人，我欧阳平不至于吧。

"你的意思是你不干？"

"不干。"

"真的？"

"当然。"

苏雪丹瞪着他，忽然"啪"地放下筷子，厉声道："欧阳平，你倒真做得出来！"

欧阳平吓了一跳："什么？"

"离了婚就翻脸不认人了！"

"是你要离的嘛……"欧阳平觉得委屈。

"两个概念！"

"什么……什么两个概念？"欧阳平糊涂了。

"离了婚就是仇人啦？啊？想背后开枪啊！"

"我没说是仇人……"欧阳平想到刚才郑云虹请自己给模特上课的事，有些心虚。"谁说是仇人？谁要背后开枪？你自己乱猜疑。"

"那为什么不干？为什么？你说！"

"我……"欧阳平有些动摇了，他叮嘱自己，稳住，一定要杀杀苏雪丹自以为是的气焰。"我的课确实增加了……再说，还有其他的单位邀请我讲学，我太忙……"他停下来，想等苏雪丹问谁在邀请他，如果说出银雀来，苏雪丹就知道她这位前夫的价值分量了。然而苏雪丹却说了这么一句："你跟我讨价还价？怎么跟市场上卖萝卜似的，先把自己的萝卜吹得天花乱坠，然后卖个好价钱？"

欧阳平没有想到苏雪丹竟然把自己比喻成萝卜！他怒道："你不相信？找我的人多啦！你们歌舞团的银雀模特团就找我来给他们上课！"

苏雪丹愣了："银雀？"

"对。"

苏雪丹打量他："真的假的？"

“那还有假!”

“哼,说说而已吧? 电话打来的?”

“专门派人来的,就今天。就刚才!”

“男的女的?”

“女的。”

“老的年轻的?”

“年轻的。”

苏雪丹有些明白了:“这些菜也是她送的?”

“对。”欧阳平顿了下,“人家为了表示诚意。”

“诚意?”苏雪丹用筷子夹起一块兔丁,看了看,问:“就这么块兔子肉表示诚意? 我要送你一条猪腿呢?”

“我笑纳。”欧阳平生硬地说。

苏雪丹把兔丁塞进嘴里,轻轻嚼着,“这么说……你答应了?”

“我……我正在考虑。”

苏雪丹看着欧阳平,想了一阵,忽然口气和缓了:“欧阳平,我们不是仇人,是吧?”

欧阳平看看她:“当然!”

“更不是敌人,对吧?”

“你想哪去了!”

“那好,你就不用考虑,考虑什么,你应该去。”

欧阳平疑惑地看着她,苏雪丹脸色平静,语气认真,欧阳平不知道她葫芦里卖的是什么药。又问:“你说去?”

苏雪丹点点头:“去。”

“我去银雀模特团?”

“对。”

欧阳平愣了阵,觉得苏雪丹在设圈套,他可不上当。摆下手:“啊不,不不不,没那么简单。我没有答应。不过……我正在考虑。在考虑!”他看看她的脸色,一字一顿地重复说,竭力让对方明白自己说话的立场和分量。“不过人家酬金不错。一次二百元。我要挣钱啊。”

“是啊,所以你——应、该、去。”苏雪丹也一字一顿地重复一句。“我正想知道他们的实力和动向呢。你挖点情报回来。”

原来是让我当间谍当卧底! 欧阳平终于明白苏雪丹的用意了。她给的任务内容也够专业:实力、动向、情报。到底是当过兵的。欧阳平没有想到自己会是这种身份。

“既然这样，你就不必当我的团长助理了。”苏雪丹放缓语气说，一副推心置腹的样子。“如果脚踩两只船，身份就暴露了，你要……”苏雪丹头倾过来，表情严肃，手挡住半边脸，声音放得很低，就跟地下工作者交代暗杀任务似的。欧阳平不由将耳朵侧过去倾听。

“你要……装得没事似的，明白吗？”苏雪丹的声音低沉有力，口中吐出的气体吹到欧阳平的耳朵上，嗖嗖发凉。杀气，欧阳平心里一哆嗦，活人的嘴里怎么能吐出这种凉气呢？人的皮肤表温在三十七度左右，而这气体最多十八度，只能解释为“杀气”！

“千万不能让他们察觉。”苏雪丹继续说，声音越来越低，“这事只有你和我知道。单线联系。明白吗？连李淑敏都不要告诉。”

欧阳平紧张起来，下意识地四下看看，好像有人偷听。

“我希望你已经明白了我的意思：暗地里帮助我们——不仅帮我，也是帮李淑敏。”苏雪丹继续低沉地说，“帮助了李淑敏，实际上就是帮助了你自己。李主任对你的期望很高，我也一样。”

欧阳平没有说话。他想拒绝苏雪丹，上课就好好上课，挖什么情报！这不符合他的做人原则。还搬出李淑敏，什么帮助这个就是帮助那个，帮助别人就是帮助自己，绕来绕去干什么，好像不当特务自己就会堕落一样。可是，除非你不去，如果去了没有弄回“情报”，那你就是真正在帮助苏雪丹的对手，这样一来，曾经的夫妻真的反目成仇了。苏雪丹的艺术团垮了，对自己有什么好处？钱收不回来不说，李淑敏李主任那边也交代不过去。从这方面讲，确实也是在帮自己。那就不去吧？这也不好，人家郑云虹来了几次，吃了人家的鸭梨又吃了人家的菜，为什么还要拒绝人家？在自己最苦恼最孤独的时候，是郑云虹给自己送来了温暖，知恩图报是欧阳平的做人原则。这两个女人都是不好拒绝的，欧阳平发现自己陷入两难之中，但这个两难令他有一种莫名的幸福——自己很重要啊，他的地位和价值突然提升了，她们都需要他。为了在这两个女人之间找出平衡点，为了让这两个女人都能重视他，为了让这个有趣刺激的游戏进行下去，他只有去，他必须去，然后……见机行事。情报还不是靠一张嘴说么！

欧阳平决定了之后，心里一阵轻松。

28

第二天上午，郑云虹打电话来，问欧阳平考虑好没有，欧阳平很爽快地答应了。郑云虹很兴奋，说下午就上课吧。欧阳平没有想到那么快，说还是要准备一下，备备课。郑云虹说不用太费神，就把以前上的课再说一遍就行了，很精彩的。模特的文化水准不是很高，讲太深了听不懂，通俗易懂就行了，关键是让她们肚子里有点修养，没有修养，哪来的气质。中国的模特和外国模特差距在哪里？就在气质上，而气质就是文化涵养的体现。郑云虹一口气说了半天，后来意识到自己话太多了，不好意思地止住，又说："下午两点半准时来车接您。"

下午两点半，一辆黑色桑塔纳2000轿车来到欧阳平的住宅楼下，这是歌舞团的公车。郑云虹坐在轿车前排副驾驶座上，抬头看看楼上的窗户，手伸到方向盘上按了两下喇叭，等了一会，没见什么动静。郑云虹下了车，准备上楼喊人，这时，欧阳平不慌不忙地走出楼门，看见郑云虹，微笑地打了个招呼："嗨，来了？"其实他早就在窗口看见来车，但是他不急着下来，现在正是上班时间，他要等轿车的喇叭多响几声，让其他人注意。在学校，老师被轿车接走讲课是一种荣耀，说明你的价值。车的好坏也反映出你的身份地位。桑塔纳虽然属于一般的车，但欧阳平是第一次被车接走，所以他觉得挺满足。他来到车门口，并不急着进去，而是站下整理了下西装的领带。郑云虹问他："欧阳老师，你坐前面吧。"

欧阳平摆摆手："我坐后面。"心里想，前排虽然是单座，好像很有规格，但一般都是秘书保镖坐的，真正有身份的人物一定是要坐后排的。他又环视一下四周，远处有一些人走过来，好奇地看着他，他又站了一会，装模作样地整理一下公文包，拉链锁拉了几个来回，然后拉开后车门，坐进车里。郑云虹见他不坐前面，赶紧也坐到后排，也许她只是表示尊重，但她那飞扬的头发拂到欧阳平的脸颊，让他有一种异样的感觉，他下意识地往旁边挪了下，郑云虹抱歉地说："对不起，挤到你了。"欧阳平赶紧说："没有没有。"心里却说再挤一下才好呢！郑云虹对司机说："王师傅，开车吧。"

轿车出了校门，沿着蜀汉路向东驰去。

路上，欧阳平兴奋地观赏着街景，马路边自行车大潮涌动，人们撅着屁股蹬着车，蝗虫似的赶路，在轿车里看着这些人别有一番感觉，成功人士和普通人就是这样区分开了，人和人就是不一样啊。他嘴上有一句无一句地回答着郑云虹的问话，心里自得和怜悯交叉折腾着。过西大街时，车停下来等红灯，两个骑车的女人从后面过来停在路旁，欧阳平随意看看她们，突然一怔，这两个女人竟是苏雪丹和李淑敏！比比划划在说什么。欧阳平赶紧将身体下滑，躲开她们的视线，心想女人苦命啊，那么大太阳还骑车。我这车里的空调太凉快了。我真对不起她们啊。后来又一想，我为什么要躲着她们？应该让她们看看我现在的身份，这对她们也是一个促进。于是他又挺起腰，但遗憾的是苏雪丹和李淑敏已经看不见了。

陈功德在办公室接见了欧阳平。欧阳平以前没有见过陈功德，只是听苏雪丹说起过这个团长，在他的印象中，这是个刚愎自用挺粗鲁的家伙，见了面，发现这个团长模样还算周正,方头大耳的,为人也诚恳,握手的时候非常有力,好像老朋友见面一样。

陈功德对郑云虹说:"小虹,你出去一下,我有话要和欧阳老师单独谈谈。"

郑云虹没说什么,出去了。

欧阳平听出陈功德称呼郑云虹的口气很亲昵,心里咯噔了下,莫非她是……"郑云虹是你的……?"他试探地问。

"我女儿。"陈功德给欧阳平倒了一杯茶,"她没跟你说?"

欧阳平愣了下:"哦,是我没在意……"刚才在车上郑云虹好像是说了什么事,那时他的注意力放到苏雪丹和李淑敏身上去了。

陈功德坐下来,说:"首先我表示歉意啊,苏雪丹的事我们处理得急了一些,给你们家庭带来一些影响……"

"我和她已经离婚了。"欧阳平淡淡地说。

"是啊,我听说了,其实苏雪丹这个同志本质还是不坏的,能力也有,就是个性比较强,其实她这个事情完全可以说清楚,怎么一走了之呢!你看公职也没有了。当然,只要是有本事的人,什么地方都有饭吃,但毕竟,社会险恶啊……听说她现在正在筹备办一个模特艺术团?"

欧阳平摸不透对方的真实意思,只好含糊地哼了声。

"苏雪丹这种敢闯敢干的精神是好的,但是太冒险了,办一个团不是那么容易的,除了有热情,还要有经济实力……要花不少钱,我估计她是把什么都抵出去了……关键是,听说她还找了一些人共同搞,这就要牵扯别人了,万一有了闪失,影响的不是她一个人,而是很多家庭,而影响了家庭,就影响了社会。"陈功德没有指明汪琴,当他得知汪琴是去帮苏雪丹后,真是七窍冒烟,你可以发挥余热,但是你去哪里不成?跑苏雪丹那里去了!这简直是对自己的挑战!虽然他认为自己这个国家团和苏雪丹要搞的那个什么杂牌团不在一个档次,但他不能容忍欺骗,而汪琴欺骗了他!当时汪琴办病退手续时并没有说要去苏雪丹的艺术团,他还以为这个女人要求病退真是身体不行了,或者是觉悟提高了为团分忧自谋出路,他挽留了下,见她去意已定,也就批准了,还在全团大会上表扬她勇于挑战自己,向文化局汇报也说是体制改革有了进展,已经有人主动愿意出去了。谁想到竟然……真可惜了那袋补钙奶粉!他马上通知汪琴回来重办手续——要不你就辞职走,要不你就给我留下来。但是汪琴并没有回来,而刚从国外回来的局长突然来了电话,说上面有人打招呼,汪琴的事不要提了,手续既然办了,就不要再变动,这有个政策严肃性问题。陈功德听出事情并不是这么简单,汪琴怎么会把这事捅到局长的上司那里去了?人不可貌相啊,一个歌舞团的资料员,竟然有如此的能量!但是局长既然这么说了,他就得照办,他决定暂不动汪琴,而是把苏雪丹的事向局长汇报了,他的意见是对苏雪丹这种无组织无纪律的人不能纵容，更不能让她办什么模特团，和歌舞团唱对台戏。如果人人都可以为所欲为，那还要我们一级组织干吗？干脆把我撤了算了。局长说他了解一下情况再说，同时告诉他局里很信任他，相信他能把歌舞团的体制改革进行到底。陈功德听出局长对自己还是支持的，对苏雪丹的做法也是不满意的。这就好办了，如果局长给社文处打个招呼，审查的时候让苏雪丹过不了关，她就办不了正式执照，这样顺带就把汪琴也收拾了，皮之不存，毛将焉附？汪琴你是自找没趣啊！想到这里，他又看看欧阳平，心想苏雪丹既然和我叫板，那我也就不给面子了。你抓我下属，我收编你老公！看谁厉害！他拍拍欧阳平的手背，"我可以和你说真心话吗，像咱们男人之间的对话？"

欧阳平点点头。

"说实话，苏雪丹走后，我有一些内疚……"陈功德叹口气，"毕竟人家是一个女人，歌舞团虽然也是一个风雨飘摇的单位，但是基本生活是可以保证的，瘦死的骆驼也比马大，退一万步说，歌舞团就是垮台了，这地皮就能卖不少钱，况且只要我在一天，歌舞团就能生存一天，我能让自己的员工吃亏吗？就算以后要改革，国家也要妥善安置好职工的后半生，而苏雪丹呢，这就推向社会了，一个女人要在社会立足，不容易。你说是吧？我觉得她不慎重，太任性，有些事是不能任性的，到最后后悔药都没得买了。"

欧阳平点点头，这个团长说的确实诚恳。他有些感动了。

"不错，我确实生气，苏雪丹太任性，怎么就没有点组织纪律性呢？还是部队下来的，部队有三大纪律八项注意，第一条就是一切行动听指挥，可她呢，不听指挥。是不是？正因为她不听指挥，她才被部队淘汰下来……"

"淘汰的说法恐怕不妥，"欧阳平觉得还是要给苏雪丹一个正确公正的评价。"苏雪丹的业务是比较突出的，她是因为一些意外的事……"

"意外？什么意外？"陈功德注意地问。

"这个，我也不大清楚，苏雪丹不愿意谈这事，好像是别人的枪被盗了，她牵连点责任。"

"会不会她自己把枪藏起来了？"见对方一脸诧异，陈功德解释，"我是说她好奇……苏雪丹一贯不大安分，胆子也大，是吧？"

"你是说她自盗？不，不可能！怎么会呢？这件事纯属偶然，不会是有意的，这我敢保证。"

"好好，这个问题现在不谈……有些情况恐怕你也不大了解。刚才说到无组织无纪律问题，"陈功德说到这忽然笑了一声，"转念一想呢，我年轻的时候不也是这样吗？年轻气盛，由着性子来，所以呀，这都是可以理解的……关键是，通过这次事情，我发现苏雪丹有种特别的气质，有一种不服输的劲头，她这股子劲如果用对了地方,那是很了不得的。现在好多人没有这种劲了,换句话说,苏雪丹是个人才——带刺的人才,你同意我的这个评价吧?"

"你说的有道理。"欧阳平觉得这个评价还算准确,指出苏雪丹的刺同时又承认苏雪丹的才,这个团长有如此的眼光和雅量,不错了。

"所以,我想请你给她带个话,如果她愿意回来,我们欢迎,她可以到我们这个模特时装团来当副团长,如果她干得好,以后她就代表我们市歌舞团和银雀公司合作,我由于有很多事务,不可能长期兼任这个团长,具体工作还是要靠专职人员。我的话欧阳老师明白了吧?"

欧阳平有些吃惊,如果自己耳朵没听错的话,这对苏雪丹来讲是天大的利好啊。"你的意思是,如果苏雪丹回来,她的公职恢复,并且担任银雀时装团副团长,干得好以后有可能再担任团长。"

"可以说……就是这个意思。"陈功德肯定地点点头。把苏雪丹收回来并委与重任,这是陈功德今天早上看了《三国演义》后突然想起来的,诸葛亮对付敌人的猛将大多是恩威并重,收为己用,他就想到收编苏雪丹了。他很为这个想法得意,怎么会有这种出人意料的想法呢?简直是诸葛亮附体,神来之笔!这既体现了领导的博大胸怀,也给了对方一条出路;既消除了一个竞争对手,又让对手为自己所用,绝了。至于团长副团长,都是一句话的事。"天下大势,合久必分,分久必合。有些事,她回来才说得清。我们毕竟是国家的队伍,再怎么样,也比私人小摊子强吧?"陈功德推心置腹地说。

"这个……我可以向苏雪丹转达。看她自己的意思。"欧阳平觉得对方开出的条件真不错,就看苏雪丹领不领情了。

"那就谢谢欧阳老师了。小虹推荐你来给我们的模特上课,说你水平很高。今天一见,果然名不虚传,气质不俗,一看就是大学问家。"

欧阳平赶紧说:"谈不上大学问,读了点书,一点养家薄技而已。"

"我说是大学问家就是大学问家,我的眼光是不会错的。"陈功德站起来,欧阳平也站起来。陈功德继续说:"……模特的根本问题是气质问题,是文化修养问题,所以一定要加强文化修养课,我们急啊,过几天就要做业务了,首次亮相很重要。欧阳老师就拜托您多费心了。"

"我尽力而为。"欧阳平不卑不亢地说。

两个人走到门口,陈功德打开门,猛然发现郑云虹站在外面。陈功德一怔:"小虹,你没走?"

郑云虹冷冷地说:"我送欧阳老师到排练厅上课。"

两个人来到排练厅,模特们已经坐在椅子上等着了,韦明义见他们进来,带头鼓掌。模特们也跟着鼓掌。欧阳平微笑地将手放在耳边招动两下,算是表示谢意,他走到模特前面,看着大家:“我们上课了。”模特们停止鼓掌,期待地看着他。欧阳平环视了下四周,并不急着说话,这堂课他是经过精心准备的,他要一炮打响。他背着手,盯着模特,又看看窗外,面色凝重起来,接着长叹了一声,似乎有满腹忧愁和感慨,模特们有些惶惑了,不知他要干什么。欧阳平突然举起食指,嘴巴一张,语调铿锵迸出一声:“高跟鞋!”这句莫名其妙的话吓了大家一跳,忙着看自己脚。“对,高跟鞋!”欧阳平重复了一遍,又问:“诸位是模特,经常要和高跟鞋打交道,有哪位小姐知道高跟鞋的来历?”

模特们面面相觑,不知道。

“那好,”欧阳平微笑了下,“今天我要先说说各位脚下的高跟鞋!”

于是欧阳平开始讲起了高跟鞋的来历:公元前一世纪的欧罗巴,在佛罗伦萨有一个美帝奇家族,家族中有一个凯瑟琳少女,嫁给法王亨利二世,这位少女身高不足一米五,为了皇家的尊严和家族的体面,少女穿上了足有半尺高的鞋,然后长裙拖地,遮住脚面,昂首挺胸走入皇宫。从此高跟鞋开始在贵族妇女中普及,从此高跟鞋横扫世界。中国引进高跟鞋始于清代,满族的贵族的鞋就有这种味道,只不过高跟在鞋的中央,这充分展示了中国妇女独立创新的精神和高超的平衡技巧,《红楼梦》中的十二钗就是这样凌波微步……贾宝玉为什么喜欢林黛玉?除了有闭月羞花之貌和看淡功名利禄之心外,还有一个重要原因就是林妹妹走路走得妖娆,微风摆柳,脚行一线,就是如今模特走的猫步啦。然而这种中式高跟鞋由于曲高和寡飞入不了寻常百姓家,而西式高跟鞋随着鸦片战争的一声炮响飞快地套在了中国上层妇女的脚趾头上,直到今天仍然方兴未艾。高跟鞋为什么赢得女人的偏爱?从静态说,后跟抬高,脚面则立,而立起来的脚面像是腿的延伸部分,拉长了下半身,符合审美标准;从动态讲,前低后高,又迫使女人为保持平衡抬头挺胸,收紧臀部,走路自然而然地扭腰送胯,风情万种……总之,作为和高跟鞋打交道的人,要了解高跟鞋,就像军人了解自己的武器;爱护高跟鞋,就像学生爱护自己的眼睛!各位小姐啊,好好把握自己的脚丫吧,因为一切成功始于足下……

欧阳平讲课很成功,风趣幽默,既有宏观的历史知识,又有微观的脚趾头,模特们盯着自己的高跟鞋感慨万千,没有想到高跟鞋里竟有这么多学问。

下课后,陈功德和韦明义在顺风苑酒楼宴请吃饭,作陪的有金主任和陆小雯,郑云虹由于晚上有选修课,先回学校了。陈功德和韦明义敬了欧阳平几杯“五粮液”,灌得欧阳平晕晕乎乎的。欧阳平本是不喝酒的,但是陈功德说文人哪有不喝酒的?韦明义也说酒是个好东西,李白斗酒诗百篇,大文豪欧阳修也是个酒篓子,欧阳修不是你欧阳平的老祖宗吗?欧阳平想,是啊,是啊,我这个欧阳修的后代,我这个一事无成的不肖子孙,怎么不会喝酒呢!惭愧啊,羞耻啊!他一横心,灌下两杯酒,酒下肠肚,浑身一阵燥热,舌头虽然有些硬了,但却有一种要倾诉的欲望,想哼唧两句诗，但是一时又不知道哼什么。他用筷子有一下没一下地敲着碗，一边皱着眉头想着词儿，大家看着他，知道要来灵感了，静默等待。过了一会，欧阳平啪地拍了下大腿，吟唱道："……去年元月时，花市灯如昼，月上柳梢头，人约黄昏后。今年元夜时，月与灯依旧。不见去年人，泪湿春衫袖……"这是欧阳修的词《生查子》，欧阳平唱完，看着灯泡痴痴发呆，语调也有些哽咽，不知是觉得自己是愧对祖先呢，还是想起了"去年人"。

陆小雯一看欧阳平已有醉意，陈功德的脸也红得不成样子，劝陈功德说："别喝了，会醉的。你有高血压。"

金主任笑着说："宁伤身体，不伤感情，陈团长酒风是没说的。"

韦明义拍拍欧阳平肩膀，说："欧阳先生啊，说句不见外的话啊，我一直在想，你这样斯斯文文的大学问家，是怎么和苏雪丹相处的，你这个'去年人'可是个厉害人物啊。"

陈功德问："听说你们还住在一起？没房子搬我这里来，我给你腾个房子出来。"

欧阳平笑笑，摇着筷子："平生无所求，一杯茶，一支笔，一间茅舍而已……"

"看看，这就是中国知识分子的情操！只管奉献，不求索取。"陈功德对陆小雯说。

金主任马上附和："吃进的是奶，挤出的是草……这话是谁说来着？"

"吃进的是草，挤出的是奶。"陆小雯纠正说，"鲁迅说的。"

"哦哦，看看，真醉了。"金主任自嘲地打了下嘴巴。

欧阳平摇摇头："非也，吃进去的不是草，也不是奶，而是肉，是骨头！……"他扫视众人："不错，李白喝酒，但是没有下酒菜行吗？用草下酒？喝得下去？身在山野寒江，心在朝廷国家。这才是中国知识分子的情操性格。李白、杜甫、陆游无不如是！"说完他用手抓起一个香酥排骨，举到眼前看着："此物最相思啊……"看看大家诧异的眼光，又说："牛是没有犬齿的，吃不了肉，可是人，有！"他咧开嘴，露出一排牙，让大家看。

金主任惶惑地看看陈功德，陈功德看着欧阳平的牙齿，果然一对犬齿如峰，他若有所思地点点头："确实有！"

欧阳平将排骨放进嘴里，嘎嘣嘎嘣的一阵响，居然连骨头嚼碎吞了下去。他张开嘴，让大家看口中已无一物，郑重地说："这，就是人和牛的区别。"

大家面面相觑。过了一会，陈功德赞赏地拍拍他肩膀："今天我才真正认识了什么是知识分子。人不可貌相，真的，欧阳老师，我们一见如故，早就该认识！"

"可我更想不通了，"韦明义百思不得其解："如此文雅的欧阳老师和苏雪丹是怎么相处的……"

金主任说:“我知道我知道,苏雪丹有貌,欧阳老师有牙。”说完一脸坏笑。

“这是人家隐私。”陈功德正色道,“公平的说,苏雪丹这个人还是很能干的,是吧,欧阳老师?在军区歌舞团就是跳主角的,一号,是吧?”

“苏雪丹……这个人嘛,是个人尖……”欧阳平点点头。

“可她干得好好的,为什么就突然转业了呢?”金主任问。“年纪不大啊。”

“不转业怎么会和我们认识?”陈功德带着责备的口气说。“我们又怎么有幸认识欧阳老师?”

金主任恍然:“哎,对对……”

“不过,如果苏雪丹不转业,就不会发生这么多不愉快的事了……”陈功德又把话头转回来,看着欧阳平:“是不是?”

“你们不明白的……不明白……”欧阳平软软地摆了下手,身体差点滑下去。

陈功德看手表,说:“今天到此为止吧,让欧阳老师休息一下,金主任,派个车送他回去。”

夜里快十一点的时候,欧阳平偏偏倒倒地回到家。

苏雪丹正看电视,听见敲门声,过去开门,一打开,欧阳平就砸了下来,苏雪丹吓了一跳,下意识地用肩膀扛住他,这是她第二次看见欧阳平醉酒,第一次是在结婚的酒宴上,被来宾灌醉了。她扇了他两个嘴巴,欧阳平盯着她的手嘟囔声:“此物最相思啊!”猛然张开嘴要咬她的手指头。苏雪丹一闪,欧阳平就倒在了地板上,苏雪丹不多说什么,抓住他两条腿往厕所里拖,欧阳平仍是张着嘴想咬什么东西,临进厕所门时竟然咬住倒在地上的拖把棍儿,拖把木棍横在门上,拖不动了,苏雪丹就拿了个鞋刷子,将柄把插放在他嘴里,欧阳平放弃拖把棍儿,死死咬住鞋刷子,毛刷示威地朝上戳着。

苏雪丹把他拖进厕所,叉着腰看了他一阵,照他屁股上踹了两脚,回屋里睡觉去了。

第二天早晨,欧阳平醒了。他睁开眼,茫然地扫视四周,很快两个眼球集中到鼻梁上方的鞋刷子那里——巍峨如喜马拉雅山峰,森林密布,郁郁葱葱。嘴里有一股肥皂味。他拔出来鞋刷子,疑惑地看了一阵,弄不明白为什么嘴里会长出这个东西来。看看周围,发现这是厕所,他模模糊糊想起了昨天的事,爬起来,刚要出门,外面传来苏雪丹一声喝:“给我洗干净了!”

他吓了一跳,赶紧扒下衣服洗澡,龙头开了一阵,发现没有热水。他嚷了声:“停气了?怎么没热水?”

“用什么热水?冷水洗!”看来苏雪丹是把天然气关了。

他只好用冷水洗了一阵,呼哧呼哧抽着气,起了满身鸡皮疙瘩。完了才发现自己没有拿干净衣服,他打开门,探头出去,“帮我拿条干净短裤……”

“要什么短裤!光屁股出来吧!”

欧阳平愣了下:“你以为我不敢？我……”正说着,一条裤衩劈头罩在他脸上,他赶紧换上,抱着肩膀哆哆嗦嗦地出来。

苏雪丹坐在沙发上冷冷地看着他,指指面前的沙发,他明白这是坐的意思,就坐下来。

“喝了多少?”

“没……多少。”

“没多少成这个鬼样子?!”

欧阳平翻翻眼睛:“你……以前不是也喝过?”

“我喝可以,你喝就不行!”苏雪丹喝了声,拍了下沙发扶手。

“为什么?”欧阳平打个嗝,哪有这种霸权主义道理！大老美啊!

“我醉过吗?”

欧阳平想了想,是没醉过。起码没有在家里醉过。

“再说,你是房客,我是房东,这个概念你要搞清楚。”苏雪丹盯着他,“要守规矩。”

欧阳平想,绝情啊,绝情！她这就成房东了,成小业主了！成资本家了！他抖着乌嘴皮反驳说:“你是房东,可我……是债主,你是欠债的。这个概念不会变。”

苏雪丹惊异地看看他:“耶,你很清醒啊!”

“当然清醒。”

苏雪丹盯了他一阵:“……好吧,说吧。”

“说……什么?”

“情报！忘了？灌醉了？用的是美人计吧?”

“美人有,但我就是不中计!”欧阳平得意地说,猛然打了个喷嚏,四下看看,冷,想扯一件衣服穿上,苏雪丹把搭在沙发上的网眼布扔到他腿上,欧阳平就裹上了。“人家请吃饭,这很正常。”欧阳平解释道。

“我根本就不想听什么吃饭的事。你知道我想知道什么。”

欧阳平想了想,昨天和陈功德的谈话历历在目,他有些惊讶自己喝了酒思路竟还如此清晰,如果不是冷水的作用,只能用遗传基因来解释了,毕竟是老欧阳家之后啊。他咳嗽了声,把陈功德要招安意思告诉了苏雪丹,他认为陈功德的态度是认真的,对苏雪丹也是赏识的,这对苏雪丹是一次机遇,回去先当着副团长,日后再图发展,背靠大树,省了许多麻烦事,女人单独创业,骑着自行车满大街跑,苦啊。然而苏雪丹却对陈功德的许诺不感兴趣,她的注意力放在陈功德要做业务的话上,做什么业务？什么时候做?

欧阳平说不出来。

“你为什么就不问清楚?”苏雪丹有些恼怒地问。“你在干吗?!”

“我为什么要问清楚?”欧阳平没好气地回复,“我是去上课的。陈团长说什么,我就听什么。他说欢迎你回去,工作也安排好了,我看他挺诚恳……”

“你太天真了,糊涂！我回去？我付出那么多,这账怎么算？还有债务呢？一笔勾销？还有,他给我下的是什么结论?”

“什么?”欧阳平没听明白。

“不是说我自盗嫌疑吗？他不是怀疑十万元是我报的假案吗?”

“这个……他没说。”欧阳平顿了下,又补充道:“他说很多事要你回去才说得清。”

“我是要回去。不过不是以这种身份。”苏雪丹哼了声,“真感谢他的赏识。他早干吗去了！……他们的模特怎么样?”苏雪丹忽然换了话题。

“啊?”

“我说你怎么这样?”苏雪丹不耐烦地问,“是耳朵有问题还是装傻呀？他们的模特怎么样?”

欧阳平看看她,有用这种口气对待“线人”的吗？是你在求我！我就是受不了你这种颐指气使的态度！离婚了还是这样,凭什么！他忍了忍:“还可以吧……”

“怎么叫还可以？跟我们的模特比怎么样?”

“我又没看见过你们的模特!”

苏雪丹顿下:“那你去看看。明天就去我们那儿,比较一下。”

“明天?”欧阳平抬头看着天花板,慢慢地说,“这样不好吧？我现在是银雀的应聘老师。”

“我也聘你,给我们模特上文学课。只是上课,不担任职务,不介入事务。你们老师不是经常给各个地方上课吗,这不违反你的做人原则吧？每堂课一百元。就这么定了。明天上午你就来上课。欧阳平老师,现在你可是成了香饽饽,你发了。”说完,苏雪丹转身向自己房间走去。

欧阳平觉得这话刺耳,他想反驳,他想说“我不仅现在是香饽饽,过去也是香饽饽,将来还是香饽饽”,但是他嘴唇嚅动两下,终是没说出来。他现在还不是苏雪丹的对手,在气势上总是处在下风,就是离婚了,这个劣势的惯性仍然还在。想想看,世界上有这样聘请老师的吗？人家银雀模特团,郑云虹亲自上门,还带来好菜好酒,礼数周到,语言文明,态度诚恳,颇有刘备三顾茅庐的风格,给的出场费也动人。而这位呢,就像吆喝一个跑堂的,况且只给了一百元,是人家的一半！价码是人的价值的体现,所以古有重金求才之说,能想象一匹千里马只卖一百元吗？我就这么贱吗？即便就是跑堂的,也是有尊严的！欧阳平挺了挺胸脯,昂起头,觉得尊严出来了。但是苏雪丹已经进了自己房间,没有看到他的尊严。他只好打了个响亮的喷嚏,以示天威。

29

第二天上午九点，欧阳平骑着自行车出了门。

考虑了一夜，欧阳平决定还是接下苏雪丹这个活儿。他不能不顾及苏雪丹和李淑敏的面子，反正是教书上课，知识是共有的，他可以给这家服务，也可以给另一家服务，宗旨是为社会培养人才。再说……一百元虽然不多，毕竟还是一百元啊，闲着也是闲着，为什么不发挥余热？

让欧阳平感到憋闷的是自己屈就去上课，却没有轿车来接，这和给银雀上课有天壤之别。苏雪丹明确告诉他，去金鹰模特团是没有车接的，当然，以后会有车接，大奔宝马都说不准，只要模特团发展了壮大了，一切好说。对苏雪丹这种影儿都没有的许诺，欧阳平只当是风过耳，不能当真。他骑着自行车慢悠悠地出了学校大门，忽然背后有人喊"欧阳老师！"回头一看，郑云虹匆匆从后面赶来："欧阳老师！有件事情要问下你！"

他们两个来到路边，郑云虹四下张望了下，问："苏老师呢？"

"她一大早就出去了。……你找她？"

"我昨天偷听了你和我父亲的谈话，对不起，我只是好奇，怕父亲承诺的讲课费变卦，现在我才知道马道街抢钱的是您的爱人……不不，我是说那次抢劫的是您的爱人……以前的爱人……"

"这事过去了。"欧阳平淡淡地说。

"案子破了？"

"没有。"

"好像是十万块啊！"

"是啊……"

"听说苏老师为还这十万到处借债，然后愤然辞职了……"

"愤然？唔，也可以这么说吧。"

郑云虹"哦"声，点点头："我早知道就好了……那天我喝了酒，迷迷糊糊的……如果不是昨天的事，我都忘了……"

"这和你有什么关系？"欧阳平奇怪地看着她。

"当时我在场啊！"

欧阳平吃了一惊："你在场？"

"是啊。当时我还帮助苏老师追来着，可惜让那个家伙跑了……"

"原来……原来是你啊！"欧阳平惊讶地打量着她，这事太巧了！"苏雪丹说过当时有一个高个女孩在场，她找证人找得好苦……怎么会是你呢？”

“平时我住校，那天我正好回家的，后来在网吧泡了一夜……”她忍了忍没说下去。“后来我也没把这事放在心上。到您家去也没看见过苏老师，唉，就是看见也不一定认得出，当时我……晕晕乎乎，走路都是飘的……”她不好意思地笑了下，“我父亲骗我，他让我找你时，根本就没提苏老师的事！”

“也不能叫骗，我自己愿意来上课的，本来就没有苏雪丹的事。……哎，你看清那个歹徒的样子了？”欧阳平意识到郑云虹的价值。

“这倒没有，他在前面，我在后面……不过……”

“什么？”

“车牌号记了几个……”

“有车牌吗？”欧阳平有些吃惊，“苏雪丹说那辆车没有车牌。”

“有的。”郑云虹肯定地说，“被泥巴糊了大半边，其中有74……我记不大清了，反正有车牌。”

“哦，”欧阳平点点头，“你说的这个情况很重要，我跟苏雪丹说说，约个时间你们两个见个面。也许你对破案有些帮助。”

“行。不过……欧阳老师，”郑云虹有些吞吐地说，“苏老师是因为我父亲对她的怀疑出走的？是吧？”

“有那么一点。”

“那……你们离婚也是因为……”

“和这个没关系，离婚是早就定了的。”

“哦……”郑云虹想了下，“那这种情况，我请你给歌舞团的模特上课，合适吗？我父亲让我找你时，没跟我说苏老师的事……这是给您出了个难题，如果为难……”

“不不，这是两回事。知识是没有国界的，它超越一切，况且还没有出国，在一个市。”欧阳平觉得这句话有点幽默，他不想让对方太看重这个。他没有说去上课还有一个理由是受了苏雪丹的指令当间谍，想到这他真有些心虚，不敢看对方的眼睛。

“我怕苏老师知道了不高兴……”郑云虹并没有领会他的幽默，心事重重地说。

“她为什么不高兴？她挺高兴，她巴不得……”欧阳平看看她，赶紧把话又绕回来：“再说就算她不高兴和我也没关系，是吧？从法律上讲，我们是两个完全独立的人。你也知道学校的老师被外面很多单位请去上课，莫非还要调查对方祖宗八辈是否有恩怨？笑话！我是对人不对事，谁都可以请我。你们请我，别人也可以请我。歌舞团的银雀模特团今天请我，苏雪丹的金鹰模特团明天也可以请我……”

“苏老师也请你上课了？”郑云虹愣了下。

“我是打个比方。这种可能性很大。有一个就会有十个,现在大家都知道提高文化素质的重要性。”欧阳平差点说出“我是个香饽饽啊”。又叹了口气,嘟囔声:“假如出现这种情况,你说我该怎么办?”

郑云虹看看他:“应该去。”

“看,就是这么回事。没什么大惊小怪的……”欧阳平又一愣:“你真是这么想的?”

“当然,您又不是属于哪个人的私有财产。”

欧阳平打量对方,这话是真诚的,他真对这个女孩另眼看待了。“谢谢你的理解。你不知道,虽然我们离婚了,但是作为一个负责的男人,我必须尽自己的力量,苏雪丹办团很不容易,借了不少债,我要尽快帮她把债还完,毕竟,夫妻一场,我希望她在离开我后过得更好些。”

郑云虹看着他,半晌没说话,眼神里充满敬仰。欧阳平有些不好意思了,刚才的话有些像是某部廉价电影里的廉价台词。他回避开她的目光。

“欧阳老师,你真是一个好人……”郑云虹感动地说。“我的同学说,现在已经没有高尚的人了,他们错了……”

“我高尚算不上,但我会努力做一个好人……”欧阳平笑笑,努力让气氛轻松一下,他看见郑云虹的眼睛有些湿润了,心里也热烘烘的,多善良的女孩!

“如果欧阳平老师去金鹰模特团上课,能不能替我留意一下,您爱人……哦,是苏老师这个团训练水平怎么样?”郑云虹又说,“你去上课的时候留意一下,银雀的模特你已经见过了,可以作个比较。”

欧阳平愣了,这是什么意思?莫非让我当双重间谍啊。我怎么成了这种货色?“我可以问一下为什么吗?”他不是滋味地问。

“只是好奇。”郑云虹犹豫了下,又说:“我在比较选择。女孩都爱美。”

欧阳平愣了阵,又问:“我还是不大明白……”

“……那就算了。”

“哎不,其实也没什么,”一看郑云虹有些失望,欧阳平赶紧说,“我的意思是,这个……其实很简单,只是这个……我不好说,人的眼光不同,我怕我的评价会给你带来误导。”欧阳平没有说假如苏雪丹知道自己当双重间谍,非把自己撕巴吃了不可。“你要感兴趣,最好自己去看看。”

“唔,这也是个办法。”郑云虹若有所思地点点头。“我还要去上课,拜拜!”转身走了。

欧阳平看着她高挑的背影,这女孩的条件很不错的。如果当模特,肯定有前途。他骑上车,上路。

30

团干部会议开了一个多小时了，还没有形成决议。苏雪丹的意思是为了争取到黑豹公司的业务，必须加快步伐，本周末就请文化局领导来审查节目，以便在最短的时间内取得正式演出执照。

仇志华认为这个想法是好的，但是不能违背客观规律，模特的训练一定要有一个过程，他已经把这个过程缩得很短了，但是周末——也就是三天后就正式披挂上阵，太冒险了：毕竟这些女孩子是新手，万一演砸了，审查通不过，就麻烦了。虽说以后还可以再次申请审查，但是已经给人一个不好的印象，风声传出去，有损金鹰模特团的声誉，也有损他这个著名老师的声誉。他建议往后再推些日子，就算是赶不上黑豹的这趟业务，还有以后的国际贸易洽谈会，来日方长，眼光应该放远点。

苏雪丹听他这么一讲，心里很不高兴，尤其是最后一句“眼光放远点”的话，颇有些刺耳，好像她急功近利鼠目寸光一样。考虑到仇志华是老关系，说话一贯没有什么忌讳，她也就不计较。其实她最担心的是朱迎宝已经和银雀时装团联系好了，这个业务必须抢在他们达成协议之前下手，只争朝夕，拖不得。就说：“大家再说说。把这事说透！”

李淑敏说：“我们不是什么国家文艺团体，我们的模特也不是世界水平，我们只要求达到初期水平。如果能早一天演出，为什么不上？这是浪费时间，浪费时间就是浪费金钱。”她没说是为了早日能挣到钱，挣不到钱就收不回债。

苏雪丹看看汪琴，汪琴手执环形针在认真地打一双毛袜子，苏雪丹问：“汪老师，你的意见？”

汪琴没有停手，问：“文化局的口味多高？什么标准要求？”

苏雪丹说：“当然不能和正规文艺团体比，再说我们是模特，不是舞蹈演员。说实话，他们对模特的标准也不清楚，都不是很内行。”

汪琴把袜子举起来审视了一下，穿了两针，说：“既然这样，我看可以试试。只要准备工作做充分一些，编排合理一些，应该可以过这个关……”

仇志华不高兴地问：“请问怎么编排才叫合理？现在不是说空话的时候，要有实际内容。”

“比如，”汪琴依然不紧不慢地打着毛线，“现在没有很突出的模特，那么就多在阵容上下功夫，单独的走台少来或不来，集体的队形和造型要新颖，让人一看就是训练有素……”

“汪老师这个办法好！”李淑敏击掌赞成。“扬长避短！”

“你的意思就是多上群舞，群舞比独舞更费事更难排呢！”仇志华说。

“模特走的是路线和队形，和群舞不一样，简单得多。”汪琴回驳说，又穿了两针。

“这是鱼目混珠的方法，万一文化局非要看看我们的领衔模特呢？你们记住，他是来审查的，很有可能要求我们要有招牌模特，一个团总要有块牌子吧？谁上？卢燕燕？宋薇？陈小萍？刘芳？”仇志华瞥眼李淑敏，“都太嫩啊……那个陈小萍毛病尤其多，说她一下，她还凑合个样，不说呢，就驼着个背，塌着个腰，走路一拖一拖的，像个农村老大妈，谁把她招进来的？什么眼光？……”

李淑敏脸色一变，正要说什么，欧阳平在门口探下头：“在开会啊？”

苏雪丹看看他，吃了一惊：“你怎么来了？”

“咦？不是让我来上课吗？”欧阳平看看大家，有些拘谨地说。

苏雪丹想起来了，对李淑敏说：“你带欧阳平老师和模特见见面，上午给她们加点料，临阵磨枪，不快也光。”

李淑敏走出来，问欧阳平：“你来上课？我怎么不知道？”

“才定下来的。”欧阳平说，“你最近怎么样？”

“忙着审查的事，要尽快把正式执照办下来。你在文化局有关系没有？”

“我？连文化局的门在哪都不知道。这方面苏雪丹应该熟啊……哦，对了，”欧阳平想起什么，“我有件事要告诉苏雪丹，你把她叫出来。”

“什么事？正开会呢。”

“很重要。要不了几分钟。”

李淑敏进去了，过了一会，苏雪丹出来，问：“什么事？”

欧阳平走到一边，回头看看她，手心朝上，四个手指勾了勾：“来。”

苏雪丹莫名其妙地看着他，这家伙怎么鬼鬼祟祟的？不过她还是走过来：“你搞什么鬼？”

欧阳平说：“那个证人，我给你找到了。”

“什么证人？”

“就是发生劫案那天你说的那个女孩，帮你追摩托车的。”

“是吗？”苏雪丹淡淡地说，似乎没有兴趣。

“你怎么……”欧阳平觉得奇怪，“你不是在找她吗？”

“晚了！”苏雪丹哼了声，“现在她能怎么样？”

“哎，她能证明那天发生了劫案，不过她说没有看清劫匪的模样，她在后面……”

“还是了，找到她有什么用？……”

“她说摩托车有牌号的。她看到了几个数字……这还是有用的，如果破案了或许能追回点钱来。”

“钱？哼，我早就不抱希望了……你怎么找到她的？”

“她……她是我们学校的学生。上课的时候……你看，竟然这么巧，远在天边，近在眼前，踏破铁鞋无觅处，得来全不费功夫……”欧阳平有些语无伦次，他也不明白自己紧张什么。

“大学生啊！”苏雪丹若有所思，忽然问：“她长得什么模样？我都忘了，只记得个子挺高，皮肤白……”

“个子高，人也漂亮，像这么高的人又这么秀气的模样并不多见，一般来讲，人一放大，就不精致了……”欧阳平看看苏雪丹，后者正注意地盯着他：“说啊。”

欧阳平赶紧说：“当然，赶不上你，只不过比你年轻一些。”

“你这种恭维老掉牙了，我一点都不感动。”苏雪丹哼了声。

“真的这样。”欧阳平尽力表白自己的真诚。“她还参加银雀的模特训练，气质不俗……当然，比你还差一截。”

“你少来啦！”苏雪丹瞪他一眼。“怎么比离婚前肉麻了？参加银雀训练就气质不俗？……刚才你说什么？她还是模特？”苏雪丹忽然意识到对方话中的意思。

“她是……陈团长的女儿。”欧阳平终于说出来。

“你说什么?!”苏雪丹吃了一惊。

“陈功德的女儿，叫郑云虹。跟着妈姓。”欧阳平又补充说：“她妈去年死了。”

苏雪丹考虑了下：“……我要和她见一面。你安排一下。”

“什么时候?”欧阳平赶紧问。

“今天下午，下午不行就晚上。地点就在这里。我要开会了，你赶快去上课，人在大厅，已经集合好了。”苏雪丹往屋里走，又转身道：“你要尽心哟，我这批人马很快要上阵。”

“我说，抱很大希望是不现实的。”欧阳平觉得有必要把这事说清楚。“文化修养提高不是一朝一夕之事。不能急功近利，这需要长期的、稳定的、有规律不间断的……”

“你甭跟我拽词儿！你以为一百块那么好拿的?!”苏雪丹挥下手，说完往屋里走，进门后又想起什么，回头叮嘱：“下午你把郑云虹找来，记住！”门关上了。

欧阳平呆怔地站在那里，这个女人不可理喻！好像一百块钱是多大的数一样！我怎么就是这个命呢？被人吆喝的命，被人指使跑腿的命，即便是离了婚，也在她的控制之下，难道这是老天安排的？他跟着李淑敏气鼓鼓地来到大厅，靠墙放着一张桌子，模特已经列队站在那里。李淑敏指了下前面的一张小桌子，说：“你上课吧，我先去开会。”说完走了。

欧阳平慢慢走到桌子前，卢燕燕过来问：“报告老师，现在上课吗?”

欧阳平点点头。

卢燕燕对模特说:“坐下!”

模特们坐在地板上了,每个人都盘着腿,两手放在膝头上,直着腰,看着他。

欧阳平觉得这有点军队的味道,毕竟是苏雪丹手下。他看看模特,知道这么坐也是为了拉胯骨韧带,两只手放在膝头在使劲下压呢,苏雪丹以前在家里看电视经常这么坐着。他扫视了下面前的模特,觉得从身材讲和银雀差不了多少,而形象好像好一点,他想这就行了,可以回复郑云虹了,用“差不多”这个词非常合适,既准确又宽泛,不算泄密。他两手撑住桌沿,咳下嗓子,食指猛地往上一举:“高跟鞋!”

模特们一惊,瞪着眼睛看着他的手指,然后又低头看脚下的高跟鞋。欧阳平想,连吃惊的样子都差不多呢,只不过这帮女孩的眼睛瞪得要略大一些,眼神也来得猛烈,有那么点苏雪丹咄咄逼人的味道。什么样的头儿带什么样的兵啊。“哪位小姐了解高跟鞋的来历?”他逐一打量着模特,见没人回答,又说:“不知道?好,我们从各位的脚下说起……”欧阳平又开始讲公元前欧罗巴佛罗伦萨美帝奇家族……

下午三点半,郑云虹如约来到金鹰模特艺术团。

模特们正在训练场走台步,她站着看了一阵,一些模特察觉了,也好奇地打量她,郑云虹对她们笑笑,问:“办公室在哪?”卢燕燕指了下顶端的门。郑云虹说:“谢谢。”穿过人群,走过去。她感觉那些姑娘挑剔的眼神尾随着自己,于是扭动腰肢,走起了猫步,到办公室门前时,来了一个一百八十度的转身,站下了,然后左手叉腰,右手食指在门上轻点了两下。这个动作一气呵成,优雅而又自然,颇有点大牌的范儿。郑云虹感觉到后面女孩惊讶的目光。

“进来。”屋里有人说。

郑云虹推门而进。

“欧阳老师通知我来找苏团长,我叫郑云虹……”

苏雪丹正和汪琴说话,听见郑云虹的声音转过头打量对方:郑云虹头发扎成一束,翘在脑后,上身一件淡黄色针织套衫,下着一条牛仔裤,显得身材颀长,浑身上下洋溢着一股青春的气息。

苏雪丹心中叹道:真是一个好模特!想不到陈功德竟然有这么个漂亮女儿,长的一点没有陈功德的影子。如此人尖儿,若不为我所用,那太可惜了!她站起来正要说什么,郑云虹看见她,立即叫起来:“哎呀,真是你,那天……”

苏雪丹赶紧说:“不说那天,不说那天……我给你介绍一下,这是汪琴老师,这是仇志华老师,这是李淑敏主任……”

郑云虹一一跟他们点头致意。

苏雪丹说:“听说你在大学上学?”

“是啊,欧阳老师是我的老师……”

“欧阳平呢?”李淑敏问,“他没来?”

“他下午有课。”郑云虹看看苏雪丹,抱歉地说:“那天我有事走了,本来应该去派出所作证的,可……把这事忘了……我记得几个车牌数字……”

“现在不说这个,抽个时间我们一起去派出所。”苏雪丹打断她的话,“……听说你也在进行模特训练?”

“我是业余爱好,随便走着玩。”

“能让我们欣赏一下吗?走两步。”

郑云虹吃了一惊:“现在?”

苏雪丹笑道:“有点不好意思,是吧?”

“那倒不是,主要是有些突然。”郑云虹也笑道:“我从小就爱发人来疯……行,我献个丑。”她退到门边,默了一会,作了个造型,然后走过来,在大家面前停下,然后双手叉腰,头侧向一边做了个亮相造型,转身走回去。

苏雪丹看看仇志华,仇志华暗地对她翘下大拇指:棒!

汪琴注意地看着她:“转身再稳点就好了,步态有些飘,是基本功问题。你是跟谁学的?歌舞团的老师我都认识。”

“我主要是从录像学的。在银雀主要是形体训练。”郑云虹笑嘻嘻地说,“步态看的是世界名模集锦录像光盘。”

苏雪丹问:“到我们艺术团来吧。我正缺你这样的。”

郑云虹有些惊讶:“我在上学啊。”

“业余的。兼职。”李淑敏说,她明白了苏雪丹的意思,那个“半路截杀”还没完呢。

郑云虹歪下头,眼睛眨了两下,说:“我考虑考虑,多半……不成。我不能保证时间。再说……我自由惯了,不想依附哪个团体。临时凑数可以。我是搞着玩的。”

苏雪丹说:“那这样吧,我看你不错,但是不知你整体感觉怎么样,我们几天后有一个内部演出,有领导和专家审查,你来参加好不好?你也可以测验一下自己的水准。就算是玩一把吧。”

郑云虹想了想:“那行。”

送走郑云虹以后,大家又开始继续讨论审查的事。汪琴说,郑云虹答应加盟,模特表演实力就不一样了,且不说她怎么表演,她那个样子一上台就吸引眼球,行话叫镇台,印象分很重要的,唯一让人不放心的是她是陈功德的女儿,谁知道会弄出什么事来。李淑敏对汪琴的观点表示赞同,并特别指出苏团长的这个用人决策是很英明的，用冤家陈功德的女儿，不仅显出敏锐的眼光，更显出过人的胆识和度量。以她对郑云虹的观察看，郑云虹既然答应演出，就是真心来帮忙的，莫非她还敢故意拆台不成？苏雪丹这一招是个大手笔。

李淑敏很少当面夸苏雪丹，她突然奉承起来，让苏雪丹有些意外，同时也有点飘飘然，她看看自己的手，警告自己：苏雪丹你要清醒，刚才的决策说是大手笔好像有点过分，妙笔倒是说得过去的。她问仇志华："仇老师的意见？"

仇志华一看大势所趋，心想我再硬撑着不是傻蛋脑残吗？好像我故意跟英明的苏雪丹过不去似的。改口说："这个郑云虹加入，肯定出彩。可以专门设计让她走两组独线。还有啊，为了保险，双管齐下：私下和文化局的人做做工作……"

李淑敏问："这是什么意思？"

仇志华瞟下她："还要说破吗？吃吃饭，送点东西，现在的社会就是这样。"

汪琴关心的是另一个问题，问："银雀是怎么注册的？他们的执照办下来没有？"

仇志华说："我听说他们的申请也放在社文处呢。还没批。"

苏雪丹说："人家才不愁呢，本来就是文化局下属单位，软硬件齐全。不用走筹备这一步，直接申请正式执照。我估计，就是审，也是走走形式。"

仇志华说："汪老师，你是不是把袜子放一放？现在还有谁织袜子啊！什么年代了?!"仇志华觉得汪琴很不严肃，这么重要的会议居然像街道老大妈似的织袜子！是不是还要纳鞋底哇？

"女人的事你不懂。"汪琴回敬他，不过还是把袜子放下，说："苏团长，只要你敢决定演，我就敢给你排出来。不过必须有几组像样服装，没有服装怎么排？……"

李淑敏说："我联系了两个设计师，但是样式和价格一直没有谈好，费用要六万左右。现在我们账上没几个钱。"停下又说："就算是设计师接受我们的条件赶着做，时间也来不及了。"

"那还说什么？我们不是白说吗！"仇志华瞪着她。

苏雪丹想了下，有了一个主意："我看这样，用现成的，大家把自己时尚点的衣服贡献一些出来，还有模特本人平时穿的，我看够时髦的……"

"开玩笑?!"仇志华叫起来，"表演服装和平时穿的是两回事，开玩笑！非演砸了不可！"

李淑敏指着苏雪丹的衣服："我看有些表演的服装还不如我们苏团长的呢！"李淑敏觉得苏雪丹这个主意好，从她管账的角度看，现在团里的钱只能进，不能出。她心疼每一个子儿。

汪琴看看苏雪丹身上的衣服，沉思了一阵，说："用自己的衣服也不是不可能，关键要组合好,时装里面有休闲装,家居装……"

仇志华说:"可我们是正规的时装模特团啊!"他觉得这简直不可思议。"再说那些模特干不干?自己的高档衣服她愿意拿出来?"

"要不,可以给予一定的物质鼓励。"汪琴说。"就算是租。低租金。"

"低租金我也没有。"苏雪丹否决了汪琴的话,她现在要珍惜每一块大洋!"不过,谁拿出来的衣服好,就安排主要角色,让她露脸,在团里困难的时候出了力的人,以后演出奖金上也要倾斜。如果她真是演员,她应该知道分量。"

"也是个办法。"汪琴看看苏雪丹,"你下决心。如果编排的好,应该可以通过审查。"

苏雪丹感激地看着汪琴,这就是知音啊。"能把一般的服装表演出不一般来,这才叫水平呢!"她有意无意瞥了仇志华一眼,说:"我现在就跟文化局打电话!把时间敲定!仇老师,你看怎么样?"

仇志华沉默了一会,说:"既然汪老师觉得没问题,我没意见。凭我们的水平,肯定比别人不差。"仇志华觉得汪琴给自己将军了,如果自己再坚持不演,就说明你本事不大。他可不能让苏雪丹小瞧自己。

"那就这样干了。"苏雪丹拨通了社会文化处的电话,铃声响了好久,终于有一个人接了,苏雪丹赶紧问:"是姚处长吗?"

"我是楚亮,你是哪里?"

"哦,是楚副处长……"苏雪丹随口就把对方提升了一级,"不是恭维,反正您很快就是了,我是金鹰模特艺术团苏雪丹……哎呀,什么团长,还不是等你们批吗!……姚处长有客人?……"她捂着话筒对其他人小声说:"姚处长有重要客人……"又拿开手,"啊,是这样,我们一切都准备好了,星期五请你们来审查……你看你们有时间吗?姚处长跟我说过他随请随到,是啊,我们很着急啊……"她又捂住话筒,小声对大家说:"去请示姚处长去了。……"过了一会,她神情紧张起来:"只有17号下午时间?可以可以,几点?……四点?行!就这么定了。……谢谢啊,我们恭候。"

苏雪丹放下电话,扫视下大家:"听见了?定了,大后天下午四点。今天大家赶快把自己像样点的衣服拿来,我们挑一挑,分一下类,模特自己平常穿的衣服也有不少拿得出手,汪老师和仇老师根据服装排练节目,并准备音乐磁带,李淑敏布置演出场地,茶水瓜子花生什么的也要准备一些,再写几条热烈欢迎领导审查的标语,三天后,迎接审查!还有,李主任你去百香居订一桌菜,饭肯定要吃。"

仇志华说:"是啊,这时间不就是吃饭吗!四点钟开始,完了后差不多六点了,不吃饭干什么。"

"多少标准?"李淑敏问。

苏雪丹想了下:“一千吧。”

“高了,四百就可以。”李淑敏心疼地说。“现在谁能吃多少啊。都讲究绿色饮食。”

“意思不在吃上。一千。这个钱必须花。”苏雪丹坚决地说。

“一千恐怕打不住呢。”仇志华又说,“我在深圳的时候请客办事,起码三千……这面子要做足,不然,钱花了,还不讨好。”

“这不是深圳,这是经济欠发达地区!”李淑敏反感地说,什么都拿深圳比,这日子就没法活了。

“其实不只四百,还有酒水没算呢……”汪琴恍然想起什么。

“酒水是小意思,”仇志华接着说,“吃完后不卡拉OK?OK完不泡泡脚?泡完脚后……”

“还干什么?”李淑敏问。

“那谁知道?要有节目,还多了。所以我说三千打不住。没听说那句顺口溜:领导来了怎么办?先看节目后吃饭;吃饭过后怎么办?卡拉OK转一转;转完以后怎么办?桑拿池里涮一涮,涮完以后怎么办?找个小姐干一干……”

李淑敏皱着眉头说:“你说话怎么这么难听!”

“哎呀,我的李主任,比这难听的还有哪,社会发展就是如此啊!”仇志华呵呵笑起来,内地的人就是土包子,他突然有了一种快意。

苏雪丹和李淑敏面面相觑。苏雪丹说:“不会吧?他们说就是审查节目……”

仇志华咂下嘴:“哎呀,你们女人不懂……饭后安排节目是规矩。”

苏雪丹说:“那……控制在一千五百之内,再多……”她想了想,猛地拍下膝盖:“嗨,找什么小姐,我们几个老娘们儿上吧,陪一个通宵!分文不取!不把执照拿下来就不收工!”

几个人一听都笑起来,李淑敏激愤地说:“我可不去啊!”

仇志华呵呵笑道:“李主任还当真了!”

大家收敛笑,随后又忧心忡忡地互相看看,饭后真要是这样,不是个轻松的事。

31

下午,陈功德和韦明义在排练厅看了银雀时装艺术团模特的彩排,觉得不错。韦明义告诉陈功德,这组演出服装花了六万,虽然贵了点,但是深圳知名服装设计师设计制作的,参加过深圳的服装节,拿了银奖,是今年的流行趋势,只要一演,肯定会在本市引起轰动,很快会收回成本。陈功德很高兴,现在万事俱备,只欠东风了,“硬件好了,排练不能马虎,要精品。”他叮嘱说。韦明义答应着,召集模特和工作人员过来,请陈功德作指示。陈功德看看大家,正要说话,办公室小文跑来:“团长,电话,文化局的。”

陈功德拍下韦明义肩膀,让他先讲着,自己起身到二楼办公室接电话。

电话是文化局楚亮打来的,陈功德哈哈笑道:“领导有什么指示啊?”

楚亮说:“陈团长开玩笑,我这个小科员哪敢给团长指示?”

“哎,听说马上就‘牲畜’(升处)了,副处长的位置不是你还有谁啊……”

楚亮说:“反正我是顺其自然吧……哎,陈团长,我问你个事……”

“你说你说。”

“你们时装团筹备怎么样了?”

“一切顺利啊,就这几天请你们来审查,拿执照了。”

“这样吧,姚处长的意思是,如果准备好了,就星期五?——也就是三天后审查,有问题吗?”

“没问题没问题。”

“那就安排在晚上七点。”

“七点?早一点好点吧,下午……”

“下午安排审别的团了……”

“噢,有很多团吗?”陈功德注意了。

“从星期四开始审两天,六个民办团。杂技摇滚乐队什么的。”

“有……苏雪丹的团吗?”

“有。陈团长,那就这样定了,到时再联系一次。再见。”

陈功德放下电话,苏雪丹的金鹰和银雀同时审查,真是冤家路窄啊。他往后靠在椅子上,闭上眼睛沉思,这个女人没有接受他的好意,一步一步的往前走呢。看来收编她是不可能了。不过这也是在意料之中的事。你得承认,苏雪丹能量不小,向文化局反映了那么多苏雪丹的问题,但是好像对她并没有什么影响,文化局到底打什么主意?那个社文处的姚处长以前也是军队转业来的,会不会他就是苏雪丹的后台呢?

他一只手轻轻敲着桌子,考虑了阵,看来对苏雪丹的事必须加大力度。他走到门外,办公室小文正抱着一摞文件走过,他问:“石泰梁在不在?”

小文看看他:“好像在吧。在金主任那儿聊天。”

“你让他到我这来一下。”

很快,石泰梁来了:“陈团长,你叫我?”

陈功德看看他,问:“我让你办的事怎么样了?”

石泰梁茫然地问:“什么事?”

陈功德脸色变了:“你怎么搞的? 苏雪丹的事!”又说:“她那个枪的事!”

“哦。”石泰梁说:“前天我去医院看望以前的一个战友,他得的是糖尿病,还有肺气肿,整天要吸氧气,心脏也有问题,才四十岁不到……”

“说正题!“陈功德不耐烦地打断他,什么糖尿病肺气肿,和他有什么关系!

石泰梁愣了下,继续说:“……他的……他的一个朋友的爱人的哥哥……不对,是弟弟……我记不大清了——在军区保卫部,他听说去年文工团是有一个女演员受过一个处分,好像是和枪有关……

“你看! 你看!”陈功德兴奋起来,不出所料,苏雪丹不是个简单人物!

石泰梁又说:“不过这个人是不是苏雪丹不清楚……”实际上石泰梁现在已经基本清楚苏雪丹转业的事,不过他不想说。

“你给我打听清楚啊。”陈功德瞪着他,这么大的事这个石泰梁居然不及时汇报,还在金主任那儿聊天!“我有预感,这人就是苏雪丹! 枪到底是怎么回事? 是盗窃还是枪支贩卖? 或者持枪抢劫? 她那个样子我看什么都敢干!”

石泰梁摇摇头:“不会那么严重,那早就逮捕了。”

陈功德一想,也是,这也太高估苏雪丹了。他用指头点点桌子:“这事告诉周警官了吗?”

“告诉了。”

“他怎么说?”陈功德急切地问,这个人太死板,有一句答一句,你不问,他就不说。

“没说什么……”

“怎么会没说什么?”陈功德吃惊地看着他,“这么大的事!”

“这毕竟是以前的事,是军队内部的事……”石泰梁犹豫了下,说:“要知道真实情况,最好问她本人……”

“要能问,我还要你干什么! 三天后文化局就审查她的节目了,赶快打听清楚! 最迟不能拖过后天。”

石泰梁顿了下,心中很有些反感,苏雪丹就算有什么,你就事论事,干吗查人家祖宗三代? 军队的事和你有什么关系? 不过他还是说:“我尽力吧。”

“哎,还有,”陈功德又想起什么,“周警官那边怎么样了? 还没去文化局查那个证明?”

“我看他不会去了。那个证明肯定是真的,是我们内部的人拿出去的。”

“那你就给我查内部! 看哪个人跟我们过不去!”陈功德抓起一包“三五”烟,抽出一支,狠狠地塞到嘴里,心想这事越来越复杂了,盘根错节,我中有你,一定要把内奸查出来。他想了一阵,赶紧往外走,要和韦明义交代一下,把节目排好,如果三天后苏雪丹通过审查,而自己这个团被毙了,那这个笑话大了。

32

三天后的下午四点，文化局社会文化管理处姚处长和楚亮、林碧涛两个科员来到金鹰艺术团排练场。

现场摆了两个长条茶几，上面摆了些水果，茶几后面放了几把木色折叠椅。上方用红纸挂了一条横幅：热烈欢迎文化局领导前来指导检查工作！这个横幅是苏雪丹让欧阳平写的，本来欧阳平说他没时间写这个东西，他忙着呢。但苏雪丹说你拿了本团一百元钱，就有义务完成团里的工作，一百元并不只是上课磨嘴皮子，还包括了动手干活，钱是那么好拿的？欧阳平懒得和苏雪丹理论，就当练书法吧，用自己最擅长的隶书写下了横幅。写完后对苏雪丹说：好好保留着，若干年后，如果你真发达了，这幅字就珍贵了，没准拍个好价钱呢。苏雪丹回敬说，不是我发达了字珍贵，而是你作古了这字才珍贵，好好保重！欧阳平戗了个倒憋气，什么话也说不出来。

苏雪丹将姚处长引到椅子上坐下，自己坐在他旁边。姚处长扭头四处看看，“是简陋了些……”

苏雪丹说：“当然比不上国家的文艺团体，不过我们负担轻，市场需要什么，我们就排练什么。每个人都顶几个人用，没有人浮于事的现象。”

姚处长说：“对，对，这是你们的优势。”他看看旁边的音响，“哦，山水牌的，日本货，音质不错。”

“这个音响挺贵的，李主任跑了好几个电器商场才定下来，只要好，我们不惜血本。”苏雪丹一本正经地说。这套从家里拿来的音响虽然买了好几年了，但保护得很好，李淑敏又仔细擦拭了一番，所以看上去成色很新，和新买的差不多。“为了引导消费，我们特别添置了一些流行的服装，”苏雪丹又说：“春夏秋冬四季都有，所以这场演出叫《四季风》。”

“哦，名字很浪漫啊。”姚处长赞赏地点点头。

“可以开始吧？”

“哦，好好。”

苏雪丹对站在旁边探望的仇志华打了个响指，仇志华立即打开音响。

演出开始了。

第一组服装是春装。

伴随着轻快的音乐，卢燕燕和宋薇从两侧出来，在台前造型亮相，转身，再走了个交叉，回去。看得出来她们有些紧张，动作有些僵硬，转身的时候身体稍有些晃，但是基本上说得过去。

接着是郑云虹单独出来，她穿了件米白色套裙，显得清新雅丽，飘逸洒脱地在场上走了几个来回。这套服装是宋薇的那个男友牛老板到香港旅游买的，宋薇很大方，爽快地贡献出来。

姚处长惊讶地看着她："这个模特气质不错，和电视上看到的差不多。你哪找的？"

苏雪丹说："这是我们的主要演员，北京来的专家对她也是赞不绝口，说她的条件是国际标准的。"她没有直接回答对方的问话，郑云虹的来历没有必要让姚处长知道。

"想不到，我们这个城市居然有这么好模特……"姚处长盯着郑云虹不住赞叹。"哦，你们的服装比较实用，不像电视上的花哨，看着热闹，穿不出去。"

"我们的宗旨就是和老百姓的消费观念贴近。"

"唔，这是对头的，一定要有群众观点。要为广大群众服务。"姚处长给予肯定。

郑云虹下去后，接着又是十人组的表演，队形不断变换，模特们虽然有些紧张，但基本上没有出大的差错，只有陈小萍在退场前转身的时候趺了下，好在稳住了，没摔下去。

"这个模特基本功还要加强，走路有些晃。"姚处长评价道，又说："我这是外行话了。啊？"

苏雪丹赶紧说："姚处长说到点子上了！"

春装过后，是夏装表演，郑云虹打头阵，她穿着藕荷色的衬衣，下着白裤，打着把粉红色的伞，戴着淡黄色的太阳镜，袅袅娜娜地走出来，苏雪丹盯着她，心想这个女孩的气质确与众不同，飘逸洒脱，很帅，如果她以后从事模特职业，肯定会红。她的气质和老爹一点沾不上边啊。

下面刘芳的出场让大家吃了一惊：她穿着一件宽大的花衬衣出来，下摆几乎垂吊在膝弯，下面是光腿，这倒也说得过去，反正表演的是夏季服装，问题是她走着走着就开始脱衣服，衬衣脱下后，里面是两截的泳装，引人注目的是，裸露的肚皮上有一个蜻蜓的文身，肚脐眼正好是蜻蜓的眼睛，她扭动腰肢，不停地做造型，脸上做出非常"爽"的表情。姚处长显然对泳装没有准备，看着刘芳白生生的大腿和肚皮上那个晃来晃去的金红色大眼蜻蜓，嘟囔声："还有这个啊……"

苏雪丹也不知道有泳装，排练的时候，并没有这个项目，其他的模特带来的裙子，无非超短一点而已，没有什么出格的。不知道这个泳装是汪琴安排的，还是刘芳即兴表演。虽然她觉得刘芳这种表演欲望值得肯定，给人的印象也深刻，但在这种场合上，谁知道是祸是福。。

在最后一组冬装时，宋薇把男友牛维国给自己买的紫貂皮大衣用上了，显得雍容华贵,仪态万方。

“这身裘皮很贵的。”苏雪丹说,“一万多块。”

姚处长感慨道:“你看来是下了血本了,投资能收回吗?”

“只要姚处长支持,我有信心。”苏雪丹很得体地说。

演出完后,姚处长说:“总的来说还是不错,尤其是那个模特……叫什么来着?”

“穿泳装的? 刘芳。”

“不不,那个很有气质的……”

“哦,郑云虹。”

“对,小郑。很不错很不错……如果在灯光、音乐,美工几方面可以再提高一下……当然当然,你们是民办团,不能和正规文艺团体比,但还是要有一些基本的东西。至于服装嘛,你们这个艺术团是以服装为主,这个服装还是有特点的,虽然不像电视上那些让人眼花缭乱,但也算时尚……”

“我们这批服装主要是实用性,有些表演服装只能看,不能穿。脱离实际。”

“哦,你这个方向是对的。要紧密和老百姓联系在一起,能看能穿。还有……这个泳装……要慎重……”

“主要是展示一下身材。模特嘛。”一看处长提到泳装,苏雪丹紧张起来,坏了,今天可能要栽在这上面。

“可也要分场合,今天这个……算不算三点式?”

“不是不是!”苏雪丹赶紧否认,“是两截泳装,露了点腰,不足二指。三点比这暴露多了。”

“肚脐眼都出来了。”楚亮说。“还有文身。怪吓人的……”

“哦,这个,我刚才了解了下,模特为突出效果,肚脐眼贴了一个文身蜻蜓,不是真文身。蜻蜓捕捉蚊子苍蝇飞蛾……是益虫,有那么点爱护动物保护益虫的意思,是不是,李主任?”她问旁边的李淑敏。

李淑敏听了后哭笑不得:竟然说什么保护益虫,真亏她想得出来! 不过此时她只能附和:“模特的衣服和装饰都是广告载体,用蜻蜓出发点是好的。”

苏雪丹又说:“再说,这泳装确实不能算是三点,我赞成健康的泳装,反对三点式。不过三点有助于模特走路保持平衡,你看,飞机的轮子都是三点,还有落地衣架。”

苏雪丹这套奇怪的理论把姚处长说的有些糊涂,说:“唔,总之,泳装上台一定要慎重。不然很容易有副作用。有个导向问题。”

“对。今天不是来审查吗? 算是内部的演出,公开的我们就慎重了。”苏雪丹暗暗叫苦,如果是因为这个泳装被卡住了,那才冤枉! 汪琴是怎么搞的,要上泳装也不请示一下,难道不知道露大腿的事很敏感吗!

"那……姚处长你看我们的执照什么时候……"她试探地问。

"这个……我们要研究研究……总之,我们对民办团是扶持的,但是,"他顿了下,"也要对你们和文化市场负责。"

苏雪丹想,他说的是什么意思?模棱两可。也不好再问下去,说:"我们马上吃饭吧,已经准备好了。"

姚处长吃了一惊:"还吃饭?算了,我们还有事。"

苏雪丹急道:"已经准备好了啊。再说马上就到吃饭时间了。"

楚亮提醒道:"姚处长,那边还在等我们。"

姚处长说:"我们确实没有时间,已经有安排了。今天我们全天都在审节目,好几个团都等着呢。"

"可……"苏雪丹没有想到会这样,看来姚处长不是客套话,问题是他又不明确表态今天的演出到底行还是不行,这谁受得了啊。不能就这样让他走了,苏雪丹看看一旁的李淑敏,问:"李主任,模特们收拾完了没有?"

李淑敏说:"差不多了。"

"让她们出来,姚处长要接见。"又对姚处长说,"姚处长,我们的模特想见见你,你就给个面子,接见她们一下好不好?"

姚处长笑笑说:"你都下了命令了,我不见行吗?"

仇志华让模特排成一排,苏雪丹陪同姚处长从模特面前走过,姚处长乐呵呵地依次和模特握手:"辛苦了,辛苦了。"苏雪丹对仇志华使个眼色,用手比了个照相的动作。仇志华赶紧从包里掏出个照相机,连续照了几张照片。姚处长特意在郑云虹面前多停留了一会,手在自己脑袋上比划说:"这么高啊,很不错。叫什么名字?"

苏雪丹赶紧说:"郑云虹。"又介绍站在旁边的卢燕燕:"这是卢燕燕,也是尖子。"

"唔,一个团是要有几个角儿啊。"姚处长看了眼卢燕燕,"继续努力,不要骄傲。"他继续走,看见汪琴站在最后一个,握住她手说:"汪琴哪,可有好多年没看见你跳舞了。"

汪琴笑道:"老了,现在看年轻的。"

姚处长说:"培养接班人,这也很有意义。再说你也不老……"

楚亮过来低声跟姚处长说了句什么,姚处长又看看其他模特,低声问苏雪丹:"怎么他们还穿着演出服?"

苏雪丹愣了下,很快就想到了理由:"哦,来不及换了。"她也低声说。"有些模特太喜欢这些服装,要求买下来。我们准备以进价卖给她们。反正我们要不断更新服装。"

“唔，这说明你们很有商业眼光。”

“姚处长还是去吃饭吧。都准备好了。”苏雪丹再次诚恳邀请。

“不不，”姚处长坚决地摇下手，“我们真的有事，约好了的。”

“那，你给我们模特做一些指示。模特见到你这样的领导不容易。”

“你说啥哟，不是批评我太官僚了？”姚处长笑起来，又说，“好，说两句。”

苏雪丹立即对模特说：“大家不要散，姚处长还有指示。仇部长，组织一下。”

仇志华赶紧把模特组织好，站成一排。

姚处长笑眯眯地对模特说：“你们团长非让我说两句，我也没有多说的，首先向大家表示感谢！辛苦了！……”

苏雪丹赶紧鼓掌，模特们也跟着拍巴掌。

姚处长继续说：“……看了你们的演出，总的来说是不错的，很有特点，既有商业性，又有艺术性，当然，有不足也是正常的，难免的，时装模特表演在我们市总的来讲，还是属于初期阶段，需要摸索，当然也需要规范，你们要努力，为繁荣我们的文化经济生活作出贡献。谢谢大家的演出。”

姚处长说完再次和模特一一握手告别，忽然四下张望，问道：“那个模特呢？你们最好的那个？”

苏雪丹也发现不见郑云虹，问汪琴和仇志华：“郑云虹呢？”

汪琴和仇志华都摇头。

卢燕燕四下看看，说：“刚才照相时还在这呢……”

陈小萍说：“她说是有事，走了。”

苏雪丹愣了下，马上对姚处长说：“我忘了，那女孩说过她爸爸有病卧床，她要赶回去熬中药，是甲亢……”苏雪丹也不明白自己为什么忽然说出这样的话，好像盼着陈功德一病不起似的。

姚处长感慨地说：“这样啊，这个女孩子不简单，在台上谁看得出来啊，给人以美的享受，生活中有这么多困难，坚强啊……这就是敬业精神。你们要好好向人家学习。”他对其他模特说。握住刘芳的手时，他特意仔细看了她几眼，刘芳立即做出媚笑，眼睛像大蜻蜓似的扑闪了几下。姚处长赶紧两手合揖向模特致敬，然后走了出去。

苏雪丹把他们送上车，姚处长想起什么，又下来，把苏雪丹拉到一边，小声问：“你和原单位的关系是怎么回事？”

苏雪丹一怔：“我辞职了。”

姚处长又问：“真下决心了？”

“我早就不去了。怎么？”

“如果歌舞团同意你回去呢？”

“好马不吃回头草。怎么？是不是有人说我什么……”苏雪丹担心了。

姚处长说：“说是免不了的。”他打量她一阵，忽然笑了下，低声问：“你这个样子怎么也看不出像是打人的，怎么会把人家的脑袋敲破了？你们陈团长还到医院住了五天，一个女人把两个大男人打翻了，功夫了得啊。”

“都是夸张。”苏雪丹心想不妙，姚处长虽然语调轻松，但在此时说这个话，显然不是开玩笑的意思，不过她也只能把这事当成玩笑谈，“我这个弱不禁风样子能打谁？”

姚处长看看她，哈哈笑了：“我就是觉得不可思议！关于你的传说真不少哟！”上了车。对司机：“去顺风苑。”

苏雪丹目送他们远去。觉得姚处长话中有话。李淑敏和汪琴过来，李淑敏问：“怎么样？满意不满意？不吃饭是客套还是真有事？”

汪琴担忧地说：“姚处长好像并没有明确表态啊！”

苏雪丹回过神，问：“汪老师，今天刘芳的泳装是谁安排上的？排练的时候没有泳装。”

汪琴说：“我也不知道啊。她自己就上了。她说过自己有一套意大利的泳装，很漂亮，一千多块，我当时并没有答应上。下来后我问她，她说和仇志华说了的，仇老师同意。”

“仇志华乱来！”李淑敏严厉地说。“今天恐怕就坏在这上面！”

苏雪丹说：“还有笑！笑是有内容的，有方式的，哪能像刘芳那样笑！嘻嘻嘻，狐狸精，太过了！陈小萍也不会笑，不笑也行，冷面也是风格，可她一个劲地皱眉头吸冷气，干什么？以后要加强训练！”

正说着，仇志华过来，兴奋地问：“怎么样怎么样？我看情绪不错。”

李淑敏撇下嘴说：“什么不错？处长今天点了泳装名，不大高兴。”

仇志华不以为然：“我看他挺高兴。”

苏雪丹问：“仇老师，刘芳上的泳装是你同意的？”

仇志华愣下，说：“她倒是说过，我以为她是开玩笑呢，谁想她真敢啊。那身泳装确实不错……”

李淑敏瞪他一眼：“不错什么，快成脱衣舞了。”

“那是两回事！”仇志华严肃地说，“我们是时装表演，再说穿泳装挺艰苦的，今天降温，人家不怕冻感冒……李主任，人的心理要阳光，不能往邪里想。”

李淑敏回击说：“我怎么想没关系，关键是处长怎么想。”

仇志华说：“还是了，处长怎么想的你又不知道？你急什么？我看他今天情绪不错，刘芳的泳装出场时，他眼睛都亮了，他高兴。”

“高兴为什么死活不吃饭？”李淑敏不依不饶问。

仇志华踌躇下，说："恐怕……另有饭局。"

"我们定的饭怎么办，退？"说到饭局，李淑敏想起来了，问苏雪丹。

苏雪丹看看她："退！"停下又赶紧改口说："不行不行，这样定金就没了，换点素菜，我们自己吃。"

他们回到排练厅，模特七零八落地坐在地板上休息，有的拿油纸卸妆。苏雪丹看见刘芳和张倩说笑着，本来想问问她今天私上泳装的事，后来一想，事情都发生了，说了也没用，只是以后要强调演出纪律，怎么排的就怎么上。又看看陈小萍，只见她小心地将高跟鞋用布包好，放到盒子里，苏雪丹注意到她的脚后跟红了一片，她走过去，蹲下来，托起她的脚，一看，后跟磨掉一大块皮，血浸了出来，脚趾甲也半翻着，引人注目的是脚踝上方——也就是俗脚脖子的地方有一圈淡紫色的伤痕："这是怎么回事？"如果鞋不合适，也不会伤到那个地方。

"拴的。"

"什么拴的？"苏雪丹奇怪地问。

"那个男人用铁链拴的。"

苏雪丹想起来了，李淑敏说解救这个姑娘时，她被人用铁链拴在磨房里。天啊，就这样把她当狗拴着！怪不得仇志华说她有时像农村大妈拖着走路，不拖着走，她走不动！她轻轻抚摸这道伤痕，又看看她的后跟，明白刚才表演时她为什么出差错了。

"鞋不合适？是吧？"苏雪丹问。

陈小萍笑笑："还行。"

卢燕燕在一旁说："质量问题，这种杂牌鞋肯定打脚。我就穿自己的莱尔斯丹，一分钱一分货。"

模特表演和训练的高跟鞋是李淑敏去批发市场买的，三十元一双。她不可能给每个模特买名牌鞋，太贵了，起码现在没这个条件。

"我这里有用创可贴。"卢燕燕从自己包里拿出一个创可贴给陈小萍。苏雪丹接过来，小心地给陈小萍贴好，说："明天你不要训练了，在家休息吧。"苏雪丹说。

"不不，我本来就笨，不能掉课。"陈小萍匆匆换上平底鞋，站了起来。"没事的。以前我没穿过这么高的跟，多穿穿就好了。"

苏雪丹没说什么，看看大家："各位辛苦了，今天演出不错！苏老师请客，吃饭去！"

模特一片欢呼。

姚处长一行审查完金鹰模特艺术团节目后，驱车来到了顺风苑酒楼。他们下了车，陈功德、韦明义和陆小雯已经在门口等着。陈功德上前握住姚处长手说："姚处长,我还以为你们不来了!”

姚处长笑呵呵地道:“说好了怎么能不来?”他又一一和韦明义和陆小雯握手。

韦明义说:“姚处长,其实审查完了再吃饭最好,可以从容一些……”

姚处长说:“下午确实有事……”一边说着一边往里面走。

楚亮说:“这两天我们很忙,下午我们就看了两台演出,都是个人申请建时装模特团的,要统一研究……”

陈功德赶紧问:“他们怎么样?都是哪些人办的?”

楚亮说:“一个是时装设计师,姓蓝,另一个你是知道的……”又低声说:“苏雪丹要请我们吃饭,姚处长坚决推了……”

陈功德点点头,感动地说:“姚处很给我面子。”

姚处长问:“怎么走?在哪个包间?”

“六号六号。”韦明义赶紧说,上前一步引路。

进了包间,姚处长坐下后说:“老陈,不是外人,简单一些,七点钟准时看你的节目。”

韦明义说:“往后推一下吧?时间太紧促了,酒都喝不好。”

陈功德说:“是啊是啊,姚处长,听说你是海量啊,部队下来的人没有一个差的……”

姚处长嘿嘿笑了两声:“部队下来的人都是大老粗,喝了酒没有天地了……”

陈功德说:“哎,你那是老皇历了,现在部队的人都是现代军人,思想好觉悟高业务强,你姚处长就是大学文凭吧?我们歌舞团有四个部队转业来的,都不错,我就欣赏转业军官……”

“是吗?”姚处长眯着眼看看他。

“个别的除外。”陈功德似乎察觉自己的话有漏洞,“其实哪里都一样啊,没有百分之百的……喝什么酒?听你老兄的!”

“不喝。”姚处长摆摆手,“真的不喝,不能喝。”

“少喝点。”韦明义劝道。“一点心意。”

“不能喝。一喝脸就红。”姚处长认真地说:“等一会审查节目,我这个处长脸像公鸡冠子、猴屁股像什么话?看走了眼,把好节目说成差节目,不是坏事了吗?”

“这我们就不好再劝了,看花眼把差节目看成好节目倒可以……”陈功德哈哈笑起来,竭力把气氛搞得融洽一些,虽然他对这个姚处长并无好感,两个人又是竞争副局长的对手,但现在人家掌握着批办民办团的大权,只能笑脸逢迎。“那就快上菜。”他挥下手说。

韦明义对服务员示意了一下,“先上凉菜吧。”

陈功德又对陆小雯说:“你去找他们经理,让搞好些,这是贵客。”陆小雯答应一声，又对姚处长笑笑，和服务员一起出去了。

姚处长看着她的背影，问："这位女士是……"

"啊，忘了介绍了，是我们团会计，同时也是模特艺术团的财务总监，陆小雯。"陈功德说，"很负责很敬业的一个人。"

姚处长"啊"了声，"刚才握手的时候也没有听清她说的话……哎，好像听你提起过，发生那个抢劫案……"

"对，就是她。她在场。苏雪丹把她的钱拿过去，偏偏就出了事……"

"还没破案？"楚亮夹起小碟中一块开胃泡菜丢进嘴里，问。

"没有啊，据说可能是流窜犯搞的。不好破案了。"陈功德叹息一声，前天晚上女儿郑云虹回家，说她就是抢劫案的见证人，这着实让他吃惊不小，看来是冤枉苏雪丹了。不过又怎么样呢？钱毕竟是在她手上没有的，总要有人负责。陈功德看看韦明义，拍拍他肩头："幸亏韦经理大度，不然我还真麻烦了，现在团里哪有钱……"

"也不是我大度，"韦明义说，"我也担不起这个责任，是苏雪丹把钱还了……"

"苏雪丹有钱啊。"陈功德叹道，"要是我，一下子还拿不出这么多钱来……女人嘛，总是有办法的，尤其是漂亮女人。"

韦明义说："可能是动了她的转业费，军人下来听说有不少钱……"

姚处长摇摇头："她那个级别，转业费没有多少的……"

陈功德说："所以说啊，苏雪丹很有办法，说实话，这个女人有能量，用好了，就是一个干才。我是珍惜人才的，她如果愿意，我让他回来当模特团的副团长，用其所长嘛，可她一根筋，拧着干。这种人啊，弄不好呢，就出事。现在她自己独闯门户，或许她就出息了，或许呢，她给你搅得一锅粥，影响文化市场经济秩序，不好收拾。"

姚处长"哦"了声。

"对她啊，老姚，我建议要慎重。"陈功德又说，"听说她也跟你们申请办团，她有情绪。我们并没有让她走，招呼也不打，不来了，说是辞职，怎么能这样？有很多事情还没说清……"

服务员进来上菜，陆小雯跟在后面，在陈功德耳边说："都安排好了。"

陈功德点点头："哎，吃饭吧。"又对陆小雯说："你坐姚处长旁边，陪姚处长喝两杯。"

"不是说好不喝酒吗？"姚处长看看他。

"葡萄酒总要喝的，对心脏有好处。一点点。"

"一点也不行。"姚处长坚决地摇摇头。

楚亮看看姚处长，说："算了算了老陈，今天就免了，以后再说。"

"那……就欠着。"陈功德不再坚持,对站在那里犹豫不定的陆小雯说:"你还是坐在那儿,照顾好姚处。"

陆小雯坐下了。

姚处长笑了下:"我成了幼儿园了,照顾什么!吃!"说着拿起筷子夹了一箸凉拌海蜇皮,大家一看,也就吃起来。

席间,陆小雯不时将菜夹到姚处长盘中。姚处长注意到自己第一筷子下去之后,陆小雯就把那种菜记住了,并且从自己的表情中判断是否喜爱,再将喜爱的菜夹到自己盘中,而且用的是公筷。姚处长不由赞叹对方心细,多看了她几眼,别看这女人不哼不哈的,心里有数。歌舞团十万快钱被劫后,这个陆小雯的名字多次被人提起过,现在一看,是个很纤秀的女人,从眉眼上看,某些地方和苏雪丹还有些相似,但显然不是和苏雪丹同一种类型。陆小雯在照顾姚处长的同时,也自然地将菜夹到陈功德盘中,一般看来这并没什么,下属为上级服务很正常,但姚处长感觉还是有点微妙的东西,是什么呢?一时也说不清。他自己吃不准自己的感觉对不对,也不多说什么,很快将菜吃完,然后要饭,要汤。他一放筷子,其他人也不吃了。姚处长看看表,说:"时间差不多了。"说完站起身。大家也跟着站起来。

走出饭店大门时,姚处长想起哪个地方微妙了:是陈功德在享受陆小雯照顾时的表情——陈功德毫无表情,这不应该,没表情就是"微妙"!

姚处长上了车,手机响了,一听,是雷局长打来的:"老姚,今天要审查陈团长的那个时装模特节目?"

"对,马上开始。"

"这关系到下一步的文艺体制改革,老陈那里引来资金不容易,要扶持啊。我们不能再背这个包袱了。"

姚处长看看陈功德:"我明白。"歌舞团当年曾经让文化局担保借债盖宿舍楼,结果还不了钱,文化局生生被割去三百万,局长想起这个就冒火。

"另外,听说下午已经审查了两个民办团?"雷局长继续问。

"对。"

"怎么样?"

"嗯……还可以吧。"

"我的意思是,要扶持,但不能滥,听说有一个团长是从歌舞团出去的,叫那个……苏什么来着?"

"苏雪丹,原来的舞蹈演员。"

"说是在部队时就有一些问题,到歌舞团后擅自离岗,什么手续也没办,还有一些经济问题……"

姚处长想,这个陈功德,道法深呢,弄到局长那里去了。他赶紧下车,走到另外一处，说："局长，那个人我比较了解，很多谣传是没有根据的，我觉得如果有这个团，歌舞团的改革恐怕能促一下，以往几次改革没进行下去，就是因为决心不大，没有对手，团领导没有危机感紧迫感，下面的人死抱铁饭碗……如果这个歌舞团出来的人搞好了，对其他有疑虑的人就有表率作用，还有，这个民办团已经消化了歌舞团的人。我觉得这个情况可以利用一下。……"

"陈功德冒火的很呐。"

"他个人和对方有一些恩怨。这样他反而不会撂挑子了，他得走下去。他输不起这个脸。"

局长那边沉默了一会，说："我看这个事情要慎重，那个苏什么办团审批要缓一下，把情况弄清楚再说。你直接向我汇报。"

姚处长回到车上，对陈团长说："走吧，看你们的节目。"又拍拍他肩膀："老陈，你放心，该怎么的，我心里有数。"

陈功德哈哈笑道："老姚啊，你们坐机关的，有时候不如我们下面的人办事方便，需要我跑腿的，别客气啊！"陈功德一阵轻松，从姚处长的语气里，他已经知道了底牌。

33

三天后，苏雪丹接到姚处长电话，让她到文化局谈一谈。姚处长在电话中并没有说什么事，苏雪丹也不好问，忐忑不安地来到文化局。在门口，正碰见陈功德和韦明义出来，韦明义翻看着手中一个紫色塑料皮的执照，陈功德指指指点点地说着什么，苏雪丹下意识地转过身，等他们过去，不想韦明义发现了她，叫道："这不是苏雪丹吗?!"

苏雪丹只好转过身，看着他们。

陈功德打量她："苏雪丹，你到这来干什么?"

苏雪丹冷冷地说："你来干什么?"

陈功德惊异地看看韦明义，又看看她："我来……我来领银雀艺术团的演出执照。"他拿过执照，晃了晃，"你也为这个来的?"

"是又怎么样?"

陈功德说："苏雪丹，你现在应该还算是歌舞团的职工，我希望你能回团里谈谈。"

"我辞职了。"

"可我没批准。"

“没批准我还是辞职了。”苏雪丹说完转身走。

“苏雪丹!”陈功德火了,韦明义赶紧拉住陈功德的胳膊:“陈团长,我们走吧,车还在等我们。”

陈功德看了眼苏雪丹,突然笑了笑:“苏雪丹,我们很快还会见面的。希望你不会后悔。”他掉头和韦明义走了。苏雪丹看着他们的背影,琢磨他的话,觉得今天被招来凶多吉少。

她来到姚处长办公室门前,姚处长正在打电话,看见她,做了个进来的手势,又指指沙发,苏雪丹坐下来。

姚处长大概接的是一个领导的电话,嘴里一个劲说:“放心,我会处理好的……”他放下电话,对苏雪丹点点头:“怎么来的?打的?”

“哪有钱啊,骑车。”

“骑车锻炼身体,减肥。”姚处长笑笑,“怪不得你身材保持的这么好。”

苏雪丹勉强笑了下,她现在可没心思开玩笑,姚处长显然让气氛轻松一下,这更让她心情紧张。

“这样吧,我想问你几个问题,”姚处长收敛笑容,“你可以回答,也可以不回答。”

苏雪丹点点头,“我会回答。”这时候人家问话你不回答,那不是自找死路吗!起码要有个谦恭的态度。

“先不要那么肯定。”姚处长说,考虑了下,问:“我们收到一份材料,说你在部队时受到一个警告处分,转业的时候把这个处分从档案抽掉了,有这事吗?”

“谁说的?”苏雪丹吃惊地问。

姚处长笑笑。“如果你不清楚,可以不回答。这有些隐私了啊。”

苏雪丹说:“我是受过一个行政警告处分,下部队演出时,弄掉了一把手枪……”

“你们演员也配枪?”姚处长惊诧地打量她。

“不是我的,是一个边防团长的。他在越南边境收藏了一把美式左轮……”

苏雪丹不想提这事,不过既然已经把这事翻出来了,她只好大概讲了下,这是去年底的事,苏雪丹参加军区歌舞团组织的一个小分队到云南瑞丽316边防团演出,边防团那个年轻的王团长知道她爱打枪,就邀请她体验一下美式左轮的感觉,苏雪丹欣然答应。她和王团长也算是熟人,以前她曾经和其他女演员在这个团当兵锻炼体验生活。苏雪丹下部队经常被军官们招待打枪,她把国产装备的机枪步枪手枪都打过了,就是没打过左轮。王团长开着北京213吉普车拉着她到县武装部靶场,从一个精致的黑匣子里摸出一条插满子弹的牛皮带,皮带上挂着一个酱黄色的枪套,里面插着一把枪,这是把美国柯尔特蟒蛇牌左轮手枪,在左轮手枪家族中赫赫有名，枪口径比国产老五四手枪大，九毫米的。苏雪丹兴奋地握住枪，枪柄弧度很漂亮，像抓一只小狗腿似的，她食指略一使劲，子弹砰地射了出去，接着又连抠五下，将剩下的子弹打光，看看靶子，六发子弹竟打了五十三环！这转轮枪和普通的自动手枪不同，子弹打完后，一甩，抖出弹壳，转轮出来，然后一粒一粒地装填子弹，有点美国西部牛仔大侠的感觉。打完枪后是傍晚，王团长兴犹未尽，驱车三十公里和苏雪丹到了边陲小镇弄岛吃特产米线，苏雪丹把插着子弹的牛皮腰带拴在腰上，左轮枪斜插在枪套里，就这么吊甩甩的来到街上“阿诗玛”小吃店，王团长边吃边打量她，说女兵若全是这么打扮真是帅呆了酷毙了，看来枪比任何一件名贵的首饰都强。旁边桌子坐着一男一女，其中那个男子盯着他们看了一阵，忽然过来敬酒，原来他是这个团的退伍兵，在附近的工地干活，几个人正在寒暄，街头突然大乱，接着一些人冲过来，将那个退伍兵按住，双方扭打起来，和退伍兵坐一张桌子的那个女人突然向外面跑，刚出门又被一个人扑倒了，女的奋力挣扎。王团长和苏雪丹不知道这是怎么回事，以为是黑社会找茬欺人，王团长不能容忍自己的士兵受欺负，于是出手相助，很快将一个人制伏。苏雪丹此时已经跑出门帮助另外那个女人，只见她跑到一个卖香蕉的摊子前时又被追上来的男子扑倒了，苏雪丹想都没想，冲上去一脚，连香蕉摊子和男人一起踹翻，女人爬起来一溜烟跑了。事后得知，被王团长和苏雪丹打倒的是便衣警察，来抓毒贩的。公安部门提出强烈抗议，他们为这案子忙了大半年，本来是个涉及五千万毒品交易的特大案件，结果只搞掉一个小毛毛头，那个退伍兵一问三不知，说根本就不认识那个女的，毒品和赃款都没有找到，幕后的老板也不知是谁。更糟糕的是，苏雪丹腰间的枪不知什么时候不在了。由于当时人很混乱，找了半天也没找到。这乱子闹大了，我国法律是不允许个人拥有枪支的，王团长的这支枪是当年在中越战场上打过仗的一个退伍老兵给的，作为私自收藏品，如果他不说这枪谁也不会知道，问题是枪丢了，这就事关重大，万一枪落到别有用心的人手里就麻烦了。王团长考虑再三还是上报了，并把责任揽到自己头上，苏雪丹知道后立即向上面说明真相，丢枪和王团长无关。经过调查，领导认为影响恶劣，决定要严肃处理，起码一个人要转业，苏雪丹认为王团长是个带兵的人才，走了太可惜，再说他也是为自己弄出的这个事。于是要求转业。结果，王团长被降职，调到西藏另一个部队去了。苏雪丹也因此受处分。只是在转业的时候，她要求取消这个处分，领导口头答应考虑。最后自己档案里到底有没有处分，她也不知道。

苏雪丹把事情的来龙去脉大致讲完了，当然，她没有讲里面的绯闻色彩，实际上她也仅仅对王兵有某种好感，觉得这个团长挺爷们儿的，说一不二，两年时间把一个军纪涣散的部队带成一支铁军，很有传奇色彩，和他在一起很痛快，不像机关的军官磨磨唧唧，半天不知道他说什么。如果以后发展下去也许会有某种挺浪漫的结局,但是这只是一个假设,还没有走到那一步就终结了。苏雪丹问:“……怎么,为什么要问这个?这也是考核条件?”

姚处长想了下,没有直接回答,说:“你的情况有些特殊,按照正常的手续,你是不符合的,陈团长说的一些话有道理,起码在组织程序上应该完备,可你一走了之……”他看苏雪丹要申辩,赶紧说:“你听我说完。以前的事我不想多问了,现在既然走到这一步,怎么处理才有利大局,同时也要对你本人负责,我看……”他顿了下,端起杯子不紧不慢地喝了口茶,看看她:“我看就继续走下去。以前歌舞团辞职的人有,但是像你这样想拉起一个队伍的,没有。如果你干好了,对其他的人是个鼓舞,能促进歌舞团的改革。我不赞成你的某些方式,但欣赏你的勇气。不过你要有充分的思想准备啊,从今天起,你真正进入市场了,什么事都会发生,什么人都要对付。有些事,我们可以协调,还有些事,我们爱莫能助。你明白我的意思吗?”

苏雪丹点点头,实际上她并没有明白对方的意思,这意思好像是……

“你去楚亮那里办正式执照。祝你顺利。”姚处长站起来,微笑地伸出手。“还有,改改脾气,凡事要冷静,打破头的事情可千万不要再发生喽。”

苏雪丹愣怔一阵,突然明白过来,这意思是她通过审查了!我的天!她激动地想说点什么,一时又不知说什么好,憋了半天,一把握住姚处长的手:“谢谢!”又鞠了个躬,跑了出去。

这一天,银雀模特时装团和金鹰模特艺术团同时拿到正式的演出执照,前后相差半个小时。

第四章

34

星期一上午,苏雪丹和李淑敏拿着正式的演出执照到黑豹公司敲定演出业务的事,办公室的一个留着短发的年轻女职员接待了她们,说朱迎宝总经理正在召集各部门开会。又问她们是哪里的,有何贵干。李淑敏说,模特表演的,总经理知道。女职员不再问什么,倒了两杯茶,让她们等一下。自己坐在电脑后面打字去了。

两个人坐在会客室里,等了好一会,不见动静。

李淑敏不耐烦了,问那个职员:"你们的会什么时候完?"

职员说:"可能快了,今天安排接待问题。"

"接待谁?"苏雪丹心里一动,问。

"订货会的客户。"

苏雪丹立即问:"时间定了吗?"

"二十六号报到。"女职员嘴上说着话,手却没停着,噼里啪啦地敲打着键盘。

苏雪丹算了下,二十六号,也就是五天后。

"那……你们总经理说过没有表演服装的事?"她问。

"好像……要请什么模特表演吧。是你们?"

李淑敏大咧咧地摆下手:"那就是我们团的模特。"

职员看看她:"你们是陈团长派来的?"

苏雪丹和李淑敏吃了一惊。怎么会是陈团长呢?李淑敏忙问:"哪个陈团长?"

"银雀时装模特艺术团。"

"陈功德?"

"好像是吧。他来是我接待的。"

苏雪丹和李淑敏互相对视一眼,明白了。朱迎宝明明说好给她们五天时间的,结果悄悄找别人了！苏雪丹急忙问："陈功德怎么跑到这来了？"

"陈团长是老总的哥哥……"女职员看看她们，又解释道："是同母异父……怎么，你们不是陈团长派来的？"

苏雪丹目瞪口呆，陈功德竟然是朱迎宝的哥哥！怪不得上次朱迎宝说话含含糊糊，原来他和银雀时装团是这种关系！他们早有一腿！她有一种被愚弄的感觉。看看李淑敏，李淑敏恶狠狠地瞪着女职员，像要咬她一口。

过了一会，李淑敏冷笑一声说："你们老总可真是深藏不露啊。"

女职员正要说什么，朱迎宝进来了，两手轻轻拍下巴掌，很爽朗地笑着："让二位久等了！哈哈哈！"

李淑敏瞪着他："朱总，你是脚踏两只船啊！"

朱迎宝一愣，看看职员，问："你们听说什么了？"

"你是陈功德的弟弟？"苏雪丹盯着他问。

"是啊，不是一个老爸生的，很少来往。"朱迎宝并没有当回事，"怎么了？"

苏雪丹冷笑一声："很少来往？是这样吗？"

"啊，我明白你的意思了……"朱迎宝对那个女职员摆下头，女职员知趣地出去了。"我这个哥前一阵是来过，无事不登门，他要和我做生意。"

"服装表演？"

"对。"

"那你还跟我们绕什么圈子？好玩？"苏雪丹火冒三丈，折腾那么久，竟然被耍了。

"你想知道原因？"朱迎宝不急不躁，慢条斯理地说，"一来嘛，我们相识很有戏剧性，戏剧性的东西总会有不寻常的结果；二来嘛，我听说了你的一些事，我觉得这些事挺有意思。你是位传奇人物。我想了解你。"

苏雪丹站起来，对李淑敏说："我们走吧。"

朱迎宝不动声色地问："怎么？说话不算数？"

李淑敏看看他，不明白他的意思："谁说话不算数？"

"你们这位团长啊，脾气果然大，不是答应让我看正式执照吗？没办下来？"

"你怎么知道没办下来？"

"那拿出来看看啊。"

李淑敏看看苏雪丹，苏雪丹哼了声："给他看。"

李淑敏把执照拿出来，朱迎宝认真看了一阵，李淑敏撇下嘴："有什么好看的，装模作样。"

朱迎宝看看她："李主任是什么意思？"

"还用说破吗？你不是早就请了银雀了？"

朱迎宝愣了下，说："我不是在比较吗？"又问："你们的模特到底水平怎么样？"

苏雪丹打量他，摸不透这个人的真实想法，他好像并没有完全封口，不过既然他和陈功德是兄弟，这个业务应该捞不到了。她忍住气，死马当活马医吧。姚处长说过，出来混什么事都会碰到，什么人都要应付，以后出尔反尔、翻云覆雨恐怕是家常便饭呢。这么一想，她脸上浮出了一丝微笑，从手袋里把仇志华照的照片给他看："这是我们和文化局领导的合影，这是姚处长。他对我们的评价很高。"

朱迎宝仔细看照片，显然注意力并没有放到姚处长身上："女孩子个头还是蛮高的，模样嘛……"

"比银雀怎么样？"李淑敏问。

朱迎宝愣下，笑笑："差不多。"又补充了一句："各有千秋啦。"

"那就是说我们没希望啦。银雀是近水楼台啦。"苏雪丹模仿他的话，"是吧？无所谓啦。"话虽这么说，苏雪丹心里还存着一丝侥幸，万一……

朱迎宝考虑了下，忽然指头一点："哎，要不然这样，你们两个团联合演出怎么样？"

李淑敏看看苏雪丹，有些把握不定："这个……也是个方法……"总比两手空空回去好，她心想。

"要演就一个团，或是我，或是他。"苏雪丹很干脆地否定了这个建议。

"没必要这样吧？"朱迎宝拿起茶杯喝了口茶。"不共戴天啦？国共还合作呢！"

"我不合作。"苏雪丹停停又补充说："我只跟朱总合作。"

这后一句话不仅有信任，还有那么点忠贞不贰的意思，让朱迎宝很受用。他挠挠下巴："嘿嘿，苏团长你给我出了难题。"

苏雪丹盯着他说："很为难是吧？那就算了。既然朱总无所谓，我也无所谓。"话是这么说，但并没动身子。

朱迎宝想了下，看看李淑敏，下了决心："这样吧，银雀确实在先，我们以后合作的机会还很多，这次就……很抱歉！"

苏雪丹默了一会，心里诅咒这个家伙真不是个东西，早说啊，耍人呢！不过脸上仍然露出微笑，一副天高云淡的神情："好吧。没关系的。就算交个朋友，认识了一个人。"站起来往外走。

"哎，"朱迎宝觉得苏雪丹话中有话，有骂人的意思。"苏团长，你不要以为我是不讲信誉的人啊！我开始也并没有答应你们，是不是？我……"

"是啊，你什么都没答应。我们自作多情了。"苏雪丹加快步伐，她怕自己忍不住会骂出来。

"等等！"朱迎宝拦住她们，考虑了下："这样吧，你们团新成立，我表示个心意，赞助你们一些费用，一千块，顶不了大事，添置个办公文具什么的……”

李淑敏哼了声，说：“苏团长，我们再穷，也不缺这一千块，是吧？”

苏雪丹看看朱迎宝，笑了笑：“一千块是不多，但是人家朱经理一片心意。朱经理刚才说了。”到这会，她没必要和钱过不去。姚处长叮嘱她要冷静，她觉得此时自己很冷静。

朱迎宝立即接上说：“是啊是啊，一片心意，买卖不成仁义在。”

“什么心意？心意不如诚意。”李淑敏憋不住了，毫不客气地说：“男人说话就应该算数。朱总太不男人！要是我，一头碰死算了！”李淑敏瞪着朱迎宝，恨不得抽对方两个嘴巴子的模样。

“我们李主任原来是妇联的，疾恶如仇，见过很多不那么男人的男人，朱总别介意啊。”苏雪丹嘴上这么说，不过似乎是肯定了李淑敏的看法。她看李淑敏火气很盛，决定自己唱白脸，别把路堵死了。

朱迎宝本来不想和李淑敏计较的，苏雪丹这话让他受不了了，嚷道：“我怎么不男人？我怎么不算数？当时我并没有明确答应你们。我只是说要你们拿来正式执照再说，是不是?！这是原话，是不是？”他四下看看，寻找着支持他论据的物证，“……哎，比如说，这个写字台我送给你了，那肯定就给你。这很明确的。当然，你们也不会要。”

李淑敏说：“怎么不要？你要真给，我就要。我的桌子哪比得了你这个气派。”李淑敏想到苏雪丹给自己配的办公桌确实很寒酸，和这桌子不能比。

朱迎宝愣了，他没有想到这个李主任不依不饶，赌上了。他勉强笑笑，求救地看着苏雪丹：“……苏团长哪里看得上我的桌子啊？你们是搞艺术的，桌子要求标准不一样。”

苏雪丹用手摸了下桌子，说：“不过朱总的桌子确实不错。虽然旧了些，但是柚木的吧？换了我，也舍不得。”

“哪旧啊，才用了四个多月……”朱迎宝叫了声，觉得冤枉了他的好桌子。

“是啊是啊，那就更舍不得了……”苏雪丹叹口气，“就算说了给别人，不是还没抬出门吗？可以改口，我理解。”

朱迎宝看看苏雪丹，这是什么意思啊？很快他明白了，这才是温柔一刀呢。够狠！他犹豫了下，觉得不能在两个女人面前跌份儿，一狠心：“苏团长真要看上了，就拿去。”

苏雪丹故作惊讶：“朱经理真舍得啊？”

朱迎宝摆了下手：“咳，不就是一张桌子吗？”

苏雪丹立即说：“那就谢谢朱经理了。不过……”她摸了下桌上的电脑：“挺麻烦的，还要把这家伙挪动挪动……这是什么牌的？朱总用的肯定都是最现代的东西……”

“咳,你说错了,我这是老机器了,正准备换个新的。”

“是吗,换下来的电脑还得找地方放,挺麻烦的,李主任,我们反正要拉桌子,这电脑就替朱总保管一下,你看行不行?”

李淑敏愣了下,很快明白过来,迅速呼应:“只要朱总同意,我没说的。不过朱总这么小气的人,舍得吗?”

朱迎宝瞪着苏雪丹和李淑敏,后悔刚才没管住舌头,这两个女人看来不是那么好打发的。“我说,你们胃口是不是太大了?连骨头带肉都吃啊!”他板起面孔,让对方感觉这是个很严重的事。

“咳,我也就是顺口一说。”苏雪丹淡淡地说,“朱总这淘汰下来的电脑或许有自己的用处,再实力雄厚的老板,还是要节约,这是美德,李主任,我们还是要体谅人家……”

“嘿,你拿去!全拿去!”朱迎宝叫起来,他受不了苏雪丹这种语气,一刀一刀地割人呢。对外面喊:“小丁!来一下!”

小丁进来,朱迎宝说:“你把电脑里的文件拷贝下来,然后把硬盘格式化,这电脑给苏团长了。”

“这还有打印机……喷墨的吧?”苏雪丹的目光又注意到旁边的打印机上。

朱迎宝呆呆地看着她,苏雪丹见对方没有回答,又问李淑敏:“现在起码应该是激光的。是吧?”

“是啊,现代企业谁还用喷墨的。早就该换代了。””李淑敏立即明白苏雪丹的意思,她一边担心苏雪丹胃口太大前功尽弃,一边又为她的气魄叫好。

“拿去!都拿去!”朱迎宝猛然吼了一声。现在,他只希望对方早点走。这哪是女人啊,简直就是深山里饿了五百年的老妖,跑出来后见什么啃什么。

苏雪丹说:“谢谢朱总,这电脑不是给我,是赞助给我们金鹰模特艺术团。我们一定把这桌子和电脑用好,不辜负朱总的关爱和支持。不过这么大的家伙,怎么搬走?烦朱经理找几个人再派辆车搬运。你们公司实力雄厚,总是有运货的车吧?”

朱迎宝脑子已经有些乱了,愣愣地盯了苏雪丹一阵,点点头,咬牙切齿地说:“行!行!我管到底!我——包——送!”他开始收拾桌子上的东西。

李淑敏看看苏雪丹,她刚才要桌子说的是气话,没想到苏雪丹竟然真的要人家的桌子,顺带把电脑和打印机也捎上了!这价值肯定超过一场演出费用了。今天真是没有白来。

朱迎宝将桌子里面的东西取出来,自嘲地说:“我早就想换桌子了,买回来时就觉得不大顺眼……我就不该买!……”又对她们道:“我的会还没开完,就不送你们了。小丁,弄完后,给她们安排个车送走。”说完往外走,苏雪丹叫道:“朱总!”

“什么?”朱迎宝吓了一跳,停步看着她。

“你刚才还答应赞助一千块呢!”

“怎么怎么,不是桌子和电脑……”朱迎宝结巴起来,这两个女人真是惹不起,这还有个完啊!

“现金和物资没说可以相抵,说了吗?”她问李淑敏。“各归各吧?”

李淑敏摇摇头。心里直打鼓,苏雪丹你还不知足啊,小心鸡飞蛋打一场空。

“朱总现在改口也可以,我立马走。”苏雪丹盯着他。

朱迎宝看看她,从屁股后面的包里摸出一个皮夹,抽出一叠钱,粗略数了数,放到桌子上。

苏雪丹拿过钱,微笑地说:“谢谢!改天我让李主任把收据送来。”

“不用了。”朱迎宝说完沉着脸匆匆走出去了。

两个人满脸堆笑地把朱迎宝送到门外,李淑敏低声对苏雪丹说:“这回真得罪了。要了那么多东西!以后别打交道了。”

苏雪丹摇摇头说:“交道还是要打。还有一件东西没拿到呢。”

“什么?”李淑敏以为苏雪丹又看上了什么东西,总不能把人家房子搬走吧。

“他的业务合同。”苏雪丹说。

李淑敏愣了下,惊讶地问:“你还不死心?”

苏雪丹咬着牙说:“别的人倒罢了,银雀不行,非争不可。”

接着,苏雪丹让李淑敏跟车回去安排接收写字台和电脑的事,她留下等朱迎宝。她要再和对方谈谈。

朱迎宝开完会,天已经有些黑了。他下楼走向院子内停放的帕萨特轿车,用遥控器“嘟”了一下,刚要开门,身后有人叫:“朱总!”他回头一看,苏雪丹站在不远处看着他。

朱迎宝奇怪地看着她:“你没走?”

苏雪丹说:“我想再跟你谈谈。”

朱迎宝“哦”了声,四下看看,又问:“李主任呢?”

“她回去了,安排你的桌子……哦,应该叫写字台。写字台真好,电脑也不错,都是我们急需的。谢谢啦!”

朱迎宝苦笑了下,长叹一口气:“我还是第一次碰见你们这种人。”

“什么人?”

“一个母……女强盗!”朱迎宝本想说是母狼,觉得有些伤人,改了个比较文明的词。

“哟,朱总是夸我呢。”苏雪丹不急不恼,面含微笑说:“我哪够格强盗?一张桌子加个电脑罢了,又没有要你的车。当然,如果朱经理真要奉送,我也不好拒绝。”

朱迎宝愣了下,忽然哈哈大笑起来:“名不虚传啊,我那老哥说的没错!”他拉开车门:“上车谈吧。”他觉得这个苏雪丹确实与众不同,他喜欢和这种人对话。

苏雪丹上了车,朱迎宝抓住方向盘,问:“想吃什么?”

苏雪丹一惊:“什么吃什么?”

朱迎宝说:“现在是吃饭时间。”

苏雪丹“哦”了声:“那……还是等你吃完再说吧。”说着就拉开车门要下车。

朱迎宝一声喝:“坐下!”

苏雪丹吓了一跳,又坐好了,她四下张望了下,有些后悔自己莽撞了,干吗要上他的车。

朱迎宝问:“你是不吃晚饭的?”

“当然吃,不过我是……”

“那就坐下。我请你吃饭,本来应该是你请我的。”

“我是要请你,不过你有家,怕……”

“我没家。”朱迎宝生硬地说,“晚上就是找人吃饭。今天碰上你了,你现在不是也一个人吗?给个面子吧。”

苏雪丹只好点点头。看来他了解自己不少情况,陈功德肯定对他说了自己很多坏话。

朱迎宝将车开到志民路的一家“老土坛子”酒楼,下车后直奔楼上,一路不住和迎宾小姐点头致意,看来他对这里很熟。

两人坐下后,朱迎宝问:“想吃什么?”

苏雪丹随口说:“麻婆豆腐。”

“还有呢?”

“清炒菜心。”

“还有呢?”

“没了。”

“你是给我节约钱呀。”

“我晚上吃东西很少。”

“喝酒吗?”

苏雪丹微笑地摇摇头。

“葡萄酒?”

“滴酒不沾。朱总很会喝酒?”

“酒能浇愁。”

“朱总事业有成,有什么愁的?”

朱迎宝苦笑一声:“每个人都是有愁的,愁法不一样……”

“解愁的方法也不一样。”

朱迎宝看看她：“你用什么办法？哦，对不起，也许你就没有愁……”

“何以见得？”

朱迎宝顿了下，看看她，有点不搭边地说：“你气色很好……”

“那是化妆的作用，卸了妆，就是一个老太婆老家伙。”

朱迎宝笑起来：“你是指桑骂槐啊！我没有那么老吧？”他对服务员说：“要一条鲑鱼，一盘牛肝菌，麻婆豆腐和清炒菜心，一小盆粟米羹。”

服务员应声而去。

朱迎宝看看苏雪丹：“说吧，还是为演出的事？”

“什么演出？不是吃饭吗？”

朱迎宝哼了声：“行了行了，咱们也算是熟人了，绕什么圈子。”

苏雪丹笑笑，说：“是演出的事，但是其实是你的事，关系贵企业的生死存亡。”

朱迎宝微微一怔：“你到底想说什么啊？”

苏雪丹说：“我觉得朱总经理是一个企业家，企业家和普通小老板的区别就是目光长远，善于利用人才。而不是为一点蝇头小利所迷惑，也不能为亲情忘了市场法则。”

朱迎宝颔首：“这个我同意。”

“如果只顾亲情，而失去了客户，你觉得值得吗？”

“你怎么知道我会失去客户？”

“真正失去了就晚了。何必冒这个险？就像这桌上的菜，如果今天不好吃，下一次我肯定不来，我选另一家了。”

“你的意思是：如果这个业务给你做，我的客户就不会失去？”

“岂止不会失去，还会更有发展。我们给客户的印象绝对不一般。”

服务员端上来菜，朱迎宝对苏雪丹说：“先吃饭吧。”他夹起一块鱼，“这里做的鱼很有味道，其实这鱼该是广东味的，但他做成了四川味，辣……”他打了个嗝，继续说：“辣得很舒服。”

苏雪丹没说话，看着他吃。

朱迎宝又问：“你是说银雀模特时装团不怎么样？”

“我没说他们不怎么样，我是说我们金鹰更好一些。我们团的老师是本市的头块金牌。”

“谁呀？”

“汪琴。可能朱总不熟悉，不过到行内一打听就知道了……”

“我知道汪琴。以前在电视上看过她主演的舞蹈《剑魂》，一把小剑玩得嗖嗖的。”

“咦,朱总对文艺是内行。那我更不需要多说什么了。什么样的将军就有什么样的兵。”

“是啊是啊,你这个女将军手下的兵恐怕都是特种部队的……听说你原来就是军区歌舞团的?”

“对。”苏雪丹点头,果然不出所料,自己的背景对方也知道。恐怕十万元的事也在对方的掌握之中,谁知道陈功德对他说了什么!

朱迎宝放下筷子,沉思了一阵,说:“陈功德——我这位老哥和你不大对付,是吧?”

“人家是领导。”苏雪丹打了个太极,没有正面回答。

“他的脾气不大好,”朱迎宝又说。

“这要怎么看了,也许是魄力呢。”苏雪丹谨慎地说,“自古有魄力的人脾气都不大好。”

“自从郑馨芳——也就是我那位嫂子自杀之后,他的脾气更古怪了,情有可原呵……你知道这事吗?”

“听说过。”苏雪丹小心地应了句,又问:“……为什么自杀?”

“我想……恐怕是为我。”朱迎宝苦笑了一声。

苏雪丹愣了:“为你?”

“对。”朱迎宝看着她:“她爱上了我……”

“爱你?!”苏雪丹以为自己耳朵听错了。

“怎么,难道我这样优秀的男人不值得爱?”

苏雪丹一时说不出话来,竟然有这种事!嫂子爱上小叔子!而这位小叔子还理直气壮的。

“你怎么知道是为你?你们之间……”苏雪丹不好再问下去。

“我们之间没到乱伦那一步,不过嫂子经常向我倾诉她心中的烦恼,我这位老哥是个工作狂,没什么情趣的,连性生活都没有。……啊,对不起,现在说这些不大适宜。”

苏雪丹赶紧夹了一筷子菜,掩饰自己的尴尬,跟一个认识不久的男人说这些事确实不大合适。

“那天嫂子来到我这里,谈了很久,她情绪激动,要离婚,要跟着我过,我劝了半天,用车把她送回去……当天夜里,她跳楼自杀了。当时我哥还在办公室加班。”

“那……你怎么认为她自杀是为你呢?”

“没别的原因。……当然,嫂子心眼小点,她那个家族的人好像都有些抑郁症,不过从根本上说,是对婚姻失望,同时又无法挣脱——因为她爱上的人是我。”

“那么你呢?也爱她?”

“我不知道,恐怕同情和怜悯多一些。”

朱迎宝说出这样惊心动魄的事,神情很平淡,没有显出痛苦,也没有自责,好像也说不上冷漠,更不是炫耀,他只是很认真,这让苏雪丹迷惑不解,不知道他内心到底是怎样想的。至于陈功德妻子自杀的原因,是否如他所说,已经死无对证了。不过,朱迎宝如此坦率,这让苏雪丹有些感动。她沉默了会,表示对那位不幸又犯傻的嫂子的哀悼,然后问:“你没结过婚?”

“没有。不过我有过几个女人……你知道这是什么意思。”朱迎宝叹口气,摸了下头:“可悲的是,老哥到现在也弄不明白嫂子为什么自杀,而我又不能跟他说……”他看看苏雪丹,有些迷茫地问:“我为什么要跟你说这些?”

“因为我拿了你的电脑。”苏雪丹笑笑说,又解释道:“说说总比闷在心里强。”

朱迎宝夹起一根菜心:“你真的想听这些?”

“我不想听也得听。”

朱迎宝笑了:“真怪了,我从没跟别人说过这些事。”他舀了碗粟米羹放到苏雪丹面前,苏雪丹摇摇头:“我没食欲。”

朱迎宝神情专注地盯了她一阵:“知道吗?你很像一个人……”

“女同学?”苏雪丹很快地反问。

“啊?”

“这个女同学是你的初恋情人。”

朱迎宝愣了:“你怎么知道?”

苏雪丹笑了下:“男人的一个普通伎俩而已。其实你很明白我谁也不像。我就是我。”

“不,是某种味道像。神似。”朱迎宝有些尴尬地笑了下,“你太聪明了,坦率,好,我喜欢这样。……”他盯着苏雪丹,考虑了阵,突然问:“我这个人还是有某种可取之处吧?”

“什么?”苏雪丹一怔。

“我的意思是,你对我印象还不错吧?”不等苏雪丹回答,他指下对方,脸上露出微笑。“看出来了,你是欣赏我的,对吧?说白了,就是……喜欢我,我指的是男人女人之间。”

苏雪丹一时不知道说什么好,这个男人有点自恋情结,我凭什么喜欢你?她怀疑朱迎宝刚才讲的故事了,陈功德的爱人根本就不会爱上这个小叔子,最多是想倾诉一下郁闷,他就认为那个女人是为他殉情了。

“朱总,如果说那些没意思的事,咱们到此为止吧。”苏雪丹做出要走的架势。

“算了,不说这个了。”朱迎宝也觉得无趣,转移了话题,问:“说真的,你的模特真的像你说的那么好?”

苏雪丹愣了下，猛然明白了他的意思，赶紧又把剧照拿出来："你再看看。"她指点着，"到时你按照片上的点人。有些队伍可是两回事，照片上是一些人，真正来的是另一些人，原因很简单，他把别人的照片拿来当成自己的糊弄客户。我们货真价实。你再看看这个模特……认识吧？"

朱迎宝仔细看看："这好像是……"

"对，郑云虹。你侄女。"

朱迎宝惊讶道："化了妆一下还真没认出来！她在你们这当模特？不是在上大学吗？我有好一阵没见过她了。"

"她在我们这里兼职，为什么？因为我这里棒。朱总应该信任我们了吧？"

朱迎宝沉吟了一阵："好吧。这个业务给你了。定了。"

"你是说……给我了？真的？"苏雪丹以为自己耳朵听错了。

"我像是开玩笑吗？"

"那……你怎么对你哥说？"

"这是我的事。"

苏雪丹看看他，竭力压住内心的喜悦："不反悔？"

"我什么时候反悔过？桌子你不是拿走了吗！还有电脑！"

苏雪丹笑了，"还有打印机！还有一千块钱！"对服务小姐说："拿一瓶二两装的二锅头，老总要喝酒！"

"我开车啊。"朱迎宝说。

"那就意思意思，咂巴一下。"

服务员拿来一瓶二锅头，苏雪丹给自己倒了一杯酒，又往另一只杯中倒了一点酒，给朱迎宝："初次合作，来日方长！请朱总今后多多关照！"

朱迎宝看看自己杯中的酒，"这也太少了……"

"想喝多以后有的是机会，你开车出了事，我找谁去？"说完一口将自己杯中酒喝完，杯子朝下，让对方看。

朱迎宝笑笑说："你倒真实在啊。"端起酒杯一饮而尽。

两个人吃完饭，已经是晚上九点多钟了，朱迎宝驾车将苏雪丹送到师范学院。

苏雪丹心情愉快地来到家门口，用钥匙打开门，听见里面传来男女的说笑声，走进去一看，欧阳平和郑云虹坐在沙发上看电视。看见她回来，两个人停止说笑。郑云虹站起来："苏老师回来了。"

苏雪丹哼了声，心里有点不舒服，郑云虹虽说是欧阳平的学生，但也是她的模特，两个人如此说说笑笑的，干什么？她瞥了眼电视，吃了一惊，画面上竟然是她和欧阳平在街道办离婚的场面。怎么又重放了？

"我录下来了，放的录像。"欧阳平解释说。

郑云虹说:“欧阳老师的镜头感一点都不好,比平常差远了。”

苏雪丹想,这个东西也成为说笑的材料? 可见欧阳平已经毫无夫妻之情了。她面无表情地说:“有情绪看看枪战片,恐怖片,或者言情片,看这个有什么意思!”

欧阳平察觉她不高兴,说:“小郑是来找你的,你不在,我就让她等了。”

“找我干什么?”

“苏老师,什么时候去派出所作证?”郑云虹问。“我又回忆起一些细节。”

“小郑说那个摩托车的牌号尾数是6……”欧阳平说。“这很重要。”

“是吗?”苏雪丹鼻子哼了一声。

“当然啦……”

“那你怎么不陪她去派出所?”

“我?”欧阳平愣了。

苏雪丹竭力稳住情绪,这是干吗? 没来由发火,人家一片好心。“小郑,”她的语气很快平静下来,“我把黑豹的业务拿下来了,现在全力以赴搞好这次演出,搞完了,我们一起去派出所。不过说实话,我不抱什么希望。”

“可是如果破案了,我父亲就会消除对你的成见……”

“你父亲的成见已经不重要了,说实话,我走到这一步,要感谢他。”苏雪丹走过去,拍拍郑云虹的胳膊,自从听了朱迎宝的话之后,她对陈功德的反感没有那么厉害了,别看这位团长人前吆五喝六的,其实也有一本苦经啊。郑云虹愿意给自己作证并且当金鹰的模特,可能是对自己的遭遇有某种同情,替她父亲还情。而自己呢,对这个丧失了母亲的女孩,也突然有了一种亲近感。我们双方互相怜悯吧。她又看看欧阳平,微笑道:“你怎么样? 最近挺好的?”

“好啊。”欧阳平有些茫然地看着她,这位团长脾气无常,对她突然的微笑还是要有些警惕。

“忙吗?”

“一般般啦。”

“那就来看我们演出吧。”

“看演出?”欧阳平莫名其妙,“什么演出?”

“给黑豹公司订货会的演出啊,主办方给了我三个嘉宾名额。我头一个就想到你,坐主宾台的。怎么,不想看看你的学生是怎么在台上风光的?”

欧阳平看看郑云虹,郑云虹说:“来吧,欧阳老师,这场演出非常重要。是我们模特团正式成立的第一次演出。”

欧阳平嘟囔了声:“我考虑考虑,如果那天没课,也许……”他看看苏雪丹,她的微笑很美,但有些蒙娜丽莎——神秘,凭着他和苏雪丹几年的夫妻生活经验,他觉得这微笑里似乎隐藏着什么不可告人的东西。

35

黑豹牛仔时装新产品订货会在皇冠假日酒店多功能厅举行。临开演前半个小时,音响室那个留着林子祥式小胡子的音响师突然提出,模特艺术团必须要来一个人配合他放音乐磁带,否则他没法应付。

这些磁带是仇志华编好了号的,每一组服装一盘磁带,应该没什么问题的。但是小胡子说他只管按放音键,至于放哪盘磁带,放多长时间,什么时候开场什么时候收尾,必须有模特艺术团的人配合指点,否则出了差错他概不负责。以前就出过事,也是一个什么模特队让他自己放磁带,结果说他放错了,影响了效果,要赔钱,这种情况再也不能发生了。仇志华一看和他说不通,就找到苏雪丹,说赶快找一个人吧,他自己是不能到音响室放磁带的,他是编导,是舞台艺术总监,要负责整个演出。什么时候该谁上场,什么人做好准备,在台上走多少分钟,前一组模特走完预定路线而下一组模特还没换好衣服怎么解决……这一切都需要舞台艺术总监发挥领导艺术,将其安排妥当。这是经过多少文艺团体实践总结出来的经验。我们金鹰模特艺术团虽然和国家艺术团体机制不同,但有效的管理手段还是要借鉴吸收。仇志华说完,就牢牢站定在侧幕口的一个木台上,绝没有再动窝的意思。见他这样子,苏雪丹犯难了,仇志华有时就是这样,爱犯犟,钻牛角尖,不过他的说法也有一定道理,舞台监督确实很重要。没办法,只好再找其他人顶替,问题是,谁来呢?汪琴和李淑敏要在更衣室帮助模特换衣抢装,这是重头戏,否则模特穿错了服装或者换不出来就麻烦了,她们不可能当音响师。苏雪丹急了,莫非我这个团长亲自去放磁带?可她今天有很多应酬,尤其是还请了姚处长,虽然对方没有肯定答应来,但万一来了肯定要陪同,况且还有朱迎宝,很多事情是要边看边解说的,演员如果有什么差错也好解释掩饰,让对方感到你的演出物有所值。她需要和朱迎宝长期合作,而不是一锤子买卖。她四周看了看,观众已经陆续进场,再过二十分钟就要正式上台了,她居然没有音响师!她的眼光扫过观众席,猛然发现欧阳平坐在那里,这老兄端着一杯茶,跷着二郎腿优哉游哉地在看报纸。她走过去,“哎,欧阳平,帮个忙。”

欧阳平抬头看看她:“什么?”

“放下磁带。我人手不够。”

“我是客人。”欧阳平怔了怔,指着胸前戴的花强调说:“是嘉宾。”

苏雪丹并不多说话,把他胸前的花扯下来,又拿掉他手中的报纸,将十盒磁带交给他,“都是编好了号的,按顺序来,很简单。你看过我们排练的。记住,每组收尾时要慢慢减弱,别像杀鸡似的嘎一声停住。明白了?"说完就走了。

欧阳平愣了,这算什么事呢?他有什么义务为她放磁带?本来他并不想来,有课。可苏雪丹说他是作为嘉宾受到邀请的,很受尊重,可以坐贵宾位的。他考虑再三还是来了,为此还让朱老师代课。就当看一场演出吧,换换脑子,也可以看看苏雪丹的领导水平,她这个金鹰模特艺术团的质量到底如何关系到今后的还债能力。结果这一来又成了打工的,成了马仔!这不是骗人吗?!他现在终于明白了苏雪丹为什么不要他搬出去住,就是为了找一个能随叫随到的跟班马仔。他愤愤地看着她的背影,苏雪丹,我是你的债权人,你要记住!欧阳平几乎吼出来,但很快,他又将自己的怒火平息下去,现在你嚷嚷什么也没用,现在你手拿着磁带,既成事实了。嘿,她倒挺放心的!她就不怕我跑了,撂挑子?……好吧,好吧,就算请我帮忙,可你是商业性质的演出,总该说个价钱吧?哪怕你给我五块钱呢,也是对我劳动的尊重,莫非我真的是你的马仔,吆喝一声我就屁颠屁颠地跑?哼哼,我要是不干呢?你奈我何?如果真的不干,会出现什么情况——模特出来一片寂静,没有了音乐节奏,这些模特就乱了阵脚,台上台下一片混乱……这是十二省市的订货会,好事者将混乱传到全市……不,全国、全世界,会一片哗然……欧阳平吸了一口气,事关重大!苏雪丹交代的这个事责任大了,如果因为音乐的问题将这场演出弄砸了,那苏雪丹不把自己嚼巴吃了?!音乐很重要,是灵魂,模特全靠音乐调度呢……苏雪丹把这么重要的任务交给自己,她倒真有气魄啊!又一想,这不是很看重很信任自己吗?为什么自己会得到看重会得到信任?还不是因为自己的素质修养让人家看重让人家信任?既然人家如此看重自己,你也就不好推辞啦。只能这么想。欧阳平叹了一口气,站起来提着那包磁带蔫头蔫脑地走进音响室,小胡子音响师很愉快地向他打了个招呼:"嗨嗨!"欧阳平瞥他一眼,把磁带拿出摆好,说:"关键是每盘带子收尾时要慢慢减弱,要渐弱,懂不懂?余音袅袅,最后如丝线般消失,别像杀鸡似的。懂不懂?"

音响师夸张地张大嘴说:"我不懂?谁懂?"

欧阳平刚要说什么,苏雪丹又过来扔给他一台照相机,指指欧阳平说:"你抽空拍几张剧照,团里要留资料。"说着人又不见了。

音响师揉揉喉头,用充满同情的口吻说:"够忙的,你们这个头儿挺看重你的。"

欧阳平叹息一声,我这个人啊,我这个人的素质修养品行就是容易让人家看重啊。他看看后台,等着演出开始。

此时后台一片忙乱,随着演出时间临近,模特紧张地整理自己的服装。

刘芳看上了分给陈小萍的三件套牛仔时装,这套时装的上衣很别致,既可以脱下来当披肩,又可以拦腰一系,变成裙子。她已经设计了几个动作,到时出场肯定引起瞩目。她一边往头上喷"摩丝",一边和陈小萍商量:"小萍,咱俩换换服装好不好？”

陈小萍正闭着眼睛默叨着什么，随口道：“你问汪老师，我无所谓。”

刘芳说：“问什么老师，我们私了算啦，下次有好看的我让你。”她拿起那套服装在身上比了比，挂在自己衣钩上，不想那边汪琴虽然正帮着给卢燕燕挽发髻，却看到了这个交易。“不许私下换服装！”她大声说。

刘芳说：“汪老师，我穿这套合适些……”

“合不合适我们知道。”汪琴绷着脸，“你穿自己的。”

“你看，陈小萍的肩头要窄一点，我呢……”

“不许私下换服装！”汪琴一字一顿地说，“这是规定。”她走过来，抓起那套服装，刘芳赶紧也一把抓住：“汪老师，你没看见我穿上多合适，我……”

苏雪丹走进来问：“准备好没有？快开始了！”

汪琴说：“刘芳私自换服装。”

苏雪丹看看衣服问：“这套分给谁的？”

汪琴指指陈小萍。陈小萍低声说：“她想穿……”

刘芳叫了声：“你同意的！啊，难道你没同意？”

苏雪丹没有心情听两个人的是非，现在是什么时候了，她决定快刀斩乱麻：“这套给郑云虹。你看呢，汪老师？”

汪琴怔了下，很快说：“可以，动一个人关系不大，我调整一下顺序。”

苏雪丹又说：“谁以后再私分服装，扣演出津贴。今天第一次亮相，大家要卯上劲！”她把衣服扔给郑云虹，又去看其他模特的准备情况。

卢燕燕正在对着镜子描眉，看见苏雪丹过来，上来说：“苏老师，我有一个请求……”

苏雪丹奇怪地看看她：“什么请求？”

卢燕燕看看大家，压低声音：“可不可以多给我安排几组服装？我换得快呀。”卢燕燕在模特当中的确换装快，别人折腾好一会，她不到十秒就搞定，就跟变戏法似的，天生的模特胚子。

苏雪丹说：“这是汪老师和仇老师安排的。”

“我知道，不过有些模特换得慢，怕误场，还有的服装太多，恐怕抢不过来。”她用下巴点下远处的郑云虹。

苏雪丹笑了笑，她太了解卢燕燕的心思了，和郑云虹较劲，想多上台表演，虽说有出风头之嫌，但一个演员如果没有这种疯劲，很难成为好演员。卢燕燕的条件不错，台上感觉也很好，除了郑云虹就是她了。这个模特可以重点培养，作为郑云虹的后备。郑云虹毕竟有那个特殊身份，以后能不能长期合作不敢保险，有了卢燕燕她就又有了一张牌。她把卢燕燕的眉笔拿过来，细心地帮她描眉，悄声说：“今天不好变了，以后你苏老师心里有数。明白吧？"

卢燕燕高兴地点点头，用脸颊在她脸上亲了下，一股粉香扑鼻。苏雪丹笑了，这女孩子，就是会来事。她退后几步，看看她的妆："挺好的。"将眉笔交给她，往外走，看见陈小萍坐在椅子上，两手夹在膝头，身体微微颤抖，嘴里叽里咕噜地念叨着什么。

苏雪丹过去拍拍她肩头："怎么样？"

陈小萍哼哼唧唧地说："紧张，我紧张。"

"你紧张什么？"苏雪丹有些好笑。

"怕走错路线……"

苏雪丹抬头找汪琴："汪老师，陈小萍的位置怎么走？她有些忘了。"

汪琴过来，安慰道："你跟着卢燕燕，她怎么走你怎么走。没关系的。"

"卢燕燕，你过来一下。"苏雪丹将卢燕燕叫过来："你再给她说一遍路线。第二组的。"

卢燕燕随口说："先亮相造型，走直线，交叉转身，再往回走直线，梯形对角，返回。"

苏雪丹问陈小萍："清楚没有？你重复一遍。"

陈小萍看着她，很快地说："亮相造型交叉转身往回走梯形对角返回……"

"你看这不记得挺牢。"苏雪丹拍下她肩膀，又对卢燕燕说："多指点她们啊，你是我们的尖子，要起表率作用。"

卢燕燕高兴地应了声："没问题。"

苏雪丹又看郑云虹，见她已经换好了装，闭着眼睛静静地坐在椅子上养神，这个女孩真有一种大将气质。她本想叮嘱什么，又一想，没必要了。

仇志华在门外突地吼了声："换好服装出来候场，马上要开始了！"

苏雪丹赶紧走出来，见客户们已在T台两旁坐好，朱迎宝四处张望着，看见她招招手。苏雪丹正要走过去，猛然发现他身边坐着一个很面熟的人，仔细一看，竟是陈功德！苏雪丹愣了，她没有想到陈功德会来。陈功德发现苏雪丹，看看她，没什么表情。朱迎宝手又招了下，让她过来。苏雪丹迟疑了下，怕什么！过去就过去。她走到朱迎宝跟前，朱迎宝示意她在自己身边坐下，说："今天客户是各省来的，演好了影响很大。"

"你放心好了。"

"你们那位李主任怎么没见？"朱迎宝四下看看，又问。

"她在后台帮忙。"

朱迎宝"哦"了声，又低声问："我这个老哥是不请自到，不用我介绍了吧？"

苏雪丹笑了下："还是应该介绍一下。"

朱迎宝愣了下,明白了什么:“好。”又说:“他可是冒火得很呐,这个业务本来是他的。”对陈功德说:“陈团长,介绍一下,这是苏团长。”

陈功德显然没有料到朱迎宝会这么说,愣了下,看看苏雪丹:“哦,苏雪丹,苏团长。”他把“团长”两个字咬得很重,带有明显的嘲弄意味。

苏雪丹装作没听出来,大方地说:“欢迎陈团长光临指导。”并伸出手。但陈功德故意装作没看见,两手抱在胸前。

朱迎宝一看,赶紧将自己的手伸过来,握住苏雪丹的手摇了摇,以示关怀。苏雪丹笑笑,四下张望了下,脸上忽然出现笑意:“来了!”

朱迎宝顺着她的目光看去:“你还有什么人吗?”

“文化局姚处长。我的顶头上司。”苏雪丹说着,赶紧向门口走去。

姚处长正站在那里张望,苏雪丹过去说:“哎呀,姚处长,以为你不来了!”

姚处长看看她说:“我是路过,看十分钟就走。有个会。”

“看完多好!没多长时间!”苏雪丹一边说一边带领他往里走,说,“请你多指导啊。”

“不行,能来就不错了。”姚处长边说边掏出手绢擦汗。

他们来到主宾位,苏雪丹对姚处长说:“这是黑豹公司的朱总经理。”

朱迎宝赶紧站起来和姚处长握手,说:“久仰久仰。”

姚处长说:“好啊,企业多对我们支持啊。”猛一看,发现陈功德站在旁边,吃惊道:“老陈,你也在这!”

陈功德勉强笑笑:“姚处长百忙之中,大驾光临,我不敢不到啊。”

姚处长听出他话中有话,说:“只要是从我那里批办出去的团,我都要关心。老陈,你那个银雀什么时候演出,我也捧场。”

“哼,本来这地方应该是我们演的,谁知道被人家半路拦截了……”

苏雪丹一看陈功德要开战的架势,赶紧问朱迎宝:“朱总,一切准备就绪,什么时候开始?”

朱迎宝心领神会,马上说:“现在开始。”

苏雪丹向幕侧的仇志华伸出两个手指,仇志华翘起一根大拇指,表示已准备好。苏雪丹又转向音响室,看见淡茶色玻璃窗后面的欧阳平正瞪着两只大眼张望着,她扬起一只手询问示意,欧阳平用手比成一把菜刀在脖子前拉了一下,表示不成功则成仁。苏雪丹心中嗔骂道:“这书呆子!”随即手往下猛地一劈,下达了开演的命令。

一阵节奏铿锵的打击器乐响起,随后滚出一串粗犷的音符,场内霎时安静下来。

郑云虹和卢燕燕首先出场,她们穿着半腰石磨蓝牛仔服,前襟敞开,里面露出玫瑰红衬衣,腰间斜吊着子弹扣皮腰带,上面插着一把镀镍左轮枪,足蹬一双半高跟黑色马靴,戴副黑墨镜,两脚叉开站着,显得潇洒奔放,英姿逼人!她们在台前站下后,猛然拔出手枪,做了两个造型动作,一下子把场上的人镇住了。

苏雪丹暗叫了声好。这个西部牛仔开头搞得不错,很有气势,当时开始排的时候,仇志华用的道具是马鞭,自己提议换上左轮枪,劲道果然就不一样了。

“这枪是仿造美国柯尔特蟒蛇牌左轮吧?”背后突然有一个声音低声问。

苏雪丹回头一看,一个戴着太阳镜的男人坐在她后面,男人摘下墨镜,对她笑了下,竟是周坚!

苏雪丹奇怪地看看他:“你来干什么?”

周坚说:“看演出啊,这么精彩的节目为什么不看?”

苏雪丹撇下嘴:“周警官,你哪有这个闲工夫!不过你来我欢迎。一会一起吃饭。”

周坚说:“吃饭就免了,我是来告诉你,陈小萍的那个男人来了,你让她小心。”

“什么男人?”苏雪丹一时没听明白。

“就是买她的男人,从河南过来了。”

“你们警察是干什么的?不把他抓起来?”

“他们当地的警方通报的,我们没有找到他,他不是人贩子,刚从别人手里花了四千块把陈小萍买下来,我们就去了,他是赔了夫人又折兵。其实还算是个老实巴交的农民兄弟。”

“老实?他把陈小萍像狗似的用铁链子拴着!怎么着也算是非法拘禁!要是碰上我,我就用这柯尔特左轮把他崩了!”苏雪丹指指台上模特手上的枪。

“这我信。你枪法不错。六枪不是打了五十三环吗?”

苏雪丹一愣,她没有想到周坚会知道她打枪的事,这也太神了。“你怎么知道?”

“现在是什么社会了!”周坚扬下眉毛,嘘了口气,“月球上的事都知道,何况在俺地面上的。”

“哎,那男人来干什么?绑架?”苏雪丹觉得这问题严重,模特出了事她这个团长逃脱不了干系。

“也可能是要人,也可能是要钱。反正有什么情况及时通知我们。”说完,周坚站起来,走了。

苏雪丹继续看演出,又出来八个穿不同颜色牛仔服的模特,都和前面两个人一样的打扮,在底线一排站好,转身背对观众,中间四个猛地转过身向前走。到台前站住,造型亮相,客商噼噼啪啪地鼓起掌来。一个穿着麻点西服的胖子,两臂高举拍着手,并向四周显示,好像一个拉拉队队长。“好!好啊!”他闷声闷气吼道。

姚处长对陈功德说:“挺有气势,是吧?”

陈功德阴沉着脸:“这是时装表演还是唱大戏? 不伦不类。”由于模特戴着墨镜,他并没有认出台上的演员是自己的女儿郑云虹。

朱迎宝也有些担忧地对苏雪丹说:“这不是看文艺演出,要看订货单的。”他觉得模特的表演性太强了些,容易让客户的注意力放到模特身上,而忽视了服装本身。

苏雪丹说:“商品流通也可以艺术化,这效果不错。你看反应……”她四下看了下,猛然发现一张熟悉的脸——韦明义! 韦明义坐在后面靠近门口的地方,手里拿着个微型摄像机,盯着台上。

搞情报来了! 苏雪丹想去阻止他,又一想,有什么怕的,你就是拿去复制,也不会有我们的好。

欧阳平突然从音响室蹿出来,单腿跪地,举起相机连闪几张,然后又猫似地蹿回去。朱迎宝惊愕地问:“这是谁?”

“我们团的音响师和摄影师,多面手。”苏雪丹不露声色说。

陈功德瞟了欧阳平一眼,冷冷一笑,没说什么。

T台上,模特亮相结束后,郑云虹和卢燕燕交叉走了个对角,突然转身从腰中拔出枪,指向对方,就跟决斗的场面一样,然后她们慢慢走近,双方距离不到一米时,停下了,持枪的手一甩,枪口猛地对准座位上来宾,客商们一惊,不由缩起脖子,愣愣地瞪着枪口。

郑云虹的枪口缓缓移动,最后在陈功德面前停下了,陈功德盯着枪口,又看看模特冷峻的脸,从墨镜后面,他隐隐看到这个模特的眼睛……他心里一颤,这模特是……

郑云虹嘴角隐隐露出一丝笑意,手枪缓缓上移,最后举向天空凝固不动,准备扣扳机,这时仇志华在侧幕狠狠往地上扔了两个摔炮,啪啪两声脆响,郑云虹和卢燕燕同时收回枪,食指穿过枪的扳机护圈转了几圈,插进腰中,做了个造型,威风凛凛地走回去。

客商们过了好一会才回过神,嗷嗷地叫起好来。刺激,这太刺激了!

陈功德冷着脸问朱迎宝:“那个戴墨镜的是小虹?”

“嘿,你认出来了?”朱迎宝笑着说,“我以为你看不出来呢!”又问:“怎么,你不知道她要在我这里演出?”

陈功德哼了声:“胡闹。”

姚处长看看手表,站起来:“我得走了。”和朱迎宝握手告别。

苏雪丹遗憾地问:“不看完啊?”

姚处长指指手表,低声说:“要迟到了……”又问陈功德:“老陈,你们看,我先走一步,有个会。"

陈功德也站起来:"我也走。"站起来,跟着姚处长往外走。

朱迎宝赶紧问:"怎么了?你也不看了?"

"我头痛!"陈功德气哼哼地说。

"哦,那我就不留你了,回家休息,吃点药。"

陈功德和姚处长来到大门外,立即就把苏雪丹如何抢了自己生意的卑鄙行为说了,谁想姚处长并不以为然,反而说:"这女人很能干啊!"

陈功德实在按捺不住自己火气,质问道:"我不明白文化局为什么对这种人这么宽容?到底是组织大,还是个人大?到底是歌舞团的改革大局大,还是某些人的活动能力大?这里面到底有什么名堂?"

姚处长一看他神色不对,也收敛笑容说:"我们为什么不换个角度看呢,苏雪丹的某些行为确实不合常理常规,但是她伤害了谁?没有。反而自己赔了十万。辞职虽说你没有批准,但是她既然走了这一步,你也没必要非和她过不去。歌舞团像这种敢于闯的人太少了,假如她干得好带动一大批人自食其力,给了在职的人信心,不是对你最大的支持?至于今天抢了你的生意,我觉得奇怪,她竟然能从你的弟弟手里胜出,是什么原因?你还能怪谁呢?老陈,我觉得你已经陷入个人恩怨里去了,胸怀应该宽广一些。"

说到这一步,陈功德不好再说什么,姚处长毕竟是上级官员,对自己有这么个心胸狭窄的评价,让他很寒心,不过他认为就算自己对苏雪丹有点那个,也是为了歌舞团的利益,是为公,而苏雪丹的所作所为呢,全是为私利,这是两者根本不同的地方。

此时屋内的苏雪丹和陈功德的心情截然不同,她一身轻松。刚才本想送下姚处长,但一看陈功德跟着姚处长后面气冲冲地走,就打消了念头,陈功德肯定有满肚子委屈要对姚处长讲呢!但不管他说什么,反正姚处长今天来了,这就表明了文化局对自己的支持态度。她问旁边的朱迎宝:"感觉怎么样?"

"挺好。"朱迎宝伸着脖子看着舞台,期盼着模特早点出来,不知又闹出什么花样。

"这才开始呢,第一组是调动情绪的,下面才是你的各式系列服装,你就看好吧。让你乐得合不上嘴!"

演出结束后,朱迎宝果然咧开大嘴笑个不停——业务台前订货的客户非常踊跃,订货单比往年增加了近一倍。有些样式一般的服装也订出去不少,这不能不说良好的审美心境起了作用。朱迎宝在人群中走来走去,倾听着客户的赞美声,不时大声道:"觉得好,就多订货!"正嚷嚷着,陈功德走过来,一把拽住他胳膊:"朱迎宝,我要和谈谈。"把他扯到一边。

朱迎宝看看他："嘿，我以为你走了呢，头不痛了？吃饭吧，一会请模特吃饭，一起来。"

陈功德阴沉着脸说。"你别太过分了！我和这些黄毛丫头吃饭？我讨饭去！"

朱迎宝看看他脸色，又看看正在收拾东西的模特，小声说："老哥，这面子你得给啊。什么事情吃完了饭再说不迟……好好，你说吧。什么事？"

"什么事？你还装傻！"看见对方要说话，陈功德吼了声，"背信弃义！我跟你说了几次，你还是给她做了！……你不念亲情也可以，商人，怎么能对自己带来最大利润怎么干，可你不该给苏雪丹！"

"为什么？"朱迎宝故意装傻。

"嘿，我倒要问你为什么？"

"我嘛，这个……一下子还说不清。"

"中了美人计是不是？"陈功德讥讽地问。

"哎，这是很重要的因素。这女人对我胃口。我听说她刚离婚。"朱迎宝并不掩饰自己有某种企图。

"你竟然还好意思说！"陈功德火冒三丈，但很快又压住嗓门："为这个女人……值得吗你？"。

"怎么不值得？还有什么能比为自己喜爱的女人做事更值得的?！有吗？你说说看！"

见朱迎宝这么说，陈功德反而一时说不出话来。

朱迎宝拍拍他肩膀，"你不懂啊，所以嫂子才……"

"你说什么？"陈功德身体一颤，他没有想到对方此时竟然提到了自己的亡妻。

朱迎宝忍了忍，转了话题："我就想不通你跟苏雪丹有什么过不去的，一个大男人……"

"你懂个屁！"陈功德终于忍不住了。"这不是个人问题！这是改革大局问题！这是经济秩序问题。这是政治问题！这是……"

"你的悲剧就在这里。你一根筋。"朱迎宝打断他的话。

"你……你说什么？"陈功德没有想到朱迎宝会这么说他，什么一根筋？"朱迎宝，再怎么说我是你的哥吧！?"

"我们是兄弟，可是两个不同的精子造出来的，有区别。再说，我是为利，你就不是？若不是你想和我做业务，你会登我的门？咱们有多久没见了？你又什么时候看得起过我？现在说什么亲情你觉得有意思吗？"

陈功德摆摆手："算了，跟你说话永远都是这样扯淡，这事咱们以后再说，反正你最好不要再跟苏雪丹做业务了……"

"哎，你也看到了，今天效果不错，再说我侄女郑云虹也在这里……你也看到了,这说明什么?"

"我一会就去找她算账!"陈功德恨恨地说,女儿瞒着他加入了对手的阵营,这让他接受不了。

"你何必呢,人家又不是小孩子。"朱迎宝和解地说:"如果你的队伍比她们好,我以后也可以用你们的。……这样吧,下个月十五号还有一个广告片拍摄,用你们的模特。"

"我稀罕!"陈功德挥下手臂,但很快反应过来,他没必要和钱过不去。马上问:"你……不会再变吧?"

"当然当然,一般情况下我不会……"

"朱总啊!"那个穿着麻点西服的胖子走过来,双手抱拳说:"朱总经理,这次搞得热闹,恭喜发财呀!"

"这还要靠你林大老板多关照哟!北方片的经销就靠你喽。"朱迎宝笑嘻嘻道。又说:"我给你介绍一下,这是……"他回头一看,陈功德已经走了,他笑笑,自语道:"鸡肠小肚……成不了大事!"

林老板放低声音:"哎,晚上舞会,能不能请这些模特小姐来几曲?都是极品啊。你哪找的?"

朱迎宝笑了下,手在他脑袋上比划了下,"人家的个子比你高半头。"

"我不计较。"林老板很随和。"你跟她们团长说一下。"他指指远处忙着收拾服装的苏雪丹。

朱迎宝转头看看苏雪丹,笑着说:"这个女人可是麻辣型的,不好对付……"

"得了吧,我有什么本事你还不知道?"林老板满不在乎地说,"成全成全。"

朱迎宝不再说什么,对苏雪丹说:"苏团长,请你过来一下,"

苏雪丹过来:"什么事?"

"这是林老板,晚上想请贵团小姐跳舞,不知……"

苏雪丹看看林老板,向站在门口的仇志华招招手,"仇部长,来一下。"

仇志华过来了。苏雪丹介绍说:"这是我们团的保安部长,我们团有规定,凡是客户对小姐们有什么要求,先经过他审查。"

仇志华有些惊诧地看看苏雪丹,保安部长的头衔他还是头一次听到,不过他并没说什么,现在身兼数职的人并不少见,他理解为这是苏雪丹对自己的重用和信任。仇志华盯着林老板,决定立即进入保安部长的境界——一脸阴郁,双手互相按着手指关节,咯吧咯吧响。"怎么着?"他牙缝里挤出一声。

林老板惊诧地望着一脸大胡子的仇志华,这位保安部长整个一个黑旋风李逵,要抡起板斧砍人的模样。他慌忙摆摆手说:"算了,算了,晚上我还有事。"他小心地从仇志华身边绕过去。

看到林老板狼狈的样子，朱迎宝觉得十分有趣，嘿嘿笑道："一会儿公司部门以上人员和贵团小姐们合个影，不需要保安部长批准吧。"

"这可以。"苏雪丹很快回答。

"然后大家一道吃顿便餐，也不需要层层审查吧？"

"我现在当场拍板，批准。"苏雪丹微笑道，"说实话，我中午没吃饭，早饿了。"

半个小时后，苏雪丹带领手下的模特来到附近的老川东酒楼。黑豹公司包了十二桌招待客户，又另开一个三席桌大包厢。黑豹公司的公关部长安排大家落座：领导和模特小姐坐一桌，另一桌则是部门以上经理和工作人员以及设计师什么的。仇志华和欧阳平被安排坐在司机杂工们一桌。苏雪丹发现了他们，招呼仇志华过来，欧阳平以为是说自己，站起来用手指点着自己鼻子询问核实，苏雪丹摆下手否认，指着仇志华："仇部长！过来坐！加个位！"

仇志华看看那边，摆摆手："你那边挤了，这边挺好。"话虽这么说，心里指望苏雪丹再次坚持，那他就过去。他当然应该坐在那边，这里面有个规格待遇问题，汪琴都上了主宾席，他好歹是第一部长，不能和这些小虾小鱼的混在一起。不想苏雪丹不再提及加位的事，而是转头和朱迎宝说起话来。

欧阳平尴尬地站了一会，又坐回原位。

李淑敏看见欧阳平在那里，对苏雪丹说："我到那桌吧。"苏雪丹一把拉住她："你要陪朱总！"又低声说："戏还没唱完呢。"李淑敏只好坐下了。

仇志华两手抱在胸前，气鼓鼓地盯着眼前的菜，心里很不痛快，看来苏雪丹"加个位"只是说说而已，人家没把你太当回事。汪琴看他闷闷不乐，从那桌过来，说要陪陪他。仇志华悻悻道："没关系的，当年我们在厂里参加系统调演，领导接见完后请吃饭，都是把我们男演员安排到别的桌上，男女有别啊。"

汪琴笑笑说："还有握手，上台接见时，抓住女演员手半天不放，有的还悄悄抠手心……"仇志华笑了，说："你还是上那边去吧，我这里吃随便些。"他看看旁边的欧阳平，这位前团长丈夫面无表情地坐在那里，研究着手中的筷子。仇志华看见他落寞的样子，心里便有了平衡，食欲跟着来了，他撇开不快，向红油鸡块进攻了。

郑云虹本来是安排坐在朱迎宝身边的，但她看见欧阳平孤零零坐在另一桌，对朱迎宝轻声说："叔叔，我到另一桌，帮你应酬应酬。"说完走到欧阳平旁边坐下。欧阳平看看她，没说什么。郑云虹笑笑，夹了块糖醋排骨放到他碗里。欧阳平看看苏雪丹，正和朱迎宝说笑，又看看李淑敏，李淑敏正愣愣地盯着他，脸色不大好看。他垂下眼皮，刚才苏雪丹招呼仇志华很让他受刺激，明摆着把他排除在外，是啊，他不是金鹰艺术团的干部，他是一个放磁带的小杂工。他根本就不该在这吃饭！演出完后他就该知趣走人，也不知道怎么就傻乎乎地跟着来了。

苏雪丹对朱迎宝说："朱总，我们人都到齐了，开始吧。"

朱迎宝端起一杯“五粮液”，说：“苏团长及各位小姐，今天的表演非常成功，我代表黑豹公司向各位敬酒，为了表示我的诚意，第一杯酒我先喝。”说完，一仰脖子，将酒吞下。他的动作迅速猛烈，嘴大张着，一杯酒哗地泼进去，听见咕咚一声响，似乎直接送进胃中去了。接着，又斟满一杯，对着苏雪丹：“苏团长，请！”

苏雪丹拿起芒果汁，朱迎宝晃着手指：“要不得，要不得，应该对等。我知道你的。”

苏雪丹笑笑，说：“我只喝一杯啊。”说完一口将酒喝下。

朱迎宝说：“好好，痛快，其他小姐？”

小姐都不举杯，嘻嘻笑。

朱迎宝问：“怎么回事？我举着酒呢。”

苏雪丹说：“我刚才已经代表她们喝了，你要敬，一个一个来。”

朱迎宝怔下：“这不好吧？我一个对你们几个？”

“谁不知道你朱总的酒量啊！”

朱迎宝想了下，让服务员倒上酒，对卢燕燕说：“请啊？”

卢燕燕用餐巾擦擦嘴，轻轻咳了声：“我上呼吸道感染，感冒病毒引起的，好几天了。”她望望朱迎宝，恳切地说：“真的，有四十多种病毒能诱发感冒，可能还有宇宙射线的原因。感冒是世界卫生组织公布的人类三大难症之一，死亡人数最多……”

朱迎宝点点头，语气有些沉重：“是啊，是啊……”他举杯的手僵在空中，想了想，觉得就此收回太伤情面。就算是感冒正在残害人类，又不是每个人都会受到侵袭，他自己就健康得很。他叹道，“金鹰模特艺术团，表演是明星，喝酒就成不了星了，女人……”

李淑敏猛地站起来，端起一杯酒，当即和他碰了下，没等大家反应过来，她已将酒喝下，肩膀猛地向上耸起，梗直脖颈，咬着嘴，脸一下成了桃红色。苏雪丹赶忙拍拍她背：“咳一下，咳几声就好了。”

李淑敏抿着嘴，坚决不咳。

看李淑敏难受的样子，那边欧阳平放下筷子赶过来，关切地问：“怎么样？不会喝就不要喝！”

李淑敏瞪了他一眼：“没你的事！”

欧阳平给顶了个倒憋气，自嘲道：“我这是一片好心啊，不管了不管了……”悻悻地又回到自己桌上。郑云虹安慰他道：“没事的，我看李主任能喝。”

李淑敏缓过气来。瞪着朱迎宝问；“女人怎么样？”

朱迎宝回过神：“好，女人好。”一口将酒喝干，这回是嘴唇噙住杯边，响亮地咂了一声，然后自己斟酒，左手不晃，右手不抖，酒颤颤地在杯口晃荡，差一丝就要溢出，坐着的人从下面看去，好像酒已高出杯口，一层薄幔蒙着似的。“来，再干一杯！我就佩服女人有这种痛快劲儿！”

李淑敏打了个嗝：“我要是不痛快了呢？”

“那就是不给面子。”朱迎宝毫不退让，“咱们今后还要合作。合作，首先双方要真心诚意，不讲那么多弯弯肠子。”’

李淑敏转向苏雪丹：“怎么听出这里面有威胁的味道？”

苏雪丹笑道：“朱总，你不是说不喝酒就不合作吧？”

“当然。不过可以看出感情问题，感情深，一口闷。我这杯酒不能收回去，要不，哪位小姐帮个忙？”他依次扫视座位上的众模特，“谁来救救你们李主任？”陈小萍四下看看，站起来，李淑敏瞪着她：“小萍你坐下！”

朱迎宝说：“嗬，不让小姐来，自己解决呀？”

“那又怎么样？”李淑敏豁出去了，正要举杯，苏雪丹拦住她：“我来我来。”

“这就对了，还是团长亲自出马。”朱迎宝哈哈笑道，转向苏雪丹。

苏雪丹拿起酒瓶咕嘟咕嘟往啤酒杯里倒，灌满了两大杯。

“朱总说得对，酒杯的深浅就是感情的深浅。”她端起杯子示意了下，“朱总深情厚谊小小酒杯装不下，咱们来大的，一气喝干，中途不得换气，请！”

朱迎宝没有想到苏雪丹来这一手，看着酒杯，足有半斤，心中委实发憷，这可是烈性白酒啊。说是其中有诈吧，又是亲眼看见她从一个酒瓶中倒出来的。

苏雪丹看出他的心思：“两杯酒随你挑。”

“一样，一样。”朱迎宝嘴上表示不计较，但还是弯下腰仔细研究了下酒杯，又看看她，“真喝？”

苏雪丹一本正经地说：“不喝是小狗。”模特们笑起来，卢燕燕带头鼓掌，顷刻噼里啪啦掌声一片。

朱迎宝呆了阵，呵呵笑了：“苏团长挺会开玩笑。”

欧阳平又跑过来：“苏雪丹你这样不行的！……”

苏雪丹看看他，声音很轻但是坚决：“欧阳先生请你坐回原位。”

“我坐回原位可以，你这样喝不行。”

“请你记住自己的身份！”苏雪丹加重语气，显然不高兴了。

欧阳平怔了阵，苏雪丹这样不给面子让他很难堪，可他不好再说什么，转身悻悻回到自己座位上。

苏雪丹盯着朱迎宝，将酒杯举到唇边……

“等等！”朱迎宝突然叫了声，他看出苏雪丹是拼了，如果对方真喝下去，按照对等原则，他也要喝下一杯，这无疑是同归于尽。“我有个建议，”他说，“我们划拳，三局二胜，谁输了两杯全喝下去！如何？”

朱迎宝这一手以攻为守,既不输面子,气势也很大。

"划拳?"苏雪丹愣了,"我不会划拳。"她脑海里出现街头小混混吆五吆六的场面,手指抽筋似的抓挠伸缩,十分粗野。

"你看,这就不好办了,"朱迎宝料到苏雪丹就会这样说,女人一般是不会划拳的,他算准了这点。"酒桌上怎么不会划拳呢?我教教你?"他一副挺遗憾的样子。"或者……等你以后学会了我们再比划比划?"

"不划拳就不喝酒?换个别的方式……"苏雪丹想还有"石头剪刀布"什么的,她小时候玩过,胜率颇高。

"这不行,我是主人。"朱迎宝语气坚决地说。"有句老话,客随主便。划拳。"

朱迎宝虽说有些霸道,但也在理上。不过他也为对方留了一个台阶:你可以以后学会了再来比划。今天我们休兵。

苏雪丹想了想,既然如此,那就别较劲了,她正要表示日后再说,旁边的宋薇突然站起来,两手抱拳,笑嘻嘻道:"小女子愿代苏团长向朱总讨教!"

这个不伦不类网络加江湖语言让大家全愣了,一时没弄明白她是什么意思。

宋薇问朱迎宝:"朱总是来什么拳?花式还是白式?"

朱迎宝盯着她呆怔一会,嘟囔声:"随便吧。"

"行,那就白式。"

苏雪丹诧异地看着宋薇,什么花式白式,这居然还出来一个专业的划拳手?"你行不行啊?"她悄声问宋薇。

宋薇笑笑:"我跟牛哥学了几手,蛮好玩的。"

苏雪丹想起她那位男友牛哥是做生意的,江湖上的五花八道应该了解不少。

"请啊。"宋薇向朱迎宝伸出了白嫩的小拳头。

朱迎宝还没有和女人划过拳,尤其是没有跟模特过过招,他有些意外也有些兴奋,他看看宋薇,觉得有些规矩应该交代一下,否则胜之不武。他挠下头,准备提几个条件,不想手还没放下来,宋薇的拳头已经碰到了他的手,按划拳的规矩,这一碰等于鸣锣开战了。朱迎宝赶紧出手。

"五魁首!四季财!……"

朱迎宝拉长了声音吼着,手臂前后出击,节奏铿锵,气势逼人。而宋薇不慌不忙甚至有那么点慵懒地应对。她侧身而立,头微微偏向一边,左手叉腰,肩膀下沉,腰胯送出,这是一个标准典型的模特站立造型,整个身体曲线十分优美。她的右手不像朱迎宝那样满世界舞动,而是握拳放在胸前不动,以逸待劳,随着口中清脆数字,不停地变化着指形。苏雪丹一旁看着叹为观止,宋薇不愧为模特,划拳也是讲究造型的:手指收如兰花,放如玉笋,十分优雅好看。同一个数字,宋薇的喊令也和朱迎宝不同,朱迎宝说"哥俩好",宋薇说"两相好";朱迎宝说"四季发财",宋薇说

"四大美人"……苏雪丹觉得这个意境就有高下之分。宋薇的划拳和她以前想象的那种小混混的场面完全不同,这是形体艺术。

很快,朱迎宝被逮到了一个"两相好",先折一阵。

第二拳仅三个回合又被宋薇以"四大美人"拿下。

模特们欢呼起来。

朱迎宝傻了,没想到糊里糊涂完败。他坐在那里眨巴着眼,想不通,只能解释和美女斗拳易心智迷乱,口手协调迟钝。

大家起哄叫朱总喝酒。

黑豹的一个副总过来救驾:"我代朱总……"话没说完,被卢燕燕几个模特叫着笑着推搡走了。

朱迎宝愁苦地看着面前的两大杯酒,指头抖了几下,似在反省自己的手指头不争气。接着去抓杯子。然而手刚伸出,杯子已经被苏雪丹抓走了。

苏雪丹举起酒杯对朱迎宝笑笑:"我陪朱总喝一杯。"

苏雪丹的这个举动出人意料,"陪"这个字很得体:既帮了忙,还不让对方受刺激。朱迎宝想这是看我还没死硬,温柔再补一刀啊,正要表示我堂堂男子汉不需要"陪"时,苏雪丹已经将杯子举到嘴边,只见杯口慢慢倾斜,纤柔的脖颈微微伏动,一阵秀气的咕咚声由慢至快,再减慢,最后只见喉头动,却听不见声音,当杯底朝天时,又是一声沉闷的咕咚声,随后她拿开杯子,瞪着眼睛静了几秒钟,猛地张开嘴,呵出一口气,一股醇香飘逸弥漫,她舌头在口腔里弹了几声,伸出来让大家看,舌头上有粉红色的小星星灿烂地跳。模特们一阵欢呼,拍起巴掌。

苏雪丹盯着朱迎宝,并不说话。

朱迎宝暗叫惭愧,这女巾帼确实了得,整个一个酒坛子。现在已经没有退路了,人家都代你喝了一杯,你还是不是个爷们儿啊!他把杯子举起来,眯眼看着那晶莹的液体,好像在分析里面的化学成分。然后他果断地用嘴贴住杯口,一口气灌下半杯。眼看着脖根红了,慢慢又烧到耳轮,将耳垂浸得发出紫色,他停了下,抱歉道:"这口气没憋住。"

苏雪丹手在嘴前扇了两下风,很宽容地说:"喝不了不必勉强。"

"不不,一定要喝!"朱迎宝想决不能把老爷们儿的脸面丢完了。他把杯子倾斜,用舌尖舔舔酒,像猫一样喝起来。他边喝边不断瞟着苏雪丹,眼神有些迷离有些古怪。苏雪丹不由生出些紧张,经验告诉她,这眼神里内容丰富,令她喜忧参半——下面还想谈笔业务,可不想让这老兄醉了。

朱迎宝终于将酒喝完,他长吁一口气,"兄弟真是十分佩服,我……"他还要宣布什么,话还没出口,腿一软,向桌下滑去。他及时让臀部靠住座椅,遏止了下滑趋势,然后两手搁在桌上,潇洒地弹出一串花点,不说话,只是亲切地望着大家笑。

苏雪丹看看他，觉得时机到了，问："朱总，听说下个月要拍广告片，我们的模特可等着呢……"

"这个嘛，呵呵……有这个事吗？"朱迎宝问副总经理。

"这个……"副总经理揣摸他的意思，"好像已经给了别家了……"

"是吗？我怎么没有这个印象？"

"噢，那可能还没有最后定吧。"

"没定？定了吧？"

"对对，定了。是银雀那个团。"副总赶紧附和。

"哦，签协议了？"

"没有。口头协议。"

"啊，那还是没定。"

副总愣了下："对，没有最后敲定。"

苏雪丹听着两个人的一唱一和，这是什么意思？朱迎宝像是喝醉了，但思路很清楚。苏雪丹分析刚才对话的内容：第一表达了确实有拍摄广告片的事，第二是这个业务给了银雀但没有最后定，第三……第三是说没有最后定的原因是只有口头协议，但没有书面协议……苏雪丹觉得这里面似乎有个暗示，不管这个感觉对不对，她要试一试。

"朱总，我们初次合作很愉快，大家都盼着和朱总尽快第二次合作。"

"好啊好啊。苏团长这么仗义，我没什么说的。"他指了下桌上的空酒杯，又拿起来，口朝下，看有没有剩余酒滴。

"业务费可要有点变化啊。"

"好啊好啊。"朱迎宝仍是默默地笑。身体晃起来，他拿起餐巾纸，打开，盖在脸上，吹出一口气，鹅黄色的餐巾纸如一朵云似的飘向空中，他伸手一抓，将纸捏在手里，接着又从兜里摸出一支签字笔，在纸上练上了书法，一连写了三个自己的名字：朱迎宝。然后拿起来得意地向大家展示。

周围的人都惊赞朱总的书法了得，狂草啊。

苏雪丹盯着朱迎宝，他这是什么意思？说是喝醉了，字倒写得像模像样的……忽然心中一动，低声对李淑敏说；"快把意向合同拿来，让他签字。"李淑敏起身出去了。

苏雪丹站起身，拿起盛果汁的杯子："诸位！让我代表金鹰艺术团，代表汪琴老师，仇志华部长，各位模特小姐，为年轻有为的朱总经理干一杯！"

众小姐站起来，一声吆喝。

欧阳平没有端起酒杯，苏雪丹的致酒词里没有提到自己，好像他根本就不存在一样。他还呆在这干吗？找没趣啊。回家。不仅回家，还要搬家。和这个狂妄傲慢的女人彻底分开。他站起来,一甩手,走了。郑云虹愣了下,赶紧追了出去。

老川东酒楼大门外对面的马路上,停着一辆桑塔纳轿车,陈功德和韦明义坐在车里,盯着酒楼大门。

两个人参加完朱迎宝的订货会并没有走,他们在等郑云虹出来。

韦明义摆弄着手上的微型摄像机,看着图像回放,又看看大门,哼了声:"早呢,人家在吃着呢,谁知道什么时候出来?"

陈功德阴沉着脸,嘟囔声:"我等到天黑。我等到天亮!"他一肚子火气没处发泄,想找个什么人开骂。女儿郑云虹为苏雪丹演出让他很受刺激,这是明目张胆的背叛!

韦明义吹了两声口哨,说:"陈团长啊,我觉得奇怪啊,你这个女儿前些天还在我那里训练,以为是来玩玩的,突然就不来了,突然就成了苏雪丹的人了……奇怪!苏雪丹那里就有那么大吸引力?工资高?"

"她能高到哪去?苏雪丹的实力我还不知道?"

"那你说为什么?"

"鬼迷心窍!"

"不过……她们今天的演出还算不错。"韦明义盯着摄像机上的小屏幕,"挺好看。"

"哼,花架子。我们要这么搞,比她还好!"

"这倒是,如果少了你女儿,要大大逊色!……哎,出来了!"

郑云虹推着车和欧阳平出来,两个人站着说话。郑云虹拍拍自己的车座,欧阳平摇摇头,指着天说着什么。

韦明义说:"我们过去吧,那个男的是欧阳老师。"

陈功德注意地看着,摇摇头:"让他们说完。"

"看样子他们有一阵呢。"韦明义话中有话地说。"到天黑也没准。"

欧阳平招了辆出租走了。郑云虹骑上车朝另一个方向走。

"跟上她。"陈功德说。

韦明义发动车,慢慢跟了一阵,到丁字路口,郑云虹拐进小街。韦明义赶紧加速过去,陈功德探出头:"小虹!"

郑云虹回头看看,停下来,一脚踏住地,并不下车。

陈功德打开车门走过去。

"去哪?"

"去书店。"郑云虹爱理不理地说。

"又不回家住?"

“明天早上有课。”

“没课的时候你也很少回去……”

“回去干什么?”郑云虹说完就要骑车走。陈功德赶紧一把抓住她的车龙头:“小虹,我们谈话的时间都没有?”

“谈什么?”郑云虹冷淡地说。

“你为什么参加苏雪丹的演出?”陈功德只得直说了。

“谁也没有规定不许参加人家的演出。”郑云虹头扭向一边,看着天说。

“可是……你要是喜欢演出,我们也有银雀啊!”

“我不愿意搅和在你这里。”

“为什么?”

“不为什么。”

“总有原因吧?恨我?”

郑云虹看看他:“你才看出来?”

陈功德沉默了阵,很有些伤感:“我们父女到了这一步了,刚才你拿着枪对准我的时候,我就觉得……”

“那是假枪,再说是演出!”

“幸亏是演出!苏雪丹喜欢玩弄枪,传染你了?她怎么拉拢你的?”

“没有谁拉拢我。我自己怎么想就怎么做。”

陈功德沉默了一阵:“是为那个欧阳平……”

郑云虹愣了下:“你说什么?”

“爸爸是过来人,你没有必要瞒着我。你喜欢欧阳平,我看得出来。”

郑云虹哼了声:“你根本不懂。”

“我是不懂。欧阳平和苏雪丹已经离婚了,你可以喜欢欧阳平。可是欧阳平现在到底和苏雪丹是什么关系,很难说……他今天还帮苏雪丹放音响呢。”

“不是帮苏雪丹,是帮我,我在台上演出。音乐挺棒的,是不是?”

陈功德沉默了阵,叹息一声:“小虹……你以前说过你不会当模特的……”

“走一步看一步呗。啊,现在有一句话叫什么与时俱进!”

“可……你和欧阳平发展到什么程度了?”

“这不好说。”

“可他比你大十岁啊,而且结过婚……”陈功德觉得这不可思议。

“你比陆小雯大多少岁?两代人了……”

“小虹!”陈功德厉声叫道,又缓口气:“你恨我就为这个?”

郑云虹没有说话。

陈功德又说:“我对得起你妈,她去世我比你还难过!……你说我不懂,我看是你很多事不懂,男女之间的事不是那么简单的……我们要好好谈谈。”

“我不想谈。”郑云虹推车就走。陈功德跟着她:“不管怎么说,你有什么怨气可以对我发泄,但是你不能帮助我的敌人……”

“敌人?”

“哦,对手。你知道,我们团要搞改革,银雀的成败关系重大……”

“成败是靠自己拼打出来的,不是别人施舍。你要是这么虚弱,说明不堪一击,根本就不值得费这个力气。”郑云虹说完骑上车走了。

陈功德怔怔地站在那,女儿的话很刺耳,看来两人之间的关系是无法调和了。

韦明义过来,看着郑云虹的背影,说:“你看,骑车的姿势都很漂亮……好模特啊!”

陈功德吼了他一声:“你够了!”他想,这到底是怎么回事?自己应该不和苏雪丹在一个档次,可在这一个回合较量中竟然输了!这其中自然有那位见色就犯迷糊的兄弟的原因,但自己的女儿呢?竟然去帮助苏雪丹!也许是苏雪丹策反的结果?完全有这个可能,她早有预谋了。真是不能小看这个女人,从自己的弟弟手上活生生地抢走了业务,又收编了女儿。苏雪丹呐,你踹的是窝心脚哇!但你不要太得意,你生不逢时,遇见了我陈功德,你碰上真正的对手了。

陈功德已经想好了还击的方式,他要以其人之道还治其人之身。

36

莫名其妙地为苏雪丹打工,又莫名其妙地吃了一顿窝心饭,欧阳平明白了自己身份,决心搬家。

然而为了迎接外省高校观摩参观团,学校连续两天组织全校师生打扫环境卫生,欧阳平的搬家计划不得不推迟进行。

这天上午,欧阳平开始收拾行李了。为了展示自己的决心,他故意把东西整得叮当响。

苏雪丹还在睡觉。她昨天夜里一点钟才回来,也不知道干什么去了,欧阳平懒得问,也无权问,“记住自己的身份”,他记着呢。自己的身份是什么?一个离婚的单身男人,一个才华横溢的知识分子,本来可以海阔天空任其飞翔,却鸡兔同笼,任另一个单身女人奴役和剥削——还有斥责和羞辱。搬家。坚决搬家。

苏雪丹被吵醒了,睡眼惺忪出来,看见欧阳平的举动,奇怪地问:“你干吗?”

“搬家。”欧阳平淡淡地说。将漱口杯使劲塞进提包,拉上拉链。

“谁让你搬了?”

“没谁。是我让我搬。”欧阳平拿起电话，拨打郑老师的电话号码。电话很快就通了，“郑老师，我是欧阳平，我今天就搬过来……”

“哎哟，不巧啊……昨天晚上来了两个亲戚，旅游结婚的，要住几天。”

郑老师的回答让欧阳平出乎意料，好在郑老师随即表示两个亲戚走后可以马上让他来住。

欧阳平放下电话呆了一会，又把漱口杯从提包里拿出来。

“怎么，不走了？”苏雪丹在一旁观察他，口气中有嘲弄的味道。

“走。三天后走。”欧阳平坚决地说。“我们，保持距离，这样好些。”

欧阳平的态度让苏雪丹有些不知所措。“哎，你到底怎么回事？脑子进水了？谁让你搬了？”她提高嗓门。

欧阳平想，悲哀啊悲哀！问题这么明显，她竟然还不知道！——我自己搬家还要你批准吗？我的个性和尊严到哪去了？我在你眼中就是一个随意拨拉的臭屎壳郎球吗？

“我很忙。你，该干吗干吗。”说完，欧阳平大义凛然地走出了门。

按照教学计划，欧阳平下午三点半来到银雀时装团，给模特上课。二十多个模特规规矩矩坐在排练厅里，神情专注地看着他。这种眼神让他满意，说明自己的课有吸引力。他暗自把这里的模特和苏雪丹的模特比较了下，觉得身体条件基本上差不多，但在气质上各有千秋，苏雪丹的模特要活泛一些，这里的模特则显得拘谨一些，另外一个区别就是银雀招了六个男模特，而苏雪丹是清一色的娘子军。欧阳平随便寒暄了几句，开始上课了，他讲得很认真，这是职业道德问题，他要对双方的模特一视同仁，不能误人子弟，至于你们孰劣孰优，就看自己造化了。上课快到一半时，陈功德进来了，坐在后排听他讲课。

今天讲的是柳永的词，欧阳平觉得柳永的词很美，尤其是在描述景物和女人方面有独到之处，让模特揣摩揣摩很有好处。他重点讲了那首著名的词《雨霖铃》，“执手相看泪眼，竟无语凝噎”，“多情自古伤离别，更哪堪冷落清秋节”……欧阳平希望模特把观众当成恋人，用身段、用眼神把自己的爱意传递出去，你表演完下台，那观众受不了了，哭着喊着要追过去，念着想着，热切地盼着第二次见面，甚至要长相厮守，这模特的表演就成功了。由于陈功德亲自到场，他讲得格外卖力和投入，最后结束时，额头上竟沁出了一层汗，眼睛也湿润一片。他的付出得到回报：赢得模特热烈的掌声，陈功德还提议“让我们再一次以热烈的掌声感谢欧阳老师的精彩讲课”！

模特散后，陈功德让欧阳平留一下，他有话说。

两个人来到团长办公室，陈功德给他倒了一杯茶，说：“欧阳老师果然是名不虚传，课讲得非常好！”

欧阳平笑笑:“我尽力,水平只有这样了。”

陈功德感慨道:“我是受益匪浅啊……说实话,像我这个年纪的人,真没有好好读过书,希望欧阳老师长期稳定地来这里上课……”

欧阳平说:“我会来的。”

陈功德看看他:“欧阳老师,上次跟你说的事有结果吗?”

“什么事?”欧阳平一时没反应过来。

“苏雪丹回来的事。”

“这个……她不愿意。”

陈功德点点头:“我料到了。她在黑豹时装发布会上搞得不错,信心来了,是吧?”

欧阳平不知该怎么回答,只好说:“苏雪丹的性格比较倔……”

“这个我领教了,我不是还差点挨她一家伙吗?啊,哈!”陈功德说完拍拍欧阳平的肩膀,哈哈笑起来,很有些心照不宣的意思。

欧阳平看看对方,只好也跟着笑。

“说实话啊,本来黑豹公司的那个业务,该我们银雀做的,”陈功德叹口气,“没想到苏雪丹抢走了,也不知道她怎么得到这个信息。”

“我不清楚这个事。”欧阳平赶紧表态,对这个事他很敏感,虽然苏雪丹让他当间谍,但他并不知道黑豹公司的事,就是知道恐怕也不会告诉苏雪丹。这是人品问题。

“其实也没什么,做了就做了,以我的关系和我们歌舞团的背景,还怕找不到业务?后天我们就到剧场演出,是市工会的先进代表大会,和杂技团、曲艺团同台,市领导都要出席的。”

欧阳平“哦”了声,心想和我说这个干什么?故意透露个情况,看苏雪丹是否有反应?然后抓住了间谍的尾巴……我才不管你们的事呢!我保持中立!

“我冒昧说一句不该说的话啊,”陈功德看看他,忽然笑了下,“以苏雪丹的个性,欧阳老师在家的时候——我说的是你们没离婚的时候——恐怕日子也不大好过吧。”

“其实也没什么,我们离婚主要还是性格上的差异。”欧阳平赶紧解释。

“欧阳老师啊,你别误会,说实话,像你这样性格的人做丈夫,那绝对是模范丈夫,可有的人不珍惜啊。欧阳老师,你的胸怀我是知道的,哎,那天演出我看见你在音响室放磁带……”

“人手不够,苏雪丹临时拉上我……”

“还看见你拍照来着,忙啊。多面手。”

“也是胡乱凑数。”欧阳平有些紧张,他也不明白自己为什么紧张,按理说,这有什么？我又不是你陈团长的人，我想干什么就干什么。但是他还是有些紧张。有点心虚，他对自己这种心态很窝火，我欠了谁的了？我谁的也不欠。我拿了你的教课费，我只完成教课而已，怎么啦？

“欧阳老师，今天就是想找你商量个事，我想让你当银雀时装团的副团长……”

“你说什么？”欧阳平眼镜差点掉下来。

“欧阳老师的素质，就是当团长也绰绰有余的，你给我们模特上的第一堂课我就看出你的水平了，那个关于高跟鞋的妙论真是经典。副团长的职位是委屈了，以后如果欧阳老师觉得我们这个团有干头，你也喜欢，我们董事会再研究……你听我说完，”陈功德见欧阳平有些激动，安抚性地拍拍他肩膀，说：“我知道你还是学校的老师，你可以继续兼职，只不过职务变了，你当这个团长并不需要每天都来，但是有时要参加一下业务谈判，参加团里重大决策的会议，当然也希望欧阳老师出一些好点子，副团长的兼职津贴是月一千元，当然以后如果你愿意专职了，那工资肯定就不一样了，长多少，我们再协商……你也知道我们团的性质，虽然是和外面企业合办的，但歌舞团是老底子，是后盾，我们就是要招能人，招人才。说实话，黑豹的业务苏雪丹做了就做了，我不愁业务，我的那些老关系随便一拿就是一把，我们团下个星期有三个业务，都交了定金的，所以苏雪丹抢了黑豹我并不在意，她和我没法比，她没有知名度，她要一步一步打拼，我们不一样，本身就是国家歌舞团的老底子，金字招牌，起点不同，明白吧？我之所以邀请欧阳老师，是因为您的身份您的气质能让我们团形象再度提高，你往那里一站，一坐，嗬，大学教授！分量就不同……”

欧阳平想解释自己并不是教授，虽然对教授很向往，虽然自认为水平早已达到教授甚至超过教授，但目前还不是教授——公平和正义也有打马虎眼的时候，阳光不是照耀到每个角落的。不过他忍了忍，没有说话。他何必呢，既然人家认定自己是教授，那就说明自己是教授的水平，就可以接受。要相信群众的眼光，要尊重群众的评价。

陈功德继续说：“我们的另一个团长韦明义，大概你也听说过，是合资方派出的，他主要对外跑业务，人倒是满能吃苦的，但毕竟年轻，人家看见没胡子的，就要考虑考虑。”

“你是让我跑业务？”欧阳平不自觉地以副团长身份考虑问题了，毕竟，这是副团长啊，还有一千块钱！

“其实不是你亲自跑，下面有人跑，他们跑完之后，你作为团领导去拍板。”停了下，陈功德又说：“我觉得是人才就不能埋没，恕我直言，看见上次你放磁带照相什么的，我真难受，不仅难受，还愤怒！怎么能让你干这个呢？大材小用！太没眼光了！当然，可能你抹不开情面，可是依你的能力，不做点领导工作，太可惜了！”

“其实我……也没什么……”欧阳平觉得对方把自己夸过了头，有点招架不住。“我……”

“我的眼光没错的。”陈功德打断他的话，“从你讲第一堂课时我就看出来了，你是大智慧，你的言谈举止有一种……怎么说来着？你让我想起了……哎，你是阆中人吧？”

“啊？哦对，阆中。”

“阆中我去过，有个张飞庙。你们那里出人物。三国蜀汉大将张飞在阆中当过七年太守。对吧？”

“张飞是巴西郡太守，郡治阆中。”

“反正住在阆中。”

欧阳平想了一会，嗫嚅道：“我……和张飞好像还不是一个类型……”

“当然不是！张飞是武将，你是儒将的风度！你要是摇上鹅毛扇，那就是一个当代诸葛亮！”

“不不不，差得远……”欧阳平差点晕过去，又升格了！诸葛亮！Oh my god！这是头一回有人这么夸他，他告诫自己千万别忘了连副教授都没混上的身份，和张飞不能比，和诸葛亮更不能比，人家诸葛亮何等人物？论官职位尊丞相！论智慧那整个就是一个半仙（因为用错了马谡，还不能称为神仙）！人家英名远播，流芳千古！祠庙遍布大半个中国，影响力穿透东南亚远至欧罗巴。欧阳平捏着拳头，竭力想让自己保持冷静头脑，但思绪仍然不可遏止地飞回到一千八百年前三国时代，他，欧阳平，骑着小毛驴子，走出乡间小道，上了大木帆船，羽扇纶巾，英姿勃发，谈笑间，樯橹灰飞烟灭……

“中国的知识分子一贯谦虚，但是这种所谓的美德让他们丧失了多少机遇！”陈功德继续说。“……当然，欧阳老师，如果你满足于现状，我们就换个话题，你可以继续当文学老师，给我们模特上课。”

欧阳平没说话，脑袋慢慢清醒了，回过味儿来。太突然了！一个副团长在向他招手！他得承认，这个职位很有吸引力！更重要的是陈功德认可他的价值，虽然自己嘴里谦虚一点，但心里还是很受用，他内心深处并不觉得自己比苏雪丹差，只不过苏雪丹个性张扬一点，让她初步成了气候。苏雪丹从来就没有把他当人才看，起码，她没有说欧阳平可以干副团长吧（只给个什么团长助理的位置，现在知道了，这个所谓助理恐怕就是放磁带照相片什么的，整个一个打杂的）？而陈功德不仅说自己能干副团长，而且还是团长的料，不管以后自己有没有这个运气，这就让人听着舒服，让人荡气回肠。现在还不能说知遇之恩，也不能说陈功德就是刘皇叔，但起码，陈功德的态度令人感动，明知自己和苏雪丹那段关系，可还是信任自己，这是何等的气魄和胸襟！为自己这个副团长，他不定是排除了多大的阻力呢。也许，今后自己的命运会因此发生一个变化，也许自己并不适合当教师，不然为什么连副教授都没有混上呢，更别说什么系主任了。或许他应该是一个文化实业家，他有这个能力，只不过需要的是一个梯子，一个可供施展才干的操作的平台，当今商界，不少叱咤风云的人物不是好多都是凭借一个偶然的机会走上历史舞台的吗？他为什么不？好风凭借力，送我上青云，亏你还是研究红楼梦的，这薛宝钗的经典之语你怎么忘了？……问题是，如果接受了这个职务，那就是苏雪丹的对头了，他怎么跟苏雪丹说？说是去当超大号间谍？……不过，他又为什么要跟苏雪丹说？苏雪丹和他现在是什么关系？他不是苏雪丹的马仔吧？他不是苏雪丹的跟屁虫吧？现在要适应自己的生存状态：自己和苏雪丹不是夫妻关系，两个人完全独立，他没有必要也不应该看苏雪丹的脸色行事。

欧阳平沉思了一阵，对陈功德说："我要考虑一下。三天后答复你。"

晚上八点多钟，欧阳平还在街上转悠，兴奋，只能用兴奋来解释。

他走过马道街，穿过志民路，小跑着冲出黑暗的葫芦巷，来到五光十色的春熙路步行街，霓虹灯挤眉弄眼地向他表示欢迎，喷水池中的小金鱼也摇着小尾巴争宠，一个满头白发拉二胡的街头艺人嘶哑着喉咙唱着"我的柔情你永远不懂……"欧阳平摸出五块钱放到他腿前的小纸盒里，拍拍他肩膀："我懂的，懂的……"他踌躇满志地看着街上行走的芸芸众生，平时这地方虽然热闹，但是很呆板的，不像现在这么流光溢彩，这样生动谄媚，他想今天真是好日子啊，受人尊重和赏识的感觉真好。

他沿着街道漫无目的地走着，一会背着手踱步，一会双臂叉腰疾行，说是在思考，其实脑子乱哄哄的，没个头绪，一会星星一会月亮……满博大的，他深深吸了口气，任由双脚走动，感觉步履轻快，身心放松，就如同信马由缰，驰骋草原，让思绪和身体如骏马般奔驰吧！也不知过了多久，抬眼一看，来到一栋楼前。他看看这楼，这是什么地方？是我的家吗？不，不是，这是龙王庙街2号——李淑敏的楼下。

他想这正是我要去的地方，冥冥中有命运之手在指引我。他上到六楼，来到十二号门前，伸出食指刚要按下门铃小钮，又改变主意，张开巴掌有力地拍门："砰！砰！砰！"

里面传来紧张的声音："谁？"

"我，欧、阳、平！"他底气很足地说。

门打开了，李淑敏穿着白底碎花睡衣站在门口，她手里攥个拖把，一副要打架的样子。

"你这是干什么？"欧阳平奇怪地问。

李淑敏舒了口气："警察说陈小萍的那个男人来了……"

“男人?”

“哦,就是买她的那个男人……”

“不是在河南吗,还会追到这来?”

“这有什么奇怪的,陈小萍说今天在公共汽车上有个男人很像……”李淑敏把拖把放好,让他进来。“怎么也不先打个电话!”

欧阳平笑道:“忘喽!”说完咕咕咕地一个劲地笑。

李淑敏奇怪地看着他:“你怎么了? 不正常?”

欧阳平问:“你看我,像什么?”

李淑敏打量他:“像拖把?”

欧阳平摆了下手:“哎,我们认真点,你说……”他停下来,看看里屋,“你那个干女儿在干什么?”

“她在看电视。”

“哦,我们到厨房去吧,我饿了。”

“你没吃饭?”

“没呀。你这有什么?”

“只有面条。”

“那就面条。”

李淑敏想了想,“弄两个鸡蛋吧?”

“最好最好。”

李淑敏很快给他下了碗鸡蛋面。欧阳平呼噜呼噜吃起来。

“苏雪丹呢? 也没吃饭?”李淑敏看着他狼吞虎咽的样子,有些不忍。

“谁知道,我还没有回去。”

“你们真是各顾各啊。”

“当然各顾各,我和她有什么关系? 没关系。”欧阳平抹了下嘴,“说说我们自己的事,这事呀,要好好策划策划。”

“什么事?”李淑敏奇怪地问,欧阳平今天的精神状态有些不对头,明显有种亢奋,但被极力压制。

“我要——当官了。”欧阳平放慢声音,很深沉地说。

“当系主任?”

“不是,你猜猜,保证一辈子猜不出来!”欧阳平眯着眼睛,顺手用手指推了下要掉下来的眼镜。

“行了,别兜圈子了!”李淑敏把他的碗拿过来,放到池子里。

“哎,你公平地说,我这个人有没有领导才干?”欧阳平认真地问。

“你当个教育部长都可以——问题是没有伯乐啊!”李淑敏半真半假地说。

“伯乐有了。刘皇叔来了,孔明要出山了。”欧阳平面色严肃起来。“银雀模特艺术团聘请我当副团长。如果干得好,以后就是团长。”

李淑敏愣了,过了会问:“瞎说吧?”

“陈功德亲口对我说的。他们一直在找合适的团长,目前陈功德兼任,但他忙不过来。”

李淑敏看看他:“他怎么会看上你?”

“我给他们模特上课,讲得很精彩,让他们服。觉得我的潜力远没有发挥出来。哎,我在你们这里讲课也不错啊,你们怎么就没个评价?”

李淑敏笑了声。

“怎么,你笑什么?你觉得我不能胜任?”欧阳平觉得奇怪,真的,她笑什么?

“你能不能胜任不说,你自己感觉怎么样?真动心了?”李淑敏问。

“也谈不上动心,有人赏识你总不是件坏事吧?”

“看你乐的,真是一辈子没当过官。你的学问不做了?”

“这个就不是学问?大学问!”欧阳平不由放大声音,脸上的表情也生动起来。“你说,我会不会是另外一种类型的人呢?”他仰着头,看着灯泡,灯泡有一层淡黄的光晕,时而闪出霓虹色彩。“就像这灯泡,平常谁也没注意它,可是它不是普通的灯泡……”

李淑敏看看灯泡:“我看它就是一只普通的灯泡。”

“不,你仔细看,就会觉得它实际上是天空中一颗亮晶晶的星星……”

李淑敏没兴趣和他谈八不挨的星星,说:“你找我来就是谈这事的?”

欧阳平看看她:“说说而已。我只是觉得有趣。陈功德和苏雪丹……”他摇摇头。看看李淑敏:“胜负难料哦。”

李淑敏看着他,过了会问:“吃饱了吗?”

“啊。饱了,没有想到你的鸡蛋面做的那么好吃……”

“那你可以走了……”李淑敏站起来,送客的架势。

欧阳平愣了:“你说什么?”

“吃饱了就走呗。还想在这里过夜?”

欧阳平说:“我话还没说完呢,你说这个副团长……”

“欧阳平,你有没有其他新鲜的话?什么团长副团长,我没兴趣。”

欧阳平观察她的脸色,小心地问:“你怎么了?”

李淑敏想了下说:“欧阳平,我们两个是怎么回事?”

“什么怎么回事?”欧阳平一怔。“不是挺好的?”

“我觉得不好。你是不是觉得欠了我的?”

欧阳平愣了,不明白她指的什么。“你说什么?”

“我是说，你想干什么就干什么，完全没必要征求我的意见，包括你当官，也包括你交女朋友。”

欧阳平眨了几下眼睛，似乎明白对方的意思了。“怎么扯到……哦，你是说……郑云虹？她……她只是我的学生，她……”

“不用解释了。感情这个东西，最好等它熟透了再说，时间不够可以再看看，你和我，其实谁都不欠谁。我觉得这是成熟的表现。你说是吧？”

欧阳平挠了下下巴，觉得自己某些地方确实没做到位，自从和苏雪丹离婚后，他就没有和李淑敏好好谈过话，没有好好梳理一下两个人的关系，当然，互相都忙是个原因。“可能……这些天和你沟通不够……”

李淑敏阻止他说话：“沟通要有欲望，没有就不要强求……不管怎么说，你今天能来这里，我还是很高兴的。我还要说一句，你不是说苏雪丹和陈功德胜负难料么？我说银雀必败！不管你去不去当副团长。”

“我没说去啊。想哪去了！”欧阳平赶紧表白。又补充说：“就是去，也有个身在曹营心在汉的问题。是吧？”

李淑敏笑笑，轻柔地拍拍他的手背。欧阳平一哆嗦，汗毛都立起来了。以往李淑敏触摸他手背是很受用的，今天不。

“你有时真的挺可爱的！”李淑敏说，“明天我们团安排有你的美学课，还来吗？”

“来。当然来！”欧阳平赶紧说。

第二天下午，欧阳平来到金鹰模特艺术团。不管作出怎样的抉择，他要尽职尽责，课是一定要上的。不但要上，而且要上好。

仇志华站在楼梯口，两手抱在胸前，盯着墙上的考勤表，欧阳平看看他，加快步伐从他背后过去，不知怎么的，他有点怕这个大胡子，觉得他不像个教师，而像保镖。仇志华突然伸出手拦住他：“今天给模特讲什么？”

欧阳平愣了下，机械地说：“关于当前时装的审美趋势和创新的艺术……”

“是吗？”仇志华冷笑一声：“说来听听。”

“这……很难用一两句话说清。”

“那简单说说，”仇志华拽了下他的西装翻领，“你崇拜哪位时装大师？伊夫·圣洛朗？皮尔·卡丹？”

欧阳平看看他，这是干吗？挑衅吗？他看看逐渐围过来的模特，心想咱不能跌这个份儿。于是没好气地说：“我不崇拜大师，伊夫·圣洛朗，皮尔·卡丹不算什么，我尊敬的是怪杰帕克·拉邦纳，他离经叛道，独辟蹊径，这非常难得。”

“是吗，怎么个离经叛道法？”仇志华讥讽地眯着眼睛盯着他。

“他敢于创新，”欧阳平咽口唾沫，“比如说，他用塑料、羽毛，金属、激光唱片，瓶盖儿、扫把杆作材料，融入时装，这看着不可思议，可这才真正称得上是艺术！”

“嗬，艺术？”仇志华看看周围的模特，右手攥拳在左手掌心砸了下，啪地一声响。“好啊，我们就来探讨探讨艺术！什么叫时装艺术？”不等欧阳平回答，又说下去：“法国高级时装设计师夏帕瑞莉说，这是一种非常困难和总是不能令人满意的艺术，因为它是刚刚诞生就已经成为过去的东西。换句话说，时装艺术是不能有大师的，而你嘴说不崇拜大师，却拜倒在帕克·拉邦纳脚下，还谈什么艺术！”仇志华明显在抬杠，他不评价怪杰帕克·拉邦纳，而是指责欧阳平盲从大师，人云亦云，没有自己的观点见解，企图从根本上否定他的鉴赏能力。仇志华盯着他，脸上出现一种似笑非笑的表情，继续说：“我对自己的模特从没有满意过，我让他们不仅表现出外在的服装，还要表现出潜意识、梦境、幻觉本能甚至性意识，我主张用反常的语言和夸张的莎式情节追求神奇的艺术效果。”

欧阳平立即抓住他的把柄：“你在说莎式比亚戏剧效果？这恰恰是一种膜拜！不是吗！？老莎已经死了，你刚才提到的夏帕瑞莉不是法国设计师，是意大利设计师！她的作品和帕克·拉邦纳有异曲同工之妙，你看看她的超现实主义服装，蝉形纽扣，办公桌抽屉状的口袋套装，倒置的高跟鞋式的鞋子，绣红虾和绿芹菜的白色礼服……这比你所谓的什么性意识强百倍，因为这里面不仅是性，还有崇高的爱情！”

“是吗？是吗！你还知道爱情！你把人家最美好的岁月糟蹋了，你竟然说什么爱情！”仇志华猛然吼起来。

欧阳平愣了：“你说什么？”

“我就说你！”仇志华的嘴巴几乎抵在他鼻子上，“你既然不懂爱情，为什么还要跟人家结婚！”

仇志华矛头突然转变，直指他的婚姻爱情，显然这才是他今天论战的目的。欧阳平突然感到沮丧，嘀咕道：“爱情是双方的，我……”他看看周围的模特，仇志华又对模特吼声：“都进去！看什么看！”

模特赶紧离开了。

“好吧，你说吧。”仇志华盯着他。“以前的暂不追究，说现在，为什么离婚了还死乞白赖地赖在家里？说道说道。”

欧阳平一时不知该怎么应付他，这是怎么回事呢，怎么会被这个大胡子审问呢？对于这个人，他只是偶尔听苏雪丹讲起过，是孩时的朋友，给她扛了三年自行车，现在看来，痴情不改，要为苏雪丹拼命。他哪里知道自己也有很多冤屈，自己并不是赖在家里，他早就想搬走了，是苏雪丹不让。当然，他也可以强行搬走，欧阳平认准了的事谁也拦不住，滚滚长江东逝水，浪花淘尽英雄，欧阳平可以如滔滔大江不可阻挡地搬，也可以如小溪流水低调地搬——悄悄地走，正如我悄悄地来，挥一挥手，不带走一坛泡菜……搬走的方式多着呢。有什么呀！但现在不能搬，自己主动搬和别人强迫搬是两个概念，好像我做了见不得人的事似的，好像我怕你这个大胡子似的。我不搬，我虚怀若谷，我敞开城门，我抚琴作歌，我就不信了，你仇志华比得了司马懿，敢闯进来！欧阳平一番思量后，觉得自己精神上占了压倒优势，仇志华看着气焰很盛，其实色厉内荏虚张声势而已，但他不想纠缠下去，现在最好什么也别说。穷寇勿追，这是别人的地盘，没必要让人家太难堪。他低下头往里走，不想仇志华胸脯一挺，挡在他面前。欧阳平只好停下了，但是他不打算退让，为使自己显得有种，他两手叉腰，胳膊肘外翘，像斗架的蛐蛐一样保持着一种威吓态势。两个人正僵持着，苏雪丹过来说："哎哎哎，你们怎么回事，模特等着上课呢！"

仇志华瞪了他一眼，说："我在提示欧阳老师，他有些事忘了。"然后让开路。

下午这堂课，欧阳平讲得筋疲力尽，仇志华坐在模特后面阴郁地盯着他，那眼神如刃似刀，很快将他切割成七零八碎。欧阳平感受到他强烈的敌意，腹内的尿包时不时躁动两下，告诫他要听从天意，顺势而为。他想到头了，我这是最后一课了，我决不会再来了。

欧阳平上完课后，什么招呼也不打，气昂昂地夹着文件包走了。

模特又进行了半个小时简单的形体训练，训练结束后，三三两两地走出大楼，一些模特的男朋友在门口等着。

苏雪丹和宋薇走出来，一辆金色本田雅阁停在路边，响了两声喇叭，宋薇看了看："接我来了。"又问苏雪丹："苏老师有人接吗？一齐走吧？"

苏雪丹笑笑："我骑车。别玩得太晚了，明天早上起不了床。"

宋薇说："现在哪有心思玩……"她走过去拉开车门钻进去，车开出去十多米，忽然停下了，接着传来争吵声，由于距离远，隐隐约约听见什么"天气暖"、"蚊子"、"牛屁"等只言片语，不一会，宋薇气冲冲地打开车门出来，接着一个矮胖的中年男人也钻出车，拉着宋薇，劝宋薇回到车里。

"那是牛哥。牛维国。"卢燕燕看着他们说。"宋薇的男朋友。"

"他们怎么了？"苏雪丹奇怪地问。"听说男的是个老板？"

"小老板。做橱柜生意的。"

宋薇忽然骂了声："放你的狗臭牛屁！"猛然推了对方一把，钻进了车的驾驶座，没等牛维国反应过来，轿车飞驰而去，牛维国一个人站在原地发了阵呆，赶紧拦了辆出租车追了过去。

"看样子事大了……"卢燕燕似乎有些幸灾乐祸。"苏老师，你可能不知道，这个牛老板每天来接宋薇，是对宋薇不放心……"

"不放心？为什么？"

"怕宋薇劈腿跟别人跑了呗，他那个样子，没有几个小钱，谁看得上？还进去过。”

“进去过？去哪？”

“监狱啊，蹲了一年半，听说是打架伤人。”

苏雪丹摇摇头，宋薇和牛维国从年龄和外形上看是不相配，牛维国还是个刑满释放犯。可两个人就在一起了，谁知道是怎么回事。人家的私生活，也不好过问。

“苏老师，欧阳老师来接你吗？”卢燕燕问苏雪丹。

“他为什么来接我？”

“哦，对不起，我忘了，你们分了……哎呀，苏老师，这很正常，好的在后面。”卢燕燕挺体贴地说。

苏雪丹摇摇头：“老太婆了，谁还有兴趣？”

卢燕燕说：“哎呀，苏老师，像你这样气质的人，肯定有后福啦……”

苏雪丹笑了，这个女孩不仅业务好，嘴巴也甜，把你哄得舒舒服服的。道：“我倒愿意有现福……哎，你这么优秀的女孩，怎么后面没跟着一个班？”

“我也纳闷啊，好小伙子都上哪去了？”卢燕燕四下看看，“太不正常了！如果现在有辆车来接我，哪怕是辆奥拓，不，就是辆摩托车，我马上跟他走！”

“谁信？真的来了你才不会干呢。”

“真的，苏老师，你还不了解我……”卢燕燕说完咯咯笑了阵，又压低声音：“苏老师，告诉你一个秘密……陈小萍有个男朋友。”

苏雪丹有些吃惊：“是吗？她在这无亲无故的……”

“所以才需要保护神啦——是个警察！”

“警察？你怎么知道？”

“前几次每天下班都是警察开着车来接她。”

苏雪丹有些明白了，这恐怕是周坚。卢燕燕似乎太关心别人了，什么事都知道，苏雪丹觉得这个女孩表面上挺随和的，其实挺有心机，不过又一想，她经常能给自己打点小报告也没什么不好。这是忠心的一种表现，她身边需要这样的人。“我知道这个事，男朋友恐怕说不上，他是……”苏雪丹停突然停下了，盯着马路上驰来的一辆帕萨特轿车，车滑过来在她们面前停下了。

“别是来接我的吧？”卢燕燕惊讶地看着轿车。

车窗滑下，朱迎宝探出头：“苏团长，有时间吗？”

苏雪丹笑了笑：“哦，朱总，什么事？”

“现在还有什么事，吃饭。”

苏雪丹顿了下，“对不起，我有安排了。”

“不会吧，”朱迎宝失望地说，“我不是太没运气了？我都订好了位……”

苏雪丹说：“真的对不起……你应该早说！”

“下午就打你手机，可关着，发了短信息也没回。”

“哦，今天我忘了开机了……”苏雪丹看看自己的手机，抱歉地说。

“看看，来联系业务时，你的手机可从来没关过……真的不行？”

苏雪丹摇摇头。

“我很失望啊。”他看看卢燕燕，“你们团长很让我失望啊！”

卢燕燕突然说：“如果朱总不介意，我代表团长吃饭行不行？”

苏雪丹愣了下，马上说：“哎对，派个代表吧。”

朱迎宝吃惊地打量卢燕燕：“你不是那个那个……”

“我叫卢燕燕。”

“啊对，我有印象。”

“才是有印象？应该有深刻印象。白给你们公司演出了，我很卖力的。”卢燕燕嘟着嘴，一副不高兴的样子。

朱迎宝赶紧说：“啊对对对，是有深刻印象……拿着手枪那个，你和郑云虹是一对……”

“记着郑云虹就没记着我？”卢燕燕仍然不依不饶。

“不是记住了吗，卢燕燕！”

卢燕燕笑了：“这还差不多！”她说完走过去拉开车门坐进去：“走吧。”又探出头对苏雪丹说：“苏老师，我会照顾好朱总的。”

朱迎宝有些不知所措，看着苏雪丹：“这……”

苏雪丹笑笑，挥下手：“走吧，别把我们小燕子灌醉了……”

朱迎宝看看卢燕燕，忽然转头对苏雪丹一笑，说：“醉了也没关系，我们不是照样签了合同吗？”说完意味深长地挤下眼，一踩油门，车很快开了出去。

朱迎宝最后的那句话让苏雪丹心里咯噔了一下，虽然是玩笑的样子，但显然话里有话。她怔怔地望着远去的轿车，有些七上八下的，那个和黑豹的广告合同是在老川东酒楼酒席上签的，当时朱迎宝一副醉态，现在看来，他也许就没有醉，顺势而为而已。他什么都明白。这个男人不可小看。

苏雪丹骑车上路，刚拐过弯，一个人突然横在他面前，吓了她一跳，差点从车上栽下来，那人赶紧抓住她手把，一看，却是欧阳平。苏雪丹没好气地说：“干吗？打劫啊！”

欧阳平说：“想打劫的不是我，是那辆轿车。”

苏雪丹惊讶地问：“你看见了？你不是早走了吗？”

“我是走了，可一想有些事必须尽快明确，所以……”欧阳平优雅地做了个西方古典剑客的手势：“我请你吃饭，请！”

苏雪丹有些吃惊地打量他：“怎么了？不是要保持距离吗？”她一想起那天欧

阳平傲然离开家就气不打一处来,尾巴翘上天了!

"此一时,彼一时。"欧阳平笑容可掬。

两个人来到附近一家名叫"知味馆"的酒楼,坐下后,苏雪丹仍觉得不可思议:"你发财了? 没来由的请什么客!"

欧阳平一边摆着碗碟一边说:"发什么财? 我的讲课费你还没有给呢。"

"我手头不是有些紧张吗,先欠着。"苏雪丹觉得这不是个事。又看看他:"平白无故的,你要是不说个原因,我是不吃的。"

欧阳平四下看看,一个指头在鼻子面前朝里勾勾,表示有话要说。

苏雪丹奇怪地看着他,头仍然前倾过来。

欧阳平压低声音:"我有情报。"

苏雪丹皱下眉头:"你别这么神神道道的。"

"你忘了? 昨天我去了银雀团讲课。"

苏雪丹看看他,认真了:"什么情报?"

"大情报。"欧阳平卖了个关子:"猜猜是什么?"

"他们把经贸会的入场券拿到手了?"

"不是。"

"又招了个好模特?"

"不对。"

"哎呀,有什么快说吧!"

"他们让我当银雀时装团副团长。"

苏雪丹愣了:"你?"

"对。陈团长亲口对我说的。让我进入团领导班子。"欧阳平一脸肃穆,两手交叉放在肚子上,俨然领导气度。

苏雪丹不可思议地盯着他,过了会问:"你怎么回答的?"

"我说考虑考虑。"

苏雪丹正要说什么,大堂经理拿着无线话筒出来,说:"各位顾客,晚上好,为了让大家有一个轻松温馨的就餐环境,今天我们酒楼特地重金邀请歌舞团的优秀演员为大家表演,请欣赏古琴《春江花月夜》。"

苏雪丹和欧阳平望过去,发现靠墙的那里支着一张古琴,一个一袭白裙的青年女子走出来,对大家鞠了个躬,坐下来,开始抚弄琴弦,随后一阵碎珠般的声音滚动出来。

欧阳平看看女子,问:"是你们歌舞团的?"

"我原先团。"苏雪丹纠正说,也看着女子:"不大熟,我去的时间不长,不过肯定是科班出身,你听也听的出来。"

欧阳平叹了口气:“虽说是重金,这种场合怕也不大适合……”

“怎么了?总比在家里闲着强,”她笑了下,“重金?最多五十块。”

“不会吧?”欧阳平觉得不可思议,“专业演员啊。”

“不说她,说你。……你怎么回复陈功德的?”

“啊?哦,我想征求你的意见。”欧阳平说,“毕竟,你在先……”

“唔?什么先?”

“我是说,这里面可能有一些意想不到机会……你说呢?”欧阳平有些紧张地盯着对方。

“我看可以吧……”苏雪丹琢磨着,“这样就可以打入他们的核心机构了,他们的一举一动我们了如指掌……”

“我也是这样想的。”欧阳平松口气。“他们后天给工商联谊会演出,下星期还有几个业务,好像是航空公司成立二十周年庆。”

苏雪丹用筷子点了几下盘中的花生米,冷笑了声:“陈功德竟然想走这步棋,找到了你!他以为我们离婚了就是敌人……我们是吗?”

欧阳平在想着什么,看看苏雪丹,“啊”了声:“当然不是!”

苏雪丹仔细地看着他,欧阳平回避了她的目光,他有些发虚,欧阳平骂自己:臭毛病又出来了!你一辈子都没出息!你怕什么?你本来可以不告诉她的,但是你还是说了,你够对得起这位前妻了!

“那就当吧,欧阳副团长。”苏雪丹拍拍他的手。欧阳平汗毛又一次立起来了,但这次和李淑敏的那次感觉不同,他有一种异样的冲动,苏雪丹的手纤秀白皙,手背上有浅浅的酒窝,指甲没有涂染,透出粉粉的肉红色,看着对方的“红酥手”,他心里痒痒的,想把这手揉捏一番,以前怎么就没有注意到?他忽然意识到李淑敏那天的态度为什么变坏了,李淑敏说得对——他没有欲念,他和她只是精神上的交流,实际上他忽视了对方的性别,他甚至没有和李淑敏拉过手,更别说拥抱接吻了。他想这事糟了,不是我有问题就是她有问题。

苏雪丹对服务员说:“点一支曲子多少钱?”

服务员说:“二十元。”

“我点一支‘步步娇’。”苏雪丹摸出二十元给服务员。

服务员拿着钱过去,将钱递给演员。演员对这边感激地笑笑,开始演奏曲子。

欧阳平想,这就是不平等啊,你有钱,就可以买笑,人家好歹也是你过去的同事……他听了一阵,回头看看苏雪丹,只见她神情悲凉地盯着那个演员,欧阳平还没有见过苏雪丹有这种神情,不由心中一颤,是不是兔死狐悲?她在想以后自己若是失败,怕也是到这种场合卖艺吧?苏雪丹意识到他的目光,站起来:“走吧。”头也不回走了。欧阳平赶紧付了钱追出去。

出酒楼大门后，苏雪丹推上自行车，问："你去哪？"

"回家。"欧阳平又强调："回学校的家。"

苏雪丹打量他："回去搬家？"

"不搬了。"

"不搬了？"

"对，不搬了。起码这一阵不会搬了。"欧阳平微微一笑。他为什么要搬？现在和这位前妻住在一起的是银雀模特时装艺术团的欧阳副团长，不是普通的欧阳平了。他要让苏雪丹看看自己的本事。他也要让仇志华明白自己和苏雪丹不是鲜花牛粪的关系。欧阳平是一个叱咤风云的男子汉，欧阳平要煮酒论英雄了。当然，这些话他不能说。

苏雪丹没有再问什么，她认定欧阳平搬家本来就是瞎咋呼而已。

第二天上班的时候，苏雪丹问李淑敏："知道吗，欧阳平当银雀的副团长了……"

李淑敏整理着资料，随口说："知道了。"

苏雪丹奇怪地问："你什么时候知道的？怎么不告诉我？"

"我以为欧阳平说说而已……电话中告诉我的。"李淑敏含混地说，她不想让苏雪丹知道欧阳平夜里到过自己家。

苏雪丹哼起了歌："我们安插了一个钉子在敌人心脏……这是哪首歌词来着？"

"没那么乐观吧？"李淑敏冷冷地说，"欧阳平是不是钉子很难说……"

苏雪丹愣了："什么意思？他不是钉子是什么？"

李淑敏正要说什么，外面有个女声："李主任，有人找。"

苏雪丹抬头看，陈小萍探头进来。苏雪丹问："谁呀？让他进来。"

陈小萍头缩回去了，进来一个穿灰西服的男子，仔细一看，是周坚。

苏雪丹一愣："你？"

周坚笑笑："还认识？"

苏雪丹打量他一阵，说："打扮得周吴郑王的啊！"

周坚有些惶惑地打量自己，摸下领带："不怎么样？"

苏雪丹偏下头："凑合吧。"又对李淑敏说："这位是警察，今天是便服。"

李淑敏随便看看他："周警官。"

苏雪丹惊奇地问："你们认识？"

周坚笑道："我们一起去河南解救被拐卖的妇女……李女士当了艺术团体的办公室主任，还是一副妇女干部正气凛然的样子。"

李淑敏说："周坚警官，你要是这么说，我就公事公办了，你来有何贵干？事先声明啊,别说在这里吃饭,我们没钱。"

周坚哈哈笑道:"警察都是白吃白喝的?我今天是无事不登三宝殿,专为苏团长而来。"

苏雪丹一惊,忙问:"是不是案子有进展了?"

"哦,可以这么说吧。有个新情况想核实一下……"他看看李淑敏。李淑敏知趣地说:"我到排练厅看看。"出去了。

苏雪丹急切地问:"什么情况?"

"你有了目击证人……"

"那个郑云虹?"

"你知道?"周坚一愣。

"我的模特,怎么不知道?她本来约我一起去你那里的,我太忙……怎么,破案了?"

"没有。她提供了摩托车的牌号后两个数字,76,但是她不敢保证是不是这两个数,也许你能记起点什么……"

苏雪丹想了想,摇摇头。

"没关系,我们总会查出来……说实话,有了目击证人,这个案子才算是实在一点了。还有,陆小雯当初在现场的时候呕吐,后来医院证明是胃肠不好,对吧?"

"是这样说的,怎么?"

"她怀孕了。"

苏雪丹愣了,这出乎她意料。"这不正常吗?"她一时没有弄明白这个事和劫案有什么关系。

"当然不正常!陆小雯目前独身,和丈夫离婚好多年了……"

"也许有别的男人呗。"

"谁?"

"你问我?我怎么知道?"苏雪丹想了想,"要不她就是和丈夫藕断丝连,走火中靶。"

"嘿嘿,你可是三句话不离开枪啊。我看陆小雯怀的孩子不是丈夫的,她怕她以前的丈夫,躲都躲不赢……她后来曾经又和一个男人同居……"

"还是了!"

"问题是她已经好久没有和这个男人在一起了……"

"你是怎么知道这些的?"苏雪丹惊诧地看着他。

"你以为我们整天在玩啊?"周坚背着手在房间里踱开步,四下打量着。拿起桌上的订书机看看,不知为什么又在鼻子下面闻了闻,好像那上面有什么线索似的。

“那……这个怀孕是谁的?”

“这就是问题了,第一,孩子是谁的? 第二,她为什么隐瞒怀孕?”

苏雪丹想了想,还是不大明白:“怀孕和抢劫有什么关系?”

“这正是我想调查的,可能有关系,也可能没关系。你说,她为什么隐瞒自己怀孕? 后来又做了流产? 你说。”

苏雪丹瞪着他:“这应该是你说。”

“我觉得你应该有点情况。”

“我怎么会知道?”

周坚笑了笑:“你为什么不问和陆小雯同居的男人是谁?”

“是谁?”

“董奇。”周坚一屁股坐在李淑敏的座位上,手指在桌上轻轻敲着。

苏雪丹愣了:“董奇?”

“对,董奇。你曾经的同学。据我了解,他一直未婚,但是他和陆小雯同居过,时间大概断断续续有一两年,或者更长。”

“他……”苏雪丹有些发懵,这是怎么回事,居然扯出了董奇!“他现在在哪?——我说董奇。”

“我也不知道。他在云南和深圳注册了好几个公司,经营业务很宽。这个董奇背景复杂,好像是发了财,但是钱是怎么来的不清楚……你没听说?”

苏雪丹想了一阵:“不知道,这是你们警察的事。”

“是啊,是我们的事。还有,你那个证人郑云虹当时喝了酒,是吧?”

“对。她当时说话都不大利落。”

“她为什么喝酒,在哪里喝酒……”

“你问她呀。”

“她说记不清了。据我们调查,她是在出事附近的情缘网吧呆了一夜,边上网边喝酒,直到天亮。然后出来碰上了你,你不觉得奇怪吗?”

“上网吧应该是正常的吧,能说明什么?”苏雪丹有点跟不上这个警察的思路。

“问题是她为什么在这个地方,而不是学校附近?”

“她要回家吧。”

“但是她到了家附近又没回家。我问过陈功德。”

“你是说……”苏雪丹吸了口凉气,莫非郑云虹是望风的?“不,不会。”

“我没作结论,只是说明一些现象,案子就是这样,过程曲折迷离,结果却非常简单,让你觉得以前自己是傻瓜,可是没办法。……好啦,说了那么多,就是想看看是不是给你了一些启发,你还有没有值得补充的事?”

苏雪想了想,说:“……要说有吧,还真有,那个摩托车手可能拿着凶器……”

“你怎么以前没说?!”周坚立即紧张起来,“什么凶器?”

“可能是一把什么刀吧?”

“到底是什么刀?”

苏雪丹想了下:“我一直在想,为什么当时眼前会有一道白光闪过? 不是太阳光,更不会是灯光……现在想起来,恐怕是一把镀光的刀,不大……”

“不大是多大? 西瓜刀? 水果刀?”周坚有些恼火了,这么重要的细节以前竟然没有说出来。

“肯定不是西瓜刀。也许……就是手术刀吧?”

“手术刀! 你能不能肯定? 这很重要! 懂吗?”

苏雪丹看看他的神情,有些紧张了。“你是说……”

“在你这案子之前,其他辖区发生过摩托车手用手术刀抢劫的事,连受害人的脖子都割断了……”

苏雪丹下意识地捂住自己脖子:“真的?!”

“如果真是这样,那是想置你于死地啊……”周坚沉思地说,“性质变了……这案子没那么简单……”

苏雪丹想起当初被劫时后面卷起到一阵凉风,原来那是对着自己脖子来的,竟然下这样的毒手! 谁呢? 是自己的冤家对头? 好像没有和谁有如此的深仇大恨,那么就是碰上了心狠手辣的惯匪?“不过,我还是不能十分肯定那是个什么,太快了……”

周坚问:“还有别人看见没有?”

“那只有问郑云虹了,也许她看清了是什么。”

“她要是看清了,不会自己说啊! 她只是记住了牌号两个数字……还不能肯定。”

“也许还能回忆起什么,你们那个女警官不是有一套理论吗? 给她催眠……”

周坚点点头:“你说的是一个办法,不过这要有专家,我们没有。不过这趟没白来。你居然连这么重要的细节都忘了! 刀!”

“我这人糊涂。”苏雪丹有些抱歉地说。“再说,我就没指望你能破案。”

“咱们走着瞧吧。”周坚哼了声。他向外走,又回头一眼一板地说了句歌词:“心若在,梦就在,只不过从头再来。”

37

中午,苏雪丹回到家中,她打开门进去,发现欧阳平的房间门开着,里面传来敲击键盘的“啪啪”声音,她好奇地走过去,看见欧阳平在电脑前打着字,她以为他在备课,也没有在意,自己冲了杯茶,说:“周坚来了,我的案子可能有希望……”

“哦……”欧阳平应了声,自顾自地打字。

“你知道是怎么回事吗?原来陆小雯和董奇同居过,她呕吐是因为怀孕,但是是谁的孩子却不知道,真奇怪了……哎,你在听没有?”他发现欧阳平根本没理她的茬儿,噼里啪啦打得正上劲。她走过去看看电脑屏上的字:关于银雀时装模特艺术团业务发展和广告宣传的计划

苏雪丹叫了声:“嗬,你小子真上了心了!”

欧阳平赶紧说:“一会开团领导会,让我负责宣传和形象策划,我得拿一个计划书出来……”

“你怎么从来就没有给我搞过这玩意儿?”苏雪丹不满地质问。

“你没让我搞啊,再说你也看不上啊。”欧阳平解释,“再说你是内行,我是外行。我这东西都是瞎掰,糊弄人的。”

这么一说,苏雪丹倒也能接受,点下头说:“那倒是。你这么乱七八糟一误导他们,几天他们就完蛋。”

欧阳平笑笑:“到时候你请我吃饭啊。”

外面楼下响了声喇叭,欧阳平看看手表:“哟,车在楼下等我了!”他匆匆打完几个字,用打印机印出来,把材料夹在一个黑皮文件包里,“我得赶快走了。”说完提拎着皮包兴冲冲地出去了。

苏雪丹看着他的背影在门口消失,心里怪不是滋味:这小子竟有车来接了!这个小间谍的谱儿还大呢!她走到窗口,看见欧阳平从楼门口跑了出来,一头钻进桑塔纳轿车,车一溜烟没了。

欧阳平在会上把自己的策划方案说出来之后,没想到竟然得到大家一致赞同。都说如果按照欧阳团长的方案活动的话,银雀很快就会打开局面,成为本市模特界的一面旗帜。陈功德说:“我们有歌舞团的牌子,有欧阳团长的策划领导,我们团的档次就不一样,肯定能打败任何对手。”

欧阳平有些受宠若惊,不知道自己写出来的那些东西是否真的可行,很多都是从网上拿来的。韦明义说:“这个策划,从理论的角度来说,绝对漂亮,但是在实际操作上还需要检验,不过欧阳团长确实给我们带来了一股清新之风。欧阳团长的思路是清晰敏锐的,态度是积极认真的。”

欧阳平激动了,我欧阳平还是行的,我有文化的底子,举一反三,触类旁通,欧阳平哪,你要真正认识到自己的价值!他决定继续发挥下去,说:“现在我们一方面要多演出,多实践,同时要为进入国际经贸会作准备,据我所知,这个会来参加的中

外客商大小企业近千家,如果拿到进场的广告表演的业务,就占领了制高点,今后商机无限,别人只能望其项背。”

韦明义轻轻拍了两下巴掌,说:“欧阳老师说得非常对,我们成立这个团初衷就是为经贸会的,进入这个会,商机无限,怎么说它重要都不过分,只要进入了这个会,其他零碎的小业务根本不必放在心上。要全力以赴,要不惜血本。”

陈功德说:“两位团长说得对,我们全力以赴进入经贸会。有个好消息我要向大家通报一下,经贸会组委会的副主任是我多年的朋友,我已经跟他说了,他说只要我们模特素质好,就没问题。现在要跟演员说清楚,加紧苦练,被选入了,前途辉煌。”他停了下说:“这些事多拜托你们二位团长了,我的工作重点是老歌舞团的转制改革问题,人员安置问题,咱们这个团是方向,搞好了,我那边的压力就会小。”他还想说什么,手机响了,他拿起问了声:“哪位?”脸色骤然一变:“你在哪里?……好好,我就来!不要激动,来了再说!”他对其他人说:“你们先议论着,我去办公室处理个事……”说完匆匆走出去。

陈功德来到办公室,工商银行马道街支行的吕行长已经坐在那里,见他进来,张口就说:“老陈,你怎么还没动静?是不是想要我的命啊,我们在搞清理审计,你的钱不还,我就丢乌纱帽。”

陈功德说:“吕行长,别激动,有事好好商量……”他给他倒了一杯水,说:“你也要体谅我的困难,那是前任借的钱……”

吕行长摆下手,很不客气地说:“现在甭提这个!你们是法人单位,个别人的变动不影响债务关系,这个道理陈团长不会不明白。”

“问题是我现在没有钱……”陈功德两手一摊。“真的,你可以到我的账上查。”

吕行长看看他:“你去借。”

“借?我到哪去借?”

“这是你的事。”吕行长站起来,“该说的话都说了,三百万,一个月期限,否则法庭见,把你这楼拍卖了。哎,别以为我是在吓唬你啊!”说完头也不回走了。

陈功德呆在那,刚才开会的好心情全被破坏了,这笔债一直是他的心头大患,但是他没想到会来的这么快,这么凶猛,一般来讲,催债的都会赔着笑脸,然后饭桌上讨价还价,最后双方各退一步,吕行长今天的口气完全没有商量,根本不听你解释,也不跟你啰嗦,说明他已经下了决心了。

韦明义在门口探下头,接着进来:“银行那个家伙又来了?”

陈功德握拳狠狠地敲了下脑门,叹道:“狠哪,狠哪!这种关键的时候来催命!”

韦明义问:“又是那笔贷款的事?”

“前任的账,我来还,公平吗?跟文化局喊救命吧,文化局说他们不负责债务,以前老团长就让他们担保割了三百万去，说再给我们背，川剧团京剧团杂技团木偶团的债务背不背？当初盖房筹资是说好了的，各单位自己解决……你看你看，全让我扛了！”明知跟对方说这些没用，但陈功德就是想说出来，说出来他才好受。

“你打算怎么办？”韦明义摸出一盒中华，抽出一支，噙在嘴上。

“怎么办？要钱没有，要命有一条！”陈功德胸脯一挺，悲壮地说。

“这是气话了，还是想想办法。”韦明义用打火机点燃烟，吸了一口，喷出一股烟雾。

陈功德说：“什么办法？指望我这些坛坛罐罐挣出三百万？……歌舞团没法演，就是演了也没人买票看，模特团就是演疯了也远水不解近渴，三百万哪！”他想了下，自语道：“哪有钱？让歌舞厅赶快交承包金，现在只有歌舞厅是能赢利的，钱来得快……”

“要说来得快，开赌最快，你敢吗？”韦明义不以为然地哼了声。

“是啊是啊，不敢不敢……”陈功德看看韦明义，突然想起什么：“对了，朱迎宝说好了用我们模特拍广告片，有两万块钱，我给他打电话，先支付……”

“两万块钱顶什么用。”韦明义哼了声。

“总比没有好……”陈功德还是打电话，很快通了。陈功德开门见山提起拍广告片的事，不想朱迎宝说那个事已经交给苏雪丹做了，协议都签了。陈功德大吃一惊，吼起来：“我们说好的，你说肯定不会变了，你搞什么搞？”

朱迎宝用抱歉的口吻说：“我说的是一般情况下不会变，可遇到了特殊情况……”

“什么特殊情况？”

“喝醉了，就是那次订货会后吃饭，不知怎么就签了字……”

“喝醉了？被苏雪丹灌的吧？卑鄙！可耻！”

“不是灌我，是我自己喝醉的。”

“喝醉的不算数！”

“怎么不算呢，白纸黑字，法律上认可。你也知道，我这个人喝了酒就爱题词……以后要注意了，笔不能乱划拉……”

“迎宝！我告诉你……”

“我还有个会，这次合作不成，还有下次。”说完，朱迎宝挂了电话。

陈功德愣了，这家伙，根本就不想和你谈。又一想，明白了一些，喝醉酒大半就是个借口，他是被苏雪丹迷住了！

“怎么样？”韦明义观察他的脸色，问。

陈功德看看他，忽然心中一动，找来找去，这钱远在天边近在眼前。“韦经理，你给我解决三百万！”他说。

"我?!"韦明义吓了一跳。

"是啊,当初你说只要合作得好,你们集团公司还可以注入资金……"

"我……我说过这话吗?"韦明义退后一步,好像对方要抢钱似的。

"怎么没有?你说合作得好再投入几百万是没有问题的,就在这里说的!"陈功德用指头敲下桌子。"韦经理,韦团长!我们合作的还不好吗?我们现在互相了解,互相信任,同生死,共患难,你摸着良心说说,我们的关系怎么样?我对你怎么样?我们的关系比山高,比海深,同志加兄弟……"陈功德动了真情,眼圈都红了,如果可能,他可以不顾年龄差距,和对方拜把子,当兄弟。

"我同情你的处境,我们公司资金也不成问题,不就是三百万吗!可我做不了主,我得请示集团公司老板……"韦明义为难地说。

"那你赶紧请示啊。"陈功德几乎叫起来。

"老板在国外,不知回来没有。"韦明义说。停下又补充说:"董事长很忙的。"

"韦经理,这事我就拜托你了!"陈功德一把抓住他的手,现在最现成的救命稻草就是这位老兄了。"别人不了解,你是了解的,这歌舞团看着是拦摊子,可要理顺了,还是能挣钱的,有这么多房子……你只要帮助我们,条件可以谈,我们有很多改革方案,总之是对投资者优惠,你可以参股,当大股东,也可以买断……"

"陈团长,你的心情我理解,我只能把这个情况向董事长汇报,至于他怎么想的,我不敢保证。"韦明义一脸严肃,表明这个事情他很认真。为了安慰对方,他的另一只手搭了上去,按在陈功德的手背上。"当然了,董事长对歌舞团肯定是有一定好感的,否则不会派我来和你们共同搞模特团,实际上他也是让我近距离接触你,看好不好合作……"

"你已经看到了,我这个人很爽快的,我这个人如果还不好合作,那世界上就没有好合作的人了!"为了表明自己的诚意,陈功德再把自己的另一只手扣住对方的手背,这样,双方四只手紧紧搅缠在一起,互相表明心迹。

韦明义看看双方的手,这分量够了,总不能再把脚丫子搭上去,说:"老陈,陈哥,我们共同经历了这么多事,我会尽力的。"他看着对方焦灼的脸,心里直想笑。

现在似乎是到摊牌的时候了。

38

傍晚,韦明义走进假日酒店大厅,四下看了看,大厅柱子旁里有两个白发外国妇人在谈着什么,脚下是两个深棕色的软牛皮箱,看样子是刚下车的游客;休息区的沙发上坐着几个穿着时尚的妙龄女郎,每人端了罐酸奶在喝,眼睛不时巡睃着进出的人，韦明义觉得这些女郎有些神秘，几次来都碰见她们，说她们是应召女郎吧，气质都还不错，没有风尘味；若说是白领，又不应该这么清闲，这个城市总是有这么些神秘莫测的人。他径直向电梯走去，电梯间里有一位穿着红旗袍、身材高挑的服务小姐对他微笑了下："先生几楼？"

"十七。"

小姐按了下数字键，电梯稳稳上升。韦明义看看小姐，小姐对他又微笑了下，韦明义心里一动，这小姐算的上明眸皓齿，是董事长喜欢的那种类型。董事长在这里长期包房，每天上上下下的，不知和她有没有一手？心里这么想着，不禁又打量了下对方，小姐依然对他微笑，轻声说："到了……"韦明义对她点点头，走出去。

他来到1708房间，按下门铃，过了一会，门开了，一个长发高个女人站在门口，韦明义看看她，有些面熟，但想不起来在哪里见过。不过他也不吃惊，董奇换女人如同换衣服。女人问："是韦经理？正等你呢。"闪开身让他进去。

董奇穿着件日式睡衣坐在沙发上看着一本杂志，一只手端着咖啡，明明知道韦明义进来，却头也没抬，懒懒地问："怎么样？"

韦明义说："陈功德急了……"

董奇看看他，对那个女人说："小刘，你到里屋去。"

小刘屁股一扭，走进屋里，韦明义注意到她的步子走得挺专业，心想这是块模特的料呢。他注意到窗户旁边立着一个真人大小的塑料女性模特，就如成衣点店中的那些模特一样，身上套着一个咖啡色套裙，一头金发。屋里怎么会有这个东西，当衣架用吗，韦明义有些不解。

"说啊。"董奇哼了声。

"哦，银行急了，让陈功德立即还款，不然拍卖他的办公楼房子。"韦明义收回目光，继续说。"他向我借钱。"

董奇啜了口咖啡，慢慢地说："三百万？"

"还要打点一些人，加几十万搞掂。"

"钱可以给，关键是协议怎么签。"

"他说一切条件优惠，他希望我们当他们的大股东，买断也可以谈……"

"我他妈还为文艺体制的改革作贡献呢，我不当股东，我要他的地皮，当他爹。"董奇一阵大笑，收购市歌舞团蓄谋已久，目前为止，事态的发展基本上是在他的计划中运行，只有两点是个意外，一是苏雪丹的出现，他没有想到苏雪丹会跟陆小雯一起去存钱，当时设计这个计划时，根本不知道苏雪丹到了歌舞团，只能说是巧合了；另一个意外就是那个摩托车手，居然抢了十万元后不见踪影，按规矩，他只能领酬金，而不能吞财物。董奇把咖啡放到茶几上，走到窗边，看着外面栉比鳞次的楼房，沉思了一阵，说："你告诉陈功德，钱可以给他，不过代价不同了，用办公楼和排练剧场作抵押……”

“这……恐怕他不会干吧？”韦明义愣了下。“这家伙挺精的。”

“我看他会干。”董奇胸有成竹地笑笑，“跟姓陈的说，我答应和他见面。”

“什么时间？”

“唔，再挤一下他，在银行起诉他的前几天……”

“明白了。”

董奇伸了个懒腰，又坐到沙发上，端起咖啡呷了一小口，想起什么，“陆小雯怎么样？”

“还是那样，愁眉不展的，当会计。陈功德挺欣赏她。”

“如胶似漆是吧？”董奇脸色阴沉了。

“这个……有些风言风语，不过两个人还谨慎，公开场合看不出什么来。陈功德对陆小雯挺照顾。”

董奇冷笑了一声，他是经过婚介所和陆小雯认识的，之所以通过婚介所，是想要找个正经可靠、精通财务的女人做他的帮手，同时这个女人和他的过去毫无牵连瓜葛，陆小雯符合这个条件。陆小雯是会计，离婚后没有了住处，正想找一个男人依傍。两个人见面后，陆小雯对这个自称在云南腾冲做玉石生意的老板有些戒心，但当董奇花了一百六十万在高档小区春天花园为她买了一套三居室后，陆小雯就和他同居了。实际上，董奇选中陆小雯还有一点特别的原因：陆小雯的模样和他中学时暗恋的一个女同学有某些相似，看着陆小雯被拥入自己怀中，他觉得这也是对当年那位从没正眼看过自己的女同学的征服。当然，董奇最希望的还是陆小雯能利用自己的会计技能帮助他做大事——将那些赌石赚来的钱通过投资转化为正经生意。说起来，董奇介入赌石这个行当纯属偶然，他当初在深圳给一个歌厅老板当马仔，周末陪老板去澳门葡京赌场玩，进场后，老板给了他两千块钱，让他自己找乐子去。董奇就玩简单的押大押小，当他输得只有二百块钱时，发现了一个规律：只要直觉告诉他“押大”时，一定要按照相反的意思下注，就是脑袋想着那头，手上却押着这头，他按照这个方式操作结果居然赢了两万块钱。和他一起玩的一个玉石商人看他手气太好，告诉他可以去做赌石生意，这里的赌博不能叫生意，没有社会价值，没有技术含量，玩玩而已，千万不能当真。赌石就不一样了，一旦成功，不仅利润惊人，还给社会提供了艺术品——好的翡翠人民喜爱啊。这个具有社会责任感的赌友让董奇豁然开朗，他以前在云南当兵时听说过赌石，这行当在中缅边境有千年历史了，翡翠在开采出来时，有一层风化皮包裹着，无法知道其内的好坏，但又必须切割之前买下，这就是赌石。一块翡翠原料在切第一刀时见了绿，但可能切第二刀时绿就没有了。所谓“一刀穷，一刀富，一刀穿麻布”，有人一夜暴富，有人血本无归。董奇决心为社会创造价值了，回到深圳的第三天他揣着两万元不辞而别，直奔缅甸瓦城（当地人称密支那），在接近城里的路上看见一个拉原料石头的小卡车爆了胎，旁边站着个长得像田鸡似愁眉不展的缅甸老头，董奇突发恻隐之心，下车帮助老头换车胎，这个叫吴丁奈的缅甸车主为了报答他，让他在车上选一块石头，价格好说。然而当他三挑两挑选中一个西瓜大小的原石后，吴奈丁却死咬住少于五万不卖。实际上董奇也不懂那些挑石头的要诀，什么“宁要一线，不要一片；宁要一脊，不要一鼓；”什么“龟裂线，隐井纹，戒面报废牌子脆”；他还是凭着直觉感应，这石头外观看毫不起眼，直觉告诉他这个破石头没戏，而正因为没戏，他一定是被表面现象迷惑了，必须要买下戳破阴谋。最后好说歹说以一万八千元成交。石头带回去切开后，里面竟然是水色俱佳的上品翡翠，加工转手六百万卖出，轰动了睹石界。董奇凭着自己的这种黑白颠倒式特异功能很快在赌石界有了名气，资产也上了五千多万，但在一次车祸后，董奇这种神奇的功能忽然没有了，几次赌石铩羽而归，赔了六百万，正茫然无措时，当初那个卖他石头的缅甸人吴丁奈找来了，劝他见好就收，另外做一个大买卖，利润比赌石高多了，这就是——海洛因。董奇知道这是掉脑袋的事，但是好赌的天性让他想碰碰运气，他定下原则：仅此一次，立即收手，再不染指。而既然是一锤子买卖，那就要赚个够，他把自己资金全拿出来，准备吃货，然后迅速甩给下家，一旦成功，利润可过亿。然而正紧锣密鼓操作时，陆小雯突然离他而去。董奇不知道陆小雯是不是闻到了什么风声，对自己的事知道多少，两个人同居之后，董奇经常出差，来往于中缅边境，陆小雯从不过问他的生意。而在董奇回来之后，面对董奇粗暴的性要求以及平时没来由的拳脚相加，陆小雯总是逆来顺受，董奇很满意陆小雯的忠诚程度，觉得找对了人。这个女人应该是值得信赖的。董奇停寂了一段时间，见没有什么动静，又继续操作毒品买卖的事，然而就在他准备接货时，出了意外，被警察盯上了。董奇果断终止交易，不但保住了命，钱也保住了，后怕之余，董奇感谢菩萨保佑，决定再不能干这种犯法的事。他要换一种活法，堂堂正正地赚钱。这时他想到了陆小雯，她这一跑，倒是提示了他，风雨飘摇的市歌舞团是一个极好的投资项目，运作得当，他可以将其连锅端，成功转型为房产商人。

“这个陆小雯，自找苦吃。现在有多少女人找我，她倒跑了！不过，她迟早得回我身边来……”董奇恨恨地说。

“哟，董老板还是想着别的女人啊。”那个姓刘的女人不知什么时候从屋里出来，娇声说，“我也跑。”

“你跑了，下一个就接上了。”董奇哼了声，“旧的不去，新的不来。”

女人撇下嘴，娇嗔地打下他的肩膀：“无情无义的！算我瞎了眼。”

董奇看看她，对韦明义说：“哦，忘了介绍，这是小刘，刘……什么来着？”

“刘芳。刘芳刘芳刘芳，记住了吧？”刘芳用指头轻轻戳了下董奇的头，“无情无义的,说了多少遍了还记不住!"

"中午才认识的。"董奇对韦明义挤下眼睛。"这小妞很特别哦。"

"不要说了嘛,人家不好意思了。"刘芳撒娇地拍打下他的肩膀。

刘芳和董奇认识纯属偶然,中午时候,董奇到一楼大厅的微型超市买烟,看见刘芳被售货员和保安拉住,几个人吵得不可开交。一问才知道,刘芳涉嫌偷窃。她在没有付款的情况下,衣服下掖了一盒精装意大利巧克力,大摇大摆地出门。更为离谱的是,在走出门之前,她竟然悄悄将店内那个立着的金发塑料衣服模特的眼睫毛摘下,贴在自己眼皮上。按照店规,凡是偷东西者要交高于被盗物品十倍的罚款,否则就送派出所。刘芳否认偷窃,不交罚款也不去派出所。

董奇一眼就看出这个女人不寻常,爱贪便宜,但不会是惯贼。偷巧克力可以理解为嘴馋,但将那个模特的眼睫毛扒走还是第一次见到。这女人有意思啊。他拿出自己的房卡,对售货员说:"这是我的朋友,是我让她来买东西的,账记在我的房卡上。"董奇是这里的常住客人,公司就在楼上,保安认识他,既然有人来埋单,也不好说什么,售货员仍然不满,抱怨刘芳把模特的眼睫毛弄坏了,模特看着像个瞎子,影响效果。董奇干脆将那个模特也买了下来。接下来的事情顺理成章,刘芳跟着董奇去了他的房间。

"身材不错,"韦明义打量刘芳,"像个模特。"他估计这个女人就是刚才大厅里那些神秘客之一,专门盯着高档住房客人钓鱼。反正董奇也好这一口。

"什么像啊,我本来就是模特。"刘芳撅下嘴,嫌对方太没有眼力了。

"是吗,野模还是家模?"

"当然是家模了! 金鹰模特艺术团的职业模特。"刘芳很骄傲地说,这是代表身价的。

韦明义吃了一惊:"金鹰模特艺术团? 团长苏雪丹?"

"是啊。你们认识?"刘芳的吃惊神情不亚于两个男人。

韦明义看着刘芳,他想起来了,在朱迎宝的订货会上,就有这个女人在台上表演牛仔时装,怪不得刚才看着眼熟。

董奇瞪着刘芳说:"妈的,你怎么不早说?"

"你也没问啊。这几个小时你跟我干吗来着,就没有歇过。"她看见董奇目光炯炯地盯着她,不禁有些害怕,问:"怎么啦? 模特不好啊,我是正规应聘去的呀!"

董奇想了想,对韦明义说:"给她两千块钱,送客。"

韦明义掏出两千元递到对方面前,不想刘芳不接:"我不要钱,那我成什么了? 我是看你董事长有情有义,像个男人……"

董奇笑了下,显然这话他愿意听:"操,刚才还说老子无情无义呢!"

"女人嘛,总是说意思相反的话。"

董奇一把拉过她:“我现在想听你真正的意思。”

“我吃定了董事长。”刘芳说,手指在董奇脸颊上划拉一下。

“又是反话?”

“人家是真心的嘛!”

“跟着我可不安定哟,我这人喜欢冒险。吃了上顿没下顿。”

“那正好减肥。再说我就喜欢冒险,多刺激。”

董奇笑了一阵:“韦经理,你看这妞,多会说话,不愧是苏雪丹训练出来的。”

韦明义说:“让她到我们团来吧?”

“不行。”董奇摆了下手,对刘芳说:“刘芳,跟我可以,钱有你花的,不过有一个条件,你不能在你们团长那里说我的任何情况,明白吗?”

“这还不容易！我当什么事呢!”

“行了,你走吧。记住,我找你才能来,也不要给我打电话,懂吗?”

刘芳狐疑地看着他:“你到底是干什么的?”

董奇沉下脸说:“你看我像干什么的就是干什么的。你关心这么多干什么？你关心钱就是了。”

刘芳头一歪:“也对。”她高兴地往外走,又反过身把二千元抓过去:“零花银子还是需要的!”说完,人已经不在了。

韦明义说:“这女人太贪,根本靠不住。”

“她有她的用处。”董奇沉思了下,“没想到苏雪丹半路杀出来……”

“大哥,你说这个苏雪丹怎么对付?”韦明义问。“这个女人特别能蹦跶。活动能量挺大。”

“只要她不搅局,就不管她。我看她来得好!”董奇哼了声,有苏雪丹在,陈功德的精力全放到对方身上去了,根本不会怀疑屁股后面的事,这有点像三国时代,联合和容忍都是为了利用,各人有各人的算盘。他两条腿一伸,搁在茶几上,长叹一声:“一个人干坏事容易,干好事很难,懂吗?”

韦明义摇摇头,又点点头。

董奇哼了声,知道他不懂,也懒得和他说。收购歌舞团,这里面既有利益原因,也有个人因素。歌舞团举步维艰濒临倒闭是人所众知的事,虽然那块地皮值不少钱,但由于负债和人员安置问题,让许多人望而却步。他插手进来,是因为相信经过一系列巧妙运作会降低收购的成本,如果运作成功,他就转型了。另外,陆小雯和陈功德的事也是一个原因,他不能容忍陈功德占有自己的女人,他得给这对狗男女好好安排一下结局。“……那个家伙找到没有?”他又问。

韦明义翻了下眼睛:“谁？……”

董奇瞪他一眼:“你说谁?”

“哦，正在找，有些眉目了。”韦明义明白他指的是赵二平，抢了苏雪丹十万块钱的那个人。这个家伙原来是新月舞厅的保安，打伤人后跑了，投奔在董奇手下。董奇看他对马道街那一带比较熟，让他制造一起抢劫案，拿回十万元钱，然后胁迫陆小雯回来求自己。结果赵二平不仅圆满地完成了任务，还超额了——人和钱从此失踪。

“我饶不了他。”董奇恶狠狠地说。一想起这个，董奇就火冒三丈，策划了半天，结果却是自己被算计了。“放我鸽子的人，只有死路一条！”他的眼中射出一股杀气。

第五章

39

雨停了,气温降到二十八度,仍有些闷。天气晦暗,几块乌云压住楼房,看着还像有大雨要砸下来。路边的夹竹桃和桉树被刚才的雨小洗了一遍,树叶上的灰尘和绿色相杂,看上去像是穿上了迷彩服。

上午十点半,苏雪丹带领模特来到繁华的商业街——青年路,金鹰模特艺术团要当街做一个蚊帐的销售广告宣传。

这期间苏雪丹除了为黑豹牛仔服拍了一个广告片外,几乎每三天就有一个业务单子,涉及面很广,包括为一个海狸鼠养殖公司开业提供礼仪小姐和为老家牌香肠市场份额翻番庆祝大会表演时装。苏雪丹的经营策略是,只要是有演出机会,不管场合,不管演出费多少,统统接下。道理很简单,人既然养着了,不能闲着,模特演得越多,经验越丰富。钱嘛,多少总是在进账。积少成多,现在她的帐面上已经有了七万多块钱。关键是,影响扩大了,以后进入经贸会就有基础有筹码,要不谁认识你啊。

蚊帐的业务和模特宋薇有关。宋薇的男友牛维国在监狱中服刑时,最不能忍受的就是蚊子的骚扰。在同屋的六个人中,蚊子只对他袭击,搞得他身上像癞蛤蟆似的,奇痒难耐,而另外几个人却安然无恙。每每看到别人安然大睡,而自己被蚊子围攻时,他就极端不平衡,尤其是那几个人当中还有强奸犯、盗窃犯、拐卖妇女儿童犯,比他失手伤人罪过大多啦。他对蚊子深恶痛绝——毫无是非观念。后来经过申诉,他挂上了蚊帐,从此进入了天堂。不久前,牛维国在电视上看到某权威气象专家的话:由于厄尔尼诺现象导致全球气候变暖,今年——乃至今后数年——夏季气候将十分闷热,需防蚊虫叮咬。牛维国紧张了——蚊子越来越猖狂了。正当牛维国想搞明白"厄尔尼诺"是个什么东西时,《科技论坛》杂志一个著名的科学家又发表了一个非常具体非常通俗非常平易近人的文章:全球气候变暖主要原因是牛屁造成的,确切地说是全球十三亿头牛放屁(按牛日均产屁三十万立方厘米甲烷气体计算)造成大气层升温,这还不算比牛体积大四倍的大象屁,比牛数量多三倍的人屁,总之,气候变暖是大势所趋,不可阻挡。牛维国文化程度不高,但对科学家是尊重的,对牛屁也是了解的。经过监狱的改造,牛维国的思想境界已经提高,忧虑的不仅是自身的问题,而是普天下人民的防蚊问题。他当机立断卖掉了渐走下坡路的橱柜厂,又把雅阁轿车抵押借了点钱,高价吃下了青年路一个前店后厂的门市铺面,开始自产自销"蜻蜓牌"蚊帐。夏季来临,天气虽然确实如专家预言闷热,蚊子也相当积极活跃,但"蜻蜓牌"蚊帐的销路却十分惨淡——消费者被铺天盖地的灭蚊片广告拉走了。牛维国非常郁闷,好心不得好报啊。他在酒吧里彻夜不归,还和两个啤酒女推销员眉来眼去切磋划拳行令,不是老套的"哥俩好",而是什么"两只小蜜蜂啊,飞到花丛中啊"……相当腻歪。为了把男友弄回家,宋薇只好和他拼酒——将他彻底灌醉,然后雇人将他扛回去。第二天宋薇醉眼蒙眬地来到训练场上,要求辞职,她不能看着亲爱的牛哥堕落下去——她要去卖蚊帐,为牛哥分忧。苏雪丹了解事情原委后,哭笑不得,怪不得上次看见宋薇和那个牛哥的吵架,全是牛屁闹的。一般来讲,苏雪丹是反对模特谈朋友的,认为这会分散模特的精力,万一不慎怀孕,那这个模特就毁了。牛维国比宋薇大九岁,比宋薇矮半个头。苏雪丹不明白宋薇看上了他什么,但是宋薇居然为了亲爱的小牛哥要辞职,这就另当别说了。苏雪丹一定要挽留住宋薇,宋薇和卢燕燕是团里的骨干,号称哼哈二将,左右臂膀,如今正是用人的时候,她不能让她走。

苏雪丹当天下午前去拜访牛维国,劝说对方一定要振作,现在的困难是暂时的,灭蚊片虽说方便,但那个味道多少对人体有害。而蚊帐就不一样了,蚊帐是绿色环保啊,最符合当代人保健的观念。你改行做蚊帐是对的,很有前瞻性眼光,牛屁的破坏力这才是开头呢。随着天气越来越热,蚊子的功力肯定见长,灭蚊片的气味对蚊子来说简直就是抽大烟,越熏它越精神,还是要靠蚊帐。现在蚊帐虽然积压很多,但款式和颜色多样,质量考究,需要的就是吸引人眼球的问题。苏雪丹分析了牛维国的问题后,提出了解决方案:如果有漂亮的模特表演展示,这蚊帐就充满了神秘和性感,人们的注意力就来了。换句话说,蚊帐不仅有防蚊虫的功能,还有保健作用——那粉色的系列,朦朦胧胧很能刺激荷尔蒙分泌,适合青年人使用;绿色系列芳草萋萋,青山绿水,满目愉悦,从而加速身体功能的新陈代谢,适合中年人;而白色系列,神圣安宁,恬淡幽静,对老年人的长眠——不,是失眠——有奇效;雪青色和淡紫色,那是儿童的乐园……总之,蚊帐并不过时,这是老祖宗留下来的传家宝,关键要用新的消费观念引导群众,用新的营销方式吸引群众。

牛维国承认苏雪丹说的有道理,但是他马上警醒——这里有忽悠的成分:"你的价码？不是无偿吧？再说我也没有钱，还欠着账呢。”

苏雪丹说不要说钱，你看着办吧，纯粹就是看在宋薇的面子上帮忙。

苏雪丹的回答出乎牛维国意料，但他是个生意人，很快反应过来，立即表示苏雪丹的观点十分精辟，搞一次模特蚊帐广告促销非常必要，咱们都是为人民健康，说钱确实就庸俗了。并要求马上签个协议，他生怕苏雪丹反悔。

苏雪丹的意思并不是不要钱，而是多少给点钱，找牛维国是想双赢的：搞个模特广告促销，既帮了宋薇，也让自己小有收入。她没想白干。现在可好，不仅白干，还要倒贴钱，因为模特的出场劳务费是不能少的。不过既然话都说出口了，为了信誉，为了留住人才，只好在协议上签字。

演出地点就定在商铺门前，面对大街。临开演前，牛老板找到苏雪丹，说能不能将表演延长半个小时时间，今天街上的人挺多的。苏雪丹正想答应，旁边的李淑敏没好气地说：钱怎么算？协议没说加时不收钱！作为管家，李淑敏本来对苏雪丹这次不收钱就很有意见，这么大的事，搞一言堂，也不征求大家的意见就定了，头脑发热，“左”倾。还有这种当街演出的方式也很掉价，如果碰上自己的同事，看着自己在这吆喝，怎么解释？像一个练把式的。她希望表演早早结束。苏雪丹看出李淑敏不大高兴，就说经济上的事是李主任在管，得听她的。牛老板一听要加钱，改口说那先按照协议来吧，效果如果好，钱的事就好说。接着又拿着模特剧照数人头：“你说好是来十二个的啊。”这牛老板很精明，他生怕被对方糊弄了，随便大街上抓个美眉来凑数。牛维国不仅心细，还有和他身体不相称的敏捷，在模特缝隙中飞快地钻来钻去，像个大甲虫似的，大概是由于绕花了眼，数了好几遍，十三个。居然多了一个！他气喘吁吁奇怪地嘟囔：“到底你们来了几个？”见牛维国如此挑剔，苏雪丹很不快，本来就是给你白演，你还挑这挑那的。但她并没有表露出来，很热心地帮着他数，“十二个啊。”其实只来了十一个人，郑云虹还没来，不过苏雪丹故意把陈小萍算了两次，反正模特窜来窜去的看不清楚。正谈着，李淑敏过来，把苏雪丹拉到一边说：“郑云虹不会来了。”

苏雪丹皱下眉：“她不知道今天演出？”

“昨天晚上电话通知的，她说没课就来。”

“以后这种事要定死，她有两次业务没来了吧？”苏雪丹对李淑敏有些不满，你办公室主任怎么搞的？

“人家没有和我们签合同啊，想来就来。不来你也拿她没办法。”李淑敏生硬地说，她还满肚子气呢。看看苏雪丹，又解释说：“她不来恐怕和欧阳平有关……”

苏雪丹愣了下，问：“怎么了？”

“欧阳平当上银雀副团长以后她就不怎么来了。”

苏雪丹想了想，还真是这么回事。“她不来就不来。毕竟是陈功德的女儿。我们有卢燕燕,不比她差。"

"问题是卢燕燕……"李淑敏下巴摆了下,"有问题。",

苏雪丹顺着她的眼光看过去,卢燕燕没有像其他模特在做准备,而是独自站在窗户旁,撅着嘴,盯着地上发呆。

"怎么了? 不是告诉他们有演出费吗?"

"不是费用问题,是……"李淑敏犹豫了下,没说下去。

"什么?"

"说我们这么当街演出有点像跑江湖的,掉价。"李淑敏借模特之口说出了自己的想法。

"该跑就得跑。又不是国家芭蕾舞团,端什么架子。"苏雪丹哼了声,"你通知仇志华,我们准备开始。"说完走开了。

仇志华此时正在研究着演出地形,这种当街演出他也是头一次搞,看了半天,只有店铺门口的台阶上是比较理想的表演场地,只是台阶是水磨石的,有些滑,模特不小心就会摔倒。汪琴要求牛维国铺一块长地毯。牛维国不高兴了,说协议上没规定非要地毯啊。仇志华说,你不铺也可以,模特要是摔倒了医药费你要负责,这是劳动法规定的。宋薇也说,你是不是想害我啊。我找来那么多人帮你,容易吗我? 牛维国一听赶紧吩咐手下的人去找地毯,一会工夫,不知从哪里拖来一块旧的红地毯,沿着台阶铺下来。仇志华对模特讲了大概的行走路线,然后按下录音机的放音键,随着音乐,模特裹着各种颜色的蚊帐从店里出来。蚊帐有圆形和方形两种,模特分成两组,其中一组站立造型,将圆形蚊帐拉开舞动,另一组人手撑着方形蚊帐四角,人站在蚊帐里面来回走动,朦朦胧胧的像是花斑大蚊子落入罗网。一时间帐幔飘拂,香风阵阵,这一番热闹吸引了不少顾客,站在周围对她们品头论足,指指点点,有几个小伙子嘴里学着蚊子的嗡嗡声,怪叫起哄。卢燕燕脸上挂不住了,眼睛眨了两下,忽然抹开了眼泪,说这不是看猴子吗! 没把我们当成人。张倩和几个模特本来就觉得这种街头表演挺别扭,见卢燕燕一哭,也跟着抽搐鼻子,要放声大哭的模样。只有陈小萍沉得住气,不停地对着顾客点头微笑。苏雪丹一看气氛不对了,立即宣布暂停半小时,模特们回屋休息。牛维国正在屋里盯着出纳收银,一看模特回来了,急道:"现在正是顾客最多的时候,怎么回来了? 怎么回来啦!"苏雪丹没好气地说:"你再嚷嚷我把人全拉回去,沿路还要高喊大家提高警惕啦谨防伪劣商品!"牛维国不再吭声,背着手蹶蹶地绕开了八卦阵。

仇志华没想到模特会有如此表现,对苏雪丹低声说:"到此为止吧,反正是白演。够对得起那胖小子了!"

苏雪丹没吭声。

"撤吧,那家伙该知足了。"李淑敏附和。

汪琴叹口气,没说什么。演员到了这份上是辛酸,这整个是跑江湖的!哪有上舞台风光!她看着苏雪丹,看她怎么处理。

苏雪丹考虑了下,出这种事,有些意外,她光想着怎么帮助宋薇了,确实没有考虑其他模特的感受。问题是既然演了,就不能是这个样子。这有损金鹰形象。还有,这种风气不能开,临阵抗命,以后她没法带团了。王兵曾经对她说过一句印象深刻的话:"慈不掌兵,"解释为:"菩萨心肠,霹雳手段。"所以今天必须要用宽悯慈悲的心肠、坚定果断的手段把政令贯彻下去,今天蚊帐这关过去了,以后如果再来苍蝇拍老鼠夹什么的广告就好办了,什么场面都能应付。苏雪丹把模特召集过来,对大家说:"今天这活是不好干,这么热天,裹着蚊帐进行表演要优美造型,还要表示由衷高兴,确实为难大家。燕燕的心情可以理解。"苏雪丹明白这时候一定要站在模特的立场说话,要让女孩子们感觉团长和她们是一条心。"燕燕伤心是有道理的……我也有同感。"

葛小玲嘀咕:"我们模特是穿时装表演的,哪有披着蚊帐的……"

卢燕燕仍在抽泣:"我……我就是觉得这老板没良心。没把我们当人。"卢燕燕把矛头对准牛维国,实际上针对的是宋薇,她相信,如果不是为这个宋薇,苏雪丹是不会接这个业务的,为了宋薇,苏雪丹不惜把大家拉来陪绑。这说明宋薇在苏雪丹心目中的地位。她有些吃醋。但是她又不好说出来。

一看卢燕燕骂牛维国,宋薇脸色变了,平常卢燕燕和她处的还不错,起码表面上还说得过去,没想到现在突然发难。她正想说什么,苏雪丹赶紧按住她肩膀,不让她说话。苏雪丹对卢燕燕的表现很失望,抗命拒演,这实际上也是冲着自己来的。这要是在战场上就叫临阵脱逃,该军法从事,就地正法。苏雪丹心中虽然恼火,但并没有反映在脸上,她知道这些女孩毕竟不是士兵,很多时候是吃软不吃硬。她说:"今天这个业务是有些特殊,可我们干上这一行,什么人都得打交道。如果撂场子,传出去对我们的信誉就有影响,咱们刚起步够艰难了,最后吃亏的还是我们。再说了,我们不仅是时装模特,也是广告模特,比单一的时装模特全面,我们应该全面展示自己的才华。这次演出费每人三百元,由团里出。希望大家从大局着想,牛老板是生意场上的人,可能不大近人情,但也不是坏人。要不,宋薇也不会看上他,是吧?希望大家给老板面子,也给我点面子。"

苏雪丹一番话让宋薇十分感动,说:"我没什么说的。不管蚊帐卖不卖得出去,我都感谢苏老师。以后需要我的地方,我决不含糊。我也谢谢各位姐妹前来帮忙。下来后,我请大家吃火锅。"

见宋薇这么说,刘芳立即响应,"算我一个啊!"

接着张倩也表态了:"我看没什么,上吧,不能让苏老师为难。"

仇志华拉长了声音说:"人家看你,说明你值得看,像我这样谁看?给了钱也没人看。”

这一说，几个模特破涕为笑。苏雪丹一看气氛缓和了，这时候应该再加把火，马上树立典型，说：“今天陈小萍表现不错，别看人家平常挺腼腆的，今天多大方。这就是心理素质过硬。”

仇志华明白苏雪丹的心思，立即配合说：“陈小萍，你给大家介绍一下经验，如何放松心理……”

陈小萍说：“其实习惯了就好了，我当时被拐卖到河南山村，人贩子把我放到一个碾盘上拍卖，一个多星期呢，全村的人都来看，刚开始我害怕，我哭，眼泪都哭干了，后来就习惯了……今天来的人眼神比那些买家温和多了……上舞台我紧张，在这大街上我倒觉得没什么，人这么多，我觉得很安全。”

陈小萍语调很平静，但却震撼了大家，一时无人说话。苏雪丹想，这女孩一肚子血泪史啊。

只有卢燕燕不吭声。

牛维国过来说：“苏团长！还不开始？我数清了，你们来了不是十二个！十一个！只有十一个！”

宋薇瞪着他：“你有完没完？来一个就不错了。我们欠了你的？”她觉得这胖家伙太过分了，让她很没面子。

“可我们协议上是十二个。”牛维国并不买宋薇的账。“我只认协议。”

苏雪丹看看他：“牛老板，我们马上开始。到底是多少人，一会你就数清了，只多不少。”

牛维国绷着脸，拍拍屁股走了。

苏雪丹看看大家，说：“想哭，现在哭，哭完了咱们干正事。”沉默了一会，卢燕燕低声说：“本来我不想哭，看见人群中有一个邻居，我跟他说过我是演员，结果在这地方……”她看看宋薇，解释道：“我不是对你啊。”

“这可以理解。”苏雪丹想以卢燕燕这种精神状态，就算是上去表演，效果也不会好，没准还把顾客吓跑了。她想了下说：“我看这样，卢燕燕先休息一会，我先顶着。反正又不是时装表演，高点矮点没关系。”说完扯起一床果绿色蚊帐冲下台阶，其他模特愣了下，很快反应过来，立即紧随其后冲出去，蚊帐如大旗般张扬开来，场面热烈并有些悲壮。苏雪丹舞着蚊帐，看着周围观众惊愕的眼神和簇拥在身边模特，很满意这种效果。这就是榜样的力量，这就是身先士卒的作用。当街献舞没什么丢人的，人民的艺术人民爱，身披蚊帐舞起来！我掀身探海，我倒踢紫金冠，我反弹琵琶伎乐天！汪琴在一旁看着，心中一热，也扯了床蚊帐冲了上去，和苏雪丹两个对舞起来，苏雪丹和她对视一笑，汪琴来的正是时候！两个曾经的专业舞蹈演员身披蚊帐，即兴跳起了霓裳羽衣……这种奇特的舞蹈让观众鸦雀无声，看愣了，一曲结束，观众爆发热烈掌声。苏雪丹喘着气说："各位，别光拍巴掌，心动不如行动，蚊帐有利健康，买啊！"

观众立即冲向柜台，不长时间，竟卖出去七十多床。喧闹声吸引了两个过路的记者，端着大炮一个劲地咔嚓。

三刻钟的演出很快过去了，苏雪丹亲自上阵让宋薇感动不已，下来后揪着牛维国让他给敬爱的苏团长意思意思，否则就和你小牛哥拜拜。牛维国赶紧从卖蚊帐的钱中拿出三千块钱以示感激。苏雪丹装模作样地推辞一番后，还是收下了，并当场将这些钱全分给了模特，强调除了这个外，团里给的那份照发。这其中也包含卢燕燕。卢燕燕刚开始还想推辞，苏雪丹把钱硬塞到她手里，贴着耳朵说："回去后我会再给一百元委屈费！不要跟其他人说哟！"卢燕燕拿着钱又开始眼泪汪汪了。苏雪丹满意地看着她的表情，这女孩是名模胚子，值这个价。接着又把汪琴拉到一边，塞给她二百元，汪琴惊问："干什么？"

苏雪丹说："演出费呀。"

汪琴笑笑说："我就免了。乘兴玩的。"

苏雪丹认真地说："不一样。公事公办。拿着！"

汪琴不再说什么，把钱收下了。苏雪丹这方面做得很大派，无可挑剔。汪琴想，今天这事本来挺棘手，但弄下来宋薇和卢燕燕都对她感恩戴德，钱也挣到了，行，苏雪丹以后恐怕真能成气候呢。

这时仇志华过来，口气神秘地说："苏团长，有间谍。"

苏雪丹怔下，问："什么间谍？"

"刚才演出的时候蓝月亮模特队的人来看。"

"你怎么知道？"

"那个模特队长我认识，叫王强，拿摄像机拍了好多。"

汪琴挥下手："无所谓，今天的节目他们偷不走的，都是即兴表演。"

苏雪丹点点头："让他们看，羡慕死他们！"

几个人正要离开时，陈小萍突然尖叫一声跑过来，抓住苏雪丹的胳膊发抖，苏雪丹惊问："你怎么啦？"

陈小萍颤着声音说："他来了！"

"谁来了？"

"那个男人。那个买我的男人！……"

苏雪丹愣了一会明白了，陈小萍指的是河南的那个不合法的丈夫，周坚曾提醒过他们要提防，还真来了！她问："在哪呢？"

陈小萍指着外面："在那……"

苏雪丹看去，外面台阶处两个人在收卷红地毯，周围并没有其他人。

陈小萍看了看，疑惑地说："刚才我看见了，就站在那……"

李淑敏说："嘿，他还真敢来！我倒要见识见识！上次没把他拘了便宜了他！"

其他的模特听说也过来七嘴八舌问："你男人来了？""好大的胆子，揍他！""报警吧。"

苏雪丹问："你真看清了？"

陈小萍四周看了看，没发现什么，她对自己也怀疑了："明明在那，戴了顶蓝帽子……"

苏雪丹说："就算他找来了，也不用怕，这是大城市，你是我们模特团的演员，他敢怎么样？仇部长，陈小萍的安全交给你了。"

仇志华说："在团里没事，回去就靠李主任了……"

李淑敏双手叉腰做勇武状："嘿，莫非还敢破门绑架不成！"

张倩说："以后我们陪小萍下班吧。"

卢燕燕说："恐怕用不着你，人家有人护着。"

宋薇笑着说："怕什么怕啊，要是碰上咱姐们儿，用高跟鞋敲他个大窟窿！"

正说着，陈小萍又是一声惊叫："他进来了！"

随着陈小萍手指的方向，一个带着蓝帽子的中年男人进来，直向他们走来。

苏雪丹立即迎上去，问："你干吗？你也不看看这是什么地方？"

那人惊疑地看着她："我找模特团的领导。"

"我就是。"苏雪丹指头用力点了下对方肩膀，警告他："你要是现在走，我放你一马，你要是硬来，我马上报警。派出所的周警官是我的弟弟，所长是我的同学，说到就到。"苏雪丹想都没想就真真假假来了一通。

那人更惊讶了："找你们做业务还要报警啊？"

苏雪丹愣了，"什么业务？"

"我是想请你们帮我们公司表演宣传啊！"说完递过来一张名片：新野厨具公司经理山田太郎。

苏雪丹看看他，怎么是个日本名字！她又看看陈小萍，低声问："是他？"

陈小萍仔细看着对方，难为情地摇摇头："不是。挺像的……就是这个帽子的问题。"

苏雪丹舒了口气，又看看名片，问："山田太郎？日本人？"

"是，日本大阪人。我们是独资企业，请多关照！"山田太郎的汉语相当流利。

苏雪丹打量他："太郎经理，你怎么戴这个老土帽子……"

山田摘下帽子，却是个亮晃晃的光头，说："理发理坏了，只好剃个光头……"看看帽子又说："这帽子是到峨眉山朝拜时买的，被大师开了光呢……请问这和做业务有什么关系？"

苏雪丹说:“倒没多大关系……好吧,我们详细谈谈,你是什么业务?打算怎么做?”

山田太郎看看四周:“我刚才看了你们表演,你们刚才做蚊帐的方式有可取之处,但是还不够。明天下午到我们公司谈吧。”

“可以,几点?”

“三点。”

苏雪丹点点头,对李淑敏说:“明天下午我们两个去。”模特当街表演的好处就在这里,影响大,一些过路的潜在客户看见了,留下深刻印象,就会主动找上门来。苏雪丹对自己的决策很满意,老天是公平的,这个蚊帐舞得很值得。

40

第二天中午,苏雪丹在家里小睡了一会,身上有些酸痛,很久没有跳舞了,昨天的蚊帐舞运动量挺大的,也不知道汪琴感觉怎么样。下午二点,苏雪丹准备出门,刚走到门口,电话忽然响了,她返身回去接。是李淑敏从办公室打来的,语气急促:“新野公司来了个电话,说不用去了。”

苏雪丹一时没听明白:“什么意思?”

“他们说有另外的模特了……”

“什么另外的模特?”

“没多说,好像是另外一个模特队插进来了……”

这下苏雪丹反应过来,打劫!她提高嗓音:“不行!我们过去!问问那日本鬼子!说好了的事怎么想变就变?”

“可是没签合同……”

“那也不行,口头承诺也是承诺。找他们去!”苏雪丹叫了一声,放下电话,心中愤恨不已,哪路尊神,跑老子嘴边掏食来了!业务可以不做,但不能这样被欺负。这传出去,还怎么在场面上混?模特看扁你了——你这个头儿没本事!又想了想,这次一出马就要亮出真家伙,一枪搞掂。于是再次给李淑敏打电话:“喂,老李,把郑云虹和卢燕燕叫上!”

“郑云虹?她在学校啊。要上课。”

“那就叫上卢燕燕。”

“宋薇呢?”

“不动。”

苏雪丹知道自己单独带模特出去联系业务是个敏感的事,旁人可以看出这个模特的地位。她要让卢燕燕感到自己对她的重视和信任,让她心态平衡些——别老和宋薇较劲。至于宋薇,她相信经过蚊帐的事,不说死心塌地,也够管一阵了。

下午三时,苏雪丹和李淑敏、卢燕燕来到位于总府路劝业场大楼的新野厨具公司的接待室。等了好一阵,山田太郎和一个女职员出来,山田太郎先鞠了个躬,抱歉地说:“对不起对不起,我正在谈业务,已经决定请蓝月亮模特队表演。”

苏雪丹问:“业务做不做没关系,可昨天中午你是怎么说的?”

山田太郎说:“中午分手以后,蓝月亮的长官就约我们谈谈,我们觉得他们不错……”

李淑敏低声说:“就是昨天看我们蚊帐演出的那些人。别有用心。”

苏雪丹问山田太郎:“他们人呢?我看看人!”又说:“做不做没关系,我帮你们把把关。花钱嘛,要物有所值。”

女职员说:“在和我们广告策划部谈合同,一共来了三个人,一个是模特队长,两个是模特,还不错。”

山田太郎说:“要价也合理。五千块一场。”

李淑敏看看苏雪丹,低声说:“算了吧。人家都谈好了。”

苏雪丹没理她,问:“你们签了协议了?”

“正在商定具体细节条款。”

苏雪丹严肃地说:“太郎经理,你犯了错误,这么大的事,怎么可以轻易就定了?五千块就合理吗?他们的模特赶得上我们这位卢小姐吗?”说完轻轻拍下卢燕燕的腿。

卢燕燕立即乖巧地站起来,右手叉腰摆了一个造型,然后轻盈地来回走了几步。来之前,苏雪丹已经向她交代了,可能要当面打擂火并,她明白自己要做什么。

“怎么样?”

山田太郎看着卢燕燕,愣了一会:“很棒。昨天上午我就领教过了。现在看更好!有藤原纪香的风骚——哦,是风采!”

“太郎经理果然有眼光!卢小姐是全省十佳模特头牌,国际经贸会指定模特。不是一般的企业能用的,不过我们对贵公司很尊重,我们想了解贵公司的今后的发展,我想我们可以帮上忙。”

李淑敏听了暗笑,十佳模特和指定模特都是苏雪丹随口说的,哪有啊。也真难为她,脑子转弯很快,张口就出来一串头衔,明明是想做别人的业务,却说是来帮助别人,把自己的身份变了。

山田太郎看看苏雪丹,又看看卢燕燕,问:“你们怎么帮我们?”

苏雪丹说:“首先,为了贵公司的利益,你们应该招标,我们和蓝月亮共同竞标,这样你就可以选择最优秀的模特了。我想这是国际上通行的方法。”

山田太郎和女职员对视一眼,女职员说:“我们和蓝月亮已经商谈差不多了,他们也不错……”

“可是如果不比较就容易犯错误。太郎经理,我这个建议光明磊落,不是人人都有这个气魄的。”

山田太郎看看她,点点头,苏雪丹的建议无可非议。山田太郎对女职员说:“通知广告部,暂停协议。立即到会议室。”

在会议室,苏雪丹见了蓝月亮模特队的三个人,队长是个胖胖的中年男子,穿着件暗红色衬衣,两个模特一左一右地簇拥在他身边。苏雪丹也不管对方脸色难看,先递上名片:“苏雪丹,多多指教!”

胖男子收了名片,也不看,说:“苏团长的大名我早就听说过……既然是同行,就要守规矩。我们正在签订协议,这样拆台不好吧?”

苏雪丹问:“贵姓?”

“王强。”

“职务?”

“蓝月亮模特队队长。”王强瞥她一眼,闷着嗓子说:“怎么,审户口?”

“我要知道在和谁说话。”苏雪丹说:“你又没给我片子。要说规矩,你是在我和山田太郎经理初步协商之后才插手的,不过既然没有签订协议,那就没有定论。况且就是签了协议还有变的呢。是吧?”她看看他身边的两个模特,高个的身材还可以,但年纪偏大,有二十七八了,也许年龄并不大,只是样子显大,反正不水灵;另一个矮一点的模样不错,但是过于丰满,胸部挺得像冬瓜一样,而且看人的眼神不对,轻浮,估计和这个王强有一腿,这点小掌故逃不出她的眼睛。苏雪丹判断这个模特队是野路子,没有实力。

卢燕燕坐在那里,两脚交叉,双手放在膝头上,保持着一种高傲优雅的姿态。她瞥了一眼那两个模特,然后漫不经心地看着自己的红指甲,一比较,她心里就有了数,这两个模特不是自己的对手。她要好好表现一下,蚊帐的事自己太任性了,这一次要将功补过,回报苏雪丹对自己的宽容和信任,她想。

广告部长说:“招标会正式开始,先由山田太郎经理介绍情况。”

山田太郎整理下领带,说:“我们公司来自日本大阪,独资企业,刚进入中国做生意,我们的太郎厨具是名牌产品,我本人虽然是日本人,但是热爱中国文化,尤其是中国古代诗歌,李白杜甫白居易……”

“哦,山田太郎先生知道李白杜甫白居易,了不得!”苏雪丹有些吃惊,这是个中国通啊。

“我经常朗诵他们的诗歌,所以中国话说的比一般的中国人还标准。”山田太郎颇有些得意,实际上他的普通话除了鼻音重之外,也确实够标准。“今天在街头看了蚊帐表演后,深受启发,决定在经贸会前夕为本公司造一个声势,搞一个新产品发布会,这个发布会用模特演示,我在想啊,菜刀美女,一刚一柔,反差强烈,肯定出效果……"

苏雪丹不等他说完,啪地拍了下手:"很好！和本团的想法不谋而合！这种创意不是一般人想出来的,这是有经济头脑又有艺术细胞的天才才想出来的,怪不得日本的产品名声越来越响,怪不得日本出藤原纪香深田恭子阿信高仓健,就是因为有了山田太郎老板这样的天才呵。"

苏雪丹一连串的高帽子让山田太郎十分受用,脸也红了,神情有些激动,感激地对苏雪丹点下头,继续说:"感谢苏团长的夸奖,也许诸位听说过日本是一个菊花与刀的国家,所以我觉得美女和菜刀的结合一定很有诗意……"

"听见没有,李主任,诗意!"苏雪丹敏锐地感觉到这笔业务的特别之处。

"新野公司生产的刀具同瑞典的山特维克牌、德国的双立人牌齐名。尤其是小鱼刀、厚刃菜刀和生鱼片刀是王牌产品。"李淑敏说。在来之前,她在网上查了新野公司的资料。"山田太郎先生的想法很有意思,如果和我们合作,那是强强联合,它不是普通的业务合作,而是一次有强烈艺术感染力、震撼人心的表演,是吧?"她问苏雪丹。

"对呵！诗意！美女舞菜刀,亦刚亦柔,江山多娇,分外妖娆！太有意境了!"苏雪丹顺着山田太郎的思路发挥着,她胳膊伸直向前,手掌立起从左到右晃动,眼睛眯着眺望窗外:"我的眼前已经出现了……李白那首诗怎么说来着？白日依山尽……后面是——李主任?"

"黄河入海流。"李淑敏提示。"不是李白的,王之涣的。"

"对对,王之涣的……"

"王之涣我知道,是李白同时代的人,比李白大十一岁,我很喜欢他的这首诗……"山田太郎来了精神,顺着苏雪丹手的方向望出去,寻找白日:"白日依山尽……"

"黄河入海流,举刀望千里,那是大阪楼……哎呀,那别提多有意境了！肯定轰动!"苏雪丹接口道,怎么今天出口成章呢？她对自己今天的神勇状态感到吃惊,竟然来了诗！还是古典五言诗呢。这种状况以前从来没有过。也许是欧阳平潜移默化的作用？或者说是和欧阳平分手后潜能被释放出来了?

"好诗!"山田太郎双眼放光,品味道:"'举刀望千里,那是大阪楼'……"他手臂高扬,慢慢放下来,五指张开,一伸一合,像是摸到了大阪楼的墙壁砖头。"楼下有樱花,烂漫在飘零……"他的手又轻柔地上下做水波纹状。

"樱花飞舞只是点缀,刀光闪闪才是正题!"苏雪丹对对方的手形很不满意,一个大男人怎么跟水蛇似的。续的两句诗也病歪歪的没脾气。她手掌比成菜刀状有力地挥动，说："刀借人气，人助刀威，这就是我们团的强项！我们团的演出历来是以新颖别致大胆完美为特色的，所以能在街头吸引太郎经理的眼光，所以也吸引了一些想捞点便宜的人的目光，对前者，我欢迎，对后者，我不在乎。能办这个团，就不怕竞争！"

王强听出苏雪丹的话外之音，瞪着她说："苏团长说话过了吧？大路朝天……"

"对，大路朝天，各走半边，"苏雪丹根本不给他说话的机会。"可要看你怎么走法，过了线就犯规了。再说要对人家企业负责，夸了海口，事情却做不漂亮，说轻了是无能，说重了是行骗！"

王强霍地站了起来，刚想说什么，苏雪丹指下他："冷静！事实胜于雄辩！"然后对李淑敏说："拿资料！给山田经理看！"

李淑敏立即将剪贴的报纸、演出剧照、领导合影拿出来，放到桌子上。

山田仔细看着。

苏雪丹介绍说："你看，这是和文化局领导的合影，这是我们在西南五省订货会上的剧照……太郎经理也可以看看蓝月亮的，比较一下。"

山田太郎问对方："你们的资料呢？"

王强支吾起来，看着那个女职员，女职员说："我看了，还可以。"

苏雪丹看看女职员，突然有了一个大胆的推测："你没看吧？"

山田太郎疑惑地看着女职员："你不是看了吗？"

苏雪丹问她："你和王队长是熟人？"

"我……也不大熟。"女职员慌了。

苏雪丹完全明白了是怎么回事，王强通过她的关系进入的新野公司，也许给了回扣什么的。她不动声色地说："根本就没资料！太郎经理，我和你公司任何一个人都不认识，我凭实力！你也看见了我们的表演，别人怎样，我不敢保证，我们怎么样，你知道。"

女职员急了，说："经理……"太郎一只手张开，阻止她说话，看看手上的资料，再看看王强，眼睛滑向卢燕燕……苏雪丹用脚尖碰了下卢燕燕的脚，卢燕燕会意，立即慵懒娇柔地伸了个懒腰，站了起来，整理了下头发，右手叉腰，右腿稍稍弯曲，腰部出现一道优美的曲线，然后手伸进白色小坤包里摸索着什么，大家正在好奇，她手一抖，变戏法似的摸出一把银光闪闪的餐刀，在手上掂掂，手指夹住餐刀，动了两下，餐刀从这个指头跳到另一个指头，最后竟像螺旋桨似的飞快转动起来，看得大家眼花缭乱，然后她身体轻轻倚着椅子，将餐刀贴在嘴上，盯着山田太郎，眼神如樱花般飘零起来，轻吁一口气："嘘——"这模样既性感又帅气，还带着点神秘，好像还有很多悄悄话没有讲。

山田太郎面色被樱花照亮了，脸颊泛出一点红润，他看看王强，王强立即示意手下模特应战,两个模特站起来,但显然已经被卢燕燕的气势压住了,自信心受到严重打击,潦草地摆了两个造型,那身段像是患了腰椎间盘突出,扭曲僵硬。两个人又闷闷地坐下了。

山田太郎心里立即有了判断,指下苏雪丹:“你们,定了!”

王强叫道:“太郎经理!”

“就这样了!谢谢光临!”山田太郎对他鞠了个躬。

王强欲再说什么,太郎又是一个九十度的鞠躬:“谢谢光临!”王强不再说什么,狠狠瞪了苏雪丹一眼,带人走了出去。

苏雪丹看着他们的背影,说:“步态不好,根基不稳,是吧,燕燕?”

“基本功问题。”卢燕燕赞同。“不过高个那个条件还可以。就是缺乏训练。”

“台上一分钟,台下十年功啊,山田太郎经理,培养一个好模特不容易啊!”苏雪丹对山田太郎发出感慨。

山田太郎看看卢燕燕:“我完全能想象到贵团付出的心血。现在我们谈谈具体……”

“具体的业务。”苏雪丹立即接住他的话,“做广告,敢为天下先就赢了大半。用模特表演厨具,目前中国的厨具界还没有谁想到这一招呢!这是新野公司和金鹰艺术团共同的智慧结晶。我们一定要做漂亮。当然,由于这个表演的独创性和有一定的危险性,费用肯定要贵一些,一万八千块一场。”

太郎经理眼睛一鼓,嘶哑地叫了声:“天!”

“太郎经理要说什么?”苏雪丹马上问:“天?天什么?天价?哎哟,不贵啦!这一万八千块包括给模特买身体保险费。模特的肢体很值钱的,不能有一丝一毫损伤,知道美国一个名模叫克劳馥丽的吧——肯定知道——日本和美国关系铁啦——那个名模的脚趾甲保险两百万美元!我们这一万八千算什么!”

李淑敏很快补充了句:“人民币!也就两千多点美金。”

太郎经理想了想,绕开了这个题目,说:“我们除了菜刀还有很多产品。菜刀只是其中一个小的部分,准确地说,我们不是以菜刀为主打产品的。”

苏雪丹说:“当然了,你们产品丰富,但菜刀是面旗帜,别的产品不能相比,没有可比性。为什么?看见军队打仗吧?机关枪大炮什么都有吧,主要武器不是小匕首小手榴弹吧?但是胜利的时候就是要挥舞手中的红旗,总不能挥舞大炮吧?胜利的标志就是面小红旗……哦,应该是小太阳旗,道理就是这么简单。不信你问问我们李主任,她原先是妇联的,这方面她最有发言权。”

李淑敏对苏雪丹的理论不置可否,心中暗笑,也不知苏雪丹胡扯些什么,自己妇联干部的身份和大炮手榴弹小红旗有什么关系啊,这是哪和哪啊!一万八千块的业务费也太离谱了,本市还没有这个价。

但太郎经理显然被苏雪丹绕糊涂了，或者说被她的气势征服了，如果再对抗下去，他就是不懂经济也不懂艺术的傻蛋，那还怎么在中国厨具界混啊。他翻了翻眼睛："我好像明白些了。"又看了眼李淑敏，问："妇联就是妇女联合株式会社？"

李淑敏说："不全对，全称是中华人民共和国妇女联合会，保护妇女权益的唯一的专职机构。"李淑敏起点很高，声音也随之配套变得铿锵起来："模特是妇女的一个组成部分，是千里挑一的花中之花，我们除了要尊重她们的社会价值外，还要保护她们在社会活动中不受伤害。苏团长报的这个价格是经过仔细核算的，从国际接轨的角度讲，这个价格非常便宜，甚至可以说有点违背价格法了——中国妇女难道贱吗？中国妇女在二战时期受到的伤害，是可以用金钱计算的吗！中国政府为中日友好宽宏大量放弃战争赔款，但是作为在战争中受到伤害的妇女和她们的后代，一直惦记着这档子事呢！——当然，这次业务和战争赔款无关！"

苏雪丹听了李淑敏一番慷慨激昂的话，恨不得抱住她亲两口，还有比这更有力更有理更权威的话吗？妇联出来的人就是讲政治！政治在这时显得非常重要非常精彩非常亲切！

太郎经理愣了一阵，说："首先我要声明，我热爱中国，我也尊重中国妇女。而且，说起二战，我反对和中国的战争，我的爷爷是参加过军队到过中国，但他没有杀人，他是菜贩，他喜欢做生意，他把军队的配给卖给了中国人……"

"别胡扯了，日本鬼子到中国来干什么都清楚！"李淑敏毫不客气地打断他的话。

"这是真的……"山田脸涨红了，"我爷爷不会撒谎的……"

李淑敏正要反驳他，苏雪丹拦住了，问："你爷爷当年是哪部分的？"

"第、第四师团……"

"行了。我知道了。有名的大阪商贩师团。代号'淀'。"苏雪丹说，她还真知道这个事，是那个边防团长王兵讲的，这位对军事史颇有研究的团长说当年侵华日军中有一支代号"淀"的第四师团，其成员大都来自大阪菜贩商贩，这些皇军比较另类，热衷于做生意，害怕打仗，因为再好的价钱对于命来讲，那也是不划算的，所以战场上老吃败仗。后来调防到相对平静的上海，居安不思危，两个军曹居然跟新四军做了几笔药品生意，抗战后期又被调到缅甸战场，又当倒爷，整天琢磨着怎么把军中配给倒腾给当地商人赚钱。中国军队一听说要和第四师团交战，就精神百倍，抢着揍它，而第四师团基本上是一触即溃，逃命要紧，到日本战败时，这个部队居然是皇军中建制最完整、伤亡最少的师团，很是得意。苏雪丹当时把这事当一个笑话听，没想到今天还真碰上了另类皇军的后裔。

"既然山田君家族有这个光荣传统，那就不要犹豫，把这桩生意敲定。"苏雪丹说。

山田考虑了一下:“好吧,这价格我接受了,不过怎么表演要好好斟酌一下,一定要出效果的,一定要比蚊帐表演强。我就是这么点要求。”

“那当然啦!蚊帐是幼儿园啦!你的这个菜刀美女是大学水平!”苏雪丹心花怒放,但尽力装成无所谓的样子,尽量装成水到渠成很正常的样子,说:“我们有两个专门搞编排的老师,他们编的节目棒极,在全国比赛中得过大奖的,你这个菜刀模特也会得奖的……”

太郎经理再次强调说:“菜刀只是新野厨具其中一个小东西,很小部分……一把菜刀才多少钱?”

“对对,我们的重点放在那些利润高的大东西上,比如锅炉……”

“我们没有锅炉,锅炉是锅炉厂的事,我们的不锈钢洗碗槽很不错的……”

“那就是它!我们模特可以在你的碗槽里洗澡……”

卢燕燕立即叫道:“我喜欢!”

“啊?”太郎经理吓了一跳,“碗槽没有那么大呀。”

“我只是打个比喻。”苏雪丹摆了下手,“有的名牌皮鞋厂做个一百五十码大皮鞋出来,是有人穿吗?没有,但是要展现实力,要吸引人们注意,要冲击吉尼斯纪录……总之我们要出其不意,标新立异,保你满意!”

三天后下午两点半,新野厨具展示会在五星级假日酒店宴会厅举行。为了取得好的效果,新野公司很花了本钱,在大厅中间搭了长三十米、宽五米的台子,并准备了三十套各种颜色的和服,仇志华和汪琴根据新野公司的要求精心编排了节目,取名为《餐桌上的美丽》。这个奇特的展示会吸引了大批的媒体记者到场。演出开始后,模特身穿和服持各种刀具和餐盘对练上台,一时间银光闪烁,叮里当啷,十分抢眼。演出进行得很顺利。然而当进行到第四组表演时,台上突然出现了意外:卢燕燕表演下台后,后面的演员没有及时出来。冷场了!苏雪丹急了,立即跑进后台,才知道是郑云虹出了岔子,她要换装时才发现分给她的一套和服突然不见了,她光着身子到处找也没找到。汪琴眼看误场时间过长,正想让已经换好装的卢燕燕再上去表演一阵,拖出时间。郑云虹灵机一动,把一张餐桌布胡乱裹在身上跑了出去,她手上拿着西餐刀和叉子,光着脚丫,眼睛半闭半睁,打了几个秀气的哈欠,一脸惺忪神情,像是刚从睡梦中惊醒就匆匆忙忙就进了厨房,她的表演出人意料,别有一番风味。客户给予了热烈的掌声,纰漏被巧妙地遮掩过去了。奇怪的是演出完后,那套和服又出现了,就放在角落里的一张椅子上,挺显眼的地方。郑云虹气得差点哭出来,这不是故意想让她难看吗!苏雪丹一看就明白是怎么回事,有人嫉妒她,作为主演,郑云虹经常被安排单独走场,服装也分给她最抢眼的,别的模特看不过去了,使点坏,让你难堪。苏雪丹估计是卢燕燕干的,去新野谈业务她是有功的,可是汪琴仇志华分配衣服和安排出场时,还是把她放在第二位,当然不平衡了,她比郑云虹又差不了多少。苏雪丹以前也碰上过这种事,当初在军区歌舞团跳《剑舞》时,临上场道具剑突然不见了,她只好顺手抓起一把斧子出去,上台瞎砍一通,后来不知谁找到了,又从侧幕把剑扔出来,她当时一个空翻,很漂亮地接到剑,引起观众一片喝彩。到现在也不知道谁把她的剑藏起来了。郑云虹的事她不打算多说什么,这事就是追究也不好办,谁也不会承认。她强调每个人管好自己的衣服,同时又表扬郑云虹的临场不乱,随机应变。比起到手的一万八千元钱,这点插曲是个小喷嚏而已,比起今后的宏伟规划,更不值一提。

当夜苏雪丹睡了一个好觉。第二天一早,苏雪丹特意看了《都市晨报》,上面登了金鹰模特艺术团为新野厨具表演的消息,还配发了照片。她立即打电话给李淑敏,让她准备好资料,上午去经贸会组委会联系模特团进场的事,经过这一阶段的演出,金鹰模特团已经有相当的知名度,这时候去应该火候合适。

她们两个来到市政府大楼前,李淑敏有些踌躇,问:“我们就这样闯进去?也没个介绍信……”

苏雪丹信心百倍:“我们的名片就是介绍信,现在谁不知道金鹰?他可以打电话问文化局啊!”

两个人来到经贸委办公室,这是一间很大的房子,分成不少格子间,每个格子间里面都有电脑,工作人员在在电脑前忙碌着。她们互相看看,走进去,这么多人,也不知道找谁。苏雪丹站在离自己最近的一个人身后,看他在折腾什么,这是个年轻的男人,聚精会神地盯着电脑屏幕,屏幕上显示的是扑克接龙游戏。苏雪丹惊讶地想,这小子倒挺自在!

青年男人注意到背后有人看,回过头,打量下她们:“找谁?”

“你们头儿……哦,你们领导。”苏雪丹赶紧纠正自己的口误,光看他打游戏了,有些走神。

“你们是哪儿的?”对方有些不高兴的样子。

“我们……”苏雪丹赶紧摸出名片递过去,“请多关照。”

青年男人看看名片:“金鹰模特艺术团?又是来联系进场的?”

“对对。”苏雪丹一听他说“又是”,意识到不妙,看来竞争的人很多。

“刘处长在负责这事,他在开会。”青年说。

“什么时候完?”

“不清楚。不过……也不用等他了,我听说模特的事已经定了。”

“定了?!”苏雪丹大吃一惊。“定谁了?”

“不清楚。”青年说完又看电脑,里面有张牌移不动,他皱着眉头不停地点击鼠标,百思不得其解。

苏雪丹看看李淑敏,低声问:“怎么会定了?根本就没一点风声……”

“我们来晚了……”李淑敏说，她劝过苏雪丹早点来联系，但苏雪丹说要等金鹰团打出知名度再来，更有把握。现在看看，人家早已经抢先了。

苏雪丹看看那个青年：“贵姓?”

青年依然盯着屏幕，手握鼠标移动着，似乎没听见。苏雪丹正想再问一声，对方却发话了：“叫我小孙好了。”

李淑敏看看电脑屏幕，拍拍他肩膀：“哎，应该这样。”她拨开对方的手，握住鼠标，将梅花黑 7 放到红桃 9 后面，牌一下子活了。

小孙惊讶地看看她：“高手啊。”

“随便玩玩。”李淑敏笑笑，“其实扑克牌还有一种玩法，以后我给你个软件，精彩极了。”又问：“进场的模特队什么名字?”

小孙想了想：“好像叫银雀……是市歌舞团办的……”

“银雀呀!”苏雪丹叫起来，“根本就不如我们！李主任，把我们的资料给孙科长看看。”

李淑敏赶紧把模特的资料照片和报纸剪辑拿出来，小孙说：“我不是科长，是办事员……”话虽这样说，他还是很有兴趣地看着模特的照片：“是不错。……不过，刘处长好像已经和银雀签了意向性协议，不会变了……”

“不就是意向性吗？又不是正式协议。”苏雪丹不死心，“你把刘处长的电话告诉我，我跟他说。”

小孙摇摇头：“没用。”他看看周围，放低声音：“市歌陈团长和我们组委会的头儿是朋友，刘处长一定要买面子的。”

“这样啊……”苏雪丹失望地嘟囔声，这就没戏了，这是进入另一种规则里去了，她无能为力。

李淑敏拉拉她胳膊：“走吧？回去后再想想办法。”

苏雪丹转身慢慢往外走，折腾了这么久，费了这么多心血，却被人家一个关系轻易打败了，真窝囊！她怎么就没有想到这一招呢。

“哎，还有一个办法，”小孙突然说，苏雪丹立即转过身，盯着他。小孙却没看他们，依然盯着屏幕。

“模特团只定一个进场，但你们可以找一个参会的企业，以企业的名义进来。”他移动了一张牌，“企业自己也要做宣传的！这不在限制范围内。”

苏雪丹眼睛一亮，这是个办法，当然，附属一个企业有局限性，只能为一个企业服务，不能像和组委会合作那样面向全体参加会展的企业做业务，但毕竟进去了，而只要进去，总会有机会的，那时她再跟银雀短兵相接。问题是找哪一个企业？她看看李淑敏，李淑敏意味深长地对她笑。

“你笑什么?”

“你说我笑什么?”李淑敏哼了声,拖长了声音道:“朱迎宝如何?”

苏雪丹笑了,两个人想到一块儿去了。

41

朱迎宝长吁了口气,身体往后一仰,靠在椅背上,两只脚放到桌子上,顺手拿起了苏雪丹送来的材料,这个材料下午送来的,当时他正在开会,并没有见到苏雪丹,只是听秘书说苏雪丹送来了一个很重要的资料,留话请他“百忙之中抽出宝贵时间”看一下。会开完后已经快六点了,他粗略地看了一遍材料,觉得有点意思,这是份合作协议:拨三十万资金给金鹰模特团,黑豹取得一年的冠名权,苏雪丹在外的任何演出用黑豹的名称,包括这次进入国际经贸会和以后参加全国及省市模特大赛。苏雪丹给他算了一笔账,黑豹公司不管她们的经营场地(虽然桌子和电脑曾经是黑豹的),也不负责管理,却有了自己的一支专业模特队伍,扩大了影响,提高了企业知名度,这三十万的广告费很划得来。朱迎宝相信苏雪丹能折腾,这两天报纸和电视新闻都在说美女菜刀和美女蚊帐的事,想想看,要是黑豹模特艺术团搞这事不更好,让模特穿着牛仔服舞菜刀不更生猛?不更吸引众人的眼球?想到这,他忍不住笑,苏雪丹,真是很有意思的一个女人。这个女人有外貌,有才干,做一个压寨夫人非常合适。他把材料放进公文包,闭上眼睛考虑了下,他要好好琢磨琢磨。他的机会好像来了,是的,机会来了,他要出击。

他拿起电话,准备约苏雪丹吃饭。不想手机响了,一听,是个甜甜的女声:“朱总,下班了吗?”

朱迎宝一时以为是苏雪丹打来的,又一想,苏雪丹没有这种嗓子啊,问:“哪位?”

“哟,听不出来了?朱总真是贵人多忘事……我是卢燕燕!”

“啊,小燕啊……什么事?”

“我肚子饿啦!上次没吃好!”

朱迎宝笑笑,这个小家伙,来讨饭的!不过他喜欢和女孩子吃饭,尤其和漂亮女孩子吃饭,只是今天不行,他要约苏雪丹,就说:“明天请你吧。”

“今天不行啊?”卢燕燕失望的口气。“又请哪个小姐啊?”

“今天我要请你们团长!”

“那我也可以作陪啊。”卢燕燕并不放弃。

朱迎宝想她是真不懂事呢,还是故意捣乱,说:“我还有……”他察觉门口进来一个人,抬头一看,是陈功德!赶紧说:“今天就免了,下次吧。”挂了电话。

"你怎么来了?"他奇怪地看着陈功德。

"我就不能来?"陈功德把手上的褐色牛皮包扔到沙发上,一屁股坐下来。

"你应该先打个电话……"

"怕你躲我。"陈功德阴着脸说。

"我干吗躲你?"朱迎宝奇怪地看着他,"……哦,那次模特拍广告片的事?实在抱歉,那天一喝酒,不知怎么就和别人签了合同……"

陈功德伸出一只手,摆了下:"算了,本来就没指望你……我要是指望你,早就饿死了。"

手朱迎宝看看手表,"没吃饭吧?正好,一起吃?"

"你有饭局?"

"我请苏雪丹吃饭……"

陈功德身体一颤,一下子站起来了:"你请她?干什么?"

"不干什么,就是吃饭。"

陈功德摇摇头:"朱迎宝,你是被她迷住了……"

朱迎宝笑了:"她又不是妖精!你怕她?"

"我怕她?我凭什么怕她!我就是不理解你为什么要和她一起吃饭!"

朱迎宝和解地说:"好好,不说吃饭,咱们谈正事,有何贵干?"

陈功德沉默了会:"能不能借我点钱?"

"多少?"朱迎宝手摸向衣兜,准备掏钱包。

"三百万。"

"多少?!"朱迎宝愣了,手放到桌子上,又伸出三个指头:"你是说三……百万?"

陈功德点点头:"我们欠银行的钱到期了,要上法庭啊。"

"你赶快还人家不就完了。"

"能还我找你干什么?半年内我一定还你,利息可以谈。"

朱迎宝摆摆手:"老哥,别的事我可能能帮你,这事办不成。别说我一下子拿不出来,就是拿出来,也不能给你,谁不知道你歌舞团是个大泥坑,哪有能力还债?"

陈功德辩解道:"我们还是有赢利的能力的。这次经贸会,我们时装艺术团已经被指定入场承接礼仪广告,可以挣一些钱,退一步说,我们那块地皮和楼值点钱吧?可以做抵押……"

"我要那些破砖头干什么?银行不就上了大当吗?你那个经贸会能挣多少钱也是个未知数。我说老哥,你们是国家的,找上级啊!"

"你是不了解情况啊,国家要是管的话,我何必找你?现在是让我们自生自灭啊!"陈功德叹了口气:"唉,借钱的滋味不好受啊!老脸都丢尽了!"

朱迎宝看看他，一脸的憔悴，连胡子都白了几根，借钱的滋味确实不好受。朱迎宝说："我同情你，老哥，但是我明白该干什么不该干什么，否则我的黑豹也不会做成今天的规模。实话说，我的周转资金有限，有些货款没有收回。重要的是，为你那个歌舞团不值，你想想，真把你的地皮和楼拿了，你们那些职工不跟我拼命啊，我还想多活两天呢……"他走过去，"恕我直言啊，你要适应市场，你们多年没有好的演出，名存实亡，倒闭是很正常的，你干吗逆潮流而动？"

陈功德默不作声，本来韦明义是答应帮忙的，但又借口公司老板在国外不能做主，眼看着离银行限定还款日期越来越近，陈功德才老着脸皮找朱迎宝，结果钱借不到，还被教育一顿。他叹息一声，站起来："到你这来我是考虑很久的，看来还是不该来。算了，其实除了你以外，我还有其他人，我相信天无绝人之路。"

"这就好。你这么一说我就放心了……咱们还是吃饭去吧。"朱迎宝结束谈话。

陈功德拿起包往外走："我不吃了。车在外面等着。"朱迎宝送他到楼梯口，陈功德又回头说："我奉劝你一句，别和苏雪丹缠在一起，这个女人不是那么好对付的，她有自己的目的。到时吃亏的是你自己。走着瞧吧。"说完咚咚咚地下了楼。

朱迎宝想了想，回到办公室，给苏雪丹打电话，振铃响了两声，苏雪丹的声音出来了："喂，哪位？"

"苏女士，苏团长，苏雪丹同志……"

"行了，朱总，有话就说！"苏雪丹打断了他的话，听声音情绪不错。

"能有幸请你吃饭吗？"

苏雪丹笑了下："刚吃完，怎么不早说？"

"临时有事耽误了。怎么，再吃点？"

"以后再说吧，我要和团里的人研究演出问题，哎，我给你的材料看完没有？"

"正在看。"

"早回个话啊。"苏雪丹很客气地挂了电话。

朱迎宝怅然若失，不应该啊，一般来讲，既然苏雪丹有求自己，她就应该主动一点，她应该对自己的邀请欣喜若狂，可居然吃了闭门羹！他回味苏雪丹刚才的话，觉得还是有点意思的，虽然拒绝了邀请，不是答应以后再说吗。这就是一种暗示。女人嘛，总是要矜持一点的，苏雪丹也不例外。应该说这个带刺的漂亮女人还是和自己有缘分的，不然不会认识，不然不会一步一步走近，这个黑豹冠名权不是冥冥中的一种暗示吗？现在她有求于自己，主动权就在自己手上，他不必过分着急，只是表明对她的方案很有兴趣，这就够了，苏雪丹会自己找上门来，当然自己也要表示一下绅士风度，送一束花什么的……想到这，朱迎宝哑然一笑，他的失落感消失了，随之而来的是肠中一阵饥饿。他起身出门，到街对面的小餐馆吃牛肉拉面。进了饭馆，他走到老位置——临窗的一张桌子上坐下来，要了一盘蒜粉肠，浇上点酱油和辣椒油，夹起一片正要吃，手机突然响了，一看，是条短信："缘分是前世临终时感情的延续，缘分是此生轮回前不变的誓言，缘分是你我曾说过的幸福约定，缘分是再做人时还能相遇的美好梦想，猿粪就是猴子的粑粑！哈哈，别当真！"发信人是卢燕燕。

朱迎宝盯着短信，又皱着眉头看看蒜粉肠，这小妞，真是败兴！胃口全没啦。

42

欧阳平坐在银雀时装团团长办公室里，心神不定地看着这几天的报纸。报纸刊登了几张金鹰模特艺术团表演的照片，有一张苏雪丹和汪琴两个人裹着蚊帐对舞照片很醒目，标题是"昔日台上花仙子，今天翩翩舞蚊帐"。还有模特给厨具做广告的照片，题目是"美女舞菜刀，钢性的妖娆"，这真的很绝，这是什么创意啊！菜刀美女，生猛和阴柔结合，苏雪丹是怎么想的啊！欧阳平不得不佩服，这就是苏雪丹，什么都敢干。钱挣了，名声也出来了。随着经贸会的临近，各个企业的宣传力度越来越大，不断地进行各种活动热身。连厨具公司都用上模特了。苏雪丹很活跃。而银雀时装团却按兵不动。说是按兵不动也不对，其间还是做了几次业务，比如给海螺衬衣厂做了个发布会，还到剧院给妇代会表演了节目，但小打小闹，没有多少收入也没有多大影响，很快就断顿了。欧阳平忧心忡忡，银雀团目前的被动局面从根本上讲是领导班子有问题，没有各负其责。按照分工，韦明义负责对外联系业务，但他却心不在焉，也不知忙个什么，一宗也没有搞成，几宗业务都是陈功德联系的。另外还有一个姓罗的副团长，有时过来看看，但什么也不说，莫测高深的样子。自己虽说负责广告宣传，可是你没有生意业务怎么宣传？巧妇难为无米之炊啊！欧阳平觉得这样下去不成，虽说两个月后可以进经贸会承揽业务，但远水救不了近渴，现在怎么办？一定要加强对外跑业务的力量，否则，模特不安心，不演出，谁还有劲练哪，没准很快就跑光了。银雀团一定要改革。他要找陈功德谈谈，虽然自己担任副团长职务不长，但在其位就要谋其政，况且他已经对这个银雀时装团有了感情，他希望时装团能发展壮大，退一步说，起码也要证明自己的能力啊。

欧阳平拨打陈功德电话，却是关机。这些天陈功德很难找，除了银行逼着还贷外，歌舞团的一些退休老人也经常来缠他，主要是医药费问题，他干脆躲了，手机也不开。

欧阳平决定到排练场看下模特训练，刚走到门口，手机来了短信："小蚯蚓问妈妈，为什么不见爸爸，妈妈摸着小蚯蚓的头说：你爸爸和渔夫钓鱼去了。"发信人是郑云虹。欧阳平笑了笑，这些女孩从网上下载了乱七八糟的东西，然后到处流传，不过这条短信有那么点悲壮的幽默，和自己的心情有些相符，就当蚯蚓爸爸吧。他来到训练厅，十多个模特无精打采地走着步伐。负责训练的吴老师过来，说："欧阳团长，最近还没有演出吗？"

欧阳平说："韦团长联系了，可能马上就有结果，不能放松啊！"

吴老师忧心忡忡地说："不演，人心易散啊。再说，光靠训练补贴也太少了，模特的开销是很大的，你也知道……"

欧阳平说："我马上去想办法，你们做好准备。"

他走到门口，正碰见郑云虹急匆匆进来，看见他叫道："欧阳老师！"

欧阳平看看她："你怎么来了？不上课？"

"我们开始社会实习了。我决定就在这里实习。"

"实习？"欧阳平奇怪地问："你……不在苏雪丹那里吗？"

"我没跟任何人签约。想在哪就在哪。"

"啊，也对，这是你爸爸的团，当然应该在这里。"欧阳平一阵高兴，此时郑云虹加入银雀团太及时了，起码鼓舞士气。

"和我爸可没关系啊，"郑云虹说，"主要是欧阳老师在这里。我是月亮跟着太阳转。你在哪我就在哪。"

她这么一说，倒让欧阳平不好意思了，咳嗽了一声说："其实苏雪丹那里演出机会多一些……"

"欧阳老师是不是很希望我去那边？"郑云虹狡猾地看着他，"身在曹营心在汉啦！"

欧阳平一阵慌张："哪有这回事！我还不是为你着想！"

郑云虹笑道："开玩笑啦！……好，我训练去了。哎，训练完后我们去看电影好不好？美国大片《纽约黑帮》，听说挺棒的。"

欧阳平心里一紧，这意思太明显了。他拒绝道："我还有事。"

郑云虹失望地歪下脑袋："自己去喽。"转身走开。

欧阳平想了下，叫道："郑云虹！"

郑云虹闻声赶快过来，一脸期望地看着他："改变主意啦？"

欧阳平想这事不能含糊下去，快刀斩乱麻："郑云虹同学……"

郑云虹一听这正儿八经的称呼脸色就硬了。

"郑云虹同学，我们之间只是师生关系，懂吗？"

郑云虹愣了会，"懂了。"转身往门外走去。

欧阳平说："哎，你……不训练啦？"

"没情绪！"说完，人已经没了踪影。

欧阳平苦笑了声，这个脾气！若是这个原因银雀少了这个优秀模特，真可惜了！现在真需要有个角儿来安定军心啊。……这个郑云虹，欧阳平不知自己到底对这个郑云虹什么感觉，这个女孩子今天明白无误地表达了对自己的好感，当然，从外形内在来说人家都是一流的，问题是，他欠了李淑敏一份情，当年由于苏雪丹的插入，他立场不坚定，导致李淑敏至今独身一人，现在终于可以开始这段感情了，突然又插进来一个郑云虹，而且还是那么出色，欧阳平你怎么这么有艳福啊？你模样并不英俊，你也没有钱，凭什么吸引漂亮女孩的注意？这是天老爷在惩罚你，让你永远在进行痛苦的选择。

欧阳平想了一阵，决定跟李淑敏约一下，他要好好和对方谈谈，不能这么不明不白的。他打李淑敏办公室的电话，没有人接，又打对方的手机，李淑敏接了，在一个声音很嘈杂的地方，欧阳平说晚上见个面。李淑敏说晚上为庆贺电信公司用户突破二百万演出，她和苏雪丹正看现场呢。欧阳平嫉妒地想，活儿多得忙不过来呢，我们这里闲得无聊。又问："几点钟完？我来接你。"

李淑敏停了下："10 点半吧。你不用来了，太晚了。"

"不，我一定来。"欧阳平挂了电话，琢磨着李淑敏的态度，是真不愿意他来呢，还是客气话，好像还是愿意他来的。他得承认，自己对李淑敏缺少激情，约见更多的是一种道义负责的意思，女人总是很敏感的，那天晚上李淑敏说的话已经表明了她的态度，她不需要怜悯。我是在怜悯吗？欧阳平自己也说不清，不过他想，只要自己坚决一点，主动一点，事情就会向好的方向转变。欧阳平需要她抵御诱惑。

晚上 10 点半，苏雪丹和李淑敏在电信公司财务处结完演出费，走出电信大楼，汪琴站在马路边上等着她们。苏雪丹有些奇怪："汪姐，你没走？"

"啊，我想问问明天的安排……"

"明天上午睡大觉，休整半天。"

"哦。好。"汪琴身体没动，似乎有什么话要说。

苏雪丹揣摩她的意思："是不是要领劳务费？可以马上给你。已经结了。"以往演出完后的第二天才发劳务费。

"不不，"汪琴摆下手，"按规定来。我想问……他们对今天的表演反映怎么样？"

李淑敏说："反映不错。说以后有活动还找我们。"

苏雪丹说："汪姐你的功劳啊。"

汪琴赶紧道："大家的大家的。"又问："进入经贸会的事有没有进展？"

苏雪丹神色暗淡了，说："银雀人家有关系啊，协议都签了……我们曲线救国吧，明天我去催黑豹公司，如果能联姻合作，那进入经贸会就成了……"朱迎宝一直没有明确表态，既不说行，也不说不行，黏黏糊糊的，搅得她心里毛焦火辣。

"如果朱迎宝不干呢？"李淑敏问。

“那就……去他妈的。再找其他的。”苏雪丹骂了句，说实话，她也不知道怎么办好，再另找一家谈何容易，又要有很多铺垫才行，时间恐怕也来不及了。

汪琴犹豫了下，说：“我听说深圳那边举办国际经贸会，之前搞团队模特大赛，评十佳模特和优秀团，然后择优选入进场……”

李淑敏说：“哎，要是这样倒好了，省得暗箱操作……”

苏雪丹叹口气道：“人家是深圳啊，我们这里是原始社会。”

汪琴笑了下：“不至于吧。我们这里学时尚的东西还是快，不然金鹰也成立不了。”

苏雪丹心里一动，看看她，这个汪琴好像话中有话啊。“哎，我觉得你好像有点信息啊！借你吉言，希望变一变。”苏雪丹希望汪琴的话是真的，那她就活过来了，她才不怕竞争。虽说这次进不了场她也不至于垮台，但肯定失去一次千载难逢的机遇。“我说老李……你说咱们是不是还要该攻攻刘处长？”李淑敏没答话。苏雪丹看看李淑敏，发现她眼睛直直着盯着前面，顺着她的眼睛看过去，猛然发现欧阳平站在马路对面，苏雪丹叫了声：“欧阳平！接谁呀？不是我吧？”见欧阳平不说话，看看李淑敏，又道：“欧阳平，你现在算是开窍了，以后多来接接我们李主任！哎，你过来！”

欧阳平走过来，苏雪丹看看他，想起什么，对李淑敏说：“我借用5分钟。”把欧阳平拉到一边，小声问：“那边有什么情报？”

欧阳平摇摇头。

“不会吧？”苏雪丹不相信。“听说过经贸会的事没有？”

“什么事？”

“别装傻，陈功德挤进去了？”

欧阳平含糊地说：“他当然要使劲。盯着经贸会的又不是他一家。”

“板上钉钉了？”

“这个……不好说。估计问题不大吧。”欧阳平不想多说。

“哎，我告诉你吧，他已经和组委会签订了意向性协议，可是他别太得意，他阻止不了我，我也会进去的，你带个话，到时我们在经贸会上见，会师之日，我请他吃烤羊腿。”

“为什么是烤羊腿？”欧阳平觉得不可思议，这好像扯远了点，让人联想塔里木呼伦贝尔什么的。

“猪腿也行！”苏雪丹推他一把：“去吧！和老李好好谈谈。”拉上汪琴走了。

欧阳平看看李淑敏，问：“你骑车的？”

李淑敏摇摇头。

“那咱们散散步吧。”

他们两个并肩沿着马路走下去，走了一阵，竟没话说。欧阳平觉得这样不行，想了下，说："苏雪丹心情好像不错?"

"啊，最近生意不错。"

"你们名声是越来越响了，报纸三天两头登你们的新闻。"

"苏雪丹会炒作。"李淑敏笑着说，"这是她的强项。"又说，"这是被逼的，不进则退，她没有退路。……你们那里怎么样?"

欧阳平摇摇头："还是老国营那一套，没积极性。"

"怎么会？他们不是股份制吗？一个广告公司的来入股……投了十万呢。不是为这钱，苏雪丹还到不了今天这份上。"

"我看投资的也不着急，谁知道怎么想的。你们的业务做不完，我们这里闲得打瞌睡。"

"你没看我们是怎么跑下来的，骑车满世界钻啊，现在也没什么脸皮了，只要有业务，管他叫奶奶都成。"

欧阳平笑道："没那么严重吧。"他看看李淑敏，在路灯下，他看见李淑敏化了妆，眉毛细长，以前她是不化妆的，毕竟是到了文艺团体了，不过他觉得化得并不好，不大自然，笑的时候眼角已经有了细密的纹路，女人上了三十是不一样了，他脑海中闪过郑云虹青春如花的脸，感叹大自然的残酷。

路边有一家小卖铺，欧阳平看了看，对李淑敏说："你等一下。"他快步走过去。

一会，他返回来，手上多了一袋东西——张飞熏牛肉干。

"好久没吃了。"欧阳平扯开袋子，"我们阆中的特产，现在越来越有名了，听说还出口到国外呢。"

李淑敏看看他，欧阳平抓住她的手，举到胸前，李淑敏不自觉地将手掌向上摊开，欧阳平在她手上倒了几颗牛肉干。李淑敏战栗了下，牛肉干轻柔地砸在手掌心，有一种奇异的感觉。

李淑敏抓起一个放到嘴里，眼睛忽然有些湿润，嚼着牛肉干散步，这种感觉可是久违了。但是，牛肉干的味道似乎不如从前，不是那种味道了。

"淑敏，依你看，苏雪丹前途怎么样?"欧阳平问。

"她的路子是对的，现在业务不少，如果进入经贸会，再找几个实力强的企业长期合作，她就没问题了。"由于嘴中咀嚼着东西，李淑敏声音有些含糊，又说，"她说很快会还我的钱，也包括你的。"

欧阳平愣了一阵："没想到苏雪丹真能成气候……不过经贸会她恐怕进不去，陈功德已经和组委会签协议了。"

"我们知道，不过我们可以用另一个办法，找一家进场参展的企业合作，黑豹集团的那个朱总对我们很有兴趣，准备和我们谈长期合作，卖冠名权，一年给三十万，我们当他的模特团,这个项目搞成了,我们就可以以黑豹的名义进经贸会。”

“这样啊。”欧阳平恍然大悟。“走黑豹的路子……朱迎宝同意了?”

“他嘛……”李淑敏突然扑哧一笑。

“你笑什么?”

“这个朱总经常开车到我们楼下接苏雪丹,还拿着花……”

“什么意思?”

“这还有什么意思! 不过苏雪丹……”

“苏雪丹看不上他?”

“这我就不清楚了,反正要周旋。我是劝苏雪丹为了全团的利益献身吧。”

“献身? 苏雪丹怎么说?”欧阳平不知怎么紧张起来。

“苏雪丹光是笑。哎,苏雪丹你不用担心,她能应付。……看光景,我们的日子是越来越好过了……”

欧阳平注意听着,羡慕地说:“你们真有成就感啊。我在那里一事无成……”

“你本来就是卧底嘛! 情报就是你的成就。”

欧阳平愣了下:“哦,对。”

到了李淑敏家门口,看见一辆警车停在那里,陈小萍从警车里钻出来,看见李淑敏,有些不好意思,说:“干妈,我先上去了。”李淑敏点点头。陈小萍自从住进她家后,就认她做了干妈,虽然她一再婉拒,但陈小萍就是不改口,她只好默认,算下来,她只比陈小萍大十岁,当妈好像不大合适,可是楼下那些不知情的人并不觉得奇怪,也不问个来由,好像她有这个女儿顺理成章似的,只能说自己面相有些显老,想到这,她有些悲哀。

周坚从车窗探出头,摆下手说:“李主任,一切正常!”

李淑敏说:“哪里正常! 下巴上的红色是什么? 西红柿?”

周坚赶紧对着反光镜看了下,那里有一块红唇印,他擦了下下巴,笑笑,开车走了。

欧阳平奇怪地问:“你这个模特还要警察护送?”

李淑敏笑笑说:“陈小萍的那个老男人出现了,我们报了警,希望警察采取点措施,不想人家周警官主动护花,经常来接送……”

“也没必要草木皆兵吧?”

“你呀,真是什么都不懂! 人家愿意! ……好啦,我进去了,你快回去吧。……哎,听说你有时候不回家?”

“陈功德给了我一个办公房间,中午临时住住。和苏雪丹一起毕竟不大方便,都离婚了还扯什么。我什么时候搬你这来啊?”

李淑敏笑笑:“等经贸会以后再说吧——只要一切顺利。”说完拍拍他胳膊,

“我上楼了,你也早点回去吧。”

欧阳平点点头,把手上的半袋肉干给她,李淑敏笑笑,接过来走了。欧阳平看着她进了楼门,然后转身往回走,今天的约会算是白忙活了,经贸会以后再说?以后是什么样谁知道啊?他看看四周,街道上很少行人了,偶尔有骑车的匆匆忙忙驰过。是不是回家呢,这“家”徒有虚名,房子不是自己的,只是借住而已,他有些后悔当初的慷慨大方,弄到现在自己连个窝也没有,苏雪丹现在事业蒸蒸日上,可这和自己没有任何关系。

欧阳平步行回到歌舞团,发现陈功德的办公室亮着灯,他回来了?欧阳平走上楼,来到陈功德的办公室,见门虚掩着,他推开门,看见陆小雯坐在地板上,陈功德直挺挺地躺在她旁边。

欧阳平大吃一惊:“怎么了?”

陆小雯说:“他喝醉了,我拖不动他……”

欧阳平闻到一股强烈的酒味,陈功德哼了几声。

欧阳平责怪地问陆小雯:“你怎么不喊人啊!”

陆小雯难为情地说:“我进来的时候他半醉了,非要我陪喝几杯,我看他没什么大碍,再说夜深了……”

欧阳平想,这也是,不少人对陈功德和这个陆会计的关系有些非议,陆小雯不管是什么原因进来的,这么晚了,是不好喊别人。

“来,把他弄到沙发上去。”欧阳平和陆小雯一起把陈功德搬到沙发上,陈功德哼哼唧唧地说:“我没醉,我认识你,不就是欧阳平吗?”

欧阳平说对,他还真没醉。

“欧阳平,欧阳老师,欧阳副团长!”陈功德口齿不清,但却一字不差,“是你吧?”

“是我。”

“我找你好几天了……”

欧阳平想,这就是错话了,怎么是会找我好几天了?我找你好几天了还差不多。

“咱们这个团怎么样啊?我啊,这几天找钱去了,没钱咱们就完了……”

“韦经理投的钱不是还有一些……”

陆小雯轻声说:“不是这个,银行的贷款,三百万到期了,要起诉。”

欧阳平点点头,这事他有耳闻。他看着陈功德,几天没见,苍老得不成样子,两颊泛红,皮肉松弛,像美国火鸡脖子,上面有些小疙瘩。头发也白了不少,身体蜷缩成一团,比以前小了一圈,成了个可怜的小老头。欧阳平看着他这副落魄模样真有些揪心。

“什么银行，我照样摆平他。不就是钱吗！”陈功德嘴巴依然很硬，“你们干你们的，欧阳团长，这几天做了什么业务？”

欧阳平摇摇头。

“没有？”

欧阳平说：“韦团长好像不尽心，他怎么不着急？”

“他才急呢，他的钱在里面，他能不急？水平问题，能力问题！”

陆小雯焦急地说：“再没有业务，等不到经贸会模特怕要跑光了，现在收入也成问题，这就和老歌舞团没什么两样了。等死……”

欧阳平摇摇头：“不，不会死，只要想办法，就不会死。其实我们的团比其他的团有优势，就是老歌舞团，也有优势……”

陈功德一把抓住欧阳平的手，急切地问：“你有什么办法？”

“我正在想，不过……”欧阳平欲言又止。

“不过什么？”

“我毕竟只是个副团长，说了不算。”

“如果你真有办法，我们马上聘你当团长！这看你有没有决心干了。韦明义那边听我的。”陈功德抓住他的手使劲摇了两下。“……欧阳团长，你可要费点心哪，你看你那口子，现在红火得很哪，你比她不会差……我不会看走眼的。”

欧阳平心中一热，笑笑：“我会尽力的。”他确实有想法，这个想法应该说早就有了，只是朦朦胧胧的，现在好像清晰了。

两天后，欧阳平将一份计划书交到陈功德手里，陈功德仔细看了一遍，说：“这个事情重大，我本人很欣赏你的方案，马上开会研究。”

很快，银雀模特时装团的领导人员来到了陈功德的办公室。

陈功德一看人到齐了，也不多讲，开口直奔主题：“废话不说了，开门见山吧，我们的银雀时装团现在有一些困难，这其中有很多原因，最重要的一条就是领导不利——我说的是我自己，虽然是董事长，虽然兼任银雀的团长，但精力顾不过来，韦团长一个人确实太辛苦，那么我们为什么不聘请能人呢？因为没有找到，现在我已经找到了，那就是欧阳平先生，我提议正式聘欧阳平为我们银雀时装团的执行团长，由他全权领导模特时装团的事务……”

陈功德的建议显然出乎大家意料，沉默了一阵，韦明义说：“陈团长，找个能人我不反对，欧阳平先生的学问水平肯定不错，但是作为执行团长，能不能胜任我有怀疑……”

陈功德说：“这可以理解，现在请欧阳平先生谈一下他的计划，大家可以看看他能不能胜任。欧阳平先生，请吧！”

欧阳平咳了下嗓子，面对众人，觉得像是在通过自己的论文，他想我就盼着这天呢,一定要拿出点风采来。他说:“谢谢大家能听我的发言。开门见山吧,先谈谈现状:我们这个团目前处于半瘫痪的状况,虽然有几次演出,但是既没有多大影响,也没有多少收入,比起苏雪丹的金鹰团确实相差不小,怎么办?也向苏雪丹那样强势出击?或者加大宣传力度?或者派人多方联系?我认为既浪费时间也没有把握。我认为我们盲目的行动还不如不动。”说到这他停下了。他要看反应。

大家果然议论纷纷,欧阳平看着他们,满意这种效果。

他继续说:“我的意思是表面不动,但心要动。诸位,我们先分析一下形势:目前文化局大力进行改革,扶持民办艺术团体,批办了不少艺术团,光是时装模特团就有十多个,现在可以说是战国时代,峰烟四起,这些新锐们四处找饭吃,只要是知名的企业,就有他们的身影,有些已经初步成了气候,其中苏雪丹的团最为活跃,我们已经落后了,如果继续加入里面竞争,可以说是四面楚歌,不占优势。”

韦明义点燃一支烟,他不大明白欧阳平的意思:“欧阳平先生的意思是我们干脆解散喽?”

“不是解散,而是另辟蹊径,不和他们硬碰,走自己独自特色之路。特色是什么?”欧阳平自问自答,“我们是新成立的模特时装团,但背景是老字号歌舞团,老歌舞团虽然人员冗多,但是破船还有三斤钉呢,艺术实力强大,起码本市还没有人可比,我们要让新老结合起来,用一个崭新的艺术形式让市场认可,也就是所谓的人无我有,人有我优……既然时装模特确实引人注目,我们就搞一台谁也搞不出的时装歌舞《梦红楼》,注意,是时装歌舞!以梦开始,以金陵十二钗为主线,展示中国妇女的服饰文化,当然还要有些爱情的情节,由于是‘梦’,可以不受朝代的局限,上下五千年,天上人间多方展示,甚至可以涉及世界各国的服饰习俗,然后公演,然后再全国巡演,然后冲出亚洲,走向世界!”

欧阳平的计划描绘了一个非常美好的图画,展现了一个非常诱人的前景,甚至可以说大气磅礴,这让大家激动起来。

韦明义有些吃惊,他没有想到欧阳平会有如此宏图,这说明他平常就在琢磨这事,深藏不露啊。他看看罗副团长,问:“罗副团长以为如何?”

罗金国笑了笑:“想法确实很好……”后面显然还有话,但他不再说下去。

陈功德说:“欧阳团长的思路非常好,这样,歌舞团的优势就可以发挥出来了,可以抽歌舞团的一部分精干的乐手、美工、服装以及一些歌唱舞蹈演员来充实银雀时装团,先进行筹备。他们的工资还是原来的,最多象征性的给点补贴,不会增加银雀团的负担。”

欧阳平补充说:“那些抽调来的人要签订合同,不合格的就辞掉,一定要形成竞争的机制。还有,主要的模特可以请几个北京的名模来演出,甚至请世界级的模特,以形成轰动效应。尤其是前面几场。”

陆小雯兴奋地说:“这绝对是个卖点,名著加名模再加名歌名舞,我都想看。”

陈功德指下罗金国:“罗副团长还是说说吧。”

罗金国沉吟道:“苏雪丹的团确实没有这个实力,是条路子……不过……”

“钱!”韦明义拍了两下巴掌,“这要多少钱?预算过吗?”

陈功德看看计划书,低声说:“恐怕要三百万以上。”

“还是了,谁出钱?我们公司是不可能拿这笔钱了。”韦明义说,“你们歌舞团欠银行的三百万还没完呢,这又要出来三百万!”

陈功德不吭声了,这个计划的确有魄力,几乎就是重组一个歌舞团了,但太过庞大,实施起来有困难,要是能行的话,他本人不早就这么干了?当然,他的一些想法和欧阳平不一样,他是想硬性裁人,而欧阳平则是用一台别致精彩的节目为契机,诞生出一个新的机制来,这算是一个软着陆的方法吧?这个方案关键的问题不在银雀时装团,而是涉及整个歌舞团了。不过他认为可以逐步来:先一个部门一个部门解决,譬如,乐队可以先精选一部分人来配合模特演出,省得他们闲得没事到处给别人吹堂会,那位在全国圆号比赛中得金奖的马睿,为了挣几个钱,居然领着黑管长笛为别人的丧事做道场,吹哀乐。再有,搞音乐舞蹈的人可以先论证创作,反正闲着,从这当中也可以看看哪些人是优秀人才,以备留用。不过,关键是钱啊,一想到银行逼债,陈功德心都紧了。他问韦明义:“你们董事长回来没有?银行逼得紧啊,离开庭没几天了。”

韦明义说:“就这几天吧。哎,就算是能借钱,也是还债的,跟欧阳团长的宏伟计划无关,我看当务之急是让模特有地方演出,否则人全跑了。陆会计,现在我们账上还有多少钱?”

陆小雯看看陈功德,低声说:“两万两千四百三十七元。”

罗副团长吃了一惊:“这点钱如果再发了工资,可就没多少了!能坚持到经贸会吗?这钱到底是怎么花的?应该向董事会报下明细表。”

韦明义说:“是啊,这钱就跟流水似的。”

陈功德不满地看了眼罗金国,现在这个局面,他不想想办法,却要查账!分明就是对着自己来的!我怕查吗?他对陆小雯说:“你整理好账本,这两天给罗副团长和韦经理看看。”

陆小雯点头。罗副团长声明:“不是给我,是给董事会。”

欧阳平想了下说:“钱的问题可以想办法,找企业争取资金支持,只要有好的项目,总是会有伯乐的。你要是让人家给你还债,别人不会干,可你说我有好项目,以后能给你带来利益,恐怕就有希望。目前要一下子搞三百万确实很难,不过先要一笔启动资金还是有希望的,几十万……哪怕十几万就可以,启动筹备班子,创作先行。”一想到自己的《梦红楼》将要在全国打响,欧阳平就激动不已。他很欣赏自己的创意，不走苏雪丹的路，避其锋芒，出奇制胜，把歌舞团的劣势化为优势，这是什么脑壳啊。搞大型时装歌舞，国营的人才储备就显出优势了。他继续说："至于银雀目前的模特，当然不能闲着，在业务一时联系不到的情况下，可以先到我们歌舞团的新月舞厅演出，一方面有点收入，另一方面增加演出经验。"

"哎，这是个办法。我和向其顺谈谈，虽然他承包了，但我们团的事，一定要支持。"陈功德兴奋地站起来，"我觉得欧阳平先生的思路很好，我自己有茅塞顿开之感，是啊，我们为什么要挤在一条路上抢饭吃？为什么不发挥自己的优势？这个事情真成了，我们银雀团……不，我们歌舞团都活了！……我补充一点的是，今后重点放在大型时装歌舞的筹备上，但进入经贸会的准备工作还是要进行，我们已经签了进场协议，要和模特讲清楚，困难是暂时的，前途是光明的，这也叫做两条腿走路吧。最后我建议聘任欧阳平先生为银雀团的执行团长，大家有没有意见？"

大家互相看看，没有说话。

"通过了！大家分头找钱去！"陈功德说。又对韦明义说："韦团长，你留一下。"

大家散了，韦明义坐着没动，看着陈功德。陈功德拿起暖水瓶给他的茶杯上水，说："人多的时候，我不好说，现在我们是困难，但是一定要有信心，你不要听某些人的话，有些人屁股不正，心不在我们这。"

韦明义笑了下，明白陈功德指的是副团长罗金国，他不慌不忙地拿起茶杯喝了口茶："你们内部的事我不感兴趣，不过账上确实没什么钱了……"

"我正要跟你说这个事，你看，你能不能弄几万周转一下？我从向其顺的歌舞厅可以拿点租金，一两万应该可以，你再出点，有个五六万就行，就算借吧，银雀是我们大家的，是吧。熬到了经贸会，我们就活了，组委会跟我说了，只要我们模特进场，马上就能收到一笔定金，以后肯定能接不少业务。"

韦明义长出了一口气，两手抱在胸起前，沉吟下说："几万块钱倒也不是大问题，不过这钱不能放到团公用账号上，查来查去的也不方便，放到你的私人卡上，只有你才能动。"

陈功德喜出望外，这是对自己最大的信任！他想也没想说："行，你只要信得过我！我决不会让你失望！"他拍拍对方的肩膀，觉得这小子真够义气，人能交这样的朋友真是幸事啊！陈功德心里乐开了花，他在赞赏对方的义气的同时还觉得这小子有点傻乎乎的，竟然要求把钱放到别人的私人账户上，换了他自己是不会干的。后来事实证明，犯傻的是他自己。

43

快六点了，李淑敏终于把和黑豹公司的合作协议书修改好，交给苏雪丹过目，苏雪丹仔细看了看:“行,马上传给他们!”

李淑敏拿起电话拨号,传真很快发过去了。一会,黑豹公司办公室的一个女职员回复说传真已经收到,朱总基本同意,后天正式签订协议。

苏雪丹对李淑敏吐下舌头:“大功告成!”

李淑敏笑道:“到底是英雄难过美人关哪!”

苏雪丹摆下手:“什么美人,老菜秧子啦!”话是这么说,心里却是得意。这些日子和朱迎宝的周旋颇费心思,朱迎宝的意图很明显,要签协议,必须连人也搭上。她既不能给对方明确的回答,又不能让对方断了念头,在几次会谈中,她甚至让对方摸她的手,还表现有那么点动情的样子,但只能到此为止,如果朱迎宝再放肆她就翻脸,双方都明白,我们各有所求,互相算计,就看谁有耐心。

天已经擦黑了,苏雪丹和李淑敏又说了一阵话,走出办公室,仇志华拿着两个头盔过来:“雪丹,坐我的摩托车走吧?”

“我骑车呢。”苏雪丹看看他。“你还没走?”

“车就放在这里。明天一早我接你过来。”仇志华坚持要送她。

苏雪丹犹豫了下:“我坐摩托车有些害怕。”

“搂着仇部长的腰就不怕了。”李淑敏笑着说,“迟早仇部长会用轿车来接的。”

苏雪丹笑笑,点点头,拿过一个头盔。几个人走出楼,看见门前停着一辆帕萨特轿车,朱迎宝靠在车门站着,见他们出来,立刻从车里拿出一束花过来:“苏团长!”把花递过来。

苏雪丹一愣,说:“朱总百忙之中还来看望我们大家。”她一只手拿着头盔,另一只手接过花。

李淑敏说:“不是看望大家,是看望一个人,是吧,朱总?”

朱迎宝笑笑,看看苏雪丹手中的头盔,说:“怎么,有雅兴骑摩托车?不安全,还是坐我的车吧。反正顺路。”

李淑敏追问:“你是顺路还是专程来接我们团长的?”

“这有什么区别?”

“区别大啦!”

朱迎宝看看她,又看看一旁阴沉着脸的仇志华,说:“我是专门来接苏团长的。”

苏雪丹说:“我坐仇部长的摩托回去,我想兜兜风。”

“坐汽车照样兜风。”朱迎宝坚持。

“没摩托车刺激。”

“想刺激以后有时间。”朱迎宝收敛笑容,“我主要想和苏团长谈谈长期合作问题,有些细节还需要商榷。”

“不是说好了吗?”苏雪丹惊诧地看着他,“后天去你们那里签字,修改好后的协议都传给你了。"

"我仔细看了下,觉得有些地方还要斟酌。哦,也就是刚刚想起来的。"

苏雪丹神情严肃了,看来刚才过于乐观了,莫非这小子要变卦?"非今天?"她问。

"我今天有时间。"

"明天不成?"

"明天很难说。"朱迎宝不动声色。"没准出差了,事就耽误了。当然,如果你们不急,也可以推后十天半月的。"

苏雪丹听出对方的意思。她犹豫地看看仇志华,仇志华把苏雪丹的头盔拿过来,一声不吭转身走了。

李淑敏看看他,对苏雪丹说:"你和朱总谈吧,我坐仇部长的摩托刺激去。"说完追仇志华去了。

苏雪丹看看朱迎宝:"你有点要挟的意思。"

"有时这是免不了的。"朱迎宝并不避讳,"要挟是一种诚意十分强烈的表现,再说这符合你们团的长远利益。上车吧。"

苏雪丹想了下,还是上了他的车,在这种关键时刻她不想得罪他,只是这种有些强迫的行为让她别扭。

朱迎宝将车开到福运酒家,兴致勃勃地说:"今天让你换个口味,这里的麻辣小龙虾别具一格,保你胃口大开……"

"又是吃饭……"苏雪丹叹了口气。

"吃饭好啊,说明身体健康,再说你回家怎么办,自己做饭?像你这么高贵美丽的女人怎么能自己做饭?老下冻饺子?简直不可想象!"

"奇怪了,你对我还知道多少?"

"不知道多少。"朱迎宝叫来服务员,熟练地点了几个菜,说:"我就知道如果没有人请你吃饭,那才奇怪,像你这么漂亮的女人怎么会没人请你吃饭?不是我也会是别人……"

"朱总经理,你这话是什么意思?我很轻浮吗?"苏雪丹故意板起了脸。

朱迎宝赶紧摆手:"误会了!我的意思是……你确实与众不同,你有一种独特的美。你这种女人我从来没见过,天上掉下来的?"

苏雪丹笑了下,这话听着很受用,不过嘴上说:"真会说话啊!什么独特的美?我那里的模特随便拉出一个也比我强……"

"不能这么说!她们属于另一种类型……譬如你们那个卢燕燕,够完美的,不过不适合我,真的,上次吃饭,半个小时我就把她送回去了……"

"那你准备和我吃多久?"

"苏团长如果想吃到天亮,我奉陪!"

苏雪丹微微一笑,这种调情放在其他时间其他场合也许还有些意思,但现在她不感兴趣。"不扯别的了,说说细节。"

朱迎宝一愣:"什么细节?"

"咦?刚才你说我们写的协议你有些意见……"

"哦,那个……基本上按你们写的办,我觉得挺好。当然,有些细节有待完善,不过不是问题。"

"那……"苏雪丹有些冒火了,每次她去找他谈合作的事,都是东拉西扯的,半天不进入正题,好在最后他接受了方案,只待签字了。现在这家伙又开始弯弯绕,她尽量压制自己,说:"那朱总让我来,只是吃饭?"

"当然……哦,也不全是,譬如说吧,当我们给了你们三十万后,这一年你们叫黑豹艺术团……"

"协议上是这么写的。"

"我的意思是,你就成为我们黑豹公司的一个下属单位,我给你准备个办公室,就在我隔壁上班……"

"朱总,这不必了,收到你的款后,我们是以黑豹的名义外出演出,参加比赛,但是我们是独立的,如果你们介入管理,那会很麻烦的。这会牵扯贵公司很大精力,得不偿失。这一条你是答应了的。"

"啊,我主要是想给你们减轻点负担,既然……还是按你们说的办吧。"朱迎宝不再坚持,"还有一条关键的补充条款,不过可以不写进正式文件中……"

"什么条款?"

朱迎宝神色严肃了,直视她:"你应该知道。"

"我?"苏雪丹奇怪地问:"我怎么会知道?"

朱迎宝盯着她:"苏团长这样聪明的人怎么会不知道。"

苏雪丹心里一紧,她最不愿意看到的事情要出现了,这个朱迎宝头脑很清醒,非要一个明确的结果,否则决不入套儿。

"我不聪明,我傻。"她说。

朱迎宝直直地看着她,这种眼光让见过场面的苏雪丹也有点害怕起来,他要干吗?莫非……

"嫁给我。"朱迎宝忽然说。

苏雪丹愣了一会:"你说什么?"

"我……"朱迎宝顿了下,直视着她的眼睛:"我爱你。非常喜欢你。"

苏雪丹看着他,朱迎宝神色紧张严肃,她知道这个男人是认真的。她勉强笑了下:"朱总,你开玩笑啊。"

“你知道我没有开玩笑。”

“这……合适吗?”

“有什么不合适的?如果你觉得突然,那就先订婚。”他摸出一个紫色的小盒,打开,里面是一颗闪烁着寒光的钻戒。

“我是说……”苏雪丹看看钻戒,心里七上八下的,真有些慌了,她没有料到朱迎宝会在这种场合提出结婚的要求,她尽量想缓和气氛,“你看,我们并不了解……”

“我觉得已经了解了……”

“怎么会呢?我们……”

“如果还觉得需要了解,订婚以后可以继续进行——还方便些。”

“相互了解应该是结婚以前的事吧?”苏雪丹婉转地反驳。

“不成。我要预订。不然就花落别家啦。”朱迎宝的口气很坚决。

苏雪丹盯着他,这个男人竟然是这种思路,预订!这种求爱方式她还没见过。朱迎宝以前虽然对她表示过好感,甚至还有露骨的上床表示,但提出结婚还是第一次。今天终于摊牌了,看来这个男人不是随便玩玩,来真的。问题是,她从来就没有考虑过嫁人,更不用说和这个男人了。以前和对方的周旋主要是从模特团的发展考虑的,她没有想到朱迎宝会认真。她考虑了一阵,问:“我们直截了当点吧,朱总的意思是我若是不答应,你就不会和我们团签这个协议?”

“这个……也许我现在提出求婚是不大适宜,算巧合吧。不过这有什么不好?如果我们结婚,我们各有所长,强强结合,这个企业绝对越做越大,我们会挣很多钱的。”他见苏雪丹没有说话,又说:“我跟你透个底,我现在资产七千多万,我准备两年达到三个亿,让我们共同享受这个辉煌!”

苏雪丹想,说得多好,享受辉煌!不说创造辉煌,省略了最艰苦的过程,不过要承认,朱迎宝说的前景有相当的诱惑力,两人联手完全有可能达到。如果朱迎宝确实是真心的,有了黑豹做靠山,她会省心省力很多。她干吗要那么累?干吗要和自己过不去?朱迎宝本人的条件也还可以,算不上英俊,但也高高大大,性格也直率,这种直率挺有魅力,问题是,结婚只是为当个亿万富翁吗?还有……他毕竟是陈功德的弟弟。她不能想象自己和陈功德成为亲戚是什么样。

“如果你同意,后天下午三点我在办公室等你,签订协议。”朱迎宝期待地盯着她。

苏雪丹没说话,心里说不上是什么滋味,她夹了个小龙虾,放进嘴里,果然又麻又辣。

“我要考虑考虑。”她说。缓兵之计,现在只能用缓兵之计。

“有什么可考虑的?和陈功德不对付?我和他两回事。上次他来借钱我都没借。广告片业务也给了你,本来是人家的……"

"哦,那次喝醉酒题词……"苏雪丹想让气氛轻松一些,"我是沾了光。得了你的书法真迹。"

"你真以为我喝醉了?"朱迎宝笑了下,"那是糊弄陈功德的。我只是想让你知道,我愿意为你做任何事情,为了你我可以跟他咔嚓……"朱迎宝手比成个菜刀状往桌子上切了下。

苏雪丹吓了一跳:"什么咔嚓?"

"一刀两断啊。爱情重于泰山。"

倒真坦率啊。苏雪丹不由打量了他一眼:这小子一双豹眼闪着绿光,野性十足。

"我考虑考虑。"苏雪丹仍然说了这句。她站了起来,话说到这份上,没心情吃饭了。

朱迎宝也站起来:"回家?我送你吧?"

"不用。我自己回去。"

"还是送一下……"

苏雪丹瞪他一眼:"我说了,我自己回去!你能不能给我一点自己的空间?"

朱迎宝看看她,又坐下来。

苏雪丹独自走了出去。

华灯初上,气温凉爽了些,街头坐了些乘凉的人。两只剪了毛的白色北京犬在人们脚旁嬉戏。

苏雪丹走在街上,脑子很乱,说实话,对朱迎宝本人并不反感,但是他用这种方式拴住她令她十分不爽,这算是什么?本来合作对双方是双赢的事,这家伙非要把男女之间的事扯上,少根筋啊!朱迎宝到底怎么想的?如果不同意,合作的事会不会就真没戏了?正想着,手机响了,周坚来的:"你在哪?"

"什么事?"

"我问你在哪?"

苏雪丹四周看看:"总府路。"

"你到旁边的儿童医院门口等着,十分钟后我一个同事来接你。"

"干什么?"

"来了就知道了。"

"劫匪抓到了?"

"差不多吧。"

"那钱呢?"

"恐怕没多大希望。"

“那就算了，我还有事……”

“你必须来！”电话挂了。

苏雪丹看看电话，这小子，官不大，却总是一副将军颐指气使的口气。

苏雪丹来到儿童医院等着，很快，来了一辆警车，一个胖胖的警察摇下车窗：“苏雪丹吧，周坚让我接你。”

他们乘车来到东郊二里桥附近的一处平房，周坚和几个警察在勘察现场。屋内一个光着上身男人头朝下趴在床上。

周坚看见苏雪丹来了，指着院子里一辆摩托车说：“那是摩托车。牌号相符。你看是不是？”

苏雪丹看看，摩托车的样式和颜色和记忆中的差不多，但也不敢肯定。她又看看死者：“是他？”

周坚问：“怕看死人吗？”

苏雪丹哼了声：“我怕活人。”

周坚说：“你过来。”扳过那人的脸：“认识吗？”

这是一张很普通的脸，大概三十岁左右，眼睛半睁着，像是没有睡醒，表情没有痛苦。苏雪丹仔细看看：“……我说不准。”

“你好好想想，以前没见过他？”

“我已经说过了。”

“他是你们歌舞团舞厅的保安，叫赵二平，去年涉嫌伤人逃跑了。”

“去年我还没来歌舞团。”

“这我知道。我们还在这里的抽屉里找到了一把手术刀，赵二平以前在市二医院当过保安。”

“哦。”苏雪丹一愣，随即明白这算是人赃俱获了，这家伙抢劫自己时就是用的手术刀。“钱呢？他抢的钱？”

周坚摇摇头：“没有。”

“他怎么死的？”苏雪丹又问，原本也不指望能找到钱。

“手枪打死的。你看这个枪眼……”周坚指着死者太阳穴，那里有一个花生米大的小洞。“九毫米子弹，没出什么血。”停下又问：“我的意思你明白吗？”

“明白。”

“你明白什么？”

“手枪打死的。”

“你还是不明白。九毫米子弹是什么意思？我们国产手枪大多是七点六二毫米口径的，这个不是。”

“哦。”苏雪丹随口应着，还是不大明白。

“初步断定是美式左轮手枪打的，而且不是自制仿造的那种。”周坚终于点了出来。“枪身长六英寸，也就是153毫米。”

苏雪丹愣了，美式左轮手枪！

“死亡时间是昨天晚上7点到9点，这个时间你在哪里？”周坚问。

“谁？”苏雪丹一时没明白他的意思。

“你。”

苏雪丹以为周坚在开玩笑，可看他一本正经的样子，明白周坚叫她来的目的了。他竟然怀疑她！“嘿，你什么意思呀？”

“我在想，你弄掉的那只左轮手枪去年就上网了，但毫无线索，会不会根本就没有丢失呢？”

苏雪丹瞪着他：“你是说枪在我手里？”

“没这种可能吗？”

“你……”苏雪丹一时不知该说什么，这个小警察为什么老是盯着自己？他想干吗？“你可是真想立功啊！”

周坚笑了笑：“谈不上立功，干我们这行的虽说不能怀疑一切，但思路绝对要开阔，这有好处。你看，你有动机，他抢了你十万块；也有能力——假如你有手枪的话，你的枪法据说不错；同时还有性格：你是有仇必报的人，现在似乎缺少的就是作案时间了。”

“那你查去吧。”苏雪丹说完气呼呼地转身往外走，又回头说：“小警察，世界上的左轮枪有的是，你那套推理漏洞百出！”

“可是柯尔特蟒蛇牌左轮枪并不多，这是名枪，已经停产好些年了，在中国也没几把。”周坚追了句。

苏雪丹停下脚，转身看看他：“我倒真希望是我！”说完举起手对准他瞄了下，嘴中发出一声响：“啪！”然后走了。

如果真是自己弄丢的那把左轮手枪作的案，这老天爷真是长了眼了。会那么巧吗？苏雪丹坐在出租车上还一直在想这事，这劫匪居然是歌舞团舞厅的保安！什么来头？怎么会死在这？被什么人打死的？……半天没有理出头绪，一阵心烦意乱，她干脆不想了。晦气！后天就去朱迎宝那里，告诉他，你要是真看上了老娘，我就嫁给你这个王八蛋！谁怕谁啊，大不了再离一次婚！

44

两天很快过去了。

这天上午,朱迎宝在设计室看设计师新出的图样,秘书进来说:“朱总,时装团的人来了,在办公室等您。”

朱迎宝奇怪地说:“不是约好下午3点吗?”

秘书说:“来人说情况有些变化……”

“是苏雪丹?”

“不是。一个男的。”

朱迎宝一惊:“男的?谁呀?”

“他说你们认识。订货会和苏团长一起来过。”

朱迎宝想了下,是那个大胡子仇志华?他为什么会来?苏雪丹派来的?他自语道:“这个苏雪丹,又搞什么名堂!”对设计师说:“袖口再改一下,我回来看。”说完向办公室赶去。

朱迎宝走进办公室,欧阳平坐在沙发上,看见他马上站起来。朱迎宝奇怪地打量他:“你是?”

欧阳平说:“我叫欧阳平。我们见过面,在黑豹订货会上,我在场……”

朱迎宝打量他,想起来了:“哦,那个跑来跑去照相的?”

“对,我现在是银雀时装团的团长。”欧阳平递过一张名片。

朱迎宝“哦”了声。马上反应过来,这个身份可不一般。“银雀?市歌舞团的?”

“对。”

朱迎宝打量欧阳平:“没听陈功德说过有你这么一个团长……”

“我是刚任命的……其实也有一段时间了,开始当副团长,负责内部管理和业务培训,所以很少出来。”

“哦,你来是……?”

“想和贵公司进行长期合作。”

朱迎宝愣了下,接着笑起来:“借钱?”

“不是借钱,是合作。”

朱迎宝揣度着对方的真实来意。“是陈功德派你来的?他和我说了几次,按理说我们目前还算是亲戚,应该帮忙,不过我是个商人,投入要和收入成正比,不,应该说要大大高于投入,你们那个团,合资搞的,成分复杂,水平到底怎么样,也很难说,而且后面还拖了个歌舞团的烂摊子,我不想蹚这浑水……”

“朱总这是只看到了表面现象,如果你换个角度看,就发现这其实是优势,银雀团是独立的法人,和歌舞团没有债务关系,但同时又可以使用歌舞团的资源,刚才朱经理说要用最小的投入换取最大的收益,为什么不比较一下呢?”

欧阳平说话不紧不慢,话中有话,这让朱迎宝有些心动了:“你说下去。”

“一年二十八万。除了冠名外，歌舞团小剧场也改为黑豹剧场，门票印上黑豹二字，凡是来看节目的人都会知道黑豹。”

朱迎宝觉得这有点意思了，盯着他：“还有吗？”

“歌舞团有乐队，如果贵公司举行什么庆典，比如公司成立五周年时，乐队可以用黑豹乐队的名义演奏，当然，这是临时性的，用一次，算一次，但只收适当的劳务费，实际上这个乐队也就算是黑豹的了，虽然这二十八万没有包括乐队，但是附带的优惠。”

“唔，买一送一啊。”朱迎宝笑了下。

“再有，歌舞团有强大的编导演员力量，准备编排一台《梦红楼》大型时装歌舞节目，然后全国巡回演出，也可能出国，现在已经有国外的机构知道风声，邀请我们了，我们可以用黑豹时装艺术团的名义演出，扩大影响，将黑豹的品牌打到国外去。当然，这个费用二十八万是打不住的，但是绝对物有所值！朱总如果感兴趣，可以再谈。”

朱迎宝打量着对方，要认真看待这个新任团长了，没想到陈功德手下竟然藏着一个高人！广告宣传其实就在创意，让人意想不到的创意！

朱迎宝再仔细看看手中的名片，心中一动，问：“你原来跟苏雪丹干过，现在离开了？跳槽？你……等等！”他再看看名片：“欧阳平？苏雪丹原来的丈夫就是欧阳平！”

“是我。”

朱迎宝惊讶地打量他：“光是听说，我还真没对上号……这个样啊。”

欧阳平心想他这是什么意思？我这是什么样？我应该是什么样？难道当苏雪丹的丈夫还有一个标准模型不成？

“我的样子让朱总失望了？”他不卑不亢地问。

“不不不，不是这个意思……”朱迎宝仰头看看天花板，苏雪丹的前夫前来要求合作，这事有意思了。他笑了声：“这事有意思了……”他背着手走了两步，想了一阵，看着欧阳平：“你知道苏雪丹准备和我合作的事吧？”

“知道。”

“你在向苏雪丹挑战？”

“公平竞争。”欧阳平沉稳地说。

“苏雪丹知道你来吗？”

“我关心的是您的态度。”

“哎，我问一个私人问题啊，”朱迎宝忽然想起了什么，身体前倾，一副贴心的样子：“咱们男人之间的问题，不会介意吧？”

“问吧。”

“你们两个离婚，是她离你还是你离她？或者……”

“她离我。”

“哦，我想也是。什么原因？”

欧阳平微微一笑，反问道：“我想问朱总，你想和苏雪丹签约，仅仅是出于业务考虑吗？”

朱迎宝愣了下，说：“坦率讲，有感情因素，我喜欢她。她很漂亮，有气质。当然，脾气是大了点，不过我喜欢这种款的，我……”

“她不适合你。”欧阳平不客气地打断他的话。

“怎么？”朱迎宝脸色变了。

“她不会爱你。”

“你怎么知道？”朱迎宝放大声音，有些恼怒了。这意思是他不够优秀？如果是别人说的，他大不必在意，但从苏雪丹前夫口中说出的话分量就不一样了，要认真对待。“你说我配不上她？”

“不是你的问题，是她的问题。我了解她。”欧阳平站起来，“刚才我说的，希望朱总认真考虑。”说完向门外走去。

朱迎宝看着他走到门口，忽然叫了一声：“等等！”

欧阳平站下了，回头看着他。

朱迎宝站起来，走过去，一手撑着门框考虑着什么，然后问：“你的模特怎么样？”

欧阳平稍微怔下，“一流。”他本以为朱迎宝还会问苏雪丹的事，没想到对方问起了模特，这是不是意味着事情有了转机？

“比苏雪丹的团呢？”

“不差。”

“有比卢燕燕强的吗？”

欧阳平顿了下，他大致明白对方的用意了，这个关口必须顶上：“有。”他说。

“你叫来我看看。”

“现在？”欧阳平惊问。

“现在。”

欧阳平盯着朱迎宝，看出对方是认真的。这个朱总真有点怪，说到风就是雨，倒是雷厉风行啊，不过这说明他确实动心了。他想了下：“我打个电话。”他走出门，摸出手机，考虑了阵，叫谁来呢？必须找一个拔尖的，让他眼前一亮！如果真能从他这里掏出些钱来，既可以启动《梦红楼》项目，也可以给陈功德减轻一点压力，先还个十万给银行，撒点胡椒面表示还款诚意，也许能拖上一阵子。考虑再三，他决定给郑云虹打电话，只有她能镇住这头豹子。铃声刚响了两声就断了，传出“电话忙，无法接通”的提示音，欧阳平想这糟了，明明通了，郑云虹却不接电话！只好另外找一个了，温丽梅也可以，温丽梅和郑云虹个头一样高，略为丰满一些，没有郑云虹的骨感，不过亲和力挺好，笑眯眯的，易讨人喜欢。他正要给温丽梅打电话，手机响了，接听，竟是郑云虹的，声音低沉：“谁给我打电话？”

欧阳平赶紧说：“是我，欧阳老师。”

“哪个欧羊？欧洲进口羊？”

“我是欧阳平呀！”欧阳平急了，“我需要你帮忙！”

“哦哦……欧阳平老师啊……”

欧阳平听见里面声音嘈杂，问：“你在哪里？干什么呢？”

“我在看电影，《纽约黑帮》，嘿，好戏来了，要动刀子了……”

“你听我说！你赶快到黑豹公司来好不好？就是你第一次去演出过的公司……对，你叔叔的公司！有个非常重要的业务需要你来一趟……”

“业务？什么业务？”

“模特业务。”

“我不是模特。我对模特没兴趣。”

“那……你只要来一趟就成。”

“可我要看电影啊。”郑云虹说，“马上就是高潮了……”

“你要多少时间完？”

“大概……大概还要1个小时吧……”

“喂，你帮我一下好不好？马上来！”欧阳平急了。

“不行，电影完了再说……”

电话断了，再打，竟然关机了！

欧阳平想，这是你自己造的孽，那次伤了人家的心了。他不再抱希望，打电话给温丽梅，这次倒是顺利，温丽梅在屋里百无聊赖地呆着，欧阳平让她打扮的漂亮一点赶紧赶过来。温丽梅问：“有出场费吗？我的唇膏底粉该买了，很贵的，便宜的伤皮肤啊……”欧阳平说：“有钱！快来吧！”收了电话，心中愤愤不平，什么关头了，说什么出场费！又一想，人家女孩子的开销大，没钱她拿什么打扮？再说她就靠这个生活，你那一点工资管什么用，当然认钱了。她来了后，自己先掏二百块钱给她。只有这样。

欧阳平回到屋里，对朱迎宝说：“人很快就到。”

朱迎宝两手交叉活动着手腕，上下打量他，慢慢地说：“欧阳先生很干练啊。陈功德有你算找对了人。”

欧阳平说：“我是尽力为之。”

两个人东拉西扯一阵，不再谈苏雪丹，似乎是有意回避。

一会，门口出现一个人影："喂，这是总经理办公室吧？"

欧阳平一看，郑云虹站在门口！他大喜过望，赶紧过去，却发现郑云虹面若桃花，眼睛迷离，身体有些摇晃，他小声惊问："你怎么……"

"喝了点酒。"郑云虹打个嗝，"啤酒。"

"看电影喝酒？！"欧阳平惊愕道。竟有这种事！

"才够劲呢，没见过？……"

欧阳平紧张地看了眼朱迎宝，后者正惊讶地望着他们。欧阳平低声急道："你……人家朱总要看我们模特的水平啊，你配合一下好不好？"

郑云虹看看朱迎宝，大声说："我当是谁，朱总！叔叔！"

朱迎宝过来，打量郑云虹："小虹，你这是怎么啦？脸那么红？"

"我什么怎么啦？我训练完了，累了，洗个澡，又被猴急的找来，跑得上气不接下气，能不红吗！"郑云虹并没有说自己在电影院喝酒。

"你……不是在苏雪丹那里吗？怎么又到银雀时装团去了？"朱迎宝觉得奇怪。

"我属于自由人，爱上哪上哪。我马上毕业了。要选个职业。"

"不是……你不是不当职业模特的？"朱迎宝皱着眉头盯着这个桀骜不驯的侄女。

"那也要看跟什么人合作。人对了劲，干什么不当？再说，得帮一下我那可怜的老爸不是？"

朱迎宝正要说什么，秘书进来道："朱总，浙江的刘总来了……"

"哦，好。"他对欧阳平说："抱歉，今天这样吧，我有个重要客户。……"

"哎，你不是要看我们团的模特吗？郑云虹是一个，还有一个在来的路上……"

朱迎宝摆下手："我知道了。你的建议很有意思，我考虑好后给你回话！"和他握手告辞，刚转身走，郑云虹叫道："哎，还有我！怎么忘了？"朱总只好和她握下手："没大没小的……"

"还小？不少人到我这年纪都生孩子了。仨俩的有的是。"

朱迎宝咧下嘴："你看你说的什么话，欧阳平先生，你好好管教管教她……"说完匆匆走了。

欧阳平看看郑云虹："谢谢你。"

郑云虹没好气地说："谢什么，耽误了我半场好电影，正看得上劲呢！……"

"以后我陪你补上。"

郑云虹眼睛亮了："说话算话哦！"说着就要和他用小指头拉钩，欧阳平看看她的手指，笑笑，伸出手指拉了一下。两个人往外走，郑云虹趔趄了下，欧阳平赶紧扶住她，郑云虹顺势挽住他胳膊，欧阳平责怪地说："你怎么喝酒呢？一个女孩子……"

“女孩子怎么了，我愿意，我……”郑云虹正想说什么，忽然鼻子一耸，抽抽噎噎哭起来。欧阳平大惊，赶紧问：“怎么啦，你怎么啦？”

“没什么，我就是想哭！”她抹了下脸，忽然又笑起来。“好啦，又想笑啦……”话是这么说，眼泪却一个劲往下流。

欧阳平惊慌地四下看看，又哭又笑的，别人看见不定认为是什么事呢，他掏出手绢给她，郑云虹拿过来胡乱擦着。到了大门口，正看见温丽梅匆匆忙忙赶来，欧阳平赶紧说：“不用了不用了……已经完了。”温丽梅脸色骤变，看看她，又看看郑云虹，欧阳平赶紧抽出胳膊，摸出两百块钱给她，“劳务费。”温丽梅接过钱立即笑起来：“欧阳老师，以后这种业务还是叫我啊。”

欧阳平苦笑了声：“一定一定。”心里却道，你想得美！什么也不干就拿了两百块，你还让不让我活了？

苏雪丹下午三点准时来到黑豹公司。

朱迎宝正在召集几个人开会，看见苏雪丹进来，对那些人说：“就这样了，各负其责，谁出了问题打谁的板子。”几个人看看苏雪丹，互相暧昧地笑笑，走出去。

朱迎宝看看手表，对苏雪丹说：“很准时啊。”

“敢不准时。”苏雪丹坐下。

“考虑的怎么样了？我现在可是揪着心等回话哪。”朱迎宝开门见山。

“朱总，我觉得，这是两个问题，不应该捆绑在一起。不过，我确实想跟朱总合作，我想我们可以找到一个两全的办法。”苏雪丹还想做最后的努力，实在不行，就豁出去了，订婚就订婚，只要不进洞房，就有回旋余地。

“很为难，是吧？”朱迎宝点点头。“我也觉得唐突了些。不过，如果你答应，我还是履行我的责任，马上签字，虽然吃亏一些。”

“朱总什么意思？”苏雪丹脸色变了，“你没必要侮辱人！”

朱迎宝赶紧解释：“不是这个意思，我哪配得上你！真的！……我是说，有个模特团出二十八万买冠名权，还有其他的一些优惠服务，真的。上午来谈的。”

苏雪丹愣了下，这是在压价，老伎俩。“他们的模特绝对没我们的好。质量不同，价格就不同。”她说。

“我看他们的也不错，郑云虹，你也看好她的。可以算是顶尖了。你们那里只有卢燕燕可以有一拼。”

苏雪丹愣了下：“银雀来了？”

“实不相瞒，他们上午来谈的。你猜不出是谁来的……连我都大吃一惊。”朱迎宝故意停下了。

“谁？”

"欧阳平,你的前夫。我看他满有头脑的,让我支持他搞一台《梦红楼》的大型时装歌舞……"

"梦红楼时装歌舞?"

"对。有创意,是吧?不过我不喜欢他的判断,他说你不会爱上我,你会吗?"

苏雪丹想了想说:"没准呢。"

朱迎宝立即笑了:"难得!这个没准就说明有希望。苏团长,我的大门永远对你敞开,不过我也要考虑企业的长远发展,欧阳平的方案确实不错,我要和手下的人研究一下,今天我无法回复你。"

苏雪丹明白了,朱迎宝手上又握了一张牌。她哼了声:"怪不得朱总沉得住气,现在手上有筹码了。"

"这个筹码是你送给我的。不过它永远没有你分量重——只要你一句话。"朱迎宝直视着苏雪丹。"我的意思是,最好签协议和我们结婚一起进行……"

苏雪丹大吃一惊:"你说什么?!不是订婚吗?!"

朱迎宝笑了笑:"你吃惊了?我觉得订婚过于冗赘烦琐,既然两人真心相爱,何不一步到位?再说在结婚仪式上签订合作协议,多有创意!意义深远,大吉大利啊!当然当然,这个时间可以稍后推几天,总要准备一下。我的意思是婚礼从简。你看呢?"

苏雪丹呆怔了一阵,说:"你这样相逼,就算是成功了,不怕我半夜里拿茶壶砸你脑袋?"

朱迎宝笑道:"我戴个头盔。"又认真地说:"感情是会培养出来的,关键是要让它开头。我有信心让你喜欢我。"停下又说:"下不了决心是吧?我们两个都需要考虑考虑——我考虑合作的公事,你考虑我们的私事,——然后找到一个平衡点,不急着回话,但也不要老拿不定主意,你说呢?"

苏雪丹盯了他一阵,本来她的底线是打算答应订婚的,但朱迎宝突然来了个"一步到位",要结婚!要在结婚仪式上签协议!亏他想得出来啊!这都是因为欧阳平突然半路杀了出来,朱迎宝是何等精明之人,蚊子腿也会炒出两盘菜,何况……这个该死的欧阳平!她站起来:"我回去了。谢谢朱总的开导。"说完往外走。

朱迎宝赶紧跟上来:"我用车送你回去……"

苏雪丹看他一眼:"最好免了,我怕忍不住把你踢下车去。"

朱迎宝笑道:"不会吧,那要出人命的……"

苏雪丹哼了一声:"最好不要试一次。"又收敛笑容大声说:"你站下!"

朱迎宝不由自主站住了,随后又赶快跟上来:"我开车送你。何苦来呢……"

苏雪丹停下来,指着他的脚,大声道:"动什么?你给我立正!"

“什么……立正?”朱迎宝站下了,不解地问。

“两脚并拢!身体站直!挺胸收腹!没当过兵的,什么也不懂!”苏雪丹气哼哼地说完,快步走了出去。

朱迎宝两脚并拢站着,挺挺胸脯,再看看自己的脚,嘀咕着:“这就叫立正啊……”他看看远去的苏雪丹:昂着头,胳膊一甩一甩的,两条腿走得风快,好劲道啊,这让他想起电视上国庆阅兵女方队中的巾帼,嘁里喀喳的,啷啷啷啷的,他就是喜欢这样的女人。他的事业也需要这样的女人。

45

苏雪丹气急败坏地冲出黑豹公司,一时不知去哪里好,她来的时候想到了很多理由,既可以和对方的那种要求周旋,也可以让他签字,甚至答应订婚,可是,风云突变,这一切筹划全被欧阳平搅了!

欧阳平!你吃了豹子胆了!竟然撬了我的生意!这时候不找他问罪还等什么!她掏出手机,打欧阳平的电话,欧阳平接了:“苏雪丹吧?”

苏雪丹不等他说完,问:“哦,还认识我!你在哪?”

“我在家。”

在家,竟然还敢在家!

“你上午去了黑豹公司?”

“对。”

“你等着我!”苏雪丹关上手机,叫了辆出租车往家里赶。

20分钟后,她出现在家门口,临进门的时候,她稳了下情绪,欧阳平不会吓跑了吧?那样她就去追杀他,对,就这个词:追杀!

苏雪丹正要按门铃,门被欧阳平打开了,大概是听见外面的动静。苏雪丹吃了一惊,看着欧阳平,却见他神情平静,这个样子使她对朱迎宝的话产生了怀疑,为了压价乱说的吧?欧阳平怎么会去他那里呢!

苏雪丹进屋,问:“你今天上午真去了黑豹公司?”

“去了。”

苏雪丹盯着他:“你对朱总说二十八万就可以养银雀?”

“对。”

“这个价码……是陈功德让你去说的?”

“不,是我自己。我的主意。”

“嘿,巧啊,正好比我的报价低两万。”

“这样才有竞争力。”

欧阳平说这话的时候很平静,这让苏雪丹感到震惊,几日不见,这家伙道行见长了。她竭力压住自己的火气,问:“为什么?”

“银雀很困难。模特要散了……”

“他活该!”

“歌舞团又要被银行告上法庭,风雨飘摇……”

“好啊,太好了!又怎么样?”

“我身为团长,不能不管。”

“嚯!?什么时候成团长了?”苏雪丹叫了声。

“刚任命的。”

苏雪丹惊奇地看着他:“那陈功德算什么?”

“他是董事长。”

“韦明义呢?”

“董事团长。”

“那么你又算哪一门子长呢?”

“执行团长。”

“嚯嚯,执行团长。”苏雪丹冷笑一声,“无非好听一点,其实是跑腿的虾兵虾将。”

“不,董事会赋予我决策权。”

“是吗,一个英雄挺身而出了?你是什么狗屁团长?随便说说而已。”

“不,不是狗屁团长,是正式任命的执行团长。”欧阳平认真地说:“陈功德团长在歌舞团大会宣布的。执行团长。”

“那也是弄着玩的。要给什么执行团长,我这里有的是,一甩一大把,我马上就任命仇志华是执行团长。还有汪琴,也可以是执行团长,这有什么啊。还不得听我的,执行我的命令!”

“我没说当你的执行团长。一身不能兼二职,一仆不能事二主。”

“嘁,想得美!那我也要啊。”

“反正我想尽自己的一份力,也许管不了用,但是要试试。”

苏雪丹瞪着欧阳平,这是来真的了,她忽然有种被欺骗的感觉,欧阳平不是她所想象的那么简单。“你,还真上劲了!试试什么?搞什么红楼梦时装歌舞,好气派啊。”

“那不是红楼梦,是梦红楼……”欧阳平纠正道,又低声说:“也可以说是……我的梦。”

“我不管谁的梦。梦就是梦,不是现实!”苏雪丹围着欧阳平转着圈子,上下打量他。“欧阳平,到底怎么了?真做梦了是怎么着?你是去了银雀,可你是我们的卧底呀。”

“我不是什么卧底。我为什么是卧底?”

“你……”苏雪丹一时想不出理由,干脆说:“因为我让你当卧底,所以你就是卧底!”

欧阳平看看她,平静地说:“第一,我不是你的部下,你没有权力指挥我;第二,现在我和你也不是夫妻,同样没有帮助你的义务。”

“嘿,欧阳平!你可真是长大了!”苏雪丹火冒三丈,逼到他面前,“我告诉你,你必须退出银雀!明白吗?”

欧阳平看着她,没说话。

“你这是和我作对!和李淑敏作对!你怎么了?啊?你疯了?我刚才的话你听见没有?”

“我不是聋子。”欧阳平退后一步,嘀咕道。

“那你表个态!退出银雀。”

欧阳平看看她:“不。”

“什么?!”

“不。”

苏雪丹愣了,她真不知道怎么对付这个欧阳平了,看着欧阳平那张平静的脸,她既感到迷惑又有些恐怖,是的,恐怖……这家伙中邪了吗?她倒了杯茶水,想让自己头脑清醒一下,这时候对中邪的人大喊大叫是不管用的。她举起杯子,觉得自己的手在微微颤抖,她想我不能这样,好像我多在乎似的,好像我离开黑豹这份合同就活不了了。她又倒了一杯茶,放到欧阳平面前:“喝水。”

“谢谢。”欧阳平拿起茶杯啜了一口。

苏雪丹坐下来,情绪在逐步稳定,为了表示自己大度,又把右腿搭到左腿上,一副闲聊的样子。“请坐。欧阳平先生,我们好好谈谈。”

欧阳平坐下了,也把一条腿搭在另一条腿上,只不过是左腿压右腿。苏雪丹瞟了一眼欧阳平的脚,心中闪过一个念头:男左女右?他有寓意的?表示他从此翻身了?

“说说真实原因。”苏雪丹稳住情绪,口气诚恳地说,从刚才的激烈对峙到现在的温和细语,只是一瞬间的事,她为自己有如此涵养吃惊。

“刚才我已经说了。”欧阳平不为所动。

“不对,还有别的。”

欧阳平看看她:“真想听?”

“对。”

欧阳平放下一条腿，两膝并拢，两手放在膝头上，表示下面说的话是经过深思熟虑的。“你看，结婚是你说的，我愿意，后来离婚也是你说的，我也同意，再后来你说暂时不离，我照你说的办，再后来你说还是离吧，我就离。我说过不字吗？没有。现在我要说：不。”

苏雪丹一时没听明白，这是赌气还是怎么的？

“还有？”

“再后来你说当卧底吧，我就当了。我不喜欢什么卧底。我当的很痛苦。既然我为银雀服务，既然我对银雀付出了心血。我就想它好。”

“哦哦……还有。”

“你和黑豹合作，这是你的事，可你不应该拿什么爱情婚姻交换，伤害别人，也伤害自己。”

“你怎么知道我是交换？也许我就是爱上了朱迎宝！”

“你没有！你从来就没有真正爱上过谁！”欧阳平猛然吼道。

苏雪丹吓了一跳，这是欧阳平为数不多的大叫，结婚几年，她几乎没有看见过欧阳平发火。好家伙，一来挺吓人的。

“好吧，继续说。”苏雪丹竭力保持镇静，如果真如欧阳平所说，自己从没有真正爱上过谁，那也太可怕了。他真把她刺痛了。

“没了。”

“我看还有。”苏雪丹盯着他说，“你看来是真正有爱情了，为了郑云虹！”

“不是！”欧阳平赶紧否认。

“怎么不是！她是陈功德的女儿，你在帮你的老岳父！”

“瞎……说！”

“紧张了？看看，脸都红了！你别否认！从她来这里那天我就看出来了，你们男人我还不了解，见了漂亮女人哪有不动心的！好啊，你好好干吧，你以为我怕你？咱们就好好斗一场。不过我倒是想看看你在李淑敏那里怎么交代！”

“我……”欧阳平有些软了，他也不知道为什么，一提到李淑敏就心气不足，他是欠了李淑敏什么。“不是那么回事，我会跟她解释的。这和爱情无关。”他站起来，进了里屋，过了会出来，手上提着行李箱和捆好的被褥。

苏雪丹看看他：“搬走？”

欧阳平说：“歌舞团给了我一间办公室，工作方便些……”

“搬到陈功德那里？”苏雪丹吃了一惊，“不去郑老师那了？”

“对。”

苏雪丹愣了阵：“决心挺大啊，不过教书可就不方便了……”

“我准备辞职。”

苏雪丹瞪大眼睛:“你,你真是疯了！不留后路?”

“没有后路。”

“假如……”

“没有假如。”

苏雪丹哼了声:“这一套跟我学的……不过,你永远赶不上我,知道为什么吗?”

欧阳平看看她,苦笑了声:“你漂亮呗,不过漂亮女人大多是跟孤独为伍的,曲高和寡。”

“好像你的朋友遍天下了!”苏雪丹不屑地撇下嘴,“……告诉你,为什么你不行,因为你不懂策略,什么是策略？就是嘴里说的和心里想的不一致,你不会撒谎！这没法在社会上混！你太老实了,老实得迂腐!”

“我不认为撒谎是优点。”此时欧阳平已经完全镇定下来,他很愿意和对方探讨道德方面的问题,苏雪丹的为人处世哲学他早就想批驳一番了。“撒谎伤害别人,也伤害自己。”

“错！撒谎有善意恶意之分,你见到一个一般的女人你应该夸奖她漂亮,这伤害谁了？这种善意的谎言你也不会说！所以你就没有闯荡天下的素质!”

“我觉得告诉对方真相更能引起对方尊重。”

“傻蛋啊,人家不给你一个嘴巴算好死你……有些真相永远是不能说的……好吧,你就当你的傻蛋吧。咱们走着瞧,哼。”

欧阳平看看里屋,说:“我那些书,一时搬不走……”

“放心,我给你保管好。欧阳平,不过我告诉你,你是上了一条破船,靠你一己之力,保不了它。”

欧阳平笑笑,他现在反倒觉得轻松了:“我没多想,就是想为国家作点贡献。再说……凡事没到最后,都没有定数。红楼梦为什么没有写完？因为曹雪芹不知道后事,我也是这样。”他往外走,苏雪丹又叫道:“等下!”她转身到里屋提了个黑色手袋出来,走到欧阳平面前,上下打量他,看得欧阳平有些发毛。莫非她要用这个手袋当链球抡他一家伙？“欧阳平,”苏雪丹一字一顿地说:“以前我以为做不了夫妻可以做朋友,看来是错了,没有朋友,只有对手——起码我们两个是这样。你今天对我说不,说得好,我倒觉得有点新鲜了,你记着,要走下去就一条道走到黑,别中途掉链子,让我看不起你!”说完从手袋里掏出两摞钱放到他怀里:“这是欠你的两万。算是出门的盘缠。咱们两清！说真的,今天我倒觉得你有那么点……可爱了！……”说完猛地抱住他的脸,对着嘴一口吻上去,欧阳平觉得一阵钻心的疼,不禁大叫一声。苏雪丹一把推开他:“滚吧,战场上见!”一掌把他推出门外,砰地关上门。

欧阳平站在那里,觉得嘴里有些咸,手一摸,是血,嘴唇被苏雪丹咬破了!

晚上十点，欧阳平来到李淑敏住房外面，他抬头看看六楼窗口，灯已经熄了。他低头看看自己，兰花路灯将他的身影射在地面，像一堆沙丘。金银花散发着香气，他随手扯下旁边花圃中冬青树的叶子，考虑着该怎么办。一对老夫妇牵着一只皱眉皱脸的沙皮狗路过，狗很感兴趣地闻了闻他的脚，突然腿一跷，撒了一柱尿，老夫妇赶紧将狗牵走，一边跟他道歉。欧阳平苦笑了下，这是什么兆头？他再次看看六楼的窗口，不行，一定要好好和李淑敏谈谈。他要告诉她自己在银雀干不是为了郑云虹，是另有原因，另有苦衷。本来他认为李淑敏会给自己打电话的，苏雪丹肯定把自己的事告诉李淑敏了，可李淑敏并没有来电话询问，刚才他忍不住打电话给李淑敏要求谈谈，但李淑敏说今天很累，以后再说。他察觉不妙，这里有误会，谁知道苏雪丹是怎么说他的，必须尽快见到李淑敏。

他用手绢小心地擦下嘴，拿出手机打电话，陈小萍接的，欧阳平说："你让李主任接电话。"

陈小萍为难地说："欧阳老师，干妈睡了……"

"你让她接电话！"欧阳平烦躁地说，"她不接我就在楼下嚷嚷，我学狼叫！呜呜……"他果然直着脖子嚎了两声。"就这样子，叫一夜，出事了她负责！"

陈小萍惊慌地跑开了，过了一会，李淑敏接电话了："欧阳平，你发酒疯啊？！"

欧阳平说："你下来！我有话跟你说！"

"太晚了……"

"那我上来，不开门我就砸，让全世界都知道……"

"哎，你……你等着，我马上下来。"李淑敏妥协了，扔下电话。

过了一会，李淑敏出现在楼门口，欧阳平赶紧迎上去。李淑敏看看他："苏雪丹说你在发疯，好像真是这样。"

"她已经跟你说了，是吧？"欧阳平叹口气："我怕是真要发疯了！"

"你的嘴怎么了？"李淑敏察觉他有些口齿不清，注意地看看他的嘴。

欧阳平掩饰道："不小心碰的……我们去茶坊。"

"这么晚了，有什么话在这说吧……"

几道电光射过来，是治安巡逻队的，好奇地看着他们。

李淑敏改变主意："走吧。"

两个人来到金庐茶坊，要了一壶菊花茶。欧阳平迫不及待地问："苏雪丹都跟你说什么了？"

"也没说什么。"

"不不不，她到底怎么说的？这时候咱们就不必猜谜语了。"

李淑敏看看他："她说你当上银雀的什么执行团长了，成官迷了，不能自拔了，誓和银雀共存亡。"

“就这些?”

“她说今后你就是我们的冤家对头,你死我活。”

“还有吧?”

“没了。”

“不可能!”

“怎么不可能?”

欧阳平顿了下:“她没说郑云虹的事?”

“郑云虹?”

“陈功德的女儿。”

“没有。哦……她说了你的王牌就是郑云虹,顶尖模特。可我们模特的整体实力比你们强。”

“只说了这些?”欧阳平不免有些失望。

“你想让她说什么?”李淑敏看着他,“欧阳平,我真有些弄不明白了,你是怎么回事,当真了?”

“可以这么说。”欧阳平想了想,看着李淑敏:“难得陈功德如此信任我,也难得有这种机遇,我想搏一搏,我是个男人,我三十三岁了,一事无成!我想做点事情。在学术上,我是无能为力了,我不是教书的料,可在其他方面,也许我有出头之日。否则,我枉为人生一世!这点,你可能不会明白。”

李淑敏看着他,过了会说:“我好像明白点了,男人的通病……”她笑了下,笑得有些生硬:“歪打正着,当间谍对了你的心思,或者说释放了你的野心……”

“不是野心,是雄心。多年来我寻找的就是这个。”

“你想和我谈什么?策反我?也让我当卧底,给你提供情报?啊,好像我已经给你情报了,你给黑豹的报价,恰恰在苏雪丹的报价之下,不是巧合吧?”

“这个,实在抱歉,确实是听你说的……”欧阳平有些心虚地避开她的目光。

李淑敏盯了他一阵,冷冷地问:“你不觉得有些卑鄙吗?”

“我没考虑这么多,或许我给你添麻烦了。”欧阳平急切地解释,他可不想让对方觉得自己有人品问题。“实际上我厌恶什么卧底,双重间谍,这不是我做人的原则,如果为他服务,就要一心一意。我要说的意思是,我帮银雀不是哪一个人的原因,更不是为了郑云虹……”

“你不用表白,我们之间是自由的,没有承诺……”

“淑敏,”欧阳平一把抓住李淑敏的手,“当年我错过一次,现在不会再错了!你相信我!”

“当年是不是错现在还很难说。如今你做得对不对也只有走着瞧。不过既然成了对头,那就当个有点水准的对头,希望你有所成就。”

“这和感情是两码事。再说双赢也是可能的,我们为什么不能共同发展?”欧阳平感到痛心,李淑敏怎么会如此平静呢?他知道,如果这次李淑敏再次拒绝他,以后恐怕就再没有机会了,或许两个人真成了对手。

“双赢要看天意了,没那么容易。”李淑敏沉思了一会,“看来你是下定决心了,竟然辞职,我担心的是,一个书生,一腔热血,一时冲动,可你和苏雪丹不一样,你对模特这行当又了解多少呢?”

“不多。”欧阳平承认,他思索了一会,又说:“还是知道一点,模特虽然在西方已经有百年历史,但在我国还是个新兴的行当,当初模特是和时装艺术联系在一起的,而根据我国国情,时装模特不仅仅是时装展示了,在经济领域里几乎无孔不入。不管你怎么看她,市场选择了这种美女文化……”说到这里,欧阳平停顿了下,端起茶杯喝了一口,接着又道:“你看,现在的模特用途越来越广泛,从刚开始展示推销服装到各种产品的展示宣传包括大到房子汽车小到指甲油鞋刷子几乎无孔不入,这是市场的选择,美女模特能吸引人的眼球,男人欣赏美,女人攀比美,孩童崇尚美,老人怀念美……美能征服一切!”他的脸颊微微泛起红潮,语速越来越快,声音也铿锵有力起来,好像他已经站在了讲台上,面前是一群洗耳恭听的学生。“所以当今全球最大的模特经济公司福特公司能从几千美元赚到上亿美元,所以全球的美女层出不穷方兴未艾。在中国,必须结合国情,与其让我们不成熟的模特去和国际接轨,不如让单纯的服装经济模式走入我们自己独特的轨道,既然群众爱看模特,那就让她进入文艺舞台,成为一种新型艺术形式,这就是我为什么选择市歌舞团的原因。既然市场抛弃了歌舞团,那就从市场中找回歌舞团!歌舞团死不了,歌舞团的出路就在我这里!”欧阳平握住拳头,有力地挥舞了一下,结束了演讲。

李淑敏惊异地看着欧阳平,她得承认,不管欧阳平是不是有点过于自信,甚至有点牛皮哄哄,但是很有激情,而这激情让他充满了男人的魅力。好久没有见到欧阳平如此光芒四射了。过了一会,她叹息了声:“原来你是有备而来啊。……这些你想了多久了?”

“我不知道。也许,早就有想法了,只是不成熟……”

李淑敏沉默了一会,看看周围,又看看他:“我需要重新认识你了,包括苏雪丹。”

两个人都意识到,过去的情感一去不复还了。

过了两天,欧阳平又去了一次黑豹公司,询问合作的事。朱迎宝很客气地接待了他,但不明确表态,而是说正在考虑,他说这笔钱肯定是要花的,但怎么花,花多少,要考虑,反正会在你和苏雪丹两人中选择一个。朱迎宝不露声色,但欧阳平分明看到他内心的得意,他在玩着一个古老的游戏,让你们鹤蚌相争,他当一个渔翁的角色。

欧阳平决定先把这事放一放，让时装团到新月歌舞厅去演出。否则，模特全玩散了。

他找到歌舞厅经理向其顺，把来意说了下，向其顺很爽快地答应了，说陈团长已经打了招呼，热烈欢迎银雀飞到自己的窝里演出。不过歌舞厅虽然是歌舞团的地盘，但是他承包的，因此还得按市场规矩来：试演三场，也就是说前三场是不给钱的。效果好就签两个月合约，价钱再谈。“我不知道你的水平怎么样，顾客喜不喜欢。我需要的是够劲的，刺激的。”向其顺吐着烟圈说。“如果观众不喜欢，我也没办法。”

欧阳平说：“我们的节目没错的。”

“是吗，看了才知道。”向其顺淡淡地说，不大相信的样子。

从向其顺那里出来，欧阳平有些不安，虽然在向其顺面前打了包票，但试演效果如何心里并没有底，他马上给郑云虹打电话，约晚上看电影《深海危机》。郑云虹电话里惊喜地问：“怎么想起来的？”

欧阳平说：“不是拉钩了吗！君子一言啊。”

晚上八点，欧阳平赶到光明影院，郑云虹已经来了，穿着条白色长裤，上身是红色无袖短衫，背了个银灰色的小背囊，亭亭玉立站在那，吸引了不少人的目光。欧阳平心里叹道，模特就是模特，随便一站就是个模样。郑云虹发现欧阳平，立即欣喜地过来，很自然地挽上欧阳平的胳膊，说：“票已经买了，进去吧。”

欧阳平有些僵硬地跟着她往里走，郑云虹比他高一点，像只高傲的天鹅。欧阳平不得不承认，身边有这么个出众的女孩，是很能满足男人的虚荣心的。

两个人坐下来，郑云虹看看四周：“人不多……”

欧阳平也看看：“是啊，人不多……”

郑云虹又说：“但这片子确实不错。得奖的。”

“是啊，肯定不错。”

郑云虹看看他，忽然扑哧一笑。

欧阳平看看她：“你笑什么？”

“你怎么有些紧张？”

“我……”欧阳平下意识地摸摸自己的脸，心想我是越走越远了。“不是说片子挺惊险的吗！”他慌乱中找了这么个很幼稚的理由，说完了又想掐自己两下，撒谎太没水平了，苏雪丹说得对。

郑云虹并没笑，好奇地看看他，问：“你和苏老师看电影时也是这样？”

“我们很少看。”

“你在想什么事吧？”

欧阳平说：“小虹……”他第一次称她为小虹，觉得有些别扭，但是不如此称呼不足以表达自己的心境,他现在迫切地需要她。这是不是撒谎的一种形态呢?苏雪丹说他不会撒谎,其实他还是会的。

郑云虹看看他,显然对这种称呼心领神会,她握住了欧阳平的手,欧阳平颤抖了下,开始了,我已经不可挽救了。不可救药了。郑云虹的手和苏雪丹、李淑敏的手又不一样,苏雪丹的手滑腻温软带着一股情欲,李淑敏的手有一种正义的骨力,而郑云虹的手宛如一只小白鸽子的翅膀,让人想到蓝天白云、雨后彩虹。“小虹,我们要到新月歌舞演出,你知道了吧?”

“听说了。不过我没兴趣。”郑云虹从背囊里摸出一条口香糖,剥开纸,递到他嘴边,欧阳平正想问“为什么”,那糖已经半条进了他嘴里,他只好咬住,含混地问:“为什么?”

“那种地方有什么艺术?乌烟瘴气的。”她看看欧阳平:“和你的‘梦红楼’没法比……哎,我要在里面演王熙凤啊……”

“这没问题,可目前要把歌舞厅演出搞好,起码可以增加表演经验,你是没问题,其他模特呢?总不能闲着。”

“那就演呗。”郑云虹也往自己嘴里塞了条口香糖。

“演也不是那么简单的,对方提出要审查三场,节目要热烈刺激好看,否则不接。我看了银雀以前的节目,老气了些,起不了气氛。”

郑云虹沉吟下:“可以把苏雪丹的那个拿左轮手枪的节目移植过来,这个节目很煽情绪的。”

欧阳平想这个办法好,郑云虹当初就是这个节目的领衔主演,让她教其他模特就是,至于服装和道具,都是小问题了,牛仔服和左轮仿真玩具手枪到处都是,投资成本几千块就够了。不过如果苏雪丹知道了肯定暴跳如雷,你剽窃老娘的成果!她肯定跳起脚骂。这没办法,市场竞争嘛,既然已经和苏雪丹翻了脸,那就翻个彻底,索性大干一场。他高兴起来,问:“你再想想,还有什么?……”

郑云虹头一扭,撅着嘴:“我不想了,要想等会吃夜宵想,现在要看电影。”

欧阳平看看她,怎么回事,这女孩,说变脸就变脸?

郑云虹回头笑笑:“夜宵你请客啊,电影票要含吃饭的!”

欧阳平怔了下,反应过来,也笑了:“没问题!”吃饭意味着什么,他很清楚。别自欺欺人了,欧阳先生,你是喜欢这个女孩的,他对自己说,但是你要有分寸尺度,你不能陷进去。

第六章

46

上午,苏雪丹坐在沙发上养神,她的两颊贴着黄瓜皮,眼皮上和眼角擦了些蜂蜜,这是她从美容杂志上看到的皮肤护理偏方,好像还挺管用,糊弄下来,脸上清爽许多。她坐了一会,站起来,半睁着眼睛摸到卫生间拧了把湿毛巾搭在额头上,有些发烧,这些天太累了。自从和朱迎宝谈崩后,她另外找了一些厂商家谈判模特表演的事,嗓子都说哑了,但却没有一个最后敲定,这些家伙说的时候兴高采烈,但一听报价,都装起了哑巴,说回去研究一下,结果就没了音信。苏雪丹对他们并不抱多大指望,但是要耐着性子和他们谈,一边谈一边开导他们,在诅咒这些吝啬鬼的同时不断安慰自己:我这是在培育市场,很伟大的,先驱。这些土老财不懂模特的作用,或者以为给口饭钱就能打发她们,以后他们会后悔的。苏雪丹对朱迎宝并没死心,因为对方并没有把话说死,只不过提出的条件太荒唐。苏雪丹决定撂他一阵。结婚是不可能的,断绝关系也是没必要的——这个世界多个朋友多条路,反正你要在经贸会用模特,到时你才会着急,除非你不用了。不过她认为朱迎宝不会放过这个露脸的机会,他如果没有这点市场嗅觉,那他就不是豹子了。至于欧阳平插了一杠子,搞那个什么"梦红楼",不是个小数目能解决的,要和负债累累的市歌舞团扯在一起,恐怕谁都得掂量掂量。朱迎宝不是傻子。

现在的关键还是要尽快找一些业务做,模特跟着你,是看你有能耐,能帮她们挣钱,能让她们出名,不然谁跟你?所以业务要一单接着一单不间断,否则,军心不稳,模特很可能私下走穴,甚至离你而去。

她取下毛巾,看了眼欧阳平住的房间,里面空荡荡的。现在才真正感觉到什么是离婚状态,以前的那种离婚日子和没离婚差不多,除了没有夫妻生活,其他的几乎没什么两样。欧阳平真的搬走了,走得大义凛然——他要救歌舞团于水火之中。

关他什么鸟事！竟然为此辞职！到目前为止苏雪丹也不明白欧阳平搬走的真实想法，绝对是中了邪！又一想，毕竟夫妻一场，连这个男人的真实想法都摸不透，也太悲哀了，她开始对自己重新审视了：是不是我的眼光有了问题。

电话响了，她拿起来，是仇志华从办公室打来的："深圳有个朋友介绍来一个生意，为厂商作服装广告，我就和他们谈了……对方要求马上签合同。"

"费用多少？"苏雪丹来了精神。现在太需要钱了，模特的表演服装要定期更换新的，设计和制作需要几万块钱。另外，模特训练用的高跟鞋也需要买了，这些日子训练走得狠，模特的脚丫子跟挖掘机一样，三天就吃坏一双鞋。

"给价挺高……可以说很高。是其他演出的好几倍。"仇志华说。

"那还等什么！签！章你找李淑敏，就在她的抽屉里……"

"李淑敏不干。跟我戗上了！"

"不干？为什么？"苏雪丹觉得奇怪。

"这个业务特别，电话上不好说。还是你来吧。……身体好点没有？要不然我来接你？"仇志华的话没说完，电话被李淑敏抢去了，口气挺冲："雪丹，苏团长，请你务必来一趟，这关系到我们团的声誉问题！"

苏雪丹放下电话，觉得有些不大对劲，仇志华吞吞吐吐，李淑敏语气严重。这是什么合同啊，这么神秘！不就是衣服吗！

她吃了片感冒药，出了门。

半个小时后，苏雪丹出现在训练场，汪琴正指点模特练习步态，看见她，低声说："李淑敏和仇志华吵起来了……"她用嘴努下办公室方向。

"为什么？"

"你去了就知道了。"汪琴皱着眉头说，"两个人本来就不对付。你让他们注意点影响，刚才一些模特听见了，议论纷纷，多不好，以为我们领导层怎么样了呢。"

苏雪丹进了办公室。屋里除了李淑敏和仇志华外，没有别人。两个人一见她，立即站起来。

苏雪丹奇怪地看看四周："就你们两个？客户呢？"

"被李主任撵跑了。"仇志华气呼呼地说。

"不是我撵跑的，是他们心虚。"李淑敏用手中的笔敲了一下桌子。"要我们模特表演什么乳罩裤衩……低级趣味！"

苏雪丹愣了下："乳罩裤衩？"

"不是乳罩裤衩，是高级内衣。"仇志华解释说。

李淑敏撇下嘴："换个称呼而已，耗子和老鼠有区别吗？"

"李主任，你这就是少见多怪了。"仇志华脸色很难看，"人家是世界知名公司……内衣秀是模特表演的普通形式。人家沿海城市多了去了。"

“我们这没那么开放！再说内衣有什么好看的？想看什么？你们男人就是心理阴暗！”

“你说谁呢？谁阴暗？”仇志华火了，嘴边的胡子炸起来，像是一只章鱼。“我觉得你心理有些……变态。对，就是变态！”

“谁变态？谁？！”

苏雪丹赶紧说：“不要吵好不好？咱们都是团干部，有点涵养风度。模特听见了影响不好，以为我们要散伙了。我们是要散伙吗？”

两个人互相瞪了一眼，不吭声了。

随后，苏雪丹问清楚了情况，来联系业务的客户是意大利丹妮内衣公司中国分公司，想打开西南市场，仇志华的朋友就将他们介绍到这里来了，要求在市中心的太平洋百货商场搭台表演三天，每天四个小时，费用一天两万。

“人家丹妮是国际品牌，和阿玛尼、古驰、仙黛尔齐名，销量在世界同行中排第四。”仇志华从身边椅子上拿起一个塑料袋，取出两件内衣：“这是留下的样品。你看多棒。”

这是一套玫瑰红和一套米黄色内衣，分为上下两件，文胸内层是高级丝光棉，外面网面绣花，周边和肩带上裹窄边蕾丝。

“挺漂亮的。”苏雪丹眼睛一亮，还真没见过这么讲究的内衣。

“是啊，他们介绍说采用的蕾丝都是最高级的薄纱蕾丝；是针步最绵密、勾织难度最高的一种，特色是在钻石形网面中加入厚重细致的花纹，你看你看，弹性蕾丝，摸上去质地柔滑挺括，外观看显得华丽精美，立体感十足。……这仅仅是乳罩裤衩吗？这是艺术！”仇志华愤愤地说。

“艺术？”李淑敏冷笑一声。她憎恶地盯着仇志华的手，这个大胡子兴致勃勃地摆弄女人的内衣让她心里很不舒服，脊背一阵阵刺痒，像是自己被扒了衣服一样。她怀疑他的动机，“你怎么不把更生猛的拿出来！那个画册呢？”

仇志华又从塑料袋里取出一个精美画册：“这是人家的宣传资料，各种内衣的照片。还有根据中国的风俗专门设计的系列。上面的模特是意大利的。”

苏雪丹看看图片，内衣各种颜色款式的都有，确实漂亮。她还没有看见过女人内衣居然这么丰富多彩。当然，有些内衣是比较……说生猛不太合适，暧昧。暧昧是有的。身体某些敏感部位暴露多了些，在外国模特身上穿着好像没有什么，一旦中国模特穿上了，在这个城市表演，还真不知道是什么效果。她对李淑敏说：“这开了眼啊……”

“是啊，内衣已经时装化了，这是人家今年推出的最新产品，穿上可以保持体形，还有健身瘦身作用，当然，也比较性感。”仇志华指着几张图片说。“如果简单地认为内衣秀就是将内衣产品穿着真人模特身上，介绍它们的造型啦、色彩啦、质感啦、工艺水平啦……那就错了。内衣秀不是衣架展示不是人体模型展示,是服装美和人体美结合的展示,是女人魅力的展示。”

仇志华的振振有词让李淑敏火冒三丈,女人使用的东西,他一个大男人倒成了内行权威。不知羞耻。“我就不明白了,女人越脱就越有魅力?”李淑敏激动地用手拍了两下桌子,“你这是在屋里——不仅是屋里,——是床上穿的,被窝里穿的,为什么跑公共场合展示?还这么透!”

“透吗?这是朦胧,是韵味,是性感。”

“什么性感?给谁性感?说白了就是卖弄风骚。为了钱脸都不要了?”

“我为了钱吗?我的提成一分不要,全是团里的。”仇志华放大声音表白,苏雪丹规定,谁联系到业务,可以从中提成百分之二十,她自己除外。“再说了,以前文化局审查我们节目,刘芳不是上了三点泳衣吗?比这还露,结果不是挺好吗?”

“那是内部审查!你这是公开表演,两个性质问题。而且刘芳也是违规的,谁让她上三点了?刘芳这个模特是个骚狐狸精,我早就看不惯她!”

“你看得惯的不一定是模特的料啊。”仇志华毫不退让。“我认为我们团的模特不错,人家找过几个模特队,不满意。内衣模特和一般时装模特要求不一样,你知道不知道?光有骨架不行,必须三围标准体型完美,胸臀要挺拔圆润,骨节不能太突出,脸庞精致秀美,肌肤光滑细嫩。为什么?因为她绝大部分肌肤都将被展露出来,而且与观众的距离很近。我们团的大多数模特符合内衣模特的标准,这归功于当初苏团长招收模特时注重全面而不是仅凭身高。这是有眼光的。”仇志华说得很专业,同时巧妙地把苏雪丹赞扬一番,企图将她拉入自己阵营。

“什么胸臀挺拔圆润,肌肤光滑细嫩,哼,说白了,不就是对光身子感兴趣吗?”李淑敏抓住他把柄,一刀扎下去。

“怎么是对光身子感兴趣呢?!”仇志华差点跳起来。“这是通过人的气质、风度、韵味来展示内衣的艺术主题和技术属性,向世人展示的是美!是流行时尚!展示的是自我价值。工作性质是无比高尚的。懂不懂?简直是对牛弹琴!”

“我不管你是牛是马,反正我不同意。”李淑敏两手交叉抱在胸前。“模特们也不会同意。尊严比什么都重要!”

“你怎么知道模特不同意?你不要拿自己的老眼光看人家职业模特。都什么年代了!还是解放区妇女干部那一套。”

“我就是这一套,怎么啦?金鹰模特团如果接这种演出,我没这个脸。我退出。”李淑敏放出狠话,不再和仇志华争。

苏雪丹赶紧劝说:“李主任有话好好说……”

“人家在等我电话,你定吧。”仇志华期待地看着苏雪丹。“我们不干,也会有人干,我再强调一次,他们先是找的蓝月亮模特队,觉得不满意才托朋友找到我们。”

苏雪丹看看李淑敏，李淑敏嘴唇抿着盯着她。从目光中她知道对方绝对是认真的。虽然她觉得仇志华说的有道理，很专业，让自己很受启发，但如果以李淑敏退出为代价，她不能干。一天两万的费用确实不低，但这个时候宁可损失钱，不能损失人，况且李淑敏还对自己有恩。她考虑了会说：“算了，志华，这事有风险，内衣表演在深圳和其他大城市可能没问题，在咱们这个地方难说。如果真有什么，传出去钱损失是小事，名声坏了，咱们就别想进经贸会了。”

苏雪丹的态度让仇志华感到意外，原本他以为苏雪丹会支持自己，凭他对苏雪丹的了解，这个事不应该是个事。在目前急需演出挣钱的情况下，苏雪丹拒绝的理由并没有说服力。“现在不是也进不去经贸会了？他们银雀签的是独家进场，大会指定模特。”他说。

“可是如果是参展企业自己的模特队就不受限制。”

“问题是我们算哪个企业的，黑豹不是不同意吗？”

“也不是不同意，他是有条件……”

“要你当他朱迎宝的老婆？”

苏雪丹愣了，这事她并没有跟仇志华说，也不知道他是怎么知道的。

仇志华站起来往外走，但很快又转身回来：“我要跟你谈谈。”

“谈吧。”

“私下。”

苏雪丹看看他的脸色，又看看李淑敏，李淑敏头一扭，并没有让开的意思。

苏雪丹只好说：“李主任不是外人，有什么话非要……”

桌子上手机忽然响了，高亢的“青藏高原”的振铃声吓了大家一跳。

“是你的。”苏雪丹示意李淑敏。

李淑敏拿起手机看看，来电显示号码是欧阳平。她气冲冲地按下接听键：“干什么？”

“淑敏，心情不好？”电话那边欧阳平说。

“你有什么事？”

“这个……你在哪？说话方便吗？”

“没事我挂了。”李淑敏不耐烦地说。

“等等！我请你来看我们演出，就你一人来，看看我们的水平……别告诉苏雪丹啊……”

李淑敏怔了下，看看苏雪丹，用手捂住手机，对他们说：“我出去看看模特训练，你们谈。反正我的态度就是这个。决不妥协！”拿着手机出去了。

仇志华走过去，砰地关上门，转身看着苏雪丹，问：“你的意思是真不干了？”

“志华,我看算了……机会还有……”

“你还需要不需要我?”仇志华陡然话锋一转,盯着她:“你说实话。”

苏雪丹一怔,笑道:“看你说的? 怎么不需要你?”

“我看不需要。业务训练,有汪琴,行政杂事,有这位李主任。你还要我干什么?”仇志华伤感地摇下头。“我整个就是一个多余的。我走吧。”

苏雪丹看出仇志华是真伤心了,赶紧安慰他:“汪琴的艺术感觉可以,但编导不如你,李淑敏是有点倔,可她工作还是认真的,你们有些误会。……志华,我们认识也不是一天两天了,我当初找你那个苦,盼星星盼月亮把你盼回来,这刚有点起色,正节骨眼时候,你要走? 你忍心吗?”

苏雪丹的话说的很恳切,仇志华不说话了,等了一会问:“那个朱迎宝要是怎么你了,你跟我说。”

“他敢怎么的,你还不了解我?”苏雪丹笑笑。“其实他对我们支持还是蛮大的,人也不坏……”

“对,都是好人。”仇志华打断她的话。苏雪丹把每个人都表扬一遍让他心里不是滋味,有些失落,有些委屈,不论是作为下属或是男人来讲,他都应该占据一个重要位置,而不是和别人平起平坐。“我也是好人。我要是不对你……不对这个团尽心,我……我会费劲联系这个业务? 这个价钱我们以前碰到过吗? 不容易。”他说。

“是啊,是不容易。”苏雪丹附和,她确实觉得挺可惜的,真接下来,三天就是六万。六万啊。

“我这是干吗呢? 在深圳干得好好的,”仇志华长出一口气,继续说。“辞职的时候,我那个老板挽留我,说他要另外去搞一个新的夜总会,歌舞厅就交给我管理,我没干,为什么? ……”

“你别说了。”苏雪丹知道仇志华要说什么,现在她怕他扯上感情上的事,自己和仇志华是不可能的,她没有这个心思也没有这个爱意,但是又不能把话说绝,她需要仇志华。想到这她真是感到无颜以对,这不是利用人家的感情吗? 人家放弃优厚的收入,放弃当老大的机会,投奔你的麾下,你给人家什么了?

“明天让李主任打印任命书。你当主管业务的副团长。工资上调五百元。”她说。这是她目前唯一能给的。“我欠你的,我现在报答不了你,但以后事业发达了,决不会亏待你。”

仇志华显然没有想到苏雪丹会说这个,怔了会,“我不是这个意思……我没有要挟你的意思……”

“看你想哪去了? 本来我就有这个打算,我以前说过的。你忘了?”

“哦,是吗……”仇志华当然没忘,苏雪丹当初任命他当业务部长时曾经说过这个话，不过后来就不见下文了，他也不好问，好像自己多在乎官似的。“这好吗？李淑敏和汪琴……”他担心这两个人不服气，尤其李淑敏。

“相信他们不会有什么。再说，你的能力大家都看到的，名副其实，我都听见卢燕燕叫你仇团长……”

“那是开玩笑。”仇志华赶紧表白，卢燕燕确实叫过他副团长，不过一般都是在编排节目和分配服装时，为的是得到好看的服装和更多的出场时间，仇志华对卢燕燕的目的很清楚，不过他很享受地默认了这个称呼。“卢燕燕那孩子嘴甜着呢，还说要认我为干爹。我可消受不起。”

“你当副团长是众望所归。仇团长，你要记住，我们是好朋友，十几年了。”苏雪丹语气诚恳地说。“我不信任你信任谁？不依靠你依靠谁？”

仇志华露出笑容，话已至此，再矜持就显得虚伪了。他表态说：“工资不用给我加，权力大，责任就大，副团长其实就是多干点事……我去训练场看看，汪琴有些细节抠得还不够。”说完兴冲冲出去了。

苏雪丹坐着没动，仇志华是提上去了，如果他以副团长的口吻对汪琴指手画脚，汪琴会不会吃他那一套？应该把汪琴也提为副团长吧？现在哪个单位副手没有好几个？正这么想着，门开了，李淑敏进来，看看她，脸上浮出笑容，彬彬有礼问道：“请问，我可以进来吗？”

“哎，这是你的办公室啊。”苏雪丹无奈地叹口气。李淑敏的表情和刚才出去时判若两人，也不知道她吃了什么药了。“你别用这种口气说话，我不适应。”

李淑敏笑笑，坐下来，口气更柔和地问：“你们怎么商定的？”

“什么？”苏雪丹觉得李淑敏这种轻柔的语气有些恐怖，跟狼外婆似的，吃人之前就是这样。

“哎，内衣表演的事。”

“不是说好了吗？不干。刚才你不是听见我说了吗？”苏雪丹站起来，摸下墙上贴的明星画，又说，“你要撂挑子，我舍得你走啊？就是我走你也不能走。这个团没有我可以，没有你不行……”

李淑敏摆下手，语气恢复正常：“行了行了，我消受不了，我确实是为团里好，你想想……”

“这事不提了，过去了。”苏雪丹打断她的话，“不就是一场演出？我坚决站在你一边。”

“那……”李淑敏观察着苏雪丹，显然还不放心。“你们还说啥了？他向你求爱了？你答应了？”

“你说什么呀。”苏雪丹苦笑一声。

“这谁都看得出来，仇志华回来就是为了你。”

“没的事。”

“那他为什么乐颠颠的?”

“乐颠颠的?”苏雪丹奇怪地看着她:“谁啊? 什么时候?”

“仇志华啊,我看见他出来的时候,满脸开花,嘴咧着,胡子都笑飞了。嚯,刷刷刷,驴尾巴似的。”

苏雪丹“哦”了声,轻描淡写地说:“我让他当副团长。”说完之后小心地观察李淑敏,生怕她跳起来。不过李淑敏只是意味深长地“哦”了声,似乎并不吃惊。

苏雪丹解释说:“这也是工作需要,再说他是管训练的,和你办公室不冲突……”

“我明白,我明白。”李淑敏两手下压,好像在压着一个气球。“反正我该怎么着还是怎么着。原则问题我是不会让步的。”

“绝对不能让步。”苏雪丹挥下手,又半开玩笑地说:“不过我就是心疼那个钱,几大万!……咱们模特不能闲着啊,你赶快去给我找另外的业务,记住,低级趣味的内衣拖鞋咱们不要,什么大衣棉袄羽绒服的可以。”

李淑敏没有笑,她明白苏雪丹还是心有不甘,毕竟是六万块钱。作为一团之长,她有自己的难处。今天苏雪丹在仇志华面前旗帜鲜明地支持了自己,这让她感动。“我现在就给你联系几个大老板,一大把啦……”李淑敏拿出手机,装模作样地作出要拨号的动作,忽然心中一动,又放下了。她似乎真可以做点什么……模特团目前的困境自己是有责任的,如果不是上次和欧阳平见面时无意泄露了苏雪丹对黑豹的报价,让欧阳平插进一杠子,现在也许就和黑豹谈成了。这点是有些对不住苏雪丹,偏偏是苏雪丹不说这个事,有两次她自己提出来,想解释一下,但苏雪丹都把话头岔过去了。李淑敏一番思考后拿定了主意,决定回报一下苏雪丹,也当一回间谍,出卖一次情报——虽然这和她做人的原则有些不符。

这个情报就是刚才欧阳平打来电话中说的事——新月歌舞厅。

47

欧阳平这两天心情不错。银雀模特时装团在新月歌舞厅试演受到顾客的欢迎,那个克隆金鹰团的牛仔手枪节目很能煽动情绪,一出场就镇人,模特们使用的左轮手枪也比苏雪丹他们金鹰用的高级,一扣扳机,除了枪响外,枪口还能喷出一团火光,确实够刺激。模特们见观众反应热烈,也精神抖擞起来。演员就怕闲着,既荒废了业务,又挣不到钱。

这天晚上进行第三场演出,欧阳平坐在台下的僻静处观看演出效果,如果没有意外，明天就可以和向其顺银雀签约，那就有两个月的稳定期。在这两个月当中欧阳平可以腾出精力来搞他的宏伟规划。

演出进行得顺利，从观众的反应看，效果还是不错的。欧阳平四下看看，没有发现李淑敏，看来她是不会来了。他有些失落。他希望李淑敏能看到自己的才干。上次和李淑敏通电话时，李淑敏虽然没有明确表示会来，但也没有说不来。他听出对方不开心，苏雪丹不是那么好相处的，既然如此，为什么不换个门庭来自己这里，李淑敏是个实干家，如果有她辅佐，他会轻松很多。另外，还有一个重要原因，他需要李淑敏来抵御郑云虹的诱惑，否则，他真扛不住了。

演出进行到一大半的时候，主持人宣布："今天是个激动人心的夜晚，各位来宾，半个小时后，还有更精彩的内衣表演请来宾欣赏。"

顾客们一听有内衣表演，兴奋地哄叫起来。

欧阳平有些吃惊，说好只演一场，加场也不说一声，劳务费要另算的。再说谁演什么内衣啊，哗众取宠。他到经理室找到向其顺问缘由，向其顺打了几声哈哈说："我尊敬的欧阳团长，你误会了，不是你们加演，你们完了以后是金鹰模特艺术团的表演……"

欧阳平大吃一惊，半天回过神来："苏雪丹到这里来?!"

"是啊，本来我对这个女人没有好感，绝对是个母老虎。不过呢，我也没必要和钱过不去，既然她说能帮我把这地方搞火，我就让她试试——她上内衣秀！如果真火了，对不起，你的人马下课。"

欧阳平愣了，内衣秀！苏雪丹竟然想出这么个生猛的点子，这弄不好就成了色情表演，要被查处的！

"内衣放在这里表演不好吧?"欧阳平对向其顺说，"你不怕查你?"

"这有什么? 法律没有规定不许表演，那就是可以。这是正规名牌厂家公司的产品，我看了服装了，国际品牌，很漂亮，很性感。操，我都想穿。我尊敬的欧阳团长。"

向其顺张口闭口称呼"我尊敬的欧阳团长"，带着明显的调侃戏弄之意，但欧阳平顾不了这个了，赶紧来到后台察看，只见一片喧闹声，苏雪丹正带着她的模特进入化妆间，银雀团一些模特为妆台使用和对方争执起来。

苏雪丹看见他，上前说："哦，头儿终于来了。"

欧阳平看看周围的模特，说："苏团长，我的模特还没表演完，你这样不好吧?"

苏雪丹说："我要先让她们补补妆，这也是为演出负责。"不过她还是对自己的模特说："先不要乱动，等她们完了我们再上，5 分钟够了。"

金鹰的模特退下来，在墙边一排站着，用挑剔的眼神看着银雀模特跑来跑去换装。郑云虹从台上表演下来，看见苏雪丹，吃了一惊："苏团长。"

苏雪丹微笑地点点头:“小虹,我看了牛仔手枪,改编得不错,还可以再放开一些。欧阳团长改编的?”

苏雪丹语气平和,还带着一些欣赏的味道,这让郑云虹不知所措,她勉强笑笑,没说什么,她看看其他模特,都是熟人,以前同台演出过,不过现在各为其主了。她对大家点下头,算是打声招呼,然后进入里间换下面出场的服装去了。

卢燕燕过来对欧阳平微笑打招呼:“欧阳老师。好久没见你了。”

欧阳平哼了声,没说什么。他发现李淑敏并没有来,大概是回避吧,自己邀请的是李淑敏,结果来的是苏雪丹,还带来一大帮人。很明显,李淑敏站在她的一方,将自己卖了。那些新来的模特虎视眈眈地盯着自己的模特,空气中杀气弥漫。看来苏雪丹今天是有备而来,要拼个你死我活。欧阳平担心自己的模特们在台上演出走神——背后的眼睛跟饿老雕似的,能撑下来就不错。

苏雪丹看着欧阳平恼怒的样子,觉得一阵快意,这正是她想要的效果。那天她从李淑敏嘴中得知这位前夫的意图时,真是怒不可遏,欧阳平挖走了郑云虹,现在又算计上了李淑敏,太嚣张了。她决定强力回应,让他长点记性。当她和仇志华找到向其顺要求在新月歌舞厅演出时,向其顺很吃惊,他没有想到苏雪丹敢来找他。“咱们两个可是有过结啊,苏团长。”向其顺也斜着眼轻飘飘地说。“你胆子够大的。”

“你对钱没过结吧?”苏雪丹没计较他的态度,直截了当地说。

向其顺听见这话注意了:“什么意思?”

“我的团表演能让你的营业额翻番。”

向其顺愣了下:“这我倒要讨教了,你有什么新鲜东西?”

“我的节目好啊,模特漂亮。”

向其顺不屑地哼了声:“我当什么呢,我看见过你们表演,什么蚊帐菜刀,也就那样。顾客什么没见过?”

苏雪丹正考虑怎么说服他,仇志华突然脱口而出:“内衣秀。见过吗?”

向其顺怔了:“什么?”

“内衣秀。沿海一带非常受欢迎。我原先在深圳夜总会做过,两个字形容:疯狂。”

向其顺明白了,顿时来了精神,本市还没有模特敢在歌舞厅表演内衣的,凭着职业敏感,他知道这绝对是个赚钱的机会。“你是——”他打量着这个大胡子。

“金鹰模特艺术团副团长,主管表演业务。”仇志华自我介绍,这是他被提拔以后第一次在公开场合使用自己的官衔。感觉很爽。

“你们什么条件?”向其顺问。他觉得这个长头发的大胡子有那么一股日本浪人的味道,想来编排出来的节目挺够劲。

苏雪丹并没有想到要上什么内衣秀，再说，真要搞内衣专场，起码要有系列服装，要撑得住一个小时的表演，她还没有这个能力。她狐疑地看看仇志华，对方眨下眼睛，胸有成竹的样子，她想那就顺水推舟吧，先进场再说。“我们试演一场，如果效果好，签一个10天合同，每场三千块。前提是，银雀模特团退出，我们独家演出。”

向其顺考虑了下，答应了，两个模特团来竞争，对自己只有好处，何乐而不为？

事情很快敲定了。回去的路上，仇志华详细说了他的打算：丹妮公司留下的那两套内衣样品可以派上用场。我们前面用九组时装表演垫场，最后一组才是内衣秀压轴，让演出逐步达到高潮，这样既增加了节目的精彩度，又达到了向其顺的要求，同时撵走了欧阳平。仇志华说这些话时并不掩饰对欧阳平的敌视，对苏雪丹的这位前夫，他没有理由喜欢他，况且现在还是竞争对手。另外，上内衣秀也是对李淑敏的一个回击，他要用实践证明自己是正确的。苏雪丹并不完全了解仇志华的想法，只是觉得有理，和自己的心思合拍。她现在担心的是模特不愿意穿内衣表演，毕竟歌舞厅是个近距离表演场合，内衣模特除了身材和皮肤要好外，更要有淡定超强的心理素质。她要仇志华去摸摸底，没想到反响出乎意料：模特们看到那组漂亮的内衣惊呼不已，纷纷要求上压轴节目。看见模特们兴高采烈的样子，苏雪丹只能感慨自己的观念落伍了。经过一番讨论，最后身材皮肤俱佳的卢燕燕和刘芳被选中。这回李淑敏没有反对，但是建议内衣模特表演时身上裹着丝绸披风，这样潇洒而又朦胧，更有艺术魅力。

欧阳平虽然不清楚苏雪丹进来的内幕，但也猜出个八九不离十。自从学校的家里搬走后，他就正式成为苏雪丹的竞争对手了，和李淑敏打电话后，他曾经想到如果苏雪丹知道了肯定会有激烈反应，无非就是骂人，结果没有想到竟然是短兵相接，而且第一仗就是在自己的窝里，打到他的家门口来了。虽然银雀以后发展的重点不是在这些场合演出，但是苏雪丹这种作风也太霸道。整个一个赶尽杀绝！不过想想也对，这就是苏雪丹的性格，有仇就报，绝不会拖到第二天。采取的武器也够出格，竟然是内衣！

他走过去，对苏雪丹说：“你这样做不合适。其他的节目也可以来竞争。上内衣，这算什么？”

“我教教你怎么竞争，”苏雪丹说，“第一，使用武器要新，第二，一开始就不给对手喘气机会，第三，真真假假一起上，其实我的内衣秀只有一组，而且是经过严格挑选的，会让一些人失望，但也会让一些人疯狂。看怎么看了，就跟你那本《红楼梦》，不是有人老说是黄书吗，但伟大领袖毛主席说它是一本伟大的奇书……”

“不是奇书，是封建时代的百科全书。”

“对了，我的内衣秀就是时装和模特的百科全书。”她观察他的神色，“有什么感受?”

“没什么感受。”欧阳平话虽这样说,心里却暗叫不妙,苏雪丹拼了,出的是胜负手,向其顺很可能选择对方。

接下来金鹰模特团表演正如欧阳平预料,顾客们对最后一组压轴的内衣秀充满期待,卢燕燕和刘芳一出场就受到狂捧,气氛达到高潮,表演结束后台上堆满了花篮。

第二天向其顺通知欧阳平,苏雪丹的表演大受顾客欢迎,他出于生意考虑,一定要留下苏雪丹的队伍演出。而苏雪丹开出的条件是此地不能有第二个队伍演出。所以……对不起了。

欧阳平率领的银雀模特团就这样被撵出来了。欧阳平觉得窝囊,这一来,面子输尽不说,他在这里的三场算是白演了。按照当初的口头协议,如果试演不过关,他一分钱都拿不到。

陈功德闻知苏雪丹竟然杀到自己的窝里来,大为震惊,立即找到向其顺问罪,向其顺辩解说,他首先考虑的是生意,生意好才能交起承包费,顾客选择了苏雪丹,他有什么办法?如果你来干涉,生意不好是不是你也来垫钱?陈功德不好再说什么,他现在确实急需要钱。不过他也不能容忍苏雪丹如此猖狂,马上把金鹰模特团演内衣的事上告了市文化局市场文化稽查队,请求查处苏雪丹。稽查队副队长是一个四十岁左右的男子,姓屠,大概由于长期熬夜的原因,这位屠队长眼睛有些发红,像只没有睡醒的兔子一样,不过当他听完陈功德的话后,眼睛倏然闪出一点狼的锐利光泽,立即带领两个人来到新月歌舞厅暗访,看过演出之后,屠队长表示有点感悟要发表,说自己虽然孤陋寡闻,但还是知道内衣表演在沿海早已盛行,现在终于流行到我们南熙市来了。怎么处置?她又没露“点”——他以为会露呢。怎么没有哇?还裹着披风,时隐时现的看不清楚哇。当然,露点只是一个明显界线,不露也不一定就是健康的。问题是——屠队长一脸肃穆,手脚和腰肢扭动比划着动作——色情的认定相当麻烦,要看有没有挑逗性的动作,有没有模仿某种性爱姿势等等,很复杂呢,譬如随意撅一下屁股和故意展示屁股是有所区别的,再具体地说,撅屁股是为了展示内裤呢,还是炫耀臀部?是为了造型曲线需要呢,还是赤裸裸激发情欲?这就需要具体情况具体分析了,特别要指出的是,随着环境不同、观众对这撅屁股的认识往往就有了很大的不同。譬如和尚神父太监什么的看了以后无动于衷,而那些荷尔蒙激素旺盛的人往往浮想联翩,包括你和我,男人嘛,身体又挺健康的,我觉得这也正常。所以不能以自己动了凡心就说人家色情。当然,你若使劲鼓大眼睛透过内衣内裤看到了什么,你烦躁,你睡不着觉,你觉得满大街的女人穿的都太少,那是你的事。陈功德耐着性子听了半天,也没听明白这位老兄到底唠叨个啥意思,看那表情好像是没有看到“点”挺遗憾的样子。他本想再往上面投诉,又一想,万一真认定了什么,歌舞厅也有责任,歌舞厅有责任,你这个团长也就有责任。假如再把歌舞厅给封了,就不是那么好开的了。再说,苏雪丹实际上也是在帮自己的忙了,歌舞厅生意好,赚的钱就多,他现在急需钱,可是……可是为了钱,就可以忍受苏雪丹的嚣张吗?尊严哪去了?钱难道比尊严和正义还重要吗?陈功德忍不下这口气。陈功德不能无动于衷。就这样,在钱和尊严到底谁更重要的选择中煎熬了三天后,陈功德终于下定决心:上告!宁可停掉歌舞厅,也不能让苏雪丹得逞。然而就在他准备找文化局长时,法院的传票到了,要求他十五天后到法庭就欠银行三百万的债务应诉。陈功德慌了手脚,这个谢行长动了真格,他立即满世界去借钱,争取开庭之前将问题化解,苏雪丹的问题抛到脑后了。

苏雪丹的金鹰模特团在新月歌舞厅继续演出,场场火暴。转眼到了第十天,这天晚上苏雪丹坐在舞厅后排,一边观看模特演出,一边考虑下一步的安排。现在她有两个选择,一是继续演下去,二是撤退,另外开辟战场。两个选择都有利有弊。总的来讲,打击欧阳平的目的是达到了,欧阳平吃了个哑巴亏,白演三场,连劳务费都没拿到一分,想想也够惨的,想到这,她下意识地看看后面门口旁边的座椅,却不由一怔——位置上坐着歌舞团保卫干部石泰梁。以往欧阳平就坐在那儿,默默地看他们金鹰模特团的演出,眼神无奈而又不甘心,现在人忽然不在了。苏雪丹回忆了下,似乎前两天就不见了欧阳平,他到哪去了?

苏雪丹走过去,石泰梁看见她过来,立即站起来。

"苏团长。"石泰梁笔直站着,两手下垂,手指紧贴着裤缝,一个标准的立正姿势。

毕竟是当过兵的,见到首长知道起立,知道立正,苏雪丹不知道对方是把自己当成官了,还是习惯如此。她希望是前者,虽然自己这个模特团长和他当年军队中的团长不是一码事,但毕竟也是个团长。

"你怎么在这?这么晚了。"苏雪丹问。语气中已经有了首长那种亲切的味道。

"这是我的职责。"石泰梁依然是那种干巴巴的语调。

"哦。辛苦了。"苏雪丹只好顺着这个思路来,这种官腔让她好玩又别扭。又问:"怎么没看到欧阳团长?"

"他……"石泰梁迟疑了下,"他挺忙。"

"忙什么?"苏雪丹好奇地问。欧阳平此时应该无所事事,应该捶胸顿足,有什么可忙的?

"朱总约他出去了。"

"朱总?哪个朱……"苏雪丹忽然意识到什么,"朱迎宝?"

石泰梁看着他,没有吭声。

"朱迎宝来了?什么时候来的?我怎么不知道?他们谈什么?……"苏雪丹

一连串发问后，觉得自己失态了，且不说石泰梁知不知道朱迎宝和欧阳平谈什么，就是知道，作为市歌舞团的一个保卫干部，作为曾经是自己的对头，作为陈功德的属下，他会跟你说吗？苏雪丹忽然有了一种不祥的感觉，欧阳平并没有歇着，他很可能以其人之道还治其人之身——也抄你的后路，朱迎宝正是自己的后路，不止是后路，是生路——她还指望着靠朱迎宝杀进经贸会呢。欧阳平居然来这么一个漂亮的反击，欧阳平居然有这个智慧，可能吗，一个书呆子。苏雪丹愿意相信欧阳平和朱迎宝接触只是偶然，是一个巧合，但随即把这个判断否定了，如果是偶然，朱迎宝没必要躲着自己，既然来到歌舞厅，完全可以大大方方看演出，偷偷摸摸干什么？另外，你得承认欧阳平的心机是大有长进了，当初他不是在已经知道自己想和朱迎宝合作的情况下又插了一杠子吗？搞什么梦红楼，朱迎宝当时没答应，不等于永远不答应……她把朱迎宝撂过头了？欧阳平趁机和朱迎宝搭上了！想到这，苏雪丹吸了一口凉气，她低估对手了，占领新月歌舞厅很可能是丢了西瓜拣芝麻，得不偿失，现在必须立即从新月歌舞厅撤出，全部精力主攻黑豹。

晚上模特表演完后，苏雪丹让李淑敏赶快到向其顺那里结账，自己帮助陈小萍收拾道具物品。从这里撤出后，演出服装和饰品要运回团部办公室保管，需要归类装箱。

正忙着，李淑敏匆匆回来了，怒气冲冲地说："苏团长，向其顺不结账！"

苏雪丹叠着一条裙子，看看她，奇怪地问："他怎么不结账，说好了的呀。"

"他要和你亲自说。"

其他模特听见不结账，都紧张起来，这关系到自己的收入问题，况且，她们还很少碰见不给模特结账的老板。碰上流氓无赖了？

苏雪丹将几把道具折扇放到箱子里，对李淑敏说："走。"

宋薇对其他模特说："看看去。"一些模特马上跟上了苏雪丹。

苏雪丹回头看看她们，本想劝她们回去，又一想，也好，人多势众，吓一吓那家伙。

向其顺正在办公室打电话，见她们进来，放下电话说："苏团长，我正要找你呢。坐吧，泡茶还是饮料？"

"听说你不结账？"苏雪丹开门见山，不想跟他废话。

"啊，是这样，你们最好再留一个月，你们的表演很受欢迎啊。"向其顺说完，使劲拍了两下巴掌，似乎在证明此话不虚。

"承蒙欣赏，不过我们另有业务，以后再说。"苏雪丹说。

"可我和许多客户说好了的，广告也出去了，你走我就无法交代。"

"那是你的事。你打广告也没有征求我的意见，我们的合约是十天。"

"怎么会是十天呢？明明是三十天。"向其顺一脸惊讶的神色，好像对方真记错了。

苏雪丹想，这家伙怎么胡说八道呢？明明是十天，怎么出来个三十天？当时来的时候向其顺说大家都是熟人，没必要签合同，她想着能进场就行，也没有较真。谁想到这小子不认账了！

“向经理不是开玩笑吧？说好的十天，一场三千，除去一天试演费用减半，共九天半，你应该付我两万八千五百。”苏雪丹提示他。

“这个我认账，”向其顺很痛快地说，“可你要是毁约，那钱就拿不到。国际上也是这个惯例。”向其顺加重语气。“你肯定记错了，我们说好的是三十天。”

苏雪丹瞪着向其顺，一时没说出话来，这家伙故意装傻，无赖啊，他硬咬着你违约，还没地方说理去，谁让你没签合同呢。

李淑敏愤愤地斥责道：“向其顺，你是个骗子！”其他模特也嚷着：“不讲道理！”“说话不算话！”

向其顺不急不恼：“骗不骗，要有证据。我怎么骗了？要不你们继续演下去，一个月后，我们结账。肯定结账。我们可以签个协议。”

苏雪丹想，看他那样子，一个月后也不一定结得了账，谁知道到时候他又玩什么花样？况且她现在没这工夫，绝不能耽误经贸会，那是大头。

“向经理，如果你不结账，我就让这些模特每天站在你们门口，来一个人说一个这个老板赖我们演出费，让我们没了饭钱，我看你还有什么生意！”苏雪丹发狠说。

模特立即七嘴八舌响应：“是啊，饿肚子啦！”“上吊啦！”

卢燕燕一把抓住向其顺的胳膊，带着哭音说：“行行好啦，我妈等着钱动手术呢……”

模特们的吵闹让向其顺有些不知所措，但很快镇定下来，口气强硬地说：“苏团长，你们要是这样胡闹，我的保安可有事干了。实在不行，还有警察。”

“那你叫警察吧，我就不信欠钱的还有理了。”苏雪丹豁出去了。本不想和他纠缠，她还有重要事要做，但是实在是咽不下这口气。太欺负人了。

向其顺瞪着苏雪丹，后者毫不示弱地和他对视。向其顺看看周围的人，缓口气说：“苏团长，这样吧，我们各人后退一步，你这钱我认，但现在没钱，以后有钱一定给。”

“你怎么没钱？这几天生意这么好！”

“你看，我要还以前欠的承包费，还有供货商要结账，治安城建费，门前三包费，卫生费，舞厅管理费，治安费，税金……这个那个……周转不过来。反正你的钱我认就是了。”

“你说个具体时间。”苏雪丹想把他钉死，这家伙是老滑头。

“这我说不准。我要是说明天给，又拿不出来，不是让你们白跑一趟？这我不忍心。我这人啊,心肠软,真的。你看,当初你踹我两脚,我说什么了吗?你要来演出,我不是照样提供方便吗?啊,还把欧阳平都撵走了,你应该感谢我。”

苏雪丹瞪着他,又提起踹脚的事来了,早就该想到这家伙会报复的。苏雪丹一时没了主意。“……好吧,”她无奈答应了,否则怎么办呢,碰上无赖了。“你给我打个欠条。”

“要什么欠条啊,我说出来的话能不算话吗?”向其顺脸上露出笑意,知道自己赢了。“关键是信任,哦,有个小纸条,你就放心啦?”他从兜里摸出盒烟,取出剩下的两支,示意苏雪丹:“来一支?”

苏雪丹摇摇头。

向其顺把一支烟叼在嘴唇上,旁边的刘芳见状立即摸出打火机给他点上,向其顺注意地看看她:“谢谢!”刘芳却一把将他的烟拔下来,自己吸了一口,嘴里吐出一个大大的烟圈:“向老板,你可不像是赖女孩子钱的人喔!”刘芳娇声说,又把烟塞到他嘴里。

刘芳的这个举动让向其顺一时有些发懵,他注意地看了看对方,大致揣摩出这个女孩路数,心里有了几分动静。他赶紧吸了口烟,说:“看你这话说的!我赖?我向其顺从来不欠女人的钱……”

“那你为什么不敢写欠条?”苏雪丹说。

“写吧,向老板。怕什么?写吧写吧!”刘芳娇嗔地用肩膀撞下向其顺。又摸出一支笔递给他。“你瞧,我都快哭了。”

“我还从没见过赖钱的老板呢……哪有这种男人啊……”卢燕燕哽咽地说,眼睛一挤,真掉了两滴眼泪。接着其他女孩也眨巴眼,嘴一咧一咧的,像要号啕的模样。

向其顺看看她们,想象到即将出现的声音绝对排山倒海,赶紧说:“好好,既然喜欢这个,就写一个!至于吗!”他接过笔,把烟盒拆开,在上面写了一张欠条。给苏雪丹:“保管好。时间不早了,就不请小姐们吃夜宵了。”然后扬长而去。

苏雪丹心想今天也只能如此了,对模特说:“走吧。这钱我保证给大家要来。”

大家来到歌舞厅外面,天上淅淅沥沥下起了小雨,雨滴在霓虹灯的折射下变换着色泽,给人一种恍惚迷离的感觉。模特们大都打的走了。陈小萍提着服装箱站在路旁,等着李淑敏一起回去,李淑敏拦下一辆电动三轮车,转头问苏雪丹:“服装先拉到我家里。你怎么走?”

苏雪丹说:“你们先走吧,我还要处理一些事。哦,模特的演出费,先从团里支出。明天就发。”

“向其顺明天能给?”

“他给不给都得发,反正不能欠演员的,这是咱们团的规矩。还有,明天一早,我们去找朱迎宝。”

李淑敏点点头，和陈小萍上车走了。

苏雪丹呆了一会，摸出手机打朱迎宝的电话，对方已经关机了，不知道是睡觉了，还是在和谁密谈有意关机。她想了想，又打欧阳平的电话，倒是通了，但是不接。为什么不接？他心虚。苏雪丹认定欧阳平现在正在进行一场阴谋。她下定决心，明天一早就去堵朱迎宝，即将到手的胜利果实绝不能让别人摘去。雨停了。她沿着街道慢慢走去，一阵风吹过，路边的梧桐树叶轻轻摇曳起来，几粒水珠砸到她头上，她抬眼看看，又有两滴水掉到脸颊上，从嘴角滑了过去，涩涩的。一棵梧桐树上有只小鸟叫了声，吓了她一跳，四周看看，马道街……又是马道街，她叹惜一声，就是这里让自己改变命运的。今天真窝囊啊，如果收不到钱，那她和欧阳平就是两败俱伤，让向其顺拣了个大便宜，而且真是帮了陈功德了。零星的细雨又飘起来，她继续走着，昏暗的路灯让她的心情有些沮丧，我这是干什么呢？我错在哪呢？

雨水突然没了，她下意识地抬头看，头上竟然有一把雨伞！她吓了一跳，一转头，才发现身后站着一个人，是仇志华。也不知他什么时候走近的。

“你还没走？”苏雪丹打量他。

“有个情况，我想你应该处理一下。”仇志华说，神色有些异样。

“什么情况？”苏雪丹一惊。

“你跟我来。”仇志华拉了一下她手臂往前走，苏雪丹不由自主跟了上去，两个人在同一把伞下并肩走着，身体时不时触碰让苏雪丹有些别扭，不由拉开距离。仇志华感觉到了，把伞塞到她手里，大步向前走去。

苏雪丹看看他的背影，再看看手中的伞，犹豫了下，赶紧跟了上去。

很快，他们来到附近的南熙酒店。

酒店门口，站着石泰梁。

苏雪丹疑惑了，石泰梁怎么在这里？她看看仇志华。仇志华解释说：“石科长说，12 点派出所要在这一带扫黄。”

“这和我们有什么关系？”苏雪丹觉得奇怪，不明白他为什么说这个。

“你们团有一个模特和一个男人刚刚进了这个酒店开房间。”石泰梁说。“有卖淫嫌疑。”

“什么？”苏雪丹吃了一惊，“你别乱说啊。”

“我亲眼看到的，那个男人你们认识，我也认识。”

“谁？”

“向其顺。”

苏雪丹愣了，过了会问：“女的是谁？”

“我认识人，但叫不出名字。你们内衣表演的一个。”

“他说的好像是刘芳。”仇志华说。

苏雪丹呆怔在那里，以她对刘芳的了解，做出这样的事完全可能。这个模特长着一张索菲娅罗兰的大嘴，喜欢讲一些男女之间的荤笑话，虽然都不好笑。卢燕燕还反映她手脚不干净，宋薇放在后台的化妆包曾经连续丢失了两个兰蔻口红，事发时都发现刘芳在附近转悠，并且有人发现她私下使用，当然，她不承认是宋薇的，是自己买的。总之这个女孩名堂比较多。她是怎么和向其顺搅在一起了？苏雪丹回想起刚才带领模特讨钱时，刘芳为向其顺点烟，这时两个人就有默契了？不管怎么说，此事如果是真的，那对她这个团的声誉是个极坏的影响，尤其是在这个关键时候，一旦传出去，谁还敢和她合作？“这事还有谁知道？”她问。

仇志华看看石泰梁，石泰梁说：“就是我们几个。”

“陈功德……”苏雪丹想到石泰梁的身份，立即改口：“陈团长不知道？”

“我暂时没有告诉他。”

“没必要告诉陈团长吧？”仇志华对他说，“这事和他没关系。是吧？再说是不是我们的模特还不一定。”

石泰梁笑笑，不置可否。

苏雪丹不知道石泰梁到底怎么想的，如果他要就此做文章，几乎可以置她于死地。她看看手表：11 时 45 分。还有 15 分钟时间补救。

“你打算怎么样？”她问石泰梁。

“我想知道你打算怎么样。”石泰梁不动声色地说，“是你的人。”

苏雪丹盯着石泰梁，这家伙捉摸不透啊，不过她管不了这么多了，她必须立即采取行动。苏雪丹向酒店内走去，她还没有考虑好该如何处理此事，最好是石泰梁看错了人，那个女人不是刘芳。不过她也明白这种心存侥幸胜算不大，石泰梁一般不会看错人。

此时刘芳确实在酒店的 1207 房间里，正和向其顺讨价还价。

刘芳在要完钱后去了趟卫生间，出来时，其他模特都走了，她一个人在马路边等车，向其顺不知从哪里钻了出来：“小姐，要不要我送送你？”

刘芳看他一眼：“不用。”她对此人并无好感，身为老板，居然想赖掉模特的演出费，一个吝啬鬼。

“那吃夜宵？”

刘芳摇摇头。

“到我的房间聊聊天？我在南熙大酒店有间包房。”向其顺看看天，他用黑皮包顶在头上遮雨，“漫漫长夜，就想找个人聊聊。”说完又低声道：“要什么好说。其实我这个人是很大方的，看对什么人。”

刘芳明白他的意思，她撇下嘴表示不屑，但心里却活泛起来。从某种意义上说，她还有点同情这类男人：四肢短粗，身材矮小，容貌丑陋，婚姻上肯定很自卑。这种男人一旦有了钱，就会用金钱去找回自尊。问题是，这位向经理为什么在众多模特中选中了她？也许是她比别人漂亮，或者叫性感？也许这个情场老手看出她身上某种浪荡之气，认为容易上钩？向其顺似乎看出了她的心思，不再说什么，很会心地拍拍她胳膊，自己向前走去。刘芳迟疑了下，站着没动。向其顺回头看了一眼，微微一笑，招招手，继续往前走。刘芳不由自主地跟了上去，“你下贱。”她骂着自己，但很快为自己找到理由：这样既可以挣钱又不用回家——那个只有30多平米的破家实在没有什么留恋之处，父亲跟另外的女人跑了后，她就是母亲的出气筒，整天被骂得灰头土脸的。住在星级宾馆比家里好多了。还有，虽然和董奇还勾挂着，但那边不大靠谱，董奇的女人太多了，自己多认识一个有钱的老板有什么不好呢？

到了1207房间，向其顺摸出磁卡打开门，让刘芳先进去。刘芳腰一扭，往里走，不防屁股上被捏了一把，生疼。她想这矮子力气不小，屁股肯定被掐青了，这家伙把自己看成一般的“土猫”了，等一会一定要报复回来，在床上看看谁厉害。

屋内一张席梦思床，姜黄色地毯，两张棕皮沙发，落地窗帘把窗户遮了个严严实实，床头边有一个灰色的保险柜。地毯上扔着一件衣服，她用脚尖把衣服勾起来，一甩脚，将衣服抛到沙发上去了。

向其顺咔嗒一声锁了门，走过来，打量着她。他比刘芳几乎矮一个头，眼睛直直盯着她胸部。刘芳站着不动，乜斜着他。向其顺抽搐下鼻子，“你去洗个澡。”刘芳顺着他手指方向看了眼，没有动。“卫生间里有澡盆，用喷头也可以，随你便。”向其顺又说。

刘芳哼了声，一屁股坐在沙发上，跷起二郎腿，不动窝。向其顺明白了，从黑皮包中取出一个信封，抽出五张百元钞票，放在茶几上。

刘芳仍然没动，低着头看着自己的手指甲。

向其顺看看她，又取出几张钞票，一张一张往上放，当数到一千元时，刘芳手按到上面：“这是定金，事后再付另一半。”

向其顺抽口冷气：“两千?!”

“现在后悔来得及。”刘芳冷冷地说。

向其顺瞪着刘芳，一咬牙：“操，两千就两千！苏雪丹的模特值这个价！”

刘芳拿过一千元，起身去卫生间，刚迈步，屁股上又被捏了一把。她恨得直咬牙，好身手，掐的是老地方，恐怕已经紫啦。她进了卫生间，脱掉衣服，拧开喷头开关，冲起澡来。

向其顺微微一笑，点起一根烟，抽了几口掐灭了。他脱掉衬衣，里面是白丝紧身背心，再把背心剥皮似的刮下来，到镜子前看看，肚子上的肉从腰带上方折叠过来,几乎看不到腰带了。他愤恨地捏住那叠多余的肉,使劲拽两下,然后解裤带,正在这时,门铃叮咚一声响了。

向其顺一惊,走过去问:"谁?"

"我。"一个男声说。

"你是谁?"向其顺没好气地问。

"石泰梁。"

向其顺愣了下:"什么事?已经睡觉了。"

"有重要的事,一句话就完。"

向其顺想了想,石泰梁是歌舞团的保卫干部,也许是陈功德让他来的,他打开门。"说好一句话啊。"

石泰梁站在门口,说:"有人找你。"说完再不多说,转身走了。向其顺正在诧异,仇志华和苏雪丹出现在他面前。

向其顺吓了一跳,惊愕地看着他们:"你们干什么?"

"找刘芳。"仇志华阴沉着脸说。

"你找错地方了。"向其顺想关门,但被仇志华堵住了。

"向经理,恐怕我们要谈谈。"苏雪丹说。"最好屋里说,夜深人静的,怕影响其他客人休息。"

向其顺瞪着她,苏雪丹的意思再明白不过,不让进她就嚷嚷起来。他走回去,穿上衬衣,然后一屁股坐在沙发上,听天由命的样子。

苏雪丹和仇志华进来,苏雪丹关上门,仇志华四周看看,走到卫生间门口,敲了两下:"刘芳,有人找你。"

卫生间里早没了声响。过了会,门开了一条缝,刘芳湿漉漉地探出头,又缩回去了。里面一阵窸窸窣窣地响,门又开了,刘芳穿好衣服出来,解释道:"演出出了汗,找个地方洗澡……"她觉得这话连自己都不相信,也就不再吭气。

苏雪丹对仇志华说;"你把刘芳送回去,我和这位先生谈谈。"

刘芳正要走,向其顺突然说:"她拿了我一千元钱!我可什么都没干。"

刘芳瞟瞟苏雪丹,把一千元扔到茶几上,匆匆走了出去。仇志华询问地看看苏雪丹,苏雪丹摆下头,仇志华明白了,也跟了出去,回头说:"我在门口等。有事喊我。"

苏雪丹在沙发上坐下来,从茶几上拿起那包三五牌烟看看,取出一支,噙在嘴上,和这位算是黑道的人物谈话,她觉得自己应该换一种身份。现在的情况很清楚了,刘芳确实涉及龌龊之事,这真让她这个团长丢脸。不过既然进来了,就要把事谈够谈透,要化被动为主动。向其顺显然没有想到苏雪丹要抽烟,愣了愣,掏出打火机给她点着。

“谢谢。”苏雪丹点点头，小心地吸口烟，呛着了，她咳嗽了两声，心想，不会抽就不会抽呗，你装什么老练！她用手扇扇眼前的烟雾，想了想说：“我们应该算是熟人了，是不是？第一次见面是在……啊，我们家楼门口，是不是？”

向其顺盯着她，没说话。

“我想起来了，”苏雪丹继续回忆，“那次发生了点误会，向经理要在公众场合脱裤子……怎么现在还是这样，没改？”

“你想怎么样直说。”向其顺闷闷道，“你说话可真够损的。”

“我能说什么？我就是想和向经理谈点公事，说实话，你的私人生活我没兴趣。只不过刘芳是我的模特，所以我要管一管。不要介意啊。”

“苏雪丹，你够了没有？想要我？”向其顺恨恨地瞪她一眼。

“哎哎，你还不耐烦了？有这么对待客人的吗？我半夜三更的跑来，容易啊！我心里烦，还没大声嚷嚷呢！刚才进酒店的时候，在门口看见几个警察过去，以为出了什么大案子，结果是什么扫黄行动，没什么大事。”

向其顺愣了下，随即叹口气：“行了，苏雪丹，别绕圈子了，你想怎么样？”

“继续谈业务。你看，演出费的问题，我就是想听个准信儿。”

向其顺犹豫了下：“不是说好以后给吗？”

苏雪丹站起来，走到窗户跟前，掀开窗帘看看外面，自言自语道：“谁知道那些警察干什么去了，说是12点检查到这个酒店……哦，好像有两辆警车……”

向其顺盯着她：“明天结账。”

苏雪丹回头看着他：“哦，别误会，我刚才说的是警察，主要担心的是向经理的安全，其实你没有必要把舞厅的营业款带在身上，出纳还是可靠的……”

“你……你怎么知道？”向其顺惊愕地瞪着她。看看自己的黑皮包。

“这个不重要。重要的是我们要合作愉快，我是说，既然今天能解决的事，就不要拖到明天，大家都很忙，你说呢？”

苏雪丹说话不紧不慢，但意思表达得很明白，向其顺沉默了阵，拿过黑皮包，又说：“我资金周转有些困难，主要是要交承包费，以前欠了老账……陈团长逼得紧……”

“这你已经说过了。”

“我的老账挺多……”

“所以就不要再欠新账了。是吧？”苏雪丹打断他的话。

向其顺看看她，这个女人今天不达到目的是决不罢休了，也罢，谁让你被抓住把柄呢。他不再说什么，打开皮包，拿出一摞钱，气哼哼地说：“数数吧，两万九。多了五百，算是你的跑腿费。”

苏雪丹拿过钱，指头拨弄一下，抽出500元放在茶几上：“你收回去。我只要该得的。”她把那张烟盒欠条递给向其顺，后者一把抓过撕得粉碎。苏雪丹笑笑，正要起身，忽然心中一动，觉得还应该做点什么。“对了，还听说一件事……”她对着门外叫道：“仇副团长，在吗？”

仇志华进来。

“你路上说，银雀的演出费向经理都没给？”

仇志华点点头。

苏雪丹对向其顺说：“看看，这多不好。”

向其顺觉得这个苏雪丹太过分了，瞪着她大声说：“什么意思？管太宽了吧？银雀试演三场，说好了不给钱的。”

“合同呢？”

“什么合同？欧阳平和我说好了的。试演没钱！”

“欧阳平他是新手，不懂规矩，你向老板也不懂？这模特一动起来，有白动的吗？她们吃多了想活动筋骨玩啊？就算是试演，费用也是要收的，不过可以便宜一点，而且只试演一场，没听说连着三场白演的。欧阳平整个一个傻蛋！”

向其顺再也忍不住了，霍地站起来：“我说苏雪丹，你今天到底想怎么着啊？你拿了钱走人，管什么闲事？”

“我是为模特行业主持公道。再说欧阳平也委托我了。”苏雪丹坐着没动，把烟揿灭。“把银雀的钱给人家。试演第一场五百，其他两场……一千五一场，谁让他们比我们差呢，共三千五。”

向其顺身子一抖：“我要是不干呢？”

“随便你。不过对社会上的丑恶现象我会履行一个公民应尽的义务。”苏雪丹摸出指甲刀修着自己的指甲。她将手指举到灯光下看了看，皱起了眉头。“刚才说了，公安局现在正在打击这类偷鸡摸狗的人，对举报者还有奖励，没准不止三千五。……哎，我不是说你啊，向老板是有觉悟的人，歌舞厅还需要你管理，如果弄误会了，行政拘留十天半月什么的，损失大了。”

“你！”向其顺叫了声，拳头举起来，仇志华马上过来，盯着他。

向其顺看看他们，手又放下来，“好好，苏雪丹，你狠，我这钱给你。你可别后悔。”说着胡乱点了一摞钱扔到茶几上。苏雪丹拿起钱，起身往外走：“明天我让欧阳平把收据给你送来。”

向其顺跟着她到门口，恨恨地说：“苏雪丹，管好你手下的小母鸡，公安局对这些人也不客气。”

“这个我会处理。我们要共同吸取教训。”苏雪丹对他摆摆手，彬彬有礼地说：“请留步，不必那么客气。”说完轻盈地飘了出去。

向其顺一脚将门踹上，屋里传出一阵狼似的嚎叫。

苏雪丹和仇志华向走廊尽头的电梯走去,苏雪丹看看手上的钱,对仇志华说:“明天你把这钱给欧阳平送去。”

仇志华没有接钱,问:“欧阳平真委托你来收款?”

“他敢吗?我是顺带的。”苏雪丹微微一笑。为欧阳平讨钱是突发奇想,今天这个事情,她一是担心石泰梁向上报告,二是担心向其顺死猪不怕开水烫,结果石泰梁自己借故离去,表明了态度,而向其顺也服了软。既然如此,为什么不向纵深发展,让战果更大一些?她一直在考虑明天如何对付朱迎宝和欧阳平,如果将钱交给欧阳平,欧阳平会是什么表情?朱迎宝又会怎样想?你的能力和你的胸怀让欧阳平无地自容,让朱迎宝刮目相看,这比她大闹一场有力量得多。仁者无敌啊。苏雪丹很为自己的神来手笔得意。

仇志华不明白苏雪丹的用意。“根本就没这个必要。”他气哼哼地说,“欧阳平和我们八不挨!”

“我是想……”苏雪丹想解释一下,但仇志华打断她的话:“要送,你自己去送吧。”说完仇志华向旁边的安全通道走去:“我不等电梯了。走楼梯锻炼。”人很快没了影子。

仇志华突然变脸让苏雪丹莫名其妙,这家伙,怎么啦?她把钱放到自己的手袋里,也好,明天让李淑敏给欧阳平送去,给他们创造一次见面的机会。让欧阳平看看,她是多么的坦荡。

48

第二天一早,苏雪丹骑车到团部。走进排练厅,看见汪琴正指挥几个模特在练习步态,卢燕燕和陈小萍正在对着镜子摆着造型。

苏雪丹问:“燕燕,李主任发了演出费没有?”

卢燕燕抱着她亲了一下,娇声说:“苏团长,苏老师,我们大家都爱你!”

其他模特笑起来。苏雪丹笑了下,这个卢燕燕很会来事,把你哄得痒痒的,她喜欢这样乖巧的女孩。“哦,发了钱就爱,不发钱就不爱?”她嗔怪地捏下卢燕燕的耳朵。

“都——爱!”卢燕燕夸张地叫道。

苏雪丹四处巡视了下,问汪琴:“刘芳没来?”

汪琴说:“没有啊,也没打电话请假。”

苏雪丹没说什么,往办公室走去。来的路上她就考虑好了,刘芳一定要清除出去,但是要给个台阶下,让她自己辞职,团里把这个月工资结了,甚至可以再多给她两个月的，起码在找到工作之前不用陪人睡觉赚生活费。刘芳在创业初期是立过功的，可惜就是太不检点了，模特这个职业很敏感，绝不能让别人说闲话。

走进办公室，李淑敏正在电脑上做报表，苏雪丹问："老李，刘芳来电话没有？"

"没有啊，老板。"李淑敏随口应了声，继续移动着鼠标。不知从什么时候起，李淑敏管苏雪丹叫老板，苏雪丹纠正几次："你是债主！"但李淑敏说不叫老板不足以表示敬意，苏雪丹也就默认了，管李淑敏叫"老李"，说也是表示敬意，部队都是这样的，叫你"老李"起码是个团级干部。李淑敏只好笑纳，只要不叫"李老"就行。

"怎么，还惦记刘芳？她不会来了，没脸来！"李淑敏说。

"她要是说工资的事，多给她两个月。"

李淑敏抬头看看她，哼了声："你倒是仁至义尽啊。……行。"

苏雪丹把包里的钱拿出来："这是昨天的演出费，充到账上。还有三千五，是银雀的，你抽空给欧阳平送去……"

李淑敏惊讶地看着她："欧阳平？你把他们的演出费也要来了？"

"顺带的。不要白不要。"苏雪丹淡淡地说。

李淑敏诧异地看着钱："不是说试演没钱吗？"

"欧阳平狗屁不懂，像他那样，几天就喝西北风了。"

李淑敏笑了下："毕竟是个书生，三教九流还不会对付……"

"还有啊，刘芳的事，不要对模特说啊，我们自己掌握就行了，传出去不好。"

"这种事瞒不住的。"李淑敏摇摇头，"模特之间的消息比我们来得还快。"

"反正低调。这种时候，最好不要节外生枝。"苏雪丹长吁一口气，想起什么："……哎，你收拾一下，我们马上去黑豹，找朱总，这是大事。"

两个人正要出门，仇志华忽然进来，一脸的严峻："苏团长，警察来了……"

苏雪丹奇怪地看着他："什么警察？周坚？"

"不是……"话没说完，两个警察来到门口："谁是苏雪丹？"

苏雪丹看看他们，并不认识，问："我是。什么事？"

"请跟我们走一趟。"其中一个高个子亮了下警官证，"有人指控你昨天夜里敲诈钱财，需要你配合调查。"

大家全愣了。苏雪丹明白过来，向其顺！这家伙开始咬人了。居然是什么敲诈！敲诈他个头啊！

"是拘捕？"她打量对方。"有拘捕证吗？"

"不是，是协助调查。如果你觉得在这里方便，也可以，不过我们觉得……"

"我跟你们走。"苏雪丹立即说，她可不希望让模特看见自己被警察盘问，以免引起猜疑恐慌。"我走前面，你们过一会跟上……"她看看对方，又说："我不会跑的，要不你们先走，在大门等我，我很快出来。这里是楼上，只有一个出口。"

两个警察互相看看,高个说:“我们在大门等你。”接着出去了。

李淑敏瞪着苏雪丹:“这……怎么回事?”

苏雪丹下意识地收拾着桌上的东西,心里七上八下,长这么大,被警察传唤还是第一次。“仇志华还没跟你说?我疏忽了……没事的。”又对仇志华说:“别让模特察觉,我很快就回来。你们照样练啊。”她将桌子上的胶水、茶杯、接线板一件一件摆好,尽力做出一副从容不迫的样子,然后又从手袋里拿出化妆盒,对着镜子补下口红,看着镜子里自己的表情,已经有了点大义凛然的意思,跟江姐似的。再看看其他人,李淑敏和仇志华神情悲切地看着她,好像送她上刑场。苏雪丹还想叮嘱几句什么,又一想,再多说就真像是遗言了。作为一团之长,这时候一定要有个模样,她鼓励自己,接着拢下头发,昂首出去了。

在马道街派出所,警察盘讯的重点是那三千五百块钱的问题,向其顺控告苏雪丹利用他酒后的不清醒,让模特勾引他,然后以此要挟,强取三千五百元走。其行为构成了敲诈。

苏雪丹想,这不是扯淡吗,谁勾引他了?不过那钱确实没有及时交给欧阳平,让对方抓住把柄,她干脆不说话,只说是要了该要的业务费。

警察见她不愿多说,把她带到另外一间房子,出去了。

这是个20平米左右的房子,屋里没有任何物件,墙角几个装扮妖冶的女孩蹲在地上划拳玩,见她进来,围了过来。其中一个黄头发拍拍她肩膀,大咧咧问:“犯了什么事,大姐?”

苏雪丹瞥了她一眼,反问道:“你犯了什么事?”

“我?花心呗!为了爱情!”黄头发说完哈哈大笑起来。其他几个女孩也跟着笑。

“为爱情还会进来?”苏雪丹知道她在瞎扯。这个黄头发看上去不过20岁左右,圆脸大眼,身材匀称,上身一件鹅黄蝙蝠套衫,下着一条牛仔短裤,一条银光闪闪的腰带松垮地挂在胯上,应该说这女孩底板还是不错的,就是脸上过分的浓妆看着别扭,整个一个唱戏的小媒婆。

“警察说我爱情不专一。”黄头发一本正经地说,“其实我才爱上第二个,警察进来了,来得真不是时候……”

苏雪丹明白了,这是昨天夜里扫黄进来的。

“你是妈咪吧?”黄头发打量她。

“什么?”苏雪丹吃了一惊。

“我对你很有好感,你这样子一看就道法深,出去后我可以跟你。”黄头发一副推心置腹的样子。“你提一半走,我对付男人可有一套呢,我现在迫切地想找组织……”

“我说你小小年纪怎么这么贱呢,想找钱做点正经事!”苏雪丹心里很烦,居然把她当成什么“妈咪”!

“哎哎,谁贱?你敢骂我!”黄头发瞪着她,忽然一把抓住她领子,“再说一遍!”

苏雪丹没有想到对方会动手,她还没有如此近距离地和一个人对视,黄头发比她高一些,嘴巴差点咬到她的鼻子。深蓝色的眼影在近距离中变成一个熊猫的模样,这让她有一种滑稽的感觉。苏雪丹忽然想笑,而这时候是不应该笑的。“放手啦。”她说,终于忍不住,咯咯笑出声来。

黄头发恼怒了,怎么还笑呢?她很不理解,于是手上加了一把力,两个人靠得更近了,几乎脸贴着脸。苏雪丹觉得不能再继续下去了,这种姿势让她很难受。问题是现在她应该怎样摆脱?当年下到边防团体验生活时,那位侦察兵出身的团长王兵曾教授过她擒拿术,动作是……苏雪丹回忆起那位和自己传出绯闻的倒霉团长的英姿,开始将团长的教导付诸实践:右手拇指按住黄头发抓住自己领子的手背,四指掰住对方手心,另一只手托住她的胳膊肘,用力一拧,随着黄头发一声惊叫,苏雪丹已经干净利落地将对方翻转过来,抵在墙上。

其他几个人见状围了上来,苏雪丹一脚踹翻了一个,动脚是她的强项。其他人见她功夫了得,不敢动了。过了一会,黄头发悲切地挤出一声:“大姐,能不能轻点?手要断了……”

苏雪丹看看她被折成猪蹄的手,松开了。黄头发捂着手惊骇地看着她:“大姐,你是哪路的老大?出去后我一定拜您为师……”

“去你妈的,”苏雪丹又气又笑,“什么老大,我是金鹰模特艺术团团长!”

“哦,我知道了!”一个胖女孩拍手叫道,“我看过电视!我说怎么有些面熟呢!哎呀,那些时装模特可漂亮呢……”

“时装模特?”黄头发小心地活动着自己的手腕:“我从小就想当时装模特,团长,我也可以算一个吧,我这个头有一米七呢,样子也对得起人。”

“你最多一米六七,多了我他妈头朝下走。”苏雪丹眯着眼打量她一下。跟这些人在一起,话也不自觉的粗鲁起来,这挺够劲。

黄头发笑了:“嘿嘿,团长好眼力,本人正好一米六七……哎,我这身材也可以啊。”她手叉腰做了个蹩脚的造型,屁股不知甩哪去了。

苏雪丹看看她,心想是该点化一下她们,年纪轻轻的,没走对路子。说:“你不丑,五官也算端正,可你味道不正,真可惜了你这模样……”她走过去,一只手卡住她下巴:“看看,有你这样化妆的?底粉怎么打的?眼线怎么描的?看不出来的化妆才叫好化妆,你抹成个猴屁股!还有头发,这叫什么型啊……你叫什么?”

“华……朵。花朵的朵。”黄头发惶惑地说。“都叫我朵朵。”

“还朵朵呢！真可惜你爹妈费劲给你取了这么好个名字！……站没个站相，七拧八拐的，女人味道全走味了，你以为这是性感啊，这是乱性！”苏雪丹看看其他人，喝道：“你们给我站好了！”

几个女孩互相看看，站直了。

“做两个造型！”

女孩们愣了一阵，胡乱摆了几个姿势，千奇百怪，那个胖女孩居然来了个骑马蹲裆，像坐马桶似的。她看苏雪丹盯着自己，以为自己的动作不错，介绍道：“我叫文娜。”

苏雪丹不满地摇摇头：“跟你们说一个最最简单的方法，每天练两小时立正，挺胸收腹，双脚并拢，目视前方，两手握于身前，既练了体态，也改了味道……喜欢跳舞吗？”

华朵说：“我跳得可棒呢，拉丁、肚皮、钢管、爵士……要什么有什么。”

“来一段。”

华朵也不憷，抖着肩膀噼里啪啦来了一段，嘴里“哐哐”地打着节奏。苏雪丹觉得她跳的虽然没个主题，但身体的协调性和柔韧度不错，上前搬住她腿往上一举，腿轻轻松松就到了头旁，华朵憋着气说：“还有余地！”自己搬住脚放到了头顶。“我原来在学校是体操队的！”

“你有那么点天赋，以后可以再跳舞，不过要有人指点。我给你找个人，现在舞厅演出每人一百元，你多跑几个场子，一天下来三五百元不成问题，要自食其力，小妹妹！想征服男人，用艺术，懂吗？”苏雪丹拍拍她脸颊。

“行！”华朵说，又咬着牙搬起另一条腿。“我做梦都想当演员当明星！就是缺乏你这样的名师指点，不然我早赶上赵薇章子怡了。”

“我会唱歌。”那个叫文娜的女孩怯声说，“不知行不行？”

“唱唱听听。”

文娜闭下眼睛运运气，然后粗声粗气地唱起来。“……一杯二锅头，浇得双泪流，生末净旦丑，好汉不回头……”

苏雪丹皱着眉头：“你这唱的是什么？”

“《算你狠》，陈小春的。”文娜惶惑地问：“不行吗？”

“她喜欢唱男人的歌。”华朵说。又一本正经说：“她雄性激素比较强。卵巢里长了个睾丸。”

“往下唱。”苏雪丹摆下手，华朵口无遮拦，但这胖妹妹的嗓子确实有点次中音的感觉，在女人中少见。

“……我说算你狠，善用无辜的眼神，谎话说了两次我就当真，我说算我笨，软不隆咚的耳根……”文娜正很投入地唱着，门突然开了，周坚进来：“开音乐会哪！”

他看看苏雪丹："苏团长，你可是走到哪都不闲着，请吧。"

苏雪丹说："你早就该来！"又对她们说："好好练吧。你们都很有前途。"

周坚把她带到一间屋子里，打量她一阵，叹口气，"又来了！我刚办个案子回来，听说金鹰模特团长涉嫌敲诈……"

"我没敲诈。我要的是业务费。"苏雪丹拖把椅子坐下来。这屋子她以前来过，那次和陈功德、石泰梁发生冲突，就是在这里解决的。

"刘芳来录证词了，证明当晚确实去了1207房间，向其顺还指控你当妈咪，让手下模特卖淫收钱……"

"胡说八道！"苏雪丹大惊。"刘芳的行为是个人行为。我根本不知道，正是我去才制止了她。"

"不过刘芳说你知道。"

苏雪丹愣了，刘芳竟然敢这么说！"你信吗？"她问。

周坚没说话。

"你让刘芳进来，我当面问她！"

"她不愿意和你见面。"周坚犹豫了下，"再说，你这案子的关键是那三千五百元，这是在刘芳走后发生的事，具体情况她也不清楚。"

"她是不清楚。你可以问仇志华——我们副团长。"

"仇志华已经来作证了，他说你是为银雀收的钱，让他送给欧阳平，但是因为太晚了他没有送，钱在你手上，或许后来你已经给了，但他没看见，因为他和你不是一路走的……"

苏雪丹心中一动，仇志华这么说是有用意的，他模糊了三千五百元去向的问题，实际上是给了她一个机会……

"你再好好想想，三千五百元收了没有？如果收了，是给银雀还是暂时没有给？这很关键。"周坚看着她，"向其顺说你不给三千五就告发他。还说不打任何收条。"

"这我承认。他这种人就吃这个！"

周坚手拍拍自己的额头，叹了口气，这个团长怎么不开窍！有些事是不能承认的，又没有录像录音。

"你恐怕有些麻烦了。若罪名成立，要坐牢了。"周坚说。

"坐牢的应该是向其顺！"

"可你触犯了法律啊，如果按他所说。你看看，他有什么？嫖娼没有现行，欠债又给了你，他整个一个大清白。而你……"

"那好吧，如果我出不去，你转告李淑敏，让她代理团长。"苏雪丹想，若真是这样子，也只有认倒霉。"哦不，是仇志华和李淑敏共同代理团长。"她又想起了仇志华的问题。

周坚正想说什么，外面传来喧哗声，接着有个声音喊：“周警官，所长让你来一下。”

周坚答应一声，对苏雪丹说：“你再想想，可能有些事情不大准确。”说着就出去了。

苏雪丹坐在那里，脑子一片空白，就为这三千五百大洋坐牢？简直荒唐！这辈子也没有想到自己会坐牢。早知道这么麻烦，夜里就该敲开欧阳平的门，把钱扔进去，这小子就住在歌舞团的办公室里，昨天夜里他们近在咫尺，很容易的。或者根本就不该替他讨债，关自己什么事啊！怪不得仇志华气哼哼走了。……不知过了多长时间，周坚又进来了，林丽英跟在后面，林丽英的后面跟着一个人，一看，竟是欧阳平！苏雪丹盯着他发呆，一时也不知说什么。再接着，刘芳、向其顺、仇志华都进来了。

周坚说：“这个案子各有各的说法，经过请示，决定大家对质，把当天的事情说清楚。”

向其顺说：“这有什么不清楚的，苏雪丹敲诈我三千五百块钱，铁证如山！苏雪丹，你敢说你没拿我的钱?”

“拿了。”苏雪丹耷拉着眼皮，很痛快地承认。

“还是了，警官！法律无情，该怎么的就怎么的。”

周坚说：“法律会怎么样，自然有说法。我再问一次，昨天夜里 11 时 45 分，你带了这个女人去了南熙大酒店 1207 房间?”他指着刘芳。

向其顺看看刘芳：“我……我是想找个人聊天。”

“回答是或者不!”

向其顺犹豫了阵，鼓下腮帮：“……是。”

“刘芳，是这样吗?”

“对。”刘芳胆怯地看看苏雪丹，“是他让我跟他走的。”

“其他的不要多说。”周坚又问仇志华：“你看见了苏雪丹收了向其顺三千五百元?”

“对。苏团长说是为银雀时装团要的业务费。向其顺欠人家演出费……”

“银雀根本就没有什么业务费!”向其顺叫道，“我们说好了试演没有费用。”

“怎么没有？试演演第一场减半五百，后两场一场一千五。共三千五。”欧阳平说。

苏雪丹一惊，瞪着欧阳平，他在说谎！他们当时不会是这么说的。欧阳平竟然学会说谎了，这小子进步了！想到这她不知是喜还是忧。

向其顺急了：“欧阳平你怎么胡说！你上门来说不给钱也演的。你要锻炼队伍!”

“怎么会不要钱呢,哪有这个规矩? 又不是吃多了练练筋骨玩!”欧阳平说。这话整个就是苏雪丹昨天晚上说话的一个翻版。苏雪丹盯着他直发愣。她弄不清欧阳平这么说是显示自己是个有管理经验的团长,还是纯粹要来解救自己。现在两个人是对手,如果自己出了事,欧阳平可以正好借此同朱迎宝结成联盟。这是个千载难遇的机会。欧阳平不想利用?

向其顺刚要说什么,周坚问他:“你们有合同没有?”

“没有,我一贯不签合同! 苏雪丹她也没……”向其顺话一说完,察觉坏了,这给警察一个什么印象?

“那让我信谁的? 他说要收钱,你说不收钱……我看这事就不要扯了,经济扯皮我们警察也不管。我管的是治安案件。苏雪丹承认拿了你三千五,代收银雀的演出费……”

“可她根本就没有给银雀啊,她是假借讨债名义敲诈!”向其顺叫道。

“这钱在谁手里?”周坚问。“这是问题的关键。”

“在我这里。”欧阳平说,看看苏雪丹,摸出了一摞钱,“苏雪丹今天一早把钱交到我手里了,三千五,一百元一张的。全在这。”

苏雪丹大吃一惊,欧阳平竟然把这事揽下了,她什么时候把钱给他的?

“确实吗?”周坚问,这事向着他预想的方向进展了。

向其顺叫道:“不可能! 苏雪丹自己独吞了!”他打的就是时间差,昨天夜里太晚,今天一早报案,马上就开始调查了,苏雪丹根本不会想到自己告她敲诈,哪有时间把钱送出去。“这钱不是我的!”

“你怎么知道不是你的,有编号?”周坚瞟了他一眼。

“没有……反正不是我的,不可能!”

“这就是苏雪丹交给我的。”欧阳平坚持说。

“你什么时候把钱给欧阳平的? 在什么地方?”向其顺转向苏雪丹。

“我……”苏雪丹一下子回答不出来,看看欧阳平。

“他们想串供!” 向其顺嚷道。

林丽英提醒周坚道:“如果是这样,应该分开询问。”

“对呀,在什么地方,什么时间? 胡说他们!”向其顺恶狠狠道。

周坚对林丽英说,“你带欧阳平先生出去。注意记录。”看看苏雪丹,心想,也只有你自己救自己了。“还有你们,也出去吧。”他对刘芳和仇志华说。

两个人出去了。

欧阳平走到外面,大声说:“你们怎么不相信? 当时我高兴极了,笑得合不拢嘴……”

接着林丽英的声音传来："你嚷嚷什么？写在纸上！"外面没有声息了。

周坚对苏雪丹说："你想好。"

过了会，林丽英进来，拿着一张纸，对周坚点点头。周坚问苏雪丹："你说吧，你们什么地方交接的钱？"

苏雪丹想了下，怎么说啊？明明没有和他见面，可是既然欧阳平说了，就说明这是个办法，或许在暗示什么……现在千万出不得差错啊，千万要和欧阳平说的一样，否则"敲诈罪"恐怕真成立了！苏雪丹紧张地思忖着：三千五百元……三千五百元，或许是那个场景重现？那次买音响也是拿了三千五百元，自己看上那套山水音响，让欧阳平赶紧拿三千五百元过来，会是这个吗？那就是在商场见面的？或是……那次？自己从西藏演出回来，欧阳平到机场接自己，结果路上出了车祸，碰了个鼻青脸肿，送到医院检查，要交三千元押金，自己从同伴中筹集了三千元直奔医院……不对，刚才欧阳平在外面大声说话不正常，什么笑得合不拢嘴？他肯定在暗示什么，莫非……苏雪丹心里一颤，莫非他是指那件事？那次欧阳平就是笑得合不拢嘴。她决定赌一把。

苏雪丹道："马道街，果皮垃圾箱旁。八点多的样子。"

周坚询问地看看林丽英："对吗？"

林丽英点点头。把纸条给向其顺看："相符。他们是交接钱了。"

周坚把纸条给向其顺看，向其顺看着纸条目瞪口呆："这……可……就算是给了欧阳平，可这钱是我的呀……"

"演出费！"苏雪丹说。"你欠人家的演出费！"

"说好了不给的呀！"向其顺声嘶力竭叫道。

周坚说："你这个事就说不清了，你一个人说不要演出费，又没有合同，按常理说模特演出是收费用的……这事不提了，向经理，要吸取教训，以后演出经营一定要有合同，如果有哪个团体愿意来白演一百场，你跟他签合同，看他还有什么话说！……苏雪丹，你去办个手续，可以走了。哦，你，"他指着向其顺："嫖娼虽然未遂，还是要接受一下教育的，你要留下来学学有关条例。"

向其顺瞪着周坚，说不出话来。

苏雪丹走出派出所，看见欧阳平和仇志华站在门口，激烈地争辩着什么。看见她出来，两个人都不吭声了。

苏雪丹走过去："我没事了。"看看他们，又问："你们说什么呢？"

欧阳平正要说话，仇志华抢先说："雪丹，我送你回去。"他指下不远处摩托车。

苏雪丹看看摩托车，说："等一下，我跟欧阳团长说几句话。"

"有什么说的？不是为他要钱，会出这事？"仇志华气哼哼地说。

"所以我得听他感谢我的话。他没说呢。"

仇志华脸色沉下来,看看他们:“那你慢慢听吧,我先走了。”说完走到摩托车旁,骑上摩托车跑了。

“哎,你……”苏雪丹瞪着仇志华的背影,一时说不出话来,她没想到仇志华真的撇下她走。

“我还是不该来啊。”欧阳平看看她。“你这位副团长要跟我玩命,青梅竹马的就是不一样。”

苏雪丹看看他:“你就跟我说这些?你觉得委屈了?我得谢谢你救命之恩?”

“还是我谢你吧。不是替我要钱吗?”

“知道就好。我这个人就喜欢打抱不平,尤其对那些不懂市场经济的毛头小子,我得扶持他一把……”苏雪丹打量他:“好像衣服穿得像样点了,领带……新买的?那个小妞的审美情调?”她拨弄了下他的衣领,又拽了下那条银星紫红领带。欧阳平慌忙闪开了。

“你会说谎了,有进步!……哎,你怎么就想到垃圾箱呢?让我好一阵猜!”苏雪丹盯着他。这个问题是她一直没弄明白,两个人事先并没有沟通,却猜中了题,这有点玄妙。

“我觉得那件事对你印象深刻。你现在的一切成就不是那天从蹲在垃圾箱上开始的吗?”欧阳平说。

苏雪丹想了一阵,确实如此。“如果我猜错了怎么办?”她问。“如果我不够聪明怎么办?”

“那……你命中注定有牢狱之灾。认命。”

“嘿,我看你巴不得我猜不中呢!”苏雪丹叫道,欧阳平如此回复有点出乎意料,这小子够狠的!变了,这小子当了团长变了!“你还不够狠,要是换了我,就不承认什么三千五的事,让你坐牢,然后我马上找朱迎宝。做大事,就得无毒不丈夫。”她恨恨地说。

“你不会。”欧阳平平静地说。

“你怎么知道我不会?我不问手段,只要效果。”

“你不会。”欧阳平还是很平静地说。

“你凭什么这么肯定?”苏雪丹大声问,欧阳平的这种语气让她恼火,好像什么都被他看透了。好像她外强中干。

欧阳平忍了忍,苏雪丹说得不错,她成功脱险说明她确实聪明,还说明他们心有灵犀,毕竟几年的夫妻……他不想顺着这条思路想下去,这没有意义。“我不想跟你吵架。”又说:“我还是要谢谢你,没想到你会给我们要钱。”

“刚才说了,我是教教你怎么做业务!”

“不管怎么说,谢谢你……”

“谢什么？你以为我是为你？我是为自己和其他人，你开了一个很坏的头，白演三场？这样白演下去大家都没饭吃！说你这叫什么价格战吧？你连价格都没有！什么叫恶性竞争？你这就是！”

“其实我不是这个意思，我只是……”

“以后长长心眼吧！”苏雪丹打断他的话，又拍拍他肩膀，像老师在教训学生。又说：“你要是真想谢我，一个要求：放弃和朱迎宝合作。这头豹子是我的。”

欧阳平看看她，没有直接回答她的话：“如果我要求你也感谢我呢？……”

“感谢你什么？哦，你把我从警察那里弄出来？告诉你，我还没呆够呢……”

欧阳平笑了下，这就是苏雪丹，从来不让人，打肿脸充胖子。还没呆够？谁信？住五星宾馆啊！

“你笑什么？”苏雪丹盯着他，“你不信？我在里面重温你职业：为人师表，指点迷津，造福人类，很有成就感……”正说着，围上了几个人：“团长”“大姐”叫个不停。

苏雪丹一看，为首的是那个黄毛华朵。“出来了？”苏雪丹惊诧地问她。

“咳，交了两千罚款，保证不再犯。”华朵满不在乎地说。“我什么时候到你那里报到啊？”说着狠狠地高踢下腿，“看看，又有进步吧？”

文娜说：“我歌还没唱完呢！”

苏雪丹皱下眉头，手掌往外抖了几下：“你们回去洗个澡，闭门思过一个月，这一个月里警察不再找你们，你们就来找我。滚吧。”又说：“华朵，你现在就是她们的头儿，给我管好了！”

“是喽！”华朵一声吆喝，几个女孩蝗虫般地飞走了。

欧阳平盯着这些装束怪异的女孩，又看看苏雪丹，摇摇头：“你可真行啊，到这种地步了……”

“什么地步？有红楼梦就没有青楼恨啦？……怎么样，说朱迎宝的事，你刚才的意思是和我继续打下去？”

欧阳平说：“你要这么理解也可以。本来约好今天上午九点和朱总谈的，结果你这出事了。”他并不避讳自己和朱迎宝的联系。

苏雪丹明白了，现在的欧阳平已经不是以前的欧阳平了，真枪实弹操练上了。不过听口气还没有敲定。“行，就当个冤家对头，谁怕谁。……嗨，看谁来了？”她突然发现不远处驰停下一辆出租车，郑云虹从车里钻了过来。“美人来接你的？”

欧阳平看看郑云虹，说：“我没叫她来。”

“别心虚。李淑敏那里你怎么说是你的事，不过你还是专一一点，要是勉强，你直接说出来好了，别骗自己又骗别人，对人家公平一些。欧阳平，我告诉你，世上好女人多的是，你只能选一个，别当花心大萝卜！”苏雪丹说完走了。欧阳平看着她的背影，这个身影他太熟悉了，依然窈窕俏丽，小皮鞋走得咯噔咯噔的，以后这个人影会越来越远。苏雪丹没有走人行横线，径直穿过马路，站在马路对面等出租车。

郑云虹过来，看着苏雪丹的身影，问欧阳平："她没事吧？"

"没事。她自在得很呢，进去一次，弟子三千。"

郑云虹很自然地挽住他胳膊，说："我们走吧，去吃点东西。"欧阳平身体颤了下，没有拒绝，两个人到马路边打出租车。

苏雪丹在马路那边看见欧阳平和郑云虹一起等车，心里不大是滋味，这个前夫居然这么快就找了一个如花似玉的小妞，还手拉着手！简直是示威。男人没个好东西！一辆帕萨特过来，朱迎宝载着李淑敏赶来，见到苏雪丹，朱迎宝舒了口气："这么快就出来了？"

苏雪丹没好气地说："还快？蹲个十年八载的就不快了？……你来干什么？"

朱迎宝说："哎，出力啊！李主任告诉我的，说是要保你出来需要钱，我提了十万来……"

苏雪丹看看李淑敏："谁说要钱？"

李淑敏赶紧说："仇志华打来电话，说恐怕罚款保释什么的要一笔钱……"

"我又没犯法！"苏雪丹明白了，仇志华恐怕是在自己和欧阳平对质时打的电话，他知道欧阳平并没有收到钱。

朱迎宝问："到底怎么回事啊？听说是为你的前夫追债？"

苏雪丹哼了声，指下马路对面：欧阳平和郑云虹招停了一辆出租车，欧阳平打开车门，让郑云虹进去，手臂还在车门上方做了个挡篷，然后自己也钻了进去。车慢慢启动，很快飞驰而去。

朱迎宝看着远去的出租车，感慨道："挺绅士的……知识分子就是不一样……女的是我那位侄女吧。"

李淑敏没说什么。脸上有点挂不住。这个欧阳平看来是彻底没救了，亏他还想拉自己入伙。李淑敏心中五味杂陈，很是失落。

苏雪丹上了车，朱迎宝问："去哪？"

"你说去哪？！到你公司，我们好好谈谈合作的事。"

朱迎宝一愣："这个……不大合适吧，你应该先回家休息一下……"

"你是不是和欧阳平约好了？"

"嘿嘿，是有这档子事，不过现在不是有突发情况吗？雪丹啊，什么都比不了身体重要。"

"你到底想不想谈？"

"想谈。但现在不行。欧阳平说有紧急事情推迟了和我谈判，我就召集安排别的事了，李主任电话来的时候我正在开会，总得先把事情处理好……"

“那好，回家！”苏雪丹没好气地嚷。她看出来了，这个老滑头，拿欧阳平招惹她呢，“我要睡觉！谁也别找我啊！”

朱迎宝不敢再说什么，赶紧将车开走了。一般来讲，进过局子的人，气都粗，好像天地不怕了。

第七章

49

下午三点，按照和韦明义约定的时间，陈功德和陆小雯走进假日酒店。陈功德四下看看，对陆小雯说："我去见他们董事长，你在这里等我。"他指了下大厅咖啡座，"要杯水喝吧。"

陆小雯摇摇头："太贵。……我陪你去吧。"

"人家要求我一个人去谈。很快就完。"陈功德笑笑，走向电梯，又回头叮嘱说："一杯矿泉水要不了多少钱的……"电梯门开了，走出几个拉着行李箱的青年男女，高声说笑着，陈功德让开路，然后钻进去。

来到1708号房间，陈功德稳定了一下情绪，今天成败就在此一举了，为了表示礼貌和尊重，他把手机响铃设定为振动模式，然后按下门铃，门很快开了，站在门口是韦明义，看见他说："董事长等你好久了。"将他引领进去。

这是一间豪华套房，铺着酱黄色纯毛地毯，客厅的墙边摆了台46英寸的液晶电视，小客厅摆着一台自动麻将桌。董奇坐在沙发上，看见他站了起来。

"这是我们董事长董奇先生。"韦明义介绍说，"这是……"董奇打断他的话："知道，陈团长。久仰。"说完和陈功德握手，"我们到里屋谈。"

两个人走进里屋，里面一张两米宽的大床和一个写字台，靠墙有一个欧式沙发，茶几上摆着香蕉、苹果和提子等水果。韦明义将门关上，说："我在外面。"出去了。

陈功德刚要说什么，董奇阻止他，"陈团长先看了这个再说。"说完指了下床上的合同。

陈功德觉得对方说话太霸气，完全是命令式的口气，但是一想到自己是借钱的，先矮了几分，只好坐下来老老实实地看合同。边看边感觉董奇在打量自己，那一双鹰眼在自己的头顶和身上一个劲的扫描，弄得他身体一阵阵发麻。这个借款合同条件苛刻：一是抵押的房产除了办公楼还有排练剧场，二是还款时间三个月，若不还，银雀公司将有权处置歌舞团的产业，换句话说，这个歌舞团就是银雀公司的了。陈功德想，这分明是要吃掉我们啊。他意识到这个钱不是那么好拿的。

董奇问："看完了？"

陈功德点点头。

"有什么想法？"

"恐怕……恐怕不大合适。"陈功德停下又补充说："和我想象的有些距离。"

董奇没说什么，点上一支"中华"，示意他要不要，陈功德赶紧摆手。

董奇自己用打火机点上烟，吐出一口，看看他："最近陆小雯怎么样？"

陈功德吃了一惊："什么？"

"陆小雯。你们的会计。"

"为什么……为什么提她？"陈功德隐隐感觉到什么。

"她没提起过我吗？她和第一个丈夫离婚后，和我过了一段时间，从法律上讲，我们可以说是事实上的夫妻。这个女人挺温柔的，是吧？"

陈功德愣了，瞪着他："你是……"

"董奇。"

陈功德看着对方，韦明义从来都是管总公司的老板叫董事长，所以他根本就不知道会是董奇。陆小雯说过自己和一个叫董奇的男人过过，也只是笼统说说，他也没在意，好像陆小雯还说过这个董奇在深圳或是云南搞什么生意，长期没联系了，原来这就是董奇，原来他就在自己身边！他突然明白韦明义为什么来办模特时装团了，这或许是一个早就算计好的阴谋。

陈功德站起来。

董奇不动声色地说："干什么？话还没说完呢！我没说你是第三者。陆小雯和我毕竟没有办理结婚手续。"

陈功德看看他，心里一阵发紧，看来对方很了解自己和陆小雯的事，作为一个在职官员，他现在不想把和陆小雯的事公开。但是你如果要用这个事情要挟我，我也不怕。从法律上讲，他和陆小雯都是单身男女，不存在什么婚外情问题。

这么一想，陈功德又有了底气，坐了下去。

"我们最好谈公事，其他的不要谈。"陈功德说，右腿搭上左腿，手轻轻地拍下膝盖。"还是说钱的事。"

"对，说钱。"董奇同意，忽然问："韦明义往你卡上打的钱收到没有？"

"什么……钱？"陈功德一颤。

"怎么，他没跟你说，还是你没收到？六万块。是这个数吧？"

“那是……那是模特团的流动资金……”

“什么流动资金,就是给你的钱。别放在心上,小意思。”

陈功德明白了,原来他在这等着呢。上个星期韦明义要往他的建行资金卡号打款的时候,他还有点犹豫,万一出点事,以后怎么说得清?但韦明义信誓旦旦保证没事,还追溯了双方之间的合作过程以及十万元钱的事,证明银雀公司是对得起人的。陈功德当时觉得韦明义确实是够朋友的,是信任自己的,否则谁会给你钱。结果他傻乎乎地进了圈套。现在他被人家攥在手里了。

陈功德明白了自己的处境,出了一身冷汗,站起来:“这个钱我马上退给你,那三百万我也不借了,我……”

“坐下!”董奇低沉地哼了声。

陈功德颤了下,不由自主坐下了。

“陈团长,要是别人,我不会把钱打过来,我不放心!话又说回来,要是别人给陈团长的钱,我劝你也不要收,不保险!可我们是什么人?虽然没有直接见面,但神交已久,我对陈团长是肝胆相照,上次十万块被劫,我抱怨了吗?不照样跟你合作?实话说,当时苏雪丹若拿不回十万,我就准备再投十万过来,你这个朋友,我是交定了!”

陈功德怔了会,“可是……”

“当然,如果陈团长看不起我这个朋友,那我也就不把老兄当朋友了,我何苦来呢?是吧?”董奇说完,用指关节敲了下茶几上的合同。“签不签字,你看着办。”

陈功德说不出话来,呆呆地看着合同。他想走,又不敢走,董奇这是赤裸裸的威胁,意思表明的很清楚了!受贿!他受贿了!真说不清了……钱啊,钱啊,魔鬼,人的弱点就是贪,歌舞团虽然风雨飘摇,但在没有解散之前,自己还算国家公职人员,收不得身外之财的!现在真不如是个平民百姓呢!如此看来,就算是个团长,那也是苏雪丹那种个体民营的好,你拿多少钱来我也敢收……

这六万块钱把陈功德弄得心神不定,如果拒绝这份合同,把柄被对方抓住,后果可想而知;而如果同意,那又不甘心……他真不知道怎么办好了。

陆小雯坐在酒店大堂的沙发上,心神不定地等着陈功德出来。她看看手表,已经过去二十分钟,他们到底谈得怎么样,对方真肯借三百万吗?按理说,涉及到财务问题,带上她这个会计会方便一些,韦明义为什么只要陈功德一个人去?万一谈不好,陈功德高血压犯了怎么办?她觉得不放心,走向服务台,询问1708的房客的名字。

小姐看看她:“我们顾客的资料是保密的。”

陆小雯掏出自己的工作证:“我是市歌舞团的,我们团长和1708客人会面谈业务，要我来核实一下。”

小姐犹豫了下，手指在键盘上敲打几下，看下电脑：“董奇。”

陆小雯愣了，过了一阵说：“董奇？”

“对。”

“哪……哪个董奇？我怕弄错了。”陆小雯知道这里登记身份证是要扫描到电脑里的。

小姐把电脑显示屏转过来让她看。陆小雯盯着屏幕图像，那双猫一样的眼睛，她太熟悉了，就是董奇，她以前的男友。

“今天开的房？”她愣怔了一会，问。

“长期包房。他是公司董事长。”

陆小雯的心脏剧烈地跳动起来，长期包房，说明董奇就在自己身边，说明他一直在盯着她，还说明……她赶紧摸出手机给陈功德打电话，对方却不接，她又打1708房间电话，一个男人接的：“哎，谁呀？”

董奇！是他的声音！陆小雯拿着手机，不知说什么好，身体竟然轻微地哆嗦起来。对方又“喂”了几声，把电话挂了。

该报警吧？陆小雯脑子里闪了这个念头，又一想，说的是谈借款的事，又不是绑架杀人……董奇也不是罪犯，他用自己真实身份住在这豪华宾馆，说明他起码是合法的公民。说实话，他做什么生意她根本就不知道，两个人同居后离多聚少，董奇基本在外面跑，回来后就把她扔到床上蹂躏，董奇的性欲非常强，简直不像正常人，每次都把她折磨得死去活来。她对他的感觉就是神秘和暴戾，其他的又说不出什么，报警没个由头。不过她就是觉得不踏实，她必须采取行动。她拿出手机，拨通了欧阳平的电话。

此时欧阳平正在前往黑豹集团的出租车上，中午他给朱迎宝打电话约谈合作的事，但朱迎宝推说有事拒绝了。从朱迎宝含含糊糊的语气中，欧阳平察觉不妙，如果不是因为苏雪丹突然出那一档子事，他上午或许就和对方谈好了。为了避免朱迎宝变卦，欧阳平决定闯上门去，尽快把事情敲定，为了保险起见，他拉上了郑云虹，以他的观察，朱迎宝对陈功德不怎么样，但对这位侄女，却从来是笑脸相迎的。出租车临近目的地时，接到陆小雯的电话，让他立即赶到假日酒店，陈团长那里有紧急事情。欧阳平想问是什么事，陆小雯电话已经挂了。

欧阳平犹豫了下，还是让出租车掉头回走，陆小雯虽然没说清楚，但听语气紧张急促，好像要出人命的样子。

很快，欧阳平和郑云虹赶到了假日酒店，陆小雯慌慌张张地把事情的来龙去脉大致说了下：银行已经起诉，传票来了，三天后开庭。韦明义说公司答应借款，今天董事长约陈团长见面，很可能就签字。

欧阳平说："这是好事啊。还了钱银行就撤诉了。"他不明白陆小雯火急火燎把他喊过来干什么，耽误他的大事。

陆小雯说："不是啊……"

"你到底要说什么?!"郑云虹不耐烦了，在出租车上时，她就让欧阳平不要理会陆小雯，这个女人疯疯癫癫的。若不是陆小雯的电话，他们现在已经和朱迎宝谈上了。

陆小雯颤抖着声音说："韦明义的董事长是董奇!"

"董奇? 这又怎么了?"欧阳平更加奇怪，不明白她怕什么。

"董奇这个人说不清的，我了解他……"

"他到底是什么人?"欧阳平隐约觉得这个名字有些耳熟，但又想不起在哪听见过。

"他……他是……我劝功德……"陆小雯看看郑云虹立即又改口，"我劝陈团长慎重些，这钱不是那么好拿的，董奇一定有他的打算……"

"你还没说董奇到底是什么人?"郑云虹盯着她。

陆小雯默了会，含混地说："他是我以前的……我们一起过过，后来分手了。我了解他……这个钱不能要，否则……谁知道会怎么样。"

虽然陆小雯说话含含糊糊的，但欧阳平明白了大半。如果董奇是陆小雯的前男友，那这事似乎就不简单了。"你怎么不早说?"

"我刚知道韦明义是董奇的手下。"

"董奇还惦记着你吧?"郑云虹盯着陆小雯，冷冷地问。"你把人家甩了? 或者是一脚踩两只船?"

"不是这样的……"陆小雯不知怎么说好，郑云虹对她一直是冷眼相对的，她明白是为什么。

对陈功德和陆小雯的关系，欧阳平也有耳闻，不过他认为是两个人的私事。他想了想，说："陈团长是去谈借钱的，如果手续正规又怕什么!"

"你看看去吧，反正我觉得不踏实，功德又不让我进去，"陆小雯也不避讳了，说，"他们在1708房间。董奇瞒着我们，肯定不安好心。"说完，身体一软，瘫坐下去，幸好郑云虹反应快，一把抱住她。

欧阳平对郑云虹说："你把她扶到沙发上坐着。在这里等我。"说完正要转身走，郑云虹忽然叫道："别走!"

欧阳平一怔，疑惑看看她："怎么了?"

"两个情敌的事，你掺和什么?"郑云虹说。她使劲用手卡住陆小雯的腋下，让对方站直了。

"你说什么?"欧阳平吃惊地看着她，此时郑云虹像变了一个人，神色冷漠地注视他。

“这个事迟早要来的。他们之间的事情，自己解决。不过为这个女人，不知值不值。”郑云虹转头问陆小雯：“你和我爸爸是怎么回事？”

陆小雯低着头没吭声。

“你要当我妈，是不是太年轻了？”郑云虹语气尖刻起来。

陆小雯低声说：“我爱功德……你爸爸。”

欧阳平看看周围的人，在这种公共场合谈这些私事显然是不合适的。他劝解说：“小虹，这个事以后再谈，你等我去……”

“我就是要问她话，我憋了好久了。”郑云虹不客气地打断欧阳平的话，又用手轻轻拍下陆小雯的腹部：“你把我弟弟打掉了？……多可惜。”

陆小雯惊慌地看着她：“你说什么？!”

“别装傻，你怀了我爸的孩子。”

欧阳平明白了，郑云虹就是要让陆小雯难堪，羞辱她。他没有想到平常看着挺开朗阳光的郑云虹会是这样。“小虹，咱们别说这个好不好？要不等我回来，我要先去看看陈团长……”说着他往电梯那里走。

“欧阳老师，你最好听下去，这个段子和你也有关系。”郑云虹提高声音。

欧阳平愣了，怎么又扯上我了？他站下来，惊愕地看着对方。

“那天十万块钱被劫的时候，你不是去厕所了？”郑云虹问陆小雯。“呕吐？”

“我……我不舒服。”

“你当然不舒服！那天我也吐了，为什么？”

陆小雯瞪大眼睛，摇摇头。

“那天本来我是要回家的，可在网吧呆了一夜。喝了六瓶啤酒……”

陆小雯不知道她到底要说什么。

欧阳平也糊涂了，你喝了酒，和人家有什么关系？和我就更没有关系了。

“我为什么喝酒？为什么呆在酒吧？我疯了？”郑云虹嘴角上露出一丝冷笑，“我回到家里，你们没有把门关好，床上……真让我恶心！”

陆小雯脸红了。

欧阳平想，这段子越说越黄了，正要阻止她，郑云虹又问陆小雯：“那次是第几次？”

“什么？”

“你知道我问的是什么？”

“……三次。”

“你怀孕了。所以呕吐。由于呕吐，你上厕所，你上了厕所，所以把装钱的包给了苏雪丹。”

欧阳平终于明白了,原来这事还真和自己有关系,如果不是从苏雪丹手上被抢了钱,那他和苏雪丹日后的事情还真不好说。起码不会是现在这样。

“你害死了我妈!”郑云虹盯着陆小雯,一字一顿地说。

陆小雯叫道:“不是!我是在你母亲死后才认识你爸爸的!”

“鬼才相信!”

“你可以问你爸爸!”

“我不问他,我就是问你!狐狸精!”

“小虹,你可以恨我,但是现在,你上去看看你爸爸,我真的不放心他……我、我跟你一起上去……”陆小雯哀求地看着她,又看看欧阳平。

“小虹,我还是上去看看,有些事,当面一问就好了。”欧阳平觉得自己不能再待下去了。

“欧阳老师!如果你走,我不会再理你了。”郑云虹紧紧地抓住陆小雯的胳膊,好像怕她跑了。“就算我爸爸有什么事,他也是为我妈赎罪。他活该。”

欧阳平没有想到郑云虹说出这样的话,竟然这么无情,只能说母亲之死对她伤害太大,满腔怒火都发泄到陆小雯和她父亲身上。对于她母亲的死因,朱迎宝还有一种说法,如果郑云虹知道了非疯了不可。欧阳平承认自己对这个小姑娘了解太少了。他戳在那,看着这两个女人,进退两难。

在1706房间,陈功德仍在犹豫,为了掩饰自己的焦虑,他翻来覆去地看着合同,似乎在推敲的模样。然后他又将合同举到眼前,指头不停捻着那几页纸,横着倒着研究起来,不时用鼻子闻闻,好像这合同的字里行间有什么秘密一样。

“陈团长!”董奇不耐烦地用指头敲敲茶几。

“啊?”陈功德回过神,看着他。

“我知道你怎么想的,六万块钱的事不要放在心上,我们不说,谁知道。”董奇这话看上去是安慰,实际上是威胁——说和不说全在于你的表现。“想想看,你是快五十岁的人了,要为自己的后半辈子着想,你能干多久?歌舞团这样子你也知道,迟早要垮,实话说吧,我赚了一些钱,想做点事情,准备在这里开发房地产,盖三十层公寓写字楼,准备投资四千万搞开发,歌舞团位置不错,城里这种地皮确实不多了……”

陈功德不说话。

“陈团长还有什么顾虑?”董奇问。

我有什么顾虑,这不是明摆着吗?陈功德心里直骂娘,嘴巴里又说不出来。过了阵嗫嚅道:“合同上说,如果还不了钱,你们有权处置歌舞团的产业。可是,歌舞团的资产远不止三百万……”

“我明白你的意思。这是另外一个合同的内容了。我们可以再商议。我借了你钱,就有合作的优先权。这是惯例,合情合理。”

陈功德呆呆地看着他,此时他只能顺着对方的思路走:“如果是这样……我们的员工……”

“会妥善安置的,可以让他们出去过渡一下,然后核算价格给点补偿,要房子也可以,你陈团长的我们给你留一百五十平米的,另外每个员工根据工龄长短一次性买断……”

陈功德愣了阵:“那……歌舞团从此没了……”

“老陈呀,你别太天真了!”董奇一副推心置腹的口气。“你们文化局早就想撤掉歌舞团,我们知道原先那个团长借的三百万让他们担保,结果被判连带还债,已经吓怕了,他们背不起这个大包袱……歌舞团迟早是要没的,就看怎么没。你看看你们,又是债务又是老弱病残,没有人愿意接招啊……当然,我们也不是傻瓜,市场经济嘛,谁也不愿意做亏本的买卖,所以请陈团长高抬贵手,降低成本。这样我们才好操作……”

陈功德脑子已经乱了,他只知道,自己是钻进了一个精心设计的圈套之中,他跑不了了。

“签了字以后,我会再往你的卡上打五十万进去。不过现金更保险,银行总是有记录的。”董奇说。他起身从床下拿出一个黑色密码箱,打开,里面是一摞现金,“钱就在这里。”

“这个不要……”陈功德慌乱地摆手。

“陈团长放心,我们知道该怎么做。这是头一笔款,事成之后还有大头。”董奇并不再多说,合上箱子,放到地上,然后拿起茶几上的签字笔递过来。“总之是不能让你陈团长吃亏。”

陈功德呆怔一阵,下意识地接过笔,喃喃地说:“可是我们那个梦红楼项目……”

董奇哈哈笑了,这会他觉得这位老兄蛮可爱的:“老陈啊,你竟然还想这事!该清醒了,那是欧阳平的一相情愿罢了。谁愿意投这没谱的事?现实一点。签字吧。”

陈功德还想最后挣扎一下:“就算我签字,文化局认不认可……”

“那是另外一个问题,我想能搞定。老陈,你想想,你为文化局剥离了不良资产,立了一大功,他为什么不认可?感谢你还来不及呢!你肯定会被提拔,副局长的位置非你莫属啦!”

“我……不是为了当官……”陈功德不知道他是随便说说呢,还是有什么门路。看看合同,由于紧张,他脑袋一阵阵疼,脸上发烧,手心一阵发麻,血压又上来了。这字一签下去，我就是个罪人，歌舞团就毁在我手里了，他想，不过事情不会那么糟吧？董奇说的还是有道理的，他又努力朝积极的地方思索，从另一个角度说，今天这个事确实可以算是招商引资，不是吗？引入了民间资本，实行了体制转变，减轻了国家负担，符合改革的方向，只要能妥善安排职工，就不会有人闹事，又拿钱又有新房，大家还会感谢我呢！上面如果真要提拔我，那也是合情合理的。再说万一有什么变故，还有两三个月的缓冲期，总会有办法的。陈功德觉得心里平衡了，甚至觉得自己有些伟大了。他正要签字，门铃忽然响了，陈功德吓了一跳："谁？"

董奇打开门，韦明义正站在门口从门猫眼往外看，转头看看他，轻声说："欧阳平来了……"

"我请他了吗？"董奇阴沉着脸问。

"他非要进来，说是见陈团长……"

正说着，外面欧阳平的声音又响起来："陈团长！我是欧阳平啊。"

"你让欧阳平来的？"董奇问陈功德。

"没有。"陈功德赶紧否认。

"让他进来。"董奇想了下，示意韦明义。

韦明义把门打开了，欧阳平站在门口，探头向里面看看："我要见陈团长！"

欧阳平不知自己是不是来晚了，虽然郑云虹威胁和他断交，但他考虑再三，还是决定上来看看。人命关天啊。陈功德现在到底是什么个状况，会不会被人家打翻在地了？郑云虹那个小女孩赌气任性，他三十多岁的人了，居然被她唬住了。现在想起来真有些丢人。

董奇打量他："你就是欧阳平，苏雪丹的丈夫？"

"是苏雪丹的前夫，"欧阳平纠正说，看看董奇，"你就是董事长董奇喽？"

"你有什么事？"董奇问。

"听说银雀团要和贵公司签协议，我是团长，怎么不知道？陈团长——"他看见屋里并没有陈功德，这让他紧张起来，莫非已经让人家像粽子似的捆绑起来扔到浴缸里泡着了——他的脑海里闪出某个警匪片的镜头。又向里屋喊了一声，"你没事吧？"说着用肩膀顶开董奇，走了进来。

陈功德坐在里屋没吭声，这个欧阳平来的不是时候，要不你早来，要不你晚来，见他径直向里屋走来，赶紧迎出屋去，不想因为慌张，起身时脚把茶几旁的密码箱碰倒了，箱子盖子一下子弹开，赫然露出里面的现金！

陈功德站在那里，脸色骤然变红，接着又变青，身体轻微地颤抖起来。

韦明义立即过去把箱子盖上，将密码箱提进去了。

"陈团长，你没事吧？"欧阳平似乎没有注意箱子的事，关切地问。

"哦，欧阳团长来了……"陈功德竭力镇静下来，点点头，"我们在谈呢。挺好的。”

欧阳平上下打量陈功德：衣服整齐，脸上也没有什么挨打的痕迹，这让他放心下来。

董奇对欧阳平说：“不是跟你说了吗，这是歌舞团和银雀公司签协议，和你没关系。”

“我觉得有关系，是吧，陈团长？”欧阳平说着径直走进里屋，拿起了茶几上的合同翻看起来。既然没有情敌矛盾，那事情就单纯了，他要看一看这笔生意是怎么做的。

欧阳平的举动出乎大家预料，韦明义正要上去拿回合同，董奇制止了。

陈功德语无伦次地说：“你来得正好，你看看，这个合同你帮我看看。人家银雀总公司是有远景规划的，我们不仅引进了一大笔资金。还要盖公寓写字楼，改善歌舞团的工作和生活条件……”

欧阳平仔细看了合同，说：“第一，我觉得还款时间太短了，第二我认为如果推倒重建，不应该是公寓楼，而是艺术中心……”

“我们公司对艺术中心没有兴趣，我们只开发公寓楼。”韦明义说。

“其实，如果运作得好，艺术中心是能赚钱的。这样，本市也有一个像样的文化艺术场所。歌舞团没了，太可惜。”欧阳平恳切地说。

“你这是换汤不换药，刚才说了，我们对艺术中心没有兴趣。”董奇强调道，欧阳平突然插了一杠子让他很恼火，这人算什么？什么也不是，可还得耐着性子和他说话。他瞥了眼陈功德。

陈功德知道他的意思，现在只能顺着他说了，谁让自己被拿了短处。“欧阳团长，你不了解情况，银雀人家是搞市场房地产开发的，人家有自己的预测，再说歌舞团的职工都会安置好。”

“文化局是让陈团长搞改革，不是让歌舞团消失吧？”欧阳平将合同放到麻将桌上。

陈功德不吭声了，过了会说：“改革也包括消失。只要平稳过渡。”

“但是……歌舞团有那么多的歌手，乐队、舞蹈演员，一散就永远回不来了……”

陈功德看看窗户外面，这个欧阳平有些让他觉得讨厌了，他哪里知道自己的处境，一个劲地乱搅和，“他们现在也没回来，都在外面挣钱。”他说。

“那是因为团里没有像样的演出。他们仍然是歌舞团的成员，人散其实是心散，他们没有和歌舞团脱离关系，就是抱着一丝希望，希望有一天重塑辉煌，而现在，我们有了一条路……”

“你说的那些太遥远了……”陈功德决定向欧阳平摊牌，他现在已经没有其他选择。“你说说，怎么才能在三天内找到三百万还银行？三天后上法庭的是我，不是你。如果败诉——肯定败诉，——被拍卖，结果更惨。”

欧阳平不吭声了。

董奇坐回到沙发上，一条腿压在另一条腿上，打量着欧阳平：“欧阳平先生，我是久闻其名，不见其面，你是苏雪丹的丈夫……哦，以前是，苏雪丹当年可是学校的校花……你是怎么和她……”

“董奇先生，在这里我不想谈私事。”欧阳平不客气地打断他的话。现在他想起来了，他从苏雪丹那里听到过董奇的名字。

“好啊，就谈公事，”董奇笑了下，“我们这三百万不是花不出去，要不是因为和陈团长谈得投机，要不是共同创办银雀时装团有了感情，信得过，我们才不想理这个茬儿呢！”

欧阳平看看陈功德：“反正，陈团长你要三思！我正和朱总在谈合作的事，已经有了眉目，国际经贸会也……”

“欧阳平先生！请你记住自己的身份。”董奇大声打断他的话。“你只是陈团长临时聘用的团长，我们接手后，你不用担心自己的饭碗，以后银雀时装团还是要存在的，国际经贸会也是要参加的，当然，更重要的是以后要和售楼联系一起，模特小姐促销肯定效果不错。只要你表现好，我们可以继续聘用。是吧，陈团长？”

欧阳平哼了声：“如果你们要搞什么公寓写字楼，我在这里就没有什么意义，我辞职。”

“哦？是吗？”韦明义惊讶地看看陈功德。“这挺吓人的。”

陈功德沉默了一会，看看欧阳平，说：“欧阳团长，其实你是感情上过不去，要说在歌舞团，我比你时间长，感情应该比你深吧，只要把眼光角度变一下，就会想到，这是好事，是双赢……”

“我就是认为歌舞团应该脱胎换骨，而不是灰飞烟灭……”欧阳平知道无法谈下去了，而且对方说的也没错，自己和歌舞团无关，既然人家团长都认可了，自己还瞎操心什么！他向门口走去，又停下说：“我要说的都说了。”

陈功德并没有听清欧阳平说什么，他还在想刚才里屋那个碰翻的密码箱，从欧阳平的角度看，应该也看到了，可从他当时的表情看，似乎又没看到。是的，完全有可能没看到，当时密码箱在自己的身体后面，自己的两条腿挺粗，加上西裤裤角肥大，遮挡面积可观，这应该感谢老外发明了西裤，当然如果是穿着苏格兰男人裙装就更好了……退一步说，就是看到了，并不能说明什么，这是人家的钱。人家有钱，关你何事？不管怎么说，现在，陈功德只想尽快结束这个事情。他头上沁出了汗珠，拿起合同，飞快地在上面签上字。

董奇拿过合同，满意地看着：“好啦，三百万明天划到你们账上。”又意味深长地补充了句:“我们谈好的,一个子儿都不会少。陈团长放心。”

陈功德没吭声,知道这是什么意思。

“目光短浅啊……” 见木已成舟,欧阳平无奈地叹口气,他的那些宏伟规划,全部成了泡影,白忙活了。

他不再说什么,走出去。打开门,却一愣:郑云虹和陆小雯神色紧张地站在那里。

“小虹?”陈功德也看见了郑云虹,赶紧走过来,“你怎么来了?”

郑云虹上下打量他一阵,哼了一声:“很健康啊。” 头一扭,转身就走。陆小雯拉了她一下:“小虹,你别……”没想到郑云虹一甩手,“啪”地抽了陆小雯一个耳光,然后头也不回快步走向电梯。

这一巴掌把大家都打愣了。陆小雯呆在那里,也不捂脸,脸颊上的指印清晰可见。陈功德叫了声:“郑云虹! 你站住!”正要追过去,被陆小雯拉住了。

欧阳平看看他们,赶紧追过去,郑云虹已经进了电梯,欧阳平用一只脚伸进去,电梯门夹了一下又弹开了。欧阳平一跳蹿进去,自嘲道:“好险好险……”他对郑云虹笑笑,郑云虹对他怒目而视。欧阳平觉得她这么个杏眼圆睁的样子挺可爱,别看一副深仇大恨的样子,但里面更多的是一种嗔怨。他理解她的愤怒,甚至欣赏她刚才的出手姿态:手臂的弧度,腰肢的曲线以及 180 度的转身都可以说是完美,模特就是模特。但她还是不应该打人,那一瞬间让人想起了苏雪丹。如果真要打人,她应该给自己的父亲一巴掌,好让他老人家头脑清醒清醒,居然稀里糊涂就这样把协议签了。他必须和郑云虹好好谈谈,下一步何去何从,要尽快决断。

欧阳平和郑云虹走后,陈功德回过神来,走向电梯,陆小雯赶紧搀扶着他。两个人没走两步,董奇突然在背后说:“小雯,好久没见面了,不打个招呼?”

陆小雯身体颤了一下,回过头紧张地盯着他,刚才被郑云虹打蒙了,没有注意董奇。她不知道他要干什么。

董奇走过来,仔细地打量她,叹息一声:“当后妈不容易……”他的手伸出来,似乎要抚摸对方脸颊。陆小雯躲闪了下,董奇缩回手,看看陈功德,笑了下:“陈团长是个明事理的好男人。好好照顾他。”又对韦明义说:“你和陈团长一起回去,开个会稳定人心,银雀团要继续搞,只能更好,不能松劲。”

韦明义答应了声,从另一侧靠近陈功德,很体贴地抓住对方的胳膊,陈功德没有说话,顺从地让陈功德和陆小雯夹着,脚下一拖一拖地蹒跚地往前走,这个近五十岁的男人,精神有些恍惚,背也驼了,一下子苍老很多。

50

一觉醒来，已经是上午十点了。苏雪丹躺在床上，觉得身上舒服多了，昨天晚上睡得很死，连梦都没做一个，还是家里好啊，踏实。想想也真晦气，竟然被关在那种地方，和妓女在一起！这辈子是什么事都遇上了。不过若是那些小母鸡从此走上正道，也算是不虚此劫。

她坐到梳妆台前，看看自己的面容，气色还可以，只是头发有些乱。她打开发乳盒，拿起梳子给头发上发乳，电话响了，她回头看看，走过去拿起话筒，是汪琴打来的："休息好了吗？"

"缓过劲来了。你们在干什么？训练？"

"训练。刘芳还是没有来，说是到银雀时装团去了……"

苏雪丹一惊："被欧阳平收留了？他就要这种烂货！"

"欧阳平恐怕也干不长，听说他要辞职……你知道了吗？"

"辞职？为什么？"苏雪丹觉得这不大可能，欧阳平不久前还雄心勃勃的。

"不清楚。他昨天打电话跟李淑敏说的，情绪低落，没告诉你？"

"没有。欧阳平还说了什么？"

"好像……听说陈功德借到了三百万，是跟董奇借的。"

"董奇？"苏雪丹真正吃惊了，这事怎么牵扯到董奇身上去了？董奇这个名字对她已经遥远，当初就是在见郭华山时提起过。

"对呀，原来他就是韦明义的上司，"汪琴继续说。"他是银雀真正的老板。"

"哦……"苏雪丹一时有些糊涂了，董奇竟然是韦明义的老板，那就是说银雀时装团是董奇的了？她以前一直是在和老同学董奇竞争，是在和陆小雯以前的那个同居男人竞争。这里面……有点名堂。

她放下电话，正要去换衣服，电话又响了，她抓起电话，里面是朱迎宝的声音："雪丹女士，晚上能有幸请你吃饭吗？"

苏雪丹笑了下："只是吃饭？"

"当然不仅是吃饭啦。我想做个决断，关于合作的事。"

"好啊。"放下电话，苏雪丹想，看看，沉不住气了。你这头豹子！现在离国际经贸会时间只有一个月时间了，你还是要做生意啊。

下午六点整，苏雪丹准时来到知味斋酒楼，进了太白包间，朱迎宝已经坐在里面了，让她感到意外的是卢燕燕也坐在桌边。看着苏雪丹惊讶的神情，卢燕燕微笑地说："朱总说要我作陪给老师压惊。"

苏雪丹看看朱迎宝,心里有些不快,电话里他可没说这个,竟然不声不响就把自己手下的模特弄来了。你卢燕燕也是,再怎么的,也要先跟我说一下吧?

朱迎宝似乎并没有注意她的表情,说:“菜已经点好了,”把菜单给她,“想吃什么,再点。”

苏雪丹淡淡地说:“没胃口。再说我也没什么惊。”

“那就先喝酒,专门点的法国葡萄酒,三十年的……”

“很贵的。”卢燕燕轻声强调说。

“贵不是问题,主要美容和安神作用。燕燕,敬你老师酒!”

卢燕燕端起酒杯:“苏老师,祝你身体健康,美丽常在!”

苏雪丹笑笑,心里不愉快,大面上还得过得去。也举起酒杯:“谢谢!燕燕,也祝你每天进步,早日成为全国红模!”

“有苏老师的栽培,燕燕肯定是啦!”朱迎宝说,用酒杯碰了下,自己一口喝完。苏雪丹和卢燕燕互相对视,轻啜一口。苏雪丹忽然感觉卢燕燕眼睛里有内容,是什么,一时说不清。卢燕燕回避了她的目光,夹了一小片凉拌黄瓜到她盘子里,轻声说:“苏老师,吃菜,味道很好。”

“吃菜吃菜!什么事都不能饿着肚子……”朱迎宝附和说。

苏雪丹吃菜,朱迎宝在装傻,明明知道她来不是为了吃饭,可就是不提协议的事,还叫来卢燕燕作陪,想干吗?你背着我这个团长叫我的模特,这叫僭越!但是她不能表示自己不高兴,毕竟,有求于人,如果卢燕燕在场有助于这头豹子早下决心,那也未尝不是好事。

吃了一阵,朱迎宝对卢燕燕说:“我和你们团长谈些事,你吃饱了没有?”

卢燕燕马上点头:“我先回去了。”站起来,对苏雪丹点点头:“苏老师你慢吃。”走了出去。

朱迎宝看看苏雪丹,一脸诚恳:“雪丹啊,我真内疚啊,我在想啊,我对你犯了个大错误。”

“你说什么?”苏雪丹皱下眉头,不明白他的意思。“什么错误?”

“我一听说你进了派出所,可能还要被判刑,我就觉得这有我的原因,假如早和我签了协议,你就不用为资金发愁了,也就不会去敲诈……”

“哎哎哎!怎么说话的?”苏雪丹瞪着他:“谁敲诈?警察都没说我敲诈,你倒说我敲诈?!”

“我是说……你是为我进了局子的……”

“为你?”他也太抬高自己了,苏雪丹想。我犯得着吗!

“如果不是绝望,你能做出这样过激的事情吗?不就几千块钱吗!我一直自责,你这样娇贵的身体,在监狱里怎么受得了!没有吃,没有穿,满地虱子跳蚤,稻草里面老鼠吱吱叫，一不小心就把耳朵鼻子咬一块肉下来……”

“嘿，你还真有想象力，你还要给我送饭吧？”

“当然！”朱迎宝认真地说，“不管你出现什么情况，我绝不会抛弃你，绝不会像你那个负心的丈夫欧阳平一样……”

苏雪丹叹口气，这个朱迎宝脑子少根筋，自作多情，不过倒是满可爱的。

朱迎宝一把抓住她的手：“雪丹……我们不能再等了，赶快签协议吧？”

苏雪丹一阵狂喜，嘴上却轻描淡写地说：“你不是还在考虑银雀吗？”

“去他的银雀！就是你，我一直等的就是你。”

“那……好啊。”

“怎么样？”

“什么怎么样？”苏雪丹瞪着他，签就签呗，怎么这么啰嗦，他在绕什么圈子啊！

“我们俩的事你考虑的怎么样？不能再拖了。我也考虑好了，签署协议和婚礼同时举行是不大合适，不过先扯个证是可以的，婚礼以后选个好日子补办。……当然，实在不行先订婚，这很简单，把戒指戴到你手上就算了事。你看？”

弄了半天，朱黑豹还是这个主意！苏雪丹火了：“你说要来个决断，就是这个意思？”

“是啊，我说雪丹啊，难道下决心就这么难？我这个人难道就不值得爱？”朱迎宝恳切地说：“我是一个不错的男人，真的。我们是天造地配的一对！天意不能违啊！”

苏雪丹叹口气，对这种执著的男人她没有办法了，还扯上什么天意！她问道：“我想问个问题……”

“问吧问吧。”朱迎宝期待地盯着她。

“如果我不答应，你是不是又去找银雀去了？”

“不。”朱迎宝夹了一片咸烧白塞进嘴里，然后将筷子放到桌子上，看着她：“我怎么也不能帮助你的对手啊。再说银雀那个什么梦红楼项目我也没兴趣。不过……”他故意停下不说了。

“什么？”苏雪丹注意看着他，觉得他话中有话。

“我会自己组织个模特队参加经贸会……黑豹时装模特队。”

苏雪丹一惊：“你把事情想得太简单了，组织个模特队不是那么容易的。你以为随便在大街上拉两个美眉就可以啊，到时候才知道掉价！”

“我当然不会自己干，我请能人。”

“不会是欧阳平吧？”苏雪丹想起汪琴说欧阳平要辞职的事，会不会是朱迎宝挖人呢？

“不是。”朱迎宝身体前倾，一字一顿说：“我请卢燕燕。她当队长。”

"卢燕燕?"苏雪丹吃了一惊,这可没想到。"她愿意?"

"你看呢?"

苏雪丹没吭声,她明白卢燕燕为什么来了,就是给自己看的。朱迎宝显然和她谈好了某种条件。挖掉自己最得力的模特,然后逼迫自己就范,这朱迎宝脑袋瓜真够灵光啊!

"模特嘛,吃青春饭的,时光不多,哪里有前途就往哪里走,我出一笔钱包装她,让她成名成星,还让她当队长,和你平起平坐,你说,有哪个模特会抵御这种诱惑?"

苏雪丹考虑了一阵,点点头,"谢谢你。"

"谢我?"朱迎宝奇怪地看着她,"谢什么?"

"我今天才知道商场确实如战场,这一招很漂亮,你给我上了一课。我原来以为你真是那种爱情至上的人哩。"

"我是爱情和事业结合论者,我对你的承诺依然没变。你应该感到踏实,在你这么充满着魅力的女人面前,我还时刻保持清醒头脑,绝对以后会成大器!"

苏雪丹站起来,口气平和地说:"朱迎宝,其实我可以口头上答应你的求婚,甚至结婚,虽然我不爱你,可我换得了钱和机遇,这笔交易我不会吃亏。但是我不想这么做。现在我郑重宣布,放弃和你合作的要求。"她拿起茶壶给他倒上茶,"你以后成的大器,无非是个大尿壶!看着大,里面臊气冲天。"说完重重地把茶壶放到桌子上,茶水溅到朱迎宝的衣服上,她好像没看见,站起来走了。朱迎宝呆呆地看着她走到门口,正要说什么,苏雪丹又返回来,抓起桌上的餐巾,朱迎宝以为她要为自己擦衣服上的茶渍,刚要说我自己来,不想苏雪丹抓起桌上的葡萄酒瓶,用餐巾擦擦瓶口,说:"三十年好酒,别浪费了……"拎着酒瓶大摇大摆走了出去。

朱迎宝坐着没动,撩起打湿的衣服看看,上面残存着几片茶叶,他小心地将茶叶拈起来,举到眼前打量,然后放到嘴里咀嚼,一股涩涩的清香沁出来……我他妈中了邪了,就是喜欢这种够劲儿的女人!他想。

晚上八点,李淑敏坐在办公桌前盯着电脑,手指在键盘上敲击着,她要做报表,由于对 Word 的表格功能不大熟悉,做了几次,都不成功,这让她很是焦躁。外面大厅里模特正在训练步态,不时传来仇志华的呵斥声,"毛病!你们有很多毛病!你们根本就不知道什么是猫步!"李淑敏皱下眉头,走到门口看看,说:"仇副团长,关两组日光灯吧,这个月电费超了不少。"

"看不清没法练。"仇志华气哼哼地指下墙上的镜子。又大声对模特吼:"什么叫猫步?!耳朵长哪去了?"

李淑敏不再说什么,把门关了。你嚷嚷个什么啊。谁听不见?好像不知道他是什么副团长似的。她握住鼠标正要划线,电话突然响了,她拿起来,顺口说:"金鹰模特艺术团……”

“淑敏，是我。”欧阳平的声音，“有时间吗？去茶馆坐坐？……”

李淑敏顿了下：“有什么事？”

“我……就是想找你说话……”欧阳平可怜巴巴地说。

李淑敏叹口气，这是他今天来的第三个电话了，翻来覆去车轱辘话，什么辞职什么董奇什么三百万，她听烦了。她觉得欧阳平并不会真辞职，真辞职的人才不会这么满天下嚷嚷呢。

“我又不是牧师。”她想象得出欧阳平会说什么，全是那些干巴巴的事业人生玩意儿，他为什么就不约她去看电影？

门“砰”地一声响，苏雪丹手拎着一瓶葡萄酒气冲冲地进来：“老李，把哼哈二将叫来，开个干部会！”

李淑敏吓了一跳，见她满面怒容，赶紧捂住听筒问：“怎么了？”

“让你去就去！紧急会议！”苏雪丹不耐烦地说。

李淑敏不再说什么，把电话放下，又用鼠标点了下，将文件存盘，出去了。

一会，仇志华和汪琴进来，李淑敏跟在后面。一看，苏雪丹一脚踩在椅子上，手握葡萄酒瓶往桌子上的四个茶杯里倒酒，头也没抬说：“三十年法国干红，美容的，安神的。”

李淑敏、仇志华和汪琴互相看看，有点摸不着头脑。说是开个干部会，怎么喝起酒来了？

苏雪丹举起杯子，仇志华也赶快端起杯子，说：“苏团长，本来应该我们给你接风压惊……”

“别说这个！干！”苏雪丹说完一口喝完。然后把杯子倒举让大家看。

仇志华也一口喝了。李淑敏嘴唇碰了下杯口，表示了意思。苏雪丹指着她：“你？”

“我脸红。”

“美容。”

“老太婆美什么容啊！”李淑敏嘟囔说，还是喝了一口。

“汪姐？”

汪琴笑笑，一饮而尽。

仇志华奇怪地看看她：“咦，看不出，有量啊！”

“藏龙卧虎。咱们团藏龙卧虎。”苏雪丹抹了下嘴唇，“今天开个干部会，正式通报各位，和黑豹的合作，告吹了。”

“那个朱迎宝？我早就对他不抱希望。那是个老滑头！”仇志华并不觉得可惜，反倒有点快意，“和他黏黏糊糊没什么意思。”说完，觉得有些不妥，看看苏雪丹,“我是说……”

苏雪丹摆了下手,“现在我们重新分析一下形势,如果进不了场,我们干什么?要找业务可费大劲了,现在东有艳影,西有思梦,南有蔷薇,北有霓裳,还有什么蓝月亮……大大小小的模特队有十多个吧,天下大乱了,都在拼命找业务……”

“还有银雀。”汪琴提醒道。

“对了,银雀那边到底怎么回事?听说欧阳平走了?”苏雪丹问李淑敏。

李淑敏犹豫了下说:“欧阳平并没有正式辞职,说要看一看。董奇好像在挽留他,给了一些优惠条件。”

“他还在做红楼梦呢。”苏雪丹冷笑一声。

“也许他会说服董奇投资。”李淑敏说。“现在陈功德高血压犯了,住进了医院,他让欧阳平参加完经贸会再说,陈功德有个朋友在组委会当头儿。保证他们接不少业务。”

“陈功德现在活过来了,有人给他还债,还有人帮他入场……”苏雪丹觉得挺不是滋味,别人在经贸会中得意扬扬地承揽业务,她只能在外围拣些漏网的小鱼小虾。“他怎么就时来运转了呢?董奇为什么要给他三百万?之间有什么交易吧?”

李淑敏摇摇头:“欧阳平没说。人家肯定有自己的目的。”

“没想到董奇又半路杀了出来,这鬼家伙从哪里钻出来的?……”苏雪丹百思不得其解,长叹了一口气,“我们惨了,折腾了那么久,还是进不了场,多年的努力,付之东流……”

“其实,现在银雀说保证入场早了些。”汪琴突然说。“不一定。”

“怎么?”苏雪丹看着她。“他们已经签了入场协议。”

“协议不就一张纸。”汪琴笑了下。有些高深莫测。

“什么意思?”苏雪丹注意地盯着汪琴,协议怎么会是一张纸呢?那是通行证,是钱!

汪琴微微咳下嗓子,然后不慌不忙地说:“国际经贸会的地点在国际会展中心……”

“这我知道。”

“会展中心的大股东是四海集团……”

“四海集团?我怎么没听说。”苏雪丹一怔。

“股权正式转让就前一个月的事。马上要在报纸上公告了。”

“郭华山?”苏雪丹立即明白了这句话的意思,她惊讶地盯着汪琴,别看她不哼不哈的,这个情报太重要了。

“我只是听说。”汪琴又开始打她的毛线。“也不知道这消息准确不准确。”

苏雪丹想了想,抓起电话按了几个键,李淑敏问:“你找郭华山?”

“现在只有他能救我们了。”苏雪丹等着电话，一会，一个女声应答：“四海公司，请问找哪位？”

“我找郭董事长。我是苏雪丹，他知道的。”

“郭董事长到欧洲考察去了。”

苏雪丹一怔，赶紧问：“什么时候回来？”

“不清楚。”

苏雪丹慢慢放下电话，这下完了。马上要举办大型经贸会，这个大股东居然出国逍遥去了！她问李淑敏：“我们现在有多少模特？”

“正式的十五个，间接的有三十多，随叫随到。”李淑敏又说，“在本市，我们的模特算多的。银雀也不少，但是他们活动少，没我们影响大。现在我经常接到零散模特电话要来参加……哦，那个蓝月亮要求加盟，用我们的牌子，交费用……”

“以后可以考虑，他首先要达到标准，别砸我的牌子。”苏雪丹又问汪琴：“卢燕燕来训练了吗？”

“下午来了，又提前走了，说是有事。”

“她情绪怎么样？”

汪琴想了想：“还可以吧。怎么了？”

苏雪丹沉吟了下：“如果卢燕燕不能演出，谁还能顶上？”

仇志华意识到什么，问：“怎么了，卢燕燕病了？”

“很难说啊。”苏雪丹哼了声。她现在还不想把朱迎宝挖卢燕燕的事说出来。她得为双方留条后路。

汪琴织了几下针，说：“除了宋薇，陈小萍能出来。”

仇志华拍下大腿：“哎，这个村姑最近开了窍了，进步很大……”

“陈小萍？”苏雪丹知道仇志华原来最看不惯的就是陈小萍，现在他开始表扬对方了，看来陈小萍确有长进，“要抓紧培养。演出的时候可以让她单独走几组……有预备队，咱们才底气。”她说。

“是不是卢燕燕有问题了？”汪琴注意地看着苏雪丹，她觉得苏雪丹有些话没说出来。

苏雪丹犹豫了下：“没有，不过刘芳走了，可能影响别的模特，这个行业流动性大，人往高处走，也没有什么非议的……我就不信了，只要你是棵大树，就会招来金凤凰！”她心里忽然动了下，为什么不换个思路？我干吗老是修理自己的枝枝桠桠？你经贸会看不上眼我这棵树，并非树本身不好，是因为周围还有其他的树，如果把其他的树砍掉呢？你就别无选择。

砍银雀这棵树。最好连根拔掉。

然后——取而代之。

51

陈功德住进市二医院内科，这个医院前年新盖了住院部，设施不错，两人间病房里配置了氧气瓶、空调和电视。陈功德躺在病床上，虽然吃了药，但头仍一跳一跳的疼，他迷迷糊糊睡了一觉，觉得身体变成了一片薄薄的风筝，随着大风腾云驾雾，越飞越高……他惊骇地叫了声，醒了，一看，陆小雯坐在对面的空床上，呆呆地看着他。他笑了下："什么时候来的？"

"刚来。"陆小雯给他的保温杯里冲了杯绿茶，坐在一边，问："怎么样？好点没有？"

陈功德摇摇头："以前吃了药就舒坦点，今天怎么不行，我怕是活不长了……"他又想起捐献遗体的事，把自己肉身回馈社会，他觉得心安一些。

陆小雯嗔怪地打了他一下："瞎说！我刚来你就说这话，是不是变心了？"

陈功德抓住她手，放到自己胸口上："你看，变了没有？"

陆小雯抽出手，头偎在他胸口，倾听着他的心跳："功德，我有些怕……"

"怕什么？"

"我怕董奇……"

"你跟他已经分了，他还敢怎么样？我们很快结婚，他是商人，讲究的是利益，如果和我过不去，他自己也得不到什么。他不会这么傻。"

"我觉得不踏实……你看，他让韦明义和我们办团，自己藏在幕后，煞费苦心进来，他到底想干什么？他不会轻易放过我们……"

"你想的太多了，正因为这样，他才珍惜来之不易的成果，我给他够多了。这也好，一了百了，歌舞团从此安生了……"

手机响了，陆小雯看看："是你的。"

"你帮我接。"

陆小雯接听电话，郑云虹的声音："你是谁？"

"我是……"陆小雯看看陈功德，"我是……"

"你让我父亲接电话！"显然，郑云虹已经知道她是谁，说话很不客气。

陆小雯把电话给陈功德："小虹来的。"

陈功德有些意外，接电话："小虹，你还记着爸爸？……过来看我？那来吧。……陆小雯？"陈功德看看陆小雯，使了个眼色。"她在照顾我。爸爸身边总要有个人吧？你能整天陪我？"陈功德放下电话，"小虹过一会要来……"

"我还是走吧。"陆小雯站起来。

陈功德一把抓住她的手："别走！我们就是要让她看看。她不会再动手了，欧阳平跟她一起来。"

"小虹喜欢欧阳平……"陆小雯笑笑。"欧阳平挺有才的，人也可靠……"

"就是有点死心眼。"陈功德叹口气："现在的小青年，我也管不了那么多了。"他看看陆小雯："小虹对你还不接受，你别计较。"

"我怎么会跟小孩子计较？"

"小孩子？你才比她大几岁？"陈功德爱怜地抚摸她手，"你才像个孩子……"

一个护士进来："陈团长，有人来看你。"

"让她进来。"陈功德欠起身体，看着门口，眼睛突然瞪大了——进来的不是陈云虹，而是苏雪丹！

苏雪丹左手上提着一大袋水果，右手腰间夹着一个长方形大绿盒子，笑吟吟地走进来。

陈功德紧张地看着她，一时不知该说什么。他看看她腰间的大绿盒子，包装相当精美，但怎么看怎么像是一个炸药包，或者里面藏着枪什么的。

苏雪丹把绿盒子交给陆小雯，说："这个是灵芝保健冲剂，降压特别管用，一天四次，一次两包。"她看看陈功德，说："陈团长，早就想来看你，一直忙，别见怪啊。身体怎么样？你这是累的，你是为歌舞团的改革累的，其实很多事情你可以交给别人干，比如罗副团长，就能替你分担。银雀时装团呢，让欧阳平多干，别看那家伙看着斯文瘦弱，跟猴儿似的，其实身体棒着呢，一年四季不得感冒。"

陈功德听她说了一大堆话，也不知道到底什么意思，说是讽刺吧，她很认真地问候，说是关心吧，苏雪丹会真正关心他？他不信。陈功德看看苏雪丹："你有什么事？"

"我听说董奇答应替歌舞团还债了？"

陈功德哼了声："你还关心歌舞团的事？"

"再怎么说，我是歌舞团出来的，感情在啊。而且董奇是我中学同学，我想这里面是不是有某种缘分的东西……啊，还有，董奇和陆小雯……我是不久前知道的。"

"董奇和陆小雯已经分手了。"陈功德虎着脸说，"你别老把董奇和小雯拉扯到一起。"

"我不是才知道嘛。"她看看陆小雯，"那次我们丢钱的时候，你就对我说过分居的事……你当时没有说是董奇。"

"我觉得没有必要说。"陆小雯戒备地盯着她。

"你别误会，如果知道是董奇，我也许会帮你的忙，劝劝他。感情这东西是强求不得的。"

"他不用你劝。"陈功德说，"我们自己会解决这事。"

“陈团长，人不是万能的，全把事揽到自己身上会累病的。董奇借你三百万，不会没有条件，否则他何必派一个马仔来，自己隐姓埋名？他这个钱会不会来路不正？你要提高警惕！”

“苏雪丹，你管得太多了！”陈功德恼怒地瞪着她，“不说你现在不是歌舞团的人，就是是，也轮不到你来管！”

陆小雯见陈功德激动起来，赶紧劝道：“功德，不要激动，雪丹她也是一片好心……”

“好心？她是专门来气我的！苏雪丹，你以为你现在成了气候了？还差得远！你以为我输给你了？那些小打小闹的我不在乎，我的模特进了经贸会，你进不去！哈，你想看我倒霉，上法庭还债？老天助我，三百万划过来了……”

“以后呢？”苏雪丹打断他的话。

“什么以后？”陈功德一愣。

“还了银行债以后。”

“还了债以后我就……凭什么跟你说？反正歌舞团会越来越好。”

“怎么好法？董奇会投资《梦红楼》？”

“他……人家有人家的想法。反正……反正我是无债一身轻……”

“怎么无债？董奇的债不是债？”

陈功德愣了，说了半天，被苏雪丹绕进去了，他隐隐觉得苏雪丹这次来访必有深意，但是她到底想干什么，拿不准。干脆眼睛一闭，不说话了。

陆小雯看看苏雪丹：“他不能再激动了，我求你了，行吗？我有什么对不起你的地方，你原谅我，行吗？”

苏雪丹看着陆小雯，这张苍白美丽而又憔悴的脸，这个和神秘的董奇生活过的女人，她肯定有许多秘密和苦衷。她叹口气，转身往外走，到了门口，回头说：“一天四次，一次两包。记住！”她指了下保健品。

苏雪丹往外走，一边思索，从陈功德嘴里了解了一些情况，但这些鸡零狗碎的东西还说明不了问题，陈功德和董奇之间到底有什么交易，还不知晓。走到医院大门的时候，她差点和一个人撞上，一看，是欧阳平，旁边是郑云虹。

苏雪丹看看他们，问欧阳平：“来看老岳父？”

欧阳平正要说话，郑云虹一把挽过他的胳膊，抢先说：“我拉欧阳来的。”

已经叫“欧阳”了，下一步就叫“平”了！苏雪丹心里挺不是滋味。可怜的李淑敏！本来以为还给李淑敏一个大活人，半路上却被别人截杀了！这个欧阳平到底有什么好啊？引得美眉竞折腰。她打量着欧阳平，相貌平平，一个很平常的男人。

“没什么事吧？”欧阳平被她盯得有些慌乱，实际上他并不是郑云虹拉来的，而是相反——陈功德住院后，他力劝郑云虹来看望父亲，你再有什么不满，毕竟是你的父亲,血缘关系是跑不了,万一老爷子“过去了”,做女儿的会后悔终身。另外,欧阳平也想让郑云虹劝父亲一定要掌握歌舞团的话语权,毕竟,陈功德是真正欣赏他欧阳平的,有陈功德在,他的希望和梦想就在,他不想自己的心血付之东流。郑云虹刚开始还绷着个脸不吭声,记着仇呢,后来忽然扑哧一笑,“去就去。”拔腿就走。这让欧阳平莫名其妙,这有什么好笑的?郑云虹笑得没道理。到医院门口,郑云虹脸又板上了,强调说:我来是看你的面子上。然而见了苏雪丹,郑云虹忽然春风拂面,话变成了她“拉欧阳平来的”,还挽起了“欧阳”的胳膊,一副小媳妇当家做主的模样。女孩的心思真是摸不准。不管怎么说,欧阳平此时为郑云虹敢于担当感到振奋。“没事我进去了……”他对苏雪丹微微点下头,往里走。苏雪丹胳膊一伸,拦住他:“我有话说。”又对郑云虹说:“借用一下,五分钟。”

郑云虹看看她,对欧阳平说:“我到病房去了,你自己来。”说完走了。

苏雪丹看着她的背影,说:“走路有些飘,我觉得她有些退步,是不是训练不系统?这个猫步啊,看着简单,其实考功力喔,逆水行舟,不进则退。”

欧阳平没接她的话茬:“你有什么事?”

“猫为什么走一条直线?是为了更快更狠地捕食猎物……”苏雪丹一直盯着郑云虹拐弯,“是吧?所以说,猫的步态看似优雅轻柔,其实步步杀机……”

“你……你想说什么?”欧阳平有些发慌。

“我问你,你和李淑敏怎么办?是不是让我带个话?”苏雪丹收回眼光,看着他。“你和小郑是越来越黏糊了!是不是要订婚了?”

“这个时候我不想说这个。”欧阳平又要走。苏雪丹再次拦住他:“听说你不想在银雀干了?”

“我没想好。”欧阳平随口说,停下又补充道:“再看一看。”

“如果你要走,我可以给你留个位置。我这个人不计前嫌,珍惜人才。真的。团长助理怎么样?”

“谢谢你,我现在还没考虑好。”欧阳平看她一眼,苏雪丹的话没谱儿,别看她语气挺诚恳的,来得快,翻脸也快。

“如果你继续在银雀,我也不会放过你。既然我们是对手,我会打得你不得不走。”

看,果然来了,这才几秒钟啊,欧阳平打量她,笑了笑:“你还是那个样。”

“什么样?”

“杀气太重。”

“有了杀气才会争气。”

欧阳平不说话了,考虑了阵,盯着她的眼睛说:“争气?好,你让我下决心了。我告诉你,我会在银雀干下去,不管出现什么情况。另外,经贸会我们已经进去了,你败了一招。有句话叫一步跟不上,步步跟不上。想较量恐怕也没机会,我们不在一条水平线上。”

“那说不准。《红楼梦》不是没有写完吗?不是还有续吗?最后是狗尾巴还是驴尾巴连老曹都不知道是怎么回事,何况是你老兄。”

“你想说的就这些?”欧阳平准备走,苏雪丹对《红楼梦》的亵渎让他受不了。没文化啊。

苏雪丹一把攥住他手腕:“哎,最后问个问题:你不觉得董奇拿三百万来有点犯傻吗?他到底想干什么?听说你当时在场?”

欧阳平看看她抓住自己的手,她可真有劲啊,手腕竟然麻酥酥的。他正琢磨这是什么感觉,苏雪丹的手松开了:“哦对,男女授受不亲……说吧。”

“这个,你问陈团长,我不好说什么。”欧阳平说完走了。

苏雪丹恨恨地盯着他的背影,果然不一样了,他真较上劲了!以前他哪敢这样!问他什么他就得答什么!他倒是真忠于他的主子!她走到路边,准备叫辆出租车。等了一会,一辆载人的车在她面前停下,车门打开,后排乘客出来,她拉开前门,正要进去,乘客说:“苏雪丹?”

苏雪丹一看,是罗副团长,“哟,这么巧,罗副团长。”

“我去看下老陈。”罗副团长一边付钱,一边对司机说:“等一下啊。”又对苏雪丹说:“你干得不错啊。轰轰烈烈,大名鼎鼎。”

苏雪丹笑笑:“将就。”

罗副团长说:“我也要辞职下海了……”

苏雪丹一惊:“不会吧?”

“真的,我是在你的鼓舞下呀。”罗副团长半真半假地说:“我有一个亲戚在新加坡搞文化交流,要一支民乐队,我准备拉竿子起事了,把我们团愿意走的人组合一下。以前我就是拉二胡的,轻车熟路。”

“那好啊,乐队前面可以来点中国特色的时装舞蹈什么的,我的模特舞蹈底子挺好……”

罗副团长会意笑了:“不是没这种可能,到时一定请你支持。”他叹口气,感慨道:“其实人就在那一口气,迈出去就是路,再说人家开发商要的不是艺术团,是房子公寓楼。咱们赖在这也不合适,还是吃自己的老本行。”

苏雪丹注意了:“那个董奇要搞公寓开发?”

“是啊,三百万把办公楼和排练场作了抵押,还不了就债转股,实际上董奇已经当上歌舞团的大股东了——这钱肯定没法还。”

“那就是说……”苏雪丹琢磨着,“三百万就把歌舞团买了?这……也太便宜他了吧?”

"也可以理解,陈团长解燃眉之急嘛。我要是有办法,也找个热爱文艺的大老板,就这优惠条件,肯定有人来。"

"其他的人来,恐怕得不到这个优惠吧?"

"那不就有问题了?应该一视同仁!你说是不是?"罗金国意味深长地说。

出租司机等得不耐烦了:"喂,走不走啊?"

罗副团长赶紧对苏雪丹说:"不耽误你了,上车上车!"

苏雪丹钻进车,对司机说:"师范学院。"

司机一踩油门蹿了出去,苏雪丹惊道:"慢点!"

司机嘟囔说:"这会知道慢了……"

坐在车上,苏雪丹回味罗副团长的话,她想知道的事基本上全知道了,陈功德和董奇果然做了交易,不过罗副团长的话中似乎还暗示了什么,尤其是最后一句……这个罗副团长……她回头看看,罗副团长正在路边等车,然后钻进一辆出租车离去。苏雪丹心里咯噔了一下:他没有进医院!那他干吗来了?就是找自己说说话?莫非……她想起当初那个神秘的空白介绍信,会是他吗?

52

这天晚上,苏雪丹辗转反侧,心神不定,陈功德的底摸得差不多了,她想自己得采取点行动。问题是从哪里下口呢?你怀疑陈功德和董奇的交易有猫腻,可你没有证据……那就正面交锋拼银雀时装团?也不行啊,欧阳平这小子说得对,银雀已经拿到经贸会进场券了,她还在外围折腾,连同场较量的机会都没有。咳,实在不行,涎着脸皮去找朱迎宝,怎么说呢?就说我爱你这小狗日的,我前几次闹别扭是在考验你,女人嘛,可以理解的。你说得对,我们俩是很般配,组合成一对雌雄大侠,横行江湖,天下无敌……苏雪丹苦笑了下,这也是条路啊,只要进了场,她就有办法了,搅个天翻地覆……正想着,手机信息铃声响了,她拿过手机翻看,是一条短信:曾经有一个优秀的男人,向你求婚,但是你没有同意,很多年过去,当你追忆往事时,你后悔莫及。如果时光可以倒流,你一定会说:我同意!如果非要在前面加一个词,你一定会说:我十万分同意!朱迎宝

苏雪丹盯着短信,笑了下,这句周星驰大话西游里的经典台词被朱迎宝改造成这么个样子,应当承认,这句搞笑的话里面有某种让人感动的东西……其实,朱迎宝这个人,从某一方面说,还是有可取之处……男人哪有十全十美的?关键是看……妈的,嫁就嫁!谁怕谁!

苏雪丹下了决心,拿起电话,拨打朱迎宝的手机。朱迎宝很快接电话了,张口

就说:“不要说你不同意。”

“你知道我会来电话?”苏雪丹奇怪地问。

“心有灵犀一点通。”

“你现在在干什么?”

“你猜不出,”朱迎宝声音低沉地说,“我在屋里独自呆坐,我的面前有一个衣架,上面挂着曾经被你洒了茶叶水的衣服,茶香弥漫,我心战栗,这一刻,我明白了傣族为什么会有泼水节,女人只有向心仪的男人身上泼水,才能表达她的爱意,这件衣服我要好好珍藏。现在我的眼光移向了窗外:漫漫长夜,满天星斗,银河灿烂,我浮想联翩……牛郎和织女,一段流传千古的凄美神话……”

你小子还酸呢!苏雪丹想,说:“明天上午十点我到你这来,你把协议准备好。”

“协议?……哦,可我那枚戒指……”朱迎宝反应很快。

“也准备好。就这样。明天见。”苏雪丹不等他说话,啪地放下电话。然后两手夹在膝头,怕冷似的坐着。呆了一阵,她有些后悔,就这样把自己嫁了?是不是太轻率了?

为了稳定情绪,她打开电视,随便翻了几个频道,锁定在城市新闻栏目,一个相貌甜甜的播音员在播一则手机降价消息,她心不在焉地看着,仍在想刚才的事,越想越觉得不是滋味,这叫什么呀!为了这个金鹰团,我把自己卖了,我做出了重大牺牲!我值得吗?她感到委屈,想哭,鼻子果然很配合地跟着酸了两下,她用手揉了揉,眼泪下来了,脸颊一道凉凉的东西滑动着,她抹了下脸,心里骂道:“你哭你哭,你哭哭哭!”这么一骂,眼泪立即热烈响应起来,如江河之水,喷涌而出,她一看决了堤,干脆放开了声音,呜呜地大哭起来,哭得很伤心也很痛快。这是第二次哭了,上次是在和欧阳平离婚的那天,在河边草地,那次是为离婚哭,这次是为结婚哭,这是怎么了?我招谁惹谁了?我命苦哇……苏雪丹像农村老娘们儿似的拍了两下大腿,“啪啪”两声,觉得这挺够劲,接下去应该一屁股坐到地上,再打个滚吧?她身体顺着沙发往下滑,坐到了地上,接下来应该是躺下了,她手撑着地准备倒下,又一想,谁看啊?没意思,谁理你?她坐在地上,盘算了一阵,终于收了声音,哽咽着用纸巾擦干了脸,眼泪没有了,可是心里还是难受,不行,这痛苦不能自己扛着,一定要找人分享。她拿起电话,播李淑敏的号码,好一会,李淑敏的声音传来:“谁呀?”声音飘若游丝,肯定睡觉了。

“我。”

“你是谁?”

“怎么啦,老李,才几点就睡觉?”苏雪丹想这位真是机关出来的,不到十点,上床了!

“哦,老板啊……今天不是没演出吗……”李淑敏说,“又喝酒了?”她似乎听出苏雪丹的声音有些异常。

“谁说我喝酒！我是酒鬼吗?!”苏雪丹想自己怎么会给别人这么个印象！其实自己很少喝酒的,就是喝也是迫不得已,有目的的。“哎,你说和朱迎宝签协议能不能签？他还等着我呢。如果同意,这样我们还是可以进场的,不过呢……”她试探地问,假如李淑敏说这事要慎重,我们不在乎进不进场,她就让朱迎宝滚蛋。

“你签啊。”李淑敏回答得很干脆。

“问题是……问题是他有个先决条件……”

“什么条件?”

“他要我接受他的订婚戒指……”

“那……你就拿着。”

“拿着?”苏雪丹叫起来,“你以为这是馒头啊,啃两口还给他。我根本就不爱他!”

“那你爱谁?”

“我……”苏雪丹没有想到李淑敏会这么问,“我我……”

“欧阳平?”

“怎么会?!”苏雪丹笑起来,但是觉得笑得勉强。“这兔崽子我……还给你了。”

“兔崽子也不是馒头啊……”李淑敏默了会说。

“算了,算了,我们不提这家伙……”苏雪丹觉得扫兴,确实不该提这家伙,心中有某种隐秘的东西被触动了,这让她感到惶恐,难道自己还爱着欧阳平？不可否认,离婚后,倒经常惦记他了,尤其是成了对手后,她几天做梦都看见他,使劲拧他的耳朵,像拉面一样扯得老长……这是什么意思？不是爱吧？不是！是恨？好像也不是……

手机突然响了,苏雪丹拿起来看看来电号码,是朱迎宝来的,赶紧对李淑敏说:“我接个电话,你睡觉吧。明天再说。”她放下话筒,按下手机键,“喂,朱总,什么事?”

“叫什么朱总,这么见外!”朱迎宝说,“你的座机打不进来,所以我就……哎,你正好没关机……”

“什么事?”苏雪丹不想和他啰嗦,“我们说好了明天见。”

“我改变主意了。”朱迎宝说。

“什么?!”苏雪丹愣了,天大的耻辱,居然还没嫁就被休了！他要人啊！

“我要今天晚上签协议。我现在就在你们大门外,保安说晚上不让外单位的车进去。我在车上等你……”

“为为什么？……”苏雪丹语无伦次地问,身体不由自主轻微地哆嗦起来,她没想到朱迎宝会搞突然袭击，说来就来了！天啊天啊，今天晚上！

“夜长梦多啊。再说如此重要的事，不到哪个地方喝一杯庆贺庆贺？我拿了瓶五十年的法国葡萄酒。”朱迎宝兴致盎然。“五十年！”

苏雪丹说不出话来。

“喂，雪丹，你不要再犹豫了！跟了我，你不会后悔的！”朱迎宝好像猜透了她的心思，在电话里猛地吼起来。

“跟了你……”苏雪丹叹口气，凭什么是我跟你？我又不是一条小狗，是你跟我……不过这些似乎并不重要。她站起来：“好吧，我马上来……”

关掉手机，她愣怔了一会，就这样把自己嫁了？嫁吧，嫁吧，女人就是这样的。她看看电视，拿起遥控板，准备关掉，屏幕上仍然是那个长相甜甜的女播音员梁霞：“……现在播报本台最新收到的消息，万众瞩目的国际经贸会筹备工作顺利……”经贸会！苏雪丹身体一颤，停下了，注意地盯着电视屏幕，“……组委会经过研究，为了展示城市形象，扩大影响，决定同时举办南熙市首届模特礼仪小姐大赛，评选十佳模特和优秀模特团队，优秀团队将为经贸会提供模特礼仪广告服务……”

苏雪丹惊呆了，好一会才反应过来，如果这条消息属实（当然属实，我们的电视台能乱播新闻吗），这可是头等利好消息啊，模特进场公平竞争，她有救了！她不用嫁了！

她立即给朱迎宝打电话：“朱总，你别等了！我改变主意了！……”

“你说什么？”电话里朱迎宝大吃一惊。“你的意思是说还是明天？”

“什么明天？我们之间没事了！”

“什么没事了？为什么？你怎么了？”朱迎宝的声音变调了，像被烫了似的嚎叫。

“没什么！就是没事了！回家睡觉吧！”她放下电话，关掉手机，但马上，座机铃声响了，她抓起来听筒，立即又放下，没有必要再接他的电话，明天他就会明白，懒得解释。电话再次响铃，她看看，这小子来了劲了！想拔掉电话线，又一想，让他打不进来还有其他办法，她抓起听筒给李淑敏拨电话。很快，李淑敏懒懒的声音传来：“谁呀？”

“我，苏雪丹。睡啦？”

李淑敏叹了口气：“……又什么事啊？”

“看电视没有？！十五频道！”

“怎么了？”

“经贸会！模特进场要搞比赛，明天报纸要登公告！……哎呀，快开电视！算了，来不及了，过了……”电视画面已经是一则洗衣粉的广告。

“我再跟你说一遍，刚才电视上说经贸会要搞模特礼仪小姐大赛，择优入场！”

苏雪丹嚷嚷着，她没法不嚷嚷，她还想打两个滚呢。

“是吗？”李淑敏嘟囔了声，并不兴奋，后来大概明白过来，放大声音：“真的？”

“我刚看了电视！我耳不聋眼不瞎！哈哈！”

“那……那这个意思是……”

“这个意思就是我们有戏了！我才不怕比赛！我正大光明地把银雀打出去！”

“哦，好好……那朱迎宝呢？”

“去他的朱迎宝，我把他踹了！没他我们也进得去。嘿，风云突变啊！”

李淑敏默了阵：“这事……是挺突然的……怎么会呢？时间很紧了，离开会就一个月时间……”

“足够了！我们的节目都是现成的，千锤百炼，穿上衣服就上。肯定出彩！”

“我是说，这似乎对我们也太有利了……”

“啊？哦……你是说……”苏雪丹慢慢冷静下来。“谁会有这么大的影响力？突然就变了，就好像专门为我们搞的，莫非是郭华山使得劲？”

“他不是在国外吗？你电话又没有找到他。”

“是啊是啊，”苏雪丹也觉得不可能，干脆不想了，“管他那么多，反正这对我们是好事！这下欧阳平乐不起来了！……哎，下午我看见欧阳平了……”

“不是不提他吗？……”李淑敏不感兴趣。

“就提一下。他和郑云虹一起去医院看陈功德，你说陈功德知道这个消息会不会脑溢血啊！”

“你太狠了吧？”

“我是关心他老人家……他怕受不了这个变故喔！”苏雪丹心里一动，想起什么。“哎，你说，汪琴说国际会展中心的大股东是郭华山，她是怎么知道的？”

“我说老板啊，你一天到晚只抓大事，不管小节啊。”

“什么意思？”

“汪琴织了几双毛线袜了？”

“我怎么知道？一天到晚织织织……有五六双了吧？”

“男式女式？”

“……男式吧？”

“给谁的？”

“她丈夫呗，还有谁！”

“他丈夫是假肢。”

“哦。”苏雪丹愣了一会，“你是说……”

“我什么也没说。”李淑敏打了个哈欠，又说：“郭华山当年在西藏冻坏了脚，咱们这也快冷了……哎，没事了？我睡了……”

“哎,还有欧阳平……”

“我睡了。”李淑敏挂了电话。

苏雪丹慢慢放下电话,思索着李淑敏的话:汪琴……汪琴藏而不露啊,她想起来了,那次给电信公司演出完后,汪琴似乎漫不经心地说深圳经贸会入场条件和评十佳模特挂钩的事,算下来,那个时间正是郭华山入主国际贸易中心股东的时间,后来汪琴又说了银雀的协议不过是一张纸,接着很快就有了进场要比赛的消息……这难道是巧合吗? ……嗯,今天晚上有点意思,情报很多,风云变幻,柳暗花明,她要慢慢消化,慢慢消化……她不能像李淑敏那样一睡方休,她是团长,是领导,是舵手,肩负重任,把握方向,要像猫那样警觉,像猎狗那样寻找机会……她梳理着最近发生的事情:陈功德、汪琴、陆小雯、欧阳平、董奇、罗副团长……她颤了一下,思路在这里定格了,罗副团长话不多,但很有深意啊……这里面似乎有个巨大的机会,一个她以前根本不敢想的机会,如果得以实施,那是个大手笔,比进入经贸会精彩多了……想到这,苏雪丹禁不住颤抖起来,为自己的设想吓住了。

电话铃突然响起来,吓了她一跳,这铃声似乎要比往日的急促尖锐,她想这是哪个小王八蛋啊,半夜三更的吓唬老娘。莫非是朱迎宝,还不死心?

电话铃又响了两声,她一把抓起电话:“我说你有完没有?”

“苏雪丹?”一个陌生的男声。

“你是谁?”苏雪丹一怔。

“听不出来吗?”

“少跟我啰嗦!”苏雪丹没好气地说,恐怕是那个朱迎宝,捏着鼻子说话。

“果然脾气大啊,我是董奇。”

苏雪丹愣了会:“董奇?”

“我想邀请你喝咖啡。”

“都几点了……”苏雪丹下意识地看看座钟:十二点十分。

“这时候正是开始呢,你哪天不是一两点种睡觉?”

“你……你怎么知道? 我恨不得八点就上床。”

“来吗?”董奇问。“我们多久没见面了,不谈谈?”

“谈什么?”

“谈什么?”董奇重复了句,“谈的东西太多了。我想都是你感兴趣的事。”

苏雪丹犹豫了下:“什么地方?”

“假日酒店二楼咖啡厅。”

苏雪丹放下电话,沉默了一阵,她没有想到董奇会来电话。不过……也好,董奇,我正想找你呢。她想。

卢燕燕走进假日大酒店，果然见刘芳站在大厅。刘芳戴着副茶色墨镜，上身穿一件黑色长袖宽松T恤衫，下穿白色长裤，颈下挂一条珍珠项链，见她来了，招招手，示意进去。

刚才卢燕燕在“一线天”网吧里上网，和一个自称是“大眼青菜”的家伙天南地北瞎聊，刘芳突然打来了电话，请她到假日酒店吃夜宵，并谈点重要的事。卢燕燕问她什么事，刘芳不说，“见面再说。”

现在她打量着刘芳，发现她头发有些凌乱，脸色微带潮红，问：“你喝酒了？”

“我？”刘芳下意识地摸下脸：“没有啊，怎么了？”

“脸有些红。”

刘芳笑了下：“我到了这种高档的地方就激动。”刚才她在董奇的房间里颠鸾倒凤，董奇忽然接了一个电话，马上把她推下来，让她去洗一洗滚蛋，她莫名其妙，这就算完了？等她洗了出来，董奇已经穿好衣服，给她五千元，她想这可比往常多一倍，正高兴时，董奇说：“这钱你留一半，另有一半，是给你去挖两个好模特的活动经费……现在就去。”刘芳没反应过来，以为他要自己去找两个性伙伴，怪不得把她推下床，腻了。董奇大概看出她的神情，说：“是给银雀团找的，经贸会要举行模特比赛……其他也不要问了！”刘芳明白了：“那……什么时候？”“越快越好，现在就找，反正你们模特都是夜游神。快去吧。记住，要找顶尖的，最好从苏雪丹那里挖两个，待遇从优，有眉目了我可以直接找他们谈。”刘芳马上想到卢燕燕和陈小萍，还有宋薇，不过陈小萍和宋薇都有人守着，只有卢燕燕单身，一打电话，她果然来了。

刘芳对卢燕燕说：“我们先去酒吧。”两个人来到酒吧，找了张桌子坐下，里面光线柔和，一位女小提琴手正投入地拉着一首小夜曲。

“这里很贵吧？”卢燕燕打量四周。

“当然。五星级。三楼还有个咖啡厅，更贵，全是进口货。”

一位戴着藕荷色头巾的服务小姐款款而来；“请问要点什么？”

刘芳看看表：“等一会，我们在等人。”

服务小姐点点头．退下去了，嘴角隐出一丝暧昧的笑。

刘芳四周看看，摸出一包“摩尔”香烟，抽出一支，看看卢燕燕：“来吗？女士专用，薄荷味儿。”

卢燕燕赶紧摇头。

刘芳自己将烟点燃，徐徐喷出口烟，手托着腮帮，臂肘搁在茶几上，轻声哼着“等你一万年”。

卢燕燕问：“等谁啊？”

刘芳瞥她一眼，“等鱼，小傻瓜。”口袋里虽然揣着活动经费，但是她可不想花，省下来就是自己的，当然，事情也要办，自有人埋单。

卢燕燕明白了，说："看样子你常来钓鱼。"

"嗨，有傻瓜愿意上钩，我们何必破费？"刘芳懒懒地说。"你现在怎么样？"

"还是那样。挺好。"

"到我们银雀来吧，我们换老板了，实力雄厚，工资高。"

"就谈这事啊？"卢燕燕不大高兴，刘芳叛逃到银雀，在模特中反响挺大，大多数人持谴责态度，不过卢燕燕觉得跳槽也是一个正常的事，至于私生活的问题，那是个人的事。问题是你请我来，居然不点些东西招待，也太抠门儿，还说什么工资高，谁信？

"这事还不重要啊！"刘芳对卢燕燕的态度有些惊讶，"苏雪丹虽然重视你，但是她管得太紧，再说条件好的人太多，像宋薇、葛小玲什么的，连陈小萍也像模像样了，你看，我来银雀没多久，当了副队长了……你要来，不是个队长？"

"不是有郑云虹吗？"

"你要真来，她当副团长呗。她不一样，老爸是老团长，男朋友又是小团长。"

"你说话有谱没有？好像你是个人物似的。"卢燕燕打量她。这个刘芳满嘴跑火车，她的话难辨真假。

"我是奉旨行事，你以为我是乱说的？怎么样？"

"我考虑考虑。"

"咳，有什么考虑的？树挪死，人挪活……你还不知道吧，经贸会要搞模特大赛，参加我们团，保证得奖，我们后台硬啊……"

卢燕燕正想说什么，邻座一个中年男人走过来："小姐，能请你们喝一杯吗？"他上身是一件米黄色衬衣，下面穿着条萝卜水洗裤，脸上虽然长了一些小疙瘩，但眉眼还算齐整，不难看。

刘芳朝卢燕燕挤下眼，抬头说："饮料免了，我们不想喝。是不是，燕子，好像饿了？……"

男人立即说："我请二位小姐到三楼粤菜厅吃饭，请一定赏光。"

刘芳问卢燕燕："这可以吧？"说着已经站起身，走了出去。

刘芳应付这一套轻车熟路，卢燕燕有些吃惊，她以前也知道有些女孩喜欢在豪华酒店搭识老板，混吃混喝的，如果胆子大运气好还可以挣一笔不菲银子，但今天还算是亲自领略。她有些犹豫，如果不去，怕被刘芳讥笑老土，去，又不知这个男人的底细。

"请！"男人对她做了个手势。又微笑地说："只是吃饭，不是吃人。"

这么一说，卢燕燕倒愿意接招了，不能让人家小看自己。再说她确实饿了，而粤菜又是她喜欢的菜。

她随着男人到了三楼餐厅。

"先生贵姓?"坐下后,刘芳问。

"免贵姓贺。"

刘芳也不再问,姓什么无关紧要,好称呼而已。她开始点菜。

一桌菜上来后,贺先生手在桌上盘旋几下:"请!不必客气!"

卢燕燕礼节性地推辞几下,埋下头,犹豫一下,随即大吃起来,连续夹了几块白鳝,嘴里胡乱嚼几下,又夹鲍翅和响螺,这种猛烈势头和刚才的斯文形成强烈反差,使刘芳和贺先生大吃一惊。卢燕燕吃完后,暗暗踢了刘芳一脚,示意她见好就收,接着她起身说了声:"对不起。"要开溜。不想贺先生一把抓住她的手:"小姐,这样可不对哟!"

卢燕燕急白了脸道:"我去卫生间!"贺先生的手并不松开,眼珠转了几下,说:"亲一下。"

卢燕燕吃了一惊:"你说什么?"

贺先生嘴努起:"啵!"

刘芳看着他们嘻嘻地笑,并不说什么。

卢燕燕又坐下来,慢慢地说,"真有这个必要?"

贺先生一只手在身上摸了摸,取出一支金笔:"派克,一千多块,送给小姐留着纪念。"

卢燕燕接过笔,随手卡在领口上,然后把手送到对方脸前,很认真地说:"要符合中国国情。"

贺先生怔了下,"叭"地在她手背上亲了口,然后放开她,"快回来哦,我把这位小姐扣了人质。"

刘芳用指头戳一下贺先生的肩:"坏蛋!"

卢燕燕立即离开桌子往外走,出餐厅门,回头看了眼,刘芳仍坐在那儿,贺先生凑近她耳边说着什么,刘芳摇着头笑。卢燕燕把手背在裤子上擦了几下,算是知道了刘芳的厉害。她走出去,看看楼下的大厅,来了个国外旅行团,大包小包放了一地,几个穿着红制服的门童忙着搬运行礼。她准备下旋转楼梯,刚迈步,突然发现苏雪丹从大门匆匆进来,她下意识地停下来,走到大理石柱后面,探头向下面看着,苏雪丹来干什么?卢燕燕庆幸自己提前出来了,如果被苏雪丹看见自己和刘芳一起吃饭,那就麻烦了。苏雪丹四下看看,向旋转楼梯走来。果然来了!卢燕燕一惊,正要转身躲避,又停下了,想了想,觉得现在反而是一个机会,她不用躲,完全可以和苏雪丹正面接触的。她来到餐厅门口,站了一会,估计苏雪丹走上来了,她若无其事地走出来,正好和苏雪丹碰了个照面。

"苏老师!"

“你怎么在这?”苏雪丹吃惊地看着她。

“刘芳约我来吃饭。”卢燕燕很自然地说。

“刘芳? 她现在在哪?”

卢燕燕示意了下:“还在里面,和一个老板吃呢。”

苏雪丹向里面看了下:“刘芳不是到银雀去了吗?”

“对,她说她是副队长,和我东扯西扯的,说什么要我去银雀当队长,还说什么经贸会要搞模特大赛,保证我得奖,我才不信! 没意思。”

“哦,这样。”

苏雪丹笑笑,银雀的消息很灵通啊,马上就开始行动了。效率够快! 她看看卢燕燕,一脸清纯的样子,既然她表态不去银雀,也许可信,但朱迎宝那里呢? 她为什么不提黑豹公司? 居然装着没事似的,会不会明修栈道暗渡陈仓呢? 这女孩修炼的可以。当然,那天朱迎宝说的事只是一面之词,卢燕燕或许真不知情,朱迎宝喊她来为团长压惊,她就来了,她没有理由不来。不管怎么样,既然你不说,我就装不知道,捅破了就没意思了。她说:“快回去睡觉吧,不然早上起不来了,明天团里训练,来吗?”

“当然来。”卢燕燕有些奇怪地反问:“为什么不来? 迟到了仇副团长要扣奖金呢。”

是为了奖金? 拿了这个月的工资你才走? 计算得很精啊。苏雪丹摸不清她是什么主意,说:“早点回家,路上安全些。”

“知道了,拜拜!”卢燕燕走了。

苏雪丹看着卢燕燕走出大门,这姑娘真的很打眼,走得翩若惊鸿,吸引了很多人的眼球。苏雪丹想,这是巧合吗? 卢燕燕和朱迎宝的事还没完,又和刘芳在一起,深更半夜的谈什么? 同竞争对手来往,又让掌柜的看见,是很忌讳的事,但卢燕燕似乎从容不迫,根本没有惊慌的样子,也许她在证明自己的价值,她是抢手货? 不管怎么说,目前要安抚住她,马上要参加大赛,用人之际啊。苏雪丹径直走向咖啡厅,这个地方是本市上流人聚会的地方,消费很贵,一杯咖啡一百二十元,配点没滋没味的小点心,董奇选中这里,表明自己的身份,当年流着鼻涕的董奇,向郭华山借钱开小饭馆遭拒绝的董奇,现在发了! ……

咖啡厅里没几个人,她扫视了下,角落里一个瘦高的男人站起来,对她招下手。她走过去,没错,这是董奇,穿着白衬衣,系着蓝色银星领带,一件质地考究的米黄色马甲坎肩。还是那张三角脸,只是个子比她想象的高,有一米八五吧,像只大螳螂,他怎么会长那么高。

“苏雪丹。”董奇伸出手,苏雪丹和他握手,感觉很有骨力。

“你没变。”坐下后,董奇打量着她,“还是那么漂亮。”

“谢谢。”苏雪丹不动声色，这话她听多了。董奇脸上刮得很干净，皮肤黧黑，眼睛锐利，精神抖擞的样子。

“喝点什么？”

“和你一样。”

董奇招手，服务员过来，董奇指头点点自己的咖啡：“再来一份，给这位女士。”

“好的。”服务员走了。

董奇看看苏雪丹：“不过我还是喜欢看你穿军装的样子，再套上件黑羊皮大衣，确实帅。”

“你什么时候看见过我这个样子？”苏雪丹奇怪地看看他。

“啊，好像见过吧，是在梦里？”他狡黠地笑笑，“女兵总是有种特别的美感。”

“我们有多久没见面了？”苏雪丹转移了话题，她要尽快摸清对方的底，“我参军以后，是吧？你上大学了？”

“李淑敏不会没告诉你吧？我和郭华山一样，当兵。他进西藏，我去云南，武警边防支队。”

“哦，那和我不是一个系统。你怎么会想到当兵？”

“我是郭华山的跟屁虫啊，他去当兵，我想肯定有道理，我也就去呗。现在想起来，还是没有深刻领会领导的意图，领导的思想境界我辈总是跟不上啊。”

董奇带有明显的嘲讽口气，看来他对郭华山耿耿于怀。

“后来呢？”苏雪丹问。

“后来退伍回来了，做生意。”

“结婚了？”

“没有。不过有女人。”董奇喝口咖啡，“你不会不知道吧，就是陆小雯。”

苏雪丹怔了下，没有想到他挺坦率，先说了出来，这样一来，她倒不好问了。“我觉得你挺神秘。”

“是吗，我喜欢别人这个感觉。”又说：“独往独来惯了。”

“你做什么生意？好像挺不错。”

“期货、股票、玉石、房地产……只要赚钱我都做。”

“我以前没有听说过银雀公司，你在外面赚了钱，回来投资的？”

“银雀公司只是我的一个小公司。”董奇用小勺搅搅咖啡，“苏雪丹，审问是不是该结束了？谈谈你吧。”

“我？你不是都知道吗？”

“我怎么知道？我们多久没见过面了？我想想……”

“董奇，我们别在这婆婆妈妈的，”苏雪丹决定不和他绕圈子，这没意思，大家都是忙人。“你这一步一步地挤进歌舞团，棋走得挺妙的，我真有些佩服。咱们说点正经的好不好?"

董奇收敛笑容,说:"好,谈点正经的。你打算怎么办?"

"我?"

"是啊,你。走自己的道还是跟我合作?"

苏雪丹直视着他:"我有点不明白你的意思。"

"你明白。我吃下了歌舞团,你和陈功德的恩怨变得没有意义。"

"区区三百万就吃下歌舞团?你恐怕太乐观了。陈功德如果在期限内还了你三百万,你不怕噎着?"

董奇哼了声:"谁会借钱给他?歌舞团是个大泥坑,欠了多少债务?只有我能让它起死回生。"

"起死回生?你是把歌舞团整个抹掉了。搞什么房地产开发。"

"这个项目不好吗?世上万物总有生有灭,适者生存,在当今市场经济中,利润说明一切。"

"只是为了利润吗?也许还为了什么人吧?"

董奇盯着她,慢慢用小勺搅着杯中的咖啡:"也许。"

"把陆小雯逼得退无可退,再回到你身边?"

"你真这么想?"董奇的手停止搅动。忽然笑起来:"你挺有想象力的。"

"女人就会这么想。我讨厌把女人当成摆件,更讨厌把女人当羊羔似的摆弄。"

"那么你呢?把欧阳平撵得鸡飞狗跳,然后再和谈整编?"

"我和你不一样!"苏雪丹提高声音。

董奇盯着苏雪丹,忽然问:"你不是挺喜欢羊羔的?很有情调的宠物。"

苏雪丹愣了,董奇连这个都知道。她觉得对方有些可怕了,这个董奇在暗处,她在明处,她不知道对方了解自己多少。

董奇笑了下,换了话题:"你怎么不问问我为什么找上陆小雯?就算她如同你说是一只羊羔。"

苏雪丹愣了下,这个问题倒真是她想问的,"为什么?"她机械地问了声。

"你不觉得她有些像你吗?除了个性不一样。"

苏雪丹瞪着他,这是什么意思?自己像陆小雯?细想一下,从眉眼上看,陆小雯还真和自己有些相像,刚到市歌舞团时,不少人都说她们是两姐妹。但是从气质个性上两人绝对不同。董奇的意思是……

董奇咳嗽了声,摆下手:"算了,这个话题大了,我们不谈这个,说歌舞团。其实我入主以后有这么个方案:保留艺术团,金鹰和银雀合并,你当团长,你那个前夫当副团长,我看你们两个珠联璧合。不管是参加经贸会模特大赛还是以后搞什么梦红楼,都是双赢。"

“然后推销你的房子?”苏雪丹很快从刚才的疑惑中转出来,问。

“对。挺不错的一个方案,现在艺术和企业联姻很时尚啊。体育就更不用说了,你看看足球……”

“欧阳平听进去了,是吧,所以他现在继续当你的团长。”

“合并以后,你可以当法人团长,他继续当执行团长,这是你们之间的事,我相信互相好商量。”

“我想问问,你得知经贸会入场标准突然变化,要比赛进场,而不是你们一家,是不是很失望?”

董奇笑笑:“也谈不上。无所谓。”

“哼,无所谓连夜挖我的人?”

“挖人? 不会吧?”董奇一副吃惊的样子。“我们的实力不弱,比赛是好事,更能充分展示自己……当然了,这对你来讲似乎更有利,不能辜负郭华山的苦心。”

“郭华山?”苏雪丹一惊,“这关郭华山什么事? 人家在国外。”

“这更是他的风格了,帮了你,还让人说不出什么,是吧,公平竞争,冠冕堂皇。什么叫运筹帷幄,决胜于千里之外? 这就是。我们都应该向人家学习。”

苏雪丹想了想,董奇说的确实有道理。现在距经贸会召开仅一个多月的时间,突然有如此重大的变化,只有郭华山有这样的影响力。“就算是这样,郭华山也不是帮我,可以报名参赛的模特团队起码十几个……”

“可谁最有可能胜出呢?”董奇身体往后一靠,一只手轻轻敲了下桌子,“郭华山念旧情。从他借你钱开始,或者说可以追溯更远,中学,小学……当然,这也要看人,我就没这运气喽……”

苏雪丹不说话了,董奇显然知道她很多情况。她避开这个话题,问:“你觉得我会同意和你们银雀合作?”

“你应该同意,在我的公司下面,你会轻松很多,起码不会为去区区三十万卖什么冠名权,求人的滋味不好过。”

苏雪丹看看他:“你还知道我什么?”

“更没有必要为此匆匆出嫁吧? 一颗一点二克拉的南非钻戒也就六七万块钱。色度和切工不好的话还值不了这个价。”

“哦? 知道的还真多啊!”苏雪丹真有些吃惊了。

“其实你的好奇心比我多,你让陈功德在医院里也不得安生,你好像对我很感兴趣。我想,不如当面谈谈。你到底想干什么?”

苏雪丹想了阵,说:“当初我从歌舞团出来时,陈功德说,我谅你成不了气候,走着瞧。我就想,我会让他瞧的,我的目标就是以主人的身份回到歌舞团。可是当我要回来时,歌舞团却不在了,成了别人的了,你说我会怎么想?”

董奇考虑了下:“这个嘛,你应该感到喜悦或者……解脱。”

“不,是一个人经过艰辛的劳动,当要收取果实时,那果实却被别人摘走了。这感觉和就像那次十万元抢劫案一样。”苏雪丹看看董奇,“陈功德就是败,也应该败在我手里。”

董奇用小勺搅了下咖啡。“你这个人很记仇。”

“我从小就是这样。”

董奇看看她:“对,你不说,我倒忘了……你看这样好不好,既然是由十万块钱引起的,那就用十万块解决,我还给你,加利息,十五万,就算代陈功德赔个不是。”

“你为什么代他?”

“和为贵嘛。”

“晚了。”

“你到底打算怎么样?”董奇面色阴沉了。

“我会筹集三百万让陈功德还给你。然后我接手歌舞团。”

董奇怔了下,这话出乎意料,打量她:“你有那么多钱?”

“事在人为。”

“陈功德恐怕不会领你这份情。”

“那就说明有问题。我会调查这是为什么。为什么可以还钱而不还。”

董奇看着她,他知道这个女人是认真的。对苏雪丹的能量决不能低估。他身体靠在椅子上,手指在桌子上轻轻弹了两下,“你这是把我当成对手了。”

“你现在退出还来得及。”

董奇笑起来:“你以为到了这一步我会?”

“那没办法,只好讨教了。”

董奇盯着她,指头挠挠下巴,脸上露出疑惑的神情:“苏雪丹,你竟然想吃掉歌舞团?我没想到你心竟然这么大。你怎么早不蹦出来?”

“你不是也神龙见首不见尾吗?再说我以前不知道陈功德的价码,现在知道了,可真合适。”

董奇点点头,叹息一声:“苏雪丹啊苏雪丹,你可真是难缠啊,陈功德遇上你算是倒霉了,你太好强,不,应该说是好斗……”

“我属狗。”

董奇哈哈大笑起来。

苏雪丹盯着他:“你觉得好笑?”

董奇慢慢收敛笑,他得好好想想了。本来是想和苏雪丹和平共处的,但是看来不可能了。实际上他对什么模特大赛没什么兴趣,他是想弄下歌舞团这块地皮,正经地做做生意。毒品买卖他不会再干了,本来做翡翠赌石挣的钱已经不少了,没必要再冒这个风险，都是贪心搞的。听了缅甸那个家伙的蛊惑，拿出老本想一家伙赚个大钱，结果头一次就栽了。现在想来，这事早被警察盯上了，幸亏收拾得很干净，死里逃生。他现在没有什么顾虑的，韦明义是自己的远房亲戚，忠心可靠，况且对自己的过去并不清楚。他注册了自己的公司，想换个身份舒舒心心当个好人。目的几乎要达到了，苏雪丹却半路杀出来，这个苏雪丹真和自己有缘呢，多少年没见过，一出现都是在关键的时候，那次在云南瑞丽接货的时候，他多了个心眼，到一个建筑工地上随便找了个民工，谎称自己有急事让其帮忙前去接个亲戚，报酬五百元，这个老实本分又急于挣钱的退伍兵去了，他自己则化装成一个卖香蕉的老头坐在离交货地点五十米外的阿诗玛小饭馆外面，静观事态发展，当时他已经隐隐觉得气氛不对了，但还是准备冒险接货。刚要起身，苏雪丹挂着左轮手枪耀武扬威地来了，他又坐下来，暗暗观察这个漂亮女人，没多久就发生了围捕，苏雪丹像野猫似的冲了出去，她可真爱管闲事，和警察扭打成一团，不过却帮了他，趁乱走了，还顺带着拣走了她的左轮枪，这真是一把好枪。从某种意义上讲，苏雪丹是他的救命恩人。再接下来就是今年 5 月策划了一次抢劫，目标是陆小雯，结果又被苏雪丹搅了。现在苏雪丹咄咄逼人，竟然要把自己已经吞下的肉掏出来。对这个充满野心的漂亮女人，这个当年自己暗恋的同学，他有一种很复杂的心态，爱恨交织。他不想伤害她，但是也不能任她横行霸道。本来她一个人不足为惧，再能折腾，还不是妇人之道，关键她的背后还有郭华山，这就不大好对付了。有没有办法来个一箭双雕，既除掉了苏雪丹，又打击了郭华山？他想应该有这种可能的，这要好好筹划。他脑子里已经有了一个计划，虽然还不清晰，可是它确实存在。

董奇端起杯子，把咖啡一饮而尽，用餐纸擦下嘴，说："……说真的，我还真想成全你……你的本钱就是那个队伍，据说不错，不过我没看过。这样吧，既然国际经贸会要比赛选拔进场的模特队伍，咱们就赌一把。"

"赌？"

"对，按规矩来，比赛一场，以名次排定，谁输了谁退出。"

苏雪丹愣了，没想的他会出这么个点子。"我没心情开玩笑。"

"我也没有心情！"

"你不觉得有些滑稽吗？"

"什么滑稽？小赌怡情。再说这也挺公正，你就是搞这个时装模特表演的，让我跟你比什么？赌石，你是外行。打枪？你好像挺有准头的。"

苏雪丹愣了，他是知道自己喜欢打枪呢，还是随便说说？不过看来他是认真的了，如果是这样，他不是自取灭亡吗！银雀的实力应该在自己之下，当然，他们有郑云虹，但仅凭郑云虹构不成威胁。刘芳？难当大任。除非欧阳平妙手回春了，除非买通了比赛评委，还有，好的模特被他挖走……他还有什么牌？如果仅仅是这些，她相信自己完全可以对付。

“你说话算数?”她问。

“我们可以签个协议。”董奇说,“如果你认为必要。”

“那好,一言为定。”苏雪丹站起来,看着他说:“我输了,我滚蛋,你赢了,是你的造化,你上辈子烧了高香。”说完走了。

董奇坐着没动,他面无表情地盯着苏雪丹的背影,一直到对方消失。

李淑敏正睡得迷迷糊糊,被砰砰的敲门声震醒了,她的第一个反应就是劫匪入室抢劫,她迅速翻身起来,打开电灯,另一个屋的陈小萍已经跑出去了,叫道:“谁呀?”

李淑敏赶紧喊:“不要开门!”

她几下套上衣服,顺手抓了桌子上的茶杯,走到门边:“谁?!”

“老李!我,苏雪丹。”

李淑敏松口气:“就你一个?”

“还有谁?快开门!”

“都几点了?!”李淑敏看看墙上的挂钟:凌晨两点五十分。电话骚扰了半宿,现在又杀上门来了,还让不让她活啊。

“开门吧!有急事!”

李淑敏慢慢打开门,苏雪丹一下子冲进来,李淑敏担心地看看她后面,会不会是朱迎宝追在后面求婚啊。

“怎么那么磨蹭啊。”苏雪丹抱怨着。

李淑敏没好气地说:“你看现在几点了?”

“你猜我刚才到哪去了?”苏雪丹喘着气说,没有理会对方的语气。她抓起桌子上的杯子,也不管里面是谁喝剩的水,张嘴就咕噜了一大口。“我见到董奇了!我刚和他长谈了一次。敲山震虎。”

李淑敏看看陈小萍,“你进去睡吧。”

陈小萍揉下惺忪的眼睛:“我做点吃的吧?”

苏雪丹说:“你睡觉!赶快睡,要不然明天眼睛肿了,影响形象!”

陈小萍看看李淑敏,李淑敏说:“去睡吧,我们有事。”

陈小萍进屋里去了。

“机会来了!一个大机会!”苏雪丹兴奋地在屋子里走来走去,把和董奇下战书的事情说了一遍。

李淑敏听了一会:“我怎么有点搞不明白呢?”

“什么不明白?如果我们赢了,我们就顶替董奇进入歌舞团,说实话,我对欧阳平的那个‘梦红楼’有兴趣，其实这真是一个好项目，排好了，可以全国甚至全球巡演，既有影响又可以赚钱，名利双收。”

“那董奇为什么不搞？”

“他不是搞文艺的出身，里面的门道他不了解。”

“我还是不明白，就算他让出来，歌舞团的三百万谁来出？”

“我呀。”

“你？”李淑敏愣了。“你哪里有这么多钱？三百万！”

“所以我深夜跑来找你。”

“我这房子卖不了三百万吧。”李淑敏看看四周，“再搭上我？”

“你看你，还有其他办法呀。事关重大，如果这一步棋走好了，你知道会怎么样？我们吃下歌舞团，有了基地实体，就会成为本市模特界名副其实的老大！天啊天啊，这事以前想都不敢想，可是董奇启发了我，你得承认在谋略方面男人总是有些弯弯肠子，你看他怎么套上陈功德的！所以说，什么事都是有可能的。”

李淑敏明白一点了，苏雪丹是要囫囵吃下歌舞团！她真没想到苏雪丹有如此大的胃口！这可不是闹着玩的。“可能吗？”她打量着苏雪丹，这位不是喝了酒吧。

“可能！”苏雪丹再次肯定地说，“这么跟你说吧，董奇已经把陈功德搞定了，但是他没有想到螳螂捕蝉，黄雀在后，我候着呢！当然，先决条件是：第一，要在经贸会模特比赛上打败银雀，第二，要找到三百万……”

“这……可能？”李淑敏再次问，天方夜谭，她想。

“我说你是怎么回事？”苏雪丹有些不高兴了。“还让我说几遍？你动动脑子。”

李淑敏嘟囔了声：“我是觉得事情是好事，但不大可能。”

“怎么不可能？”

“你看，你刚才说的必须先达到两个条件，”李淑敏梳理着思路，努力使自己清醒一些。“第一个条件是比赛对不对？我们有多大胜出的把握？我们模特水平应该不差，不过董奇既然敢叫板，那他肯定有准备，恐怕把宝押在那个陈功德的熟人身上，那个什么副主任不是他的哥们儿吗？”

“可是我们有郭华山，汪琴不是说郭华山是会展中心的大股东吗？”

“你能肯定郭华山会帮我们？”

“他为什么不帮？他已经在帮了，不然怎么会搞什么模特大赛？我们好了，还他的钱就快了，实际上我们现在也可以还他钱，是吧？目前账上款子够了吧。”

“我的钱你还没还呢。”

“钱是你管的呀，你随时可以提走。”

“你不说个话，我敢提走？”

苏雪丹笑了下："我就是不说。除非你缺钱用。"

李淑敏哼了声："你是想当老赖啊……算了，反正要算利息的。就算郭华山那里可以一试，问题是，他现在不是在欧洲吗？"

"我看他肯定最近回来，经贸会是大事。他能不在？老李，我的李主任！你现在是要出点子帮我解决问题，而不是怀疑我的决策。现在是个千载难逢的机会，董奇费了那么大的劲，实际上是帮我蹚开了路子……哎，你到底睡醒了没有？"说着，苏雪丹要拍对方的脸颊验证。

李淑敏躲闪了下，皱着眉头看她："我清醒着呢。"

"那好，我知道你是有办法的，快把你的智慧贡献出来！这种大事可离不了你！"

苏雪丹的信任让李淑敏有些得意，说实话，如果真能把歌舞团吃下来，谁又不愿意呢！好吧，不妨就顺着苏雪丹的思路想下去，她思索了下，"要靠汪琴了……"

"什么？"苏雪丹没听清楚。

"郭华山是关键，可以让汪琴加大力度。"

苏雪丹愣了下，问道："我正想问你，你说……郭华山和汪琴的关系有多深？"

李淑敏考虑了下："我昨天下午在菜市碰见汪琴的丈夫，他正好在自动取款机上取钱，看见我说，他是看看汪琴的工资到了没有。我说不是发工资的日子，他说是四海集团过来的，中旬到账，每月两千。"

"汪琴还在四海兼职？她哪有时间？"苏雪丹吃了一惊，觉得不可思议。

"恐怕不是兼职吧，"李淑敏说，"汪琴一天到晚和我们在一起。再说人家的活儿干得不错。"

"是啊是啊。"苏雪丹想，原来如此，看来汪琴和郭华山的关系非同一般了，当初汪琴来时主动减薪，是不是由于郭华山保了底的缘故？不对啊，钱嘛，应该是多多益善。那就是汪琴的境界高，或者是真心帮助自己，前一阵提了仇志华当副团长，工资长了五百，汪琴根本就没说什么，好像不知道似的。

"凭你和汪琴的能量，再加上欠郭华山的钱，郭华山估计会帮助我们，但是那三百万你怎么办？"李淑敏问，这才是最重要的。

"还是找郭华山。"苏雪丹说。

"这……恐怕就没那么简单了。这和比赛不同。"李淑敏摇摇头，人家凭什么给你三百万？

"反正值得一试。要不我找谁去？有枣没枣抡他一竿子再说。"

"也许……黑豹公司也可以想点办法？"李淑敏瞟了她一眼。

"咳，别提他了。"苏雪丹一想到朱迎宝心里就发紧，这头豹子现在没准在哪个地方咆哮发疯呢。

“我看还是可以多找两条路子。”李淑敏忍住笑，“朱迎宝执著得很呐！美人计可以再派上用场。”

“嘿，你小看他了！”苏雪丹撇下嘴，“这小子执著但狡猾，面带忠相，心中嘹亮，心里明镜儿似的。”

“其实人还是不错。真的，现在这样执著的男人并不多……”李淑敏叹息一声。

苏雪丹瞪着她：“你什么意思啊？那你嫁给他。让他准备三百万彩礼。我是娘家，我收着。”

“你当人贩子啊！”李淑敏笑骂了声，伸了个懒腰，“还有事没有，我真的困了！”

苏雪丹坐到饭桌旁：“给我一张纸和一支笔。”

“干吗？”

“咳，快拿来吧。”

李淑敏拿了一个信笺纸给她。苏雪丹思索了阵，用笔在上面画了几下：“你睡吧，想起了什么我会叫你……”

“你不走了？”李淑敏吃惊地看着她，“你想写什么？”

“我想事。我要……那个词儿怎么说的？哦，运筹帷幄。我运筹帷幄！”

“啊？你就不能明天再说？”李淑敏想这可苦了，正睡得香，她老人家突然山呼海啸说想起了什么事，不吓死人？

“不能！”苏雪丹左手撑住下巴，闭上眼睛，“你赶快睡，抓紧时间……我现在脑子里正转悠，事关重大，我们要创造历史了……”

李淑敏无奈，进了里屋：“我关门啦……”

“你还是半开着，不然敲门吓着你。”

李淑敏叹口气，当苏雪丹这个办公室主任，真是活受罪。她把门留了一条缝，和衣躺在床上。刚闭上眼睛，外面啪啦一声响，她一下子坐起来：“怎么？”

“没事，我把茶杯盖子打碎了……”苏雪丹骂骂咧咧地说，“怎么这么不经摔。”

把人家茶杯盖子打坏了，没一点抱歉之意，居然说什么不经摔，世上竟有这种道理！好在也不值几个钱，李淑敏又躺下去，苏雪丹突然叫了声：“老李！”

李淑敏猛然起来：“干吗？”

“你说……啊……我还没想好，睡吧。”

李淑敏气鼓鼓地坐了会，终于架不住瞌睡袭来，倒了下去。

等她醒来时，天已经亮了，她爬起来，走到客厅，苏雪丹已经不在，厨房里陈小萍在刷牙。李淑敏问：“小陈，苏团长呢？”

“不知道啊，我起来时她就走了……哦，桌子上好像有张纸条。”

李淑敏看看桌子，拿起纸条，上面是苏雪丹龙飞凤舞的字：“老李，我想好了。把握时机，要人要钱，双管齐下。上午十点，我们在团部见面，还有，把模特的文字资料和照片准备好。”

李淑敏看着字条，这就叫运筹帷幄？一点新意都没有。

53

这天一早，南熙几个主要报纸都刊登了举行模特大赛的公告，主办单位是市文化局和国际会展中心。公告特别强调这次模特大赛是国际经贸洽谈会的一个组成部分，也就是说，经贸会从现在起，已经拉开序幕了。

上午十点，苏雪丹来到办公室，在路上她买了份《南熙早报》，细细地研究了一番模特大赛公告的内容，觉得这个大赛虽然举行的有些仓促，还是比较规范的，大赛组委会包括一些政府官员和知名人士，除了要评选十佳模特外，还要评选优秀团队，模特的比赛时间定在十月十五日——经贸会正式开幕前三天。显然，模特大赛是为经贸会垫场热身，制造声势。另外，这次模特大赛不接受个人报名，必须以团队参加。这个规则会促使平时的那些东打一枪西打一枪的个体模特找组织，顺带着把模特市场整合了。大赛主办者很聪明，不知是不是文化局那个姚处长的主意。

排练厅站满了几十个高身挑女孩，汪琴在人群当中大声说着什么。仇志华则在一旁背着手冷冷观看。

苏雪丹觉得奇怪，走过去问仇志华："这是怎么回事？"

仇志华看看她："都是想来参加模特大赛的散模野模，想入伙。你看报纸了吧？"

苏雪丹扬下手中的报纸，表示她早看过了。苏雪丹没有想到这些女孩会动得这么快，才出的公告，立马就开始找东家了。想想也是，机会难得，一旦取得名次，一生的命运都改变了。

"要留意啊，看有没有好的。"苏雪丹看见人头攒动的场面，很一些感慨，这和她当初招人时有天壤之别，那时她满大街的去拦截人，现在自己来了。模特选择东家当然要选那种能耐大的，金鹰的团的名气看来已经相当影响了，否则不会来那么多人。不知道银雀的现状如何，恐怕没有她这里热闹吧？

"我安排汪琴先进行面试，筛选一遍，然后再到我这里看台步。"仇志华说，"人太多，我让卢燕燕和宋薇帮忙带两个组，在那面，粗选一遍，最后我来定。个体模特在本市数量不少，保不准藏龙卧虎，也许能挑选出几个像样的。"

"不是也许，是肯定。人多咱不怕，组成第二梯队。"苏雪丹兴奋地看着那些模特，想象着今后兵强马壮的样子。"这次大赛评选十佳模特，你看我们能上几个？"她问。

“三个是肯定的。”

苏雪丹没吭声,这是最低目标。

仇志华看看她:“如果再选上几个条件好的,五个也有把握。”

“哦。”

“训练得当,再发挥得好,七个也不是不可能。”

苏雪丹笑了:“别的团队不活了?”

“咳,我还想来个大满贯呢!”仇志华豪情万丈,“我们编导力量强。再加上有苏团长的正确英明领导,什么人间奇迹不能发生?”

“肉麻。”苏雪丹微笑地拿报纸打了他一下。大满贯是不可能的,总要搞一下平衡。不过她欣赏仇志华的工作态度,本来还想说一说杀回歌舞团的事——这才真是人间奇迹,又一想,还不到火候,等有眉目了再说。

苏雪丹远远看着汪琴,她依然是那种舞蹈家的打扮:上衣横系在腰上,下着褐色弹力紧身裤,脚踝上套着一个毛线圈,这个毛线圈肯定是自己打的……她想起李淑敏的话,汪琴和郭华山的关系非同一般,真是不露声色啊。她又看正在指导模特走台的卢燕燕,很认真地指点着,就是这个嘴巴甜甜的女孩,竟然和银雀黑豹都有瓜葛……人啊,不能光看表面的样子,其实都有自己的秘密。

苏雪丹看看手表,走过去,对汪琴说:“汪老师,你来办公室一下。”

汪琴回头看看她:“我正在目测呢,仇副团长安排的。”

“你让他自己干。”苏雪丹看见仇志华背着手转来转去,东看看,西看看,时不时吼上两嗓子:“你们有很多毛病!”还真是一副官样子。

“我自己跟他说不合适吧。”汪琴看看仇志华。

苏雪丹对仇志华说:“仇副团长,我和汪琴谈个事,这儿你安排好。”

仇志华挥了下手,表示知道了。

汪琴跟着苏雪丹到了办公室,李淑敏正在整理模特的照片和文字资料。苏雪丹问:“怎么样了?”

“差不多了。”

苏雪丹看看汪琴:“汪老师,您坐。”说着给她倒了杯茶。

汪琴看看她:“什么事呀?”并没坐下。

苏雪丹打量她,虽然三十有五,但面容依然可以算姣好,尤其是身材,脊背像是插了根旗杆,挺拔,给人一种向上的力量,苏雪丹脑海里不只为什么突然冒出一句歌词:“五星红旗迎风飘扬……”她不知道为什么会想到这句歌词,八不挨。

“你怎么啦?”汪琴显然被她的神情弄糊涂了。

苏雪丹回过神,说:“汪老师,汪姐,关键的时候到了,现在请你出山。”接着就把昨天夜里和李淑敏商谈的打算告诉了汪琴,强调的是如果这次赢了,那就借势杀回歌舞团，排《梦红楼》大型时装歌舞，那我们金鹰团可就闹大发了。

“还有什么，请李主任补充。”最后，苏雪丹用下巴点点李淑敏。

李淑敏说：“这个前景确实非常诱人，但没有郭华山的帮助支持，就做不到。”

汪琴想了一阵：“你们打算找郭华山？”

“对。”苏雪丹回答。

“他在国外。”

“我知道，他什么时候回来？”

“这……你应该问他秘书。”

“我问了。人家不说……”苏雪丹笑笑说，“汪姐，如果我们拿下歌舞团，排大型时装歌舞，你是主演。”

“我？恐怕不行，老了！”汪琴摆摆手说。

“你正当年！乌兰诺娃六十岁还在台上跳呢。你现在经验和艺术正是炉火纯青，就看体力能不能支持了……”

“我倒是没什么病……”汪琴打量下自己的身体。这个诱惑确实巨大，很难不让人心动。

“有病也是装的。”苏雪丹笑着说。又试探地问：“哎，我听说郭华山就这两天回来呢，你没听说什么？”

汪琴看看她们，犹豫了下，说：“听说好像是明天中午回来……”

“好，我们明天下午一起去找他。”

汪琴看看她：“我？我算了，不合适。”

“你怎么不合适？”苏雪丹想千万别让我说你们之间的关系啊。

“这是你们团领导的事。”

苏雪丹愣了，这什么意思？她置身度外？

“你看，这两天来考模特的很多，忙不过来。”汪琴解释道。

“有仇志华呢。”

“他是副团长……”

“从现在起，你也是副团长了，主管业务训练。李主任，马上打一个任职命令出来。工资长五百。”

李淑敏立即在电脑键盘上噼里啪啦敲打起来。

“我不是这个意思……”汪琴慌乱地说，“我是说……”

“我就是这个意思，”苏雪丹阻止她说下去，她要给汪琴烧把火，“你看，咱们的队伍在扩大，缺个副团长，你干很合适。现在这么忙，卢燕燕和宋薇可以提为队长和副队长，分担一些实际工作，你呢，当然就得压更重的担子……”苏雪丹对自己突然提拔卢燕燕感到吃惊，这是神来之笔啊，明明知道你这个小蹄子心存二意，但是我偏偏提拔重用你，让你看看我的胸怀！让你走得痛哭流涕，一辈子都觉得欠了我的。实际我苏雪丹虽然是个记仇的人，但也要看谁，见一个就记一个，仇人不遍天下啊。

门外突然一片喧哗，仇志华闯进来："苏团长，怎么回事，这几个人说是……"话没说完，后面钻出几个女孩："我们要找苏团长！"

苏雪丹一看，是华朵和那几个狱友。苏雪丹吃了一惊："你们怎么来了？"

"我们要报名参赛啊！"华朵叫道，"这个大胡子不让我们见你，我说我是苏团长的老姐们儿了！我们同生死共患难……"

仇志华疑惑地问苏雪丹："你们当兵时候的战友？"

苏雪丹赶紧摇摇手否认。有这样的战友不翻了天了！

仇志华说："你看看她们，明摆着不够条件，身高，三围……"

"可是我其他方面很突出！"华朵跺下脚，手一捞，将腿搬到耳朵旁，单脚直立。"难道你没看出来？"

"我三围可以的，"文娜说，"胸大，腰也不错，'殿围'……"

"臀围。"仇志华纠正。

"一个意思。"

"怎么一个意思？你查查新华字典。"仇志华颇有深意地看看李淑敏，可露了一手。

"哎呀，我知道，臀就是屁股呗，超标没多少。"文娜满不在乎，"再说我有才艺啊，唱歌不错……"说着就吼了一嗓子，浑厚如牛哞。

仇志华吓了一跳，瞪着她："喂喂，这又不是歌手比赛，搞清楚没有？是模特儿！"

文娜撇下嘴说："模特就不能唱了？搞那么死板？一点创意都没有……"

苏雪丹赶紧道："这样，你们呢，作为我们的预备队，可以旁观训练，但是一定要遵守训练场纪律，以后说不定排大型时装歌舞的时候会用上你们……"她看看李淑敏，发现对方正谴责地盯着自己，八字没一撇，又吹牛了，可没有虎胆哪有英雄！就是要不断给自己压担子定目标。"仇老师，你先给她们登记，这几个人是特殊情况……"

仇志华正要说什么，苏雪丹推他："去吧去吧，我这里有重要的事……华朵，听仇老师的，调皮可不成。"

仇志华还想说什么，华朵几个已经扑了上去，拽着仇志华出去了。

屋里终于安静下来，苏雪丹长出一口气，看看汪琴："怎么样？考虑好没有？"

汪琴说："我的意思是，你们去找郭华山就够了，不必拉上我。我能起什么作用？"

“你认识郭华山吧？”苏雪丹不得不点题了。

“当然认识。我丈夫就在他公司当保安。”

“不关你丈夫的事，我说的是你。你们应该很熟。”

汪琴说：“我再熟，没有你熟，你们是老同学。”

苏雪丹想，得，这球又踢回来了。看来汪琴肯定是不想去了。再往深里说就不愉快了。

李淑敏看着电脑，说：“打好了……”

“念一下。”

李淑敏咳了下嗓子，字正腔圆地念道：“金团字第007号，任命书：兹任命金鹰模特艺术团业务部部长汪琴为金鹰模特艺术团副团长，演员卢燕燕为演员队队长，宋薇为演员队副队长，上述三人工资作相应调整，任命即日起生效。团长苏雪丹。”

“好，打印五份，一份送文化局备档……”

李淑敏提醒道：“这是内部调整，文化局没有向我们要……”

“可我们要送，要让他们知道。一切正规化。要有国家文艺团体的样子。”苏雪丹已经在用入主歌舞团后的标准要求自己了。“在外面宣传栏上贴一份。我马上出去宣布。”她看看汪琴：“你真的不去找郭华山？”

汪琴摇摇头。

“那好，我和李主任去。回来后有什么情况，再找你商量，团领导要开个碰头会。还有，”她对李淑敏说：“李主任，抽空给汪副团长弄个桌子来，就放在我桌子对面。”

李淑敏一边打印文件，一边说：“没问题。”

汪琴摆手道：“不必了，我坐不住。”

苏雪丹笑着拍拍她胳膊：“你坐不坐是你的事，桌子要有。”她看看李淑敏：“打印好没有？”

李淑敏抽出一份：“出了一份……”

苏雪丹接过来：“你们跟我来。”她走出去，对仇志华大声说：“仇副团长！把人集中一下，我有话说！”

仇志华使劲拍了两下巴掌：“集合！横队！两列！……新来的站到另一边！快！”

队伍站好后，苏雪丹走到队伍前面，拿出纸，咳嗽了下，大声说：“大家辛苦了！为了这次经贸会的模特大赛，我们团要做一些人事调整，现在我宣布一项任命：汪琴为金鹰模特艺术团副团长，卢燕燕为演员队队长，宋薇为副队长，即日起任命生效。相应的工资调整由李淑敏主任负责核算。解散！”

苏雪丹注意地看看卢燕燕，对方也看着她，笑了笑，这反应比她预想的要淡一些,真是宠辱不惊啊。她往外走,仇志华跟上来:“苏团长,任命我怎么不知道?”

“现在你不是知道了?”苏雪丹没停步,提拔汪琴仇志华肯定会有反应,只是没想到会这么快,脚跟脚的就来了。

“我是说,你没提前跟我通个气啊,也好有个思想准备。”

“你觉得任命不合适?”苏雪丹看他一眼。

“当然……合适。”

“我想你也是这个意思,所以就不浪费时间了,你们太忙。”

“可是……”

“怎么?”苏雪丹停下脚,看着他。

“两个副团长,谁靠前,谁靠后?……我是为工作着想啊,应该分第一副团长,或者,有个执行副团长,你看,国务院有第一副总理,公司有执行经理,刊物有执行主编……这样呢……”

又来了!苏雪丹一股火蹿上来,搞什么呀!她忍了忍,说:“仇副团长,你这个问题我会考虑。现在我要筹划一件事。一件大事。以后再说行不行?”

仇志华忍了忍:“好吧。”

苏雪丹看看其他模特,说:“你抓紧啊,模特大赛看真本事了,现在可是关键时期!看你的了!”

“没问题。我是意见归意见……哦,不,是建议归建议,工作没问题!”仇志华说着往回走,拍着巴掌叫道:“集合了!卢队长,宋副队长,召集人!”

苏雪丹笑笑,这个仇志华,什么都好,就是计较名分,是不是男人都是这样,不能容忍女人和他平起平坐。那你又何必在我的领导之下呢?

第二天中午,苏雪丹和李淑敏在办公室吃了顿方便面,看看时间,十二点五十分,李淑敏说:“可以试试了。”苏雪丹拿起话筒,试着拨打郭华山办公室的电话,铃声响了两下,有人接了,果然是郭华山。汪琴的情报很准确。苏雪丹开门见山:“郭董,我是苏雪丹,要马上见你,有要事商谈!”

郭华山犹豫下,说:“我刚下飞机……”

“不是刚下飞机,而是刚进办公室。”

郭华山笑了:“你雇了私人侦探?”

“算出来的,飞机正点呗……我和李淑敏已经在你楼下,马上上来。”说完,也不管他同意不同意,挂了电话。对一旁的李淑敏得意地挤下眼睛:“走。”

李淑敏没说什么,收拾好资料跟着苏雪丹出来,对苏雪丹这一套她已经见惯不惊了:明明在自己的办公室,却说已经到了人家的楼下,让你不好拒绝,其实还差五里地呢!

二十分钟后她们来到郭华山办公室外面。那个秘书好像换了,上次的秘书比今天这位年轻一些，今天这位三十左右的年纪，一身浅灰色职业装，头发挽成一个髻，显得干练。她对她们微笑着："郭董在等你们。"说着轻轻推开门，"郭董，她们来了……"然后对她们点点头，"请进。"

两个人进去，郭华山从桌子后面站起来，笑着说："老同学光临，真是蓬筚生辉啊。"

他一一和她们握手，将她们让到沙发区坐下，然后自己也在对面坐下。

苏雪丹以为郭华山会问她们为什么来迟了，电话中不是说已经到了楼下了吗？怎么走了二十分钟？那她就解释说路上碰见了一个熟人，或是接到了一个重要的长途电话，不想郭华山并不在意她们迟到，这让她挺感动。

秘书进来，用一次性纸杯给她们倒了茶水，然后退出去了。

苏雪丹想这秘书进来的不早不晚，早了双方还在寒暄，晚了打扰谈话，这秘书训练有素。

"郭董事长，本来你刚回来，不该打扰，不过事情有些紧急，所以我们……"苏雪丹觉得应该解释一下来访的原因，同时也强调事情的重要性，让对方有个思想准备。

"哎，别这么见外。"郭华山摆下手，打量她们："小苏气色不错，淑敏看着疲惫一些，是不是小苏的这个办公室主任不好当？"

"水深火热，睡不着觉啦！"李淑敏半真半假地说，"早就想辞职……"

"好啊，李主任这样的人才我正需要……小苏不会介意吧？"

苏雪丹笑了下，郭华山管自己叫小苏，女人当然愿意别人把自己往小了看，可这个词从他嘴里出来就显得有点居高临下的意思。"我们李主任哪里也不会去，她还没收完账呢！"

郭华山哈哈笑起来："你们这个组合真有意思，欠债的当老板，放债的打工……"

"哎哎，不是打工，是合作。"苏雪丹纠正道。"郭董，我也不说客套话了，今天我和淑敏来，就是想请你帮忙的。"

郭华山笑笑："那次你走后，我们就再也没有见过面……哦，在电视里见过你，耳目一新啊……"

"今天不谈私事。"苏雪丹赶紧说，知道他指的是那次和欧阳平离婚的事。"我见到董奇了，恐怕我们要火并一场。"接着，苏雪丹就把和董奇的谈话以及自己的打算说了出来。

郭华山静静听着，他两只手交叉抱在胸前，眼睛微微闭着，一动不动，没有提问，也不插话，苏雪丹说了一阵，停下来，不安地看看李淑敏，他是不是睡着了？

"完了？"郭华山突然问。

苏雪丹惊了下："大概就这些了，不知道郭董事长明白了没有？"

"董奇……皮肤比以前黑了？"

"皮肤？啊，好像是这样。"苏雪丹不知他为什么扯出了这个不相干的话题。

"他做什么生意？"

"期货，股票、玉石翡翠……我也不大清楚，反正挺有钱的样子。"

"你怎么看，淑敏？"郭华山转向李淑敏问。

"我觉得雪丹这个想法很有气魄，整个拿下市歌舞团。说实话，换了我，不会这么想，也不敢想。当然，她有一点复仇动机，她如果有更高的境界——比如活跃文化市场繁荣市场经济人生要不断进取要不断追求——就更好，但是也没关系，因为实际效果还是一样的，况且她就是这个性格。不过要实现这个目标，没有你的帮助不行。还有……"李淑敏停了下，"董奇说进入经贸会和评选模特分高下，这个可信度有多少？董奇好像胜券在握的样子，我们不大放心。"

苏雪丹说："模特大赛文化局是主办单位之一，歌舞团是文化局的儿子，而银雀团又是歌舞团的儿子，董奇恐怕就仰仗这个。"

郭华山沉吟下，"文化搭台，经济唱戏，大赛的目的是促进经济发展。"郭华山并没有直接回答苏雪丹的话，但似乎又说出了一点什么意思，苏雪丹正琢磨着，郭华山又问："你们的模特队伍到底水平怎么样？"

"一流！"苏雪丹对李淑敏说："把资料给郭董看。"

李淑敏把一个装潢精致的本子递给郭华山，郭华山认真看了一遍，资料有模特的个人档案，演出剧照，还有报刊评论等文字资料。郭华山把资料还给李淑敏："还不错。"

苏雪丹紧张地看着他，不知他是怎么想的。

"我不清楚董奇有什么底牌，如果你们模特确实一流，表演出色，那么进场和评选都会占据有利位置，我不能说百分之百的把握，但是我们会展中心毕竟也是主办方之一，说话是有分量的。"

苏雪丹点点头，这话很清楚了。别看郭华山刚回来，对模特大赛的事却了如指掌，看来董奇说的没错，他是在运筹帷幄。

"至于文化局，他们只是派个官员象征性地参加，评委是专业人员，只要模特业务水平在，不会埋没。"

"行，有你这句话我们就放心了。"李淑敏说，"大赛还是仓促了一些，如果提前三个月通知，我们会准备得更好。"

"这要看怎么说了，人们注意力有个疲劳期。提前一个月正好。别指望三个月人们都关注你。"郭华山并不认同李淑敏的说法。

"可是太仓促演出容易出问题。"苏雪丹要为李淑敏说话，"排练节目是要有时间保障的。”

“这就看出参赛队伍的管理水平和模特的素质了。”郭华山笑了下，话锋一转：“即便出问题也比没问题好。有时没有问题还要制造问题。当然，这个问题要适度，在掌控之内。”又说：“现在几大网站都将我们模特大赛上了头版，各种评论几十万条，经贸会可没有这个待遇。南熙市也没有这个待遇。”

苏雪丹不说话了，郭华山和他们看事情的角度不一样，郭华山考虑的是吸引眼球的问题，就人们的关注度来说，模特大赛肯定超过经贸会，模特提升了经贸会的知名度，郭华山大概说的就是这个道理。苏雪丹想起董奇的说法，董奇认为在已经确定银雀模特团进场的情况下，突然搞这个模特大赛，是郭华山想帮助她。现在她明白了，她没有那么大面子，郭华山首先考虑的是整个市场，自己受益是附带的。董奇多疑了，而她又自作多情了。

郭华山看看他们，“第二个事，就是刚才说的三百万，你是又向我借？”

“我……”苏雪丹看看李淑敏，李淑敏说：“当然是借，要还的。”

郭华山笑了下。

苏雪丹马上明白郭华山笑的含义了，赶紧说：“上次借郭董事长的十万，虽然没有到期，但我可以现在还……”

郭华山说：“我没有让你还钱，起码没有让你现在还钱。”他站起来，走到桌子边，屁股靠着桌子看着她们：“三百万不是小数字啊。”

“可是如果能靠这三百万拿下歌舞团，千值万值。”

郭华山没说话，看着窗户外面，似乎在考虑什么，过了会说：“汪琴怎么样？”

“好啊。刚任命她当副团长！”苏雪丹对李淑敏使了个眼色。

李淑敏哗啦一声抽出那纸任命。郭华山并没有接，看了一眼：“哦，又进步了……你现在还跳舞吗？”

“谁？”苏雪丹一愣。

“你呀。”

“我？什么舞？交谊舞？”苏雪丹以为他是不是要邀请她跳舞，就跟那个房东老爷子一样。

“不是，就是跳……‘一棵树’什么的……”

“她哪有这份闲心！”李淑敏说，“再说也没有条件。”

“我这次回来在飞机上看了电视录像，是最近军区文工团的演出，《一棵树》和《雪莲花》是保留节目，但是那个小姑娘跳得不够味，没有意境……没有我在西藏看的那种感觉……那时候……”他走到窗边，看着院子里那棵银杏树。

郭华山要开始回忆了，要开始叙旧了，苏雪丹想这就是企业家的个性，她得耐心地听，上次不是也这样吗！

“那时候在山南错那的一个叫冈巴拉的哨所，海拔五千二百四十米，公路离我们六公里，经常塌方，别说看演出，就是看见一个人都困难，更别说看见女人了，”郭华山慢慢地说。“有一天来了电话，说军区文工团要来慰问，班长说如果是女演员，我们欢迎，走不动我们可以去背她，如果只是男演员，那就别来了，免了人家的受苦吧。那天降大雪，结果来了五个演员，只有一个女的，她为我们跳舞，为了效果，她穿得很单薄，是绿色的薄绸缎和纱，海拔五千多啊，气都喘不过来，就一边跳一边吸氧，我们把羊皮大衣铺在她的脚下，怕她摔着了，她真美啊，像雪山女神，美得我们直想哭……”

李淑敏用胳膊肘捅捅苏雪丹，轻声问：“是你吧？”

“汪琴。”苏雪丹觉得李淑敏问的真不是时候。郭华山心目中有一个神圣的东西。这是她没有想到的，她原先以为商人心中只有利益，没想到郭华山竟有这么一段纯洁的情感。

“后来他们走了，路上遇到车祸，一个男演员断了条腿，后来这个女演员和这个断腿的演员结了婚，许多人不明白这么漂亮的女人为什么嫁给一个残疾人，我能理解……”

这段故事，苏雪丹隐约听说过，那时她在北京解放军艺术学院学习，听说团里赴藏演出的小分队出了事故。

郭华山回头看看她们：“如果《梦红楼》的时装歌舞中有这么一个‘一棵树’的节目，那真是圆我的梦了。”

苏雪丹看着他，一时没有明白他的意思。

“如果是两棵树，更好。”郭华山看着她又说，“你那个欧阳平挺有脑袋的，这个创意不错，我喜欢。需要的是把它更加丰富。”

苏雪丹突然明白了，他对这事感兴趣，而有兴趣就有希望！

郭华山坐回到沙发上，看着她们：“首先是你们依靠自己的实力把银雀打下去，至于三百万，我会在看到你们的表现之后再确定。”他从文件夹中取出一张纸，“我这里有比赛具体要求，还没正式公布，比赛成绩和入场资格挂钩，你们可以看看，早做准备。”郭华山最后说，做了个送客的手势。

苏雪丹和李淑敏回到模特团办公室，苏雪丹很兴奋，觉得今天的事办得漂亮，郭华山虽然没有明确表态给三百万，但倾向性明显，这就够了。李淑敏却不大乐观，郭华山其实说的是模棱两可的话，可进可退，再说……李淑敏提醒苏雪丹，郭华山虽然念点旧情，但毕竟是商人，他的办事风格历来是不见兔子不撒鹰，狡猾着呢，从不会干赔本的买卖。今天谈的有点过于顺利，倒让人不大放心了。苏雪丹觉得李淑敏有些过虑，不过两个人一致认为，不管郭华山到底怎么想的，我们自己要争气，先把大赛冠军拿下再说。否则就是人家有心帮你，你不争气，他也没办法。两个人意见统一后，立即召集汪琴和仇志华开会，研究比赛问题。苏雪丹把目前的境况大概说了下，强调这次比赛不论是团体还是个人都要拿个好名次，否则以后无从谈起。

仇志华分析说："看来看去，还是银雀的威胁最大，他们有郑云虹。"

"她一个人恐怕不足为虑。"苏雪丹不以为然。

"刘芳不知怎么样，她也在银雀。"李淑敏说。

"刘芳？她那个味儿早走坏了……"仇志华说。"再说她的三围也不理想，'殿'围九十二厘米，标准的应在九十以内。"

李淑敏纠正说："臀围，不是殿围。"仇志华老是把这个字说错，这令李淑敏不能忍受。"你前两天不是还纠正过别人吗？"

"其实一个意思。"仇志华说。

"怎么是一个意思？两回事。你查查新华字典。"

仇志华悻悻挥下手："李主任认真啊。"

汪琴看着郭华山给的那个团体比赛规则，沉吟下，"每队表演十分钟，可以出三到五组节目，最好快、中、慢节奏的各一组，展现模特的全面表现力。"

苏雪丹说："我看搞五组，这样节奏快，花样多，眼神不疲劳。"

"如果衣服换得过来，当然可以。"汪琴说。

"这说不好。谁敢保证模特不出差错？"李淑敏说，以往都是她在后台帮着抢装，有些模特丢三落四的，一会耳环忘戴了，一会扣子没系好，让人担心。

"换服装应该没问题，都是老演员了。再说有你李主任督阵，有什么担心的。"仇志华说，明显是戳了李淑敏一下，"关键第一组节目一定要打响，打头的印象非常重要。各队都会在这上面作文章。"

"银雀的头牌节目恐怕还是那个牛仔手枪……"

"从我们这里偷去的！"仇志华愤愤地说："有没有知识产权啊，告他们！"

汪琴说："要有证据和资料，等你告出结果来，比赛早完了。"

李淑敏说："我们最好不要和他们碰车，再编一个比这个更好的……"

"不行！"苏雪丹坚决地否定了李淑敏的意见："我们要的就是这个！假的还把真的赶走了？笑话！这次就是让评委比较一下，看谁的行！牛仔手枪看的集体水平，看阵容，银雀不如我们，就是看领衔主演，卢燕燕和郑云虹也有的一拼……还有，可以在原来的基础上创新变化，再野一点，把牛仔服换成红色皮牛仔……"

"哎，这颜色上跳出来了，"仇志华点头，"色彩强烈，火一样燃烧……"

"具体你们两个副团长研究吧，包括服装、音乐、道具全都要弄好，需要多少钱报过来，现在的钱用到刀刃上了。"苏雪丹站起来，"现在还有二十多天训练时间，要抓紧，我只说一句，这次赢了，我们团以后就是康庄大道，前程无限！"

“还有一个问题，”汪琴突然说，“个人比赛，我们重点推哪几个人？现在要定下来，这需要在服装和编排上单独设计，进行特别训练，现在时间很紧了。”

“还用说嘛，宋薇、卢燕燕、陈小萍。”仇志华说，“他们是最有希望得奖的。”

苏雪丹看看大家：“我没意见，这听你们老师的。”

“我觉得……”李淑敏思索着什么，“我觉得宋薇和陈小萍都可以，卢燕燕……恐怕有些问题。”

“哎，奇怪了，卢燕燕是这三个人表现力最好的，李主任什么眼光？”仇志华不无讽刺地说，“我倒想听听，她哪有问题了？“

“首先，卢燕燕表现力是好，但身高不如宋薇和陈小萍，那两个人都是一米七七，卢燕燕勉强一米七五，平常看着可以，参加比赛，这就吃亏，第二，我怀疑卢燕燕的忠诚度，她和朱迎宝扯不清，朋友不像朋友，情人不像情人……老板——苏团长你应该是知道的。”

苏雪丹沉吟不语，卢燕燕的忠诚度也是她所担心的，你培养了半天，她跟别人跑了，不是白忙活？

宋薇在门口探了下头，问：“可以进来吗？”

苏雪丹看看她：“有事？”

宋薇点点头。

“我想和苏老师单独谈谈。”宋薇的语气有些神秘。

仇志华和汪琴互相看看，仇志华说：“我们开路。”和汪琴走出去。

苏雪丹对他们叮嘱道：“你们研究一下，赶快把方案拿出来，排练要全封闭，不许外人照相录影，不要让别人偷了去。”

李淑敏收拾下桌子上的东西，正要走，苏雪丹叫住她：“李主任留下来，一起听听。”从宋薇的表情上，她有种不祥的预感。

李淑敏坐下来了。

苏雪丹对宋薇说，“你说吧。”

宋薇犹豫下：“苏老师，是这么回事，昨天晚上回家的时候，发现有人跟踪我……”

“谁？报警了吗？”苏雪丹紧张地问。这关口千万出不得岔子。

“没有。我一问，是黑豹公司的人，说他们公司成立了时装队，要我去……他说待遇很高。以后还可以安排出国表演……”

“黑豹？朱迎宝那里？”

“对。”

“你怎么打算？”苏雪丹明白了，朱迎宝这回是下了狠招，釜底抽薪。

“我不去。”宋薇说，“我就在这。”

“要比待遇，我们远不如黑豹。”李淑敏审视着对方，判断她话的可信度。

“钱不是最重要的。我觉得这里人好处。老师待我们挺好。牛哥也说跟着苏老师他才放心。”宋薇看着苏雪丹：“苏老师，我欠你的情。我不会走。”

苏雪丹感动地拍拍她胳膊，心里踏实了。宋薇记着那次蚊帐的事呢，这姑娘懂得感恩，不错。那次赔本演出是值得的。

“还有，”宋薇踌躇一下，“我不知道该不该说……”

“什么？”苏雪丹刚放下来的心又提起了。

“你们知道卢燕燕的事了？”

“卢燕燕？什么事？”李淑敏急问，看看苏雪丹，那意思是，看，果然出事了！

“朱迎宝也找了她，是来找我的那个人说的。让她去当队长。”

“她答应了？”

“我不清楚。卢燕燕没有跟你们说吗？”

苏雪丹和李淑敏互相看看，今天卢燕燕一早就来训练了，但并没有告诉他们这事。

不管怎么样，先把眼前这位骨干攥结实了。苏雪丹明白现在自己应该做什么，对宋薇说：“宋薇，这次你是我们重点推出的模特，我会尽力推你，你条件不错，是可以成为红模的。这次我们不仅要在这次评选中拿奖，还要进入经贸会，以后还有大型时装歌舞演出，等全国模特大赛时，再让你进北京争脸。仇老师和汪老师对你寄予很大希望，你已经形成了自己的风格，到别的地方干，怕把份儿走岔了，成了四不像。”

“放心吧，我哪也不去。”

“还有，从现在起，你月基本工资加三百元，演出补贴提一百元，和普通演员拉开档次；等一会我跟仇老师说，演出服装由你先挑，从今天起，我们要以尖子演员为核心排节目。希望你努力。”

“哎。”宋薇兴奋地出去了。

“你需要给朱迎宝打个电话。”李淑敏提示苏雪丹，“这小子太过分了！”

“我正这么想呢。”苏雪丹抓起电话，按了几个键，那边接电话的正是朱迎宝。

苏雪丹尽量压住怒气：“喂，朱总，我说你有完没完？过分了吧？跑我这来挖人了？真是时候啊！你成立什么时装队？凑什么热闹？财大气粗是不是？……”

朱迎宝倒不急不恼：“小苏你别发火，我是要成立时装队，但我没要他们去你们那里挖人。不过如果你愿意，我聘你为公司副总经理，主管广告宣传和模特表演，我这里各方面条件比较好，你也少操点心。”

苏雪丹冷笑一声，“我要是不高攀呢？”

“那我这个时装队还是要办，不仅是为参加经贸会，我的公司需要一支固定的队伍。既然你有现成的，我的意思你把原班人马拉过来，黑豹时装队这个名字也很好啊，条件还可以谈，哎，那天晚上你突然改变主意，我心里……”

苏雪丹叭地把电话压了，她现在可没心情和这家伙扯私情。想了一阵，问李淑敏：“找卢燕燕问问？她不是还在训练吗？”

“我去叫她，你跟她谈吧。”李淑敏说着出去了。一会，卢燕燕跟着李淑敏进来了。

“苏老师，找我有事啊？”卢燕燕甜甜地笑着，抹下额头上的汗。

苏雪丹打量她，这姑娘笑得很单纯，很惹人爱怜，她真会背叛自己？

“燕燕，最近有什么想法没有？”苏雪丹试探地问，她不想说破，万一没这事，岂不是显得自己多心，用人不疑啊。

“有啦，就是特别想拿大赛冠军。”卢燕燕笑着说。

“啊？哦，好啊，就是要有这种争强好胜的心！”苏雪丹嘴上这样说，心里却有些嘀咕，这话可以多种理解——谁能让拿冠军我就跟谁。当然，卢燕燕不提朱迎宝的事，也可能是宋薇的情报不准确，那个黑豹的人是瞎咋呼，虚张声势，其实根本没有人来拉拢卢燕燕。

“听说有些模特队到处挖人，如果找到你们，你们不要受干扰。”李淑敏插话了，她觉得苏雪丹有些“磨叽”。问明了不就完了？

“我也听说了。”卢燕燕说。拉起苏雪丹的手，“苏老师这么看重我，培养了我，我不会无情无义。”

卢燕燕的手柔软而有力，话也诚恳，苏雪丹感动了，虽然卢燕燕依然没有说朱迎宝的事，但话都说到这份上了，还有必要问吗。她紧紧握住卢燕燕的手说：“燕燕啊，这次大赛，我会尽力推你，你条件不错，是可以成为红模的。我们不仅要在这次评选种拿奖，以后还有大型时装歌舞演出，还有等全国模特大赛时，再让你进北京争脸。仇老师和汪老师对你寄予很大希望，你已经形成了自己的风格，到别的地方干，怕把份儿走岔了，成了四不像。”她把和宋薇说的话几乎一字不差又重复了一遍。

“我跟着你。”卢燕燕再次表态。她明白苏雪丹的意思，之所以不说朱迎宝的事，是不想引起苏雪丹的猜疑，当初对朱迎宝有那么点动心，是因为金鹰团进不了经贸会，现在既然可以参赛，苏雪丹的活动能力和金鹰的名气更对自己有利，她为什么要跟着黑豹？她把脸贴上来，在苏雪丹的脸颊上碰了下，甜甜地说：“我觉得苏老师就像我的妈妈。”她陡然将两人的关系升格了。

苏雪丹哎哟了一声；“我可消受不起！”她想这个卢燕燕真是个小人精，会来事，竟然管她叫妈了！思忖了下，觉得应该做出回应，这妈也不是白喊的。说：“从现在起，你月基本工资加三百元，演出补贴提一百元，和普通演员拉开档次；等一会我跟仇老师说，演出服装由你先挑，从今天起，要以尖子演员为核心排节目。希望你努力。”

卢燕燕使劲点点头：“那我走啦。马上要排练。”

苏雪丹看着她走出去，又看看李淑敏，觉得自己处理得很得体。不想李淑敏冷笑了声。

“你笑什么？”苏雪丹问。

“你说我笑什么？”

“我还真不知道你笑什么。”苏雪丹觉得李淑敏有些酸，不过她也习惯了，领导这点肚量还是有的。

“你刚才对两个不同的模特说相同的话。”

“不行吗？我一视同仁。”

“太好听的话，都不靠谱。不管是喊妈还是喊外婆。”

“你到底是什么意思？”李淑敏似乎把苏雪丹和卢燕燕一勺烩了，两个人刚才都说的是“太好听的话”。

“我的意思是，第一，要准备卢燕燕的替补，以防万一。”

“替补？啊，就是AB角嘛，可以。”苏雪丹明白了李淑敏的意思，小心没坏处。“陈小萍就行。”她说。

“第二，对卢燕燕必须……上特殊手段。”

苏雪丹吓了一跳：“什么特殊手段？”

“让陈小萍注意卢燕燕，随时汇报卢燕燕的动向。如果有什么情况，当断则断。”

“这不行。要是让卢燕燕知道了，怎么交代？”苏雪丹认为李淑敏这是个馊主意。“再说陈小萍也不是干这个料。”

“你不是还让欧阳平当卧底吗？他是那块料？”

“不一样。我们内部必须互相信任。用人不疑——我觉得卢燕燕没问题。道理很简单，她在我们这里比到一个新地方有前途。她不傻。”

“问题是，现在是特殊时期，谁都明白，现在谁拥有好的模特，谁就拿到了经贸会的入场券，人才争夺肯定白热化。尤其是朱迎宝，以他的性格，不会善罢干休。你怎么知道他不会捧红卢燕燕？你又怎么知道在优厚条件下卢燕燕不会把刚才对你说的话再对朱迎宝说一遍？”李淑敏觉得苏雪丹虽然精明，但有时也会感情用事，尤其是别人吹捧她时，容易飘飘然，丧失判断能力。当然，后面这些话，她不会说。

苏雪丹虽然不同意李淑敏的做法，但认同李淑敏对形势的判断，大战前夕，各路豪杰厉兵秣马，不定会发生什么事。银雀那边，欧阳平和新主子还在磨合，自顾不暇，应该不会有事。就是这个不讲规矩的朱迎宝，现在已经明目张胆地在大街上拦截了，就像当年自己开张时那样……她思忖了下，忽然有了个主意，与其这么被动防御，不如主动进攻。“我得回敬一下……”她拨打电话：“华朵啊，在干什么呢？”

电话里听见华朵呼哧呼哧喘着气：“我在家练功呢，我可以连翻两个跟斗了……”

“好，好，努力啊。我安排你两件事……”

“哎，好！”华朵兴奋起来：“是不是可以上台演出了？”

“差不多吧，有个机会，你带上几个人去黑豹公司……对，在九眼桥，找朱迎宝总经理，他那里正在组建模特队，哎，是和我们的联营单位，进入他们的队，就等于进入我们团的初级组织了，干好了可以调配到本团……对，就说是我推荐来的，应该没什么问题。不过这个朱总脾气有点怪，考察人很严格，估计没个三五天不成，他要是拒绝了你们不要灰心，这是考验，对，就像电视节目中的冲关，你们随时在他面前晃……对，翻两个跟斗也成，反正把你们的绝活拿出来，朱总是很开放的人，喜欢标新立异，对，总之你们要有决心和恒心……没问题吧？行，就这样了……对，有情况及时向我汇报。”

苏雪丹收了电话，忍不住咕咕地直乐，为自己突如其来想到的报复方法叫好，这可真是绝了。

“你找那些不三不四的人干什么？”李淑敏不解地看着她。

苏雪丹对她眨眨眼：“给这老兄找点事干，看他还有没有精力来挖人！”

李淑敏哭笑不得地摇摇头，苏雪丹现在走的什么路子，红道黑道都有。

之后十几天，金鹰团果然清静了。排练顺利进行。

这种宁静让苏雪丹在欣慰之余，又有一丝不安：被视为最大对手的银雀模特团，反而没什么动静，这正常吗？不过她又一想，董奇恐怕正操心歌舞团乱七八糟的事，无暇顾及这边，而欧阳平又和朱迎宝不是一个路子，他崇尚的是光明正大的决斗，T型台上见个高低，这样就好，她有信心打败他。

第八章

54

转眼到了十月十五日，第二天是大会报到时间。

晚饭后，苏雪丹看了最后一次合练，觉得不错，简短小结后，她让老师和模特提前回家休息，第二天下午三点准时到四海大酒店报到。模特们唧唧喳喳地走了，仇志华过来问她是不是坐他的摩托车一起走，苏雪丹谢绝了，她要收拾一下东西。仇志华没说什么，和汪琴一起走了。

苏雪丹在办公室坐了一会，慢慢走出来，看看空旷的大厅，石泰梁正在用拖把拖地，这位新任保安部长是一星期前来的，自从董奇成为歌舞团的债主后，各类传言甚嚣尘上，都说歌舞团要搞成商业城了，人员纷纷自谋出路。石泰梁打电话问金鹰团需不需要安保人员，他想过来。对石泰梁的请求，苏雪丹有些意外，但还是爽快地答应了。一来她觉得这女孩子集中的地方确实需要一个保镖，石泰梁虽然有些死板，但人品不错，又是军人出身，做事认真，忠诚牢靠；二来前天发生了一件事让她警觉起来：参赛的蓝月亮模特队表演服在库房被盗，谁也不知道盗贼要这些平时穿不出去的服装干什么用，反正蓝月亮抓瞎了，现在正手忙脚乱地赶制服装——估计是来不及了。金鹰模特团的服装和道具全放在办公室，苏雪丹需要一个人住在这里看守家当，这会千万出不得岔子。石泰梁来后任劳任怨，每天下班把模特送到门外看见她们平安地走后，又返回训练厅收拾椅子，打扫卫生，临睡前还要检查一下电路和关灯情况。苏雪丹记得在歌舞团时，他挺清闲的，人称石科长，现在却干这打杂的活儿，她觉得有点对不住他，尤其当初还用鞋跟砸破了人家的脑袋。她走过去说：“石部长，下班了，我们一起吃个饭。”

石泰梁闷声说：“我要了外卖了。你忙去吧……”

苏雪丹看了他一阵，不再说什么，转身向楼下走去。是什么促使石泰梁有如此的敬业精神？是什么使过去的对手投奔自己麾下？苏雪丹思考着石泰梁动机，结论是：第一，军人的光荣传统；第二，珍惜自己的名誉和目前的工作；第三，对领导——也就是自己充满了敬意，心甘情愿在自己手下工作。为什么别人愿意在自己手下工作？——苏雪丹很有兴趣地顺着这个问题追问下去，——因为自己是个值得别人尊敬的人，想到这，苏雪丹充满了自豪，觉得此生没有白过。

她在街上漫无目的地走，反正回家也没意思，一个人孤零零的干什么？还不如在街上闲逛。远处立交桥栏杆上红白相间的灯管像一条斑斓金环蛇逶迤而去，路旁的花圃中散发出一阵阵淡淡的芳香；高楼被射灯照得玲珑剔透，像是一块巨大的玉石……这个城市是越来越美了。苏雪丹任着自己的脚步走着，夜色迷离，秋天的夜晚已经有了些寒意，但在草坪上仍有一对对情侣旁若无人地窃窃私语……她心里猛不丁生出一丝伤感，也不知这伤感是怎么来的……她抬头看看四周，突然发现不知不觉已经穿过了马道街，来到歌舞团的外面，那栋办公楼矗立在眼前。她看着办公楼，二层的第二个窗户就是自己待了三个月的地方，这幢办公楼马上要成为董奇的了，或者说，已经有一半是董奇的了，想到这，有点不是滋味，有点莫名的惆怅，好像是自己被别人卖了。这个楼一拆，标志着歌舞团的终结，剩下一栋宿舍楼有什么意思，不和普通的居民楼一样吗？

欧阳平……欧阳平怎么想的？她忽然想到了这位前夫，他这次虽然带银雀队参赛，但以后真会跟着董奇干吗？有一阵没有他的消息了……

手机响了，她看看来电号码，犹豫了下，还是按了接听键，“雪丹啊……”电话里朱迎宝无限感慨地长啸一声。

“你叫谁雪丹？雪丹是你叫的？”苏雪丹毫不客气地打断他的话。

“行行，苏团长，你饶了我行不行？”朱迎宝一副无可奈何的口气。

“朱总这是怎么啦？”苏雪丹惊异地问，“我没招惹你吧？”

“是我惹了你……你让那几个小毛丫头走吧，让不让我活啊？”

苏雪丹忍住笑：“你说谁呀？我怎么听不明白？”

“行了，别绕了，一天到晚在我面前翻跟头唱歌，我上厕所还在外面站岗，连尿都撒不干净，你怎么训练出来的这些敢死队？”

“人家挺有才艺的，你不是也要组团参加经贸会吗，考虑到你基础比较薄弱，要取得好名次，就得出奇制胜，我是帮你。”

“得得，我的人是在街上招模特，你当初不也是这么干的？不是针对你的，碰巧了……”

“哦，朱总，我相信你的话，你的心是好的，就是下面办事的人把事办砸了……”苏雪丹语气和缓了，没必要穷追猛打。“你是老总，日理万机，哪里管得了那么细……”

朱迎宝惊喜地说:“雪丹啊,还是你理解我,我请你吃夜宵……我们之间有什么事还不好商量?我的戒指一直为你准备着,你千变万变,我一百年不动摇……”

又来了!真是不屈不挠!居然……苏雪丹忽然心里一动,为什么不再找条路子呢,李淑敏说得对,万一郭华山不答应给三百万,那怎么办?作为一个领导,一个战略家,一定要有很多方案,要有很多的选择。

“我跟你说个事,你听完后再考虑请不请我吃饭。”苏雪丹说。

“说吧。我们之间是可以商量的,不就是三十万吗?我退一步……”

“你能不能筹集三百万?”

“什么?!”朱迎宝发出一声怪叫。

“三百万。”

“你、你在说什么?要三百万,干什么?搞导弹啊?”

“我想替歌舞团还债,然后搞艺术中心……”

“什么艺术中心?不是搞黑豹艺术团吗?”朱迎宝糊涂了。

“我觉得艺术中心更有意思,更有气魄,更有前途……叫黑豹艺术中心也挺好,你不这样认为?”

“苏雪丹,你到底是什么意思啊?”

“我就是这个意思,用三百万吃下歌舞团。”

“这不可能,哪有这种好事!”

“确切地说,是插进一条腿去,以后还有一些投入,不过只要进去了,很快就会赚回来。所以这个价很划算。我跟你说,已经有人想帮我出三百万,我正在考虑要不要。知道我为什么犹豫吗?我如果要了,你朱总就失去一个发展的机会。有好事的时候,我不能忘了你。”

“你的意思是三十万已经不足表达我的爱心,而要三百万了?”朱迎宝万变不离其宗,咬住爱情不松口。

“你要这么想,我也不反对。”苏雪丹无可奈何地说,她不想多废话。

朱迎宝沉默了会:“吃掉歌舞团,那我那个老哥怎么活法?给你跑腿提箱子拖地板?”

“天啊,对老干部我们国家一贯是善待的,他可以发挥余热,也可以颐养天年,如果他喜欢和小媳妇打麻将玩扑克,我提供茶水。”

朱迎宝不吭声了。这事对他来讲,确实太突然。

“我等你想好,十分钟后成不成告诉我。”苏雪丹说完挂了电话。

她站在那里,等了一会,不到十分钟,手机响了,朱迎宝有气无力的声音:“何必呢,雪丹……”

“叫我全名,苏雪丹!”

“苏雪丹,你的想法不大现实……”

“你只说行,还是不行。”

“不行。我……”

苏雪丹挂了电话,手机又响了几声,她干脆关掉了。唉,本来也没抱多大指望。

她看看办公楼,二楼的排练厅突然亮了灯,她觉得奇怪,都这么晚了,谁还在那里搞什么?她走进去,排练厅里,一个穿着黑色紧身服的女人在练舞,这是汪琴。苏雪丹没吭气,看着她,汪琴跳得很专注,她跳的是《一棵树》。苏雪丹得承认,汪琴跳得非常好,这个舞蹈她自己也跳过,还得过奖,但是比起汪琴来,自己要少点什么,不是技巧差距,是骨子里的某种东西。

汪琴跳了一阵,察觉到后面有人,回头看看,对她笑了下:“这么晚了,你还没回家?”

“你呢?”苏雪丹问。

“回家路过楼下,顺便上来练练。”

“你经常到这里练?”苏雪丹想,不会是一次。她家住在歌舞团宿舍。

“活动下筋骨,不然骨头老啦,要散架了……”

苏雪丹说:“是啊,是要抓紧,没准这楼很快要拆了。”

汪琴微微一笑,将腿搁在扶杆上,身体用力前倾,说:“旧的总是要去的。可是舞蹈永在。”

苏雪丹看着她压腿的姿势,心里也痒痒的:“‘一棵树’这个舞蹈确实是精品,百看不厌!”

汪琴看看她:“不一定吧。两棵树应该更丰富一些。”

苏雪丹琢磨汪琴的话,好像有所指啊。她觉得汪琴练功是有目的性的,她开始为以后的大型时装歌舞主演作准备了,郭华山肯定向她透露了什么。志在必得啊。苏雪丹脱了外套,将鞋甩掉,说:“我也来拉拉老筋老骨头……”

两个人互相看看,会心的笑了。

55

按照组委会的要求,参赛的模特队必须住四海大酒店,以便统一管理。酒店免费接待参赛队伍。

下午三点,苏雪丹和她的团队前来酒店报到。

一池水和一石假山坐落在大厅正中,假山上有条美人鱼雕塑,几根水柱洒在它身上。大厅左侧有张大桌子,前面立了一个牌子:经贸会模特大赛报到处,三个穿灰色职业装的工作人员在为来报到的团队登记。大厅内有不少身材高挑的模特走来走去,不时摆着姿势给那些来采访的记者照相。

李淑敏打量四周,对苏雪丹说:“听说有十四个参赛队呢,郭华山这回可是花了血本了,四星级啊,这里的标准间一千二百块呢,每天。”

苏雪丹不以为然:“你以为他傻,看看来的这些新闻媒介,知名度值多少钱?还有电视台转播,上星呢,全国都知道。”

签到后,李淑敏去服务台办住宿手续去了。模特们在水池边等着。水池中有几尾金鲤鱼,慵懒地游动着。卢燕燕饶有兴致地盯着池中的鱼,用手指拨一下,鱼尾巴动两下,并不游开。

“嘿,它不怕人。”一旁的陈小萍惊喜地叫道。

卢燕燕笑了下,甩甩手上的水。

陈小萍看看她:“燕燕姐,一会我们两个住一屋啊。”

“好啊。”卢燕燕随口答应了声,依然盯水池中的鱼。

陈小萍瞥了卢燕燕一眼,她不知卢燕燕此时在想什么,昨天晚上李淑敏交代,让她暗中注意卢燕燕的思想动态,一旦发现异常,随时向她报告,这个任务让她惶恐不安,卢燕燕平常对她不错,怎么个“注意”?不过一想到干妈对自己的信任,她还是要勉为其难,努力照办。

“你在想什么啊?”陈小萍有些心虚地问。

卢燕燕看看她,嫣然一笑。这笑容让陈小萍心惊肉跳,好像心思被看穿了。

“什么鱼啊?”苏雪丹闻声过来。

“苏老师快来看,”卢燕燕亲热地挽起苏雪丹的胳膊,另一只手又拨拉下鱼:“亲密接触,兆头不错。要跳龙门哩!是不是,苏老师?”

苏雪丹笑了下。但愿如此。

一个胸前挂着大口径镜头相机的记者过来,问:“小姐,你们是哪个队的?”

“金鹰。”卢燕燕说。

“我是晚报的,我们想发个消息,照几张照片。”

卢燕燕看看他:“这要我们老师同意。我们团有纪律的。”

苏雪丹想,这小妞当了队长后越来越乖巧了,知道该怎么说话。仇志华过来,手掌在记者面前呼扇两下:“你的证件?”

记者看看他:“你是干什么的?”

“金鹰模特团副团长。”

记者不情愿地拿出记者证,嘟囔说:“别的模特队请我我都没去,我是看这两位小姐气质不俗……”

“她们当然气质不俗,我教的。”仇志华骄傲地说。

卢燕燕过来，拉住他胳膊说："要拍照，我们和老师一起照。"

仇志华摆摆手："我就算了。"虽然这么说，但是胸脯却挺起来，招呼陈小萍："陈小萍，你过来，站在我这边。"

记者看看他们，仇志华的大胡子在两个佳丽之间尤为扎眼，勉强道："行啊，先集体，后个人。"

卢燕燕又对苏雪丹招手："苏老师，一起来！"

苏雪丹摆摆手："你们照吧。"她觉得卢燕燕的邀请大家拍照虽然有讨好之嫌，但毕竟是好意，问题是你仇志华也太有表现欲了，就算你挤上去了，发表的时候肯定没有你，人家看上的是模特，不是大胡子。

李淑敏拿着房间磁卡过来："都登记好了。"苏雪丹立即让大家到各自房间休息。按照大会日程，明天上午模特到会务组复核身高体重和三围，晚上开始初赛。她提着衣箱正想走，一个人把她箱子接过来，一看，是欧阳平。

"你们团是最后到的，"欧阳平说，"我们上午就来了。还有些郊县的昨天就到了。"

"早晚并不能证明什么。"苏雪丹淡淡地说，四下望望。"你们后台老板呢？"

"你是说董奇？他明天晚上比赛的时候来督阵。"欧阳平也四下看看，有些心不在焉。"听说你和他下了战书？"

"没那么夸张。随便说说。"苏雪丹笑了下，又说："小赌怡情。"

"小赌？你赌大了！董奇可是赌石老手。"

苏雪丹看看他。欧阳平瘦了，眼睛有血丝，看上去有些疲惫。"你是不是听说什么了？"她问。

欧阳平犹豫了下："听说你也要想拿下歌舞团？"

"有这个想法。"苏雪丹坦然地看着他。

"真敢想啊。"

"我是敢想。"

"你有那么多钱？"

"想办法呗。办法都是人想的。你是担心我拿下歌舞团后你怎么办吧？我不会屠城。我招安。"

欧阳平摇摇头："如果是仅仅是这次比赛，输赢无非是进入经贸会问题。可你还要吃掉歌舞团，胃口太大，董奇不会轻易放弃的。他都走到这一步了……"

"比赛完了才知道。"

"我担心……你们这样斗下去会出事。董奇不是陈功德。"

"出什么事？你怕我们打起来？"苏雪丹问，打量了他一下，"你是关心我呢，还是劝降？……哎，你那位王牌心肝呢？怎么没和你在一起？"

“你说郑云虹？她到医院去了，昨天夜里她父亲脑溢血……”

“陈功德死了？”苏雪丹吃了一惊。

“没有。偏瘫。”

“严重吗？”

“手术还算及时，医生说如果休养得好，可以恢复七八成。”

苏雪丹沉默了阵，一时不知说什么好。没有想到会这样。虽说陈功德是自己的对头，但是到了这种地步也是让人欷歔。“心气太大……”她看看欧阳平：“我很同情你，大赛还没开始，先折一员大将……”

“你是指郑云虹？她要参加比赛的，她不会放弃。陆小雯在照顾她父亲。”

“欧阳平，你还真豁出去了？”苏雪丹惊讶地瞪着欧阳平，“这种时候你还不去照顾你的老岳父，还想着比赛？”。

欧阳平迎视着她的目光：“第一，本来我要辞职的，董奇说要在楼盘中建个高级会所，有个一百人的小剧场……”

“所以你有用武之地了？”

“对，第二，请你不要用什么岳父这个词，我和郑云虹没有到这个程度，如果以后走到这一步，你再叫不迟。”

苏雪丹愣怔一下：“这是声明吗？强调你现在还是王老五？”

“我不想谈个人问题。我想说的是比赛，从整体上，你们可能强一些，但是个人比赛，我们会有两三个人能进入十佳……”

“包括刘芳？”

“你不要小看刘芳，任何比赛得奖都有很多因素……”欧阳平说到这停下了，他看见李淑敏过来。李淑敏对苏雪丹说：“等你上去呢，不是要开个战前动员会？”

苏雪丹看看她：“我马上去。这是欧阳团长，不打个招呼？”

李淑敏打量下欧阳平，淡淡地说：“你好。”

欧阳平点点头。

苏雪丹看看他们，对李淑敏说：“我上去开会，你和欧阳平聊聊。”说完走了。

两个人站了一会，一时不知该说些什么，有些尴尬。

欧阳平问：“……去喝茶？”

李淑敏摇摇头：“我还要开会。”

欧阳平想了想，寻找话题：“你们那个陈小萍进步很快，好像个头也长高了……”

李淑敏笑了下：“吃得好。”

“这次评十佳有个内部掌握的标准，一米七五以下的模特不考虑，根据……”

“你为什么跟我说这些？”李淑敏突然打断了他的话，显得不大耐烦。

欧阳平愣了下，不知她是什么意思。不说这些又说什么呢，他自己也弄不清现在对李淑敏是什么感情，又该对她说什么。

“你以后真要跟着董奇干？”停了会，李淑敏问。

欧阳平说：“我在考虑。”又说：“走一步算一步。”

“主要是看郑云虹是什么态度吧？”

“淑敏，我们之间有些误会，我……”

“我要去开会了。”李淑敏转身走了，又回头说：“董奇不是那么好伺候的，你好自为之。”

第二天晚上7点，比赛在多功能会议大厅准时开始，首先是团体表演，每个参赛队表演十分钟。

六百人的座位全满了，几十名来自全国各大媒体的记者端着照相机守候在台前，那些长枪短炮瞄着出场模特不停闪烁，像是在捕杀猎物。贵宾席上坐着省市领导和北京经贸部的官员，还有几个外国人，据说是欧洲某知名大财团来考察投资的。评委中，有两个气质优雅的小姐非常引人注目，一个是去年世界小姐大赛中国赛区冠军吴咏梅，另一个是去年全国模特大赛冠军沈洁。由于这些重量级人物出现，再加上是省电视台卫星频道直播，一些模特过于紧张，影响了水平发挥，前两个队表演下来，反映平平，气氛有些沉闷。

根据抽签结果，金鹰团排在第四位，银雀艺术团排在五位。苏雪丹对这个排序基本感到满意，两个冤家排在一起才有一个直观的比较，当然，假若银雀在前就更好了，可以根据对方的表现指定相应的对策。但汪琴说，先出也有先出的好处，先声夺人，只要表演好了，后面的印象分就超不过你。

还有一轮到金鹰模特艺术团上场了，苏雪丹让仇志华到音响室核对表演磁带顺序，配合音响师工作，仇志华有些不大愿意，他强调自己是副团长，是舞台艺术总监，决战之际，应该高屋建瓴，总览全局，而不能干一个小马仔的活。苏雪丹一看他老毛病又犯了，心里十分不爽，不过她还是耐着性子开导对方：音响师的重要性无人可比，如果音乐方面出了问题，前功尽弃，从某些方面讲，音响师就是主宰，音乐不响，你模特能上场吗？敢上场吗？总监也不能。这时就靠你老兄保驾护航了，你现在就是号令天下的总指挥总舵主总掌门。仇志华明白了自己的总指挥总舵主总掌门身份比总监还牛，劲头来了，精神抖擞地走向了音响室。苏雪丹来到后台，各队的模特在里面走来走去，由于金鹰和银雀的第一组表演都是牛仔服，两队穿着几乎一样，苏雪丹差点认错了人，把刘芳当成卢燕燕了——刘芳正鬼鬼祟祟沿着走廊寻摸着什么，从背影上看，两个人还真有些不好区分。刘芳回头看见苏雪丹，有些惊慌，赶快走了。苏雪丹暗笑，你还知道怕我。这种贼娃子气质，居然还想争十佳，真是笑话。她来到第一候场区,金鹰的模特们基本上已经披挂齐整了。苏雪丹走到她们面前,让她们自查一遍身上的佩饰和使用的道具,试试自己的枪套,扣子别太紧,到时候拔不出枪就麻烦了。刚才第一个出场的模特队在表演时有两个人手中的道具伞打不开,弄得很狼狈。

她问卢燕燕,"准备得怎么样?"

卢燕燕手随便拨了下腰间的套扣,很轻松地打开了,她拔出枪,熟练地玩弄两下,又利落地插回去:"苏老师,没问题。"苏雪丹赞赏地拍拍她胳膊,对其他人说:"要像卢燕燕这样利落,不要紧张,你们要相信,自己是第一流的!"正说着,背后忽然有人叫了一声:"苏雪丹!"

苏雪丹吃了一惊,回头看看,是警察周坚和林丽英,不知什么时候进来的。

"什么事?"苏雪丹觉得不妙,这两个人出现的真不是时候。

周坚没有直接回答她的话,问:"有没有什么异常情况?"

苏雪丹奇怪地问:"什么异常?"

林丽英说:"就是和平常不大一样呗。"

"没有。"

周坚四周看看,"我们到外面去一下,有话问你。"

"我走不开……"苏雪丹看看模特,她们诧异地盯着她,不知发生了什么事。

"你必须来。"周坚不容置疑的口气,说着,自己走出去了。林丽英没动,对她做了个请的手势,苏雪丹迟疑一下,考虑是否跟她出去,李淑敏过来说:"我跟你一起去。"

苏雪丹赶紧道:"不用。没事的。"她意识到如果僵持下去,这里就乱套了。对其他人说:"你们做好准备。我马上来。"跟了出去。

出了后台门口,周坚停下了。门外的场地上停着一辆警车。

苏雪丹看看警车,气不打一处来:"什么意思?我是罪犯?"

"但愿你不是。"周坚不卑不亢地说。

这话把苏雪丹惹急了:"你把话说清楚。现在我正在带队比赛。我马上要回去。"

"你丢的那把枪是美国1959年制造的蟒蛇牌吧?"周坚突然转了话题。

苏雪丹愣了下:"好像吧……我哪记得这些陈年烂谷子的事……"

"那个摩托车手是被这种左轮打死的,鉴定出来了,子弹为357马格南弹,标准的蟒蛇枪用弹……"

"哦。"

"'哦'?"周坚模仿她的话,又轻柔亲切地说声:"没话了?"

苏雪丹看看他,对方这种语调和那种洞察一切的眼神让她十分反感,还真把自己当福尔摩斯了。“你什么意思？莫非是我干的？”

“你只是有动机，但没有时间……”

“还是了……”

“可是我们刚接到一个匿名电话，说你私藏枪支，那把左轮枪现在仍然在你手里……”

苏雪丹瞪大了眼睛：“嘿，哪个兔崽子说的！让他来见我！”她觉得这太荒唐了。

“你没听懂我们的意思。”林丽英说。“既然有人报警，我们就得履行职责，我们要检查……”

“你查吧，随时恭候！”苏雪丹张开手臂，“看我身上有没有？”

“你还是没有听懂我们的意思，检查需要你的配合，你身上没有，不代表家里，或者其他地方没有。当然，你如果交代出藏枪地点，我们就省了很多麻烦。”

苏雪丹听明白了，这是要把她带走。“逮捕我？有逮捕证吗？”

“没有。”

“那就滚蛋。”苏雪丹一把推开林丽英，往后台走，这种关键时刻她一定要在现场督阵。“我现在忙着呢，没空磨牙。”

林丽英一伸胳膊，手臂挡在苏雪丹胸前，另一只手下意识地向自己的衣兜摸去，那里面有副手铐。苏雪丹退后一步，盯着她：“你要是抓我，我会自卫，你这是绑架。”她四下看看，忽然脱下右脚上的高跟鞋，捏在手里，细长的后跟如尖嘴鹤咄咄逼人。

林丽英愣了，这个局面她可没有想到，看苏雪丹的神态，她是真会把高跟鞋抡起来。那鞋跟包了一圈金属环，银光闪烁，威风凛凛。

“为这一天，我们准备了大半年。一个匿名电话，就把我的心血毁了？你们有脑子吗？”苏雪丹愤怒地瞪着他们。

林丽英看看周坚，她拿不定主意是否该来硬的。

周坚正想说什么，忽然门里一阵喧哗，宋薇、卢燕燕和一些模特冲了出来。苏雪丹一看，急忙叫道：“你们怎么出来了？马上要上台了！”

“她们说要把你抢回来，我拦不住！”李淑敏从人群后面挤上来。

“你把鞋穿上。”周坚说。苏雪丹没有穿袜子，那只光脚戳着地面，金鸡独立般站着。这种奇特的造型肯定招人注意。“穿上，还以为警察怎么的了。”他再次说。

苏雪丹弯下腰，不过不是穿鞋，而是将另一只鞋也脱了，然后一手捏着一只鞋，像拿着两把鼓槌，一副随时准备敲打的模样。

“你这是暴力抗法。”林丽英警告说。

“苏老师犯什么法了？”宋薇问。

“不是犯法，是配合调查。”周坚说。苏雪丹举动让他理解当初陈功德的委屈和恼怒了,这个女人相当生猛啊。

“既然没犯法,那就等我们比赛完了再说。”李淑敏说。

“没我们同意,别想带走苏老师。”宋薇说完,走到苏雪丹旁边,也把高跟鞋脱了,手里捏着鞋,光着脚丫站着。接着其他模特纷纷效仿,很快,十几个光脚大仙雄赳赳戳在那,这些姑娘柳眉倒竖,目露凶光,一副凛然不可侵犯的模样。

周坚想今天算是开了眼了,没有想到苏雪丹这帮娘子军看着如花似玉,惹恼了却如此剽悍。十几个高跟鞋真抡起来绝对赛过猪八戒的九齿钉耙,一打一个血窟窿啊。他看看周围,一些过路人好奇地向这边探望。不能再僵持下去了。他想了下:“你们的表演多长时间?”

“十分钟。”苏雪丹听出对方有松动的意思,她没想到这些女孩宁肯放弃比赛也要和她在一起,这令她感动,她必须回报她们,让她们尽快回去,走上T台。“我带她们回去参加比赛。然后我到观众席看看效果。表演完后我跟你们走——这个要求不过分。”她说。

周坚看看腕上的手表,想了下:“可以。你去后台,出来后,小林警官跟你一起去观众席。说好,你们队的表演一完,我们走。”

苏雪丹不说什么,穿上鞋,手一挥,率领模特走进去。

苏雪丹一行来到后台,发现原先她们的候场区已经被银雀团的模特占据,韦明义神情紧张地和几个女孩说着什么,欧阳平和刘芳好奇地拿着金鹰团放在那的表演服装和道具看着,就像是拣到了战利品。显然,刚才模特们为了解救苏雪丹走得匆忙慌乱,本该披挂在身上的宽皮带和道具枪被随意扔在一边。看见她们进来,欧阳平赶紧迎上来:“怎么回事?说是你们要退赛?”

“你休想!把你的人带出去,我们马上要上场。”苏雪丹冷冷地说。“快!”

欧阳平看看她的脸色,招呼自己的模特出去了。

苏雪丹把大家招集在一起,说:“其实没什么事,警察关心的是安全措施问题。大家不要受干扰。准备好出场。”又说:“检查一下,看我们的服装和道具有没有丢失。”模特们赶紧整理自己身上的服饰。

苏雪丹看看周围,猛然发现刘芳在不远处探头探脑,她盯着刘芳——没准就是这家伙打的匿名电话?可刘芳好像并不知道手枪的事,那就是欧阳平告诉她的?欧阳平会吗?为了竞争,比赛之前使个阴招让我军心自乱也是有可能的,恶毒!卑鄙!刘芳察觉了苏雪丹的目光,赶紧转身而去。

实际上苏雪丹只猜对了一半,打匿名电话的并不是刘芳,而是韦明义,刘芳干了件比匿名电话更惊心动魄的事情——刚才趁着大家出去救苏雪丹,她将董奇交给她的手枪——那把装着六发子弹真正的蟒蛇牌左轮手枪——和卢燕燕搁在椅子上的道具枪换了。按照董奇的计划,如果匿名电话不起作用的话,那么当卢燕燕在台上表演的时候射出子弹肯定会引起一片混乱，不管打死打伤谁，苏雪丹都难逃干系，作为大会主办方的四海集团董事长郭华山，也难逃其咎。

现在，这把装着子弹的柯尔特蟒蛇牌左轮手枪就在卢燕燕身上。由于急着出场，卢燕燕并没有再次检查自己的装备，将皮带系在腰上，然后站在出场的位置等候。

苏雪丹看看手表，走到汪琴面前，低声道："一会我下去看效果，这里你盯着，卯上劲啊，今天是电视现场直播，第一个节目一定要放开一些！"

汪琴表情严峻，点点头说："都和模特说了，除了第一个牛仔装可以适当即兴发挥一下，其他的一定要整齐。"

苏雪丹从幕条缝看看台下，郭华山坐在贵宾席上，董奇过来坐在他旁边，两个人说着什么，好像很亲密的样子。李淑敏过来，也看看下面，对她说："看到了？董奇和郭华山，跟屁虫就是跟屁虫……"

苏雪丹哼了声，忽然看见门口一个女人推着轮椅进来，仔细一看，轮椅上坐的是陈功德，推他进来的人是陆小雯。轮椅在过道边上停下了，陆小雯低头对陈功德说着什么，陈功德竭力挺直腰身看着台上表演的模特。这场面挺悲壮。

苏雪丹说："你在这盯着换装，我到下面看效果去。完了后，你把人组织好，集体带回宾馆。准备明天的个人比赛。"

李淑敏注意地看看她，又回头看看门口，林丽英和周坚站在那里，注视着她们。"真的没事？"她不放心地问。

"没事，我会有什么事。就是配合调查一下。"苏雪丹拍下她肩膀："我在台下看着。拜托了。"走出去。

苏雪丹从周坚和林丽英面前走过去，并没有看他们一眼。周坚对林丽英示意一下，林丽英跟着苏雪丹走了。周坚并没有跟着过去，他站了一会，仔细观察着后台里面的人员，陈小萍已经换好了牛仔服，正在对着镜子试戴帽子，又拔出左轮枪比划着动作。周坚看着她的手枪，这手枪太仿真了，简直和真枪一模一样，我们民族工业的仿真技术真是出类拔萃。周坚轻声叫了声："小萍？"

陈小萍转头看看他，笑了下。周坚看出来她有些紧张，笑得有些僵硬。周坚打了个手势："过来。"

陈小萍看看仇志华，将左轮道具枪插在枪套里，悄悄过来："什么事，周哥？"

"把枪让我看看。"

陈小萍说："我们马上要上台了……"

"就看一下。"

陈小萍把枪拔出来给他，周坚看了看，这是仿世界名枪柯尔特蟒蛇左轮手枪，工艺虽然略显粗糙，但枪管、准星、扳机、把柄都像模像样，甚至连转轮一甩就向左出去了，转筒上有六个弹膛窟窿，似乎装上子弹就可以射击……幸亏枪管是实心的，周坚忽然有一种不祥的预感，然而不等他细想，旁边汪琴大声道："好了没有？戴上墨镜，准备上场。"

陈小萍一把抢过枪，跑到候场的模特当中，随着音乐响起，这些西部大侠们气昂昂地走了出去。

苏雪丹从后台出来后，径直来到大厅，林丽英紧跟着她。苏雪丹看到郭华山旁边的位置空了，董奇已经不在，她走过去。"董奇呢？"她问郭华山。

"哦，说是去卫生间。你坐吧。"郭华山看看她。

苏雪丹坐下了，林丽英则在她后面的位置坐下来。

台上，模特们已经一字排开，摆出了各种造型。从现场气氛看，效果相当热烈，这一组服装和音乐都很镇人。

宋薇、卢燕燕、陈小萍三个人出来走了一组造型。

郭华山对苏雪丹说："这三个都不错，是吧？你的尖子。"

苏雪丹没有回答他的话，四下看看："刚才我来之前，看见你和董奇有说有笑，说什么呢？"她问。

"你真想听？"

"什么真听假听！莫非是黄色笑话？"

"色而不黄。"郭华山笑笑，"他说起当初帮我给你递纸条的事……"

"哦……"苏雪丹心里一颤，这是郭华山第一次提起当年的事。

"他说递纸条的时候希望你会回绝，结果你的表现超过了他的预期，不但回绝，还把纸条交给老师了。"

"那时不大懂事。"苏雪丹谦疚地说。确实不大懂事。太伤人。这一点她早就想向张华山道歉，只是没有合适的机会。

"你怎么不问他为什么希望你拒绝我？"

"为什么？"

"你是他的初恋情人……哦，应该叫暗恋。暗恋情人。"

苏雪丹一愣，看着郭华山。郭华山盯着台上，神色平静，似乎在谈和自己无关的事。

台上，卢燕燕和陈小萍出来表演，她们头一甩，长发飘散开来，接着跳了一段迪斯科，底下的观众不禁鼓起掌来。后排有一个人巴掌拍得很响，声音独特，带着一股掌心回音，苏雪丹回头一看，是个头发花白的老者，这个老者……苏雪丹愣了，这是她的房东——老干部活动中心的王主任。王主任左侧坐着一个面容清丽的中年女人，也在轻轻鼓掌。王主任见苏雪丹回头看他，对她笑笑。

郭华山说："介绍一下，这是我的岳父，那是我的妻子。"他指着王主任身边的女人说。

苏雪丹跟他们点点头，又坐好，这是她第一次见到郭华山的妻子。房东居然是郭华山的岳父！她忽然明白了是怎么回事。这当然不是巧合，过去暗中帮助自己的人是郭华山。她心里一阵感动，不由转头看看郭华山，想说点感激的话，郭华山神情专注地看着台上模特表演，并不把这当一回事，她想这就是大企业家的素质，不动声色，运筹帷幄，一切在他的掌握之中。想到这，她觉得说什么话都是多余的了。

台上，模特们继续表演，卢燕燕和陈小萍同时倏地拔出枪，食指穿过扳机孔转了几圈，看来是下了工夫的，玩得很顺溜，观众的欢呼显然令她们上了情绪，接着举起枪随便向前一扣，“砰”的一声，只见卢燕燕手中枪口火光一闪，子弹呼啸而出，这是一颗真正的九毫米子弹，从观众头上穿过，在巨大的音乐声响中，这声枪响被湮没了……

“你们的音效搞得太真了。”郭华山有些诧异，隐隐感觉到了什么。

苏雪丹也觉得不大对劲，愣愣地看着卢燕燕。道具左轮以前是不能喷火的，莫非仇志华为了追求效果改进了手枪？那为什么陈小萍的枪口没有火光呢？

台上卢燕燕似乎也觉得有些问题，她怔了一下，但并停止表演，和陈小萍走了个交叉对角线，然后两个人猛然转身，举枪瞄准对方……

苏雪丹心里一紧，不由探起身子，这枪好像不对头啊！

这时周坚突然一蹿上了台子，抓住卢燕燕的手腕，随着“砰”地一声响，又一颗子弹呼啸而出，射向顶棚。周坚夺下她的枪，接着又飞快地将一把小巧的打火机手枪放到卢燕燕手里，卢燕燕惊愕地注视着他，怎么台上演出突然跑上来一个警察！周坚摸出一支烟叼着，示意她扣扳机。卢燕燕醒悟，手一使劲，手枪冒出一团火苗，周坚点着烟，夸张地做了一个被击中的动作，跑到后台。

观众开始以为出了乱子，后来琢磨过来这或许是一个设计好的滑稽剧情，不禁哄笑起来，使劲鼓掌，气氛相当活跃。两个模特很快表演完毕，下去了。

苏雪丹有些懵了，排练的时候没有这些，莫非仇志华临时出怪招？周坚怎么也掺和进来了？她回头看看林丽英，林丽英正紧张地打着手机，小声说着什么。接着，她起身匆匆走了出去。

苏雪丹看着她的背影，她怎么不管自己了？正疑惑间，金鹰团的另一组节目《丽人行》出场了，这是一个中国古典旗袍服装展示，八个模特身着旗袍，打着纱伞，袅袅娜娜走了出来，音乐悠扬缥缈，和第一组火辣表演成鲜明的对比。观众一下子被吸引了。

苏雪丹四下看看，问郭华山：“董奇怎么还没回来？”

“我估计……”郭华山顿了下，四下看看，“他恐怕回不来了。”

“怎么?”苏雪丹一惊。

“云南来了警察,正在秘密调查董奇,好像是毒品问题,为了不影响会,我没告诉你……”

苏雪丹瞪着他,“毒品？你怎么知道的?”

“我有我的渠道。”

“你……什么时候知道的?”苏雪丹觉得太不可思议了。

“昨天晚上。”

“这么说……你知道他要被抓?”

“我不知道。”郭华山看看她:“真的,我是将信将疑,不过我希望会开完了再说。筹备一个会展不容易。”

苏雪丹想,竟然有这种事,他倒是真沉得住气啊……她不安地四下看看,一切正常,但是这种平静正常的后面,或许正在悄没声地进行大抓捕呢。董奇如果被抓,韦明义也跑不了,还有……欧阳平！苏雪丹忽然想到欧阳平,他目前还是银雀时装模特团的团长,欧阳平会不会牵涉其中？苏雪丹心跳顿时急促起来。

董奇是在卫生间被捕的。他正撒尿,后面来了两个彪形大汉,一下把他顶在尿槽上面:“警察!”

董奇似乎早有预料,憋着嗓子说:“兄弟,抓错人了!”

“认识吴丁奈吗?”

董奇明白了:“是那个毒品的事？我没有买啊,最多算犯罪未遂。”

“这个你跟法官说。”

“你让我把尿尿完,我跟你走。”

警察松了下,董奇哗啦哗啦把余水放掉。他这种沉稳倒真让警察佩服,一般人到了这会不是尿了裤子,就是尿不出来,像他这样在生死关头依然收放自如的家伙还真少见。

随后,另外两个便衣警察到后台拘捕韦明义。

此时金鹰模特团的表演接近尾声,银雀团模特们换好了牛仔装候场等待,欧阳平逐一给模特检查着装,韦明义忽地从面前蹿了过去,他正奇怪,却看见韦明义一头撞在两个魁梧的男人身上,接着被抓住手臂,韦明义挣扎了两下,随后就老实了,跟着他们往外走。欧阳平觉得奇怪,过去问:“你们干什么?”

韦明义回头对他惨笑了下:“让模特好好演!”跟着警察走了。

欧阳平诧异地看着他们走远,郑云虹整理着自己的牛仔服过来,问:“韦团长怎么了?”

欧阳平正要说什么,忽然闭口——苏雪丹从台口匆匆走过来。

"你还在啊?"苏雪丹上下打量他。

"啊?我当然在。"欧阳平觉得她的话莫名其妙。"马上就该我们上了。"

"韦明义呢?"苏雪丹四下看看。

"他刚才……也不知道怎么回事……"

"两个人把韦团长带走了。"郑云虹说,"很奇怪……"

"哦,韦团长有些事要处理一下,不必担心。"苏雪丹松了一口气,从欧阳平的对话中,苏雪丹知道欧阳平还蒙在鼓里,这也说明欧阳平没搅进去。在和董奇的较量中,她已经不战而胜了。现在她要展示一个胜利者的博大情怀,帮助一下这位不走运的前夫。她看看郑云虹:"你的枪套没扣好……"她过去,把对方的枪拔出来,在指头上麻利地绕了两个圈,吹下枪口,"蟒蛇牌仿真左轮,好枪!"将枪插回枪套,拍下对方肩膀:"小郑,好好演,你正常发挥的话,无人能敌。"

郑云虹对苏雪丹的话有些不知所措,点点头说:"谢谢!"走到一边和其他模特候场。

欧阳平不解地看看苏雪丹:"帮助自己的对手,居心何在?"

"这是自信和眼光,因为对手也许会成为朋友,或者还会在一个锅里搅饭勺,是不是?"苏雪丹已经想到如何收编银雀的事了,她要接收一个精锐的团队,而不是烂摊子。

欧阳平哼了声:"好像你胜券在握似的,你们第一个节目就出了岔子,以为别人看不出?"

苏雪丹笑了下:"你知道这是个什么岔子?再说这个岔子对你是祸是福还很难说呢。欧阳平,你付出了心血,我希望你有个好收获,但是还要看天意。"苏雪丹不忍心将董奇被捕的消息告诉他,她要顾全大局,让比赛顺利进行下去。"知道我什么时候最难受?就是在饭馆里看见一只要被宰杀的小羊羔的时候,那种惶惶的眼神令人不忍看,我下了决心,收容这些羊羔,谁敢保证它以后不长成一只漂漂亮亮的大绵羊呢。贡献几件羊绒衫应该没问题。"

欧阳平正要说什么,周坚带着他那个女搭档林丽英过来了,苏雪丹赶紧迎上去,低声问:"怎么,还要带我走?"

周坚从黑色的文件包里取出一把左轮手枪:"这是刚才台上卢燕使用的枪,是真枪,你丢失的那把。枪号和王兵说的一样。你看看。"

苏雪丹愣怔一会,她打枪的时候没注意过枪号,但王兵说的肯定不会错。她仔细看了看枪,没错,应该是这把。"你是说我……"

"不是你。卢燕燕的枪是董奇让刘芳换的,他说刘芳不知道是真枪……我们要问问刘芳。"

苏雪丹大概明白是怎么回事了,董奇是想用这把枪让她身败名裂,那么,董奇得到这把枪的途径只能是在云南弄到，就是说，当时他在现场，趁乱把枪弄走了。董奇这一手真够阴狠的，枪是会伤人的，他这哪是赌输赢，而是赌命。她回头看看欧阳平，又看看不远处整装待发的刘芳，再看看远处轮椅上陈功德，说："不能让她演完吗，走一个人，整个编排就乱了。就十分钟。我作保，出不了事。"

周坚有些诧异地看看她："你关心的是这个?"

"是啊。反正枪已经在你手里，还能怎么样?"

周坚犹豫了下，看看林丽英，点点头。

苏雪丹手掌搁在下巴下，对欧阳平作了个割脖子的手势，说："努力吧，任重道远!"

一阵铿锵的音乐响起，银雀团的牛仔服模特出场了。

团体赛评分出来，金鹰和银雀的积分并列第一。

当天的自助晚餐上，苏雪丹发现欧阳平神色凄惶地独自坐在角落里吃饭，她端着一盘子菜过去，坐在他旁边。苏雪丹要安抚一下对方，更重要的是，要为今后的整编做准备——吃掉银雀只是时间问题，到时她用得着这位团长。

欧阳平心情沮丧，董奇、韦明义相继失踪让他意识到什么。刘芳在团体表演完后还没来得及卸妆就被警察叫走了。他估计出了什么事，但没有想到事情有这么复杂。苏雪丹把从周坚那里了解来的情况再加上自己的一些推理判断告诉他说："来抓董奇的是云南缉毒警察，当初本人在云南见义勇为抓毒贩的时候，董奇就在现场，只不过他躲起来了，并且趁混乱拣走了我的枪。他这次搞事是想让警察以为我私藏了手枪，然后造成一个轰动的事故，嫁祸于我，让金鹰彻底完蛋，因为我碍了他的事，我要拿下歌舞团，还察觉他和陈功德关系不正常……"苏雪丹不明白的是董奇完全可以再把事情搞大点，比如找个机会拿枪把自己崩了——既然是觉得自己碍事，还客气什么。可他没有这么干。……这恐怕只有他自己才清楚了。

欧阳平若有所思说："怪不得，我看见那个装满钱的密码箱……"

"什么密码箱?"苏雪丹注意地问。

欧阳平看看她，犹豫了下："没什么。"他不会把这个事情说出来。

苏雪丹暗笑一声，心里说，你跟我玩心眼，迟早给你掏出来。也不再问，继续说："我估计啊，董奇实际上想搞的还有陈功德，因为陈功德搞上了陆小雯……"

欧阳平正要吃炸鸡腿，皱下眉头："什么叫'搞'?"

苏雪丹看出欧阳平对"搞"这个词很反感，改口说："因为陈功德和陆小雯有那么一腿……"她瞥了一眼对方手中的鸡腿，欧阳平将再次送到嘴边的鸡腿放了下来——这苏雪丹太败胃口啦。"哦，好吧，文明一点——有那么一段恋情，"苏雪丹看出了他厌恶的神情，变了语气。"……结果因为陈功德突然脑溢血逃过一劫，至于董奇为什么选择了歌舞团原因很复杂，除了个人原因外，也不排除洗钱或者弃恶从善想做点正经生意的动机,不过他确实是有仇必报的人,和我一样……哦不,我和董奇是不一样的,性质不同。总之你的后台垮了,董奇的三百万因为来历不明,恐怕还要追回。歌舞团依然负债累累。亲爱的前夫,你何去何从?"

欧阳平看着她,这些情况确实是他没有想到的,当初他出来就是想成就一番事业,想法很单纯,谁知道却蹚了这么一趟浑水,模特的光鲜靓丽之下居然充满了暴力和罪恶,听着都犯晕。过了会说:"你很得意是不是?"

"我没什么得意的。我们不是并列团体第一名吗?并驾齐驱。"苏雪丹正色说。"我还真没想到你有这么大能耐。"

欧阳平看看她,这位前妻表情平静认真,好像说的是真心话,她的境界是真提高了还是另有所谋?不管怎么样,就算出了这挡子事,银雀团还有机会,下面是模特个人比赛,他手上还有郑云虹,总会收获点什么。他想了想,问了一个早想问的问题:"我正想请教,你为什么在团体赛中帮了我们?当时你可以让警察把刘芳带走的。"

"听过那段歌词吗?——'我的柔情你永远不懂',一日夫妻百日恩,我怎忍心看见你的心血付之东流?"苏雪丹很流畅地说,她觉得自己在说这段话时虽然有点做作,还是动了那么一点感情的,但看来欧阳平不领情。

欧阳平摇摇头:"我不信。"

"你可以不信,也有理由不信,因为在下面的个人比赛上,我不会再有柔情了。我希望你一败涂地,我会把任何手段都要用上,要你输得心服口服,然后听见你对我说:我不该离开苏雪丹。"

欧阳平瞪着她:"是你要离婚的!"

"你可以不离呀!我说离就离,你没脑子啊?起码应该闹到法庭,唇枪舌剑,嘁里喀嚓,让我们两个多一点经历,长点见识。我这辈子已经进过局子,但是还没上过法庭。神圣的法庭。"

欧阳平盯着她。在琢磨苏雪丹的真实意思。苏雪丹说这话时看上去豪情万丈,但里面有那么点抱怨,也有那么感慨,让人捉摸不透。

"后悔了?"苏雪丹问。

欧阳平直视着她的目光,轻声但坚决地说:"不。"

苏雪丹看着他,这个回答多少出乎她的意料,她现在是真看不懂欧阳平了,实际上,她也有些看不懂自己,她为什么要对欧阳平唠叨这些?倾诉?分享?炫耀?或是——调情?"我喜欢你说这个'不'字!"她慢慢地说,重重地拍了下他的肩膀,"保重!"把自己盘中的鸡腿放到他的盘中,走了。

56

虽然董奇是被秘密逮捕，但没有不透风的墙，很快各种版本的惊险故事开始流传，嗅觉灵敏的媒体记者像猎狗一样蹿来蹿去四处打探消息，传闻不断升级丰富，“两声清脆枪响，模特玉体横陈”——一个想得普策利奖的见习记者写出了这样耸人听闻的标题，准备发稿。组委会见状放出话来，将尽快召开新闻发布会说明情况，并强调现在大会运行正常，下面的个人比赛继续进行。

个人初赛下来，在团体赛中有出色表现的模特基本上都过了关，金鹰团上了四个人：卢燕燕、陈小萍、宋薇和张倩，而银雀团的郑云虹却意外落马，实际上也不算意外，郑云虹的精神状态太差，在台上恍恍惚惚的，老板和父亲出了那么大的事，你能指望她会有什么出色表现，能继续参加就不错。被刷下来的模特怨天尤人。大楼里一片哭声和叫骂声。各个队的落选者都在尽情发泄，诅咒评委不得好死。进入决赛的模特反倒赔着小心，敛声屏气，还掏出钱为不幸的队友买水果和零食，像欠了债似的。

个人初赛之后，组委会举行了新闻发布会，郭华山简略地介绍了这次模特大赛的情况，董奇等三人被捕是因为涉嫌刑事犯罪，和此次大赛并无直接关系，表示事发虽然突然，但组委会处置得当，大赛进展顺利，南熙市有能力有信心将这届国际经贸会办好。新闻发布会虽然只有短短的一刻钟时间，但其敏感的内容足以引起轰动，马上成为各大网站的头条，结果又吸引了全国大量媒体记者星夜兼程赶来采访，甚至一些外媒驻华记者也赶来了。到第二天晚上正式决赛时，会场里长枪短炮林立，摄影机和大口径镜头相机将舞台围了个严严实实，场面十分壮观。

决赛是在晚上八时整开始的，先是自选便装，后是泳装和晚装。表演台的底幕是浅蓝色的天空，上面点缀着小星星。T台四周围着一圈霓虹灯软管，五颜六色地闪烁着。

因为决赛音乐是统一的，苏雪丹和仇志华不在后台督阵，而是坐到观众席上观看。郑云虹被淘汰出局，金鹰团的四个模特占据着明显优势，现在战局明朗，胜负已分，苏雪丹开始享受比赛了。她一边看着台上，一边想着赛后怎么庆祝的事。

仇志华旁边坐着一个叫马天鹏的青年时装设计师，说着一口的纯正的京腔。他和仇志华的相同点是有一把大胡子，不同点是胡子染成栗色，像个大柿子饼挂在下巴上。他戴着一副小圆墨镜，脖子上挂了个葫芦玉坠儿，一边嚼着口胶，一边喋喋不休地对着台上的说三道四。说自己是从北京来观摩的，天蝎座，这个星座的人出天才比例特别高——他自己就是一个很好的例证。马设计师把随身带的一本相册给仇志华看,照片上全是他自己设计的服装,其中的经典之作是用激光唱片和瓶盖儿制成的时装。马设计师特别强调,北京不少时装队的服装全是他设计的,他不仅有自己的设计公司,而且正在筹建“大眼蛙模特经纪公司”。北京的模特是最棒的,模特公司的运作也符合国际惯例,你们这里还是初级阶段,蹦啊跳的,表演成分太浓,整个一个乡镇文工团,俗。仇志华本来不想答理他,后来看他太狂妄,欺负我们南熙无人,决定和这小子掰扯掰扯。

这时候便装已经表演完,泳装上来了。仇志华指着卢燕燕:“你觉得18号怎么样?比北京的差了?”

马设计师嘟哝说:“这妞儿是不错,身材比例一流。可她刚才的便服表现得不理想,有些模特天生丽质,就是不会发挥出来。知道为什么?她们缺乏名师指点。”

这话极有挑衅性,明摆着没把仇志华放在眼里。仇志华立即反驳:“你这是偏见,因为那套便装不是你设计的,所以你说不好。我看北京模特的便装也不怎么的,不是单板陈旧,就是古怪无聊。”说完仇志华很不屑地将相册扔到他怀里。

“古怪无聊?”设计师勃然大怒,说:“那是艺术!艺术就是要离经叛道,独辟蹊径!你崇拜哪位大师?”不等回答又说:“肯定是伊夫·圣洛朗和皮尔·卡丹这类,我不是!我尊敬的是怪杰帕克·拉邦纳!你看了大师在巴黎最新的展示会了吗?人家把塑料、羽毛,金属、扫把杆这些材料融入时装,这才叫艺术!”

“艺术?哈,吓唬谁啊!”仇志华原以为这位傲慢的北京哥们儿有什么高论,结果无非是欧阳平第二,讲的话几乎一模一样。“你这套我早就领教过了!……好啊,我们就来探讨探讨艺术!”于是他又把当初对付欧阳平话再翻腾出来:“什么叫时装艺术?法国高级时装设计师夏帕瑞莉说,这是一种非常困难和总是不能令人满意的艺术,因为它是刚刚诞生就已经成为过去的东西。换句话说,艺术是不会满足的,而你已经满足了,还有什么艺术!我对自己的模特从没有满意过,我让他们不仅表现出外在的服装,还要表现出潜意识、梦境、幻觉本能甚至性意识,我主张用反常的语言和夸张的莎式追求神奇的艺术效果。你看看十八号卢小姐,你看她蒙娜丽莎般的表情,这才叫艺术!”

两个人就这样一边观看模特表演,一边探讨艺术,直到决赛结束,看看名次表,才知道卢燕燕得了冠军,宋薇第二名,陈小萍和张倩分获第五名和第六名。这个名次相当不错。苏雪丹已经站起来,使劲鼓掌,眼中泪光盈盈。仇志华愣了一会,才醒悟自己培育的果实已经开花,边拍巴掌边嗷嗷地叫唤。

从比赛场出来,马设计师仍恋恋不舍地追着仇志华,意犹未尽地咕哝道:“刚才说到夏帕瑞莉,你没提到她的超现实主义服装,蝉形纽扣,办公桌抽屉状的口袋套装……”

“还有倒置的高跟鞋式的鞋子,绣红虾和绿芹菜的白色礼服……八百年前我就知道了!”仇志华不屑地吼了声,“我告诉你,别以为小池子里没有大鱼!夏帕瑞莉就是从乡巴佬混出来的……她原来是个农场村姑!……”

马设计师鼓着眼睛,忽然一把揪住仇志华的衣领子:“哥们儿,你激发了我的灵感!咱俩有缘,得喝一杯去!……”仇志华挣脱不过,只好跟着他走了。

金鹰团大获全胜,使苏雪丹兴奋异常。本来想召集大家开个庆功会的,但几个得奖模特被记者围住了,连她都无法接近,而未得奖的模特有些酸溜溜的,没情绪,就取消了庆贺的念头。她单独回到房间,坐在沙发上闭目养神,虽然疲倦,但心情很好,不容易啊。评选出十佳模特,她这个艺术团就占了四个,打下了半壁江山。这四块金字招牌将产生巨大的社会效益和经济效益……人们会用怎样的眼光看她和她的模特啊……真棒,这感觉真棒!

有人敲门,苏雪丹应声:“请进。”

一男一女走进来,两个人都是四十岁左右年纪。男的穿着件玫瑰红衬衣,打着条挺扎眼的金色领带,女的穿件淡紫色宽松式改良旗袍,拦腰一根布带,显得新颖别致。男的欠欠身,说:“我是北京中国时装团的。来观摩的。”说着双手递上自己的名片,“我们时装团马上要去法国巴黎参加世界模特大赛,正在选人培训组团。我们希望贵团的卢燕燕、宋薇、陈小萍能去参加培训,希望苏团长支持。”

“好啊好啊,大力支持。”苏雪丹顺口说,她现在心情很好,中国时装团来挑人参加世界模特大赛,说明金鹰团模特的实力。“不过还需要征求她们本人的意见。”她补了句。

那个女的说,“我们已经问过她们了。”

苏雪丹一愣:“她们怎么说?”

“基本同意。”

“基本是什么意思?”

“陈小萍有些犹豫外,其他两个人愿意。”

苏雪丹点点头,忽然想到了一个关键问题:“比赛完还回来吗?”

“这要看她们自己了,”男的说,“我们团现在正和美国福特模特经纪公司合作,你知道,福特是世界著名的模特经纪公司,老板是艾琳·福特女士……”

“坐在你们面前的是苏雪丹女士!”苏雪丹忽然明白了,这是在挖人。卢燕燕她们一走,就和自己无关了,自己辛辛苦苦培养出来的模特,别人不费吹灰之力拿了去,她费了这么大劲是干吗?她沉默了一阵,尽力压住自己的火气,“你们来干吗?完全可以不征求我意见的。”

男的有些尴尬,“这也是为国争光。如果苏团长实在不同意……”

“我不同意!”苏雪丹瞪了他一眼。其实同意不同意都是那么回事,你能把模特绑回去?她又没端你的铁饭碗,就算是铁饭碗,碰这种好事,怕也会给砸了。现在的年轻人不大在乎什么饭碗。人往高处走哇。正寻思着,手机响了,是宋薇来的,苏雪丹接电话。

“苏老师,刚才来了两个人,说是中国时装团的……”

“我知道,他们就在我这。”苏雪丹瞟了眼那两个人,对方正注意听她说话。

“哦,他们说要我去北京培训参加巴黎的模特比赛,我觉得这是一个机会,完了后我会回来。”

“真的?”苏雪丹有些不信。但是宋薇主动打电话还是让他欣慰。

“我一定会回来。”电话那头宋薇的语气坚定。“如果苏老师让我不去,我就不去。”

苏雪丹沉默了会:“我建议你去。机会难得。”她想这是最好的回答,她要表示自己的大气,为模特的前途着想。如果宋薇去了巴黎能得个名次,然后再回来,那她这个团长可就牛了。当然,如果宋薇坚决不去,更好。她突然想到,还有一个办法,抽个时间给牛维国打个电话,就说团里虽然支持宋薇出国打拼,但那个花花世界女孩子很难把持住,要三思,等过几年成熟了再去不迟,用牛维国拦下宋薇。

放下电话,苏雪丹对那两个人说:“刚才你们听见了,我就是这个态度。”她看看手上的电话,现在等卢燕燕和陈小萍的消息,她们应该主动来电的。

五分钟过去,没有谁来电。

那两个人不再多说什么,起身客客气气地告辞了。

苏雪丹呆在沙发上,正高兴呢,却突然来了这么一档子事,而且是致命的,这赢了有什么意义!就算她带领金鹰模特团进入了经贸会,有很多业务,但你没有人怎么完成?当然,用剩下的人再招募一些散兵游勇也可以对付过去,但是,几员顶尖大将损失了却是无可挽回的,关键是,她们带了一个很不好的头,以后还怎么敢花气力培养人?辛辛苦苦养了半天却成了别人的孩子。苏雪丹觉得冤,打败董奇的快感全没啦,自以为螳螂捕蝉黄雀在后,却不知黄雀后面还有老鹰,这个狗日的什么中国时装团不就是老鹰吗?悄没声地从千里之外飞来啄了两口现成的肉去……苏雪丹长吁了口气,不管怎样,她得面对现实,是不是该去看看那两员大将,以示自己博大的胸怀?对,你不主动说,我要主动问,我关心你,起码也要让你有点愧疚之意,就这么招呼也不打跟人走了?过去的那些感情投资一文不值?当然,人往高处走,水往低处流是客观规律,去北京发展肯定更有前途。可你总得想想别人的处境吧?还是我们的村姑陈小萍朴实,不管是什么原因,人家有那么点“犹豫”。她起身走出门,沿着走廊走了一段,才发现方向弄反了,又往回走,到了卢燕燕她们房门前,门关着,里面有一群人嘻嘻哈哈地笑,起劲地问着什么,是记者在采访。这几个人一夜之间成为誉满全省的红模了,以后可能还要走向全国,冲出亚洲,扬名世界。苏雪丹在门口站了会,决定不进去了。回到自己屋里,见仇志华坐在沙发上,正等着她。

“卢燕燕他们的电话都掐了,打不进去。”仇志华说。

苏雪丹“哦”了声。并不意外。

“苏团长,”仇志华欲言又止。

苏雪丹预感到什么:“你说吧。”

“北京天鹏服装有限公司聘我去办模特队。”

“那个和你探讨艺术的设计师的公司?”苏雪丹看见那个北京哥们儿和仇志华吵嚷,却没想结成统一战线了。

“有他的股份。马上还要成立一个模特经纪公司,这种模式和国际接轨。北京是文化中心,可以学到很多东西。”

苏雪丹愣怔了一会,明白了仇志华的意思,他有了更好的地方,来辞行的。“我明白了。”苏雪丹努力使自己镇定下来,她没有想到,本来这是个辉煌之夜,金鹰团居然要分崩离析四分五裂了!为什么?就因为你太突出太招眼了!她从冰箱里扯出一瓶葡萄酒,倒入两个杯子,尽量让自己语气平静:“本来说好了要庆贺一下,这次咱们团,哦,是金鹰团的成绩不错,你呢,也另谋高就了,说实话,你在我们团委屈了,北京的天地宽啊,这次是一把手?”

“哎,哎……他们是这么说的……当副经理兼模特团长,不过我……”仇志华有些窘迫,手也不知往哪里放,不停捏着自己膝头。

“不说了!干!拿杯子!”

仇志华端起茶杯:“雪丹,你看……如果你确实需要我……”

苏雪丹看看他,需要我?什么意思?难道她不需要他,伟业刚刚开始,正需要大将……

“实际上,我等了你十多年……”仇志华费劲地说。“我一直在想,能为你扛一辈子自行车多好……”

苏雪丹明白了,她现在需要一个表态,仇志华去留全在于她此时的态度,可是……怎么男人全是这个条件啊!

“喝了喝了!”苏雪丹推一下他的手,一仰头,一饮而尽。“这种机会不多,我支持你去!”

仇志华看看她,也一饮而尽。然后愣愣地盯着自己的脚。他明白自己刚才的表白有些愚蠢。

苏雪丹用手卡住太阳穴,揉了揉,说:“你让我清静一会儿。”这是怎么回事?她有些发蒙,完蛋了?刚才还辉煌得令人炫目,还准备召集大家庆贺一下,怎么突然一下子七零八落了?

仇志华站起来,想说什么,终是没说出口,悄悄地往外走。

苏雪丹闭着眼睛，说，“对不起，仇部长……哦，仇团长，仇经理，祝你好运……”她想还是快刀斩乱麻为好，不能耽误人家。

仇志华在门口停下，苏雪丹的回话让他彻底失去了希望。“对不起……应该我说这话。”他站了一会儿，一转身，大步走了。

苏雪丹低着头，盯着手中的茶杯，那里面还有点残剩的葡萄酒，血一样红。她晃了晃，觉得头有些眩晕，茶杯变成粉色，闪着灼灼的光。

有人走进来，在她面前站住：“你怎么了？不舒服？”

是郭华山的声音。

苏雪丹猛地抬起头，泪水欲出，恨恨地说：“妈的，怎么这样！成光杆司令了！”

郭华山坐下，摸出一支烟，看看她，想起什么，“可以吗？”

苏雪丹一把将他的烟抢过来，叼在自己嘴上，郭华山盯了她一会儿，掏出打火机给她点燃。苏雪丹猛吸几口，呛得咳嗽起来。

“不会吸就不要吸。”郭华山摇摇头说。“到我这里来怎么样？我想说的是，为什么你不搞个四海艺术团呢？你看，会展中心在经贸会之后马上要办汽车展，需要大量的车模，然后又是国际流行家具展，世界著名广告设计展……一个接一个，需要一个长期的模特队伍，人员由你挑，场地资金都不成问题。实际上得奖是枚双刃剑，这次有些团队没有得奖，但人家完整无缺地带回去。干事业，不能太红，太红就像登山登到了山顶，再往前就是悬崖深渊了，这是处世之道，也是用人之道。我用人用两类：奴才和干才，奴才死心塌地，没有野心也不可能有野心，干才能使你事业发达，但要掌握度，要让他追寻的目标近在咫尺，有兴趣，有希望，却老是够不到，否则他成功之日，就是你垮台之时。”

苏雪丹怔证地盯着郭华山，这是第一次听郭华山讲了这么多经典之语，忽然她明白了，这一切都在郭华山的掌控之中。如果说董奇是螳螂，自己是黄雀，中国时装团是老鹰，那郭华山就是猎手，早就不动声色地端着枪瞄着呢，只是在等待最佳的开枪时机。李淑敏说得对，人家老谋深算啊。“所以你这次帮助我登上山顶，欲擒故纵？”她问。

“有这个意思。”郭华山直言不讳，“我不勉强人，我希望你自愿到我这里来。”

苏雪丹有些奇怪地看看他：“收编我？何必这样费劲，你当初直说不就完了？”

“我要看看你的能力，我需要的助手绝对是个能踢能打的干将。”

“你觉得我行？”

“比我预料的好。可以说出乎我的预料。”

苏雪丹想了下，将手上的烟送到嘴边，但又放下，在烟缸里摁灭，说：“还有一个问题，汪琴是你……派来的？”

“主要还是她本人愿意。”

苏雪丹想了一阵:"她在我这里自降工资,你暗中补贴她?"

郭华山笑了笑,不置可否。

苏雪丹不想再问了。郭华山和汪琴到底是什么关系无关紧要了。她现在还想弄明白另一个问题:"还有……董奇,你既然知道他敢动枪,怎么能不动声色……"

"这个……其实我知道的并不多,也不知道他会干什么。枪的事出乎我的预料,当然,后面事情的发展可能掌控不了,但我愿意赌一把,你也看到了,模特大赛比经贸会出名,而不同寻常的模特大赛更加出名,你看看各大网站的头条,'美女和枪','警察急中生智模特巧妙化解''模特大赛硝烟弥漫,组委会处变不惊,有条不紊'……呵呵,现在全国多少媒体要采访这个事情,明天还有国外的媒体要赶过来……"

苏雪丹明白了,郭华山希望出点事。这届模特大赛肯定是青史留名了。比起郭华山来说,自己拿离婚来炒作真是小巫见大巫。人家玩得大。

"还有,"郭华山说,"不能以如果来讨论结果,只能以结果评价结果,结果就是:大赛圆满成功,你金鹰大胜出名;警方成功破案,那个周坚,恐怕会立二等功。警察需要勇气,更需要智慧,不是他那种巧妙的化解方法,枪响会导致会场大乱,后果不可想象——但是这一切没有发生。偶然,也有必然。所以说,此次突发事件可能会造成恶果,但是并没有发生,而是成全了你、我、他,我们都是受益者,不是吗?"

苏雪丹想了想,此事到此为止了,如果要总结,够回味的。还是回到正题。

"不管怎么样,在我最困难的时候,你支持了我,我感激你。不过我这个人野惯了,给我套上笼子我就要踢人。再说我还惦记着市歌舞团呢。董奇的三百万来路不正,警察要把钱追回去。歌舞团还欠着银行的钱……"

"我知道你的意思,借你三百万,杀回歌舞团。"郭华山微微一笑。

"欧阳平的《梦红楼》很有前景,我不管什么国际接轨,我有我的模式。我很快就会还你钱的……"苏雪丹觉得此事基本没有可能了,但是她还要挣扎一下。

"你怎么知道歌舞团会接受你的三百万?又怎么知道就算接受了钱会有董奇那种优厚条件?"郭华山语调平稳地问,苏雪丹这时似乎成了他手下的某个部门经理,在向他报告自己的策划项目。

"事在人为。我想我办得到。陈功德不是还在位吗!"

郭华山想了想:"你想过没有……歌舞团看着三百万便宜,但是人员安置可是不小的数目,董奇想搞房地产开发有他的道理,毕竟是市中心,每亩地的价格……"

"我是金鹰,不是董奇,也不是四海。"苏雪丹提高嗓门。"人员安置我用那个大型歌舞就把他们安置了,他们有特长,该干什么干什么。文艺人最希望的是能干上老本行,在舞台上风光!干吗非要拆人家房子!"

郭华山笑了下:"你这个人不是野惯了,而是称王称霸惯了……不过你说的也算是一条路。好……就算我愿意借你钱,你用什么做抵押呢?"

"我用汪琴。"苏雪丹想都没有想,顺口说道。"我用一棵树,或者……两棵树。"苏雪丹觉得自己像是无赖了,有这么借钱的吗?!"难道你不想再考察考察我有没有更大的才干?"

郭华山看着她,慢慢嘴角溢出一丝笑意,想了一会,慢慢地说:"我看这样,你以人和金鹰品牌作为股份,我呢,出三百万,双方四六开怎么样?"

苏雪丹愣了,这个提议出乎她的意料,这个意思是……她一时没明白过来,随口问:"你四我六?"

"呵呵,是我六。"郭华山笑起来,"双方合作,股份制,你四十,我六十。"

苏雪丹琢磨着他刚才的话,猛然明白了郭华山提议的含义,这是天大的好事!三百万不是债务,而是和自己合作的股份!也就是说,他承认自己百分之四十的股份有二百万的价值!他送了自己二百万!老天!当然,他要控股,但不应该吗?人家真金实银拿出三百万。不过……苏雪丹竭力稳住神,作出一副不屑的样子,好像自己吃了天大的亏一样。"一半对一半才公平。"她嘟囔了声。

"你的意思是,"郭华山盯着她。"我们各占百分之五十?"

"我要和淑敏商量,我们还有很多无形资产……"苏雪丹说这话底气并不足,如果郭华山坚持四六开,她就答应。

郭华山默了会,摇摇头:"苏雪丹,名不虚传……行,如果你觉得我控股会让你的野劲受限制,那我们各占百分之五十。说实话,我还真欣赏你这股野劲。"

苏雪丹没有想到郭华山居然答应,一时乱了阵脚,"那……听谁的?"话一出口,她后悔了,这也太野了,这意思好像她非要控股似的。过分了你!她暗骂自己。

"谁厉害就听谁的。"郭华山不再多说,向门外走去。"你好好考虑一下,明天回复我。"

苏雪丹送走郭华山,关上门,"谁厉害就听谁的",这话怎么说?郭华山的意思不是看股份大小,而是比拼软实力了,我们俩谁厉害?苏雪丹一时感到腿发软,背靠着门站着,心脏怦怦乱跳。刚才这一段时间形势发展天上地上的,像坐过山车,搞得人要发精神病。不管怎么说,这是件大好事,当然,今后更有挑战性了,因为要和郭华山直接过招……门铃叮咚一声响了,她稳定了下情绪,慢慢打开门,李淑敏闯进来:"老板,听说仇志华要走?"

苏雪丹看看她,脑子里仍然想着刚才的事:"我们俩谁厉害?"

"当然是你啊。"李淑敏想都没想说。

"我吗?真的?"

"那还用说!"

"你怎么这么肯定?"

“明摆的，这个大胡子外强中干！不然为什么走？”

苏雪丹愣了一会，明白过来，两个人说的不是一个人，这让她挺泄气的。

“你说的是仇志华？”

“不是他是谁？”

苏雪丹顿下，点点头：“对，他要走，他有自己的理想。”

“走了好，我就是看不惯那把大胡子。一根胡子一根草，长着倒钩，倒钩就是反骨。乱七八糟的全是反骨。”

苏雪丹觉得有些可笑，李淑敏怎么会这么想，这关胡子什么事。“胡子不是问题，马克思不是大胡子？燕妮照样喜欢他……”她意识到这话说的不大贴切：既然如此，你自己怎么不喜欢这位等了你十多年的大胡子呢？她看看李淑敏有些诧异的目光，赶紧转移话题，问：“陈小萍怎么样？我听说有人挖她。”

“我正要和你说这事呢，刚才派出所打来电话，说她父亲从电视上看到他了，要认亲……”

苏雪丹大吃一惊：“她父亲？”

“是啊，她亲爹。”

“电视上看见的？”

“是啊，这两天模特大赛的收视率高着呢，不说满城空巷，也差不多。”

苏雪丹呆怔一会：“她、她父亲是干什么的？”

“一个普通的建筑工人。打工的。上个月从新疆回来，在你们师范学院工地做工。”

“不会那么巧吧？”苏雪丹觉得不可思议。师范学院在盖一个综合楼，离她住的宿舍楼不远，陈小萍的爹就在她鼻子底下晃悠？

“陈小萍也感到意外，她对父亲的模样都模糊了，有些怕，不知去不去，我还是劝她去看看。”

“如果真是她爹，会不会把她带走？”苏雪丹最担心的是这个问题。

“我想不会，还有我这个干妈呢。”

苏雪丹打量她：“这么说，你不会走，是吧？”

“我？我干吗走？你的钱还没还我呢！想让我走？便宜了你！”

苏雪丹看着她，干脆地说：“没钱！”

李淑敏眼中闪烁出某种狡黠的东西：“哎，没钱可以变通，比如……债转股，现在正时髦呢！股东再小，也有自己的权益啊。”

苏雪丹忍不住笑了：“你可不是小股东了，郭华山刚从我这出去，他要和我们深度合作，开出的条件相当好。”

“郭华山？怎么谈的？”李淑敏眼睛一亮。

苏雪丹考虑怎么跟李淑敏说,郭华山肯定有他的打算,否则他为什么要让她占这么大一个便宜。以前她以为郭华山帮助自己多多少少有念旧的因素,甚至有某种特殊的感情在里面,男人对自己的初恋总是难以忘怀,但是刚才和郭华山谈话后,她对郭华山摸不透了。郭华山总体来讲是个好人,但是在商海,他绝对老谋深算,或许他还有更深的打算,但是不管他,现在就是狼窝虎口她也要跳下去。“以后再跟你说。总之是一片光明。”她咳了下嗓子,一本正经道:“李淑敏股东,现在我们遇到了一点问题,不过咱们已经拿到经贸会入场券了,有了大树还怕没鸟啊,走了仇志华,拽上欧阳平,走了卢燕燕,还有郑云虹——郑云虹没上十佳保全了自己成全了我们,没准我们更上一层楼呢!”

“欧阳平?他愿意回来?”李淑敏吃惊地问。这位团长的思路她有点跟不上,东一下西一下的。

“男人需要耐心地调教。给他个好梦,他就会找枕头。我这里有好枕头……”苏雪丹看看对方,挤了下眼睛,“哎,你没误解我的意思吧?我说的枕头是给他施展才干的舞台……”

李淑敏笑了:“别解释了!我对枕头没兴趣!”

“那好,你看我怎么收拾这小子,他住几号房间?”

“谁?”

“还谁?欧阳平呗!我以前太小看他了。”

“1246。”

苏雪丹看看手表:“现在去正是时候!走吧。”两个人走向门口,苏雪丹打开门,刚要出去,却猛地一惊:朱迎宝站在门口,身后跟着精神抖擞一个劲蹦跶的华朵和胖妹文娜。

朱迎宝神情疲惫,但语气坚决:“雪丹,三百万不是不能考虑!但我们必须好好谈谈。现在是时候了!”说着,他从身后取出一束玫瑰花。

苏雪丹盯着这位不屈不挠的男人,他要谈什么?他的眼睛里闪烁着坚韧和自信,还有一丝……疯狂,是的,疯狂!她心里忽然闪过一个念头:为什么不可以谈谈,如果说郭华山是猎手,朱迎宝也许会成为他背后草丛中潜伏的一头豹子。

她伸出手,正要接过对方的花,忽然愣了——从朱迎宝肩头望过去,走廊那边,走来两个人,一个是石泰梁,他身边是一个脸色黝黑的军人,手中也捧着一束花,如果她没看错,这花是西藏雪域特有的雪莲花。

苏雪丹心脏猛然一阵狂跳。

这个军人是——王兵。